# 중국 조선족 디아스포라 문학

김 종 회 엮음

국학자료원

# ▌ 머리말

'디아스포라'는 이제 인류사회의 보편적 삶의 양식이 되었다. 박해와 궁핍을 피해 삶의 터전을 떠난 사람들의 사회문화적 현상뿐만 아니라 다양한 이주의 양상을 포괄하게 된 이 어휘의 개념은, 지구화 시대 인류의 삶이 가진 하나의 양식을 대변하고 있다. 이미 '우리'도 디아스포라의 삶을 살고 있다. 중국뿐만 아니라 중앙아시아, 일본, 미국 등에 흩어져 살고 있는 한민족 디아스포라, 그리고 한반도에 유입되어 있는 수많은 타 민족 디아스포라는 그 자체로서 지구인의 삶이 디아스포라의 형식임을 증명한다.

오늘에 있어 디아스포라적 삶의 일반화에는 고도의 교통 및 통신 수단의 발달로 인한 다양한 삶의 접속과 소통이라는 긍정적인 양상도 포함되어 있다. 하지만 지난해만 해도 400만 명 이상의 난민이 발생한 시리아 지역을 보면서 알 수 있듯이, 전쟁과 기아로 인한 비극적 삶의 양상이 상당 부분을 차지하고 있다. 이처럼 현존하는 디아스포라의 실상은, 오랜 역사 과정을 통해 한민족 디아스포라가 겪었던 곤고한 삶의 모형과 여러모로 닮아 있다.

중국 조선족 또한 비극적 디아스포라의 역사를 걸어 왔다. 이들이 집단적으로 거주하고 있는 중국의 동북3성 지역은 한반도와 인접해있어 한민족의 왕래가 빈번했고 한반도에 심한 기근이 있을 때마다 대규모 이주민의 발길이 닿았던 곳이다. 일제강점기에는 정치적 박해와 경제적 궁핍을 벗어나기 위한 방편으로 간도 지역으로의 이주를 택하는 사례가 늘어났다. 실제로 현재의 중국 조선족 대부분은 일제강점기에 이주하여 척박한 농토를 개간하며 정착한 1세대의 후손들이다. 조선족 1세대는 현지 중국인과의 갈등과 낯선 환경에 대응하며 고난을 딛고 새로운 삶의 터전을 일구었다. 그런가 하면 그로부터 한 세기가 경과한 현재에는 다시 모국으로의 역 이주라는 새로운 디아스포라의 양상을 보여주고 있다.

이러한 중국 조선족의 역사에서 주목해야 할 것은 이주 3 · 4세대에 이를 만큼의 시간이 흐르는 동안에도 모국의 언어와 풍습을 유지해 왔다는 점이다. 중국 당국의 소수민족 정책에 따라 50여 개의 소수민족 가운데 하나로 인정되고 이에 따라 조선족 자치구로 인정받은 것은 1952년 9월 3일이었다. 그리고 1955년 12월에 자치주로 승격을 이루어 공동체적 생활방식을 유지할 수 있었던 배경이 있긴 하지만, 이는 강한 민족의식 없이 가능한 일이 아니다. 민족어로 창작된 수많은 문학작품들이 이를 증거 한다. 거기에는 낯선 타지에서 한민족으로서의 동질감을 통해 시련과 아픔을 이겨냈던 과정이 고스란히 담겨 있다. 이 책에는 그러한 작품들 중 한국에서 접하기 어려웠던 1980년대 이후의 시 · 소설을 수록했다. 또한 중국 조선족 문학 전반에 대한 이해를 돕기 위한 몇 편의 연구를 함께 실었다.

한반도 안에서 단일민족이라는 인식 아래 살아온 이들에게 이 작품들은 한민족 디아스포라의 역사에 대한 증언이 될 것이다. 한민족이라는 정체성에 대해 의심할 필요도 의심해본 적도 없었던 이들에게, 늘 이민족에 둘러싸인 채 '중심'의 정책에 긴장하며 생활해야 했던 '주변부' 소수민족의 역사는 정체성의 문제에 대한 근본적인 질문을 던진다. 중심에 동화되지 않은 채 주변부에서 정체성을 지킨다는 것은 어떤 의미인가. 시공간적 거리를 두고도 소멸되지 않는 민족정체성이란 무엇인가. 디아스포라적 삶의 양식이 점차 일반화되고 있는 지금, 어느 누구도 비껴가기 힘든 질문들이다.

특히 이 책에 실린 1980년대 이후의 시·소설은, 중국이 개혁개방정책을 실시하면서 외부의 가치가 도입되고 그로 인해 전통적 삶의 양식이 해체되는 등 큰 변화를 겪어야 했던 시기의 작품들이다. 중국의 주류 사회가 겪어야 했던 변화를, 주변부 소수민족인 조선족은 이중 삼중의 복합적인 양상으로 겪어야 했다. 전통적 농경 사회의 습속을 지키며 살았던 대다수의 조선족에게 새롭게 접하는 자본주의적 가치관은 삶의 근간을 흔드는 큰 혼란으로 다가왔으며, 한족의 유입으로 인한 주류 사회와의 갈등 및 한국으로의 역 이주로 인한 모국관의 혼돈도 점차 심화되었다. 이러한 와중에도 '고향'에 대한 기억을 공유하는 이들의 정서적 유대감, 공동의 역사를 만들어온 공동체적 연대감은 힘겨운 시기를 통과하는 원동력이 되었고 이는 이 시기 문학작품들을 관통하는 공통의 주제의식이기도 하다. 이른바 주변부 소수민족으로서의 삶과 민족정체성에 대해 최전선에서 고민한 결과요 흔적들이다.

복잡한 국제 정세와 다양하게 얽힌 이해관계 속에서도, 오늘의 우리가 분명하게 지켜야 할 것은 개별적인 삶에 대한 존중이다. 중심이 지닌 거대한 힘에 의해 개별자의 삶이 굴곡 되거나 훼손되어서는 안 된다. 중국 조선족이 걸어온 디아스포라의 역사는 그러한 약자이자 피해자로서의 긴장 속에서도 '민족적인 것'을 통해 개별의 삶을 지켜왔음을 보여준다.

문학적 완성도나 예술적 성취를 차치하고라도 중국 조선족 문학이 지닌 가치는 그것만으로도 주목에 값할 만하다. 이 책의 발간을 통해 중국 조선족 문학의 가치가 널리 알려지고 논의의 소통이 강화되기를 바란다.

이러한 상황과 관련하여 최근에 들려오는 소식들은 그다지 희망적이지 않다. 중국의 주요 도시나 한국으로의 이주가 빈번해지면서 자치주 내의 조선족 인구가 급격하게 줄어들어 그 자치주의 존립 자체가 위협받고 있는 형편이다. 조선족 내에서도 한글을 사용하는 인구수가 급감하여 한글문학의 창작 및 공유의 기반 또한 흔들리고 있다. 조선족 문학이 과거의 형식으로 머물지 않고 현재진행형으로 지속될 때 그 가치가 더욱 풍부해질 것임은 불을 보듯 밝은 일이다. 그러한 측면에 있어서도 조선족 문학은 계속해서 기록되고 연구되고 공유되어야 한다.

제1부의 '중국 조선족 문학 연구'는 그동안 엮은이가 회장으로 있던 국제한인문학회 주최의 국제학술대회에서 한중 양국의 연구자들이 발표한 논문을 위주로 구성했다. 이 논문들을 관류하는 중심 주제는 '민족정체성'이었으며, 그 개념을 주제로 해야 조선족 문학에 대한 연구가 하나의 꿰미로 연계될 수 있다고 보았다. 뒤이어 제2부의 '민족정체성을 담은 조선족 문학'은 1980년대 이후 그와 같은 성격적 특성을 잘 수용한 시·소설을 선별해 실었다. 이 작품 선별에 있어 시기를 1980년대 이후로 구획했기 때문에, 국내에서는 이를 독자적으로 수행하기가 매우 어려웠다. 그런 연유로 중국 연변대학의 김경훈·리광일 교수, 북경 중앙민족대학의 오상순 교수 등 세 분의 전폭적인 지원을 받았다. 이 자리를 빌려 깊은 감사의 뜻을 밝혀 둔다.

이 책의 계획과 진행 단계에서 엮은이와 더불어 애쓰고 수고해준 차성연·장은영 교수 두 분에게 마음으로부터 감사의 말씀을 드린다. 자료 정리와 작품의 구별, 그리고 작품에 대한 비평문을 집필해준 덕분으로 이 책이 제 모습을 갖출 수 있었다. 마지막으로 이렇게 뜻 있는 책의 출간을 허락해준 국학자료원의 정구형 대표에게도 평소의 우의를 다하여 감사드린다. 시대를 거슬러 회고하면 중국으로의 이주와 조선족 디아스포라 역사가 한 세기를 훌쩍 넘겼는데, 한반도에서 민족적 삶의 햇수로는 광복과 분단시대의 역사 70년을 넘겼다. 유구한 세월의 흐름 속에 문학이란, 민족적 삶의 명암을 담은 디아스포라 문학이란 무엇인가를 생각하며 이 책을 세상에 내놓는다.

2016년 5월
고황산자락 연구실에서
엮은이 김종회

# ▌목차

# 제2부 민족정체성을 담은 조선족 문학

■ 1980~90년대 중국 조선족 시문학

# 제1부 중국 조선족 문학 연구

# 중국 조선족 문학의 형성과 작품 세계

소수민족으로서의 조선족 문학


김 종 회
(경희대 교수)


## 1. 중국 조선족 문학의 형성과 전개

중국으로 조선인들이 대거 이주하기 시작한 것은 19세기 후반부터이다. 그리고 1910년 한일합방 이후 일제의 수탈로 인해 중국, 특히 만주 이주는 더욱 가속화되었다. 이주 초기에는 조선족의 대부분이 절대적 빈곤에 처한 농민들이었기 때문에 문학 활동이 일어날 만한 여건이 이루어지지 못했다. 이후 20세기에 들어와서야 비로소 '조선애국문화계몽운동'의 영향과 문화교육사업 등에 의해 문학 활동이 전개되기 시작하였다. 이 시기 문학은 제국주의와 봉건주의를 반대하고 민권옹호와 자유평등, 문명개화를 주장하는 내용이 주를 이루었다.

근대문학 시기(이주~1920년)1)에는 창가와 시문학이 융성하여 소설은 그다지 주목받지 못했다. 이 시기에는 고대 소설에 비하여 새로운 시대적 성격을 가진 신소설이 창작되었는데, 이는 조선 신소설의 영향을 크게 받은 것이었다. 이 때 창작된 창가, 시조, 한문시, 현대 자유시는 여러

가지 원인으로 작품들이 인멸되어 지금까지 남아 있는 작품이 미약하고 당시에 우국지사나 진보적인 지식인들에 의해 지어진 것은 사실이나 애석하게도 작가가 밝혀지지 않고 있어 작품들의 창작 전모를 체계적으로 서술할 수 없는 상황이다. 그러다가 1910년대 중반기에 들어서면서 대중의 미학적 수요에 따라 현대 자유시들이 나타나기 시작하였다.

1920년대에 들어서면서 조선족은 10월 사회주의 혁명과 조선의 3·1운동, 중국의 5·4운동의 영향을 받아 마르크스주의를 전파하고 반일단체를 조직하여 반제·반봉건 투쟁을 벌이기 시작했다. 1927년에는 동변도와 연변 및 북만지구에 중국 공산당 당조직들이 결성되었다. 이 시기부터 조선에서 간행된 신문이나 잡지들이 직접 배달되거나 유입되어 조선의 새로운 문학 사조의 직접적인 영향을 받았다. 무산계급 문학이 대두, 발전한 시기였던 만큼 문학 속에 계급간의 모순과 대립, 투쟁이 구체적으로 묘사되는 것을 중요시했으며, 특히 불합리한 사회현실에 맞서 싸우는 농민들의 계급의식과 저항의식을 두드러지게 표현하였다.

반제·반봉건과 민족 독립에 대한 주제 역시 여전히 중요하게 다루어졌다. 그리고 무산계급 문학을 제외한 기타 작품들은 배격하는 경향도 나타났다. 이 때 가장 왕성하게 창작된 것은 혁명가요를 위시한 시가 작품들이었다. 자유시와 한문시, 시조도 많이 창작되었으나, 대부분의 작품이 소실되었다. 현전하는 작품들을 살펴보면 일본과 지배 계층을 비판하고 민족의 독립을 갈망하는 내용이 주를 이루었다.

1931년 9·18사변으로 동북의 대부분 지구가 일본의 식민지가 되자 조선족은 중국 공산당과 함께 항일 무장 투쟁을 벌였다. 이 시기 조선족 문학은 선행 시기의 문학적 전통을 계승하는 것과 아울러 중국의 항일 문학, 소련의 혁명 문학, 특히 조선 문학의 성과를 섭렵하면서 발전해 나갔다. 1930년대 초기에 용정에서는 작가 이주복 등이 발기한 문학 동인 단체인 '북향회'가 발족되어 문학 창작을 발전시키고 후진 양성 사업을 활발히 진행하였다.

또한 모더니즘을 수용한 '시현실' 동인들이 활약하였다. 일제의 단속이 심해지자, 현실에 대한 고발보다는 생활 세태나 인륜, 애정 등으로 소재를 전환했으며, 몇몇 작가들은 일제의 정책을 수용해나가는 모습을 보이기도 했다. 그러나 이렇게 어려운 상황에도 불구하고 이 시기에는 작가와 작품 수가 증가하고, 현실 생활을 폭넓고 깊이 있게 형상화 해냈으며, 예술적 표현 방법이 모색되고 도입되는 등 문학이 일정 부분 발전한 모습을 보였다.

1945년 9월 3일 항일 전쟁이 승리하자 조선족은 일본의 식민 통치에서 해방되었다. 이에 조선족은 민족적인 문화계몽운동을 벌이고 대중적 문화 교육사업을 널리 전개하였다. 대중적인 문예사업도 활발하게 전개되어 극단, 연극사, 문공대와 같은 전문적이거나 반전문적인 문예단체들이 세워졌고 부대에서도 조선족들로 구성된 전문 문예 단체들이 많이 나타나 활약하였다. 동북 각지에 산재되어 있던 문인들도 여러 문학 단체들을 만들었다.

이 시기 문학의 내용은 해방의 기쁨과 감격, 토지개혁을 비롯한 민주개혁, 항일 투쟁을 형상화한 것들이 주를 이루었다. 문화 운동과 대중적인 문예 활동으로 노래 보급과 연극 활동이 가장 활발하고 널리 진행되었다. 그러나 소설의 경우에는 성과물이 적은 편이었다. 반면 시문학은 두드러진 성과를 올렸는데, 해방의 감격과 기쁨을 격정적으로 노래한 시들이 중요한 자리를 차지하였으며 토지개혁을 중심으로 한 민주개혁을 주제로 한 시들과 투사들의 용감성과 사상을 칭송하는 시들, 지난날 투쟁의 역사를 되돌아보는 내용의 시들이 발표되었다.

1949년 10월 1일 중화 인민 공화국이 들어서면서 조선족은 새로운 역사를 맞이하게 되었다. 길림성, 흑룡강성, 요령성의 조선족 집거구들에서 잇달아 민족 자치 구역을 실시함에 따라 조선족은 정치, 경제, 문화 등의 제반 분야에서 자주적인 발전을 이룩해 나갈 수 있게 되었다. 이 시기에는 문단의 정비 작업을 위해 중국 각지에 흩어져 있던 조선족 작가들이 공화국 창건을 전후로 하여 연길에 집중적으로 모이기 시작했다.

그러나 이 시기 중국 공산당에 의한 사회주의 건설 사업은 잘못된 지도 방침으로 인해 사회 · 문화적 혼란을 겪게 되었다. 이로 인해 조선족 문단의 적지 않은 중견 문인들이 정치 · 창작 권리를 박탈당하고, 많은 작가들이 창작에의 용기를 잃게 되었으며, 문학 작품의 사실주의 정신이 약화되었고, 그 형식이 다양화되지 못하여 도식화 · 개념화의 구호적 작품들이 성행하게 되었다.

소설 작품은 무엇보다 사회주의 제도하의 새 생활에 대한 희열과 감격, 농민들의 투쟁과 애국증산의 열정을 반영한 작품들이 주를 이루었고, 사회주의 제도하의 긍정적인 인물 형상을 부각한 작품들도 많이 창작되었다. 여러 좌경적 오류의 피해를 입으면서도 발전을 계속해 나가 소재의 확대와 다양화, 사회주의 건설을 다그치는 근로 대중의 혁명적 영웅주의 정신에 대한 가송, 노농병 형상의 대폭적인 부각, 항일 제재의 심도 있는 발굴 등이 작품을 통해 나타나기도 하였다.

한편 시 문학은 조국 · 당 · 수령에 대한 흠모와 칭송, 농민들의 보람과 노력적 투쟁 칭송, 민족의 역사와 혁명 전통, 사회주의 건설의 인물 형상, 사회주의 제도 하의 행복과 긍지 등이 그 주제를 이루었다. 특히 노동과 건설의 주제 형상화와 민족의 역사 및 항일무장투쟁에 대해 폭넓게 다루었다는 점이 특징적이다. 행복한 현실과 생활, 아름다운 정신세계를 노래하는 서정시를 주축으로 하여 서정서사시, 장시, 시조, 산문시, 풍자시 등 다양한 시문학이 등장하였으며, 무엇보다 송가 형식이 압도적인 비중을 차지하였다. 이 시기에 대폭적으로 발전한 송가의 미학은 1950년대에서 1970년대에 이르는 동안 거의 유일한 원칙이 되었다.

1966년 5월부터 10년 동안 진행된 문화대혁명 시기는 조선족 당대문학의 수난기였다. 많은 문인들이 박해를 받았으며, 훌륭한 작품들이 금서가 되었고, 민족문화 · 민족정신 · 민족감정에 대한 논의는 금지되었다. 하지만 1971년 이후 이러한 문화 정책에 대한 강한 반발이 일어나게 되자, 1974년에는 『연변문예』가 복간될 수 있었다. 그러나 여전히 강압적 분위기는 지속되고 있어서 1971년 이후의 조선족 문학 창작은 난항을 겪었다. 이 시기 문학 창작에서 압도적인 비중을 차지한 것은 '4인 무리'의 좌경 노선을 선양한 작품과 진실하지 못하고 예술적 수준이 낮으며 거칠게 씌어진 작품들이다. 비록 일정한 생활 기초가 있고 대중의 사상, 감정을 반영한 작품이라 하더라도 사상 내용과 창작 방법상에서 '4인 무리'의 영향을 받아 많은 폐단을 빚어내었다.

문화대혁명이 마무리되고 중국은 새로운 역사 발전 시기에 들어서게 되었다. 조선족 문단에도 사상과 창작의 자유가 찾아와 '4인 무리'의 잔재를 청산하는 작업이 진행되었고 이에 따라 장기간 정치·창작 권리를 박탈당했던 작가들과 비판을 받았던 많은 작품들도 다시 제 위치를 찾게 되었다. 문학 단체와 연구 기구의 회복 및 새로운 정비 작업은 1980년대에 접어들어 연변 조선족 자치구뿐만 아니라 조선족이 집거하고 있는 다른 자치구에서도 진행되었다.

그리하여 길림성 통화지구에서는 통화지구 조선족문학예술계연합회를 세웠고 길림시에서는 길림시 조선족문학예술연구회를 설립했다. 이렇게 조직 체계가 날로 정비되면서 문학 발전을 위한 기반이 조성되어 나갔다. 1980년대에 진입하면서 조선족 문단의 지역적 공간도 확대되었다. 연변을 제외한 기타 지역의 문학 발전은 거의 공백 상태였으나, 1980년대 이후에는 연변 외에 통화, 길림, 합이빈, 심양, 목단강, 장춘 등 지구에서도 문학지와 문학 단체를 가지게 되었다.

문화대혁명 이후 가장 먼저 '상처소설'이 대두했다. 상처소설은 문화대혁명이 빚어낸 사회 비극, 정치 비극, 인생 비극과 육체·정신적 상처를 고발한 작품이다. 상처소설은 출현하자마자 급속히 하나의 문학적 흐름을 이루었다. 상처소설은 사실주의의 문학적 전통을 회복하는 데 공헌하였으며, 소설 제재의 범위를 넓혔다. 또한 현실적인 인간상을 표현하기 시작했으며 사회주의 시기의 비극 문학 창작에 기여했다는 점에서 의의를 가지나, 일부 작품들이 10년 동안의 역사적 비극의 원인에 대한 깊이 있는 사고가 부족하고 형식면에서 새로운 탐구가 이루어지지 못했다는 한계를 지닌다.

상처소설 다음에 나타난 문학이 '반성소설'로, 이는 상처소설의 심화라고 할 수 있다. 상처소설이 일정한 단계에 이르자, 사람들은 더 이상 단순한 문화대혁명에 대한 폭로와 비판에 만족하지 않았다. 사람들은 문화대혁명이 일어나게 된 데는 더욱 심각한 사회·역사적 원인이 있다는 것을 인식하게 되고 이로부터 역사에 대한 사고와 반성에 눈길을 돌리기 시작하였다.

이 시기에는 시문학 역시 풍성한 성과물을 올리게 된다. 특히 훌륭한 서정시들이 많이 창작되었다. 이 시들은 시인의 개성을 부각시키고 시인의 시점에 기초하여 동시대 사람들의 충만한 감정 세계를 다각적으로 나타내었으며, '4인 무리'의 악행에 대한 폭로와 비판, 흘러간 역사에 대한 반성, 개혁시대에 대한 송가와 더불어 인간의 가치와 현실적인 삶의 문제, 철학적인 사색을 형상화하는 것에 역점을 두었다. 서정시 외에도 장편서사시, 서정서사시가 활발하게 창작되었다.

1990년대에 들어선 중국은 개혁개방으로부터 시장경제의 도입을 거치면서 많은 사회적 변화를 경험했다. 이에 조선족문학은 다원적인 복합사회의 다양한 모순을 파헤치면서 적극적으로 새로운 현실을 탐구해나가려는 모습을 보여주었다.2)


## 2. 일제강점기의 재만 조선족 문학

중국 조선족 문학의 통시적 역사과정 속에서도 일제 강점기의 만주 체험, 곧 재만 유이민 문학의 발생 배경은 이미 알려진 바와 같이 매우 참담

한 상황이었다. 만주 이주민의 삶은 조선 반도에서의 어려움을 극복한 차원으로 나갈 수 없었고 그 역시 수난과 고통의 연속이었다. 거기에다 중국의 관군 및 중국인 지주와 마적들에게 당하는 정신적 경제적 피해 등의 참상은 필설로 형언하기 어려운 것이었다.

1936년 말 통계에 따르면 만주 이주민 수가 88만 8천여명에 달하는 것으로 되어있으며, 이들은 거의 이주 농민들이었다. 이들이 형성한 공동체적 삶을 바탕으로 한 문학적 시도와 성과를 확인하게 되는 것은 만주사변과 만주국 건설이 이루어진 1932년 이후에 이주한 지식인들에 의해서였다. 재만 조선문학은 그 지식인들, 곧 문화인 · 지식인 또는 문학도 · 작가라고 불리는 사람들에 의하여 진전되었다. 진작부터 문학에 뜻을 두고 있던 이들은 교사나 신문기자로 근무하는 한편, 문학 운동을 펼쳐 나갔던 것이다.3)

이들의 문학활동이 본 궤도에 오르게 된 경과에 대해서는 안수길이 쓴 「간도 중심의 조선문학 발전과정과 현단계」4)에 상술되어 있거니와, 문예동인의 모임인 '북향회'가 조직되고 문예동인지 『북향』이 발간되었으며 또 ≪만선일보≫를 중심으로 망명문단이 형성됨으로써 새로운 문학의 작품생산 계열이 형성되기에 이르렀다.

재만 조선문학의 형성 과정에 비추어 이들의 문학이 우선 이주민들의 고난상을 담는 데서부터 출발한 것은 당연한 일이다. 이러한 제재는 김동인의 「붉은 산」, 최서해의 「탈출기」, 안수길의 「새벽」, 강경애의 「원고료 이백원」 등 만주체험을 담고 있거나 만주를 창작 생산지로 하고 있는 작품들에 광범위하게 산포되어 있다.

다음으로 이들 재만 지식인 또는 문인들이 민족적 현실에 대한 울분과 비판의식을 작품에 수용하는 문제인데, 이는 기실 재만 조선문학의 운명과 그 명암을 가름하는 분기점이 된다. 여기에 이들의 문학이 가진 의의와 성과, 그리고 한계성과 주변성이 결부되어 있기 때문이다.

안수길이 주축이 되어 문예동인지 『북향』이 발간되고, 기성작가로서 만주에 이주해 온 염상섭·박영준·박계주·박화성·강경애·현경준 등이 활동하면서 문단이 활성화되었으며, 『북향』의 소멸 이후 ≪만선일보≫를 중심으로 신춘문예 공모와 1941년의 재만 조선인 작품집 『싹트는 대지』의 발간 등 일련의 문학적 판도가 형성된 것은 적잖은 의의가 있다.

이 지역에 살고 있던 각 민족의 작가들은 각기 자기들의 언어로 작품을 썼다. 조선문학의 작가들도 국내에서 우리말의 사용이 금지되고 ≪동아일보≫와 ≪조선일보≫가 폐간되었으며 남아있는 문학이 친일노선 일색이던 때에도 1945년 해방까지 비교적 자유롭게 모국어의 사용과 비판의식의 일단을 내보이는 창작을 수행할 수 있었다.

해방 직전까지 이 일대에 2백만을 웃도는 조선족이 만주를 '제2의 고향' 또는 '북향'이라 부르며 살고 있었으며, 재만 조선문학이 이들 삶의 정서를 문학화하는 한편 모국어의 사용과 유지에 일익을 맡았던 사실은 결코 과소평가될 수 없다. 이러한 문학적 전통 그리고 모국어의 전통은 오늘날 연변 조선족자치주의 모국어 사용에까지 이어지는 역사적 연계성을 갖는다고 할 수 있다.

이들의 작품이 농민소설의 독특한 진전을 이루었다거나, 국내의 문학이 암흑기로 접어든 1940년 이래 해방을 맞은 1945년까지의 한국 현대소설사의 공백을 메웠다는, 즉 1940년 이래 한국문학이 암흑기 혹은 공백기라고 말한 백철의 견해에 반하여 "40~45년대의 한국문학사는 간도 중심으로 다시 써야 한다."5)는 오양호의 주장 등은 바로 그 의의를 말하고 있는 것이다.

그러나 주요 작품발표 무대였던 ≪만선일보≫의 발간 배경 및 편집 방향, 특히 일본 관동군의 조종에 의한 만주국 국책 선양지인 이 신문의 학예면에 의존할 수밖에 없었던 당시의 사정은, 곧 재만 조선문학의 떨쳐버릴 수 없는 한계를 동반하고 있었다. 그러기에 김윤식은 ≪만선일보≫가 가진 이와 같은 언론기관으로서의 성격을 지적한 다음, "그러한 정책수행의 홍보를 맡은 곳이 ≪만선일보≫인 만큼, ≪만선일보≫의 이러한 성격을 파악하지 않고는 거기에 실린 작품의 본질이 충분히 설명되지 못할 것이다"6)라고 설명하고 있다.

이처럼 재만 조선문학이 가진 긍정적 측면과 부정적 측면은 각 작가의 작품 성향에 반영되어 그 명암을 구분하게 하거니와, 그러한 대목은 한국문학사의 전체적인 논의 속에서 보다 체계적으로 탐구되어야 하리라 본다.

이상에서 살펴본 '북향회'와 『북향』 그리고 ≪만선일보≫ 중심의 재만 조선문학에서 안수길이 주도적 역할을 담당해 온 것은 익히 알려진 바이다. 그러나 안수길과 같은 문학사적 조명을 받지는 못했지만, 간과할 수 없는 중요성을 가진 작가로 강경애와 김창걸, 리욱 등을 들 수 있다.

강경애는 재만 기간 이전에 이미 기성문인이었으며 1931년부터 1942년까지 10여년 간 만주에 머무르면서 작품활동을 했다. 『북향』 동인으로 참여하여 작품을 발표하기도 했고, 발표는 주로 국내에서 했지만 이 지역을 소설 공간으로 하는 20여 편의 작품을 창작하는 등 본격적인 재만 작가의 호명을 얻을 만하다. 특히 당대에 드문 여성작가로서 일정한 시대적 비판의식이 함축된 작품을 남겼다. 이는 강경애가 ≪만선일보≫를 발표 지면으로 활용하지 않았다는 사실과도 관련이 있을 터이다.

이 글에서는 일제 강점기 조선족 문학의 만주 체험을 수렴하고 있는 김창걸 및 리욱의 작품과, 재만 작가군으로 분류되지는 않지만 중국 조선족 문학을 논의하는 데 있어 하나의 중심축을 이루며 한국 내에도 『격정시대』를 비롯하여 대다수의 그 문학이 도입되어 있는 김학철의 작품을 구체적으로 살펴보려 한다.

## 3. 조선족 문학의 주요 작가와 작품

김창걸(1911~1991)은 아직 본격적인 연구가 진척되지 않은, 그러나 재만 한국문학의 가치를 인정하고 이를 새롭게 들여다 볼 때에는 반드시 확대해서 살펴보아야 할 작가이다. 무엇보다도 그는 그야말로 '재만' 작가이다. 앞서의 안수길 · 강경애를 포함하여 대다수의 재만 한국문학 작가들이 이 지역에서의 일시적인 체류와 체험을 작품으로 형상화하고 있고, 최서해와 같은 경우 귀국 후 만주 체험을 소설로 풀어내고 있는 반면에, 김창걸의 문학은 만주에서 시작하여 만주에서 끝난 것으로 만주라는 공간적 환경이 자기체계 내에서 생산한, 이른바 토종성의 문학적 실과에 해당한다.

일제 말기인 1936년부터 1943년까지 그가 쓴 20여 편의 단편 소설을 비롯한 40여 편의 작품은 모두 만주를 작품의 배경으로 하고 있으며, 만주의 이주민들이 당대에 겪어야했던 시대사적 굴곡을 고스란히 끌어안고 있다. 그러므로 그의 작품은 그 시대의 정치 · 사회적 변화와 문학의 관계 양상을 확인할 수 있게 하는 충실한 자료로서의 기능을 갖는다. 일제하, 그리고 문화혁명 시기의 두 차례에 걸친 그의 절필은 이를 단적으로 드러내주는 사례이다. 만약 한국 문학이 해방 직전 재만 조선 문인들의 작품을 그 문학사의 한 각론으로 편입시키기를 요망한다면, 우리는 김창걸을 그 편입 작업의 유용한 지렛대로 선택할 수도 있을 것이다.

김창걸은 만주 유이민들의 고통스러운 삶을 소설로 드러냄으로써 일제 강점기의 시대상을 뜻있게 문학화했다. 이 작가는 그의 공식 데뷔 이전 첫 작품인 「무빈골 전설」에서 이주민들의 고달픈 삶을 실증적으로 표출하였는데 이것은 이후 그의 작품 어디서나 등장하는 중심 주제가 된다. 동시에 그것은 만주 토착세력의 부당한 압박과 착취에 대한 비판의식을 내포하는 것이기도 하다. 또 이 작품에서 주목할 것은 그가 끈질기게 붙들고 있는 항일 저항의식이다. 김창걸의 저항의식은 음성적으로 그리고 지속적으로 작가의 정신적 행보를 암시하는 주요한 모티프가 된다.

그리고 또 하나 거론할만한 것은 민족공동체의 미래와 후대의 삶에 대한 각성된 의식이다. 그것은 이 작가가 가졌던 깨어 있는 의식이다. 소학교 교원으로서의 체험이나 문필가로서의 양심 등속이 이에 결부되어 있거니와, 나중에 절필의 결심에 이르는 과단성을 보이는 것도 이와 같은 의식의 줄기를 놓치지 않고 있었기에 가능했을 터이다. 이러한 이주민들의 신산스러운 삶에 대한 비판의식, 일제의 우월주의와 차별화 및 민족탄압에 대한 저항의식, 그리고 다음 시대를 염두에 둔 각성된 의식 등은 김창걸의 작품을 유지하는 주제들이며 비록 부분적이고 산발적인 형태이긴 하나 반복적으로 작품 속에 나타난다.7)

리욱(1907~1984)의 원명은 이장원이며 해방 후 리욱으로 개명하였고 그 외에도 월수, 월촌, 홍엽, 단림 등 여러 가지 필명을 썼다. 1924년 첫 작품 「생명의 예물」이래 1930년대에 평가받을만한 시편들을 내놓음으로써 해방 전부터 문단의 주목을 받았다.8) 그는 주로 향토와 민족에 대한 의식을 담은 낭만주의적 서정시를 썼고, 해방 후에는 국가적 목표와 관련된 서사적 성향을 확대해나가는 시세계를 보였다. 그 향토적 서정성과 민족적 역사의식은 그의 시를 지탱하는 두 축이다.

조부모로부터 고향인 함경북도 무산을 등지고 북간도 길림성 화룡현과 블라디보스톡 신안촌으로의 가족 이주사를 가진 리욱은, 앞서 살펴본 김창걸과 마찬가지로 망명 문인이 아니라 간도에서 태어나 생애를 마칠 때까지 조선족 이민의 역사와 함께 문필활동을 한 토종성9)에 해당한다. 그의 문학은 당대 만주국의 슬로건이었던 '오족협화'의 친일문학을 넘어서, 스스로의 정체성에 대한 자각과 더불어 현실적 방향성을 인지하고 있었던 민족문학이었던 셈이다.

리욱은 중국문인협회 분과 이사를 맡는 등 사회활동을 활발하게 전개했으며, 타계할 때까지 문학적 성과가 있는 작품들을 꾸준히 창작했으나 안타깝게도 현재까지 남아 있는 작품은 30여 편에 불과하다. 문화대혁명

기간(1966~1976)에는 '반동적 학술권위' 및 '반동문인'으로 규정되면서 창작의 권리를 박탈당하는 수난을 겪기도 했다.

그의 시들은 1942년에 나온 『재만조선인시집』과 『북두성』, 『북륙의 서정』, 『고향 사람들』, 『장백산하』 등에 실려있고 1980년에 나온 『리욱 시전집』과 1982년에 발표된 장편 서사시 『풍운기』 제1부 등을 통해 그 시 세계를 살펴볼 수 있다. 그리고 『풍운기』 제2부를 집필하던 중 뇌일혈로 사망한다. 앞서 언급한 바처럼 그의 시는 해방 이전의 서정성에 경도되어 있는 작품들과 생애 후반의 서사적 성격의 작품들로 대별해 볼 수 있다.

그의 시가 보여주는 역사의식은 고향과 조국 그리고 민중의 의지에 의한 내일을 지향하는 성격적 특성을 지니며, 해방 이전에는 서정성을 바탕으로 한 그 고향에 대한 시적 표현 자체가 매우 모호하고 적정치 않다는 비판10) 을 받기도 했는데, 이는 이주민의 후예로서 고향의식의 뿌리 자체가 튼실 하지 못했기 때문일 것으로 추측된다. 그러나 그것이 보여주는 시적 바탕 은 윤동주나 김소월의 시들처럼 민족적 정서의 의미망을 형성하고 있어서 국적과 관계없이 조선의 민족문학이라는 범주 문제를 환기하게 한다.

그가 생애 후반에 쓴 서사시들은 대체로 자신의 앞선 창작 관행을 연장 하고 있어서 '서정서사시'란 이름으로 불리는데, 1957년에 쓴 「고향 사람 들」과 「장백산의 전설」 등이 수작으로 꼽히고 특히 「고향 사람들」은 「연 변의 노래」라는 제목으로도 기록되어 있으며 당시 연변에서의 우리 민족 시 형성에 하나의 뚜렷한 이정표를 세웠다는 평가를 받는다.11) 이 시들 은 김철의 「새별전」이나 김성휘의 「장백산아 이야기하라」와 같은 장편 서사시의 문맥을 시발한 것으로 일컬어진다.

리욱의 문학에 대한 연구는 1980년대 후반부터 시작되었고 중국 및 한 국의 연구자들로부터 낭만주의 시인, 거룩한 민족 시인, 중국 최초의 조 선족 시인 등의 호칭을 부여받았다. 그는 소설가인 김창걸과 함께 대표적 재중국 그리고 재만 조선족 문인이며, 당대 현실의 파란만장한 과정을 직접 체험하면서 이를 조선민족의 시각으로 문학화 한 작품들을 남겼다. 그러한 까닭으로 김창걸과 리욱의 문학을 한민족 문화권의 문학 가운데 주요한 항목으로 보고 다시금 그 시대적 상황과 문학적 장단점을 면밀히 검토할 것이 요구되고 있다.

중국 조선족 문학을 대표할만한 또 한 사람의 작가로 들 수 있는 김학철(1916~2001)은 1945년 해방기에 등단하여 민족 해방 운동의 과정에 참여했으며, 조선 의용군의 항일혁명 무장투쟁이라는 새로운 소재를 가지고 문단에 등장했다. 그의 소설은 자전적 내지 기록문학적 성격을 지니는데 이는 그가 항일 투사였다는 데서 기인하고 있으며, 경험에 의거한 바를 구체적이고 총체적으로 재현하는데 이런 특이한 체험이 김학철의 문학을 특징짓게 하는 계기로 작용한다.

김학철은 함경남도 원산에서 태어났고 1935년 서울에서 보성고보를 졸업한 후 중국 상해로 건너가 반일 독립운동에 투신했다. 1937년 7월 조선민족혁명당에 가입하고 그해 8월부터 이듬해 7월까지 중국육군군관학교를 다녔다. 졸업 후에는 김원봉이 1938년 한구에서 조직한 조선의용대에 들어가 분대장의 직임을 수행하면서 항일전선에서 싸웠다.

그가 문학적 능력을 드러내기 시작한 것은 그 투쟁의 어려움 속에서였으며, 1938년 「서광」, 1939년 「승리」, 1941년 「등대」 등의 단편 극작품을 창작하여 공연하였고 작곡가 유신과 함께 1941년 「조선의용군 추도가」와 「고향길」 등의 노래를 창작하여 문학을 통한 투쟁 의지와 사기 앙양에 실제적 노력을 경주했다.

1940년 8월 중국공산당에 입당한 김학철은 1941년 태항산 전투에서 다리에 총상을 입고 일본군의 포로가 된 뒤 나카사키 형무소에 수감되어 있다가 8·15 해방으로 출옥해 귀국하였다. 그리고 서울에서 조선로동당의 전신인 조선독립연맹 서울시 위원으로 활동하면서 문학활동을 재개했다. 항일전투와 그간의 경험들을 소재로 한 단편 「지네」, 「어간유정」,

「밤에 잡은 포로」 등의 작품이 이때에 창작되었다. 1946년 11월 월북한 이후 ≪로동신문≫기자, ≪인문군신문≫주필 등을 역임하며 단편 「정치범 919」, 「적구」, 「콤문의 아들」 등의 작품을 발표하고 1948년 이름있는 작곡가 정률성과 함께 대형교성곡 「유격대전가」 등을 제작하였다.

김학철이 혁명사업의 수요에 부응하여 중국으로 들어간 것은 1951년 2월이며 이듬해 9월까지 북경 중앙문학연구소에서 학습하고 중국문련의 전직작가로 있으면서 단편 「엄혹한 나날에」, 「전우」, 「군공메달」 등을 발표했다. 이렇게 중국 문단에 얼굴을 알리기 시작한 김학철은 연변조선족자치주가 창립되자 1952년 10월 연길시로 이주, 1953년 「새 집 드는 날」, 1956년 「고민」 등의 단편과 1955년 「번영」 등 중편 그리고 1954년 장편소설 『해란강아 말하라』 등을 발표하게 된다. 한편 창작과 더불어 중국 현대소설 『아Q정전』, 『축복』 등을 번역하기도 했다.

이처럼 파란만장한 생애 속에서 1957년 반우파 투쟁을 거치면서 '반동작가'란 누명을 쓰고 문단에서 쫓겨나게 되었으며, 문화대혁명 기간을 통해 막다른 길에까지 몰리게 되었다. 1967년 12월 미발표작인 장편소설 『20세기의 신화』를 쓴 것이 빌미가 되어 10년간 옥고를 겪었고 1980년 12월에 이르러서야 무죄 석방되었다. 다시 문단에 복귀한 그는 1986년 8월 자신의 대표작인 『격정시대』를 발표하였다.

이와 같은 험난한 굴곡의 생애를 일관하여, 일제로부터의 민족해방과 중국혁명을 위해 싸워온 혁명 투사이자 그처럼 곤고한 시절들을 지속적인 창작으로 일관해 온 김학철은, 그 삶의 두 줄기를 융합하여 동시대에 보기 드문 체험적 문학의 성과를 이룩했다. 이는 중국 조선족 문학의 문인 가운데 김창걸이나 리욱과는 그 궤적이 판이하게 다른 또 하나의 문학 창작 모형이라고 할 수 있다.

김학철의 자전적 소설인 『격정시대』는, 지역적 제한을 탈피하여 한반도와 중국 대륙의 곳곳을 공간적 배경으로 하면서 주인공 서선장의 행적을 따라 그 성장 과정과 투쟁의 현실을 사실적으로 그려내었다. 이 소설 속에는 1920년대에서 1940년대에 이르는 조선과 중국의 열혈 투사들이 보인 시대사적 투쟁의 모습이 펼쳐져 있고, 평민적 영웅의 이상주의적 면모를 여실히 드러내어, 작품으로서의 그 이름에 값하고 있다. 그것은 중국 문학에서도 그렇거니와 한민족 문화권의 문학이 가진 매우 독특한 면모라 할 수 있는 대목이어서 특별한 주목을 필요로 한다.

『격정시대』는 역사적으로는 또한 근대 항일투쟁사의 역사적 복원에 일조하였고, 문학적으로는 체험의 힘으로만 창출될 수 있는 창작의 성취를 보여주었다. 그러한 직접적 체험의 범위 속에서의 진실성은 그와같은 역사적 현실 속에 족적을 두지 못한 이로서는 누구도 따르기 어려운 것이라 할 수 있다. 그러나 그 자신이 체험한 것, 들은 것 외에는 절대로 적지 않았기에 이로 인한 단조로움을 면치 못하는 한계를 지니고 있다.12) 이는 민족해방과 사회주의 사상의 실천을 목표로 한 작가의 경직된 면모이면서, 삶의 방향성에 대한 선택이 자유롭지 못했던 시대사의 어두운 그늘을 의미하기도 한다.


## 4. 결어

이와 같이 중국 조선족 문학은 역사적 시련 속에서도 그것을 문학적으로 형상화해 나가며 하나의 민족문학으로서 그 자리를 지켜왔다. 따라서 중국 조선족 문학을 이해하기 위해서는 역사적 시각에서의 조명이 필요하며, 한민족이면서 동시에 중국인이라는 특수성을 고려해야 한다. 이국 땅에서 소수민족으로 살아가며 민족어를 지킨다는 것은 자신의 정체성을 지키는 일이기도 하다.

이 글에서 우리가 개괄적으로 살펴본 중국 조선족 문학의 작가들 가운데, 순수한 재만 작가라 할 수 있는 김창걸과 리욱의 경우에는 그 주어진 환경 조건 가운데서 이를 민족의식 및 민족적 서정성과 관련하여 단순 소박하게 형상화하는 방향으로 나아갔다. 우리말과 우리의 정서를 살려 이를 작품 창작의 형식으로 구조화하는 일 자체가 힘겨웠던 상황 속에서, 그와 같은 문학적 성과 자체가 의미있는 일이 될 수 밖에 없었다. 더욱이 우리말의 사용과 창작이 전면적으로 금지되었던 일제 말기의 국내 형편에 비추어보면, 이들이 지키고 있었던 모국어의 생존이라는 문제가 결코 간략하게 넘어갈 수 없는 사항에 해당한다 할 터이다.

김학철의 경우에는 중국에서 작품활동을 수행한 중국 조선족 작가이면서, 동시에 한반도의 남북한을 종횡하며 그 문학적 배경을 한껏 확장한 역사 현실의 체험자이자 이를 문학으로 형상화 한 유다른 이력의 소유자였다. 그의 소설은 김창걸이나 리욱의 소박한 문학적 방법론과는 달리 '사회주의적 사실주의'란 명료한 방향성을 갖고 있었고, 이는 그 척박한 시대 현실 속에서 김학철이 지속성 있게 붙들고 있었던 창작 지침이기도 했다. 따라서 중국 조선족 문학을 한민족 문화권의 문학이라는 범주로 검증해 보기로 한다면, 이 두 유형의 문학을 통합하여 살펴보고 그 변별적 특성을 비교해 보는 보다 포괄적이고 체계적인 접근 방식이 강구되어야 하리라 본다.

재외 한국인 중 중국 조선족만큼 민족어를 굳건히 지키며 살아가는 이들은 드물다. 중국의 소수민족 정책에 따라 소수민족 자신들의 문화를 지키는 일이 법적으로 허용되어 있는 객관적 상황이나, 독립운동을 계기로 중국을 찾은 조선의 지식인들이 풍부한 인적 자원을 이루었다는 수량적 측면 등이 조선족 문학의 큰 이점으로 작용했다는 사실도 중요하게 고려되어야 한다. 중국 조선족의 민족문화 보존에 대한 주체적 노력은 곧 오늘날까지 이들이 우리말 문학을 지켜올 수 있었던 원동력이라 하겠다.

# ■ 참고문헌

권　철 · 김동화 외, 『연변지역 조선족 문학 연구』, 숭실대출판사, 1992.

김윤식, 『안수길 연구』, 정음사, 1986.

김종회 편, 『한민족 문화권의 문학』, 국학자료원, 2003.

김호웅, 『재만조선인문학연구』, 국학자료원, 1998.

오상순, 『개혁개방과 중국 조선족 소설문학』, 월인, 2001.

오양호, 「간도 연구의 의의와 민족사적 재인식」, 「중앙일보」, 1982. 11. 1.

조성일 · 권　철 주편, 『중국 조선족 문학사』, 연변인민출판사, 1990.

조성일 · 권　철, 『중국 조선족문학 통사』, 이회문화사, 1997.

채　훈, 『재만한국문학연구』, 깊은샘, 1990.

# 해방 후 조선족 시문학에 나타난 민족정체성의 양상

김 경 훈

(연변대 교수)

## 1. 들어가는 말

중국에서의 조선족문학은 "조선족"이라는 명확한 호칭이 있은 1950년
대 초에는 물론 그 뿌리를 더듬어 볼 때, 민족의 이민사로부터 소급할 수
있는 개념이다. 조선족이라는 군체(群體)가 중국에서 다양한 시대적 상황
에 따라 적지 않은 시련을 경험해왔고 계속해서 여러 가지 변화에 맞닥뜨
릴 것이지만 갈수록 가속화되고 있는 세계화에 대비한 살아남기 위한 전
략을 생각해서라도 민족적 동질성을 강화하고 민족적 문화를 더욱 고양
하는 것이 십분 필요하다.

중국에서 조선족문학에 대한 연구는 지난 세기 70년대까지만 해도 지
역적인 범위에서 벗어나지 못했고, 부분적인 작가가 시인에 대한 관심이
산발적으로 이루어졌고 그나마 인상비평의 수준을 크게 벗어나지 못하고
있었다. 그러다가 80년대 이후부터 김철 등 시인에 대한 개인연구가 본격
적으로 이루어졌고 1990년에 조성일, 권철이 펴낸 『중국조선족문학사』

의 출판을 계기로 개별적이고 구체적인 연구와 전체적이고 사적인 연구가 병행이 됨으로써 조선족문학 연구가 보다 학문적인 차원에서 폭넓게 진행될 수 있게 되었다.

지금에 이르기까지 조선족문학은 나름대로의 변화를 추구하면서 끈질긴 명맥을 이어가고 있고 민족문학의 전체적 발전에 특징적인 목소리로 일정한 기여를 하고 있다. 하지만 문학의 대상으로 되는 소재에서 표현의 다양성에 이르기까지 이러저러한 문제성도 있어 앞으로 극복해야 할 점이 많다고 본다. 이 글은 광복 이후의 조선족 문학의 흐름에 대하여 시문학 작품에서 민족의 정체성을 드러내고자 한 작품을 집중적으로 살펴보고자 한다.


## 2. 정체성 회복을 위한 전단계의 아픔들

1945년 광복을 맞게 되자 조선족시문학은 새로운 시대적 요구에 부응하여 새로운 모습으로 자기 발전의 길을 걷게 되었다. 이 시기의 시가문학은 해방된 희열과 당과 수령에 대한 경모의 정, 그리고 근로대중의 창조적 노력과 토지개혁, 정권건설 등 각항 민주개혁을 뜨겁게 노래하였으며 제3차 국내혁명전쟁을 격조높이 구가하였다. 리욱의 시집『북두성』(1947),『북륙의 서정』(1949) 및 윤해영, 채택룡, 김예삼, 설인, 김태희, 김순기, 임효원 등의 작품이 그 보기로 된다.

더욱이 1949년 중화인민공화국이 탄생되자 새로운 현실은 모든 문인들에게 사회주의문학을 전면적으로 출발시킬 요구를 제기하였다. 1952년의 연변조선족자치주의 성립 이후,[1] 보다 명확해진 국적 개념은 조선

---

1) 연변조선족자치주의 전신은 1948년 3월에 설립된 연변전구라 할 수 있고 1952년 9월 3일 연변전구가 철폐되고 "연변조선족자치구"가 설립되었다가, 1955년 12월 "연

족문인들로 하여금 중국의 기본적인 정치와 문화 기류에 적극 합류하게 하였다. 리욱, 김례삼 등 건국 전에 등단한 시인들을 선두로 김철, 김성휘, 이행복, 조룡남, 윤광주 등이 사회주의 혁명과 건설에 관련된 소재의 작품들을 내놓았으며 송정환, 박화 등의 목소리도 시단에 젊은 기운을 불어넣었다. 종합시집『해란강』(1954), 개인시집『고향사람들』(리욱),『진달래』(임효원) 등이 그 대표적인 예로 될 것이다.

1966년부터 1976년까지 이른바 ≪문화대혁명≫의 10년간 조선족시문학은 전대미문의 혼란상을 겪었다. 조선족문학계의 대표적인 문학지『연변』,『장백산』등 잡지들이 폐간되고 자치주 주장이었던 주덕해의 ≪민족문화혈통론≫과 ≪민족분열주의언어방침≫을 비판하는 정치운동이 조선족문단에서 널리 진행되면서 민족문학의 토양과 성과들이 여지없이 짓밟혀졌다. 이 시기 작품들에는 ≪4인 무리≫[2]의 좌경노선을 선양하는 작품들이 많이 창작되었는바 대부분 ≪송가≫형식으로 수령에 대한 개인숭배를 고취하고 당과 혁명에 대한 맹목적인 충성으로 들끓었다. 1976년 ≪4인 무리≫가 정치무대에서 사라지고 1978년 12월에 당중앙위원회 제11기 제3차 전원회의에서 사상개방을 동원하고 사업 중점을 ≪혁명≫에서 사회주의현대화건설에로 옮길 데 대한 결정이 내려지자 조선족시문학은 전에 없는 반성과 모색, 발전의 길을 걷게 되었다. 이 시기 기성문단시인들 외에 한춘, 문창남, 김동진, 남영전 등 많은 시인들이 시단에 새로운 활력소로 가세해왔으며 서정시, 벽시(짤막한 시), 산문시, 서정시, 사시, 장편서사시 등 다양한 양상의 시들이 많이 나타났다. 「조국송가」(리욱, 1978), 「그때 우리는 어찌하여」(한춘, 1979), 「태양이 웃는 거리」(박화, 1984), 「할머니」(남영전, 1986) 등 서정시들과 김철의『새별전』(1980), 김성휘의『장백산아, 이야기하라』(1979), 리상각의『만무과원 설

---

변조선족자치주"로 호칭이 바뀌었다.
2) '문화대혁명' 시기 모택동의 최측근이었던 강청, 장춘교, 요문원, 왕홍문 등을 가리킨다.

레인다』(1981) 등 장편서사시 그리고 많은 시집들이 이 사이에 발표, 출판되었다.

1987년 10월 25일에 개최된 '중국공산당 제13차 전국대표대회'에서 제출한 "중국특색이 있는 사회주의"이론 및 그 후의 개혁, 개방을 심화할 데 관한 결정과 사회주의시장경제 이론 등은 온 중국에 일대 혁명의 선풍을 가져왔다. 조선족에게도 예외는 아니었다. 그전에 담박하였거나 외면하였던 금전관념, 물질관념, 재부에 대한 인식, 경제관념 등이 급속한 변화를 일으켰다. 돈의 가치에 대한 새로운 인식과 더불어 거의 주기적으로 나타나는 통화팽창을 배경으로 돈을 벌려는 일념이 거의 모든 사람들을 사로잡아 갔다. 문단에서도 상업이라고 하는 "바다"에 뛰어든 사람이 한둘이 아니었다. 정신문화의 가치가 심각하게 저하되었고 사회과학이나 인문과학에 대해 소홀이 하거나 외면하는 현상이 보편적으로 나타났다. 문학의 경우도 예외는 아니었는데 특히 시문학에 있어서는 독자가 대량 줄어들고 시인들 중 적잖게 현실적 삶과 문학 사이에서 깊은 고민과 방황에 빠졌었다.

하지만 격변기에 나타난 이러한 정신적 방황과 고민 속에서도 대부분의 조선족시인들은 그 속에 침잠된 것이 아니라 시문학에 대한 끈질긴 애착, 역사적 사명감으로부터 시 쓰기를 중단하지 않았고 격변하는 시기에 시창작의 자세와 그 발전에 대한 참다운 사고를 거쳐 시대적 요구에 힘써 부응하면서도 자기 나름의 개성적 목소리를 갖춘 작품들을 창작하기에 노력해 왔다. 이리하여 희미하나마 일정한 지역적 내지 동인 특정의 시문학 창작 군체(群體)들이 나타나기 시작하였고 시문학은 그런대로 자기발전의 길을 새로운 길을 찾아나갔다.

## 3. 민족의 정체성에 대한 탐구

이러한 모색의 과정에서 특별히 주목되는 것은 민족의 역사와 현실상황에 대한 깊이 있는 문학적 사고와 그 비판이다. 이러한 과정에서 비로소 희미하거나 희석되었거나 불명확했던 민족의 정체성에 대한 의문과 탐구가 비롯되었으며 정체성을 확립하는 데까지 나가게 된 것이다. 이러한 과정은 주로 아래의 3개 부분으로 나누어 볼 수 있다.

우선 민족의 얼에 대한 노래와 현실적 모순 갈등에 대한 폭로와 관심이다. 중국에 산재(또는 집거)해 있는 조선족들의 특수한 지역적 및 정서적 생활조건에서도 잃어버릴 수 없는 민족적 관습과 특성들을 살려가려는 노력들은 지난 세기 80대 중기부터 나타나기 시작하였다.

>   흰, 그러나 인젠 망가져버린 하얀 고무신
>   흰, 그러나 인젠 찢어져버린 하얀 치마
>   흰, 그러나 인젠 다스러진 하얀 두루마기
>   흰, 그러나 인젠 숨어버린 하얀 두루미
>
>   산재마을엔 하얀 할미밖에 없다.
>   연분홍, 그러나 처녀몸엔 치포
>   시퍼런, 그러나 총각몸엔 양복
>   곤색, 그러나 아낙네 몸엔 바지
>   하얀, 그러나 늙은이 몸엔 손수건
>
>   허나, 흰, 남은것은 흰 이불보
>   허나, 희, 남은것은 흰 찰떡뿐
>   허나, 흰, 남은것은 흰 입쌀뿐

아, 산재마을엔 하얀 넋만이 살아있다.

          ─ 한창선, 「산재마을엔」 전문, 『송화강』 1986. 6 [3]

세월의 흐름에 따라 조선족들의 산재지역에서 치마저고리가 치포, 바지로 두루마기가 양복으로 바뀌고 입쌀 등 주식만이 남았지만 넋은 끈질기게 살아있음을 시사한다. 어딘가 조금 복고적인 정취가 없지 않으나 실제로 복식에서만 아니라 말(言語)에 있어서까지 부분적으로 이질화돼버리고 동화돼 버리고 있는 현실이고 보면 넋만이라도 보존해 간다는 화자의 표현은 얼마나 처절하면서도 대견한 것인가. 그러한 몸부림은 다음의 작품에서 분명히 드러날 것이다.

살자, 살자 살자 기를 쓰고 살자
푸른들 푸른땅 푸른강이 차례지지 않는다면
진득진득한 습한 진흙속에서라도 살자
살자, 살자 살자 기를 펴고 살자

          ─ 한창선, 「지렁이」, 1연, 『송화강』, 1986. 6

이밖에 조선족으로서의 민족적 긍지감을 그대로 토로하는 강효삼의 「이 땅─나의 삶」(『흑룡강신문』 1994. 10. 1), 민족의 얼이나 의식을 잃어가는 고통스런 현실을 통탄하는 전춘식의 「신음」(『천지』 1995. 1) 등 많은 작품들에서는 사라져가고 있는 민족적인 것에 대한 깊은 관심을 보여주고 있으며 자기 작품의 주요한 주제로 삼고 있음을 드러내주고 있다.

이러한 주제는 또 민족의 현실적 모순이나 갈등에 대한 폭로로 이어지고 있는데 김연건의 「어머님」 등 작품에서 그려내는 시골풍이 고향과 그 속의 고생스런 어머님의 모습에서 부정부패, 금전만능, 사기기편, 환경오염, 질투 등 사회적 폐해를 공소하는 리상각의 「2행시 묶음」(『길림신문』 1995. 3. 16)에서, 그리고 이밖에 많은 작품들에서 지속적으로 이어져 나갔다.

---

3) 작품의 인용은 원문을 기준으로 표기하였음을 밝힌다.

어쩌면 불행이였을수도
아니, 한때는 행운이였을수도
뿌리에서 파생된 아리랑의 족속—
—나는 중국의 조선족이다.
(중략)
그처럼 어려운 날에도
잊지 않은 민요가 있어라
버리지 않은 말과 글이 있어라
(중략)
조국과 고향의 의미를 더하며
이 땅을 떠나가서 외려 애국이 된다는
난 중국의 조선족이다.
(중략)
나는 나의 운명을
싫든 좋든 이 땅의
어제와 오늘 래일에 맡겼기에
뿌리와 뿌리의 이어짐에 힘입어
이 땅에서 새로운 지평을 열어간다
　　　　－ 강효삼, 「이 땅－나의 삶」에서, 『흑룡강신문』, 1994. 10. 1

　　민족의 얼에 대한 노래와 현실적인 모순갈등에 대한 폭로, 비판은 서로
내재적인 연계를 갖고 진행되어 왔는바 민족의 얼에 대한 노래 속에는 현
실적불합리에 대한 거부감이 하나의 저력으로 작용하며 현실적 모순갈등
을 폭로, 비판하는 뒷면에는 민족의 얼과 자신심, 자존심을 보존하고 억
세게 키우려는 드팀없는 목적이 자리하고 있었다.


　　실낱같은 운명을 쪽지게에 걸고
　　강건너 마을서 우리 올 때는
　　말짱 단일색으로

단군의 후예들인
흰옷 걸친 백성이였지
(중략)
문득 어느날
천지지변의 희롱을 받아
누구는 말타고
누구는 하이야타고
누구는 또 위성타고…
(중략)
그 정상이 하도 참혹해
백두산천지가에 쇠가마 걸고
백옥미로 탁주랑 빚어놓고
단군은 호출령 내렸으니
―여봐라, 족보에서 단군을 찾으라
　　　　　― 전춘식, 「신음」에서, 『천지』, 1995. 1

　하기는 무엇이나 쉽게 변하고 빨리 변하는 당대적인 현실에 민족적인
문화는 커녕 자기가 누구의 후손인지까지도 가끔씩 망각하는 해괴한 현
상이 우리 주변에 가끔 눈에 띈다. 예문에서 ≪단군이 누군지 난 몰라≫
라는 ≪열변≫에 ≪두만강노래는 흐느낌이 되고≫ 단군도 멀리 사라진
다는 화자의 안타까움은 그러한 민족의 현실적 고뇌나 상처를 시적으로
잘 보여준다 하겠다.
　민족의 정체성에 대한 고민은 지난 세기 90년대에 들어서서 조선족 시
인들의 경우 대체로 새로운 이주의 고조라 할 수 있는 이향(離鄕)으로 비
롯되는 고향의 피폐상으로부터 출발한다고도 할 수 있다. 그런데 오늘날
에 이르러 그러한 고민은 보다 개방된 세계적인 것으로 열려 있으면서
도 자기의 뿌리를 잊지 않은 특수한 시각으로 변화되고 있다. 즉 이들에
게 있어서 가장 소중히 다루어지고 있는 고향의식은 결국 민족의식에로

이어지고 민족의식을 통해 고향에 대한 근원적인 감각이 더욱 고조되는 상호작용적인 사고의 방식에서 민족의 정체성의 양상을 알아 볼 수 있다는 것이다.

연변이 연길에 있다는 사람도 있고
구로공단이나 수원쪽에 있다는 사람도 있다
그건 모르고 하는 사람들 말이고 아는 사람은 다 안다
연변은 원래 쪽바가지에 담겨
황소등짝에 실려왔는데
문화혁명때 주아바이4)랑 한번 덜컥 했다
후에 서시장바닥에서 달래랑 풋배추처럼
파릇파릇 다시 살아났다가
장춘역전 앞골목에서 무짠지랑 함께
약간 소문났다
다음에는 북경이고 상해고
랭면발처럼 쫙쫙 뻗어나갔는데
전국적으로 대도시에 없는 곳이 없는게
연변이었다
요즘은 배타고 비행기타고 한국가서
식당이나 공사판에서 기별이 조금 들리지만
그야 소규모이고
동쪽으로 도꾜, 북쪽으로 하바롭스크
그리고 싸이판, 샌프랜씨스코에 빠리, 런던까지
이 지구상 어느 구석 엔들 연변이 없을소냐.
그런데 근래 아폴로인지 신주(神舟)인지
뜬다는 소문에
가짜려권이든 위장결혼이든 가릴것 없이

---

4) 연변조선족자치주 초대주장인 주덕해(朱德海)를 말한다. 문화대혁명 때 그에게 ≪민족주의분자≫라는 죄명에 ≪황소 제일, 황소 통수(統帥)를 제창하였다≫라는 죄목이 들씌워졌다.

보따리 싸안고 떠날 준비만 단단히 하고 있으니
이젠 달나라나 별나라에 가서 찾을수밖에

연변이 연길인지 연길이 연변인지 헷갈리지만
연길공항 가는 택시료금이
10원에서 15원으로 올랐다는 말만은 확실하다
　　　　— 석화,「연변 · 4」,『연변』, 연변인민출판사, 2006. 11

밤
기적소리 한줄기
베개머리를 스쳐간다
렬차의 차간마다에 실려서
반짝반짝 눈을 뜬 꿈들이
여래보살 줄지어 가고
큰소리치는 기차가 어둠속에 지워진다

발해를 만나려고
돈화역에 내리면
나를 싣고 온 밤기차
해가 뜰 때까지
굽이굽이 몸속을 굴려가며
울먹이는 기적소리를 듣게 한다
　　　　— 석화,「연변 · 15」,『연변』, 연변인민출판사, 2006. 11


　　앞의 작품이 조선족의 끈질긴 생명력에 대한 찬미와 함께 어딘가 혼란
된 민족의 정체성의 모습들을 보여준다면 뒤의 작품에서는 오래되었지만
민족의 자존심과 뿌리가 되는 곳을 찾아 헤매는 의미 있는 모습들을 대견
하게 보여준다고 할 수 있다. 지금은 쉽사리 찾거나 만날 수 없는 그 곳을
두고 기적소리만 울먹이게 들려온다는 구절은 동질감을 느끼는 사람이라
면 누구나 한번쯤은 가슴이 뭉클하는 순간이 될 것이다.

민족의 정체성에 대한 고민은 서정시의 경우 외에 기타 시조와 같은 장르에서도 꾸준히 다루어져왔다.

①동강난 반도가 비에 젖어 우는고나
무참히 잘리운 네 아픔을 보느니
차라리 이내 허리를 잘라냄이 어떠냐
— 김철, 「동강난 지도앞에서」, 『중국조선족 시조선집』,
민족출판사, 1994. 5.

②힘장수 낳아 키운
백두산 울 어매여

새 천년 세월에도
장수 많이 낳으시되

형제간 칼부림하는
장수만은 낳지 마소
— 최혜숙, 「백두산 울 어매요」, 『시조마을』, 연변시조시사 편,
도서출판 모리슨, 2004. 10

①에서는 국토의 ≪허리≫와 사람의 ≪허리≫를 의미적으로 연결시킴으로써 민족의 분단이 피부뿐만 아니라 뼈 속까지 아픔으로 전해오고 있을 상징적이면서도 리얼하게 표현하고 있고 ②에서는 더 이상 동족상잔하지 않는, ≪개 잡은 포수처럼/ 으스대는≫ ≪살인자≫(리상각, 「옛말」, 시조집 『유혹』)가 아니라 평화의 보호 신으로서, 상징으로서의 장수만을 바라고 있어 매우 소박하면서도 절절한 민족 통일의 염원을 시적으로 잘 드러낸다 하겠다.

물론 민족의 현실에 대한 비판의식을 훌륭히 보여준 작품들이 적지 않았으나, 개혁개방 이후, 조선족 지역사회에서 민족 공동체의 해체와 같은 심

각한 위기 상황이 시조에 적극적으로 반영되지 못하고 있음은 가장 민족적인 시가 형식이라는 시조의 특성을 감안할 때 아쉬움을 자아내기도 한다.

한편 민족의 정체성에 대한 시적 고민은 여성시인들의 활약을 통해서도 충분히 느낄 수 있는 부분이기도 하다.

조선족 여성 시인들은 현실세계에 대하여, 특히는 그 모순이나 갈등을 대할 때 남성적인 세계와 거의 차이가 없는 폭넓은 비판적 시각을 갖추고 있다. 수동적인 여성의 운명을 간접적으로 고발하고 있는 「계절같은 남자」, 「코리아 비너스」, 「바람」 등 작품에서부터 현대인다운 지성적인 감각으로 현실적인 모순을 비판하는 작품들과 민족적인 과제까지 곁들이는 폭넓은 시각을 선보이고 있는 것이다.

> 소경에게서 막대를 빌어/ 길가는 법을 배우는 거지일수밖에// 나도 한 장의 걸어 다니는 광고인줄을/ 길에 나서면/ 나붙은 광고들이 알려준다
> — 「광고」[5]

> 국화꽃 한다발 꺾고나서/ 눈물 두방울 만들어냈습니다/ (중략)꽃형제들의 흐느낌과/ 정조잃은 자연의 통곡소리가/ 귀전에 새삼새삼 맞혀오며
> — 「꽃을 꺾고나서」

> 내가 본 서울의 겨울은/ 은근히 추웠다/ 오색찬연한/ 찬기운이 스며있었다/ 바람은 자취도 없는데/ 뼈속까지 추위는 느껴지고(중략)내가 본 서울의 겨울은/ 흐물거리며 울고 있는 마술사였다
> — 「내가 본 서울의 겨울은」

> 림진강 남쪽에서/ 누나가 통곡하고// 림진강 북쪽에서/ 남동생 애곡한다// 해마다 림진강물이/ 왜 붇는지 그대 알만한가?
> — 「림진강」

---

5) 이하 작품은 시집 "하늘빛 영혼들"(인민출판사, 2009)에서 인용하였다.

「광고」,「꽃을 꺾고나서」 등에서는 현대사회에서 물질적인 것에 쫓겨 살면서 인간이 물화(物化)되는 이화(異化) 현상이나 자연파괴에 따른 생태의식의 필요성 등 현대적 모순에 대해 고발하고 자성의 촉구를 들이대고 있다. 또「내가 본 서울의 겨울은」 등에서는 역사적 또는 현실적으로 얽힌 민족적인 모순을 폭로하고 그 대안 책에 대해 희미하나마 제시하고 있다. 이러한 현실적, 또는 역사적인 문제에 대한 시인들의 투철한 의식은 여러 가지 소재에 걸쳐 진정한 시인다운 진지한 탐구와 관심이 남성 시인에 못지않게 꾸준히 진행되리라는 가능성을 예시하고도 남음이 있다. 한편 최혜숙의 「림진강」 등 시조는 시인이 언제고 집착하고 있는 민족의 현실적인 모순에 대한 끈질긴 관심을 드러내면서 민족이나 동족에 대한 사랑에 차츰 무뎌져가는 우리들의 심경을 노래하고 있었다.

또 리순옥의 "백두산정에는"라는 작품은 일년 중 대부분 하얀 눈으로 덮혀있는 백두산정의 빛깔은 그것에 뿌리를 둔 족속, 그 영혼까지 하얗게 물들인다고 함으로써 통상적인 백의민족의 의미 내지 상징을 보다 시적으로 승화시키고 있는 느낌이다. 물론 백두산은 민족의 영산(靈山)이고 그렇기 때문에 그 신성한 산정은 물론, 그곳을 다녀온 인간 모두의 심성을 "말갛게 씻" 어주는 것이다. 오늘의 우리의 삶이 여러 가지 어렵고 힘든 과정으로 되어 있음을 되새길 때, 민족의 이미지가 점점 색 바래어지고 있을 때, 그 정상에서 한 번 "하얀 구름으로" 씻어봄이 어떨까…. 그런 의미에서 주매화의 "천지에 돌을 던지라"는 화자가 돌이 될 만큼 천지에 뛰어들어 "력사로 쌓여있는 눈" "엉켜붙은 이끼와 벌레들을/리산의 아픔과 분단의 철조망" 을 "흘려내려 씨어내리"고 싶다고 함으로써 앞의 시인과 목소리를 함께 하고 있어서 대견하였다.

또 다른 한 시인 박설매의 "백의" 는 미리 약속이나 한듯이 흰 옷의 빛깔의 이미지에 대해 "행주성"의 치마를 돌아보고 "백두봉"의 아침해살을 몸에 받으며 "눈보다 흰옷/구름보다 가벼"운 옷에서 반만년 "백두의 흰빛에" "물들인" 그 흰 빛깔에 대해 깊은 사색에 잠기고 있어 흰색 이미지에 대한 이들의 공통된 인식의 폭이 얼마나 넓은지를 잘 보여주고 있다.

민족의 현실적 모순이나 아픔에 대한 각별한 관심은 "지평선에로"(리순옥)에서도 잘 드러난다. 일찍이 괴나리보짐을 지고 고국을 등져야만 했던 사람들, 이제 나라의 주인이 된듯 싶었는데 다시 보짐을 지고 타향으로 향하는 그 무리들, "별반/족보에도 올라보지 못한/흰옷 입은 사람들"은 도대체 무엇을 바라고 어디까지 방황해야 하는 건가고 묻고 있다.

물론 민족의 과거와 현실의 아픔을 지속적으로 되새기고 안타까워하는 이곳 시인들의 애족적인 사랑은 송미자의 "두만강 여울소리"에서 생명의 흐름으로 들려오고 있었으며 윤영애의 "초가집"에서는 피폐해진, 가장 오래된 우리의 터―초가의 쓸쓸한 모습을 보여주고 있어 민족적 현실의 근원적인 문제가 얼마나 심각한지를 간접적으로 호소하고 있다. 또 이러한 폐허상은 조혜선의 "교정에―시골행3"에서 우리 민족의 정신적인 터전으로 작용했고, 타민족이 따라오기 버겁게 만들었던 정신적 버팀목의 하나였던 학교교육의 상징인 캠퍼스의 피폐상에서도 여실히 볼 수 있어서 안타까움은 더 해진다.


## 4. 나오는 말

중국 조선족 시문학은 이후에 다양한 모습으로 변화해 왔다. 대체로 광복 전의 작품들은 식민지화 된 고국을 등지고 살아야 했던 유이민의 애환을 주된 내용으로 시인 개개인의 다양한 개성적 표현으로 특징적이었다면 광복 이후의 30년 남짓한 시기에는 대부분 사회주의 혁명과 건설이라는 정치적문화의 풍토에 종속되어 같은 목소리, 같은 내용을 노래하고 있었다. 그리고 지난 세기 80년대 이후부터는 고민과 모색, 탐구를 거쳐 민족의 정체성에 대해 다시금 인식하게 되었고 보다 개성적이면서도 새로운 관념과 방식으로 새로운 현실을 작품에 담아보려는 노력들을 하고 있었다. 이주민으로부터 국민으로 된 자긍심을 안고 살아가다가 민족의 정체성에 대한 고민을 거쳐 오늘날 조선족의 문학인들은 보다 열려 있으면서도 자기의 뿌리를 잊지 않은 특수한 시각으로 창작에 임하고 있다. 따라서 이들에게 있어서 민족의 정체성은 이들이 가장 소중히 다루어지고 있는 고향의식이 결국 민족의식에로 이어지고 민족의식을 통해 고향에 대한 근원적인 감각이 더욱 고조되는 문학적 사고의 방식에서 그 본질적인 양상을 알아볼 수 있을 것이다.

이 글은 광복 이후의 조선족 문학의 흐름에 대하여 시문학 작품에서 민족의 정체성을 드러내고자 한 작품을 시기별로, 서정시에서 시조, 여성시에 이르기까지 집중적으로 살펴봄으로써 민족 전체의 문학발전과 어느정도 기여할 수 있는지 그 가능성을 알아보고자 하였다. 물론 이러한 연구는 보다 다양한 시각으로 연구됨으로써 민족의 정체성에 대한 문학적 노력들에 대해 더욱 의미 있는 분석의 결과를 얻을 수 있을 것으로 이후의 지속적인 노력이 필요할 것이다.


▌참고문헌

**1. 기본자료**
김　철, 장편서사시 ≪새별전≫, 연변인민출판사, 1980.
김성휘, 장편서사시 ≪장백산아, 이야기하라≫, 연변인민출판사, 1979.
리상각, 시조집 『유혹』, 연변인민출판사, 1992.
리상각, 장편서사시 ≪만무과원 설레인다≫, 연변인민출판사, 1981.
리　욱, ≪고향사람들≫, 연변인민출판사, 1954.
리　욱, ≪북두성≫, 동북인민출판사, 1947.

리　욱, ≪북류의 서정≫, 동북인민출판사, 1949.

석화, 연변 · 4, 연변, 연변인민출판사, 2006. 11.

시집 ≪하늘빛 영혼들≫, 인민출판사. 2009.

연변시조시사 편, ≪시조마을≫, 도서출판 모리슨, 2004. 10.

임효원, ≪진달래≫, 연변인민출판사, 1954

종합시집 ≪해란강≫, 연변인민출판사, 1954.

≪중국조선족 시조선집≫, 민족출판사, 1994. 5.

## 2. 연구저서

『조선족략사』, 연변인민출판사, 1986년

『중국조선족문학사』, 연변인민출판사, 1990년

『中國少數民族作家略傳』, 青海出版社, 1982년

# 재중국 조선족 시인들의 시에 나타난 민족의식과 국가관

(중앙대 교수)

## 1. 실마리

해외에서 문학 활동을 하고 있는 동포 가운데 재중국 조선족에 의해 창작된 작품은 모국어로 되어 있어 따로 번역을 하지 않아도 이해가 된다는 특장점이 있다. 그럼에도 불구하고 국내에서 지금까지 그다지 폭넓게, 깊이 있게 연구되지는 않았다. 특히 소설에 비해 시에 대한 연구는 상대적으로 소홀했었다는 느낌을 지울 수 없다. 소설의 경우 김학철의 작품 대다수가 국내에 간행되었고[1] 연변 대표 여성작가 소설집 같은 것[2]도 나와

---

[1] 김학철의 소설은 3권짜리 『격정시대』가 1994년에 풀빛에서, 2006년에 실천문학사에서 나왔다. 이밖에 『최후의 분대장』(문학과지성사, 1995), 『20세기의 신화』(창비, 1996),『우렁이 속 같은 세상』(창비, 2001)이 간행되었다. 평전과 연구서도 나와 있다.
조성일 외,『김학철론』, 흑룡강조선민족출판사, 1990.
이해영,『청년 김학철과 그의 시대』, 역락, 2006.
김호웅 · 김해양,『김학철 평전』, 실천문학사, 2007.
강옥,『김학철 문학 연구』, 국학자료원, 2010.

있는 데 반해 재중국 조선족 시인의 시집은 국내 출판사에서 새롭게 간행된 예가 없다. 지금까지 국내에서 발간된 중국 조선족 문학사 중에 시가 따로 하나의 장을 점하고 있는 것은 4권 정도 된다.

소재영 외, 『연변지역 조선족 문학연구』, 숭실대학교 출판부, 1992.
황송문, 『중국조선족 시문학의 변화 양상 연구』, 국학자료원, 2003.
윤윤진, 「중국조선족문학」, 신동욱 편, 『한국 현대문학사』, 집문당, 2004.
정덕준 외, 『중국조선족 문학의 어제와 오늘』, 푸른사상, 2006.

이밖에 재중국 조선족 시인 김철에 대한 연변 쪽의 연구서와 리성비에 대한 논문3)이 나와 있기는 하지만 지금 이 시대 중국에서 작품 활동을 하고 있는 시인들에 대한 연구는 찾아보기 어렵다. 즉, 중국에서 소수민족으로 살아가면서 겪는 일, 교포사회가 지금 당면해 있는 문제, 그들의 정서와 꿈, 고민과 모색이 묻어나 있는 작품에 대한 연구는 거의 이루어진 적이 없다고 봐야 할 것이다. 본고는 재중국 조선족 시의 역사가 아니라 근황에 대해 고찰을 해보려 한다. 텍스트로 삼은 시집은 아래의 5권이다.

김학천, 『꿈 많은 봇나무 숲』, 연변인민출판사, 1998.
리상각, 『까마귀』, 료녕민족출판사, 1999.
석화, 『세월의 귀』, 흑룡강조선민족출판사, 1998.
석화, 『연변』, 연변민족출판사, 2006.
중국조선족문학우수작품집편집위원회, 『2005 중국조선족문학 우수작품집』, 흑룡강조선민족출판사, 2006.

---

2) 리선희 외, 『너는 웃고 나는 울고』, 도서출판 벽호, 1995.
3) 최응구, 『김철과 그의 시』, 흑룡강조선민족출판사, 1981.
박태상, 「연변 시인 리성비의 작품세계」, 국제한인문학회, 『국제한인문학연구』 창간호, 2004.

논자는 이들 시집의 전반적인 특징이나 문학적 가치를 논하려는 생각은 없다. 이들 시집 중에서 중국에서 한민족 시인으로 살아가면서 느끼는 민족적 정체성에 대한 생각이나 고민이 투영되어 있는 시를 대상으로 하여 논의를 전개하고자 한다.

## 2. 재중국 조선족 시인들의 민족의식과 국가관

### 2-1. 민족적 정체성에 대한 혼란

1954년 길림성 돈화시에서 태어나 연변대학 중문학부를 졸업한 김학천 시인은 연변작가협회 상무부주석, 연변민족문학원 상무부원장, 중국작가협회 제5기 전국위원 등을 거친 연변의 대표적인 시인이다. 김학천은 중국어시집을 낸 이후 1998년이 되어서야 비로소 조선어 개인시집 『꿈 많은 봇나무 숲』을 냈는데, 이 시집에는 자신의 국가관을 밝힌 시편이 다수 수록되어 있다.

> 내 처음으로 반짝이는 대학생휘장을
> 높뛰는 가슴에 달았을 때
> 내 처음으로 빨간가위 학생증을
> 떨리는 두손에 받아들었을 때
> 마치도 갓 입대한 전사가 총을 받아쥐고
> 돌격의 시각을 기다릴 때처럼
>
> 그때에야
> 나는 알았습니다
> 내가 10억중의 하나임을

나는 느꼈습니다
내가 얼마나 가볍고도 무거운가를
마치도 망망림해의 하나의 잎새처럼
마치도 백설 떠인 장백의 높은 산봉우리처럼

아, 십억과 하나
하나와 십억의 변증법의
이내 혈맥속에서
그처럼 짙게
그처럼 뜨겁게
생명의 피로 어울렸음을 느끼였습니다

조국
고생 많으신 자애로운 어머니
　　　　　　　－「조국은 나를 지켜봅니다」 제1~5연


　　10억 중국인과 내가 같은 혈맥 속에서 짙게, 뜨겁게, 생명의 피로 어울
려 있음을 느낀 그날의 감격을 되살려 쓴 시이다. 이 시에는 처음 대학생
휘장을 가슴에 달고 학생증을 받은 날의 감회가 잘 나타나 있다. 이 시에
서 말하는 '조국'은 중국이다. 이 시를 쓴 1985년 9월 중국의 인구는 대략
10억이었는데[4] 시적 화자, 즉 시인 자신임에 틀림없는 김학천이 10억 중
국 인구 중의 일원임을 자랑스러워하고 있다. '혈맥'이라는 시어를 가져다
쓰고 있는 것이 이채롭다. 시인은 조선족임에 틀림없지만 중국을 조국이
라고 생각하고는 "고생 많으신 자애로운 어머니"라고 표현하였다. 하지
만 내가 짐지고 있는 책임감의 무게를 나타내기 위해 쓴 "백설 떠인 장백
의 높은 산봉우리처럼"이라는 시구를 보면 자신의 조국이 조선임을 부정

　4) 중국은 그때나 지금이나 정확한 인구 조사가 불가능하다. 한족은 1가구에 1명, 소수
　　민족은 1가구에 2인의 자녀만을 허용하는 정책으로 인해 출생신고를 하지 않는 신
　　생아의 수가 엄청나게 많다.

하지 않겠다는 뜻이 내포되어 있다. 백두산은 한국인에게는 민족의 영산이지만 '장백산'이라고 부르는 중국인에게는 국경지대의 있는 큰 산 중 하나에 불과하다. 그러니까 김학천은 자신의 조국이 중국이기도 하고 조선이기도 하다는 이중적인 생각에서 벗어나지 못해 "백설 떠인 장백의 높은 산봉우리처럼"이라는 직유법을 썼던 것이다. 조국인 중국에 대한 시인의 애정과 자부심은 다음 시에도 잘 나타나 있다.

> 보잉737비행기가 휘파람 일으키며
> 만메터 고공에 떠올랐을 때
> 나는 구름우에서
> 탐스럽게 조국을 굽어본다
>
> (……)
>
> 장성과 장강은
> 거룡의 죽지 않는 혼백을 흐느적이며
> 황산과 황화는
> 황색피부민족의 신기한 령광으로 반짝이고
> 유서깊은 청장고원은
> 지구의 지붕으로 솟아오른다
>
> — 「구름우에서」 제1, 3연

비행기 창을 통해 아래를 굽어보니 중국을 대표할 만한 건축물과 자연이 보인다. '장성'은 만리장성이고 청장고원(青藏高原)5)은 티베트고원이다. 시인이 '조국'이라고 말한 곳은 중국이다. 비행기에서 내려다보이는 중국의 각 곳, 즉 장성과 장강, 황산과 황화, 청장고원 등이 자랑스럽다. 이 시에서 중요시해야 할 것은 "조국을 굽어보며/ 또 고향을 찾고있다"는

---

5) 청장고원(青藏高原) : 티베트고원의 중국식 표기명.

마지막 문장이다. 조국을 굽어보며 고향(연변)을 찾는다는 이 문장의 뜻은 시인의 고향이 압록강과 두만강의 북쪽이지 그 남쪽이 아니라는 뜻이다. 자신의 할아버지나 더 윗대의 고향은 조선반도의 어느 곳이었겠지만 자신 혹은 부모대의 고향은 연변이라는 인식이 이런 구절을 쓰게 했다. 김학천에게 있어 조국은 중국이고 고향은 중국 땅이다.

> 당신은 또렷합니다
> 백설 떠인 백두의 산벼랑이
> 한그루 또 한그루
> 억세고도 아름다운
> 미인송을 받들어올리듯이
>
> 추상적이면서도 구체적인 곳
> 몽롱하면서도 또렷한 곳
> 이것이 바로 당신이겠지요
> 연변이여
> 나의 순박한 꿈의 고향이여
>
> – 「고향」 제4~5연

"백설 떠인 백두"는 연변 쪽에서 볼 수 있는 그 백두이다. 이런 시를 보면 "나의 순박한 꿈의 고향"인 연변이 중국 땅이며 자신이 중국인이라는 데 대한 자부심이 대단하다. 조상의 고향은 분명 두만강과 압록강 이남 그 어디이겠지만 그곳에 대한 기억이 없는 시인으로서는 향수도 있을 리 없다. 반면, 자신의 고향은 중국 땅 연변이라는 인식이 투철하다.

뢰봉(1940~1962)은 한때 중국 사람들에게 가장 추앙받았던 영웅이다. 그는 문화혁명 기간에 정치적 선전을 위해 이용되었다. 인민해방군에 투신해 평생을 이웃을 위해 봉사한 그는 중국 공산주의의 이상형으로 받들어지고 있다. 한푼 두푼 모은 돈을 수재민들에게 보냈다거나, 몸이 아파

병원에 가던 도중 공사장에서 일손이 달리는 것을 보고 벽돌을 함께 날랐다는 일화는 지금까지 회자되고 있다. 그가 스물두 살의 젊은 나이에 교통사고로 숨지자 모택동은 친히 "뢰봉을 따라 배우자"는 붓글씨를 바쳤다. 시인은 중국인의 뢰봉 예찬에 동참한다.

> 유서 깊은 동방은
> 그 이름의 고향
> 중화민족 문명과 례의 정화가 집결됐다
>
> 저어
> 서방세계까지
> 그 많은 계급
> 그 많은 가치관
> 그 많은 편견들을 뿌리치고
> 그 이름을
> 전 인류의 전범이라
> 한결같이 추대한다
>
> — 「뢰봉」 끝부분

김학천에게 있어 세계는 동방과 서방으로 나뉘어 있다. 동방을 대표할 수 있는 뢰봉은 중화민족의 문명과 례의(예의)의 정화가 집결된 인물로서 시인은 그 이름을 "전 인류의 전범이라/ 한결같이 추대한다." 조선족 시인임에도 불구하고 이 시에서 김학천은 자기를 중화민족과 동일시하고 있다. 이미 구시대의 인물인 뢰봉 예찬에 동참했다는 것 자체가 자신의 정체성을 중화민족과 동일시하고 있음을 알게 하는 것이다. 하지만 다른 시에서는 조선족을 '백의민족'이라 강조하고 있다.

단소와 장고는 흥분되어 뛰노는 음부(音符)들과
노래하며 춤추며
부르하롱강변에서 새로운 세기에로 나아간다

백의민족의 기쁨은 빙빙 돌고있는 춤판으로
백의민족의 정서는 활활 타오르는 축구장으로
민족은 커가고있다
'아리랑'의 유유한 선률에
이 계절의 정서를 포근히 포착한 민족은
번영의 새날을 맞이한다

- 「연변의 10월」 끝부분

이런 시에서는 자신이 조선족임을 자임하면서 단소와 장고의 음에 맞
춰 춤을 추는 연변 사람들의 안녕을 기원한다. 특히 아리랑 선율까지 언
급하면서 조선족이 번영의 새날을 맞이할 거라며 희망의 메시지를 전하
기도 한다. 민족적 정체성 면에 있어서는 앞의 시와 달리 백의민족을 자
랑스러워하고 있다.

이상 김학천의 시를 보면 자신의 조국을 중국으로 보고 중화민족과 동
일시를 꿈꾸다가 백의민족임을 자랑스러워하는 등 민족적 정체성 면에
있어서는 다소간 혼란에 빠져 있음을 알 수 있다.

## 2-2. 보다 분명한 민족의식

리상각은 1939년 강원도 양구 출생으로, 십수 년간 연변작가협회 기관
지인 『연변문학』의 주간과 사장을 맡아오면서 『리상각 시선집』 등 15권
의 시집을 펴냈다. 조선족 연구자에 의해 "언제나 순결한 마음과 티 없이
맑은 정서 속에서 시상을 펼치며 아름다운 정의 세계를 보여주고 있다"[6]

---

6) 윤윤진, 「중국조선족문학」, 신동욱 편, 『한국 현대문학사』, 집문당, 2004, 915쪽.

는 평을 들은 그는 자신이 조선족 시인으로서 조선족임을 시를 통해 분명히 하고 있다.

> 당신의 살결처럼 부드럽습니다
> 당신의 체취처럼 향긋합니다
> 당신의 모습처럼 어여쁩니다
> 아, 당신 몸에 어울리는 당신의 한복
> 언제나 당신을 떠날수 없습니다
>
> — 「한복」 앞 연


> 울 어머니 다듬이질하던
> 그 두방망이 내 가슴에 들어왔다
> 네가 언뜻 나타나기만 해도
> 토닥토닥 다듬이질이다
>
> — 「다듬이질」 제1연


리상각은 '한국적인 것'을 찾아내 이를 시화하는 작업을 하고 있다. 우리 민족이 예로부터 자랑해온 한복을 시인은 "당신 몸에 어울리는 당신의 한복"이라고 했다. "언제나 당신을 떠날수 없습니다"고 한 것은 한복을 입지 않고 살아갈 수 없다는 뜻이다. "울 어머니 다듬이질하던/ 그 두방망이"는 "사랑의 순결한 마음을/ 하얗게 바래워서/ 구김살 하나 없이 하느라고"라는 다듬이질의 의미와 잘 어울려, 「한복」과 자연스럽게 연결이 된다. 한국적인 것의 원형을 시인은 한복과 그 한복의 구김살을 없애는 다듬이질에서 찾아냈던 것이다. 시인은 유년기를 강원도에서 보내서 그런지 농촌의 풍경과 정서를 다음과 같이 눈에 보일 듯이 그린다.

> 벽돌기와집은 보기에도 오시시 추워난다
> 초가집은 마주서면 온몸이 훈훈해진다

초가지붕은 어머니의 낡은 모시수건
허름한 툇마루는 내가 안겨 자란
어머니의 색난 치마폭
장국내 푹 배인 흙벽은 조상때부터 쌓은
인정의 내음이 향긋하다
그래서 초가집에 들어서면 어머니 품에 안긴 마음
할아버지 모습도 얼른거린다
길을 가다가 낯선 초가집을 바라보아도
내 집, 내 어머니 같다

　　　　　　　　　　　　　 －「초가집」 전문

　이 시는 거의 모든 문장이 은유로 이루어져 있다. 초가지붕은 어머니의
낡은 모시수건이고 허름한 툇마루는 내가 안겨 자란 어머니의 색난[7] 치
마폭이다. 장국 냄새 푹 배인 흙벽을 두고 조상 때부터 쌓은 인정의 냄새
라고 한 것에 이르면 시인이 그린 풍경이 옛 시절 우리나라의 시골 풍경
과 다를 바 없음을 알게 된다. 시집에는 고향에 대한 그리움을 노래한 시
가 아주 많다. 고향 노래는 대개 떠나온 시골 풍경 묘사와 전원생활에 대
한 예찬이다. 시인에게 있어 유년기를 보낸 고향은 낙원이었다.

　　　과일향기 벼향기 목메게 실어오는
　　　서느러운 바람에 가슴이 후련타

　　　　　　　　　　　　　 －「고향의 가을」 제6연

　　　고향은 시골이나
　　　이 몸은 서울에 있네

　　　서울에 살지마는
　　　마음은 시골에 있네.

　　　　　　　　　　　　　 －「시골아이」 제1～2연

─────────────────────

7) 뜻 모를 낱말. 색난(色難)은 아닌 것 같고, '색 바래다'의 반대말이 아닐까 한다.

앞의 시는 고향의 대한 추억을 과일과 벼에서 풍기는 향기로 나타내본 것이다. 뒤의 시에서 '서울'은 대한민국의 수도 서울이 아니다. 연길시 혹은 대도시의 대명사로 서울을 끌어다 쓴 것이다. 다른 시에서도 리상각은 "티없이 맑은 고향 봄하늘이 그립다"(「봄수심」), "내 마음은 항상 한줄기 강이 되어 먼 고향으로 흘러간다"(「내 마음」)는 식으로 수구초심의 경지를 추구하고 있다. 이런 시 외에 시인의 민족적 자의식과 남북한 통일에의 의지를 구현한 시가 있어 주목을 요한다.

억만년 세월을 두고 번개는
하늘에 칼질을 했다만
하늘 한쪼각도 찢어내지 못했다
하늘이 좋아서 백조는 난다
백조의 겨레여 높이 날자

뢰성은 강산을 뒤엎자고
천둥치고 지동을 쳤다만
산은 산대로 솟아있다
물은 물대로 흐른다
강토여 우리 강토여 영원하라
　　　　　　　　　　　　　－「백조의 겨레」제1, 2연

제1연에서 시인은 한민족을 '백조의 겨레'로 표현하고 있다. 중국인 국적을 갖고 중국 땅에서 살고 있지만 시인이 말하는 '강토'는 "산은 산대로" "물은 물대로"라는 표현에 잘 나타나 있듯이 조선반도를 가리키는 것이지 중국이나 중국의 동북 3성을 가리키는 것이 아니다.

하나의 해가 항상 동에서 뜨듯이
하나의 달이 항상 동에서 뜨듯이

동방하늘을 날아예는 불사조
백조의 겨레여 우리도
언제나 하나로 날자

-「백조의 겨레」 제3연

　제3연에 가서 리상각은 해와 달이 동에서 뜬다는 사실과 "동방하늘을 날
아예는 불사조"를 언급하고선 "우리도/ 언제나 하나로 날자"면서 겨레의
하나 됨을, 즉 통일을 강조한다. 억만년 세월의 번개와 뇌성도 강토를 찢어
놓지 못했다고 한다. 백조의 겨레인 우리가 언제나 하나로 날자고 주장하
고 있으니, 통일에의 의지를 표명한 것이 틀림없다. '백조의 겨레'는 당연히
백의민족의 대유법이다. 이런 주제의식은 다른 시에서도 엿볼 수 있다.

달콤한 어릴적 기억은
인정 많은 이웃집 아줌마
날 친자식처럼 사랑해준거야
그 아줌마 어데 계실가

낯선 길손이라도
그렇게 살뜰히 대해준거야
누구라도 찾아오면 동네어른들
한피줄 한형제로 안거지

따뜻한 웃음이
따뜻한 인정이
꾸밈새없는 무궁화처럼
궁한 살림에 향기롭던 시절

-「무궁화 꽃내음」 전문

대한민국의 국화인 무궁화를 소재로 한 이 시에서 리상각이 강조한 것은 민족의식이다. 제2연에서 시인은 낯선 길손이라도 한 핏줄 한 형제로 대해 주어야 한다고 했는데, 이것 역시 분단 상황에 대한 은유적 표현으로 보아야 한다. 시인의 어릴 적 기억으로는 인정 많은 이웃집 아줌마가 자신을 친자식처럼 사랑해주었고 따뜻한 웃음과 인정이 궁한 살림을 향기롭게 해주었는데 그렇지 못한 조국의 현실이 안타깝다는 것이다. 남북한 통일을 전면에 내세운 시는 아니지만 분단 극복의 꿈이 미미하게나마 느껴지는 시이다. 리상각의 시를 높게 평가한 한국의 연구자는 황송문이다. 황 교수는 『중국조선족 시문학의 변화 양상 연구』에서 10쪽을 할애하여 리상각을 논하면서 그의 원초적이며 향토적인 서정성이 적합한 언어로 직조되는 데에서 건강한 시가 생성된다고 호평하였다.[8] 정덕준도 리상각의 향토적 정서가 "몸과 마음속에 무의식적으로 간직한 민족적 정서를 환기"한다고 평한 바 있다.[9]

## 2-3. 모국과 모국어에 대한 인식

1958년 중국 용정에서 태어난 시인 석화는 1982년 연변대학을 나와 대전의 배제대학 석사과정을 수료하였다. 1976년 <연변일보>를 통해 작품 활동을 시작하여 지금까지 『나의 고백』『꽃의 의미』『세월의 귀』『연변』 4권의 시집을 냈다. 연변인민방송국 문학부 주임을 역임했고 현재 중국작가협회 회원 겸 연변작가협회 부주석이다.

『세월의 귀』에 실려 있는 시부터 먼저 살펴본다. 중국과 북한의 국경 지대에 있는 인구 13만 6천 명쯤 되는 도시 도문(圖們)의 남쪽은 함북 온성군이다. 시인은 도문에 와서 착잡한 심정에 사로잡힌다. 자신의 국적은 중국이므로 떠나온 모국 북조선으로는 통행증 없이 갈 수 없다.

---

8) 황송문, 『중국조선족 시문학의 변화 양상 연구』, 국학자료원, 2003, 119쪽.
9) 정덕준 외, 『중국조선족 문학의 어제와 오늘』, 푸른사상, 2006, 105쪽.

이쪽이 이승이라면
저쪽은

도문 갈 때마다
빠져들어보는
어둡고 긴 턴넬
　　　　　　　－「턴넬－도문을 가며 1」 제1, 2연

어느날 내 이 허물
다 벗어놓고

너처럼 피어나랴
이 천지간에
　　　　　　　－「천지꽃－도문을 가며 2」 제1, 2연

　기실 모두가 저쪽에서 건너온것이지만 지금은 그저 바라보고있을
수밖에 없다
　　　　　　　－「피안－도문을 가며 3」 제1연

　세 편으로 된 연작시에 깔려 있는 가장 근본적인 감정은 '회한'이다. 이
쪽(중국 쪽)이 이승이라면 저쪽(북한 쪽)은 저승일진대 그 말을 차마 할 수
없다. 두 곳 사이에는 어둡고 긴 역사의 터널이 있다. 일제 강점기가 시작
되기 전부터 한민족의 중국 이주가 시작되어 일제의 지배 기간 36년 동안
여러 가지 이유로 수많은 동포가 도문을 넘어 중국에 가서 살게 되었고,
이제는 국경선을 사이에 두고 도문 남쪽으로는 갈 수 없게 되었다. 시인은
그런 신세가 된 자신을 한탄하며 '허물'이라는 낱말을 동원하였다. 천지꽃
은 진달래의 함경북도 방언이다. 진달래는 국경선의 남과 북을 아랑곳하
지 않고 피어나는데 자신은 저승 같은 국경의 남쪽을 바라만 보고 있다.
"기실 모두 저쪽에서 건너온것이지만" 지금은 그저 바라보고 있을 수밖에

없다. 이런 처지가 된 상황에 대한 안타까움과 함께, 경제적으로 많은 어려움을 겪고 있는 북한 동포들에 대한 연민의 정도 조금은 느껴진다. 석화 시인의 민족적 정체성에 대한 확인 작업은 다음 시에 잘 나타나 있다.

> 분명 이 도시 어느 거리 어느 골목 어느 문지방 밑에 묻혀있을거라
> 는 확신으로 헤매돕니다. 엄마

> 한손엔 반병쯤 남은 술, 다른 한손엔 꼬리 달린 마른 명태 반쪼각
> 아니 그동안 뒤집어썼던 명예라는것 민족이라는것 욕심이라는것 인
> 품이라는것 회의라는것 수치라는것 모두다 걷어안고 이리비틀저리비
> 틀 헤매돕니다. 엄마
>                                   – 「어느 밤 태를 찾아서」 제1, 2연

한족이 지배층인 중국 땅에서 시인은 소수민족의 하나인 조선족으로 태어나 살아가고 있다. 오랜만에 고향 용정을 찾아간 시인(혹은 시적 화자)은 술에 취해 이 거리 저 골목을 헤매 돈다. "날이 밝으면 넥타이를 꼭 매고 옷깃 한곳 흩어질세라 자신만만한 자세로 큰길로 나서서 행복한 출연을 계속"해야만 하는 그를 옥죄고 있는 것은 명예, 민족, 욕심, 인품, 회의, 수치 등등이다. 이런 것들을 안고서 자신은 중국에서 이리 비틀 저리 비틀 헤매 돈다고 자조하고 있다. 중국에서 조선족으로 살아가는 것의 어려움을 석화처럼 적나라하게 표현한 시인은 없었다. 그는 취해서 엄마에게 이렇게 하소연한다.

> 그러나 저 멀리 동은 터오기 마련, 온갖 도깨비들은 모두다 제가 갈
> 데로 가버리고 나만이 차렷! 앞으로 갓! 해야 합니다. 엄마
>                                   – 「어느 밤 태를 찾아서」 마지막 연

중국에서 사는 한 주류사회의 일원이 되기 어려운 소수민족의 비애가 잘 나타나 있는 작품이다. 시인의 모국어에 대한 지극한 사랑과 신뢰는 다음 시에 잘 나타나 있다.

> 하나의 피줄속에
> 굽이쳐오면서
> 두만강 대동강 한강을 다 합하여
> 백두의 폭포수로 쾅쾅 쏟아질 줄도 아는
> 우리 말
>
> (중략)
>
> 우리 말
> 우리라는 말 한마디에
> 그대와 나
> 눈빛이 먼저 밝아지고
> 가슴이 벌써 뜨거워지는
> 우리는
> 우리라는 말속의 우리—
>
> — 「우리 말 우리라는 말」 4, 6연

시인은 '우리 말'이 "어머니의 품속에서/ 숨결로 이어지고/ 아버지의 눈빛을 거쳐/ 온 세상 만물을 이름지으며" "천만년을 이어" 왔다고 예찬하고 있다. 그와 함께, '우리'라는 말의 아름다움을 높이 기리고 있다. 그대와 나를 하나로 묶는 것이 복수 '우리'다. 조선어 혹은 모국어를 '우리 말'이라고 하는데, 그 말 속의 '우리'라는 표현을 주목한 이유는, 시인이 동족의식이나 동류의식 혹은 민족적 자각 같을 것을 '우리'라는 말에서 느꼈기 때문이다. 영어에서는 수많은 문장의 주어가 'I'이지만 한민족은 말을 할 때 '우리'를 주어로 삼는 경우가 많다. 시인은 바로 이 점을 모티브로 삼아 시를 썼다. 개인보다는 가족, 일가, 친지, 친구, 동네사람 등을 상위 개념으로 두는 것은 5천 년 동안 대가족제도와 농경사회를 유지해왔기 때문이다. 그런데 이제는 우리 말도 우리라는 말도 예전 같지 않다. 부모자식 간에 장구한 세월 헤어져 살아가야 하는 분단 상황도 분단 상황이지만 사람과 사람 사이에 정을 나누지 않게 된 현실에 대해 시인은 개탄하고 있다. 언어에 대한 남다른 자각은 연작시 「연변」에서도 계속된다. 시집 『연변』에는 이 제목의 연작시가 31편 실려 있다.

> 기차도 여기 와서는
> 조선말로 붕―
> 한족말로 우[嗚]―
> 기적 울고
> 지나가는 바람도
> 한족바람은 퍼~엉[風] 불고
> 조선족바람은 말 그대로
> 바람 바람 바람 분다
>
> 그런데 여기서는
> 하늘을 나는 새새끼들조차
> 중국노래 한국노래
> 다 같이 잘 부르고
> 납골당에 밤이 깊으면
> 조선족귀신 한족귀신들이
> 우리들이 못알아듣는 말로
> 저들끼리만 가만가만 속삭인다
>
> ―「연변 · 2」 전반부

조선말과 중국말은 분명히 다르다. 기적소리조차 표기하는 방식이 다르다. 그런데 연변에서 살아가려면 이 두 가지 말을 다 잘 구사해야 한다. 조선족끼리는 조선말을 하지만 중국 한족과 대화를 하려면 중국말을 해야 한다. 귀신들은 조선족, 한족 구분이 없이 저들끼리 잘도 속삭이는데 생사람은 조선족 따로 한족 따로 말을 하니 연변에서는 두 가지 말을 다 잘 할 줄 알아야 한다는 것이다. 연변 사람들은 2개의 모국어를 갖고 있다는 뜻이다. 시인은 연변의 달라진 모습을 다음과 같이 묘사하기도 한다.

> 그런데 근래 아폴로인지 신주(神舟)인지
> 뜬다는 소문에
> 가짜려권이든 위장결혼이든 가릴것 없이
> 보따리 싸안고 떠날 준비를 단단히 하고있으니
> 이젠 달나라나 별나라에 가서 찾을수밖에
>
> ─「연변 · 4」 부분

> 사과도 아닌것이
> 배도 아닌것이
> 한알의 과일로 무르익어가고있다
> 백두산 산줄기 줄기져내리다가
> 모아산이란 이름으로 우뚝 멈춰서버린 곳
> 그 기슭을 따라서 둘레둘레에
> 만무라 과원이 펼쳐지거니
> 사과도 아닌것이
> 배도 아닌것이
> 한알의 과일로 무르익어가고 있다
>
> ─「연변 · 7」 부분

앞의 시에서 아폴로가 무엇을 가리키는지, '神主'나 '神酒'가 아닌 '神舟' 가 무엇을 말하는지 알 수 없다. 분명한 점은 연변에 새로운 바람이 몰아

닥쳐 사람들은 가짜여권을 만들어서라도, 위장결혼을 해서라도 대한민국으로 떠날 차비를 하고 있다는 것이다. 연변의 달라진 풍속도에 대한 비판의식이 감지된다. 뒤의 시는 연변에서의 삶에 대한 총체적인 고찰이다. 연변에서는 사과도 아니고 배도 아닌, '연변사과배'로 살아갈 수밖에 없다는 자조적인 말을 하고 있다. 혈통은 소수민족 중 하나인 조선족이지만 조국은 중국이다. 중국 땅에서 살지만 "동구밖으로 서성이는/ 할아버지의 허리가 더욱 굽어"(「연변 · 31」) 있으니 선조의 고향에 가서 갈 수는 없다. 이런 이중성은 자신을 사과도 아니고 배도 아닌 '연변사과배'라는 애매한 위치에 두게 하지만 어찌할 수 없는, 자신에게 주어진 운명이다.

## 2-4. 여타 시인들의 민족의식과 국가관

『2005 중국조선족문학 우수작품집』에 실려 있는 시를 살펴본다. 조선족으로 중국에서 살아가는 데서 오는 어려움은 김영애의 「장독」에도 잘 나타나 있다.

베란다 한귀퉁이에
장독이 놓여있다

달이 가고
해가 가고
세기가 바뀌여도
말없이 지켜가는
고유의 끈끈함

날로 동화되여가는
우리 민족앞에서
순수한 조선족은

베란다 한귀퉁이에
아픔으로 신음하고있는
벙어리 장독이다.

–「장독」 전문

오늘날 조선족이 처해 있는 입장을 장독에 비유하고 있다. 장독은 땅에
묻혀 있어야 제 기능을 발휘할 수 있는데 아파트 베란다에 있으니 고추
장, 된장을 담는 용기일 뿐이다. 김칫독의 역할을 못하고 있으니 벙어리
신세다. 예전에는 연변의 조선족이 고유의 문화와 습속을 지켜왔는데 세
대가 내려갈수록 점점 더 중국 사회에 동화되고 있음을 시인은 안타까워
하고 있다. 민족성을 지키려는 조선족을 "베란다 한귀퉁이에/ 아픔으로
신음하고있는/ 벙어리 장독"으로 표현하고 있다. 흔히 하는 말로 '순수한
조선족'은 '찬밥 신세'라는 것이다. 모동필은 투철한 민족의식을 갖고서
이를 시화하고 있다.

저기 두만강아!
피어린 넋으로 한 맺힌 우리네 두만강아
시커먼 오물만이 출렁출렁
우리 아픔을 지워주노니
님 잃은 선조들의 옛추억
맑았던 너의 령혼에 비낄수 있게

거꾸로 흐르라, 두만강아!

–「거꾸로 흐르라, 두만강아!」 부분

시인에게 두만강은 중국과 조선 두 나라 사이에 흐르는 강이면서 조국
으로 갈 수 없게 가로막고 있는 국경선이기도 하다. "두만강 흘러흘러/ 우
리 피줄따라 흐르"는데 피는 말라가고 있고, 두만강은 시커먼 오물만 출

렁거린다. 남과 북은 60년이 넘도록 분단이 된 채 대립하고 있다. 시인은
분명 조선인이지만 핏줄 따라 흐르지 않고 중국에서 삶을 꾸려가고 있다.
이런 자신의 처지를 "병든 영혼"과 "님 잃은 나그네"에 빗대어 자조하고
있지만 「천지괴물」에서는 태도를 달리한다.

> 스쳐가는 바람은
> 고유한 우리네 얼 앗아가려는
> 날강도들을 혼내시라던
> 단군할아버님의 성화를 지고
> 천지에 터 잡았다
> 속삭이였다
>
> 나무는 가지를 흐느껴 흐느적
> 벙어리 손시늉으로
> 'ㄱ, ㄴ, ㄷ, ㄹ', 'ㅏ, ㅑ, ㅓ, ㅕ'
> 우리말 우리글 모르는 이들에게
> 우리말 우리글 가르치라
> 세종대왕께서 보내시였단다
>
> — 「천지괴물」 부분

모동필은 백두산 천지에서 산다고 하는 괴물을 "태초의 존재를 부수며
떠오른/ 풍운조화 삶속의 영령"으로 간주하고서 시를 썼다. 천지의 바람
이 단군할아버지의 성화를 지고 터 잡고 속삭인다고 했고, 천지 주변의
나무는 모양이 한글 자음과 모음의 모양을 하고 있다고 했다. 이런 표현
은 민족의식의 산물이다. 중국 연변에서 사는 조선족이지만 조국과 모국
어에 대한 의식이 이렇듯 투철한데, 시는 이렇게 끝난다.

말이 없는 천지괴물은
한 많은 울분을
백두폭포에 실어
이 땅을 쿵쿵 내리찧었고
나의 안타까움은
태양빛을 가르며 하늘을 찔렀다.

-「천지괴물」끝부분

　천지연 괴물의 한 많은 울분과 나의 안타까움은 역사와 현재 상황에 대한 회한에 기인한 것이다. 조국의 분단과 조국을 떠나 사는 자신의 처지에 대한 한탄이 민족의식으로 승화된 예가 바로「천지괴물」이다.
　할아버지의 중국 이주사를 한 편의 시로 쓴 강효삼의「할아버지 무덤흙」은 재중국 조선족 일부의 고향과 조국에 대한 인식을 확실히 보여준 작품이다.

　　압록강 수풍댐 수몰지에 고향을 밀어넣고 어둡던 북녘땅 낯선 한 끝 여기가 어디길래 그렇듯 험한 길 택했을까
　　빚대신 딸 하나 떨구고 오면서도 울음인가 넉두린가 수심가를 부르며 압록강 건넜다는 평안도내기 나의 할아버지
　　하늘아래 첫 동네라 벽동산골 돌에 맞혀 호미끝 불꽃 튀는 곳 깡깡 마른 조이밭에 신물이 났는가
　　뼈 에이는 북만추위 그토록 매몰차도
　　벌이 넓어 좋았더란다 흙이 살쪄 기뻤더란다

-「할아버지 무덤흙」앞부분

　압록강에 수풍댐이 들어서면서 벽동 산골의 고향이 수몰된 화자의 할아버지는 북만주로 간다. "빚대신 딸 하나 떨구고" 왔으니 이미 그 시절에 가족의 비극적인 이산이 있었다. 추위는 매몰찼지만 다행히 흙이 비옥해

농사가 잘되었다. 할아버지는 "떠나올 땐 빈손으로 왔지만 우린 결코 이 땅에서 빈손으로 살지 않았다"고 스스로를 대견해한다. "보아라 저 들판 가득 황금의 곡창을, 저 금파도를 누가 일구어놓았는가를" 하며 자랑도 한다. 할아버지의 피땀 어린 노동의 결과 이룩한 새 삶의 터전이 화자인들 자랑스럽지 않을 수 없다. 시는 이렇게 끝난다.

　　나의 할아버지 세대들 무수한 뼈와 살 고이 삭은 이 무덤들의 흙에
　뿌리가 있어 우리 이 땅에서 이렇게 무성하거니 묻지 마라 여기가 어
　디냐고 무엇이냐고
　　─ 여기는 우리 땅 우리 고향 바로 우리의 조국인것을!
　　　　　　　　　　　　　　　　　─「할아버지 무덤흙」끝부분

　강효삼은 할아버지 세대의 뼈가 묻혀 있는 북만주 땅을 우리 땅, 우리 고향으로 인식하고 있음을 천명하고 여기를 우리의 조국이라고 말하고 있다. 즉, 할아버지는 압록강 수풍댐 수몰지에 고향을 밀어넣고 북만주에 와서 땅을 일궜고, 여기는 이제 우리 땅 우리 고향이고 우리 조국이 되었다는 것이다. 시인은 고향도 조국도 두 개라고 생각하면서 고민하지 않는다. 고향은 이 땅이고 조국은 중국이다. 중국에서 사는 조선족의 상당수가 이런 생각을 하고 있을 것이고, 시인은 이를 대변하고 있다.

## 3. 마무리

　지금까지 본고는 재중국 조선족 시인들의 작품 중에 민족의식이나 국가관이 어떻게 나타나 있는가를 중심으로 살펴보았다.
　김학천은 중국어로 시집을 먼저 내고 나서 한글로 된 시집을 냈다. 그

는 자신이 중국 국적을 갖고 있는 것을 자랑스러워하기도 하고 뢰봉 예찬에 진심으로 동참하기도 한다. 비행기에서 중국의 산천과 유적지를 내려다보면서 자부심을 느끼기도 한다. 하지만 조선족을 '백의민족'이라고 부르며 민족의식을 드러내기도 한다. 시인은 민족적 정체성에 대해 다소 혼란에 빠져 있다. 그런데 이런 혼란은 중국에서 소수민족의 일원으로 살아가는 한 당연히 겪게 되는 것이 아닐까.

리상각은 강원도 양구가 출생지여서 그런지 한복과 다듬이질 같은 것을 시적 소재로 삼으면서 자신의 고향의식을 분명히 하는 시인이다. 「백조의 겨레」나 「무궁화 꽃내음」 같은 시는 시인의 투철한 민족의식의 산물이고, 남북한 통일에 대한 꿈도 피력하고 있다.

석화는 재중국 조선족 시인 중 조선인이면서 중국에서 산다는 것을 두고 많은 고민을 하고 있는 시인이다. 우리 말과 '우리'라는 말을 자랑스러워하지만 자신의 정체성 확인과 확보가 쉽지 않아 많은 갈등을 겪고 있다. 그 갈등을 상징적으로 보여주고 있는 사물이 사과도 아니고 배도 아닌 '연변사과배'다.

이밖에 김영애는 조선족이 한족의 문화와 습속에 동화되고 있는 사실을 안타까워한다. 모동필은 자신의 모국인 조선과 모국어인 한글에 대한 사랑을 피력하고, 이와 대조적으로 강효삼은 자신의 조국을 중국으로 생각하고 고향도 만주인 것을 자랑스럽게 생각한다.

이상 몇몇 시인의 시에 나타난 민족의식과 국가관을 살펴보니 각자 나름대로 확고하기도 하고 회의적이기도 하다. 자신의 몸에 흐르는 피는 조선족이지만 시인에 따라서 조국을 조선이라고 생각하기도 하고 중국이라고 생각하기도 한다. 이러한 혼란과 갈등이야말로 재중국 조선족의 정체성을 정직하게 말해주는 것이라 여겨진다.

# ▌참고문헌

## <기본자료>

김학천,『꿈 많은 봇나무 숲』, 연변인민출판사, 1998.

리상각,『까마귀』, 료녕민족출판사, 1999.

석　화,『세월의 귀』, 흑룡강조선민족출판사, 1998.

＿＿＿,『연변』, 연변민족출판사, 2006.

중국조선족문학우수작품집편집위원회,『2005 중국조선족문학 우수작품집』,
　　　흑룡강조선민족출판사, 2006.


## <참고자료>

박태상,「연변 시인 리성비의 작품세계」, 국제한인문학회,『국제한인문학연
　　　구』 창간호, 2004.

소재영 외,『연변지역 조선족 문학연구』, 숭실대학교 출판부, 1992.

윤윤진,「중국조선족문학」, 신동욱 편,『한국 현대문학사』, 집문당, 2004.

정덕준 외,『중국조선족 문학의 어제와 오늘』, 푸른사상, 2006.

최응구,『김철과 그의 시』, 흑룡강조선민족출판사, 1981.

황송문,『중국조선족 시문학의 변화 양상 연구』, 국학자료원, 2003.

# 재만시인 심연수 시 연구에 나타난 몇가지 문제

이 성 천

(경희대 교수)

## 1. 들어가는 글

심연수(1918. 5. 20~1945. 8. 8)는 꽤 오랜 기간 한국현대시사의 경계 바깥[1]에 놓여 있던 시인이다. 그것은 그가 한동안 자료의 접근이 용이하지 않았던 재만 조선인 문단의 무명시인이었다는 점, 한국문학사에서 이른바 '암흑기'(백철) 혹은 '공백기'(조연현)로 불리어 온 1940년대 전반기에 주로 창작활동을 전개했다는 점, 무엇보다도 생전에 단 한 권의 시집도 상재하지 않았으며 전문문인의 자격으로 작품을 발표한 적이 없었다는 사실 등과 직·간접적으로 연관된다. 이제까지 심연수 시인의 존재와 그의 작품은 한국문학사에 제대로 알려질 기회를 갖지 못했던 것이다.

---

1) 한국현대문학사에서 심연수 시인의 이름을 최초로 호명한 전공 연구자는 오양호인 것으로 보인다. 오양호는 1939년 12월1일부터 1940년 9월 23일까지 <만선일보>에 문예란에 발표된 201수의 시작품과 시인을 검토하면서 심연수 시인을 소개하고 있다. 그러나 여기서도 심연수는 '비전업 문인', '문학지망생, 혹은 '기타 무명시인'으로 취급되고 있다. 오양호, 『일제강점기 재만조선인 문학연구』, 문예출판사, 1995, 161~165쪽.

그러다가 2000년대 들어 중국연변인민출판사에서 『20세기 중국조선족문학사료전집 제1집심연수 문학 편』(2000년 7월 1일)을 간행[2]하면서 심연수의 문학에 관한 연구는 가히 폭발적이라 할 만큼 급속도로 전개된다. 최근까지 불과 십 년 사이에 발표된 많은 양의 논문들, 즉 석 · 박사학위 논문[3] 7편을 비롯한 도합 70여 편의 연구논문 및 평문의 숫자는 이를 우회적으로 반영한다. 이 글들은 주로 중국 연변지역과 심연수 시인의 고향인 강원도 강릉에서 발원[4]되었는데, 대표 논자로는 중국에서는 김룡운, 김경훈, 김해응, 김호근, 김홍, 림연 등을 꼽을 수 있고, 국내에서는 엄창섭, 김우종, 이명재, 허형만, 홍문표, 노철, 황규수, 최종인 등을 들 수 있다.

심연수의 초기작품에 대해 비판적 입장을 견지하는 몇몇 논문을 제외하면, 중국 문단의 공통적인 견해는 "암흑기의 민족의 별", "재중국조선인 문학의 산맥", "일제 암흑기의 대표적인 저항시인" "또 하나의 詩聖"이라는 문구에서 확인할 수 있듯이 대개가 '민족시인' 혹은 '저항시인'으로서 심연수의 문학사적 위상을 매우 높게 평가한다는 점에서 일치한다. 특히 심연수 작품의 최초 '발굴자'로 잘 알려진 김룡운은 "문단에 솟아난 또하나의 혜성", "저항시인 윤동주와 쌍벽을 이룰지도 모르는 시인"[5]이라고 소개하며 극대치의 찬사를 아끼지 않는다.

---

2) 『20세기 중국조선족문학사료전집』은 이주 100년을 맞이해서 중국조선족의 민족문화유산을 정리하기 위해 출판 기획한 것으로 알려져 있다. 심연수 문학 편은 제1집에 수록되었으며 이후 중국조선민족문화예술출판사에서 『20세기 중국조선족 문학사료전집 심연수 문학 편』(2004. 3. 1)이 간행된다.

3) 심연수 문학을 연구대상으로 한 박사학위 논문은 다음과 같다. 김행웅, 「심연수 시문학 연구」, 한국정신문화원 한국학대학원 박사, 2003. ; 최종인, 「심연수 시문학 연구」, 관동대 박사, 2006.

4) 심연수의 유고작품은 중국 용정에 8대째 거주하는 동생 심호수가 지난 55년간 중국당국의 감시를 피해 항아리에 담아 비밀리에 간직해왔던 것을 2000년 공개함으로써 문단에 알려지게 되었다. 이후 2001년부터 연변과 시인의 고향인 강릉지역을 중심으로 <민족시인 심연수 문학 국제심포지엄>이 개최되고, 같은 해 강릉에서 <심연수 시인 선양사업회>가 창립됨으로써 추모 사업에 박차를 가하게 되었다.

5) 김해응, 『심연수 시문학 연구』, 한국학술정보, 2006, 23쪽에서 재인용.

국내에서의 연구는 중국 학계에 비해 보다 다양하고 세부적인 접근 방법이 시도되어 온 것이 사실이다. 그러나 초기 연구 작업의 경우 다소간의 차이는 있을지언정 심연수의 생애사적 의미를 강조하면서 궁극적으로는 그의 시에 나타나는 식민지 이주민의 민족의식과 일제에 대한 저항의식을 검토6)하고 있다는 점에서 중국조선족 학계의 연구 방향과 크게 다르지 않다.

국내 연구자들 중에서는 시인의 동향 후배격인 엄창섭의 활동이 두드러진다. 이명재도 심연수 문학에 관해서는 선구적 위치를 점하는 연구자이다. 엄창섭은 최종인과의 공저를 포함한 세 권의 단행본7)을 발표할 정도로 심연수 문학에 대하여 지속적인 관심을 보여 왔다. 이 저서들에서 그는 심연수의 시편들에 담긴 복합적 의미망과 시사적 층위, 나아가 심연수의 단편소설에 대한 연구 작업을 면밀하게 수행하면서 '민족시인' 심연수의 문학사적 자리매김을 위해 노력해왔다. 이외에 60여 편의 국내 학술 연구논문 중 과반수 이상은 심연수 문학의 사상이나 주제를 다루고 있는데, 그의 문학사상은 민족의식, 항일정신, 유랑의식, 귀농의식, 계급의식, 고향의식 등으로 설명된다.

이처럼 지금까지 심연수 문학 연구는 한국과 중국에서 동시적으로 전개되었다. 이 과정에서 양국의 연구자들은 "또 하나의 詩聖"과 같은 화려한 수사를 동원하여 심연수의 시세계를 적극적으로 조명해왔다. 그 결과 근자에 들어 심연수 시인은 최소한 이들 연구자의 지면에서만큼은 "윤동주와 쌍벽을 이루는" 1940년대 재만 조선인 문단의 핵심 문인으로 거듭나고 있는 중이다.

---

6) 이러한 경향은 특히 심연수 문학전집 간행된 직후와 초기 연구단계에서 많이 발견된다.
7) 엄창섭의 저서는 다음과 같다. : 『민족시인 심연수의 문학과 삶』, 홍익출판사, 2003. ; 『심연수의 시문학 탐색』, 제이앤씨, 2009; 최종인 공저, 『심연수 문학연구』, 푸른사상사, 2006.

한국근현대문학사가 「서시」, 「자화상」, 「참회록」, 「또 하나의 고향」 등과 같은 탁월한 작품을 생산해 낸 "윤동주급"의 시인을 새로 얻게 되는 일은 분명 크게 환영할만한 것이다. 그것은 암울했던 1940년대의 시사를 다시 기술해야할지도 모를 엄청난 문학사적 사건이기 때문이다. 무려 254편8)의 유고시를 남긴 '제2의 윤동주'를 만날 수 있다면 무엇을 마다할 것인가. 하지만 문제는 그리 간단하지가 않다. 적어도 필자의 판단에는 그간에 심연수 시의 주제적 특성을 강조하며 논의를 전개한 적지 않은 연구들은 단순 착오에서부터 논리적 모순과 의도적 왜곡에 이르기까지 심각한 문제를 노출하고 있는 것이다.9) 이제까지 심연수 시인을 민족시인 혹은 저항시인으로 기정사실화하며 논지를 전개한 논문들과 시인의 '선양사업'과 관련된 논의 글이 주로 여기에 해당한다. 다행히도 근자에 들어 연구가 거듭될수록 이 같은 논리적 해석의 빈약성과 과장된 의미 부여의 문제는 어느 정도 해소되고 있는 것으로 보인다. 그러나 이 논문들 역시 선행연구의 한계를 근본적 차원에서 극복하지는 못하고 있는 것으로 판단된다.

이 글은 이러한 문제의식의 연장선상에서 출발한다. 심연수 시문학의 특성에 대해서는 앞서 언급했듯이 상당량의 선행연구가 축적되어 있다. 본고는 일단 이들의 견해를 적극적으로 수용하면서도 한편으로는 이 과정에서 심연수 시의 이해와 해석 과정에서 나타난 몇 가지 문제를 검토하

---

8) 심연수 시의 원본텍스트 문제와 관련해서는 현재까지 황규수의 논의가 가장 신뢰할 만하다. 황규수, 『일제강점기 재만조선시인 심연수 원본대조 시집』, 한국학술정보, 2007. ; 황규수, 「재만조선인 심연수 시의 디아스포라 문학 특성」, 『새국어 교육』, 2010.

9) 본고와 유사한 문제의식을 보여주는 논문으로는 김우종과 황규수, 홍문표의 글이 있다. 그러나 이 글들 역시도 작품분석 및 논증적 사유를 수반하지 않은 탓에 체계적인 논의에는 도달하지 못하고 있다. 김우종, 「심연수의 문학사적 자리매김」, 『심연수의 시문학 탐색』, 제이앤씨, 2009. ; 홍문표, 「심연수의 문학의 연구 성과와 과제」, 앞의 책. ; 황규수, 「재만조선인 심연수 시의 디아스포라 문학 특성」, 『새국어 교육』, 2010.

게 될 것이다. 이러한 본고의 작업은 최종적으로 심연수 문학의 온전한 이해에 도달하고자 하는 선행연구자들의 목표와 일치한다.


## 2. 전기적 사실과 시적 진실

그 간의 지속적인 논의에도 불구하고 한국의 학계에서 심연수 시인은 여전히 생소한 이름에 속한다. 따라서 여기서 심연수의 생애를 간략하게 소개하기로 한다. 심연수는 1818년 5월 18일 강원도 강릉에서 태어났다. 7세 때인 1925년 3월 조부모, 부모, 삼촌, 고모 등과 러시아 불라디보스톡으로 이주, 다시 1930년 12세에 중국(당시 만주국) 흑룡강성 밀산을 거쳐 신안진의 소학교에 입학한다. 1936년 용정으로 이주하여 동흥소학교에 편입, 이후 졸업하고 1937년 동흥중학교에 입학하면서 본격적으로 습작 활동을 시작한다. 1940년 4월에는 <만선일보>에 「대지의 봄」, 「여창의 밤」, 「대지의 여름」 등 5편(1941년 12월까지)을 발표한 후, 5월에 조선 전역과 중국 북부 일대를 여행(수학여행)한다. 1941년 2월 도일하여, 4월 일본대학 예술학원 창작학과에 입학, 1943년 7월 13일 졸업한다. 일제의 학병강제징집을 피해 그 해 겨울 만주 용정으로 귀환한다. 이후 신안진 등지에서 소학교 교사로 근무하다가 1945년 왕정현 춘양진에서 시비가 붙어 27세의 생을 마감한다. 피살 당시 심연수는 '허술한 트렁크'를 하나 갖고 있었는데, 이 안에는 유작노트 8권 시 312편, 수필, 단편소설 4편, 1년 간의 일기 및 편지 등이 들어있었다고 한다. 이 '허술한 트렁크' 안에 있던 유작이 뒷날 55년가 동생인 심호수에 의해 숨겨져 보관되었다가 2000년에 공개된다.[10]

---

10) 엄창섭, 앞의 책. ; 김해강, 앞의 책, : 황규수 앞의 책, 참조. 이 책들 중 김해강의 <연보>는 나머지 두 책과 약간의 차이를 보인다. 이 글에서는 심연수 연구가 진

여기서 새삼스럽게 심연수의 전기적 사실을 기술한 이유는, 그간의 많은 논의들이 시인의 생애사와 관련해서 전개되었거나, 동생 심호수의 <기억> 및 지인들에 의해 재구된 심연수 시인에 대한 <소문>에 크게 의존하고 있기 때문이다. 특히 심연수 문학의 '우수성'과 그의 시의 민족의식과 반일 사상을 지적하는 적지 않은 논문들은 작품 분석을 통해 이 사실을 유추하기 보다는 그가 소설가 강경애의 지도를 받았다거나, 일본 유학시절 몽양 여운형과의 한 번의 만남, 노산 이은상의 시조집을 죽기 직전에 시인이 소장하고 있었던 일 등을 환기함으로써 논의를 이어가고 있다. 또한 이 같은 기억과 소문, 추정과 연구자의 심증을 바탕으로 그의 문학작품을 재단하는 듯한 인상이 강하다.

그렇다면 작품을 떠나서 일본 유학 당시 심연수의 민족적 각성은 어떠했을까? 이를 말해주는 한 가지 사건이 있다. 바로 심연수와 민족 독립운동가 몽양 여운형과의 만남이다. 이는 심연수의 당시 세계관과 민족적 각성 상태를 잘 나타내는 사건이다. (39쪽)

중학교 때 문예반장이었던 그는 키도 크고 미남인데다 운동도 좋아하였다고 한다. 소설가 강경애가 직접 그의 문학공부를 지도하였다.(각주부분: 강경애의 남편인 장하일이 동흥중학교 교무주임으로 있었다.) (26쪽)
심연수의 죽음에 대하여 비슷한 증언을 했던 사람은 심연수의 일기 속에 등장하는 친구 최련진의 부인 전영자씨이다. 그는 남편 최씨가 사망 전에 심연수의 죽음에 관한 이야기를 했는데 "인편으로 심연수 시인이 러시아 국경지대와 가까운 깊숙한 산골에서 가방을 들고 가다가 가발을 열라는 일제 앞잡이들인 만주군에 대항한 것이 화근이 돼 죽었다는 소식을 들었다"는 것이다. (41쪽)

---

전되어 시기적으로 나중에 간행된 황규수와 엄창섭의 <연보>를 따르기로 한다.

심연수 작품에서 민족성을 고취하는 데 큰 몫을 하고 있는 이러한
작품들이 어떠한 이유나 계기로 시조형식을 취하는지는 심연수 기행
시를 연구하는 데 있어 키포인트가 된다. 즉 기행시를 창작할 때 무엇
때문에 기존 창작형식인 자유시를 쓰지 않고 시조 형식을 취했을까?
그 대답은 바로 당시 시조부흥운동의 영향과 노산 등 민족 시조 시인
들의 영향, 그리고 심연수 본인의 민족 정체성 확인을 위한 자발적인
추구라 할 수 있다. (33쪽)[11]

　　심연수의 작품은 사상성과 작품성, 예술성이 모두를 고루 갖추었다.
<중략> 앞으로의 연구에서는 심연수 작품의 주제의식 외에도 상징성,
이미지, 시의 구성 등 시적 예술성에 대한 성취도를 연구함으로써 심연수
가 민족 저항시인일 뿐만 아니라, 작품성과 예술성에서도 뛰어난 시인임
을 증명함으로 한국시사에서의 심연수의 위상을 정립하려 한다.[12]

　　본고는 소문과 추정, 구술과 기억의 파편들이 재구한 이 같은 사실을
무조건 부정하고자 하는 것은 아니다. 하지만 이러한 주장이 나름의 설득
력을 지니기 위해서는 이 시기 시인의 내면을 드러내주는 작품 분석이 동
반되어야 할 것이다. 문학 연구가 한 개인의 전기적 사실에 국한되는 것
이 아니라면, 그 어떤 연구방법론도 작품에 대한 이해에서 출발해야 하는
까닭이다. 그렇다면 심연수의 실제 작품에 나타나는 시인의 내면의식은
어떠한가. 심연수가 지면을 통해 발표한 작품은 <만선일보>에 투고한 5
편이 유일하다. 1941년 4월 <만선일보> 학생 투고란에 시를 게재하기
이전과 이후의 작품들은 모두가 개인이 보관하고 있었던 유고 작품이다.
여기서 먼저 그의 초기 작품들을 살펴보기로 하자.

---

11) 김해강, 위의 책, 33쪽.
12) 김해강, 「국제 한인문학의 현황과 과제」 <국제한인문학회> 제1회 정기학술대회,
　　2003. 5. 30. 엄창섭, 앞의 책 36쪽에서 재인용.

동으로는 태평양의 조향(潮香)호
서으로는 홍안령(興安嶺) 넘는 억센 서람(瑞嵐)
대지에 뛰노는 건아야말로
우리들 이 땅의 새 일꾼일세.

몸바치자 우리들은 동양 평화에
동아의 첫동이 이제야 트는구나
매일 임무는 많다고 하나
단련된 몸 마음은 강철 같도다.

배우자 힘쓰자 대지에서
王道樂土의 젊은이여
五族協和가 빛나는 곳에
솜씨야 빛나거라 역사에 남기자.
    ─「대지의 젊은이들」(1940. 4. 3.) 전문


　재만 조선인 문학13)의 성격에 대해서는 그간에 다양한 각도에서 논의
가 진척되어왔다. 특히 1930년대 이후 재만 조선인 문학은 일제의 만주국
건립이라는 역사적 사건과 밀접하게 결부되어 논의가 전개되어왔다.
　잘 알려져 있듯이 만주국은 1932년부터 1945년까지 중국 동북지방에
실존했던 일본의 괴뢰국가이다. 만주사변 직후 1932년 3월 1일 일본은
만주국 건국선언14)에서 순천안민, 왕도주의, 오개민족의 협화, 문호개방

---

13) 일제강점기 만주와 간도를 중심으로 활동하던 문인들을 지칭하는 용어는 다양하
　다. 재중조선인문학, 재만 조선족문학, 재만조선인 문학, 중국조선족문학 등이 그
　것이다. 이 중 조선족이라는 말은 중국정부에 의해 나중에 부쳐진 것이므로 1940
　년대에는 상해 등지에서도 활동한 문인이 적지 않았음을 고려하면 본고는 재만 조
　선인 문학이 적당한 것으로 판단된다.
14) 만주국의 가장 큰 특색은 헌법과 국적법이 제정되지 않았다는 점이다. 1932년과
　1934년에 각각 정부조직법과 인권보장법이 공포되었지만 '만주국 국민'은 정의되
　지 않았으며 결국 '국민 없는 국가'에 지나지 않았다. 이는 일본국민의 국적을 보장
　하기 위한 조치였다. 일본 역사교육자협의회 편, 송완범 외 역, 『동아시아 역사와

등 네 가지를 통치이념으로 규정한다. 그리고 3월9일 집정선언에서 왕도 낙토 건설을 호소한다. 만주국이 일본의 괴뢰국가였음은 일본의 패전 후 그것이 허망하게 자취도 없이 사라져버린 일, 역사적으로 볼 때도 갑자기 탄생한 나라였으며 그 후에도 만주국의 재흥을 목표로 한 운동이 지역적으로나 민족적으로도 일어나지 않았다는 점 등에서 확인된다.[15] 또한 만주사변이 관동군(중국에 주둔하던 일본군)에 의해 일어났고 그 연장선상에서 만주국의 건국이 이루어졌다는 점에서 만주국에 대한 일본 관동군의 영향력이 매우 컸던 것은 자명해진다. 이러한 만주국의 통치기구는 입법원, 국무원, 법원, 감찰원의 4권 분립제였는데 이는 중화민국의 관제를 모방하여 만들어졌다.

만주국의 국책이념을 충실히 수행해낸 신문이 바로 <만선일보>였음은 주지의 사실이다. <만선일보>는 1932년 일본에 의해 만주국이 건설된 이후 지금의 신경(장춘)의 <만경일보>와 용정의 <간도일보>를 통합하여 1937년에 창간한 일종의 만주국 기관지이다. 이 신문은 만주국의 건국이념과 국책사업에 대한 홍보를 담당하고 있었다. 이를 위해 <만선일보>는 고액의 상금을 내걸고 정기적으로 협화 미담 현상모집, 금연 문예작품 대현상 모집, 군가 모집, 개척가사 현상 모집 등 국책관련 글들을 모집한다. 일찍이 김윤식이 이 시기 문학을 국책문학으로 규정하고자 했던 결정적인 이유는 이런 <만선일보>의 성격과 무관하지 않다. <만선일보>는 일본의 괴뢰 정부로서 만주국의 이념을 가장 효과적으로 홍보하고자 했던 신문이었던 것이다.

만일 <만선일보> 중심으로 전개된 조선문학이 민족 정신을 담는 것으로 일관된 투철한 것이었다면 당연히 망명문학의 이름에 손색이 없을

---

일본』, 동아시아, 2005. 참조
15) 일본 역사교육자협의회 편, 송완범 외 역, 위의 책, 234쪽.

뿐만 아니라, 나아가 <암흑기>라는 문학사적 용어를 밀어내거나 적어도 수정해야 마땅할 것이다. 그렇지 못하고 일본 군부의 허수아비인 만주제국의 정책 수행에 이바지하는 문학이 중심점을 이루고 있었다면, 그것은 망명문학이 아니라 친일 문학이거나 적어도 그것과 백 보 오십 보의 문학이라 부를 수 있다. <중략> 두루 아는 바와 같이 <만선일보>는 만주국 홍보처의 감독아래, 그 이념을 구현하기 위해 창설된 언론기관이다. 1943년에 만주에 있는 한국인은 약 1백 6만명, 이듬해는 약 1백 45만명, 1945년에 약 2백 16만 명에 이르고 있었다.(만주사법부, 「만주가족제도관습조사」 서설, 1944년에 의하면, 1940년에 만주의 인구는 약 4천 3백 20만이고 이중 한국인은 약 1백45만임에 비해 일본인은 약 81만 명에 지나지 않았다.) 만주의 한국인 증가는 매우 빠른 속도임을 알 수 있는데, 이런 현상이 만주국 개척을 내세운 일본군의 정책에 말미암았음은 새삼 말할 것도 없다.[16]

물론 이 같은 김윤식의 주장이 그동안 학계에서 무비판적으로 수용된 것은 아니다. 오양호[17], 이명재[18] 등의 연구자는 만주국의 국책사업과 홍보와는 무관하게 식민지 이주민의 비참함과 반만, 반일 정신으로 충만한 작품들의 경우는 예외로 해야 한다는 공통된 목소리를 내고 있다. 이들의 주장에 따르면 반일, 반만 정신은 만주국이 내세운 오족협화, 왕국낙토의 본질을 꿰뚫어 보는데 있다. 따라서 <만선일보>에 게재된 작품일지라도 무조건적으로 '국책문학'에 편입 시킬 수 없을 것이다. 그렇다면 심연수의 경우는 어떠한가.

원본 시집을 참조하면 인용시 「대지의 젊은이들」은 창작일자가 1940년 4월3일로 기록되어 있다. 심연수 시인이 <만선일보>에 처음 시를 투고한 것이 같은 해 4월 16일이고 창작일이 4월 1일이니 이 무렵에 쓰여진

16) 김윤식, 『안수길 연구』, 정음사, 1986. 참조
17) 오양호, 『일제강점기 재만 조선인 문학 연구』, 문예출판사, 1995. 참조.
18) 이명재, 『한국현대 민족문학사론』, 한국문화사, 2003. 참조.

작품임을 알 수 있다. 시제가 환기하듯이 이 시의 공간적 배경은 만주다. "동으로는 태평양의 潮香/서으로는 興安嶺 넘는 억센 서람"의 시구가 지시하는 지형적 특성은 이 시의 공간적 배경이 만주임을 밝혀준다. 이 시에서 본고가 주목한 대목은 "몸바치자 우리들은 동양 평화에/동아의 첫동이 이제야 트는구나" "배우자 힘쓰자 대지에서/王道樂土의 젊은이여/五族協和가 빛나는 곳에/솜씨야 빛나거라 역사에 남기자."라는 부분이다. 이 장면에는 1940년대 만주국의 건국이념과 통치사상에 동화된 시적 화자의 모습이 비춰지고 있는데, 이는 당시 만주국의 국책이념을 무비판적으로 수용하는 의미로 파악된다. 그 간에 심연수의 시를 연구하는 대부분의 논자들이 이 작품을 인용하지 않는 것도 이러한 사정과 무관하지 않을 것이다. 물론 동흥중학교 시절에 쓴 이 한편의 시를 통해 이 시기 심연수의 시세계를 '국책문학'으로 단정 짓기에는 많은 무리가 따른다. 그러나 분명한 것은 기존 선행연구의 평가와는 달리, 최소한 이 시가 발표된 전후의 심연수 시인은 역사적 사실을 인지하지 못했거나, 현실인식의 치열성이 확보되지 못한 것으로 판단된다.

> 國都(국도)의 얼굴에는 웃음이 넘쳤어라
> 街頭(가두)에 가고 오는 五族(오족)의 웃음소리
> 이 아니 王道樂土(왕도낙토)가 다른 데 없으이다
>
> 大同街(대동가) 아스팔트 남으로 뻗쳤으니
> 南方(남방) 瑞祥(서상) 들어옵시다 이 나라 서울
> 大滿洲(대만주) 도읍터에 吉祥(길상)이 내리소서.
> － 「신경」(1940. 5. 19.) 전문

왕도낙토를 표방하는 만주국의 건국이념 중에서도 민족협화, 즉 오족협화는 일본군의 만주국 건설 당시의 핵심사상이다. 그것은 일본, 조선,

중국(한족), 만주, 몽골의 다섯 민족이 아시아 협동권을 이루어 왕도에 따라 통치되는 안락한 땅을 만들자는 왜곡된 지배이념이다. 이 점은 일본이 대륙침략을 위한 전초기지로서의 만주국을 건설한 이후 만주국의 건국이념을 왕도낙토에서 대동아공영으로 옮겨가고 있다는 사실에서도 확인되는데, 결과적으로 아시아 태평양 전쟁이 진행됨에 따라 만주국은 그때까지 일본에 협력하는 존재에서 봉사하는 존재로 변화해가는 것이다. 따라서 만주국이 내세우는 왕도낙토, 오족협화의 지배이념을 수긍하는 것은 곧 민족문학의 논리와는 전혀 다른 입장에 놓이게 된다.

인용시(조)는 심연수 시인이 1940년 5월에 습작한 것으로 1940년대 만주국의 '신경'을 형상화한 작품이다. 그런데 이 시에서 그려지는 '대만주'의 도읍터 '신경'의 모습은 "국도의 얼굴에는 웃음이 넘쳤어라/가두에 가고 오는 웃음소리"가 상징하듯이 그야말로 "왕도낙토가 다른 데 없"는 풍경이다. 이 시의 서정적 주체는 먼저 인용한 「대지의 젊은이들」처럼 만주국의 지배사상에 동화되어 있는 것이다. 이 시가 심연수의 초기 작품이고, 따라서 앞서의 언급대로 현실인식의 치열성이 확보되지 않았다는 점을 감안하면 새삼스럽게 재차 문제 삼을 것도 없다. 그러나 다음의 상황을 떠올리면 심연수 시세계의 선행연구는 심각한 문제에 직면하게 된다. 왜냐하면 「신경」을 쓴 1940년 5월은 심연수 시인이 동흥중학교 수학여행에 참여한 시기이다. 그런데 이 무렵의 기행시(조)에 대한 기존의 논의는 "심연수 작품에서 민족성을 고취하는 데 큰 몫을 하고 있는 이러한 작품들이 어떠한 이유나 계기로 시조형식을 취하는지는 심연수 기행시를 연구하는 데 있어 키포인트가 된다."라고 설명하거나. "기존 창작형식인 자유시를 쓰지 않고 시조 형식을 취"하는 이유를 "심연수 본인의 민족 정체성 확인을 위한 자발적인 추구라 할 수 있다"라고 규정하기 때문이다.

## 3. 시 해석에 나타난 의미의 과잉과 의도적 오류의 문제

한국의 현대시가 안고 있는 시의 철학성과 사상성의 빈약함에 비추어 1940년대 활동했던 심연수 시인이 단순히 서정적 감상주의가 아닌 보편적 세계주의나 철학적 보편주의로 진행할 가능성을 <세기의 노래>, <지구의 노래>, <우주의 노래>, <인간의 노래>, <인류의 노래>와 같은 시편들을 통해 시사적 의미가 크고 밝은 것으로 평가할 수 있다.[19]

"한국 현대시의 철학성과 사상성의 빈약함"에 대한 일차적 기본 논의는 이 글의 우선적인 관심사가 아니다. 인용문에서 본고가 주목하는 것은 심연수의 시가 "보편적 세계주의나 철학적 보편주의로 진행할 가능성을 보여준다"라는 평가에 대한 부분이다.

19세기 말부터 일본은 탈아입구(脫亞入區)를 표방해 서구 근대를 모방한 뒤, 다시 아시아의 계몽을 빌미로 식민지 침탈에 나서고 있었다. 이런 일본에게 있어서 세계주의 내지는 보편 철학은 곧 아시아에서 자신들의 제국주의적 세력 확장을 합리화하는 의도와 무관하지 않았다. 반면에 식민지 조선의 지식인들에게 이는 전혀 다른 의미를 함축한다. 조선 스스로 자신의 전통을 부정하도록 유도하고, 조선인으로 하여금 중국 중심주의의 오랜 관행을 거부하게 하며, 일본의 뒤를 따라 서구적 근대화를 이룸으로써만 일본의 지배를 벗어날 수 있다는 착각으로 유인하여 근대화에 앞선 일본에 의한 조선의 지배를 암묵적으로 받아들이게 하는 효과를 지니고 있었던 것이다. 그것은 결과적으로 만주국의 오족협화나 왕도낙토는 일본의 아시아 지배를 보편으로 승인하는 단계에 이르게 하는 것이다. 따라서 만주국의 국책이념을 부분적으로 수용하는 1940년대 심연수의 시편들과 다소 추상적이고 관념적인 성격이 강한 「세기의 노래」, 「지구

---

19) 엄창섭, 「심연수 시문학의 조명과 틀짜기」, 앞의 책. 36쪽.

의 노래」, 「우주의 노래」, 「인간의 노래」, 「인류의 노래」와 같은 시편들을 세밀한 검증 없이 "보편적 세계주의나 철학적 보편주의로 진행할 가능성"을 언급하는 일은 의미의 과잉이라는 차원에서 다시 검토되어야 한다.

그의 시 <돌아가신 할아버지>에서 '할아버지'는 평생을 가난 속에 살다간 단순한 실존적 인물의 명칭에 머물지 아니한다. 바로 '펄럭이는 흰옷'의 상징은 슬픈 조선의 얼굴이며 '놈들의 총에 맞아/객사하신 나의 할아버지시여'라는 시행은 상상력의 자유로움 마저 상실한 불행하고 병약한 우리 역사의 편린이다. <중략> 그의 내면인식으로 고향의 개념은 정서적 량감(量感)으로서 일제에게 강탈당한 한국적 공간임을 이역에 머물고 있으면서도 <기행시초편>이나 <시편>의 작품을 통해 보다 이를 명증하여 주고 있다.

인용문에서 언급한 「돌아가신 할아버지」는 전 97행으로 이루어진 장시이다. 이 시의 화자는 할아버지의 죽음에 대한 안타까움과 아쉬움을 비교적 솔직하고 직설적인 언어로 표현한다. 이 시에서 시인은 "할아버지의 할아버지 적부터/물려주신 가난에 쌓여 지내시며 자손에게까지 끼칠까봐 애쓰신" 할아버지에 대한 시인의 연민과 슬픔, 한편으로 "무능하고 불효한 미욱한 자손"으로서의 죄책감을 드러내고 있다. 이 작품을 통해서 독자는 시인의 진솔한 감정과 당시 재만 조선인들의 궁핍과 가난한 삶, 문명 이기에 대한 비판을 우회적으로 감지할 수 있다. 그러나 여기서 더 나아가 이 시를 일제와 조선의 민족모순 차원에서 해석하는 데는 많은 무리가 따른다. 더군다나 이 과정에서 시 본문의 내용을 훼손하는 "의도적 오류" 범한다면 이는 연구자의 윤리적 태도의 문제를 의심하지 않을 수 없다. 이 시의 어느 곳에도 인용 글이 지적한 "펄럭이는 흰 옷"과 "놈들의 총에 맞아/객사하신 나의 할아버지시여"라는 시행을 발견할 수 없는 것이다. 이는 연구자의 단순 착오일 수도 있으나 이 시구의 존재유무에 따라 시적 주제 및 시의 전체적인 구도가 달라질 수 있다는 사실을 염두에 두면, 보다 신중한 접근이 요구된다고 하겠다. 참고로 「돌아가신 할아버지」의 부분을 아래에 인용해 놓기로 한다.

> 꿈에서 꿈生으로 돌아가신/가엾은 우리 할아버지/할아버지의 할아버지 적부터/물려주신 가난에 쌓여 지내시며/자손에게까지 끼칠까 봐 애쓰신 일/나는 차마 눈을 뜨고는/보기 어려운 때가 많았나나/돌아가시던 그날 식전까지/수고를 모르시고 도우시다가/자손을 위하여 길바닥에서/객사하신 나의 할아버지시여/왜 그만 이 세상을 그렇게/오셨다 가시는지요/자손된 봉양을 못한 저희들을/용서하여나 주서요
> — 「돌아가신 할아버지」(1941. 3. 21.) 부분

## 4. 학병제도와 귀농의식, 그리고 비교 연구의 문제

심연수 문학 연구의 동향, 특히 그의 시에 나타난 민족의식과 항일정신에 대한 논의는 시인의 일본 유학시절을 전후한 작품들에 집중되는 양상을 보인다. 여러 가지 이유가 있을 수 있겠으나, 근본적으로는 이 시기의 시편들이 이전에 비해 상대적으로 시의 내용과 형식 측면에서 안정감을 보여주는 데서 기인한다. 그런데, 이러한 논의의 연장에서 심연수 시인과 윤동주를 곧바로 비교하는 성급하고 어설픈 연구방법론은 마땅히 지양되어야 한다. 더욱이 두 시인의 <전기적 유사성>을 근거로, 구체적 작품을 매개하지 않은 상태에서 그들의 시적 현실인식을 단순 비교하는 것은 논의 자체가 무의미하다.

심연수의 시에 나타나는 항일, 반일 정신을 꾸준하게 포착하려는 일부의 연구는 그 한 증거로 시인이 "일제의 학병강제징집을 피해 다니다가 1943년 겨울 나진항을 거쳐 만주 용정으로 귀환"한다는 사실에 주목한

다. 이후 학병을 거부한 시인이 연안현 신안진 등지에서 소학교 교사로 근무하면서 학생들의 민족혼과 반일사상, 독립의식을 깨우치고, 결국 그 것이 원인이 되어 두 차례 유치장에 구속된다는 것이다. 본고는 시인의 친지 및 주변 인물들의 구체적 증언을 통해 전해지는 이 같은 삶의 궤적 에 대해 별다른 이의가 없다. 다만 이 지점에서 역사적 '사실'과 관련하여 조선이 학병 문제를 검토해보고자 한다.

심연수 시인이 일본대학을 졸업한 시점은 1943년 7월 13일로 알려져 있다. 이후 시인은 학병을 거부하고 만주 용정으로 돌아온다. 여기서 한 가지 의문이 드는 것은 일제의 학병제도 시행시기와 관련된 문제이다.

일본 육군성이 조선학생의 징병유예를 폐지하고 학병제를 강제 실 시한 것은 1943년 10월 20일이었고 징집영장이 나간 것은 동 11월 8 일(문과계 대학 및 전문 고등학교 해당, 사범계 및 공과계는 제외)이었 고 일제히 입영된 것은 1944년 1월 20일이었다. 당시 재학생 총5천명 중 4,385명이 입대했다.[20]

일제가 전쟁수행을 위해 일본인의 학병을 동원한 것은 1943년이었 고, 조선인 자원입대를 허용한 것은 1938년 4월이었고, 조선인 학병 입영을 각의에서 결정한 것은 1943년 10월이었다. 국내외의 사범계 및 이과계를 제한 문과계 대학, 전문, 고등학교 재학 중의 조선인 학생 (문과계, 이과계, 사범계 포함 7천2백 명 추산)에 징집영장을 발급한 것은 동 11월8일이었고, 그 중 총 4385명이 일제히 입대한 것은 1944 년 1월 20일이었다.[21]

일제가 재학징집연기임시특례법을 공포한 것은 1943년 10월 2일 이었다. 학도의 징집유예를 전면 정지시킨 이 조치에 의해 메이지(明 治) 신궁에서 출진학도집행식이 거행되었고(10. 21) 동 12월1일 제1회

---

20) 김윤식, 「상하이, 1945년 조선인 학도병」, 『이병주와 지리산』 참조,
21) 김윤식, 『일제말기 한국인 학병세대의 체험적 글쓰기론』, 서울대출판부, 2007. 참조.

학도병 입대가 시행되었다. 카이로회담(11월22일)을 앞뒤로 한 이 일본인 학병(이하 학병이라 함) 입영과 조선인 학병과의 거리는 약 한달 간에 지나지 않았다. 내선일체를 통치이념으로 설정한 일제인 만큼 조선인 학병 입영도 예상된 것이었다.[22]

　김윤식이 여러 지면을 통해서 거듭 밝히고 있듯이, 일제가 조선학생의 징병유예를 폐지하고 학병제를 강제 실시한 날짜는 1943년 10월 20일이다. 그리고 징집영장은 같은 해 11월 8일에 발부되었다. 그렇다면 여기서 우리는 한 가지 이상한 점을 발견할 수 있다. 일제가 징병제를 실시한 날짜가 1943년 10월이라면 1943년 7월에 일본 대학을 졸업한 심연수 시인은 시기상으로 강제징집 학병 대상에 해당하지 않는 것이다. 따라서 이 문제에 대해서는 보다 자세한 정황을 파악해야 할 것이다.

---

22) 김윤식, 위의 책.

# 1978년 이후 조선족 소설의 변모 양상

전 정 옥
(<료녕신문> 기자)

## 1. 들어가는 말

조선족의 개념과 범주 특히 조선족 문학에 관해서 어느 시점부터 조선족 문학에 귀속시킬 것인가 하는 문제에 대해서 적지 않은 논쟁이 있다. 그러나 중국 조선족은 근대 이래 한반도로부터 이민해 온 민족이라는 것에는 이의가 없다.

조선족 문학은 중국 당대문학의 획분 방법을 참고로 건국으로부터 문화대혁명 시작까지의 전 17년 문학(1949~1966), 문화대혁명시기 문학(1966~1977), 새 시기문학(1976~현재)으로 획분하다가[1] 조선족 자체발전의 특수성을 무시했다는 지적과 함께 이민시기의 문학(이주~1945), 정치공명시기의 문학(1945~1978), 다원화시기의 문학(1978~1999)으로 나누어 기술[2]하고 있다.

---

1) 조성일, 권철주 편, 『중국조선족 문학사』, 연변인민출판사, 1990, 7쪽
2) 이광일, 광복 후 조선족 소설문학의 발전양상」, 『통일과 문학』, 137쪽.

지금까지 조선족 소설에 관한 연구를 보면 이민시기 문학과 정치공명
시기의 문학에 대해서는 많은 연구가 이루어졌고 이 시기를 대표하는 작
가로서 김학철이나 이근전의 소설에 관해서 한국에 적지 않게 소개되어
있기에 본고는 이를 생략, 78년 이후 조선족 소설을 연구 대상으로 삼았
다. 78년 이후 소설은 이전 시기에 비해 그 양이 방대하여 시간상 그 전부
를 연구대상으로 삼지 못하고 주로 우수단편소설집3) 의 단편소설과 준마
상(전국소수민족 문학상), 두만강 문학상, 김학철 문학상, 해외문학상 등
상을 수상한 작품 및 작품집4)을 연구대상으로 삼았다.

## 2. 주제학적 분류

광복 전 재중조선인문학의 중심지는 용정과 신경(장춘)이었는데 염상섭
을 비롯해 박팔양, 안수길, 황건, 현경준, 신영철 등 많은 문인들이 활약했으
나 광복과 함께 대부분 귀국하고 소설가 김창걸과 시인 이욱만이 남았다.

대신 연안에서 활동하던 최채, 고철 그리고 광복후 조선에 귀국했다가
연길에 자리 잡은 김학철 등 조선의용군 전사들이 연길에 나와 회합을 하
여 조선족 문단에는 김창걸, 김학철, 김동구, 이홍규, 백호연, 백남표, 이
근전, 최현숙, 마상욱 등 소설가들이 주 진영을 이루었다.5) 광복과 새 중
국 창립의 기쁨을 누린 것도 잠시, 반우파투쟁과 문화대혁명을 거치면서
이들 중 많은 문인들이 창작의 권리를 박탈당하고 김학철은 10년의 감옥
살이까지 하게 되었다.

　오상순 주필,『중국조선족 문학사』, 민족출판사, 머리글.
3)『개혁개방 30년 중국 조선족 우수 단편소설선집』(이하『우수 단편소설선집』), 연변
　인민출판사, 2009.
4) 부록 참조.
5) 이광일, 위의 논문, 138~140쪽.

1978년 11기 3중전회가 열리면서 중국의 지도층은 문화대혁명을 부정했고 문화대혁명 가운데서 억울한 사건, 그릇된 사건들을 시정했다. 억울한 누명을 쓰고 문단에서 사라졌던 김학철, 이근전, 이홍규, 김철, 최정연, 김순기, 김용식 등 문인들이 복귀하여 신진작가들과 결합하였다.

78년 이후 문단에서 비교적 활약상을 보인 작가들로는 강효근, 고신일, 구호준, 김서연, 김순기, 김운룡, 김은철, 김재국, 김학철, 김혁, 김훈, 문창남, 박선석, 박은, 박초란, 서광억, 유연산, 유원무, 이여천, 이원길, 이혜선, 이선희, 이진화, 임원춘, 우광훈, 윤림호, 장춘식, 정세봉, 차룡순, 최홍일, 한영남, 한정길, 허련순, 홍천룡, 장지민 등 작가들이다.

이 작가들이 쓴 작품 중 단편과 중편 소설을 중심으로 주제학적으로 아래와 같이 6개 면으로 분류해 보았다.

## 2-1. 반성소설 -인간성 말살에 대한 반성

문화대혁명 시기 거의 청일색의 양상을 나타낸 가송, 찬양, 긍정의 문학은 다른 의미에서 인간 본연의 가치와 의미를 외면했음을 의미한다. 문화대혁명이 빚어낸 수많은 인생 비극과 육체적 정신적 상처, 억압되었던 울분과 분노는 소설의 형식으로 나타났고 이러한 상처문학은 또한 반우파투쟁, 대약진, 인민공사 등 역사 과정을 사실주의 형식으로 재현해 역사를 재평가 하도록 하는 과정에 상처소설의 심화라고 볼 수 있는 반성소설의 형식으로 나타났다.

단편소설 「하고 싶던 말」(1980년)은 정세봉6)의 첫 성과작이며 조선족 문단에서 상처문학의 대표작으로 꼽힌다.7)

---

6) 정세봉은 단편소설 『빨간 크레용 태양』, 중편소설 『볼셰비키의 이미지』 등 조선족 문단에서 손꼽히는 작품을 다수 발표한 작가이며 제1회 중국소수민족문학상, 미국 "해외문학상" 소설부문 대상 등 여러 상을 받았으며, 현재 "사단법인 연변소설가학회" 회장이다.
7) 오상순 주필, 위의 책, 280쪽.

서간체 소설인『하고 싶던 말』은 주인공 금희가 이혼한 남편에게서 온 편지에 회신하는 형식으로 금희의 마음 속 말을 적어나갔다. 일솜씨가 좋고 부지런한 금희는 같은 마을에서 재모를 겸비했지만 가난하고 딸린 식구가 많은 남편과 백년가약을 맺는다. 결혼한 다음 날부터 금희는 혼수로 가져 온 돈을 꺼내 가축을 사 기르고, 짬짬이 자류지(自留地)를 개간하여 드디어 6년 만에 빚을 갚고 생산대[8]에서 분배하는 돈까지 탈 수 있게 되었다. 이를 감지덕지 고마워하던 남편은 정치학교의 보도원으로 되면서 '자본주의적인 소생산'을 한다고 부업을 반대하고 나선다. 그러나 부친의 반대로 가축을 깨끗이 정리하는데 실패하자 남편은 몽둥이로 닭을 쳐 죽이고 아내에게 폭력까지 하면서 이혼을 요구한다. 결국 철부지 아들 둘을 두고 이혼하게 되었지만 금희는 근처에 집을 따로 잡고 살면서 시댁 식구들과 아들들을 여전히 보살핀다. 그러나 남편의 끈질긴 강요로 인해 드디어 마을을 떠나 친정으로 오게 되지만 2년 동안 남편의 회심을 기다린다. 드디어 힘들고 지치는 기다림의 시간을 포기하고 다른 사람은 사귄 시점에서 남편의 편지를 받게 된 것이다.

> 하지만 한발 늦었어요, 그래요 이미 늦었어요! ……아. 왜 제가 낳은 아이들은 다른 여자가 들어와서 키워야 하고 저는 또 남의 아이들을 키워주어야 하는지요!……우리는 이미 가정부업도 굉장히 벌려 놓았고 소도 한 마리 사다 매여(묶어) 놓았어요. 세월이 흐르노라면 마음속의 묵은 상처도 아물어 가겠지요.……물론 그 애들은 커서 당신도 저도 원망하지 않으리라 믿어요. 우리의 가정과 그 애들에게 불행을 들씌워준 장본인은 역사의 심판대에서 마땅히 받아야 할 징벌을 받으니깐요![9]

---

8) 행정부문과 농공업 생산부문·학교·민병(民兵) 등을 포함하는 건국 후 중국의 독자적인 조직으로서 인민공사는 8~10여 개의 생산대대(生産大隊)로 이루어지었으며 대대는 또 보통 한 개 마을을 단위로 이루어지는 10개 내외의 생산대(生産隊)로 이루어진다.
9) 정세봉, 「하고 싶던 말」, 위의『우수단편소설선집』20쪽.

이와 같이 소설은 이미 기정사실로 돼 버린 현실과 결국은 자신의 아이를 키울 수 없게 된 애 끓는 심정, 그러면서도 누구를 꼭 집어서 원망할 수도 없는 시대의 아픔과 상처를 섬세하고 진술하게 펼쳐 보이고 있다. 소설은 '새 시기 문학의 서막을 올렸고' 정세봉의 '창작에서 획기적인 이정표로 되는 작품'10)이라는 평가를 받기도 했다. 정세봉의 다른 작품인 「볼셰비키의 이미지」는 「하고 싶던 말」보다 한 단계 더 들어가서 볼셰비키 윤태철과 아들인 인간 윤준호와의 갈등과 화해를 다룬 작품으로서 반성문학의 대표작이라 할 수 있다. 『한국문학』(95년 여름호)에 발표된 소설에 대해 임규찬은 "작가가 지향한 세계가 '인간 윤준호'에게 있다 할 때 중국이 새로운 전환의 와중에 이미 놓여 있음을 이 작품의 도처에서 확인할 수 있다."11)고 평가했다.

우광훈12)의 중편소설 『시골의 여운』은 문화대혁명을 배경으로 당시 비판대상의 아들인 조선족 소년인 '나'가 목단강 상류지역인 쟈피거우라는 한족 마을에 피신을 가서 겪은 일대기를 적은 작품이다.

우선 작가는 간략한 서술로서 당시 시대상을 폭로했다. "형님과 누님은 '농촌에 뿌리 박는 선서대회'에 가고 고급지식인인 아버지는 당연히 '독재'를 받아야 했기에 ……이 이별이 있은 후 어머니는 '5·7농장'에 갔고 일년 반 후에는 양몰이를 갔다가 절벽에서 떨어졌는데 두말할 것 없이 '죄를 무서워 자살'이라는 결론을 받고 허름한 백양나무 관에 누워 땅에 묻혔다."13) 당연한 이치인 듯 서술해 나가는 작가의 어투는 오히려 독자들에게 정치적인 폐해로 인해 인간성을 잃어가는 상황에 대해 분노를 자아내고 있다.

---

10) 김원도, 「우환적인 영혼—정세봉과 그의 소설」, 『장백산』, 1998년 3월호, 170쪽.
11) 임규찬, 「연변문학의 민족성과 시대성」, 『한국문학』, 1995년 겨울호.
12) 우광훈은 중국 작가협회 회원이고 중국 소수민족문학학회 회원이며 직업작가이다. 그는 제6차 소설집 『가람 건느지 마소』로 전국소수민족 문학상을 수상하는 등 여러 가지 상을 수상한 유능한 조선족 작가이다.
13) 우광훈, 「시골의 여운」, 『가람 건느지 마소』, 흑룡강조선민족출판사, 2쪽.

다음으로 중국어를 잘 구사하지 못하는데다가 낯선 곳에 혈혈단신으로 처음 오는 '나'가 주눅이 들어 큰아버지를 바라보는 장면 역시 당시 시대상을 반영하고 있다.

> "지금도 시내에서는 총싸움을 하니?"
> "아니, 지금은 총쌈이 끝나고 무장대들이 자꾸 사람들을 붙들어가요."
> 큰아버지는 채찍으로 말등을 힘껏 내리치며 머리를 돌렸다.
> "시내 사람들은 다 미쳤어!"
> 말은 큰아버지의 욕설을 빨리 달리라는 소리로 들었던지 네 굽을 안고 달리기 시작하였다.[14]

그러나 시골에서 '시내를 미쳤다'고 하던 상황은 얼마 안 지나서 시골까지 그 상황이 파급이 된다. '나'가 소년으로부터 사나이가 될 수 있도록 이끌어 준 소녀 소곤은 결국 '나'와 함께 쓸쓸히 섣달 그믐날을 지새우며 평소 즐겨 부르던 '아리랑' 곡조 속에서 조용히 생을 마감한다. 고향인 조선으로 찾아가는 여인일 것으로 추측하는 여인의 객사로 이 마을에 남겨져 자란 소곤은 아기를 잃은 집에서 맡겨져 자란다. 행복한 동년을 보낸 것도 잠시, 불행히 폐결핵에 걸렸지만 매매가 금기시된 시골에서 돈 구하기 힘들어 병원에 가보지도 못하고 쓸쓸히 죽어간다. 소곤의 병을 고치고자 뭐라도 구하려고 사냥에 나선 소곤의 아버지, 우연히 사슴 무리를 보고는 금기사항을 깨고 사슴을 사냥한다. 그는 사슴 몸에서 떼어낸 녹태와 녹용을 가지고 작은 도시로 나갔으나 결국 붙잡혀 갇히고 만다. 설날이 되자 사정이야기를 해서라도 갇힌 아버지를 데려다 설을 쇠려는 소곤의 어머니의 소박한 소망도 무산되고 결국 소곤의 죽음을 알게 되어 겨우 다섯 날 말미를 맡고 집에 돌아온다. 소곤의 아버지와 어머니는 천당에서 친어머니가 알아볼 수 있게, 남겨놓은 유일한 한복−결혼예복을 수의로

---

14) 우광훈 위의 책, 4쪽.

입혀 보낸다. '나'는 초연한 웃음을 지은 소곤의 옷고름을(한족들이 맬 줄 몰랐기에), 살아 있는 그녀를 마주하듯이 약간의 수집음을 타며 옛 기억을 더듬어 매준다.

> 어쩌면 그의 앞가슴의 옷고름을 풀어줘야 하였을 내가! 이로써 나는
> 내 마음과 아직은 성숙되지 않은 소년의 서투른 사랑마저도, 이제 있게
> 될 나의 발발한 청춘까지도 한데 매서 내 누나의 저승길로 보냈다.15)

'나'와 소곤의 운명을 한 개 주선으로 이끌어가는 소설은 서정성이 다분한 일인칭서술과 자유분방한 필체, 미세한 감정의 움직임까지 속속들이 표현하는 작가의 붓끝에서 독자들의 눈물샘을 자극하며 당시 시대상을 고발하고 있다. 당시에 받았을 사람들의 상처, 인생비극 그리고 그 세월에 대한 반성의 여운을 길게 남겨주는 작품이라고 할 수 있다.

유원무의 단편소설「비단이불」(1982년)은 항미원조 전선에 하나 밖에 없는 아들을 잃은 송희준 노인이 무휼금으로 비단이불을 만들어 마을에 내려 온 간부들을 접대하는 이야기를 둘러싸고 진행된다. 당시 간부였던 '나'는 처음으로 이 비단이불을 덮는 행운을 가진다. 그러나 간부들이 좌경노선에 물들어 가는 것을 보고는 송희준 노인은 '내'가 꼬부리고 자는데도 이불을 장롱위에서 내려 주지 않고 그대로 10년을 꽁꽁 묶어 둔다. 문화대혁명이 끝나고 농촌개혁이 시작되자 이불을 다시 내리지만 10년 세월에 비단이불은 고루 삭아 한 움큼 씩 떨어져 나간다. 송희준노인은 관을 사기 위해 남겨두었던 아들의 무휼금으로 다시 비단이불을 만들어 초대소를 한다. 종내는 노친을 앞세우고 혼자가 되어 딸집으로 가면서 '나'에게 비단이불을 넘겨주며 현으로 찾아가는 농촌 사람들을 위해 사용하라고 부탁한다.

---

15) 우광훈, 위의 책, 95쪽.

소박한 이야기지만 작품 속의 '나'는 극좌노선을 걷고 있는 대표 인물이었다는 사실로 작품의 진실성을 강조했고 소박한 언어와 재치 있는 구성으로 인물형상을 생동하게 그리고 있다. '우리 농민들 말을 많이 들어보라구. 백성이 없으면 간부두 없구 나라두 없는 법이야'[16]라고 하는 평범한 농민인 송희준 노인의 말은 시대적인 착오에 대한 엄정한 비판과 지나간 역사에 대한 재평가의 목소리가 담겨져 있다.

이밖에 김학철의 「죄수의사」, 이원길의 「백성의 마음」(1981년), 문창남의 「옥중비사」, 장지민의 「관심병 발작」 등 많은 작품들이 문화대혁명의 만행을 고발하고 조선족들이 받은 상처를 재현하면서 역사를 반성하고 재인식하고 재평가 할 것을 촉구했다.

## 2-2. 뿌리찾기 소설 – 역사의식과 민족생존의 의지

78년 이후 소설 창작에서 역사제재의 소설이 하나의 큰 흐름을 이루었는데 역사이야기나 민간이야기를 제재로 한 김용식의 『규중비사』와 『설랑자』 등 소설과 조선족의 이주사와 혁명투쟁사를 서사적인 화폭으로 보여준 이근전의 『고난의 연대』, 항일전쟁시기 투쟁사를 반영한 김운룡의 『밀림의 딸』과 리원길의 『설야』, 조선의용군의 항일투쟁에 대한 묘사를 제재로 한 김학철의 『격정시대』 등 작품들이 속출했다.

새롭게 나타난 역사제재 소설 창작은 '이것이 마치 어디에서 낳아졌는지 모르는 아기가 아버지, 어머니를 찾는 것과 비슷하다. 근 백 년 동안 우리는 계급투쟁만 하다 보니 자기의 민족에 대해 차분히 생각할 기회가 없었다. 역사소설 혹은 역사제재소설, 역사배경소설의 홍기는 바로 중국조선족이 자기를 인식하고 싶어 하는 발전단계에 이르렀다는 표지로 되며 우리 민족의 성숙의 표지로'[17] 되는 것이다. 또한 '우리 문화의 뿌리가 되는 역사를

---

16) 유원무, 「비단이불」, 위의 『우수단편소설집』, 161쪽.
17) 정판룡, 「역사소설의 재 지평을 향하여」, 『문학과 예술』, 1995년 4호, 8쪽.

재현해 넘으로써 자신의 민족정체성을 형성한 모태를 체험하도록 하고 이를 통해 새롭게 자신의 정체성을 확인하도록 하는 것[18]'라고 했다.

1980년 잡지 『연변문예』 제1기부터 10기까지 연재를 한 중편 역사 소설 「규중비사」는 이 사람 손에서 저 사람 손으로 빌려 가면서 읽을 정도로 인기를 누린 작품이며 제1차 소수민족문학상을 받은 작품이기도 하다.

소설은 이조판서 김세홍의 딸 백란당이 돌연히 규중에서 참살당하는 사건으로부터 시작되며 이야기는 백란당을 살해한 흉수를 찾는 것을 선색으로 했다.

사건현장에서 발견된 갖신 한 짝과 주머니칼 한 자루로 인해 유원화는 흉수로 몰리게 되나, 청렴한 법관인 서익준의 명철한 판단으로 재조사를 단행, 다행이 사건 당일 담장을 넘었던 좀도적의 증언으로 인해 진짜 흉수인 까까중 소연이를 잡아낸다. 소설에서 유원하는 몰락해 가는 양반가정에서 태어난 진보적 지식인의 전형이며 부모가 정해 준 강제혼인을 완강히 거부하고 백란당과 백년가약을 맺기로 약속한다. 그러나 이들의 사랑은 봉건예의로 볼 때 용납될 수 없는 반역행위였으며 이룰 수 없는 신기루 같은 것이었다.

창작후기에서 저자는 창작 동기와 기대효과를 명확히 밝히고 있다. "『규중비사』는 역사상에 실재한 사건이나 인물에서 취재한 것이 아니라 민간이야기에서 취재하였다. 나는 이 소설에서 양반사대부가문의 윤리도덕적 정신면모와 생활내막, 통치계급내부의 권세다툼이 사생활인 혼인문제에까지 파급되는 가증한 추태, 규방생활의 진실한 화면 등을 뚜렷이 보여주기 위해 노력했고 주인공 백란당과 유원하의 형상을 치중해서 부각하는 외에 부동한 계층과 신분의 인물들을 가급적으로 선명하게 부각하려고 애썼으며 이조양반가문의 규방에서 일어난 눈물겨운 비극적 참경의 사회적 근원을 밝히기 위해서도 힘썼던 것이다. 그러기에 이 소설은

---

18) 장춘식, 「역사소설을 통한 민족정체성의 확인」, 『문학과 예술』, 2006년 3호, 111쪽.

역사를 재인식하는데도 그 의의가 있을 뿐만 아니라 오늘날에 존재하는 봉건적 윤리도덕과 문벌관념의 잔여세력을 비판하는데도 그 현실적의의가 있다고 본다."[19]라고 했다.

그 암담한 시대현실, 그 숨 막히는 예교의 멍에 밑에서 죄 아닌 죄로 하여 몸과 가문을 더럽힌 유원하의 운명이 그 후 어찌 되었는가는 여기서 누누한 설명을 요치 않는다.
이른바 동방예의지국이라 일컬어온 이조 오백 년사를 누벼오던 그 눈물겨운 규중생활의 축도인 이 역사적 비극은 여기서 서서히 막을 내린다.

이야기는 끝이 나도 감회는 무궁하다 / 얼룩진 눈물 자욱 지울 날이 있었든고
죄 많은 세상이요 한 많은 인생 / 구렁이 떨어진 꽃 다시 피진 못하리니

춘정이 무르녹던 백란당 놀든 별당 / 붉은 피 낭자할 줄 뉘라서 알았으랴
피려든 꽃봉오리 터쳐 보지 못한 미인 / 홍진을 하직한들 품은 한을 어이하리

재주는 뛰어나고 포부는 끝없어도 / 시대의 제단에 희생된 유소년아
인생은 흘러가도 역사는 남아있어 / 두고 간 그 설음을 호소 할이 있었노라

수천 년 봉건예교 긴긴 야밤 지루했네 / 치란이 무상하매 밝은 세월 있었든고
액운에 채운 생령 호곡소리 사무칠제 / 천추의 원혼만이 이 하늘에 서렸도다. [20]

---

19) 김용식, 『규중비사』, 요녕인민출판사, 1981, 296쪽.
20) 김용식, 위의 소설, 294쪽.

소설의 마지막 단락이기도 한 이 부분은 전체 소설의 집대성이며 작가의식이라고도 할 수 있다.

이근전의 『고난의 연대』(1984년)는 이민 1세로서 이근전이 겪은 파란 곡절의 경력을 통해 작가 자신이 역사적사명감으로, 본인의 말을 빌린다면 '사실주의와 낭만주의가 결합된 사회주의적 사실주의' 창작원칙21)에 의해 완성된 작품이라고 할 수 있다.

소설은 상, 하 두 부로 나뉘어 청조말기부터 1945년까지 시기를 배경으로 봉건지주, 관료배들의 가혹한 착취와 일제의 통치 하에서 조선인들의 비참한 생활처지 및 그들의 항거의 투쟁사를 적은 작품이다. 소설은 박천수와 오영길 최영세 세 가정이 1899년 조선을 떠나 간도에 와 정착해 새 생활을 시작하는 것을 둘러싸고 이 세 가정의 모순을 주된 선으로 묘사해 나간다. 물론 이 주선을 기초로 천수동이라는 한 개 마을과 용정을 무대로 화면과 서술시점을 다각화 한 점은 장편소설의 예술적 특성으로 무시할 수 없는 부분이다.

박천수는 선량하고 부지런하며 기아선상에서 일생동안 몸부림쳐 온 인물이다. 그는 평생을 적선하면서 남을 돕는 것을 낙으로 알고 살아 왔지만 험악한 현실은 청원운동을 일으키게끔 핍박한다. 그러나 청원운동은 실패로 돌아가고 그는 울화를 참지 못하고 세상을 하직한다. 오영길은 돈을 위해서는 살인도 서슴지 않는 비인간적인 지주의 형상이다. 갖은 수단을 동원하여 박천수가 일구어낸 천수동 마을의 땅을 사들여 독차지하고 일제의 앞잡이로 비굴한 삶을 살지만 결국 유격대의 포로가 되어 죽고 만다. 최영세 역시 불의지재로 벼락부자가 되어 근대시기 간도의 최초의 조선인자본가로 되지만 오영길의 핍박에 의해 빈털터리가 돼 간다. 소설에서 박천수의 아들 박윤민은 재능 있는 지도자로 성장하며 당의 지시에 따라 연안으로 들어가게 된다.

---

21) 장춘식은 논문 「민족이민사 재현의 시각문제」에서 이근전 본인과의 면담에서 한 말이라고 밝힘.

소설은 처음부터 박윤민은 '큰 일을 할 사람'으로 오영길은 교활하고 간사한 사람으로 박천수는 어리무던하고 착한 사람으로 흑백 논리에 따라 이분법을 적용하고 있어 '예술적 감화력이 부족한'[22] 등 한계가 있다. 하지만 중국조선족의 형성과정을 거대한 역사적 화폭에 담아내 조선족의 정체성을 말해 주고 뿌리를 찾는 데 일조했다는 면에서 그 가치를 충분히 인정받고 있다.

이 외에 김학철의 『격정시대』 역시 조선반도로부터 중국에 와서 혁명에 참가한 과정, 조선의용군의 형성과 발전의 역사 과정을 소설에 담고 있으며 최국철의 『간도전설』, 최금산의 『동명성왕』, 최홍일의 『눈물 젖은 두만강』, 김운룡의 『가족아리랑』 등 작품들은 민족에 대한 사명감을 가지고 조선족의 삶의 자취와 민족적인 미덕을 노래하고 결함을 과감히 드러냄으로써 인간의 존재가치와 민족생존의 의지를 집약적으로 나태내고 있다.

## 2-3. 세태소설 – 인간 본연의 모습

영웅의 시대가 서서히 막을 내리고 생명 존중 의식, 인간의 존엄성에 대한 요구가 서서히 높아지면서 작가들의 시각은 민족적이고 역사적인 시각으로부터 서서히 인간 본연의 모습으로 전이되었다. 영웅인물 전형인물은 점차 소외된 주변인물, 장애인, 허점투성이 인물들에 의해 대체되었다.

임원춘의 단편소설 「몽당치마」, 우광훈의 「운명영탄곡」 시리즈와 「메리의 죽음」, 홍천룡의 단편소설 「구촌조카」, 김훈의 단편소설 「희노애락」과 중편소설 「청춘약전」, 박선석의 「처가집」 장지민의 「올케와 백치오빠」 등 소설이 인간 본연의 모습에 눈길을 돌린 세태소설이라 할 수 있다.

임원춘의 「몽당치마」(1983년)는 문화대혁명과 개혁개방 사이를 시대배

---

22) 조성일, 권철 주필, 『중국조선족문학사』, 연변인민출판사, 649쪽.

경으로 조선족의 인정세태를 잘 반영해 준 작품으로 조선족작가로서 유일하게 '중국당대우수단편소설상'을 수상했고 중국신문학대계에 입선되었다.

소설은 사촌만 해도 스물넷이나 된다는 지체 높은 이씨 가문의 며느리로 들어서는 '나'의 시각을 통해 사촌동서인 동불사댁과 조양천댁의 형상을 생동하게 그리고 있다.

동불사댁은 인정 있고 수수한 농촌여성으로서 '나'의 사촌 맏동서이다. 하지만 가난이 원쑤라 축의금이 가련하여 결혼식이나 회갑 같은 행사에 떳떳이 나서지 못하고 늘 궂은 일만 수걱수걱 찾아했다. 그러는 동불사댁이 항상 마음에 걸리고 미안했는데 '나'는 가문의 기둥이라 불리던 시아버지가 돌아가고 공업국 국장직을 맡았던 남편마저 '우경기회주의분자'로 몰리우면서 시골에 쫓겨나자 동불사댁의 옛 모습을 서서히 답습해 간다. 그 많던 친척들은 게 눈 감추듯 자취를 감추고 한해가 다 가도록 찾아오는 손님 하나 없는 가운데 유일하게 자주 '나'를 찾아주고 위로해주고 도와주는 것은 동불사댁 뿐이었다. 큰애가 학교를 졸업하고 어느 정도 생활이 펴인 동불사댁은 뭐든 아까지 않고 도와주었고 '나'는 동불사댁한테서 언니 같고 시어머니 같은 사랑을 느낀다.

반대로 조양천댁은 예나 제나 생활이 어지간히 펴인 사람으로 예전에 시아버지 생전에 가문이 홍성할 때는 행사를 한다고 하면 항상 첫 사람으로 등장해서는 본인이 가지고 온 물건이나 돈을 다른 사람이 행여나 모를까 항상 고음으로 떠들지만 궂은일엔 손 한번 까딱하지 않는다. 물론 '내'가 어려운 처지에 놓인 동안 도와주기는커녕 위로의 말 한 마디 해주지 않는 위인이었다. 동불사댁 아들 결혼식에 참가한 '나'를 찾아 뛰어든 딸애가 아버지가 억울한 누명을 벗고 다시 공업국 국장으로 된다는 말을 전했을 때 '모두들 속으로 눈물을 떨구거나 눈물빛을 보였을 뿐이지만 조양천형님은 잔사설까지 늘어놓으면서 통곡했다'[23] 돈 있고 권력이 있는 친

---

23) 임원춘, 「몽당치마」, 위의 『우수단편소설집』, 196쪽.

척에게는 아첨하고 가난한 친척은 깔보고 멸시하는 야비한 근성을 신랄히 풍자한 장면이다.

소설은 조선족의 전통적인 풍속을 집대성해 보일 수 있는 결혼잔치와 회갑잔치를 무대로 설정해 그 속에서 표현되는 각자의 행위철학, 맺어지는 인간관계, 친척들 사이에 일어나는 미묘한 태도와 심리활동……금전과 권세에 따라 인간관계를 처리하는 고루한 윤리도덕의식을 날카롭게 비판하였고 진실하고 참된 인간관계를 호소하고 있다.[24]

장지민의 「올케와 백치오빠」는 항미원조를 간다고 집을 나간 남편이 소식 두절이 된 20년 사이 시누이를 시집보내고 시동생이며 '나'의 작은 오빠인 백치 오빠를 시중들다 결국 작은 오빠의 관능 때문에 치정관계를 이어 온 올케가 남편인 큰 오빠가 돌아온다는 소식을 듣고 옛 사랑의 약속대로 느티나무에 목을 매 자살했다는 줄거리를 쓰고 있다. 소설은 결론부분에 '그때 나는 정녕 눈물가린 그 눈으로 술상에 엎어지며 통곡하던 큰오빠와 그 큰오빠의 미국태생 백인종 아내 그리고 처녀총각으로 다 숙성된 혼혈종 조카 둘을 보았었다.'고 표현함으로써 약속을 어긴 것은 올케뿐이 아니며 과연 목숨으로 그 대가를 치러야 할 만큼 큰 죄인가, 인간의 본능이 시동생을 돌보면서 동정으로 시작한 치정관계가 타매를 받아야 할 일인가 하는 것을 묻고 있다. 한 마디로 인간 본연의 모습을 찾고자 하는 노력이다.

## 2-4. 현실비판소설 – 금전만능과 권력 지상주의

어느 시대를 막론하고 현실비판은 소설이 가지고 있는 하나의 보편적인 특성이라고 해도 좋을 만큼 소설이 있는 한 현실비판은 있기 마련이다. 시장경제가 도입됨에 따라 금전과 권력의 위력이 커지고 인간관계가

---

24) 김동훈, 『「몽당치마」의 계시와 미학적 탐구』, 『문학과 예술』, 1983년 1호, 14쪽.

삭막해지며 돈을 위해서는 의리도 도덕도 서슴없이 내 던질 수 있는 현실이 점차 만연되었고 조선족 소설에도 여실히 반영되었다.

김재국[25]의 단편소설「꽃다발 가게방」은 죽은 자를 위해 꽃다발을 파는 성칠이와 13살 난 철이의 인연을 주선으로 과연 죽은 자나 살아 있는 자나 참 모습이 있기나 한 것인지 하는 의문을 던지고 있다.

소설은 서두에서 산 사람의 음식물을 팔던 음식점을 그만두고 죽은 사람에게 드릴 꽃다발을 파는 장사가 의외로 잘 되어 나가 '죽은 사람을 위한 노력의 가치가 산 사람을 위한 노력의 가치보다 크다는 일에 약간 놀라웠다.'[26]고 아이러니컬하게 묘사하고 있다. 꽃다발을 사면서도 킬킬 웃으며 말을 주고 받는 사람들, 성의보다는 꽃다발의 개수나 화려함으로써 의미를 부여하고자 하는 사람들이 많아 꽃다발의 진실은 사라진다.

> "그렇다면 꽃다발을 적게 받은 사람의 죽음은 그만큼 값지지 않다는 거에요?"
> 소년은 사색의 빛이 어린 눈을 그대로 성칠이에게 옮겨 놓으며 또 물어왔다. 혹시 금방 한 성칠의 말에 대한 반박인지도 모른다. 성칠이는 속으로 아차 했다. 자기 말의 틈서리가 그제야 보였다. 그 틈서리를 비집고 소년이 가차 없이 뛰어 든 것이다.[27]

어린 소년의 물음에 명확한 답을 못하고 쩔쩔 매는 성칠의 모습에서 현실의 부조리가 빠끔히 들여다보인다. 소년은 보일러공 아버지와 청소부 어머니 그리고 가정의 자랑인 공부 잘하는 누나를 두었다. 그런데 3개월 전부터 어머니가 앓아눕는 바람에 결국 누나는 학업을 중단해야 하는 상황까지 이르게 된다.

---

25) 문화비평서『한국은 없다』, 장편소설『상실된 사랑의 낙원』,『김재국단편소설집』 등을 출간했음.
26) 김재국,「꽃다발 가게방」, 위의『우수단편소설선』, 431쪽.
27) 김재국, 위의 책, 434쪽.

언제부터인가 성칠이는 소년을 걱정하기 시작했다. 왜냐하면 소년
이 찾아오는 이곳이 학원이 아니라 돈과 상품만이 교환되는 가게방이
었기 때문이다. 이 몇 달 동안 성칠이가 번마다 소년에게 보여 준 것은
무엇이었던가? 돈, 돈이었다. 금전만능을 시위하는 고객들의 오만한
모습이었다.…… 소년은 한동안 말이 없다가 천천히 호주머니에서 무
엇인가를 꺼냈다. 돈이었다. 10전짜리, 20전짜리, 5전짜리 돈들이 매
대 위에 가득 쌓였다.…… 그는 가게방 꾸린 후로 처음으로 뜨거운 눈
물을 꽃다발 가게방에 떨구어 주는 이 나 어린 고객과 함께 소리 없이
눈물을 머금었다.[28]

먼저 떠난 이에 대한 애도의 뜻을 나타내는 꽃다발 가게방이 결국은 돈
과 상품만이 교환되는 장소로 전락되고, 고인에 대한 추억과 진실이 보여
야 하는 곳에 금전만능을 시위하는 고객들이 넘치면서 성칠이는 소년의
앞에서 어찌할 바를 모른다. 순백의 진실을 가진 소년 앞에서 이속만 챙
기는 인간들과 사회 부조리는 더욱 극명하게 그 모습을 드러낸다.

허련순의 단편소설 「고요한 풍경」(1996년)은 친혈육들이 백치형을 하
나의 부담거리고 여기고 은근히 죽기를 바라지만 주인에게 충성하는 개
는 굶어 죽게 된 처지에서도 빈집을 지키며 주인을 기다린다는 이야기를
적어 인간과 개를 비교하여 우리 사회의 삭막한 인정과 현실을 비판했다.

이밖에 최국철의 「혼사 날의 별곡」, 김훈의 「고목은 말이 없다」, 윤림
호의 「천치 빵떡이」 등 소설이 날로 기형적으로 변해 가는 인간 심리를
통해 사회현상을 비판했다.

## 2-5. 민족정체성에 대한 고민

중국 조선족은 광복 후 선택을 거쳐 중국을 선택한 사람들로 구성되었
고 중국공민으로서 의무를 충실히 이행하고 있으나 디아스포라의 기억은

---

28) 김재국, 위의 책, 441~442쪽.

집단 무의식으로 작용하고 있다. 78년 이후 두 번 째 이민으로 일컬어지는 대도시로 외국으로 향한 조선족의 대 이동은 새로운 디아스포라를 양산하면서 민족정체성에 대한 고민을 낳고 있다.

『누가 나비의 집을 보았을까』의 주인공 세희는 혼자 몸으로 서로 다른 성을 가진 두 아이를 키우는 여성가장이다. 그는 두 아이에게 따로 쓸 수 있는 방이 있는 큰 집, 컴퓨터, 마음대로 먹을 수 있게 소시지도 사준다는 약속을 하고 밀항선에 오른다. 다른 한 주인공 유섭은 장기 입원을 한 아내 때문에 첫 사랑이었던 세희네 돈을 훔치기까지 하지만 결국 아내를 구해 내지 못하고 그 수치감을 씻을 수 없어서 밀항선을 탄다. 이 외에도 소설에 등장하는 쌍희, 말숙이 등은 모두 가난 때문에 돈을 위해서 모험을 한다. 그러나 밀항선에서 비인적인 참상은 그들을 공포에 몰아넣는다.

낯선 남자들이 지켜보는 앞에서 라면 사발에 소변을 볼 때, 폭풍 속에서 오물과 땀에 더러워진 몸의 악취가 부끄러워 씻고 싶다는 본능 때문에 비누로 몸을 씻을 수 있다는 조건 하나에 몸을 맡길 때, 해상순라선이 올 때 들키면 안 된다는 강박중 같은 공포를 느낄 때 그들은 치욕을 느끼고 인내의 한계를 경험할 수밖에 없었다. 그 한계를 넘지 못하고 미쳐버린 말숙이, 약속된 한국배가 오지 않았을 때 시체가 되어 바다에 던져지는 사람들… 인간 이하의 경험을 한국을 향해 떠나는 길에서 이들은 경험을 하게 된다.

오른 쪽 뺨은 하얗고 긴 곱슬머리이고 왼쪽 뺨은 작고 까만 털이 난 나비, 이 같이 엄마와 아빠의 얼굴을 동시에 가지고 나온 개–나비는 중국 공민이면서 소수민족인 조선족과 흡사하다는 연상을 하게 한다. 완전한 한국인도 완전한 중국인도 아니라는 소외감이 중국 조선족의 정체성 혼란을 가져다 주며 이것이 바로 디아스포라로서의 무의식을 대표하는 것이다.

박옥남의 「마이허」는 강을 사이 두고 한족 마을인 상수리촌과 조선족 마을인 물남마을의 이야기를 다루고 있다.

강 북쪽 마을은 상수리나무숲이 있다고 해서 상수리촌이요, 강남쪽 마을은 강의 남쪽에 위치해 있다고 해서 물남마을로 이름이 통해 있는데 강 하나를 사이두고 마을이름이 다를 뿐만 아니라 생활풍속도 판판 다르고 그들의 혈맥을 이어준 선조도 각이한즉, 상수리는 한족 마을이고 물남은 현내에서도 유일한 조선족동네라는 것을 원근에서 알 사람은 다 알고 있다.[29]

이 두 마을이 마이허[30]를 사이두고 살고 있으면서 쪽배 하나로 서로 연락하면서 산다. 상수리촌은 두부가 맛있어서 두부 사러 물남의 조선족들이 배를 타고 건너가고 개고기를 먹지 않는 한족들은 개를 큼직하게 길러서는 물남 조선족 마을에 끌고 오는 등 서로 교류를 한다. 군인이 인기였던 당시 제대한 군인을 짝사랑하던 물남마을의 신옥이는 어느 날 사모하는 군인이 같은 마을의 다른 처녀와 사랑을 속삭이는 것을 보고 우울해진다. 그러다가 제대군인이지만 한족인 두부 파는 집 쏜령감네 아들과 사랑을 나누다 아버지의 결사적인 반대에 부딪쳐 결국 그 압력을 당해내지 못하고 마이허에 몸을 던져 자결한다.

그렇지만 물남 사람들은 딸을 잘못 건사한 신옥의 부모를 탓할 뿐 정조까지 잃어버린 바에야 오히려 그렇게 된 것이 다행이라는 쪽으로 생각한다. 세월이 흘러 신옥이 부모들 세대는 다 저세상으로 가고 신옥이의 뒤를 따라 구경거리가 낫다고 따라다니던 조무래기들은 열에 아홉은 외국으로 돈벌이 나갔다.

그렇게 되자 상수리촌 사람들이 들어와 물남마을의 빈터를 헐값으로 차지하기 시작했다. 오랜만에 개암나무울타리로 둘러싸인 조선족 집에서 결혼식을 치루게 되었는데 처녀 구하기가 고양이 뿔 구하기보다 어렵다

---

29) 박옥남, 「마이허」, 『도라지』, 2006년 6호, 3쪽.
30) 개미허리 같이 잘록한 곳이 여러 곳이 있다고 해서 붙여진 이름. 마이―중국어로 개미라는 뜻.

고 하는 와중에 가는 장가라 경사가 났다. 한국에 나가 돈을 부쳐주는 누나 덕에 장가를 가게 된 신랑 옆에 선 신부는 상수리촌 한족처녀였다.

다른 민족을 사랑한 죄로 자결까지 했던 신옥이, 그러나 몇 십 년이 흐른 뒤 한족며느리를 맞는 조선족마을 그 아이러니 속에 민족정체성에 대한 고민이 담겨 있는 것이다.

허련순의 장편소설 『바람꽃』, 조성희의 단편소설 「동년」, 이동렬의 「백정 미스터 리」, 허련순의 「하수구에 돌을 던져라」, 박옥남의 「장손」 등은 민족정체성의 갈등을 보여 준 작품이다.

## 2-6. 실존과 자의식 표출

시장경제의 도입과 함께 생겨 난 '두 번째 이민'의 결과는 가정의 파괴와 공동체의 해체라는 격변이며 이를 경험하는 개인의 실존적인 삶의 문제가 이슈로 대두하고 있다.

김혁의 중편소설 「뜨거운 양철지붕 위의 고양이」는 한국으로 떠난 지 7년째 되는 남편이 외로움을 견디다가 결국 외도를 하게 되는 이야기를 쓰고 있다. '남들보다 더 잘사는 꿈에 신명을 걸고 시악을 박박 쓰는 아내에 의해' '나'는 '강을 낀 아파트 단지의 알맞은 층수의 집'을 마련했고 에어컨, 세탁기, 김치냉장고를 샀으며 아내 덕에 소설집도 자비출판을 할 수 있게 되었다.

> 언제나 그렇게 대개는 계란 후라이 하나에 딱딱하게 전기밥솥 안에서 하루를 묵은 밥과 시어 빠진 김치를 대충 올려 놓고 볼가심하는 을씨년스러운 식탁, 다른 애들보다 옷차림은 화사하지만 어미의 자리가 빈데서 어딘가 풀죽어 있는 아이의 모습… 3년이면 돌아온다던 아내는 7년째 되건만 오지 않는다.31)

31) 김혁, 「뜨거운 양철 지붕 위의 고양이」, 『도라지』, 2008년 2호, 6쪽.

7년을 애와 함께 이런 식으로 보내는 '나'는 아내가 일껏 마련한 보금자리에서 은연중 아내에 대한 원망의 싹을 키우고 있었다. 처음 아내를 떠나 보낼 때 '나'는 육체적욕망 따위는 누를 수 있다고 생각했다. 그러나 '비비안 리' 같은 그녀를 만나 결국 한국으로 아내를 떠나보낸 동료들이 당연하다는 듯이 애인을 하나씩 둔 모임에 데리고 나갔다가 유혹에 이끌려 불륜을 저지른다. 그녀가 준 고양이 이름 역시 '비비안 리'이다. 고양이를 데리고 그녀와의 사랑에 빠져 있던 나는 어느 날 금융위기 때문에 돌아온다는 아내의 전화를 받게 된다.

소설은 처음부터 고양이를 처리하려고 백방의 노력을 들이는 것부터 시작한다. 천신만고 끝에 고양이를 고향에 갖다 놓고 왔지만 어느 날 아내와 딸애는 다시 고양이를 안고 들어온다. 고양이가 불륜의 상대였던 애인의 상징이라고 볼 때 고양이를 다시 기른다는 결말은 지나간 과거의 상처를 안고 새로운 길을 더듬으며 살아가는 상봉한 '이산가족'들에게 새로운 희망의 메시지를 말해주는 것이다.

최홍일의 「동년이 없는 아이」는 엄마 사랑을 잃은 석이가 이중성격을 가진 아이로 인간성이 전혀 없는 아이로 자라나는 과정을 펼쳐 보였다. 석이 엄마는 다른 사내랑 눈이 맞아서 집을 나갔고 아버지는 돈 번다고 한국에 가는 바람에 외사촌인 '나'의 집에 맡겨진 애다.

석은 '어머니? 죽여 버릴거야'를 입버릇처럼 달고 있으나 일년 가까이 소식이 없던 아버지가 '나'의 어머니한테 내일 전화를 한다고 했을 때 너무 기뻐서 퐁퐁 뛰는 천진난만한 어린애이기도 하다. 그러나 전화약속을 한 아버지 전화가 드디어 안 오자 자지 못하고 이불 속에서 남 몰래 눈물을 훔치었다.

석은 거짓말을 잘하고 난폭한 데가 있어서 참새를 잡아 와서는 다리에 끈을 매고 공중으로 날려 보냈다가 급작스레 잡아당기는가 하면 손가락으로 머리를 딱딱 소리 나게 튕겨 주기도 했다. 참새가 불쌍해 말리는 '나'

를 골려주려고 석은 참새를 잡고 가슴 털을 하나씩 뽑아내기도 하고 다리를 뚝 분질러 버리기도 했다.

드디어 아버지 전화를 받고 빨리 오라고 아버지가 와야지 어머니도 돌아온다고 말했을 때 어머니는 돌아올 수 없다고 설득하는 아버지와 '나'의 어머니 말을 듣고는 울음보를 터뜨린다.

> "고모 거짓말이지요… 어머닌 돌아오지요? 어머니가 돌아올 수만
> 있다면… 난 10년이라도 기다릴 수 있어요……"32)

석의 애타는 기다림에도 불구하고 어른들은 돌아올 념을 하지 않는다. 결국 석은 할머니한테로 가겠다고 결정하고 애완동물로 샀던 뱀을 '나'한테 선물한다. 그러나 '나' 역시 뱀을 키우라고 어머니가 허락할 리 만무하다고 생각하고 산에 놓아주자고 건의한다. 그러자 석은 차라리 잡아 먹는 게 어때? 뱀고기 맛있다는데… 하면서 바로 행동에 옮겼다. 그 사이 정이 들었다고 재롱을 부리는 뱀을 들고 석은 목 부위를 힘써 조이다가 그거로 안 된다고 판단하고는 호주머니에서 예리한 칼을 꺼내서 뱀 머리를 썩둑 잘라버린다. 그리고 아무 생각 없이 뱀 고기를 다 먹어 치우고는 집을 나가 버린다.

생명에 대한 존중과 착한 마음 그리고 동심이라고는 찾아 볼 수 없는 석의 모습에서 가족의 해체로 인해 후대에게 끼치는 소름 끼치는 악성 효과를 마주하게 되며 마음이 서늘해 지지 않을 수 없다.

우광훈의 「가람 건느지 마소」(1995년)의 주인공 진은 한국에서 들어와 여자만 밝히는 사장이 싫어서 사표를 내지만, 본인 역시 아무 자책감 없이 돈을 주고 여자와 하룻밤을 보내며 예전에 임신까지 한 애인이 찾아왔을 때 사랑한다는 달콤한 말과 위선적인 가면을 쓰고 돈을 내밀며 애를

---

32) 최홍일, 「동년이 없는 아이」, 위의 『우수단편소설집』, 488쪽.

지울 것을 강요한다. 주말이 되자 '쓰레기장에도 못갈' 사람이라고 욕하던 친구 용식이 그리고 그를 따라 나선 여자, 함께 하룻밤을 보낸 호스테스와 함께 낚시를 떠난다. 낚시터에서 우연히 호스테스가 경제난으로 문을 닫기 직전의 지경인 학교 교사였다는 사실을 알고 '추상파 그림 앞에 선 촌사람'의 꼴을 하게 된다. 시골 사람들의 인정에 넘치는 대접을 받고 용식이가 내 놓은 돈 1000원에 유일한 교원이자 교장인 선생님은 감격에 겨워 눈물을 흘린다. 호스테스의 제자들은 자신이 존경하는 선생님이 지금 화류계에 있다는 것을 상상조차 못한다. 돌아오는 길에 진도 호스테스도 착잡한 심정을 지니고 있으나 용식이를 따라 간 여자인 영옥은 잠에 곯아떨어졌다가 헛구역질을 한다. 애를 배었냐 하는 물음에 그는 '아님다! 피임약 계속 먹슴다! 정말임다!'만 고집스레 반복한다.

학교 교사를 화류계로 떠미는 사회, 아내를 두고 많은 애인들을 만나면서 정작 한국사장이 여자를 밝히는 모습은 더럽다고 생각하는 우리는 누구인가? 소설이 독자들한테 묻고 있는 물음이다.

이 밖에 김서연의 「육정」, 이진화의 「바늘」, 박초란의 「날개」 등 성장소설, 그리고 초현실주의 소설로 불리는 김혁의 「천재죽이기」, 판타지 기법을 도입한 「南柯夢 불의 제전」 등 실험소설들이 있으나 아직 문단의 주류를 이루지 못한 관계로 여기서 약한다.

다만 이혜선의 『빨간 그림자』는 전통적인 표현방식과 모더니티한 내용과의 유기적인 결합으로 인간 내면의 무의식세계를 재현하였기에 내면화 경향과 모더니즘적인 경향을 보인다는 평가를 받으며 조선족문학사의 이정표로 불리는 소설이지만 편폭상 제한으로 약하기로 한다.

## 3. 농민소설 -박선석의 『쓴 웃음』

박선석은 순수 농민작가로서 조선족문단에서 독보적이라고 할 수 있다. 그는 1980년 처녀작 「발자국」을 발표해서부터 100여 편의 농민소설을 발표했으며 장편으로 『쓴 웃음』과 『재해』를 창작했다.

상중하로 나뉘어진 대하소설 『쓴 웃음』은 문화대혁명의 전 과정을 연대별로 엮으면서 시비가 전도된 기형적인 세월에 벌어졌던 온갖 황당한 비극들을 풍자적으로 까밝힘으로써 독자들로 하여금 쓴 웃음을 짓게 하는 소설이다.

소설은 제1장 '광풍전야'에서 사청운동을 '문화대혁명'의 준비단계로 쓰면서 계급대오 정돈에서 성분문제와 가정 역사문제를 토지개혁, 반우파투쟁 등 정치운동의 계급투쟁 선에 올려놓고 엮어 나갔고 '동란', '반란', '탈권' 등 장에서 대자보와 홍위병 운동으로 지각된 문화대혁명의 발전과정을 썼고 종장인 '해동'에서 '4인무리'의 타도를 '문화대혁명' 결속의 징표로 썼다.

소설은 치중하여 농촌, 특히는 조선족 농촌 사회의 '문화대혁명'을 쓴 것이 특징이다. 소설은 조선족 동네인 팔방생산대를 문화대혁명을 연출하는 활무대로 선정하고 조선족 농촌사회의 집단생산, 대채전, 수리건설, 부업생산, 산아제한, 합작의료, 저작학습, 간부선거 등 농촌의 주요한 문제를 둘러싸고 벌어지는 극좌적 만행을 폭로했다.

소설에서는 팔방생산대와 동풍인민공사, 용해현정부는 조직적으로 상하관계를 맺고 있으며 중앙에서 발동한 문화대혁명의 검은 바람은 현성에서 먼저 불고 공사를 거쳐 팔방생산대까지 불어온다고 정확하게 반영했다. 소설에서는 홍위병운동, 대자보운동, 고깔모자운동, 잡귀신 잡는 운동, '아침청시'와 '충성무용', 자본주의 꼬리를 자르는 운동 등을 농촌사원들이 현성에 가서 보고 다시 생산대에 옮긴 것으로 정확하게 묘사함으로써 문화대혁명은 위로부터 시작된 운동이며 농촌은 이 비극을 공연해 낸 무대에 불과함을 시사했다.

소설은 이승호 영감이 자본주의 꼬리를 자른다면서 돼지꼬리를 자르면서 '돼지야 날 원망하지 말아라. 나도 공산당을 따라 혁명할려니 할 수 없구나.'라고 함으로써 강압에 대해 조소하는 등 예술면에서 일정한 성과를 거두었다.

소설은 이른바 주자파인 정인철과 반란파 송길동 및 방춘달 사이의 모순갈등을 주선으로 엮어 나가는 과정에 송길동, 방춘달 등 극좌세력에 의해 정인철은 억울하게 투쟁 받고 철직 당하며 그와 함께 일하던 권상철, 김홍두 등은 맞아 죽는다.

송길동은 정인철을 투쟁하고 생산대 대장직을 빼앗기 위해 가짜 아버지를 얻어 가짜 빈농, 가짜 당원이 된다. 그런가 하면 정인철에게 들씌운 10가지 죄명을 인증 받기 위해 군중을 기편하고 사기를 친다. 작품은 송길동의 이러한 위선, 허울을 하나하나 벗기고 본래의 모습을 적나라하게 보여주어 독자들로 하여금 쓴 웃음을 머금게 하며 결국 그는 자기의 후임으로 생각하던 방춘달에 의해 희극적으로 살해된다.

작품은 비극과 희극을 교차하면서 융합시켜 작품의 개성적인 풍격을 이루고 있다.

그의 다른 한 장편소설 『재해』는 기아문제를 다루고 있다. 그는 임종을 둔 아내가 '세상이 좋아지면…내 …제사 때 …제사밥을 …무드기 …많이 … 담아 달라요'라고 유언을 하는 모습이 안타까워 식당에 쌀 얻으러 가지만 헛물을 켜고 악에 받쳐 최대장에게 분노를 터뜨린다.

> 최대장, 우리가 일을 적게 했나? 당의 말을 안 들었나? 우리가 잘못한 게 뭔가? 그런데… 강낭가루죽 밖에 남은 게 뭔가?
> 나나… 여러분이나… 3년 만에 공산주의를 건설한다고 …그 … 그 날을 휘해 별의별 고생을 다했수다

이게… 그래 우리가 바라던 공산주의요?

뭐? 자연재해? 입을 가로 째졌어도 말은 바로 하라구. 물없이 논을 풀고 쇠물을 녹인다고 인력과 물력을 낭비하고 무당 20만근을 낸다고 논에 남포질을 해서 소를 빠뜨려 죽이구 밀식을 하고 비료를 쏟아 부어 벼를 푹 썩이구… 그래 이게 자연재해인가? 응? 자연재해야?[33]

그의 이 말은 대기아와 자연재해로 일컬어지던 재해의 원인에 대한 직접적인 개괄이다. 50년대 중반부터 시작된 극좌 노선으로 인해 1960년대 초기 3년 대 기근이 발생했음을 소설의 형식으로 개괄했다.

물론 그가 창조한 인물형상들은 내적갈등이 구체적이 되지 못하고 많은 인물들의 형상이 아주 단순하다[34]는 평가를 받지만 그의 많은 성과 작들은 조선족문학사에서 뚜렷하게 자리매김할 수 있다는 것만은 논의의 여지가 없어 보인다.

이밖에 농민소설로 고신일의 『흘러가는 마을』, 정세봉의 「최후의 만찬」과 「토혈」, 신국철의 「개천바닥」 등이 있다.


## 4. 나오는 말

78년 이후 조선족 소설은 문화대혁명 시기를 경과하면서 상처소설로부터 시작 된 반성소설이 주를 이루다가 다시 찾은 인격적인 존중과 민족적 자긍심으로 역사제재를 다룬 소설들이 많아졌다. 흘러간 역사를 돌이켜 뿌리 즉 민족정체성을 찾고자 하는 노력이 보였다. 문화대혁명시기 영웅 찬가, 전형인물 창조를 주로 하던 데로부터 인간 본연의 모습에 눈길을 돌려 점차 영웅인물이 아닌 백치나 부정인물 형상도 생동하게 부각이 되었다.

---

33) 박선석, 『재해』, 『연변문학』, 2008년.
34) 최삼룡, 「박선석의 소설과 농촌사회학」, 연변문학, 2008년 11호.

개혁개방과 더불어 느끼게 된 사람들의 혼란 잇따라 생긴 금전만능 사유와 권력에 대한 숭배 현상에 대해 조선족 작가들은 비판적인 태도로 신랄하게 소설화했으며 사물이나 인간 자체가 본연의 소중하게 생각하던 가치를 잃어가고 있는 사회에 대해서는 비판을 진행했다.

시장경제의 도입과 더불어 대도시로 진출하던 조선족 대오는 중한수교와 더불어 한국으로 나가는 대오까지 합쳐 조선족 농촌은 처녀 구하기가 '고양이 뿔' 구하기만큼 힘들어지게 되었다. 이로써 조선족 마을이 피폐해 지고 학교가 문을 닫게 되며 조선족 마을의 쓸쓸한 빈터를 한족들이 들어와 헐값으로 차지하게 되면서 민족정체성과 민족문화 고수에 대한 문제가 대두되었음을 나타내 조선족 소설의 한 양상을 보였다.

아내들을 한국에 내보낸 사람들이 하나의 단체를 이루는 일이 별로 신기하지 않은 조선족 사회는 양심과 도덕의 한계가 바닥에 떨어지고 술과 여자, 소비로 생활을 허비하는 사람들의 실존과 자의식 역시 조선족 문학의 한 개 양상으로 나타났다.

이와 같이 주제에 따른 다원화 양상은 78년 이후 조선족 소설의 양상이자 특점이며 그 가운데 구수한 이야기체로 매력을 발산하는 박선석의 소설은 농민소설 가운데서 아직 그 지위를 대체할 후임을 찾지 못했다.

■ 전국소수민족문학상

제1차 전국소수민족문학상

≪규중비사≫ 중편소설 김용식 1981년 12월 30일

≪하고싶던 말≫ 단편소설 정세봉 1981년 12월 30일

≪꽃노을≫ 단편소설 림원춘 1981년 12월 30일

≪새별전≫ 장편서사시 김철 1981년 12월 30일

≪장백산아, 이야기하라≫ 장편서사시 김성휘 1981년 12월 30일

≪북녘서정≫ 서정시 임효원 1981년 12월 30일

≪장백의 소년≫ 아동소설 류원무 1981년 12월 30일

≪눈속에 핀 꽃≫ 극본 박웅조, 홍성도 1981년 12월 30일

제2차 전국소수민족문학상

소설 2등상 ≪우리 선생님≫중편소설 류원무 1983년

≪희로애락≫ 단편소설 김훈 1983년

≪배움의 길≫ 단편소설 리원길 1983년

소설영예상 ≪몽당치마≫단편소설 림원춘 1983년

시 1등상 ≪할머니≫ 시 남영전 1983년

시 2등상 ≪압록강 물길따라≫ 시 리상각 1983년

시 우수상 ≪소나무 한그루≫ 장시 김성휘 1983년

평론우수상 ≪시의 화원에 피여난 진달래≫ 평론 조성일 1983년

번역성과상 진설홍, 김일 1983년

제3차 전국소수민족문학상
우수상
≪금잔디≫ 시집 김성휘 1991년 4월
≪상사집≫ 시집 남영전 1991년 4월
≪청춘무대≫소설집 김 훈 1991년 4월
신인신작상 ≪봄날의 장례≫최국철 1991년 4월
번 역 상 뢰자금 1991년 4월

제4차 전국소수민족문학상
수상작(1988~1991)
≪설야≫ 장편소설 리원길 1994년
≪저 언덕에 묻고온 이름≫ 시집 조룡남 1994년
≪김철시선≫ 시집 김철 1994년
≪색바랜 무지개≫ 수필, 보고문학집 리성권 1994년
아동문학집 ≪별과 꽃과 아이들≫ 아동문학 한석윤 1994년
번역상 김학천 1994년

제5차 전국소수민족문학상
≪그리며 사는 마음≫ 시집 조룡남 1997년 11월 17일
≪춘정≫ 장편소설 리원길 1997년 11월 17일
≪푸른잎은 떨어졌다≫ 중편소설집 리혜선 1997년 11월 17일
번역성과상 김련란 1997년 11월 17일

제6차 전국소수민족문학준마상
≪바람꽃≫ 장편소설 허련순 1999년 9월
≪가람 건느지 마소≫ 소설집 우광훈 1999년 9월
≪푸른 종소리≫ 시집 박 화 1999년 9월

≪꿈을 깬 애기잎≫ 동시집 최문섭 1999년 9월
≪한세대의 별≫ 실화집 김영금 1999년 9월

제7차 전국소수민족문학준마상
≪9월은 울고 있다≫ 소설집 고신일 2002년 9월 9일
≪世紀之交的獨行(세기를 넘어 홀로 가다)≫ 시집(한문) 김학천 2002
년 9월 9일
≪紅蝴蝶(빨간 그림자)≫ 장편소설(한문) 리혜선 2002년 9월 9일
번역성과상 리옥화 2002년 9월 9일

제8차 전국소수민족문학준마상
<쓴 웃음>장편소설/ 박선석

제9차 전국소수민족문학준마상
시집≪사람속에서 사랑이 그리워≫/ 김학송
평론≪일제강점시기 조선족 이민문학론≫/장춘식


■ 연변작가협회문학상(소설)

제1차 연변작가협회문학상
≪고난의 년대≫장편소설 리근전 1985년 3월 29일
≪한당원의 자살≫중편소설 리원길 1985년 3월 29일
≪오봉루의 전설≫중편소설 진경하 1985년 3월 29일
≪접동골의 녀인≫단편소설 남주길 1985년 3월 29일
≪오불꼬불한 골목≫단편소설 서진청 1985년 3월 29일

제2차 연변작가협회문학상
≪메리의 죽음≫소설 우광훈 1988년
≪그녀의 세계≫소설 리선희 1988년
≪고집쟁이 마씨≫소설 류정림 1988년

제3차 연변작가협회문학상
≪고향에서 온 손님≫소설 윤림호 1990년
≪즉흥생활≫(한문) 소설 서진청

제4차 연변작가협회문학상
≪빨간그림자≫ 소설 리혜선 1999년
≪고요한 라고하≫ 소설 윤림호 1999년

제5차 연변작가협회문학상
≪동명성왕≫(상, 하)  장편소설 림승환, 최금산 2001년
≪눈꽃서정≫중, 단편소설(집) 리동렬 2001년

제6차 연변작가협회문학상
≪고요한 도시≫ 장편소설 리동렬 2003년 7월 2일
≪룡띠녀인≫ 장편소설 우뢰 2003년 7월 2일
≪파애≫ 단편소설집 조성희 2003년 7월 2일

제7차 연변작가협회문학상
≪우산은 비에 운다≫ 장편소설/림원춘 (2005년 7월 21일)
≪엄마의 대지≫ 소설집/ 권선자

## ■ 김학철문학상

제1회 김학철문학상 (연변소설가학회 주최)(2007년)
수상자
허련순 장편소설 ≪누가 나비집을 보았는가≫(대상)
박옥남 단편소설 ≪목욕탕에 온 여자들≫(대상)

제2회 김학철문학상(연변작가협회 주최) (2009년)
수상자
박선석 장편소설 ≪재해≫(대상)
조성희 단편소설 ≪빛의 피안≫(우수상)

제3회 김학철문학상(연변작가협회 주최)(2010년)
수상자
김 혁 중편소설 ≪뜨거운 양철지붕우의 고양이≫(우수상)
구호준 중편소설 ≪사랑의 류통기간≫(우수상)


## ■ "두만강"문학상 (연변소설가학회 주최)

제1회 "두만강"문학상(2009년)
수상자
최국철(중국) 단편소설 ≪어느 여름날≫(대상 - "국내상")
윤석원(한국) 단편소설 ≪토종이 어됐냐고?≫(대상 - "해외상")

제2회 "두만강" 문학상(2010년)

수상자

박초란(중국) 단편소설 ≪날아라 룡룡룡!≫(대상-"국내상")

공령희(러시아) 단편소설 ≪섬에서 만난 아이≫(대상-"해외상")


■ <해외문학상> (미국 엘에이 所在, "해외문학"사 주최)

제1회 해외문학상 대상(1998년)

수상작-단편소설 ≪8월의 碑≫/이회성(일본)


제2회 해외문학상 대상(1999년)

수상작-단편소설 ≪기다림≫/박미하일(러시아)


제3회 해외문학상 대상(2000년)

수상작-단편소설 ≪소나기≫/양원식(카자흐스탄)


제4회 해외문학상 대상(2001년)

수상작-단편소설 ≪빨간 크레용태양≫/정세봉(중국)


제5회 해외문학상 대상(2002년)

수상작-단편소설 ≪섬에서 만난 아이≫/공령희(러시아)


제6회 해외문학상 대상(2003년)

수상작-단편소설 ≪그날≫/이정희(카자흐스탄)

제7회 해외문학상 대상(2004년)
수상작–단편소설 ≪이쿠노 아리랑≫/김길호(일본)

제8회 해외문학상 대상(2005년)
수상작–단편소설 ≪고향을 잃은 사람들≫/이종학(캐나다)

제9회 해외문학상 대상(2006년)
수상작–단편소설 ≪LA 한인택시운전사들의 이야기≫/백훈(미국)

제10회 해외문학상 대상(2007년)
수상작–단편소설 ≪목욕탕에 온 여자들≫/박옥남(중국)

제11회 해외문학상 대상(2008년)
수상작–단편소설 ≪아버지의 눈≫/안설희(미국)

제12회 해외문학상 대상(2009년)
수상작–단편소설 ≪울부짖은 성≫/손룡호(중국)

제13회 해외문학상 대상(2010년)
수상작–단편소설 ≪건초더미에서≫/박요한[미국]

제1회 "배달문학상"수상작(1991년)
중편소설 ≪"볼쉐위크"의 이미지≫/정세봉
(* <장백산문학상>, <연변조선족자치주 문학상> 등 수상)

# 김학철의 『해란강아 말하라』의 정치적 담론

고 명 철
(광운대 교수)

## 1. 『해란강아 말하라』를 읽기 위한 두 가지 문제의식

중국조선족 문학사에서 김학철(본명 홍성걸, 1916~2001)이 차지하는 위상은 "'중국조선족문학의 대부'라고 불리는"[1] 데서 확연히 알 수 있다. 이것은 한 작가에 대한 과장된 수사가 결코 아니다. 중국 내에서 조선족이 갖는 정치적 함의를 작가 김학철은 뚜렷이 보여준다. 김학철의 문학은 중국을 구성하는 소수민족 중 하나로서 조선족의 구체적 삶에 착목하는 바, 특히 중국 내에서 조선족이 중국공산주의와 연대하여 일제에 대한 항일투쟁을 지속한 점[2]과, 중국이 일제로부터 해방 후 사회주의 국가의 기

---

1) 김관웅, 「중국조선족동포문단의 네모반듯한 방정형 인격류형의 대표자」, 『조선의용군 최후의 분대장-김학철 2』, 김학철문학연구회 편, 연변인민출판사, 2005, 188쪽.
2) 김학철의 문제작 중 하나인 장편소설 『격정시대』(1986)는 1940년대 초 만주지역에서 항일무장투쟁을 벌인 조선의용군의 실체를 핍진하게 그린 수작(秀作)이다. 특히 이 작품을 통해 만주 지역의 조선족이 중국의 공산주의자와 함께 항일무장투쟁을 벌인 전모가 한국의 대중에게 널리 소개됨으로써 분단시대의 이념적 질곡에 갇혀

틀을 정립하는 과정에서 길림성의 연변을 중심으로 성립한 조선족 자치구에서 중국조선족 문학의 뿌리를 튼실히 내리게 했다[3]는 점은 김학철을 '중국조선족문학의 대부'라고 호명하는 게 너무도 자명한 일이다.

　김학철의 장편소설 『해란강아 말하라』(1954)를 온전히 이해하기 위해서는 바로 이와 같은 맥락을 소홀히 간주할 수 없다. 『해란강아 말하라』는 사회주의 국가로서 중국이 태동한 이후 조선족 문단이 거둔 첫 장편소설로, "역사적 현실의 어려움과 참혹성을 그 어떤 경직된 관념과 도식화에 따라 분해시켜 이상화로 채색한 것이 아니라 마르크스주의적 역사관과 혁명적 사실주의 창작 방법에 입각하여 역사적 사변을 원형 그대로 예술적 진실과 유기적으로 통일시키면서 반영"[4]하고 있다. 여기서 각별히 유의해야 할 것은 이 작품에 대한 접근은 중층적 과제를 염두에 두어야 한다는 사실이다. 하나는 이 작품이 '쓰여진' 시대적 배경이 매우 중요한데, 작중 인물들이 해당 시기에 첨예히 맞닥뜨린 문제들을 통해 작가가 어디에 '서사적 초점'을 맞추고 있는가 하는 점이다. 이것은 이 작품이 지닌 정치적 맥락과 밀접한 연관을 맺는다. 무엇보다 작가 스스로 밝혔듯이 이 작품은 작가의 자발적 서사욕망에 의한 게 아닌 작가가 속한 중국작가

---

있는 한국사회에 모종의 충격을 안겨주었다. 그것은 일반 대중에게 항일민족운동 세력 중에는 이렇게 중국의 만주 지역에서 사회주의의 투철한 이념을 가진 세력들 또한 엄연히 존재했다는 역사적 사실이다.
3) 김학철은 한국전쟁 와중 중국의 북경으로 정치적 망명을 선택하여(1951), 그 당시 중화전국문학공작협회의 당서기 겸 상무 부주석인 작가 정령의 도움을 받으면서 생활하다가, 연변에 조선족자치주가 선포(1952)된 이후 주덕해와 최채 등의 주선으로 연길에 와 문학예술계연합회주비위원회 주임직을 맡아 중국조선족 문단의 기틀을 다지는 데 헌신을 다 한다. 이후 "연변에는 전업 작가가라는 존재가 김학철 하나밖에 없었"는데(김호웅·김해양 편저, 『김학철 평전』, 실천문학사, 2007, 248쪽), 중국조선족 문단에서 가장 왕성한 창작 활동을 통해 중국조선족 문학의 위상을 높인다. 1950년대 중국조선족 문단에서 김학철의 독보적 창작 활동에 대해서는 이 시기 발표된 소설 목록을 일별해보아도 확연히 알 수 있다. 강련숙 외, 『중국조선족 문학 논저·작품목록집』, 숭실대출판부, 1992 참조.
4) 조성일 외, 『중국 조선족 문학 통사』, 이회문화사, 1997, 356~357쪽.

협회의 지시, 즉 중국공산당의 문예지도 아래 쓰여진 작품으로,[5] 이 작품을 통어(統御)하고 있는 것은 사회주의적 사실주의이다. 김학철이 본래 투철한 사회주의자로서 평소 사회주의적 사실주의의 문예 원칙에 충실하다는 것은 새삼스레 강조할 필요가 없다.[6] 그래서 중요한 게 작가의 '서사적 초점'이다. 이 작품을 두고, "중국 조선족의 민족적 자의식을 아주 분명하게 보여주고 있다"[7]처럼 대체적으로 긍정적 평가를 하면서도 "이 작품은 어딘가 김학철의 것이라고 하기엔 부족한 구석이 많다"[8]와 같은 아쉬움을 토로하는 데에는, 거듭 강조하건대 작가의 '서사적 초점'을 면밀히 읽어야 한다.

이에 대한 읽기는 이 작품이 지닌 중층적 과제 중 또 다른 하나와 자연스레 접속된다. 그것은 이 작품을 '쓴' 역사의 국면에서 갖는 정치적 함의를 숙고해야 한다. 앞서 잠깐 언급했듯, 이 작품은 중국이 사회주의 국가로서 기틀을 정립하는 매우 중요한 도정에서 발표됐다. 또한 중국내 조선

---

5) 『해란강아 말하라』의 창작과정에 대해 작가는 1990년 2월에 연변문학예술연구소와의 대담에서 다음과 같이 직접 말을 하였다. "≪해란강아, 말하라!≫는 선전부에서 임무를 맡겨서 쓴 것입니다. 정치의무감에서 쓴 것이지요."(「드팀없는 신념, 꿋꿋한 인행─김학철선생님과의 문학대화」, 『문학과예술』, 1990년 3기)

6) 김학철은 어느날 갑자기 투철한 사회주의자가 된 것은 결코 아니다. 그의 '혁명적 성장소설'인 장편소설 『격정시대』(1986)에는 그의 사상적 영향과 실천에 대한 전모가 구체적으로 형상화되어 있는데, 조선의용군으로서 항일무장투쟁에 직접 참여하면서 비로소 사회주의 혁명가로 거듭난다(고명철, 「혁명성장소설의 공간, 민중적 국제연대 그리고 반식민주의」, 『문학, 전위적 저항의 정치성』, 케포이북스, 2010). 그의 사회주의에 대한 투철성은 장편소설 『20세기의 신화』(1996)에서 모택동, 스탈린, 김일성에 대한 개인숭배를 정면으로 비판하고 있는 점을 통해 여실히 드러난다(고명철, 「중국의 맹목적 근대주의에 대한 조선족 지식인의 비판적 성찰」, 위의 책). 김학철의 사회주의적 사실주의 문학에 대해서는 우상열, 「김학철과 사회주의 사실주의의 허와 실」, 『한국어문학연구』46집, 한국어문학연구학회, 2006 참조.

7) 송현호, 「김학철의 <해란강아 말하라> 연구」, 『중국 조선족 문학의 탈식민주의 연구1』(송현호 외), 국학자료원, 2008, 275쪽.

8) 김명인, 「어느 혁명적 낙관주의자의 초상」, 『자명한 것들과의 결별』, 창비, 2004, 37쪽.

족 문단이 형성되는 과정에서 발표되었고, 조선족 문단에서 이 작품에 대한 평가는 기대 이상이었다. 그것은 『해란강아 말하라』가 조선족 문인이 처음으로 쓴 장편소설 이상의 가치를 수반한다고 해도 과언이 아니다. 이 작품이 얼마나 문제적이었으면, 1956년부터 중국에서 광풍처럼 불기시 작한 반우파투쟁(反右派鬪爭)은 김학철을 중국의 552,877명의 우파분자 중 하나로 전락시킨다.9) 중국공산당의 지시에 충실하여 극찬을 받은 작품10)이 도리어 '반당·반사회주의 독초'와 같은 반동주의 문학으로 극단의 부정적 평가를 받은 것이다. 그만큼 이 작품이 사회주의 국가로서 중국의 건국 초기에 중국문학사와 중국조선족 문학사의 기반이 정초되는 데 매우 중요하게 논의되어야 한다는 방증이다.

따라서 필자가 김학철의 『해란강아 말하라』를 읽으면서 염두할 것은 중국의 건국 초기에 사회주의 국가의 기틀을 정초하는 역사의 국면에서 조선족 작가가 떠맡아야 할 중층적인 정치적 과제에 대한 소설쓰기를 온

---

9) 『아리랑』, 1957년 12월호 참조. 『해란강아 말하라』에 대한 반우파투쟁은, "1957년 5 월호에 ≪아리랑≫ 잡지에 발표된 「몇가지 오유적론점에 대하여」로부터 1958년 12 월호의 「반동작가 김학철의 자화상」까지 그리고 ≪연변일보≫ 1957년 9월 29일 「선 명한 반동립장의 실증」으로부터 1958년 1월 16일 「독초를 매여버리고 향기로운 꽃을 만발시키자」에 수록된 10편의 문장까지 김학철이를 비판한 문자는 길고 짧은 것을 다 합하면 무려 40여편이 되고 거기에 동원되 작자는 무려 100명이 거의 된다. 거기에는 대학교 교원으로부터 기자, 편집, 기관간부, 로동자, 농민, 대학생, 중학생 등 사회의 여러 행업, 여러 계층의 사람들이 다 있다."(최삼룡, 「김학철에 대한 기성연구 검토와 몇 가지 생각」, 『조선의용군 최후의 분대장−김학철』, 연변인민출판사, 2002, 492쪽)
10) 『해란강아 말하라』에 대해 그 당시 연변작가협회 부주석인 작가 김순기는 월메라 는 필명으로 『연변문예』(1954년 3월호)에 다음과 같이 극찬한다. "작자는 9.18전 후의 연변농촌의 모습을 사실주의적으로 반영하였다.//작자는 항일의 여러 가지 구전문학적 민간이야기들을 재능있게 구사하였고 그의 규모에 격이 맞는 힘찬 흐 름으로 사건을 전개시켰으며 특히 작품속에는 가난한 사람들의 계급적 우애 합작 단결과 소박한 애정의 서정적정경, 아름다운 리상, 우람찬 투쟁과 잔인무도하고 교 활한 원쑤들의 반동성과의 갈등을 흠이있게 묘사하였다. (중략) 소설 ≪해란강아 말하라≫는 우리 인민들을 자호와 승리에로 이끄는 사상력량을 가지고 있을 것이 다."(최삼룡, 위의 글, 위의 책, 496~497쪽 재인용)

전히 해명하는 일이다. 작가는 국가의 지시에 의해 작품을 쓰되 정작 형상화하고자 한 '서사적 초점'은 무엇인지, 그리고 중국 내 소수민족 중 하나인 조선족이 나라 잃은 비참한 처지로 만주 지역에서 오랫동안 염원하던 조선족의 자치구역이 마침내 '연변 조선족 자치주 국민정부'(1952. 9. 3)가 선포된 이후 중국조선족 문학이 수행해야 할 역할은 무엇인지, 이것들은 서로 별개로 구분된 문학적 과제들이 아니다. 요컨대 필자가 『해란강아 말하라』에 각별한 관심을 갖는 것은 이 작품이 중국조선족 문학사에서 중국과 조선족의 구체적 현실을 통해 사회주의 국가의 건국 초기에 어떠한 정치적 위상을 지니고 있으며,[11] 이후 중국조선족 문학사에서 갖는 문제성이다.

## 2. 중국조선족 문학의 혁명적 투쟁에 대한 문학적 재구

### 2-1. 재만조선인 농민의 계급적 각성과 소작쟁의

『해란강아 말하라』[12]에서 주목해야 할 것은 1930년대 초반 중국의 연변 연길현 해란구 버드나무골을 중심으로 펼쳐지는 조선족 소작쟁의의 양상이다. 말하자면 작가는 만주 지역에서 소작농의 삶을 살고 있는 재만조선인 스스로 그들이 놓인 구체적 현실, 즉 소작농의 계급적 모순을 자

---

11) "총체적으로 볼 때 건국초기 조선족작가들의 소설문학은 문학이 사회주의를 위하고 인민을 위하여 복무하는 길을 확고히 걸으면서 해방을 맞아 나라의 주인이 된 조선족들의 감격과 희열, 사회주의 건설에 떨쳐나선 조선족들의 보람찬 노력투쟁과 그 속에서 성장하는 신형의 사회주의일군들의 형상 등을 사회주의적 리얼리즘이 창작방법으로 다각적으로 펼쳐보이면서 기꺼운 성과를 거두었다."(오상순, 『개혁 개방과 중국 조선족 소설문학』, 월인, 2001, 84~85쪽)
12) 이 작품은 본래 1954년 중국의 연변교육출판사에서 총 3부작으로 출간되었고, 한국에서는 1988년 풀빛출판사에서 상, 하권의 체제로 출간되었다.

각하고 그것을 타파하기 위한 과정에서 민중의 위엄을 발견하고 그것을 지켜나가기 위해 민중의 위력(威力)을 드러내고 있다. 이것이 바로 식민지 시기 재만조선인을 다룬 조선문학과 뚜렷이 구분되는 점이다. 식민지 시기 재만조선인에 대한 조선문학은 나라 잃은 민중이 낯선 땅 만주로 자의반 타의반 이주하는 가운데 겪는 온갖 수탈과 설움이 지배적인 '수난의 서사'에 초점이 맞춰 있든지, 일본 제국의 만주 경영을 위한 식민정책에 적극 협력하는 '친일 서사'에 초점이 맞춰 있든지, 아니면 우회적 글쓰기 전략에 의해 식민지 정책에 협력하는 것을 가장한 가운데 식민지 정책의 모순을 드러냄으로써 제국의 식민주의에 균열을 내고 내파(內破)하는 반식민주의적 저항의 '균열의 서사'에 초점을 맞춰왔다.13) 그런데 『해란강아 말하라』는 일본 제국주의의 정치적 구속으로부터 해방을 맞이한 중국 내에서 조선족이 재만조선인을 "전시기의 망명문학이나 이민문학과는 달리 처음부터 주인공적인 자세로 나타나게"14) 하고 있다. 다시 말해 중국조선족 문학에서 재만조선인은 '수난의 서사', '친일 서사', '균열의 서사'를 담당하는 게 아니라 만주 지역에서 민족적·계급적 주체의식을 지닌 만주 역사의 당당한 주체로서 역할을 맡는다.

『해란강아 말하라』에서 이러한 서사적 임무를 맡고 있는 전형적 인물은 장검이다. 버드나무골 한겨울 눈 위에 죽은 "여인이 품에 꼭 껴안은 포대기 속에 싸인 젖먹이 아기만은 살았"15)는데, 그 젖먹이가 바로 장검이다. 장검은 버드나무골 지주인 "박승화의 착취—고아를 돌보아 준다는 은혜로운 말로 목구멍을 탈아 먹고, 친척이라는 정리로 수족을 얽어 매어

---

13) 특히 일제말의 글쓰기 유형을 천착한 김재용의 연구는 재만조선인의 문학을 살펴보는 데 유효한 참조점을 제공한다. 김재용, 『협력과 저항』, 소명출판, 2004.
14) 북경대학 조선문화연구소 편, 『중국조선민족문화사대계 2: 문학사』, 민족출판사, 2006, 221쪽.
15) 김학철, 『해란강아 말하라』상, 풀빛, 1988, 26쪽. 이후 작품의 부분을 인용할 때는 별도의 각주 없이 본문에서 (상/하, 쪽수)만을 표기한다.

꼼짝을 못하게 하여 놓고 하는 최대한의 착취"(상, 27쪽)를 감내하고 살아오다가 마침내 이 부당한 대우와 착취로부터 벗어나기 위해 박승화의 집을 나간다. 귀한 노동력이 없어질 것을 걱정한 박승화는 장검을 찾아왔는데, 장검이 일갈한 "나두 사람이다!"(상, 51쪽)에 응축된 민중적 존재의 위의(威儀)는 『해란강아 말하라』의 중심 서사를 주도하는 인물들의 서사적 지위를 웅변한다. 오랫동안 지주 밑에서 노동력을 착취당하는 반인간적 삶을 살아온 민중은 부당한 대우를 감내해야만 하는, 그렇게 살 수밖에 없도록 구조화된 소작농으로서의 삶의 습속(習俗)과 관성에 속수무책인 게 아니라 그 모순된 구조를 인식하고 그것을 타개하기 위한 소작쟁의를 일으킨다.

삼칠제! 이것이 그들의 입마다 외치는, 일치한, 유일한, 힘있는 행동의 구호였다.

9·18의 시퍼런 도끼날은 농민들의 보수와 주저의 갑문을 단대에 찍어 갈라, 오랜 동안 거기 고여서 충충하던 그들의 새 소작제도—삼칠제—에 대한 욕망의 분류를 터뜨려 놓았다.

그리하여 거기서 뻗쳐 나온 팽배한 물줄기는 버드나뭇골을—여느 부락들에와 마찬가지로—엄습한 것이다.

해란구 전역에 걸치어 일제히 궐기한 농민들에 의하여 진행되는 소작쟁의는, 구 당위원회 지도부가 소기한 이상의 맹렬한 기세로 확대되어 나갔다……

강 건너 부락들에서와 강 이쪽 부락들에서 자기의 위력을 투쟁 가운데서 시험한, 전승한 농민들은 동원이 지지한 우군 부락 버드나뭇골을 열렬히 성원하였다. 콩 닦은 것을 놓은 군량자루를 메고, 물푸레 몽둥이를 깎아 든 수백 명의 원병을 그리로 파견하였다.

길들인 들짐승은 먼 숲속의 친구의 부르는 소리에 잠들었던 용맹을 자기 체내에서 불러세우고, 사람은 무리지은 친구의 부르는 소리를 듣고 강하여진다.(상, 147~148쪽)

장검이가 다시 들어왔을 제는 이미, 박승화가 곳간에 들어가 좁쌀 마대를 짊어지고 나와 그것을 토마루 아래다 딩굴려 놓고, 소매로 얼굴의 땀을 닦으며 말하고 있었다.

"맘대루들 자, 퍼가시우! 난 아깝잖으니!"

금시 배워온 말로 장검이가, 속을 뻔한 것이 분하기도 하였길래 골을 더럭 내며 그것을 반박하였다.

"안되우, 그렇겐! 막탕 퍼가문 우리가 도둑놈이 되게? 여러말 말구어서, 수판이나 내오우, 우리가 찾으려는 건 다섯에 둘⋯⋯당신이 더 가져간 그것뿐이니까!"

"아, 이런, 거저 준대두 싫다네!"

"안 속는단데! 그런 헛소린 걷어치우!"(상, 153쪽)


장검을 비롯한 재만조선인의 대부분은 소작농으로서 지주와 수확물을 절반으로 나누는 이른바 절반법(折半法)16)이 지닌 수익 배분의 부당성을 문제삼는다. 그리하여 소작농들은 소작쟁의를 통해 '삼칠제'를 강력히 촉구하고 있다. 여기서 쉽게 간과해서 안 되는 것은 작가에 의해 이러한 소작쟁의(춘황 및 추수 투쟁)가 이른바 9·18사변(1931)으로 불리우는 중국의 비극적 역사와 맞물려 있다는 점이다. 중국근대사에서 9·18사변은 씻을 수 없는 중국의 치욕으로, 이 사건은 일본 제국의 만주의 식민지 경영을 위한 주도면밀한 침략 계획에 의해 일어났고, 이후 일제는 동북3성(길림성, 요녕성, 흑룡강성)을 3개월 만에 정복하여 만주국(1932)을 세운다.17) 작가가 길림성의 해란구에서 일어나고 있는 소작쟁의를 9·18사변

---

16) 만주국이 세워지기 전 재만조선인 대부분은 중국인 지주로부터 소작을 맡는다. 재만조선인들은 중국인 지주와 계약을 맺고 돈이 절대적으로 부족하므로 필요한 농구, 자금, 생활비용을 지주에게 빌린다. 결국 재만조선인들은 지주의 소작농으로서 자신의 전부를 의탁한 것과 다를 바 없어 반농노적(半農奴的) 생활에서 좀처럼 벗어날 수 없다. 지주와 소작농의 계약은 정액법(定額法), 분익법(分益法), 대금법(貸金法), 절반법(折半法) 등 대체적으로 4가지 방법이 있는데, 절반법이 보편적이다. 손춘일, 『'만주국'의 재만한인에 대한 토지정책 연구』, 백산자료원, 1999, 73~74쪽.

17) 일본 관동군의 중국 동북지역의 침탈 과정의 세부에 대해서는 임종국, 『일본군의

과 연결짓는 데 대해 징후적 읽기를 적극화할 필요가 있다. 도대체 소작쟁의와 9·18사변과는 무슨 연관이 있을까. 이것은 김학철의 문학을 관류하는 대단히 중요한 문제의식이다. 김학철의 문학을 온전히 이해하기 위해서는 두 가지를 동시에 고려해야 한다. 하나는 프롤레타리아 계급의 해방과 민족의 독립을 쟁취하는 민족해방이고, 다른 하나는 이러한 두 과제를 구체적으로 실천하기 위해서는 민중적 국제주의를 전략화해야 한다는 점이다. 따라서 소작쟁의를 보여주는 대목에서 9·18사변을 환기하는 것은 소작쟁의가 내포한 계급해방의 과제와 9·18사변 이후 만주 지역에서 급부상한 일제의 식민 경영에 대한 반식민주의적 저항, 즉 민족해방—이것은 만주 지역에서 중국이 당면한 민족운동의 과제이며 조선의 독립을 쟁취하기 위한 것과 긴밀히 연동된 조선의 민족해방의 과제이므로, 조선과 중국이 항일혁명의 과제를 해결하기 위해 조·중연대의 중요성을 의미한다.—이 동시에 추구되어야 할 것임을 징후적으로 드러낸다.

그러면서 작가는 소작쟁의가 지주의 재산을 무작정 강탈하는 게 결코 아니라 반절법의 부당성으로 소작농의 노동력에 대한 정당한 대가로 분배되지 않는 것에 대한 올바른 시정을 힘주어 강조한다. 여기서 작가는 소작쟁의가 소작농의 계급해방의 성격을 띤 것이되, 자칫 재화에 대한 물욕 때문에 계급해방의 과정에서 보이는 민중의 위력이 지주의 권력을 유지하기 위해 지주가 민중에게 행사하는 폭력과 착종될 것을 경계한다. 민중적 존재의 위의(威儀)는 지주와 같은 폭력이 결코 아닌 민중의 정당한 위력에 의해 새롭게 발견되어야 한다는 게 작가 김학철이 소작쟁의를 통해 표상하고 있는 민중의 윤리이다.

---

조선침략사 2』, 일월서각, 1989, 48~66쪽 참조.

## 2-2. 재만조선인과 중국공산당의 연대, 반제반봉건 투쟁

그런데 이러한 소작쟁의에서 간과해서 안 될 게 있다. 김학철이 주목하고 있는 소작쟁의는 1930년대 초반 중국 연변 해란구의 해란강 유역에서 일어난 것으로, 이 소작쟁의는 1920년대 후반부터 만주 지역에서 조직적 역량을 다져온 중국공산당의 반제반봉건투쟁과 긴밀한 관계를 맺고 있다는 사실이다.[18] "김학철문학작품의 력사문헌사료적 의미"[19]를 소홀히 여길 수 없는 것은 바로 이러한 객관사실이 『해란강아 말하라』의 중심 서사를 감싸고 있기 때문이다. 그렇다면 작가 김학철이 『해란강아 말하라』에서 주목한 소작쟁의에 대한 이해는 좀 더 심층적인 이해가 요구된다.

『해란강아 말하라』의 소작쟁의가 재만조선인만의 힘으로 일어난 게 아니라는 사실은 매우 긴요하다. 여기서 다시 한 번 환기해야 할 것은 이 작품이 1950년대에 씌어진바, 중국이 사회주의 국가로서 기틀을 공고히 다지는 매우 긴요한 시기에 김학철은 사회주의 혁명가로서 예리한 정치 감각을 『해란강아 말하라』에 투영시킨다. 여기에는 김학철 개인뿐만 아니라 김학철이 삶의 근거지로서 살아야 할 연변 조선족의 정치사회적 문제를 해결하는 것이기도 하다. 따라서 『해란강아 말하라』를 보다 심층적으로 이해하기 위해서는 "연변 조선족의 염원과 중국공산당의 요구의 합일점의 확보—이것이야말로 1950년대 초반의 연변이라는 역사적인 공간에서 연변의 투쟁사와는 동떨어진 조선의용군 출신의 작가 김학철이 획득한 정치적 감각"[20]을 염두에 두어야 한다. 말하자면 김학철은 이 작품

---

18) 1920년대 후반과 1930년대 초 연변 지역에서는 중국공산당 만주성 임시위원회(1927)와 동만구위원회(1929)가 성립되고, '전만농민투쟁강령'(1930)이 만들어지면서 동만주 일대에 이른바 '붉은 5월투쟁'이 벌어져 일제와 봉건지주들을 대상으로 한 반제반봉건투쟁이 가열차게 일어났다. 연변조선족 자치주개황 집필소조, 『중국의 우리민족』, 한울, 1988, 65~66쪽.
19) 전국권, 「김학철의 문학사상과 그 작품의 력사문헌적 의미」, 『조선의용군 최후의 분대장—김학철』, 연변인민출판사, 2002, 483쪽.
20) 이해영, 『청년 김학철과 그의 시대』, 역락, 2006, 185쪽.

을 통해 사회주의 국가 중국을 구성하는 소수민족 중 하나인 중국조선족, 특히 연변자치구의 기원이 되는 연길현의 재만조선인이 소작쟁의가 그 당시 중국공산당의 조직역량과 연대하여[21] 반제반봉건 투쟁을 일으켰다는 역사적 사실을 문학적으로 보증함으로써 사회주의 국가 중국의 당당한 사회구성체로서 역사적 존립을 공고히 하기 위한 서사적 의도가 있다. 뿐만 아니라 이러한 문학적 형상화를 통해 북만주 중심으로 항일무장투쟁을 벌인 김학철 자신도 동만(東滿)의 연변자치구에서 이후 중국조선족 문학의 지반을 다지는 데 기여를 할 수 있는 것이다.

다음은 소작쟁의 과정에서 일어난 군중재판의 한 대목인데, 여기서 중국 공산당과 재만조선인 사이의 굳건한 정치적 연대를 단적으로 읽을 수 있다.

> 해도 그 대신, 일병의 동북 침점으로 인하여 부쩍 자라난, 그리고 더 가까웁게는 마반산 근처에서 무리한 간섭자 일본 경찰이 자행한 유혈참극으로 인하여 격발된 반일감정─중국사람은─자기의 영토를 침범한 외국 군대에 대한 증오, 조선사람은─너희 놈들 때문에 내 나라에서 쫓겨난 것만도 분한데 또 여기 따라 와서까지 못살게 굴어?─때문에, 일본 침략자와 내통한 반역분자를 숙청하는 투쟁에는 모두 다 적극적이고도 또 철저하였다. 철저하다 못하여 나중에는 지내치기까지 하였다.
>
> (중략)

---

21) 1920년대 초기부터 중국 동북지역에는 조선공산주의자들이 활발히 활동하였다. 그러다가 1928년 12월「조선공산당 당내 정세에 관한 코민테른집행위원회 결의」(이른바 '12월테제')에 따라 '1국1당원칙'이 정해지면서 조선공산주의자들은 중국공산당 소속으로 중국공산당의 지도를 받게 된다. 중국공산당은 만주 지역에 '이립삼노선'(1930)을 관철시키는바, 중국공산당만주성위원회를 결성하여(1930. 5. 24) 조선노농대중과 중국노농대중이 연합함으로써 반제반봉건투쟁에 매진할 것을 천명한다. 특히 중국공산당은 조선공산주의자와 조선족선진분자들을 당에 가입시키면서 농촌에서의 당조직을 확대한다. 그리하여 당 지도 아래 1930년 봄부터 농민협회, 반제동맹, 반일청년회, 부녀회, 혁명 호제회(互濟會) 등 혁명군중조직을 정돈한다. 이에 대해서는 고영일 외,「제2절 동북 항일무장투쟁」,『중국 항일전쟁과 조선민족』, 백암, 2002 참조.

이날 여적 남에게 괄시받는 것을 예삿 대우로 알아왔고, 남의 마음 (승냥이 같은 마음)에 자기의 운명을 기탁하고 사는 것을 당연한 일로 알고 살아온 농민들은, 그 대회 석상에서 비로소 처음 남의 운명을 제 마음과 제 손으로 결정하였다. 자기의 적을 자기의 손으로 처분하였다. 자기의 원수를 자기의 손으로 갚았다.

자기가 발을 디딘 사랑스러운, 미더운 땅 위에 이룩한 인간 세상의 임자가─비록 잠시나마, 봄날의 꿈같이 덧없는 것이기는 하였으나, 그래도─되어보았다. 그리고 오래오래 그것을 잊지 않았다.

(중략)

민중학교 마당에 임시로 지어진 무대의 양켠, 가지만 따고 껍질은 벗기지 않은 백양나무 기둥에는 흰 바탕에 검정 글자로, 오른쪽에는─"일본 제국주의를 타도하자!", 왼쪽에는─"일제 주구를 철저히 숙청하자!"의 구호를 큼직하게 세로써서 드리웠고, 무대 정면 꼭대기에 가로 건너지른 통나무에다가는 빨간 바탕에 노란 글자로─"중국공산당 만세!"를 가로써서 붙이었다.(하, 26~28쪽)

중국공산당동만특별위원회[22]의 산하 대중조직으로 구성된 농민협회의 주도로 일제와 내통한 부일세력(附日勢力)과 변절자를 대상으로 한 군중재판의 풍경이다. 군중재판의 대다수를 이루는 재만조선인들은 "자기가 발을 디딘 사랑스러운, 미더운 땅 위에 이룩한 인간 세상의 임자가" 어떤 것인지 몸소 경험한다. 악덕 지주 아래 반농노(半農奴)와 다를 바 없는 비참한 현실을 어쩔 수 없이 살아야만 했던 재만조선 소작인들은 중국공산당과 연대한 반제반봉건 투쟁을 벌인다. 작중인물 김달삼이 세운 민중

---

22) 『해란강아 말하라』의 작중인물 중 장극민은 반제반봉건 투쟁을 이끄는 지도력을 발휘하는 인물이다. 그는 조선족인 영수와 달삼보다 조직적 지위가 높은 중국공산당동만특별위원회의 간부인데, 실제 이 당시 중국 연길현에 설립된 중국공산당동만특별위원회(1930)에는 7명의 특위위원이 있었으며, 그 중 5인(왕탐, 주건, 유지원, 이용, 이용국)이 재만조선인이었다. 이것을 봐도 해란구를 중심으로 일어난 반제반봉건 투쟁이 조·중연대의 긴밀한 관계 아래 진행되었다는 것을 알 수 있다. 신주백, 『1920~30년대 중국지역 민족운동사』, 선인, 2005, 337~338쪽.

학교의 마당 양쪽에 서 있는 나무 기둥과 정면에 있는 나무에 써진 구호들("일본 제국주의를 타도하자!", "일제 주구를 철저히 숙청하자!", "중국 공산당 만세!")이야말로 조·중연대의 투쟁을 단적으로 보여준다.

이외에도 『해란강아 말하라』에서는 연변 해란구 지역의 재만조선인들의 현실인식과 투쟁이 중국공산당과의 면밀한 관계 속에서 이뤄졌고,[23] 이 밀접한 관계 아래 해란구의 소작쟁의는 재만조선인들만의 힘으로도 아니고 중국공산당만의 힘으로도 아닌, 조·중연대의 반제반봉건 투쟁이란 보다 차원 높은 단계의 정치적 성격을 내포하게 된다. 그리하여 작가 김학철은 『해란강아 말하라』의 중심 서사를 이루고 있는 재만조선인들과 중국공산당의 연대 투쟁의 양상에 주목함으로써 사회주의 국가 중국의 소수민족 자치구인 연변자치구에서 중국조선족의 삶에 대한 정치사회적 기원을 문학적으로 보증해낸다.

## 3. 중국조선족에 대한 '기억의 서사', (반)사회주의적 인간의 발견

### 3-1. 사회주의적 인간으로 거듭난 재만조선인

『해란강아 말하라』는 사회주의적 사실주의[24]에 입각한 중국공산당의

---

23) 작품에서 대표적인 몇 가지를 소개하면 다음과 같다. 작중 인물 장검은 민중학교 교장 김달삼과 농민협회 간부인 한영수와 절친한데, 김달삼과 한영수는 모두 조선공산주의자로서 '12월테제' 이후 중국공산당에 소속한 활동을 하고 있다. 장검은 이들로부터 현실에 대한 인식의 눈을 기르는 과정에서 이미 사회주의 국가를 이룬 소련의 반봉건에 대한 사회주의적 욕망을 품거나(상권 11장 조밭에서), 영수를 흠모하던 연화가 사회주의자로서 영수의 혁명에 대한 올바른 인식을 하면서 영수에 대한 차원 높은 '혁명적 사랑'을 갖는다(상권 15장 성숙). 그 외에도 악덕 지주인 박승화 일당을 비롯한 친일반공자위단을 조중연대 하에 기습하는 장면이 있다(하권 54장 기습).

24) "사회주의적 사실주의란 현실을 그 혁명적 발전속에서 력사적구체성을 가지고 진

지도 아래 창작된 작품이다. 작가 김학철은 이 작품의 머리말에서 의미심장한 발언을 하고 있다.

> 중국 공산당은 오늘에 와서 비로소 연변 인민의 생활을 관심하고, 그를 이끌어 번영한 내일을 맞이하게 하는 것이 아니라, 벌써 오랜 예전부터, 쪽박을 차고 고향을 쫓겨난 우리의 선대들이 두만강을 건너서 이 땅에 흘러들어오던 그때부터 자기의 뜨거운 관심을 의지가지 없는 그들에게 기울였던 것입니다.
> 그러기에 이 소설에도 기록된 간도 인민의 투쟁의 역사는 즉 중국 공산당의 투쟁의 역사인 것입니다.
> 그러기에 이 소설 가운데서 활약하는 인물들은, 우리가 익히 알고 우리가 사랑하는 영웅들은 그 모두가 다 중국공산당에 의하여 배양된 우리의 겨레인 것입니다.(상, 6쪽; 밑줄 강조-인용)

『해란강아 말하라』를 통한 작가의 '서사적 초점'이 어디에 맞춰있는가에 대해서는 앞서 논의한 바 있다. 이 작품은 중국조선족의 삶에 대한 정치사회적 기원을 문학적으로 재구한다고 해도 지나치지 않다. 여기서 '문학적으로 재구한다'는 데 주의를 기울여야 한다. 이것은 그 당시 해란구 지역을 중심으로 일어난 반제반봉건 투쟁의 가치를 역사적으로 재현하는데 만족하는 것을 말하지 않는다. '기억의 서사'가 긴요한 것은 역사적 진실을 지닌 과거의 사건도 중요하되, 그 역사적 진실을 발견하는 도정에서 만나는 인물의 새로운 가치를 발견하게 된다는 점이다. 즉 낡고 구태의연한 가치에서 벗어나 새롭고 진실된 가치를 추구하는 인물을 과거의 사건들 속에서 발견하고 그들의 참모습을 조명하는 것은 '기억의 서사'가 지닌 미덕이다. 그래서 작가 김학철이 1930년대 초반 해란구의 투쟁 속에서 발

---

실하게 묘사하는 원칙을 특징으로 하는, 현대문학예술이 가장 진보적인 창작방법입니다. 동업자 여러분, 저는 시종일관 이 창작방법을 숭상해왔고 또 그에 충실하려고 노력해왔습니다."(김학철, 「문학도끼리」, 『천지』, 1986. 6호)

견하고 싶은 것은 중국공산당과의 긴밀한 관계 아래 계급해방과 민족해
방의 과제를 동시에 해결하기 위해 분투하는 재만조선인의 역사적 의지
와 실천에서 자연스레 형성되는 사회주의적 인간이다.

작중 인물 장검과 버드나무골 여인들은 사회주의적 인간으로 형성되는
모습을 보인다. 장검의 경우 지주 박승화 아래 자신의 노동력이 부당하게
착취당한 데 대한 막연한 적개심으로써 지주에 대한 지극히 낭만적인 부
정의 태도를 갖고 있다가, 지식인 공산주의자 영수와 달삼을 만나게 되면
서 지주와 소작농 사이의 계급 모순뿐만 아니라 중국공산당원 장극민을
만나면서 반제투쟁의 길에 적극 동참한다. 장검의 투쟁은 소박한 차원의
소작쟁의로부터 중국공산당과의 연대 과정에서 항일무장투쟁과 다를 바
없는 보다 적극적 차원의 반제투쟁까지 겸하게 된다. 그리하여 장검은 어
떠한 정치적 이념과 무관한 자연인으로부터 일체의 봉건 및 제국주의 세
력에 저항하는 사회주의 세계를 이룩하기 위한 민중적 혁명가로서 거듭난
다. 투철한 사회주의자 김학철에게 장검은 사회주의적 인간의 전형으로
조명된다. 특히 작품의 결미에서 보이는 장검의 비장하고도 숭고한 죽음
장면은 생명을 조롱하고 위협하는 그 어떠한 반(反)사회주의 작태에도 굴
하지 않는 사회주의적 인간의 담대한 위용을 반전의 서술로 보여준다.

바람, 눈가루……
"여러 동네 어른들!"
드디어 장검이가 입을 열었다. 그 목소리는 청청하였다.
"공산당은—확실히 나쁩니다……"
긴장에서 풀어지며 군중은 일제히 안도의 한숨을 짧게 내쉬었다. 흐
리던 그들의 눈에서는 금시로 광채가 났다. 그것은 희망의 빛이었다.
팔뚝에 핏대를 시퍼러니 세우고 교승(목 달아매는 밧줄)을 틀어쥐
었던 교형 집행까지도 손을 늦추었다.
"오냐, 너 말 잘헌다! 그러문 그렇겠지!"

의외의 성공에 눈을 번득이며, 박승화에게 위탁을 받은 자가 소리질렀다.

"공산당이ㅡ그래 어떻게 나쁘냐? 그걸 말해라!"

"공산당은, 동네어른들!"

힘을 얻은 장검이가 잠시 끊었던 말을 다시 이었다.

"나쁩니다! 확실히 나쁩니다! 공산당은ㅡ일본 살인자들과 '자위단' 강도눔들에겐 확실히 나쁩니다!"

금시로 얼굴이 새빨개진 박승화가, 평생 처음 군중 앞에서 이성을 잃고 입에서 게거품을 게우며 고함질렀다.

"빨리 매달아라! 빨리 매달아!"

군중들의 눈은 갑자기 광채를 더하였다. 몇갑절 더하였다. 하나 그 것은 아까와는 전혀 다른 의미의, 전연 다른 희망에서 오는 광채였다!

임장검, 공산당원, 용감한 항일 인민유격대 전사ㅡ그는 눈보라와 더불어 이렇게 가버리었다.

(밑줄 강조ㅡ인용; 하, 288쪽)


박승화네 반공자위단에 잡힌 장검은 마을 사람들이 보는 자리에서 전향의 요구에 시달린다. 공개 석상에서 반공주의자로 전향을 하면 목숨만은 살려준다는 협박 아래에도 불구하고 장검은 목숨이 다 하는 순간까지 자신이 선택한 공산주의적 이념과 혁명적 반제투쟁의 정당성을 굳건히 지킨다. 장검은 오히려 박승화네와 아직도 투철한 현실인식과 계급적 각성에 이르지 못한 마을 사람들을 향해 준열히 꾸짖는다. 작가는 이 장면에서 반전의 서술 효과를 극대화한다. '나쁩니다'하고 먼저 내뱉은 장검의 발언에 모두 그가 전향할 것이라고 성급히 예단하게 하고, 드디어 무엇이 나쁜지, 그 부정할 대상(부일세력 및 반공자위단)을 명확히 지적하는, 도치법의 수사학을 절묘히 활용함으로써 사회주의적 인간으로서 최후의 위엄을 감동적으로 드러낸다.

이렇듯 『해란강아 말하라』를 창작하는 데 작가의 사회주의적 인간에 대한 발견이 갖는 의의를 아무리 강조해도 지나치지 않다. 장검 외에 버드나무골 여인들이 보이는 모습 또한 이 작품에서 쉽게 지나칠 수 없는 대목이다. 특히 오랜 세월 조선족 여인들은 봉건사회의 폐습 속에서 좀처럼 벗어날 수 없는 터에, 게다가 소작쟁의와 같은 사회적 투쟁과 운동에서 남성중심주의적 성향이 지배적인 현실을 고려해볼 때, 작가 김학철이 『해란강아 말하라』에서 집중적으로 조명하고 있는 버드나무골 여인들의 부녀회(여성동맹)의 집단 행위는 더 이상 조선족 여인을 봉건적 폐습으로 가둬놓을 수 없다는 것을 말한다. 그들 역시 재만조선인 사회에서 중국공산당의 하위 조직 중 하나인 여성동맹의 일원으로서 남성 못지 않게 반봉건반제 투쟁에서 주요 몫을 실행하고 있는 사회주의적 인간으로서 역사의 주체이다. 가령, 작품 속에서 그들은 "숱한 집에서 불합리한 혼인제도의 희생물로 되어 있던 가엾은 여성들을 본인의 자원의 원칙에 의거하여 해방하였"는가 하면(상, 272쪽), 지주 박승화로 쳐들어가 박승화가 그동안 부당하게 착취한 쌀을 취하는 소작쟁의에 적극 참가한다.[25]

---

25) 물론, 부녀회의가 소작쟁의에 참가하는 데 대해서는 이견(異見)의 여지가 있다. 가령, 작중에서 "영수는 여성들을 이번에는 앞장세웠다.//그들의 정치 지위를 높여주는 의미도 거기메는 포함되어 있었으나, 더 주요하게는 여주인을 대부하는 데는 역시 같은 여성을 내세우는 것이 더 효과적이라는 생각에서였다. 그리고 '호로대'와 맞서는 데도 딱딱하고 모 많은 남자들보다는 그래도 여성들이 더 부드러워서 마찰을 한대도 좀 나으리라는, 좀 덜하리라는 그런 고려도 거기는 없지 않아 있었다."(하, 12쪽)고 하는데, 자칫 농민협회와 같은 조직이 투쟁을 효과적으로 하기 위해 부녀회를 적절히 이용하고 있는 것으로 생각할 수 있다. 하지만, 여기에는 부녀회의 이용여부가 중요한 게 아니라 반제반봉건 투쟁에서 승리를 쟁취하기 위한 대승적 차원에서 부녀회가 어떠한 정치적 입장을 갖고 어떠한 구체적 역할을 수행하고 있느냐 하는 문제다. 이런 점에서 재만조선인 사회에서 부녀회의 투쟁은 반봉건반제 투쟁의 막중한 임무를 맡은 사회주의적 인간의 투쟁이란 점에서 그 중요성을 아무리 강조해도 지나치지 않을 것이다.

## 3-2. 반사회주의적 인간, 부일세력과 친일협력의 만행

'기억의 서사'를 통해 작가와 독자는 망각과 싸운다. 오랜 시간의 누적 속에서 과거의 사건과 연루된 사람들은 뚜렷한 실재가 가뭇없이 스러지고 기어코 흔적조차 남기지 않은 채 역사에서 사라진다. '기억의 서사'는 바로 이 망각의 매혹과 싸우는 일이다. 김학철의 『해란강아 말하라』의 중심 서사는 재만조선인과 중국공산당의 연대 속에서 반봉건반제 투쟁을 문학적으로 재구하는 것이다. 그 과정에서 망각해서는 안 될 인물이 있다. 재만조선인 사회에서 지주이자 일제의 만주의 식민 경영을 위한 적극적 협력자인 박승화와 박승화의 권력에 기생하여 개인의 부귀영화만을 쫓는 최원갑이 바로 그들이다.

작가 김학철은 박승화와 최원갑이 재만조선인을 상대로 저지른 짐승 같은 만행을 사실적으로 재현해낸다.

> 박승화는 슬쩍 최원갑이에게 눈짓하고, 천연스럽게, 아주 친절히 노인을 다시 집안으로 모셔들이었다.
> 시퍼런 도끼를 등 뒤에 감추어 들고 슬그머니 그 뒤를 최원갑이가 따라 들어왔다.
> "영감님, 수고허셨읍니다."
> 박승화가 웃으며 위로하였다.
> "온 무슨, 고만 일을 가지구……"
> "추우실 텐데 우선 아궁이에 앞에 앉으시지요. 장작을 많이 지폈더니 불이 아주 좋습니다."
> "고맙쇠다. 나일 먹으문 거저 뭣보다두 따뜻헌 게 제일……"
> 하나 노인은 자기의 하던 말을 채 다 미치지 못하고 말았다. 뒤에서 최원갑이가 도끼로 단대에 그의 두개골을 찍어 갈라 놓았기 때문이다.
> 거기서는 허이연 골과 함께 밝지 못한 삼댓불 빛에 꺼멓게 보이는 피가 왈칵 솟아올라왔다. 간장 항아리가 깨어졌을 때처럼 봉당에 걸

직한 액체가 금시로 퍼어지었다.

　박승화와 최원갑이는 자기들의 잔인성으로서 일본인의 신임을 얻어 가지고 하루라도 빨리 '자위단'을 조직하고 싶었던 것이다.

　이튿날 갓밝이에 일별의 박격포는 뒷산봉우리에다 대고 포격을 개시하였다. 그리고 이어서 돌격을 감행하였다.

(밑줄 강조-인용; 하, 118~119쪽)

"버드나뭇골에 들어온 일군의 '토벌대'"(하, 111쪽)의 환심을 사기 위해 박승화와 최원갑이는 음모를 세운다. 일본군과 맞서고 있는 공산적위대를 동요시키기 위해 거짓 선무공작을 펼친다. 순순히 투항하는 자의 목숨을 살려주겠다는 조건을 내세우고 행복한 삶을 보장하겠다면서 공산적위대의 사기를 꺾으려고 한다. 마침내 한 노인이 거짓 선무공작에 속아 토벌대로 투항하였는데, 그를 기다리고 있는 것은 환대이기는커녕 박승화와 최원갑이 공모한 끔찍한 죽음뿐이다. 박승화와 최원갑에게 애초 투항자들을 향한 환대는 안중에도 없었다. 그들은 어떻게 해서든지 만주의 실질적 식민 경영자인 일제에 적극 협력하는 것 외에 관심이 없다. 뿐만 아니라 그들은 만주에서 일제와 함께 정치경제적 권력을 장악 · 유지하기 위해 '조선인민위원회'[26] 정도만으로는 그 강제력이 미흡하여 일제의 군

---

[26] 조선인민위원회는 조선인회 또는 조선인거류민회로 불리는데, 일본영사관의 후원으로 조직 설립돼 일본영사관의 지도와 감리를 받는 친일단체이다. 그 목적은 표면상 재만조선인을 보호하고 복리를 증진시키기 위한 것이지만 기실 조선인을 통제하고 반일지사를 탄압하기 위한 것이다. 일본 외무성의 법적 승인을 받아 일본영상관의 후원으로 1917년 8월 10일 용정촌조선인거류민회가 발족하였다가 3 · 1운동 이후 거의 파괴되었다가 1920년부터 재건하기 시작여 1931년 10월 20일에는 全滿朝鮮人民會聯合會를 설립하고 1936년에 이르러 모든 행정을 만주국측에 인계하면서 유명무실해졌다(손춘일, 위의 책, 62쪽). 그런데 많은 재만조선인들이 이 조선인회에 가입한 데에는 반일(反日)이란 혐의를 받지 않기 위해서이고, 만주에서 경제활동을 하기 위해 일본금융기관의 차관을 손쉽게 받기 위해서이다. 일본금융기관에서 차관을 하는 데 조선인회가 소개하는 것이 절대적으로 필요하기 때문이다(심여추, 『연변조사실록』, 연변대출판부, 1987, 59쪽).

사적 도움을 빌려 '반공자위단'을 조직하고 싶어한다. 왜냐하면 재만조선인의 소작쟁의가 계급해방과 민족해방이 결합하여 보다 높은 차원의 투쟁의 성격을 갖게 된 것은 중국공산당의 혁명적 사회주의와 공고히 연대했기 때문으로, 부일세력이 궁극적으로 겨냥해야 할 것은 혁명적 사회주의(혹은 공산주의)의 투쟁이다. 그래서 그들은 그토록 '반공자위단'의 결성에 힘을 쏟는 것이다.

> "우리는 우리 주위에서 공산당을 뿌리째 뽑아 버레얍니다. 우리가 더 잘살 수 있을 걸 그자들이 방해했다는 것을 절대루 잊어선 안됩니다. 우리는 (그는 이 우리는을 특별히 강조하였다. 그것은 잘사는 자와 못사는 사람 사이에 뚜렷이 그어진, 지울 수 없는 금을 말살하여 보려는 시도임이 분명하였다) 공산당을 제 애비 죽인 원수보다 더 미워할 줄 알아얍니다!
> 그리구 우린 우리헌테 좋은 살림을 가져다 줄 일본 황군을 믿어얍니다. 보시우, 벌써 이렇게 일본 황군은 우리헌테 무장을 넘겨줬읍니다.—단포 두 자루, 장총 두 자루, 그리구 탄약두……이것만 해두 벌써 얼맙니까? 밭갈이 소 너덧 짝 값은 실하잖구 뭡니까!"
>
> (밑줄 강조—인용; 하, 135~136쪽)

박승화가 꿈에 그리던 '반공자위단' 본부 건물을 짓고 일제의 군사적 지원을 받은 후 사람들에게 하는 자축사이다. 극단적 반공주의와 일제에 대한 협력의 정치적 입장을 쉽게 읽을 수 있다. 사실, 박승화와 같은 부일세력이 일제의 만주 식민지 경영을 위해 일제의 적극적 협력자로서 역할을 맡는다. 9·18사변(1930) 이후 중국인들에게 가뜩이나 일제는 자국을 무력침탈한 적군으로 적대의 관계에 있는 터에, 일제의 만주국 경영을 위한 식민정책의 근간인 '민족협화(民族協和)'가 허울뿐이며, '선만일여(鮮滿一如)'와 '내선일체(內鮮一體)'와 같은 식민담론 속에서 조선인이 일제의 대리인으로서 일제가 만주의 식민 경영을 용이하게 하기 위해 조선인에게 특혜를 준다는 인식이 지배적인 것을 감안해보건대, 작가는 이 '기억의 서사'를 통해 박승화와 같은 부일세력이 일제의 만주국 경영에서 식민 지배자의 권력으로 작동하게 될 것을 징후적으로 드러낸다.

이처럼 『해란강아 말하라』에는 친일협력(또는 부일세력)의 모습을 시종일관 보이는 박승화와 최원갑이 있는가 하면, 처음에는 농민협회의 활동에 열성적이고 공산적위대의 무장투쟁에도 열심히 참여한 김달삼은 가족의 신변이 박승화네의 위협에 직면하면서 공산적위대를 배신하게 된다. 물론 김달삼의 배신이 쉽게 이뤄진 것은 결코 아니다. 그는 번민한다. 그리고는 자신의 변절 행위에 합목적성을 부여한다. 조선족 공산주의자를 키워내기 위해 학교까지 세워 반제반봉건 투쟁의 교육을 맡아온 김달삼은 적위대 동료들을 배신한다. 그리하여 적위대는 일본군과 '반공자위단'의 기습을 받고 큰 타격을 입은 채 "총을 들고, 제각기 다 아물리지 못한 크고 작은 가슴의 상처를 그대로 안은 채, 풀리기 시작한 해란강의 기슭을 떠나, 고난에 찬 길에 올랐다."[27](하, 289쪽)

---

27) 이 대목에서 작가는 작품의 표면상 언급하고 있지는 않으나 1930년대 초반 부일세력과 일제에 의해 참혹하게 학살당한 '해란강 대참안'을 환기한다(전광하 · 박용일 편저, 『세월속의 용정』, 연변인민출판사, 2000, 79~85쪽). 그런데 이 같은 점이 도리어 『해란강아 말하라』를 중국의 반우파투쟁의 희생양으로 전락할 빌미를 제공한 것은 아이러니컬한 일이 아닐 수 없다. 여기에는 역사를 왜곡시키고 반혁명세력의 승리를 그린 반동적 소설이라는 비판이 지배적인데(리근전, 「<해란강아, 말하라!>의 반동성」, 『아리랑』 17, 1958, 57~62쪽 참조), 사실 지금까지 필자의 논의는 이 같은 평가에 대한 부당성을 논박한 것이라 해도 과언이 아니다. 여기에는 작가 김학철의 '서사적 초점'을 애써 부인함으로써, 특히 작품의 말미에서 사회주의자 지식인의 김달삼의 변절을 그린 점, 그리하여 결국 공산적위대가 심한 타격을 받아 해란구를 벗어날 수밖에 없는 점을 작품 전체의 서사적 맥락과 관계 없이 그 부분만을 절취하여 그 부분이 갖는 반혁명 · 반동성을 확대해석한 데 연유한다. 역사의 진실을 탐구하는 것과 진실의 과잉을 강제하는 것은 엄연히 구별되어야 할 문제다. 『해란강아 말하라』를 에워싼 반우파투쟁이야말로 얼마나 문학과 정치를 경직되게 인식하고 있는가 하는 사례로 충분하다. 이 역시 사회주의적 사실주의와 동떨어진 문예정치학인 셈이다.

작가 김학철이 김달삼을 통해 망각하지 않으려는 게 있다면, 혁명의 길은 결단코 쉽지 않다는 점이다. 사회주의적 인간은 부단한 투쟁 속에서 형성되는 것이지, 관념적 사유로부터 탄생하지 않는다. 비록 김달삼은 조선족 사회주의자 지식인이었으나, 『해란강아 말하라』에서 살펴볼 수 있듯 그는 어디까지나 지주의 자식으로서 계급적 한계를 극복하지 못했다. 김달삼에게 닥친 가족 신변의 위협 역시 그를 사회주의적 인간으로 거듭나기 위해 반드시 거쳐야 할 계급적 한계를 극복하는 서사이다. 작가는 김달삼과 같은 변절자를 통해 그 당시 반제반봉건 투쟁이 겪는 어려움을 직시하고, 이후 사회주의 국가 중국에서 어떠한 인재를 배양해야 할지에 대한 모종의 계몽적 깨우침을 시사한다. 사회주의적 인간을 배양하는 일은 그만큼 쉬운 일이 아니다.

## 4. 남는 과제

『해란강아 말하라』가 씌어진 "1950년대 중국문화예술계는 '문학은 계급의 혁명을 위하여 복무하여야 한다'는 것을 가장 중요한 문학적 과업으로 하였다."[28] 여기에 김학철도 예외가 아니었다. 지금까지 필자가 『해란강아 말하라』에 대해 집중 논의한 것은, 김학철이 이 작품을 쓰게 된 역사의 국면을 예의주시할 때, 사회주의 국가로서 중국의 기틀을 정립해가는 것과 밀접한 관계를 맺고 있다는 점이다. 그리하여 김학철은 중국조선족 문학이 사회주의 국가 중국의 기틀을 튼실히 다지는 데 긴요한 역할을 수행해야 한다는 것을 그의 예리한 정치감각으로 포착한다. 이것은 그가 중국작가협회 산하 연변분회의 중국조선족 작가로서 중국 동북 지역의 정

---

28) 리향순, 「김학철 장편소설 연구」, 『김학철론 · 젊은 세대의 시각』, 연변인민출판사, 2006, 138쪽.

치사회의 중심지인 연변자치구의 혁명적 기원을 문학적으로 재구할 필요에 이른다. 그리하여 김학철은 1930년대 초반 중국의 연길현 해란구를 중심으로 중국공산당과 연대한 재만조선인의 반봉건반제 투쟁의 양상에 주목한다. 과거 연변 지역에서 일어난 역사적 사건을 '기억의 서사'를 통해 적극 재현함으로써 사회주의 중국이 절실히 원하고 배양해야 할 사회주의적 인간을 새롭게 발견하고, 그 과정에서 자연스레 반(反)사회주의적 인간에 대한 계몽적 성찰을 이뤄낸다. 그러면서 재만조선인들이 중국공산당과 적극 연대하여 반제반봉건 투쟁의 역사적 주체로서 중요한 몫을 다 하였다는 것을 문학적으로 보증해낸다.

『해란강아 말하라』에서 보인 이러한 면은 그의 다른 대표적 장편소설 『격정시대』와 『20세기의 신화』를 통해 심화·확장된다. 서구의 부르조아적 성장소설과 달리 프롤레타리아 계급의 혁명적 성장소설로써 조선의 용군의 활약상을 민중적 국제주의에 입각하여 탁월하게 형상화한 『격정시대』와 김학철 자신이 투철한 사회주의자로서 개인을 숭배하는 의사(擬似)사회주의를 단호히 배격하고 조금도 타협하지 않는 비판적 문제의식을 형상화한 『20세기의 신화』는 김학철의 전생애를 통해 꿈꾸고 실현하고 싶은 참다운 사회주의 세계를 향한 문학적 도정이라 해도 손색이 없을 것이다. 어떻게 보면 『해란강아 말하라』는 중국공산당의 지시와 지도 아래 쓰여졌기에 문학이 정치에 예속돼 문학적 형상화의 가치가 없을지 모른다. 하지만 이 작품을 온전히 이해하기 위해서는 바로 이와 같은 창작의 역사적 국면에 대한 정치(精緻)한 고려가 있어야 한다. 중국에서 중국조선족 문학을 연구하는 한 연구자는 "조선족문학을 연구하는 한국학자들의 글에도 다소 텍스트에 대한 치밀한 분석이 부족한 점이 보인다."[29]고 하는데, 이것은 중국조선족 문학을 에워싸고 있는 정치사회적 맥락에

---

29) 최삼룡, 「한국에서의 중국조선족문학연구에 대하여」, 『인성의 심도와 문체의 다양화』, 연변인민출판사, 2005, 305쪽.

대한 면밀한 고려 없이 연구 대상인 작품만을 분석하기 때문에 생겨난 문제점이다. 특히 중국조선족 문학인 경우 "중국정부의 비교적 원만한 소수민족정책에 힘입어 중국의 조선족들은 독특한 우리말 문화를 발전시키고 있으며, 따라서 그들은 남한어는 물론이고 북한어와도 구별되는 제3의 우리말 속에서 살아가고 있"[30]으므로, 중국조선족 문학에 대한 탐구는 더욱 중층적으로 정밀히 수행되어야 한다.

이러한 중국조선족 문학의 풍부한 성과의 뿌리에 바로 김학철 문학이 자리하고 있다. 김학철 문학에 대한 연구는 중국 내의 조선족 학술 기관과 김학철문학연구회를 통해 최근 활발히 진행되고 있다. 그 대부분은 중국조선족 연구자들에 의해 진행되고 있는 실정이다. 최근 한국문학의 디아스포라에 대한 연구가 붐을 이루고 있는데, 이 연구가 학술적 유행이 아니라 진지한 학문적 접근이 지속적으로 이뤄져야 한다. 그리하여 김학철 문학에 대한 연구를 통해 탐구해야 할 이후의 과제는 김학철 자신이 전생애를 관통하면서 "프롤레타리아 국제주의 혹은 제3세계 인민의 연대라는 원칙 아래서 협애한 민족주의의 울타리를 일찍이 넘어섰"[31]듯, 그가 문학적으로 꿈꾸던 인간해방의 원대한 전망에 대한 공부에 매진하는 일이다.

---

30) 염무웅, 「세계화와 한민족문화」, 『문학과 시대현실』, 창비, 2011, 576쪽.
31) 김명인, 위의 글, 45쪽.

# 현경준 작품에 나타난 디아스포라 의식과 대응양상 연구

신 정 은

(홍익대 교수)

## I. 서 론

재만 조선인 문학은 '만주 이주의 역사'를 통한 비극적 시대 상황 속에서 형성되었다. 또한 우리문학사에서 외형적으로 독자적인 문학 형태를 유지하지만, 한국문학과 내밀한 연대성을 가지고 있다는 점이 다른 이주 문학과의 차별성을 형성하고 있다고 본다. 민족문학은 역사적 현실을 토대로 이루어지는 것이기 때문에 사회적 발생이라는 단편적인 시각에서만 바라보는 것은 위험하다. 역사적 측면에 대한 이해를 바탕으로 특정한 시기의 배경에 대한 의미를 명확히 파악하는 것이 중요하다. 역사적, 민족적 시각에서 재만 조선인 문학을 연구하는 것은 민족의 형성과정과 성장에 대한 접근이 될 수 있다

만주의 공간적 상황은 문학이 민족주의적 의지를 표상할 수 있는 기반

이 된다. 식민지 시대의 이주라는 억압적 현실은, 다양하고 복합적인 의식의 변화를 생성했기 때문이다. 특히, 이데올로기적 현실은 작품 안에서 배제될 수 없는 중요한 외재적 요인으로 볼 수 있다. "소설이 빠져든 난관이란, 소설이 지배관계를 정당화하는 이데올로기들을 공격하면서도 동시에 의미론적·서사적 구조로서 살아남기 위해서는 이데올로기들의 핵심적 구성성분들에 의존하지 않을 수 없다는 점이 그 핵심이 있다."[1] 만주의 특성인 다민족 혼재성은 오히려 재만 조선인 작가들의 작품에서 민족주의가 진전하게 되는 계기를 마련하고 있다. 만주라는 공간을 통해 냉소적 인식과 적대적인 관계에 놓여있을 수밖에 없지만, 그러한 상황을 민족주의라는 큰 틀을 통해 현실을 대응해 나갔던 것으로 볼 수 있다.

현경준[2]은 작품 안에 재만 조선인 문학의 특수한 상황을 이해하고 투영하고 있다. 만주 이주역사의 흐름을 전체적으로 파악한 가운데 창작된 그의 작품은 재만 조선인 문학 발전에 기여를 했다고 볼 수 있다.

현경준을 연구한 논문들을 살펴보면 크게 두 가지로 양분되어 나타난다. 국책문학[3]이라는 관점과 건실한 민족 문학[4]이라는 관점이다. 조진

1) Peter V. Zima, 서영상, 김창주 역, 『소설과 이데올로기』, 문예출판사, 1996, 35쪽.
2) 현경준(1918~1950. 10. 17) 호는 금남(錦南), 필명은 김향운(金鄕雲). 1920년대 말부터 2년 정도 시베리아를 방랑하고 일본에서도 공부했다. 1934년 장편 <마음의 태양>이 ≪조선일보≫현상공모에 당선되고, 1935 <격랑>이 ≪동아일보≫신춘문예에 당선되면서 문단에 정식으로 데뷔했다. 이후<젊은 꿈의 한 토막>(1935), <향약촌>(1936), <별>(1937), <유맹>(1939), <소년록>(1939), <야우>(1940), <첫사랑>(1940), <길>(1940) 등 30여 편의 작품을 발표했다.
3) 한원영, 『한국근대 신문연재소설연구』, 이회문화사, 1996, 206쪽.
   소재영, 『간도유랑 40년』, 조선일보사 출판부, 1989, 195쪽.
   강진호, 「지식인의 자괴감과 문학적 고뇌」, 이근영 외, 『과자상자. 압록강. 남생이. 유맹 외(한국소설문학대계 25』 동아출판사, 1995, 490쪽.
   김하철, 「박노갑·현덕·현경준 소설의 작중인물 연구」, 서울대학교 대학원 석사학위 논문, 1989.
   전성호, 「일제하 중국 조선인 소설 연구」, 강원대학교 대학원 석사학위 논문, 1997.
   박은숙, 「일제 말 재만조선소설연구」, 성균관대학교 대학원 석사학위 논문, 1998.
   장춘식, 「현경준 소설 연구」, 전북대학교 대학원 석사학위 논문, 2001.
4) 오상순, 「표면구조에서의 국책 선전과 심층구조에서의 허구성 비판」, 『현대문학연

기5)는 현경준의 작품<마음의 금선>이 만주지배정책을 선전하는데 초점을 두고 있다고 본다.<마음의 금선>이 현실을 왜곡하고 있고 작품이 허구적 상황을 선전한다는 비판을 보여주고 있다. 차광수6)는 기존의 논의와 다르게 현경준의<유맹>을 휴머니즘 관점에서 연구하고 있다.<유맹>을 민족적 정체성을 지키면서 민족적인 힘을 배양하기 위해 어떻게 해야 하는 지에 대한 지평을 제시한 작품으로 평가하고 있다. 방용남7) 은 현경준의 문학이 식민담론의 시각에서 논의되고 있다는 것을 지적하면서 보편적인 인식을 재검토하고 있다. 심층 서사구조를 통해 주제에 형성되는 의미담론을 살펴보고 현경준 작품의 의식구조를 연구하였다.

현경준의 작품은 만주 이주 이전과 이후의 행보에서는 차이를 보이고 있다. 그러나 작품에 대한 연구를 단순히 '저항과 협력'이라는 이분법적인 시각으로만 보기엔 무리가 있다.

본고는 재만 조선인 문학의 범주에 있는 현경준의 1937년 만주로 이주한 이후의 작품들을 살펴보고자 한다. 이 시기의 작품은 초기의 작품과 달리 이주민 사회를 특성으로 하는 작가의 의식 성향을 드러내고 있다. 현경준은 작품 내 공간에 식민지 통치현실을 뚜렷하게 설정하고 있지는 않지만, 시대적 상황을 지속적으로 환기시킨다. 이는 '공간 상황과 인물들의 삶의 모습'이 서로에게 동화 된 것처럼 동일시를 이루고 있다는 사실에서 볼 수 있다. 이를 통해 현경준의 작품에 나타나고 있는 디아스포라 의식을 찾아 볼 수 있다.

구』, 2008, 103쪽.

차성연, 「현경준의 <유맹> 연구」, 한국문학회, 『한국문학론집』, 2009.

리광일, 「해제−현경준 소설문학에 대한 이해」, 현경준, 『현경준 소설집』, 흑룡강조선민족출판사, 2002, 1쪽.

5) 조진기, 「만주 이주민의 현실왜곡과 체제순응」, 『현대소설연구』, 한국현대소설학회 제 17호, 2002, 12.

6) 차광수, 「현경준 연구」, 한림대학교 대학원 박사학위 논문, 2005.

7) 방용남, 「현경준 소설의 서사변이 연구」, 한림대학교 대학원 박사학위논문, 2009.

현경준의 만주 이주 후 작품은 자아성찰과 현실의 순응에 중심을 두고 리얼리즘적 시각으로 만주의 특성을 드러내고 있다. "소설이 구축한 세계는 현실 자체가 아니고 작가의식에 의한 재구성이기 때문에 작가의식의 형성 배경인 시대적 상황은 중요하다."[8] 그가 만주에서 창작한 작품은 시대적 가치와 의식에 대하여 진지한 안목을 가지고 접근하고 있다. 현실에 대한 디아스포라 의식을 누구보다도 본질적인 판단을 통해 나타내고 있다는 것을 알 수 있다.

현경준은 당대 암담하고 모순된 식민지 현실의 삶을 전면에 나타내고 있다. 이주민의 역사를 통해 만주 조선인의 삶을 재조명하는 것이다. 이는 작품에 중요한 요건이 되고 나아가 주체적인 정체성을 도모하는 원천이 된다. 또한 편협 된 시각이 아닌 다각적인 시선에서 당대의 상황을 인식하고 있다는 것으로 볼 수 있다.

이러한 이유로 현경준 작품에 대한 논의는 재만 조선인 문학의 문학사 방향과 발전 방향을 이해하는데 꾸준히 진행되어야 할 부분이다.

본고는 현경준이 바라보는 불완전한 형태의 이주민 정체성과 작품의 이중적 의미를 고찰하고자 한다. 부정적 세계에서 나약해져가는 인물들이 현실을 바라보는 인식이 어떠한 방식으로 변화되는 지를 보고 사회의 부조리를 극복해나가는 디아스포라 의식을 연구하고자 하는 것이다. 나아가 현경준의 <유맹>을 국책선전이라는 논의로 한정해서 보는 것이 아닌, 식민주의 담론의 영향에 따른 작가의 이중적인 의식 구조로 보고자 한다.

---

8) Rene Welek, Austain Warren, 이경수 역, 『문학의 이론』, 문예출판사, 2002, 131쪽.

## 2. 자아의식의 흐름과 고찰

### 2-1. 현실 인식을 통한 정체성 확립

식민지 시대는 우리 민족에게 커다란 정신적 상처를 심어주었다. 그렇기 때문에 이 시기의 문학은 현실인식 단계에서 방향성에 대한 혼란을 경험할 수밖에 없다. 현경준은 이러한 상황을 의식하는 듯 특수한 경우를 배제하고 경험을 통한 창작에 관심을 둔다. 즉, 자신의 삶의 모습을 작품 안에 투영하는 방법을 취하고 있는 것이다.

부정적 현실에서 생성되는 자아의 부조리 극복은 지향하고자 하는 현실에 대한 의미표출로 볼 수 있다. 자신의 현재 상황을 인식하여 대처하는 것은 자아의 가치 실현을 위한 행위이다. 즉, 현실의 고통을 신념으로 회복 하고자 하는 것이다. 비극적 현실에서 벗어나 정신적인 상처를 회복하려는 모습은, 대립적 구도로 생성된 내적 세계를 타파하겠다는 것이다.

현경준의 자아를 투영한 창작방법은 식민지 만주의 현실을 형상화하는 것에서 벗어나 있다. 보편적이고 다양한 재현을 통해 개인적 현실 인식을 위주로 하는 문학의 사회적 위치를 마련하고 있다. 사상이나 주체적인 이념에서 벗어나 일상성을 내포한 글에 집중하고 있는 것이다. 또한 삶에 대한 당위적 논리를 전개하려는 의식을 보인다는 특징이 있다. 이는 작품 속에 지식인으로서의 윤리적 문제를 극복하기 위한 점으로 나타나기도 한다.

현경준은 교편생활을 한 자신의 모습을 투영한 <少年錄第一章>9)과 <첫사랑>10)을 발표 했다. <첫사랑>은 '소년록제이장'이라는 부제가 있는 작품으로 여선생과 학생을 주인공으로 하는 연작소설이다.

---

9) 현경준, <少年錄第一章 >, ≪文章≫, 1939. 7.
10) 현경준, <첫사랑>, ≪文章≫, 1940. 9.

이 작품은 식민지 현실에 대한 고통이나 좌절을 직접적으로 드러내지 않으면서, 인물에 대한 묘사를 통해 현실 인식을 보여주고 있다는 특징이 있다. 즉, 절망적인 식민지 현실을 배경으로 삼지 않아 자아성찰과 현실 순응에 대한 가치가 심층적으로 나타나고 있다. 자아 정체성 탐구는 현실을 구원하려는 의지로 승화된다. 존재에 대한 근원적인 물음은 '리얼리즘적'인 묘사로 진행시키고, 인간의 자아 추구는 '이분법적' 논리에서 벗어나 현실의 지속성을 진행시킨다.

여교사 남순은 작문시간에 주제로 내준 '어머니'에 대해 인호가 깊은 상처를 입었음을 알게 된 후 특별한 관심을 보인다. 계모의 눈치를 보며 살아가는 인호를 보며 자신의 암울했던 과거를 이입하여 연민의 감정을 느끼는 것이다.

인호와 남순의 관계는 표층적으로는 선생과 학생으로 나타나지만, 남순의 과거 상처로 인해 둘의 관계는 단순한 사제지간에서 벗어나게 된다. 이는 신분의 차이가 정신적 상처로 인해 완화되는 역할을 한다. 이러한 관계는 사회적 지위의 잣대로 판단되는 현실에 대한 부정이 될 수 있다. 학교는 사회적 규제를 내포하는 공간이지만 인호에게는 소통의 공간이 되어가고 있다. 현경준은 이러한 지위의 능동성을 작품 곳곳에 내포하고 있다. 그러나 사제지간에서 연민으로의 방향전환은 인호에게 커다란 상처를 주고 만다.

> 남순의 앞에서 도망하여 달아난 인호는 그길로 앞산마루턱 솔밭에 가서 어두어질때까지 혼자서 자꾸 울었다.
> 어째서 울게되는지 그 까닭은 도무지 알수가 없다.
> 그저 실없이 슬퍼나며 눈물이 솟구쳐난다. (중략)
> 첫눈에 띄이는 것이 덩실한 자기의 집 대문이다.
> 그는 마치 못볼것이나 본듯 얼른 시선을 돌려서, 용수의 집을 찾아보았다.

그러나 아무리 살펴보아야 용수의 집은 어느것이인지 알어낼수가 없다.
그것이 그에게는 더욱 슬펐다.11)

남순은 자신의 불우했던 시절을 상기하며 인호를 도와주고 있으나 남순이 용수의 집으로 이사를 가면서 인호는 심리적 변화를 겪게 된다. 표면적으로 남순과의 사이는 변한 것이 없으나 상실감을 외면하지 못하고 있는 것이다. 인호는 이러한 심리를 남순에게 언급하는 자체를 배제하고 있으나, 결국 물리적인 대응방식을 통해 나타내고 만다.

인호는 남순이 하숙하고 있는 집의 아들인 용수와 싸운 뒤 아버지의 꾸지람을 듣고 물에 빠져 자살하려다가 구해진다. 단순히 남순이 용수와 같은 집에 산다는 이유만으로 삶에 대한 의지를 잃고 좌절감에 빠지는 인호의 모습은 사제지간의 감정을 뛰어넘는 모습을 나타낸다. 이는 일반적인 상황에서 특수한 관계에 빠지는 인간의 전형적인 모습을 묘사하고 있는 것이다. <소년록제일장>의 마지막은 자신을 향한 인호의 마음을 읽은 남순이 용수의 집에서 나와 인호의 집 근처로 하숙집을 옮길 것을 이야기 하는 것에서 끝맺는다. 인호의 내적 갈등은 남순에 의해 치유되는 형상으로 나타나고 있다.

남순과 인호의 관계는 <첫사랑>을 통해서 이어진다. <첫사랑>에는 인물간의 갈등과 사회적 이념의 갈등이 드러나면서 <소년록제일장>에 비해 갈등의 폭이 점차 커지고 있음을 알 수 있다. <첫사랑>의 전체적인 작품 시점은 인호가 중심이다. 인호는 상급학교에 진학을 해야 하지만, 힘겨운 현실세계를 버틸 수 있는 지지대 역할을 한 남순을 떠나는 것에 대하여 불안감을 느낀다. 거기에 남순과 같이 활동을 하는 대학교 졸업생인 더벅머리 총각의 등장은 인호를 더욱 부정적인 의식 상태로 고착시킨

11) 현경준, 연변대학교 조선문학연구소 편,『중국조선민족문학대계 9 소설집 현경준』,
    보고사, 2006, 273쪽.

다. 인호는 충분히 자신의 의지를 환기시킬 수 있지만 내면에서부터 오는 남순에 대한 상실감을 이기지 못하고 있는 것이다.

'사막의 길을 걷는 듯'[12]하는 인호의 복합적인 심리적 변화는 승옥을 만나면서 극대화 된다. 동기생이지만 자신보다 두 살 많은 승옥에게 호감을 느끼면서 남순에 대한 질투와 연민이 공존하게 되는 것이다. 인물에 대한 감정의 변화와 함께 인호는 그동안 겪지 못했던 신분의 차이에서 오는 변화를 맞이하게 된다.

> 미래는 확실히 우리들의 시댑니다. 이 시대를 우리들의 줌안에 획득하려면, 우리들은 썩어빠진 국각속에서 용감하게 뛰쳐나와야 합니다. 만약 그러지않는다면 우리들은 막달은 골목에서 자기파멸밖 에는 볼것이 없을것입니다. (중략)
> 우리는 그애에게 동정을 하여 자기 위안을 얻는다기보담. 그애의 의지를 챗직질해야 합니다. 좀 더 굳센 의지의 소유자를 맨들기 위한 챗직질. 그러한것이 절대 필요합니다. 그래서 안된다면 할수없지요. 그건 히망이 없는것이니까. 히망이 없는것을 언제까지든지 동정을 하며 붙잡구 있을수는 없으니까요[13]

사회에 대한 모순과 위선에 대하여 가감 없이 행동하는 더벅머리 총각의 모습은 인호와 남순의 사회적 위치를 부각시키고 있다.

인호는 끊임없이 자신의 정체성에 대하여 확인하고 있다. 이는 현실에서 나타나는 소통의 부재와 소외를 말하고 있는 것이다. 결국 인호는 남순을 떠나 상급학교에 진학하기로 결정한다. 특수하거나 예외적인 방법으로 변화하는 상황을 인지하는 것이 아니라, 보편적인 생활의 방식으로 인식하고 있음을 알 수 있다.

현재 살아가는 무의미한 생활과 갈등에서 나오는 사회적 인식을 올바

---

12) 현경준, <소년록제일장>, 위의 책, 333쪽.
13) 현경준, <첫사랑>, 위의 책, 337쪽.

르게 인지하는 것은 자연스럽게 인간이 자기의지를 실현시키는 방법이 된다. 자신이 스스로 존재에 대한 관심을 가지고 상황에 대응하여, 독자적인 결정을 한다면 허무와 모순은 타파될 수 있기 때문이다.

인호는 새로운 사회에 적응을 해나가겠다는 자신의 정체성을 확고히 다진다. 이는 새로운 인물로 재탄생하겠다는 의지를 가지고 있다고 볼 수 있다. 미래에 대한 구체적인 확신은 없지만 변화된 세상에 순응하려는 인호는, 자신의 혼란스러운 내면세계를 더욱 강하게 응집시켜가고 있다.

현실의 아픔을 잊기 위해 새로운 현실로 나아가려는 인호의 역설적인 시각은 현경준이 내포하고 있는 현실에 순응하는 인간의 양상으로 볼 수 있을 것이다. 현경준은 인호라는 인물을 통해 지위에 대한 갈등과 혼란 대신 정체성의 확립에 초점을 두고 있다.

## 2-2. 계층관계에서 나타나는 혼란과 방황

계층관계를 통한 인간에 대한 탐구는 합리적인 세계관을 수용하기 위한 길이 될 수 있다. 추상적이고 관념적인 사고에서 벗어나, 객관적인 이론을 체계화 하는 것은 포괄적인 시각으로 세계를 관찰하는 것이기 때문이다. 이론의 체계화를 통해 현실에 대한 리얼리티를 획득하면서, 기존의 시각으로는 해석할 수 없었던 사회적 사유를 찾아나갈 수 있다. 이는 시대를 살아가는 개인을 하나의 주체자로 인정하면서, 상황을 객관적으로 판단할 수 있는 시각을 제시한다.

그러나 계층관계는 이질적인 현상을 이끌어내기도 한다. 심리적인 불안과 현실의 부조리와 목적을 상실한 삶을 지속적으로 수용하게 한다. 극한 상황에서 받아들여야 하는 삶의 암울함은 병리적 사회형태를 가속시킬 수 있다.

현경준의 작품 <퇴조>14), <야우>15)는 지식인을 통한 계층관계의 혼란과 방황, 복합적인 정체성에 주목하고 있다. 작품에서 조선인들 사이 갈등은 서로의 관계를 규정함에 있어서 계층의 변화를 보이는 역할을 한다. 이러한 점은 더욱 심화되어 불안정한 존재를 통한 억압과 피억압에 대한 문제로 드러난다. 이는 기존의 사회구조에서 변화되는 세력의 형성과 그들이 이타적으로 변질되어 가는 모습을 나타낸다.

두 작품은 사회운동을 한 이후 지식인의 모습을 드러내고 있다. 사회투쟁의 고취에 대한 열망을 잊은 채 현실의 삶을 살아가는 그들의 모습은 혼란스러운 상황에 놓여 있다. 사회운동이 핍박받던 식민지 현실은 혼란스러웠고 많은 이들의 가치관은 결핍현상을 나타냈다. 극한 상황을 통한 갈등과 절망은 부정적인 의식의 세계에 이르게 하였다. 인물들은 사회의 부조리와 모순을 경험하게 되면서 불신과 위기의식을 느끼게 되는 것이다. 즉, 개인의 의식과 생활양식의 전반적인 규범이 무너지면서 사회에 대한 비정함이 형성된다고 볼 수 있다.

두 작품 모두 만주에 대한 공간인식을 확실하게 부각시키지 않지만 식민지적 체험을 바탕으로 고통스러운 생활모습과 의식의 혼돈 양상을 보여주고 있다.

<퇴조>는 승호와 인규 두 친구 모습을 통해 집안 문제와 사회의식에 대한 지식인의 고뇌를 드러내고 있다. 승호는 부유한 실업가의 아들로 아버지는 정어리 공장과 발동선을 가진 인물이다. 그러나 친구 인규의 아버지 덕재의 겸병을 통해 모든 재산이 탕진되어 파산된 상태이다. 인규의 동생 인숙과 약혼한 사이이지만 집안의 몰락을 바라보면서 덕재에게 복수를 다짐하고 있다. 승호집안의 몰락은 덕재를 통해 계층 간의 대립을 드러나게 한다.

---

14) 현경준, <退潮>, ≪鑛業朝鮮≫, 1939. 12.
15) 현경준, <夜雨>, ≪東亞日報≫, 1940. 5. 10~6. 2.

승호에 대한 사회적 인식의 계층 차이는 다른 인물들을 통해서 보면 변하지 않는다. 그것은 간난아부지 영팔을 통해 드러난다. 영팔은 승호를 "학생췬님"으로 표현하면서 계층관계를 그대로 유지하고 있다. 승호는 자신의 신분과 집안이 미천한 형태로 변해가고 있음을 인지하지만 영팔을 통해 자신의 신분에 대한 위치를 확인받고 있는 것이다. 오히려 이런 모습은 발동선을 고쳐서 어부가 되어 복수하겠다는 의지를 더욱 상기 시키는 역할을 한다.

> 현재 몰락의 과정을 밟아오는 고향의 어촌에 눈을 돌려가지고 조금이라도 그 몰락의 과정을 막아버리고 그 어떤 생로를 열어주는 그것은 자기의 한집안을 부흥시키는 그것과 분리시켜 생각할 것은 아니다.
> 아니 자기의 가정사를 마을의 소생에 연결시켜야 한다.
> 여게에서 인규네와의 옛 인연을 끊어 버리려는 문제가 생기는 것이다.
> 최덕재! 그는 어떤 존재며 위인가?
> 자기의 사복을 채우기 위하여는 한 개인의 파멸같은 것은 한 마리의 정어리가 없어지는 것만도 생각 않는 인물이다. (중략)
> 그바람에 승호의 아버지는 단 석달동안에 전재산을 전부 해중에 쓸어넣고 지금은 깍대기만 남은 텅텅빈속으로 마치 현재 앞 부두에서 움직일줄 모르는 낡은 발동선과 같이 된 현상이 아닌가.16)

사회의식과 계층관계의 변형에서 오는 고뇌는 승호를 통해 드러난다. 그는 자기의 가정을 살리는 것은 자신이 거주하는 마을이 살아나는 것이라고 믿고 있다. 그의 이러한 모습은 계층관계가 더욱 심화된 모습으로 볼 수 있다. 불안정한 내면의식은 파멸되고 붕괴된 계층의 형태를 바로 세우겠다는 점이 더욱 강화되고 있는 것이다. 이는 지배와 복종의 권력적 속성을 다시 환원하겠다는 의지의 표상이 된다.

---

16) 현경준, <퇴조>, 위의 책, 290쪽.

승호의 아버지 심참사는 아들에게 공부를 계속해서 마치라고 강요한다. 그러나 승호는 서울에 있는 자신의 물건을 모두 가지고 고향에 돌아와 덕재에게 복수할 것을 다짐한다. 부조리한 현실과 모순을 그대로 수용하면서, 비합리적이고 혼돈스러운 세상에 저항하고자 하는 의지를 보여주고 있는 것이다. 이와 같은 현실인식은 혼란스러운 계층관계를 극복하겠다는 태도로 진화된다. 삶에 대한 반항, 세계와의 대립에서 벗어나 절망과 모순 속에서 균형을 찾는 것은 자신이 추구하는 계층관계를 얻기 위한 노력으로 볼 수 있다.

<야우>는 사회운동을 한 후 정신적인 방황을 통해 힘겨운 삶을 살아가는 인호를 중심으로 이야기 하고 있다. 정치적, 사회적 문제에 민감하게 반응하고 대응했던 지난 삶을 뒤로 하고, 현재는 암흑 같은 삶을 살아가는 인호의 모습은 분열적 정신세계까지 보이고 있다.

인호는 사회운동으로 5년간 투옥생활을 한 뒤, 카페 여급인 영희를 만나 결혼을 하였지만 중병에 걸려 고향으로 돌아갔다. 계모와 이복형제 사이에서 지내다가 인호 홀로 고향을 나오게 된다. 고향을 벗어난 인호는 취직을 하지만 카페여급과 결혼한 사생활을 구실로 해고 된다. 그러나 심층적으로는 과거 그의 감옥생활이 문제가 되었음을 알 수 있다. 계급의식이 소멸된 인호는 현실세계가 자신이 사회운동을 하던 때와 다름을 인지한다. 이러한 인호의 정신적 방황은 정서적 불안을 나타내는 역할을 한다. 작품은 주인공이 자신의 과거를 떠올리게 하는 방식을 취하여 그 안에서 벌어지는 사건과 현재적 시점을 일관되게 유지하는 역할을 하고 있다.

<야우>에는 계층 간의 갈등이 크게 계모와 곽영철을 통해서 드러난다. 이들은 경제적 환경을 통해 인호와 사회적 계층관계의 변화를 도모한다. 불안정한 주거 형태와 미취업상태인 인호에게는 정착에 대한 욕망이 지배적이다. 그러나 현실적으로 이루어 질 수 없는 상황은 지속되고 점차 계모와 곽영철과 계층 차이만 부각될 뿐이다.

강한 힘으로 오늘날을 무기력을 재차버리고 새로운 명일을 포착해
야한다. 그럼에는 위선자기의 권리를 찾기 위해 내일에라도 당장 귀
향해야한다. 17)

인호는 자신과 계모와 계층차이를 인지하고 그것에 대한 저항으로 고
향으로 돌아가 자신의 재산을 되찾기로 마음을 먹는다. 그의 이러한 모습
은 과거 사회운동을 했던 강인한 자아의 모습을 상기시키는 역할을 한다.
그러나 막상 고향에 간 인호는 병환에 있는 아버지를 보게 되면서 자신의
의지를 펴지 못한 채 다시 상경하고 만다.

인호 집안의 재산으로 삶을 영위하면서 인호에게는 도움을 주지 않는
계모의 모습은 인호에게 사회적 모순으로 다가오고 이는 자아에 대한 부
정으로까지 이어지게 된다. 사회운동을 통해 계급투쟁을 한 인호에게 이
러한 가정사의 모습은 더욱 혼란스러운 상황으로 비추어질 수 있다. 인호
의 모습을 보면 사회운동을 시도했던 신념과 이념을 확고히 다졌던 시절
을 다시 찾을 수는 없다는 것에 대한 불안한 심리가 증폭되고 있다. 이는
계층의 우월한 상징적 권위를 상실한 것으로 볼 수 있다.

계모와의 계층 차이에서 오는 혼돈은 곽영철을 통해서도 드러난다. 곽
영철은 카페를 운영하는 사람으로 인호의 아내 영희를 마음에 두고 있던
인물이다. 인호는 자신의 어려운 삶을 벗어나기 위해 아내 영희를 곽영철
의 카페에서 일을 시키기로 결심하고 친구 승규에게 이야기를 꺼낸다. 승
규는 영희를 카페에 보낼 거면 고향에 돌아가 인호의 권리를 찾던지 운반
노동이라도 하라고 충고한다. 이에 인호는 반성하고 곽영철의 카페에 일
을 하러가는 영희를 붙잡는다. 사회적 무관심에 놓여있는 인호에게 승규
의 모습은 배려와 이해가 묻어나는 소통의 예를 보여주는 역할을 한다.
이는 인호에게 계층관계의 확보에 대한 근거를 제시하게 된다.

---

17) 현경준, <야우>, 위의 책, 311쪽.

다시금 밑바닥으로부터 재출발을 해서 내자신의 새로운 가치를 발견하고 비로에든 현재의 궁경을 타개하므로써 명일을 다시바라야한다.

그러타 고향에 가서보잘것없는 싸흠질을하야 야박하게 권리를 찾느라고 하느니 보다 내자신 다시 밑바닥으로 들어가서 오늘날의 고난을 뚤코 나가는것이 그 얼마나 위대하고도 신성한 일이냐?

하로를 살다가 죽더라도참다히 살어보자.[18]

인호는 지식인의 계층적 구조에서 탈피하겠다는 의지까지 보이고 있다. 밑바닥에서 운반노동을 하겠다는 의지는 이미 그가 계층 간의 갈등을 이겨내고 있음을 보여주고 있는 것이다. 현경준은 이를 통해 리얼리즘적 세계인식의 변화를 보여준다. 사회주의 운동 이후 몰락된 지식인들의 삶은 비극적 현실이 되었다. 이는 계급투쟁을 하던 그들에게 가정과 개인 간의 계층차이를 부각시키고 있다.

<퇴조>의 승호, <야우>의 인호는 미래에 대한 구체적인 확신이나 사회에 대한 비판의식을 가지지 않지만 현실 계층의식의 모순을 인지하고 있다는 특징이 있다. 이를 통해 부조리한 세상으로 인한 상실이 가득한 상황을 인지하면서 암담한 현실을 적극적으로 대응하겠다는 의식이 표출된다. 고난스러운 현실의 삶속에서 두 주인공은 새로운 세계를 적극적으로 개척해나가겠다는 자신의 의지를 따른다. 이로 인해 삶의 지속성은 더 이상 그들에게 커다란 문제가 아니다.

부조리한 생활환경에 굴하지 않겠다는 길을 취하는 태도는 미래에 대한 작가의 신념의 표출이자 삶의 지향 방법이었을 것이다. 환경과 타협하지 않고 자신이 택한 길을 스스로 인정하고 받아들이는 모습은 커다란 상징성을 지닌다. 계층 간의 갈등이 여과 없이 드러나는 현실 속에 현경준이 꿈꾸는 이상향의 인물은 새로운 세상을 만들겠다는 각오를 다지기 때문이다.

---

18) 현경준, <야우>, 위의 책, 326~327쪽.

## 3. 만주 체험을 통한 의식 지향성

### 3-1. 삶의 지향점으로서의 만주 이주

현경준은 만주로 이주하면서 드러나는 심적, 물리적 고통을 객관적인 묘사로 보여주고 있다. <사생첩제이장>,[19] <사생첩제삼장>[20]과 <선구시대>[21]는 만주 이주민들의 삶과 북향의식을 보여준다는 특징이 있다. <사생첩제이장>, <사생첩제삼장>에서 보여주는 이주에 대한 세밀한 묘사는 특수한 상황에 놓인 인간의 의식 상태가 부정적인 면으로 치우쳐 버리는 것을 보여주면서 현실세계의 암울함을 상기시킨다.

만주 이주와 그 수용과정은 사회의 혼란스러운 삶과 상황을 이해하는데 중요한 역할을 한다. 인간의 존재가 계속 지속되어야 하는 과정에서 혼란스러운 상황은 가치관의 혼돈을 야기 시킨다. 이로 인해 피폐한 삶의 현실을 목격한 후, 개인의 정신에 가해지는 압박을 벗어나려는 행위가 나타난다.

삶의 근간을 흔들고 있는 일제 식민지 시기는 그동안 지속되어온 전통과의 단절을 가져왔다. 이는 절망과 허무, 공포를 대두시켰다. 옳고 그름을 판단할 수 없게 하는 병폐인 것이다. 이주라는 혼돈된 상황은 개인의 일상적 삶을 파괴하고 내적 성찰과 가치실현에 대한 부정적 인식을 가져온다. 불구적 삶을 살아가면서 반항정신과 저항의식은 그 의미가 퇴색되어 갔고, 삶의 지표로서의 역할을 충실하지 못하게 만들었다.

---

19) 현경준, <寫生帖第二章>, ≪萬鮮日報≫, 1940. 8. 31~9. 1.
20) 현경준, <寫生帖第三章>, ≪文章≫, 1941. 1.
21) <先驅時代>는 ≪萬鮮日報≫에 총 195회가 연재 되었으나 현재 발굴된 것은 1939년 12월 1일에 발표된 마지막 부분이다.
   1939년 ≪朝鮮文學≫7월호의 현경준의 일기를 보면 "5월 15일 장편 <先驅時代>는 금일로서 삼회분이 났다"라는 대목으로 나온다. 이를 토대로 유추 해보면 약 1939년 5월부터 연재되었음을 알 수 있다. <先驅時代>는 안수길의 <北鄕譜>보다 5년이나 앞서 이주민의 장편소설을 다뤘다는 의의가 있다.

허무주의적 사고의 무질서한 범람은 불안의식을 가중시켰고, 가치실현은 허구화로 남게 되었다. 이는 식민지 시대 속 지배 현실에 대한 인식을 표면적으로 드러내는 역할을 한다. 즉, 사회의 모순구조가 당대 민족의 일상적 삶 영역 곳곳에 침투되어 있었다는 것을 보여준다. 이주민들은 주변적 존재로 만주의 삶을 받아들여야하고 사회적 존중을 느낄 수 없다는 상실감을 경험하게 된다. 고향상실에 대한 변화는 변모하는 상황에 따라 고향을 재구축하려는 북향의식으로 재고되어 나타나게 된다.

만주 이주는 물질적, 정신적 피해와 절박한 현실을 안겨주었다. 삶의 터전을 잃고 만주로 이주하는 이주민들의 상황을 서술하면서, 급변해나가는 사회상을 받아들여야 하는 고통을 현경준은 상세하게 언급하고 있다. 또 혼란스러운 현실의 상황을 그대로 작품 속에 반영하면서 문제를 의식화하기 시작한다. 이주라는 비참한 현실을 조명하면서 가치관에 대한 새로운 정립을 하게 되는 것이다. 현경준은 불합리한 상황을 담담하게 바라보면서 사회적 참여와 내적 성찰을 유도 하며 객관적인 시각으로 이주 모습을 표현하고 있다.

<사생첩제이장>과 <사생첩제삼장>은 만주로 이주하는 '열차'라는 공간을 배경으로 하고 있다. 열차는 이주민들에게 안식처가 되지 못하고 불안정한 공간이 되고 있으며, 이주민들의 고향 상실에 대한 의식이 강하게 표출된다. 이는 현실에서 안주하지 못하고 계속 떠돌아야 하는 이주민의 모습과 암흑으로 되어 버린 고향을 지칭하는 역할을 한다. 이러한 공간적 배경은 식민지 현실을 바라보는 현경준의 의식이 투영되었다고 본다.

<사생첩제이장>에서는 사내아이가 어머니와 만주로 이주를 하면서 겪는 이야기를 짧은 글로 보여주고 있다. 아이는 맞은편 양장아가씨의 과자를 먹으려다 걸려서 혼이 나게 된다. 그 모습을 본 어머니는 아이에게 과자를 사주면서 내일부터는 만주에서 거주해야함을 알리면서 흐느낀다.

어머니는 고향을 버리면서 절박한 마음으로 남편이 있는 만주로 이주를 하고 있다. 작품은 양장아가씨의 아이에 대한 매몰한 행동을 대비시켜

이주민의 설움을 극대화 하고 있다. 아이에게 과자를 사주는 어머니의 행동은 역설적으로 고통스러운 현실을 타파하기를 소망하는 저항적 태도로도 볼 수 있을 것이다.

<사생첩제삼장>도 <사생첩제이장>과 마찬가지로 공간적 배경을 열차로 하고 있다. 작품은 대구에서 만주로 이주하는 이주민 가족의 모습을 중심으로 나타낸다. 국제 열차가 도문역에 도착하자마자 역원 보다 일본국의 세관관리들은 나서서 승객들의 짐을 검사하기 시작한다. 열차 내 이주민들은 검문을 받으면서 부조리한 현실을 목격하게 된다.

이러한 열차 내 혼란 속에 한 할아버지 가족의 모습이 나타난다. 그들은 대구에서 밀산 까지 가는 차표를 부탁하여 구매했으나 종착역이 도문 까지임을 알고 사기 당했다는 것을 인지한다. 할아버지의 아들은 역무원과 이민관리들에게 밀산가는 표를 얻을 수 없는지 계속 사정을 하지만 아무도 그의 말을 들어주지 않는다. 이미 만주로 이주를 결심한 그들은 고향의 모든 재산을 청산했기에 가족은 곤경에 빠지게 된다.

> 「누구는 오구 싶어 왔능긴가? 먹구살자 정든고향 버리구 왔지」
> 「정든고향?」
> 정든고향이란 말에 애비는 한칭 더 기를 쓰며
> 「이색기야. 정든고향이 다 무시겡가? 네놈 색기게두 정든고향이 이
> 섰든가」
> 금시에 아들의 멱살에 달려들상으로 잔뜩 두 눈을 지릅뜨고 노려본다.
> 「아부지. 예서 이러문 어떻게 하능기오?」
> 이버지는 딸의 얼굴을 이슥히 들여보다가 그만 와락 끌어 안고는
> 목메어 느낀다.
> 「금순아! 가자. 닐랑 나구 같이 도루 가자. 늬만 따룬다문 나는 예서
> 부터 걸어라두 갈테다」
> 애비의 이 말에 딸은 그만 참았던 설움을 꼴칵 터쳐버린다.
> 아들은 아모 말도 없이 외면하고 서서 두주먹으로 눈물을 닦는다.[22]

---

22) 현경준, <사생첩제삼장>, 위의 책, 355쪽.

만주로의 이주는 소외되었던 지난 삶에 대한 회한을 인지하는 행동이다. 즉, 뚜렷한 목표나 결과를 이루지 못하고 살아온 티끌 같은 삶에서 벗어나려는 모습인 것이다. 세상의 시련과 풍파를 겪은 만큼 이주민들은 만주로 이주해서 정착하겠다는 강인한 의지를 보이게 된다. 그러나 할아버지의 가족은 사기를 당하게 되면서 정착에 대한 꿈이 사라질 위기에 처하게 되었다. 이러한 가운데 음흉스레 생긴 사나이가 나타나 밀산까지 가게 해준다며 자신의 집으로 가서 방도를 생각해보자고 할아버지 가족을 모두 데려간다.

3일 뒤 일행은 다시 도문역에 나타났지만 할아버지 딸 금순은 보이지 않는다. 할아버지는 금순을 찾아오라며 열차에서 뛰어내리려 하고 아들은 할아버지를 막으며 계속 눈물만 흘리고 있다.

희망적인 삶의 공간에 대한 지향은 결국 이들 가족에게 비극적 현실을 안겨주게 된다. 현실의 고통을 환기 시켜 줄 거라는 만주로의 이주는 오히려 그들을 절망의 상태로 빠지게 하는 것이다. 주체적으로 삶을 살아가지 못하고 희망 없이 정치, 사회적 상황에 휘둘리면서 살아가야 하는 만주 이주민의 모습을 통해 작가의 이주 현실에 대한 저항 의식을 엿볼 수 있다.

<선구시대>는 <사생첩>과 달리 존재에 대한 불확실함을 타개하고자 하는 실천적 의지를 보이고 있다. 등장인물 괴준은 비극적인 상황을 전혀 부정하거나 부인하지 않는다. 오히려 현실의 상황에 대한 자신의 태도를 분명하게 하고 있는 모습을 보인다. ≪만선일보≫라는 지면의 특성이 보이는 것일 수도 있지만 전체적으로는 만주에서 원하는 삶을 이루어 나가자는 이상을 보여주고 있다.

> 승철이! 좀더 머릿속을 식혀가지구 전날의 그씩씩하던 승철이가돼 주오. 그리구 다시 먼—압날을 바 라보아주오. 지금승철이네가 모든 것을포기해버리구 떠나버린다면 마을은 어떠케되겟소? 난 가슴이 터지는것가치 말이잘안나오. 승철이! 고향이란 결코 다시갈수업는 그곳

만 고향인것이아니오. 우리는 새로운고향을 우리의손으로맨드러야 하지안소? 그새로운고향을맨들기위해 두만강을넘어온것이라면 오늘날의험산은 어떠케해서던지 넘어야하고 고해도건너야하지안소?[23]

긔준에게 만주라는 공간에의 삶은 강인한 의지이며 투지이다. 승철이 고향에 돌아가겠다는 태도는 현실의 고통에 대한 회한이다. 승철의 입장에서는 부조리한 현실 공간을 벗어나려는 의지인 것이다. 그러나 긔준은 만주에서 새로운 고향을 정착하는 모습을 통해 시대의 아픔과 절망을 이겨낼 수 있다는 굳은 의지를 보이고 있다. 이는 극한 상황이지만 흔들림 없는 삶을 만주에서 지속하겠다는 저항적 의지이다. 마지막 회 내용은 이주민의 동요와 그들을 설득하는 대화가 중심이 되고 있다.

만주의 이주민들은 처음 정착했을 당시 많은 어려움을 겪었을 것이다. 이러한 고통은 정착을 한 이후에도 이어지고 이는 내부적 갈등으로도 표면화 된다. 긔준은 자신도 내면의 갈등을 지니고 있지만 새로운 이상을 꿈꾸는 것은 당연하다고 말하고 있다.

부조리한 현실의 상황을 돌파하려면 본질에 대한 명확한 인식이 필요하다. 이는 인간의 존재에 대한 필연적인 객관화 과정이 요구되는 것이다. 그리고 구체적인 현실의 모순을 발견하는 것을 통해, 내면에 깃든 공포와 불안을 타파할 수 있다.

어두운 현실을 긔준은 강하게 부정 하겠다는 의지를 보이고 있다. 이는 어떠한 현실의 고통이 다가와도 받아들일 준비가 되어 있다는 것이다. 이러한 결의는 현실의 유혹, 압박, 고통 등을 모두 이겨낼 것을 다짐하면서 자신은 저항의 자세로 살아갈 것임을 말하는 것이다. 현경준은 <선구시대>를 통해 현실 극복이라는 신념을 굳게 지켜나가겠다는 표현을 하고 있다. 이는 만주 이주민들의 꿈은 절대 소멸되지 않을 것임에 대하여 말하고 있는 것이다.

---

23) 현경준, <선구시대>, 위의 책, 613~614쪽.

현경준은 작품을 통해 이주민들의 삶 모습과 식민지현실의 고통을 그 대로 담아내려고 한다. 그러나 그는 만주가 현실적 고난을 극복할 수 있는 방안이 될 수 있다는 공간적 의미부여를 통해 저항의지도 보여주고 있다. 이를 통해 보면 현경준이 지향하고 있는 이주민의 삶의 모습과 정착의 모 습은 부정적 현실을 타개하고자 하는 실천의지에 있다고 볼 수 있다.

## 3-2. 가치실현에 대한 인도주의적 인식

우리의 근대문학은 식민지 시대라는 혼란스러운 상황 속에서 출발하 였다. 시대적 상황은 정상적이고 자유로운 창작을 제약했을 뿐 아니라 문 학을 통해 민족적 불행을 딛고서 해방을 추구해야 한다는 이중부담까지 안게 하였다. 식민지 삶을 내포하고 있는 식민지 문학은 불가피하게 정치 성을 띨 수밖에 없는 상황인 것이다.

현재까지 현경준의 작품 중에서 많은 논의가 되고 있는 작품은 <유 맹>24)으로 "당시 만주의 정책에 부응하는 성향을 지닌 점을 비판하며 국 책문학이라고 보는 쪽과 당시 시대상을 고려하여 검열을 피해가려는 작 가의 수완"25)으로 해석되고 있다.

장편 <도라오는인생>과 중편 <마음의 금선>은 <유맹>과 내용면 에서 같은 맥락에 있으며 작품은 아편중독자의 갱생이라는 주제 하에 보 도소에서의 아편중독자, 사기꾼, 도박꾼들의 애환을 나타내고 있다. 일본 은 만주국을 자신들의 이익을 도모하기 위한 도구로 사용하였다. "만주국 체제는 전후 동북아시아에 도래하는 많은 근대국가들처럼, 잔인한 규율

---

24) <流氓>은 ≪人文評論≫(1940. 7~8)에 실린 중편소설을 지칭하는 것으로 <流 氓>이란 단편소설이 최초로 발표된 것은≪鑛業朝鮮≫(1939. 3)이다. 장편 <도라 오는人生>은≪萬鮮日報≫(1941~1942. 3. 3)에 중편 <마음의 琴線>은 (弘文書 館 1943. 12)에 발표되었다. 장편 <도라오는人生>의 일부는 <流氓>이라는 표제 로 재만 조선인 작품집『싹트는 大地』에 수록되었다.
25) 김동민,『한국문학사의 탐색』, 푸른사상, 2003, 203쪽.

체제를 곁들인 복지국가의 양면적인 얼굴, 혹은 근대성의 두 얼굴을 지닌 개척자였다."26)

일본은 만주국을 세운 후 아편전매를 통해 거액의 전쟁군비를 만들어 나갔고, 이를 통해 아편중독자는 해마다 늘어났다. "조선인의 토지 소유와 임차를 방해함으로써 몇 년간 개간했던 토지에서 이탈해 만철을 따라 남만주 및 중동철도 주변지역을 유랑했던 조선인들은 주로 아편 밀매자 혹은 중독자"27)가 된 것이다. 현경준의 <중독자들의 말>28)을 보면 <유맹>의 창작 의도와 목적을 볼 수 있다.

<유맹>에서 가장 중요하게 생각할 부분은 '갱생'이 될 수 있다. 보도소 내의 수용자들을 단순한 교화 대상으로 볼 것인지에 대한 문제가 <유맹>이 국책문학이라는 친일적 요소와 항상 관계가 되기 때문이다.

그러나 단순히 국책문학으로 바라보기엔 작품 곳곳에 민족에 대한 인도주의적인 관점이 내포되어 있다. 작품에 드러나는 '갱생'은 아편중독자와 각종 부정한 일을 하는 사람들을 집단 부락에 수용하고 공동농장의 운영을 통해 새로운 공간을 창출하는데 있다. 이와 같은 '갱생'은 부락민들을 교화의 대상으로 보는 한편 지식인을 회유하여 제대로 된 공간을 창출하겠다는 의지가 표현되어 있는 것이다.

---

26) 노기식, 한석정, 『만주 동아시아 융합의 공간』, 소명출판, 2008, 9쪽.
27) 박강, 「만주국의 아편마약 밀매정책과 재만 한인」, 『한중인문학연구』 19, 2006, 462~464쪽.
28) "그 괴로운 현재를 망각하고 잠시라도 사라진 옛 길을 더듬는 것은 그들에게 있어서 그 얼마나 아름다운 것일까? 그 속에는 옛날의 정열이 있고, 그 애인이 있고, 예술이 있고, 찬란한 오색무지개가 있다.(중략) 보도당국의 적극적 보도에 의해 옛날의 악습은 차츰 줄어간다 한다. 그러나 과연 그들에게서 옛 꿈을 그리는 그 애절한 향수의 심리를 뿌리 채 뽑아버릴 수 있을까?"
현경준, 「중독자들의 말」, ≪文章≫, 1939. 11, 190~191쪽.
현경준은 이 글을 통해 아편문제로 인한 중독자들 중에 상당한 지식인들이 있음을 알고 패배의식에 사로잡힌 지식인들이 미래에 절망하고 있음과 어두운 사회현실에 대한 이야기를 전하고 있다. 삶의 방향성마저 차단된 아픔을 바라보면서 현실에 대한 자신만의 통찰력을 가졌을 것이라고 본다.

<유맹>에서 보도소장은 수용자들에게 지속적으로 계몽에 대한 이야기를 반복한다. 그러나 오히려 수용자들은 보도소장의 말을 번번이 거부하고 오히려 강하게 반발하는 모습을 보인다.

> 현재 지금 누구니누구니하며 둔푼식이나 지니구 뽐내는 그들중, 자초부터 한푼 두푼씩 바른 노릇을 해서 모은것을 가지구 부자라는 이름을 떤자가 그래 몇이나 됩니까? 전부가 일확천금을 한것이라구 해두 틀리진 않겠지요[29]

일확천금은 비현실적인 꿈이라고 말하는 계몽적 이야기를 하는 보도소장의 발언은 언제나 수용자들의 반발에 부딪친다. 그러나 보도소장의 이러한 발언은 한 번에 그치지 않고 계속해서 자신의 의견을 피력하려고 애쓰게 된다.

작품에서 회유의 대상이 되는 인물은 크게 세 명으로 명우, 규선, 인규이다. <유맹>에서 가장 먼저 갱생이 되는 인물은 아편중독자 명우이다. 그는 순녀를 위기에서 구하고 나아가 보도소장에게 양딸 순녀와 결혼을 하고 어머니도 모시고 와서 살 수 있게 해주겠다는 제안을 받게 된다. 보도소장의 행태는 안정과 갱생의 동기 부여를 통해, 명우가 보도소에서 바뀔 수 있다는 생각이 강하게 내포되어 있다.

이는 식민지적 현실을 형상화 하는 것에서 벗어나, 보편적이고 다양한 재현을 통해 개인적 현실 인식을 위주로 하는 사회적 위치를 마련한다. 식민지 공간에서 이념적 혼란은 적극적인 사회 참여를 통한 지식인의 삶을 취하는 것에 한계를 가져올 수밖에 없다.

이러한 사회에 대한 총체적인 모순을 객관화 시키려는 노력은 가치중립적인 이데올로기 입장을 취하는 것이고 볼 수 있다. 옳고 그름이라는

---

29) 현경준, <유맹>, 위의 책, 422쪽.

것에서 벗어나 존재의 자각을 이루고 있는 것이다. 이러한 결단은 삶에 대한 총체적인 의미를 대두시킨다. 생존의 문제만이 아닌 인간에 대한 주체적 의미를 제시하게 되는 것이다.

명우는 자신과 비슷한 처지인 규선을 설득하지만 결국 그는 구류소로 보내지고 규선의 아내는 자살을 하게 된다. <유맹>의 결말은 보도소장이 지속적으로 추구하는 "갱생"과는 전혀 거리가 먼 상황이 되고 만다. 이러한 결말의 형태를 통하여 인간의 구체적인 삶의 본질을 탐구해 볼 수 있을 것이다.

<마음의 금선>에서도 규선과 인규는 명우의 개심에 대한 의견을 받아들이지 않는다.

> 규선이는 두눈을꼬옥감고 한동안이나 잠자코 있다가 그대루눈을 감은채 한숨에 석거탄식하듯 말한다.
> 「과거의 꿈을 그린다는 것 그얼마나 아름다운 것인가? 딴약에나안테서 그것마저 빼앗어버린다면 난 벌서내손으로 이헛깎대기만남은 송장을 처치해버린지두 오랬겠지 그러니까 명우 자네두 내안해 모양으로 부질없는 충고는 일체말어주게 간절히부탁하네」[30]

<마음의 금선>에서는 규선과 인규는 명우의 말에 조금씩 흔들리는 모습을 보이지만 '갱생'과 '개심'에 대한 그들의 입장에 대한 변화는 없다. 변화된 현실에 대처해야하는가를 심각히 고민하지만 환경에 적응을 하지 못하는 것이다. 규선과 인규의 모습을 통해서 보면 합리성과 성찰성이 배제되는 식민지 근대의 특수성에 대한 항변이 될 수 있다. 자기의식의 변모를 쉽게 규명하지 못하는 것 자체가 작품에 드러난 '갱생'의 모순이 될수 있다. 그러나 명우를 통해 본다면 지식인으로서의 타인을 생각하는 삶을 지속 시키겠다는 결심으로 나타난다. 이는 충동적인 모습이 아닌 현실

---

30) 현경준, <마음의 금선>, 위의 책, 578~579쪽.

의 부조리함에 대한 각성으로도 볼 수 있다. 명우의 자세는 타인과의 소통을 통해 사회적 상황의 부조리함을 극복할 수 있는 방편을 마련하려는 것으로 보인다. 방관적으로 사회를 보는 것에서 벗어나 적극적인 실천적 자세를 보여주는 것이다.

<도라오는인생>은 장편소설인 만큼 보도소장의 적극적인 계몽의 형태가 더욱 자세하게 드러나고 교육자의 현실 모습이 담겨있다. 작품에서 교육자인 인규는 갱생을 하지만 규선은 끝내 갱생을 하지 않는다. 오히려 작품에서는 교육에 대한 문제를 전면에 내세워 인도주의적인 관점을 부각시키는 역할을 한다.

> 소장은 애를쓰다못해서자기자신이직접교단에 나서서명우를 돕기로했다.
> 야학은 여자부와남자부를 따로따로 갈러노코교실관게로여자부는 불편하나마자기집에서 하기로결정  하고 그책임자는 자기가되엿다. 그리고남자부는 학교강당에서그냥하게되엿고 학생은 거개가 자위단원들이엇다.  일즉이 중독자라는락인을 찍어가지고 모도다모멸하던 명우에게댕야 학생들은 추호만큼 이라도 전날의태도를 취하는양 업시 친밀하게 지나갓다
> 동시에 명우는 잇는성의를다하야 한자라도 더 그들의 지식을 넓히기에애를 썻다[31]

인규는 학교일에 대한 협력에 무관심하지만 명우는 소장과 함께 학교일에 대하여 성의를 다하는 모습을 보이고 있다. 교육을 통한 명우의 모습을 보면 고뇌와 새로운 길을 열려는 고통이 드러난다. 이는 '갱생'이 가지는 미묘한 입장 차이를 가지고 오는 것이라고 볼 수 있다. 단순히 집단 부락에서의 지식인들의 '갱생' 이 아닌 교육을 통한 '완성된 인물'의 형상을 찾겠다는 의도로 보인다.

---

31) 현경준, <도라오는인생>, 위의 책, 699쪽.

<도라오는인생>에서 '갱생'은 저항의식의 내면화, 상징적이고 암시적인 방향의 선택이 대두된 것으로 보인다. 항거가 둔화되는 특징을 보여주지만 그 연장선상에서 살펴보면 의지와 사상은 고취되어 있다. 작품 내적인 부분과 부락민들의 모습을 살펴보면 현경준이 나타내고자 하는 지성인을 통한 인도주의적 관점이 곳곳에 드러나고 있음을 알 수 있다.

작품을 전체적으로 살펴보면 물리적인 대응방식이 아닌 본인의 생각을 바꾸도록 하는 방법을 취하는 '갱생' 여부는 크게 중요하지 않다는 것을 알 수 있다. 오히려 인물을 살펴보면서 내부적으로 복합적인 문제가 지속적으로 결합되어 있음을 나타낸다. '갱생'이라는 기본 틀을 유지하지만 이데올로기의 혼란을 극복하기 위한 재건의 방법을 작품 안에 계속 드러내는 이중 구조를 취한다. 이를 통해 정형화된 형태에서 벗어난 인물들의 가치체계와 본질적인 것을 탐구하고자 하는 정체성이 구성될 수 있다고도 볼 수 있다.

앞으로 <유맹>이 역사적 사실에 대한 표현에 대하여 어떤 방식으로 객관적인 거리를 확보하고 있는 가에 대한 논의가 이어져야 할 것이다. 이데올로기를 배제하고 인간 중심의 세계로 바라보는 것은 중요한 문제이다. 주체적인 자아 정립에 혼란스러워 하는 <유맹>의 지식인들의 내적 갈등이 어떤 형태로 계속 나타나는지에 대한 다각적인 시각이 필요하다.


## 4. 결 론

만주의 민족문화는 일본의 제국주의를 강제적으로 받아들이고 있기 때문에, 문화는 보편적 성격에 기인하기 보다는 특수한 성격을 지니고 있다고 볼 수 있다. 이를 통해 만주를 고통스러운 현실만을 이입시켜 바라보는 시선에서 벗어나 민족의식을 고취시키는 근간의 공간으로도 생각할 수 있을 것이다.

만주사변이후 조선인에 대한 일제의 통제는 심화되었다. 교육 형태의 변화를 통해 민족의식을 말살시키고 자신들의 사상을 주입시키기 시작하였다. 또 학생들에게 군사훈련과 직업교육을 시키며 전쟁의 도구로 삼기 시작한다.

이와 같은 역사적, 사회적 현상을 통해 탄생된 만주 지역의 문학은 여러 가지 복합적인 정체성을 가지게 된다. 재만 조선인 문학은 그들의 삶에 대한 인식과 생활에 대한 경험을 토대로 드러나고 있다. 이러한 재재는 작품 안에서 당시 우리 민족의 내재된 정체성을 나타내는 역할을 한다.

현경준의 문학은 민족의 비극적 현실을 통해 전통과 정체성에 대한 문제를 제기 한다. 이를 통해 이주민으로서의 고통과 비극적 삶에 대한 형상화를 보여주고 만주에 대한 이해를 도모하고 있다. 현경준 작품 속 의식성향을 살펴보면 식민담론의 갈등을 통해 현실인식에 대한 주체적인 디아스포라 의식을 지향해나갔다고 볼 수 있다. 이데올로기에 대한 회의와 허구성의 성찰은 사회의 현재의 모습과 이질감을 보인다. 현경준은 개인의 의식과 생활양식의 규범이 무너진 이주민의 비정함을 드러내고 있다.

현경준은 자아의식의 흐름과 고찰을 통해 정체성과 그 안에서 겪어야 하는 계층의 문제를 냉철하게 보고 있다. 비극적 인식에서 벗어나 정신적인 상처를 회복하려는 모습과 현실을 극복할만한 대응책은, 인간의 내적 세계를 반영하면서 드러날 수 있다. 대립적인 관계를 개선하면서 분열된 현실을 타파하겠다는 긍정적인 면이 부각되는 것이다.

현경준은 인물들의 지위와 역할을 보여주고, 정형화된 형태에서 벗어나려는 인물들의 가치체계 변화와 본질적인 것을 탐구하게 되는 구조를 살펴보고 있다. 이를 통해 현실에 대한 아픔과 억압받는 의식은 새로운 정체성으로 구성될 수 있다고 보고 있다.

현경준은 만주 체험을 통한 의식 지향성에서, 가치관의 혼란과 시대적 상황에서 발생되는 갈등을 극복하고자 한다. 이는 근원적인 존재의 모습과 사회현실을 그려낸다는 공감대를 형성한다. 이와 같은 인식은 현실의 모순과 부조리를 이해하고 있다고 볼 수 있다. 현경준은 자신의 지식을 사회적인 가치를 위해 써야하는 당대 지식인인 나아가야할 길을 작품 속에 제시하고 있다. 현실에 대한 깊은 고민의 수용을 통해 인간 존재의 가치에 대하여 말하는 것이다. 현경준은 민중의 삶을 작품 안에서 재인식하고 있다. 이는 식민지 근대의 삶을 주체적으로 형상화 하고 있는 것으로 볼 수 있다.

# 1940년대 중국 동북지구 한국문학작품 연구

## 수필 사화집 『滿洲朝鮮文藝選』을 중심으로

오양호 · 윤윤진

(인천대 명예교수 · 중국 길림대 교수)

## 1. 들어가며

중국 동북지구 한국문학 작품에 대한 연구가 소위 '친일문학기 또는 암흑기'로 명명되는 1940년대 초기에 대한 반론으로 제기된 이후 한 세대가 흘렀다.[1] 그간 이방면에 대한 연구는 한 세대전의 냉담했던 반응과 달리 많은 성과가 이루어졌다. 그러나 여전히 이 방면의 연구는 문제적 과제로 남아 있다.[2]

조윤제의 『국문학사』에서 조동일의 『한국문학통사』에 이르는 대표적인 한국 문학사가 적용하고 있는 사상의 틀은 민족주의다. 식민지의 경험, 외세 이데올로기에 의한 동족상잔의 전쟁경험, 강력한 국민국가의 세력권 내에서 자주성을 확보하며 한국문학을 체계 있게 기술해야 하는 방

---

1) 오양호, 「암흑기 문학 재고찰」, 1980, 6,7일. 제23회 전국국어국문학 대회, 한국정신문화 연구원.
2) 대표적인 예가 국제한인문학회가 집중적으로 다루고 있는 디아스포라문학 연구다. 개인의 경우 오양호는 『韓國文學과 間島』(1988) 이후 『滿洲移民文學 硏究』(2007)까지 4권의 단행본을 상자, 지속적인 연구를 해오고 있다.

법 모색의 결과이다. 민족정체성으로 대표되는 민족주의 이념이 지닌 가치는 거론할 필요가 없다. 그 숭고한 정신에 대해서는 재론의 여지가 없는 까닭이다. 그러나 이런 고정된 시각은 결국 문학에 대한 평가를 단선적으로 접근하게 하는 원인을 제공했다.

1940년대 초기의 한반도의 정신사는 오족협화, 황도사상, 대동아공영권으로 요약된다. 하지만 이런 제국주의적 절대권력의 다른 한편에는 민족 자본을 축적하려는 자본주의 논리, 전근대사회를 계몽하여 그것을 통해 민족을 끌어 올리려던 애국계몽주의, 서구를 배워 자유주의 이념을 구현하려한 자유민주주의 사상, 신천지를 찾아가 삶의 터전을 마련하겠다는 망명성의 프론티어 정신이 함께 존재하고 있었다.

사정이 이러하지만 민족주의의 배타성으로 식민지 시대를 해석하는 닫힌 논리는 마침내 이분법이 지배하는 상황, 그러니까 '민족/반민족, 친일/반일'의 견고한 틀을 형성했다. 그래서 제국주의 상황이긴 하지만 그것과 동거하던 민족주의의 다양한 변용을 발견하지 못하는 결과가 되었다. 이 논문은 이런 문제를 『만주조선문예선』을 중심으로 고찰해 보겠다.[3]

## 2. 1940년대 초기 동북3성의 한국문학 사정

### 2-1. 〈千山遊記〉와 민족사의 발견

『만주조선 문예선』에서 작품 수가 가장 많은 사람은 최남선이다. 5편의 수필 중, 특히 우리의 관심을 끄는 작품은 <천산유기> 1·2이다. 최

---

[3] 『만주조선문예선』은 필경 한 글씨를 등사해서 만든 책자다. 그래서인지 책값은 '실비 65전'이다. 1941년 마도강·만주 신경특별시 조선문예사에서 간행된 이 책은 1940년대 만주조선인 수필문학을 대표하는 유일한 자료다.

남선이 1920년대부터 우리나라의 자연미를 숭고의 차원으로까지 고양시키고, 백두산이며 금강산을 통해 민족의 신화를 찾으려 한 작가의식이 이 수필에도 중요한 문제가 되고 있기 때문이다. 문학이 현실을 복합적으로 받아들여 분출시키는 시의성을 배제할 수 없는 예술행위라는 사실을 감안할 때, 최남선의 이런 점은 다른 하나의 시대반응이라는 점에서 우리의 관심에 값한다.

그나 그뿐인가 곰곰이 생각하건대 천산과 우리조선인과의 인연은 거의 중중무진한 실마리를 풀어 낼수도 잇다. 위선 산전체가 장백산의 래맥來脈이 바다를 건너서 태산을 만들라가는 과야過野임이다. 요동반도란 원래 조선반도와 매한가지로 역시 백두산의 한 기슭인 것이다. 그리고 역사를 말 할 것 가트면 천산의 좌우가 고조선의 주요한 지역으로서 고구려 발해의 역대에 언제든지 근본부적의미를 가젓든 군소지이얏스니 이들에는 선민先民의 어루만진 자리가 잇고 이 흙에는 선민의 흘린 땀이 실여 잇을 것이다. …(중략)…
내 이제 천산의 일봉정一峰頂에 서서 흠빡 만주를 이저버리고 슬몃이 고토의 생각을 품음을 누가 구태탓할자이냐.

장백산 일지맥에 / 간타부용 피여나서 / 절조한 저 그림자 / 요해遼海기피 잠은것을 / 아는이 몃치시던고 / 나만본듯 하여라. // 천문의 최고봉에 / 시름업시 안젓거든 / 송뢰松籟가 진락하고 / 이화백설 훗날리니 / 하계서 나를 보는 이 / 신선이라 안흐리. /『빠보진』무서우냐 /『이보동텐』조흘시고 /『쿠냥』이 압섯거늘 /『도타이래』뒤따라서 /『만만듸』「이퀄취」하고 / 이염이염 올라라.4)

최남선은 만주에서 한국의 화려했던 과거, 고구려와 발해의 자취를 찾으려한다. 그러나 역사의 복원은 한 가지 역사학만으로는 어렵다. 그래서

---

4) 최남선, <千山遊記> · 2,『滿洲朝鮮文藝選』, 朝鮮文藝社, 新京特別市, 1941, 46~48쪽.

최남선은 <백두산 근참기>(1926), <금강예찬>(1928), <심춘순례>(1926)에서 민족의 역사를 구성하고 이를 통해 민족의 정신을 함양하기 위해 지리학을 끌어왔다. 그는 백두산과 금강산을 보면서 민족의 특징을 그런 산의 지세와 풍모와 연결시켰다. 지리학을 호출하여 그 지리에 베인 조상의 숨결과 역사를 찾아내려 했던 것이 이런 기행수필이다.

위의 인용에서도 이런 관점이 나타난다. 고구려와 발해의 고토 만주를 민족사의 공간으로 회복시키려 하기 때문이다. 근대전환기에 장지연이 지리학을 기초로 한 역사교육을 주장하면서 자국의 강역疆域과 기원을 확정하려했고, 신채호가 역사를 버리면 민족이 없다고 한 그런 민족사관과 동일선상에 서있고, 오늘날 중국의 소위 그 동북공정 정책과 맞서는 논리다.

식민지가 된 국토를 순례하면서 자연 속에서 민족의 특성을 추출해내고, 이면에 묻힌 역사를 통해 민족혼과 독립심을 고취하려했던 그 기행문의 양식이 <천산유기> 1·2에서도 그대로 나타나고 있다. 기행문에 시조를 끼워 넣어 과거의 사실만이 아니라 현재를 통해 민족의 역사를 재구성하면서 미래의 역사까지 수행하려 하는 양식은 그가 <심춘순례>(1926)에서 쓰던 그것과 다르지 않다. 천산을 백두산의 한 지류로 보고 거기서도 한국의 국토와 역사를 발견하려 한다.

이런 글쓰기 기법은 땅에 정서적, 심리적, 철학적, 미학적 숨결을 불어넣는다는 점에서 문학과 지리가 만난다. 최남선은 천산을 보고 시를 읊으며 그 땅이 우리의 땅이라고 인식한다. 천산이 최남선의 정서, 심리, 미학에 의해 우리의 고토로 되살아난다. 국경을 넘어 남의 땅을 체험하면서, 그곳이 사실은 우리민족이 정착하여 땅을 일구었던 자리(空間)이며 지리(地理)라고 인식한다. 최남선이 선 그 1940년대의 천산은 현실적 공간이다. 그곳은 사실의 땅이며 사건의 현장이다. 그러나 그는 이 현장에서 민족적 신화 호출의 기도, 곧 고유의 한국문학 장르, 시조를 통해 한국인의 삶이 만주까지 뻗혔고, 그것이 풍요하기를 염원하고 있다. 천산의 만년설을 보면서 '장백산 일지맥에 간타부용 피여나서 / 절조한 저 그림자 요해 기피 잠은 것을 / 아는 이 몃치시던고 / 나만 본 듯 하여라'며 역사적 분쟁지, 만주라는 공간을 한국의 고토로 재생시킨다. 이것은 단군부정에 맞서 단군에 대한 신화학적 고찰을 통해 그 실체를 해명하려 한,[5] 또는 일본 학자들에 대한 학문적 독립선언이자 단군 말상에 대응하는 외교문서로까지 평가되는[6] 「불함문화론」(不咸文化論, 1925)의 그 수법의 반복이다.

문학이 지리를 통해 이루어내는 것은 자연의 외적인 아름다움, 그 아름다움이 더욱 완전한 의미를 지니게 하고, 그것을 더욱 매력적인 것으로 만들어주는 내적인 역사이다.[7] 최남선의 경우, 문학공간의 확대에 의해 한국인의 심상공간, 새로운 정신사의 한 축을 현실로 이끌어 낸다. 이런 점에서 그의 <천산유기> 1·2의 천산은 한국인의 심상공간에 자리 잡은 한국의 산이다.

최남선이 <심춘순례> 서문에서 '조선의 국토는 산하 그대로 조선의 역사며 철학이며 시며 정신이다'고 전제하고, 이어서 '곰팡내 나는 서적만이 내 식견·識見의 웅덩이가 아니며 한 조각 책상만이 내 마음의 밭일 수 없게 되었다'[8]며 민족의 정신을 조국의 국토에서 찾던 그 내적인 역사의 시선을 <千山遊記> 1·2에서도 그대로 유지하고 있다.

---

5) 조현설, 「동아시아 신화학의 여명과 근대적 심상지리의 형성」『민족문학사 연구』16호, 민족문학연구소, 2000.
6) 오문석, 「민족문학과 친일문학사이의 내재적 연속성의 문제연구-최남선을 중심으로」, 『현대문학연구』30집, 한국문학연구학회, 2006.
7) Geikie, Archbold, 1970, *Type of Scenery and Their Influence of Literature*, Port Woshington, N.Y. : Kennikat Press(Frist published in 1898), p.59.
8) 고려대 아세아문제연구소 편, 『六堂崔南善全集』6, 현암사, 1973, 259쪽.

## 2-2. 잡종사회 틈새의 삶

1944년에 창작집 『북원』을 간도에서 출판했고, 8·15 직전까지 「북향보」를 「만선일보」에 연재한9) 소설가 안수길은 만주에서 가장 왕성한 창작 활동을 한 문인이다.10)

문학을 바라보는 시각을 하나로 고정시켜 놓고, 문학이 내포하고 있는 다양한 의미를 도출해 내는 것은 불가능하다. 문학에 대한 해석은 관점에 따라 가변적일 수 있기 때문이다. 1930년대의 만주는 무주공산이었다. 그러나 그 무주공산은 일본의 자본진출로 곧 역동적인 잡종사회로 변해갔고, 1940년대 초기의 그 곳의 조선족 사회는 '민족/반민족'의 틀로는 사회의 내포 추출이 불가능할 만큼 복합적인 분위기가 되었다. 오족협화가 슬로건이지만 그 안에 도사리고 있는 본질은 국민국가 일본의 제국주의였고, 그곳을 기회의 땅으로 생각하고 이주해온 이민, 또 권력가와 야합하고 진출한 자본가들, 그리고 세계대전이라는 대재난을 피해 찾아온 여러 유형의 인간군상이 각축을 벌리고 있었기 때문이다. 특히 한국의 경우 그 땅은 민족의 재기를 노리는 야심에 찬 내셔널리스트가 모여들었던 공간이다.

안수길은 이런 사회에서 농본민족의 도혼정신(稻魂精神)을 만주에 심는 「벼」, 「새벽」 등의 작품을 통해 생존 그 자체를 문제 삼았고, 그것은 망명성의 민족재활 문제로 해석된다.11)

---

9) 1944년 12월 1일~1945년 7월 4일
10) 안수길의 소설 <목축기>, <새마을>, <북향보> 등에 당시 제국주의 일본의 정책과 영합하는 몇몇 사건이 나타난다. 이 때문에 그의 초기 문학의 성과인 창작집 『북원』(예문당, 1944)까지 1940년대의 만주는 일본의 천지인데, 그곳 문학 역시 보나마나 아니냐는 논리에 밀려 그 문학적 성과가 제대로 이루어지지 못하고 있다. 1940년대 만주이민사회가 직면하고 있던 여러 가지 새로운 삶의 길이 나타나는 『북원』이 윤리적 이분법에 의해 제대로 평가를 못 받고 있는 상태다.
11) 오양호, 「1940년대 전반기 만주이민소설의 세 유형」, 『한민족어문학』 49집, 2006. 안수길은 그의 간도시절을 회고하는 『명아주 한 포기』(문예창작사, 1977)에서 자신의 그곳 문학활동을 망명문단 형성을 위한 것이라 기술하고 있다.

이런 안수길의 문학을 민족/반민족의 이분법적 틀에 대입하고, 그가 만주에서 벌린 왕성한 문학활동을 조선정신과 연결시키는 행위는 무의미하다는 시각이 있다.12) 안수길은 평생 '어떻게 사느냐'를 고민한 작가다. '작가가 썩으면 사회가 병든다, 사회가 썩어서 작가가 병드는 게 아니라 작가가 썩으면 사회도 따라 병든다는 걸 명심하라'는 지조론이 여러 글에 나타난다.13) 작품 연구에서 작가의 발언은 참고사항 일 수 있다. 이런 안수길의 문학을 민족/반민족의 이분법적 틀에 대입하고, 그가 만주에서 벌린 망명성의 문학활동을 당시 조선인의 재활정신과 연결시키는 행위는 무의미하다는 시각이 있다.14) 그러나 이러한 시각은 문학의 미학적 문제라기보다 역사적 해석의 의도적 적용이라 하지 않을 수 없다. 1940년대의 만주조선인의 존재는 이분법적 논리 밖에 놓여있는 복잡한 생존 전략에 싸인, 그러니까 제국주의 일본의 엄혹한 통치와 노국老國 중국의 느리고, 소극적이지만 그들 나름의 일본과 맞서는 다양한 삶의 윤리가 사회를 지배하고 있었고, 조선인은 그 틈새, 사회적 위상으로는 2등 국민이었지만 중국인들의 견제를 받으며 생존, 그 자체를 도모해야 했기 때문이다. 수필「이웃」에 이런 문제가 나타난다.

> 어떤 시인은 고향사투리를 들으려고 정거장 대합실을 차저갓다 하거니와 귀또리 우는밤 풋송아지 울음가치 들려오는 기차 고동소리는 끗업시 향수를 자아내는 것이다. 우리집은 누어서 고동 소리를 들을수 잇는 정거장 아피다.
> 또한 우리집 여페는 중세적 풍격을 가추어 가지고 잇는 대화호텔이 잇어 그윽한 정원과 태고 그대로인 수목에는 저녁이면 가마귀가 때를 지여 차저들어 보는 자로 하여곰 잠깐 도회의 중앙에 서 잇는 것을 잇게 한다.

12) 김윤식, 『안수길 연구』(정음사, 1986), 45쪽. 오양호의 <1940~45년 한국문학사 간도 중심으로 써야 한다>(중앙일보, 1982.11.11)에 대한 반론 참조
13) 유현종, 북간도의 작가, 남석 안수길『북간도에 부는 바람』, 영언문화사 1987, 권두언.
14) 김윤식, 『안수길 연구』(정음사, 1986), 39, 49~50쪽.

그러나 나는 일찌기 일업시 대합실에 가본일이 업섯고 한가히 누어
서 제법 고동소리를 즐기려는 그리고 수목에 깃드는 가마귀 떼를 천
천히 완상하려는 그런 야심을 이르켜 본적도 업다.
　　우리 거리에는 이러틋 시가 잇고 아취가 잇스나 이를 향락치 못하
고 감사히 생각지안는 나자신이 한업시 속된 인간이 아닐수 업다.15)

　　대륙에 자본주의 진출이 시작되고 있는 모습이 엿보인다. 정거장 대합
실엔 고향을 떠난 사람들이 드나들고, 그 정거장 옆에는 그런 사람들이
머무는 분위기가 근사한 호텔이 들어 서 있다. 소자본의 진출과 함께 자
본주의적 잡종사회가 형성되는 냄새가 난다. '나'의 집은 정거장이 이웃이
라 향수를 자아낸다. 하지만 나는 일없이 정거장 대합실에 가지는 않는
다. 객고의 생활이 신산하나 '나'는 늘 바쁜 일상생활에 쫓겨 그런 여유를
즐길 수 없다.
　　이 수필은 잘사는 사람들(1등인)이 드나드는 호텔 옆에 살며 그들의 여
유를 구경한다는, 그래서 결과적으로 2등인 쯤의 삶을 사는 이야기다.
'나'도 호텔을 드나들며 한가함을 즐기고 싶지만 그것은 감상이라며 애써
무시한다. 안일을 즐기는 족속에 대한 부러움을 문인의 자존심으로 짓눌
러버리지만 그 이면에는 그런 여유를 누리지 못하는 소시민적 아쉬움이
깔려있다. 자본의 진출이 결과적으로 계층 갈등으로 전이되는 당시 만주
사회의 삶의 한 단면이 비교적 잘 드러나 있다. 이런 점에서 당시 만주 조
선인은 그저 일본인 다음으로 문명한 사람들일 뿐 특별한 경제적 혜택을
누렸다고 보기는 어렵다.
　　1940년대의 중국의 한국문학 작품을 연구하면서 민족주의를 이상적인
해석의 틀로 적용하더라도 이분법적 틀에서는 벗어나야 한다. 이런 무취
의 자조적 수필이 설 자리가 없기 때문이다. 또한 구분과 배제의 메커니
즘이 한 시대를 설명하는 명쾌한 논리에는 복무할지 모르지만, 인간 생활

---

15) 안수길, 「이웃」, 『만주조선문예선』, 조선문예사, 1941, 67~68쪽.

의 복합적 결정체인 문학을 해석하는 도구로서는 적절하지 않다. 특히 작가의 의식이나 사상에서 비교적 자유로운 수필문학의 경우 이런 잣대는 더욱 그러하다.

## 2-3. 지리공간을 통한 민족정서의 호출

『만주조선 문예선』에 최남선 다음으로 많은 수필을 발표한 신영철(申瑩澈 1895~1945)은 서울에서 출생하였고, 호는 약림若林이다. 일본 동양대학 철학과를 졸업 한 후, 동경 유학생들의 동아리 '색동회'간사를 맡으면서 조선문단에 진입하였다. 1919년 매일신보에 '每申文壇을 評함'이라는 시평 이후, 『어린이』, 『별건곤』의 편집주간을 맡았다. 1938년 10월 신경으로 가서 『만선일보』기자가 되고, 그 신문에 발표된 학생들의 글을 모아 『學生書翰』이라는 단행본을 발행하면서 만주 조선인문단에 참여하기 시작했다.

신영철의 중요한 문단활동은 1941년 11월 재만조선인 수필집 『만주조선문예선』을 발행하고, 같은 해 같은 달 재만조선인 작품집 『싹트는 大地』를 편집하고 발문 '싹트는 大地 뒤에'를 쓴 것이다. 1943년에는 平山瑩澈이라는 창씨 개명한 이름으로 『半島史話와 樂土滿洲』의 편집인이 되어 그 책을 간행하고, '재만조선인 교육의 과거와 현재'라는 장편논문을 그 책에 발표하면서 그는 시대의 흐름에 호응하기 시작하였다. 그 후 『만선일보』학예부장으로 활동하다가 1945년 6월 신경에서 50세의 나이로 사망하였다.[16)]

시대를 따라다닌 신영철의 일생은 이렇게 간단히 요약되지만 그의 문

---

16) <문학평론가 신동한>(『월간문학』 2004 7월호 '권두대담' 참조) 이글은 신동한의 「文壇千日夜話」. 신영철의 아들 신동환과의 대담인 이 글은 신영철의 개인문제, 곧 시대영합적인 활동에 대해서는 전혀 언급이 없다.

학활동은 당시 조선인 집단의 사회적인 양상을 구체적으로 제시하지는 않는다. 문학이 삶의 반영이고, 발현이지만 그는 삶 그 자체 보다 그 현실에서 위로 날아오르려 한다. 문학의 가치는 인간의 실제가 정확하게 재현되지는 않지만, 독자의 욕구와 열망을 반영함으로써 독자들이 처해있는 환경을 이상화 시키거나 어떤 역사적 환상에 빠지게 해야 한다는 입장이다. 문학의 예술적 조건이 열악할수록 그런 성향이 강하게 나타난다는 태도이다. 수필 「남만평야의 아침」이나 「신경편신」이 그러하다. 이 수필은 만주 조선인이 새롭게 직면하는 환경, 장소, 경관을 어떻게 인식하는 가를 보여준다. 새로운 장소나 경관을 기존의 지각이나 인지와 관련 지워 역사적 의미나 해석을 내리는 점이 우리의 관심을 끈다.

① 조선, 그중에도 시골의 조선의 가장 봄맛을 정취잇게 맛보여 주는 것은 살구꼬치요 거기에 잇대어 피어주는 것이 복숭아 꼬치엇습니다.

그러케 고흔것도 아니요, 그러케 번화한 것도 아니엇만 그러나 조선의 시골에 가장 매력잇게 이른 봄비츨 꾸미어 놋는 것은 이 살구꼬치엇습니다.

시골의 마을이라는건 원래 인위적 문화의 덕택을 못입는 곳이라, 지금이라고 개와집웅 벽돌담이 그리 만흘건 아니나, 더구나 삼십년 사십년전 조선의 시골에서는 그런 집은 볼래야 볼수가 업섯습니다.

초가집웅이 산미치나 들가운데 옹개종개 달라부튼 것들이요 …(중략)… 고목의 살구나무에 반홍반백의 꼬치 만개한 것은 어쩐지 시기 질투 쟁탈 각축이 심한 그런 복잡혼란한 세상과는 딴판인 세상을 이룬 듯한 그야말로 도원경 그대로의 향촌이 아니엇겟소. 그때에야 내가 그 도원경을 떠나서 이 광막하고도 사오월에 눈이 풍풍 쏘다지는 이곳을 차저올줄이야. 내가 아모리 세상에 업는 자기운명을 가장 잘 아는 예언자라 한들 점처 알엇슬 리(理)가 잇섯겟소.

그러나 아림형! 나는 구태여 그시골에 피는 살구꼿 못보는 것을 지금와서 새삼스러이 원(怨)하거나 한(恨)하고는 십지안소이다. 원하고 한하여도 지금 다시 그 고향이 나를 그 옛 품안에 안어줄 아모런 힘도 업

슬진대 이곳에 늦게나마 피는 행화(杏花)를 고향의 마을 울타리에서
보든 그 살구꽃마찬가지로 흐음뻑 보려하오.17)

　② 온천의 명지로 남만에 일홈 노픈 오룡배(五龍背)역을 지나 안동
현이 가까워 올사록 가을의 들꼬치 난만히 핀중에도 하늘하늘 처녀의
옷고름과도 가치 가냘피 나붓기는 새꼬츤얼마나 부드러우며 콩밧머
리 논뚝 위에 하야케 피인 메밀꽃도 민요를 읽는것이나 마찬가지인
듯 합니다.
　무논 뚝으로 하연옷을 입은 조선소년 두엇이 아랫도리를 거더부치
고 고무신을 손에 들고 거러가며 도란도란 이야기하는 광경, 철교 밋
시냇가에 노랑저고리 분홍치마를 입은 조선각시와 색시가 빨래방맹
이를 드럿다 노앗다하는 풍경은 누가 만주를 멀다 하리까. 정녕이 조
선은 가까워 오는것입니다.18)

　인용 ①은 『신경 편신』 세편 중 두 번째 글이다. 만주에도 살구꽃이 피
는 봄이 오니 두고 온 고향의 그 꽃이 몹시 보고 싶단다. 외적인 사건보다
는 그것이 투영된 내적 정감이 감각적 표현을 통해 생동감을 얻고 있다.
소대가리가 얼어터진다는 만주의 지독한 추위가 끝나고 드디어 오는 봄
을 고향의 그 봄과 대비하는 양이 감동을 준다. '그러케 고흔 것도 아니요,
그러케 번화한 것도 아니언만 그러나 조선의 시골에 가장 매력 있게 이른
봄 비츨 꾸미는 것'이 살구꽃이라는 말은 사실 봄이 와도 봄 같지 않은 만
주의 봄을 어릴 때 맞던 고향의 아늑한 봄과 대비함으로써 거친 만주를
살만한 공간으로 인식시킨다. 작가를 짓누를 시대문제가 많을 것인데 힘
든 환경을 관조적으로 접근하는 태도는 그의 실제적 삶과 다르다. 애써
한국적인 것을 찾아내어 독자의 감성을 자극하는 기법 때문이다.
　인용 ②는 안동현이 작가의 심상공간에서는 조선과 동일한 공간으로

---

17) 신영철, <살구꽃 필 때면>, 같은 책, 58~59쪽.
18) 신영철, <南滿平野의 아침>, 같은 책, 87쪽.

인식되어 있다. 작품속의 공간이 지리체험의 공간과 구분되지 않는다. 이 것은 최남선이 천산을 백두산과 같은 것으로 인식하던 그 인식의 틀과 크 게 다르지 않다. 문학을 곰팡내 나는 책과 한 조각 책상이란 묵은 텃밭에 서 해방하여 산 문자로 환원시키겠다는 그런 최남선의 공간인식이 신영 철에게도 나타난다.

최남선이나 신영철이나 시대고를 행간에 놓고, 생활을 역사 속에서 호 출, 동일한 지리공간으로 자아화하면서 현실을 넘으려는 의도가 전략적 으로 엿보이는 점은 유사하다. 행복한 동행, 그러나 안쓰럽다.


## 3.『만주조선문예선』에 나타나는 문학의 정체

### 3-1. 생명탄생과 그 재생

만주는 한없이 넓다. 검은 흙이 끝없이 뻗어나가는 무주 공산이 만주, 동북 3성이다. 특히 신경은 가도 가도 산하나 없는 평지다. 현경준은 그런 대지에 봄이 오는 것을 다음과 같이 묘사한다.

① 아름듯해진 내 귀는 계절의 숨결을 엿듯느라고 말할수업시 간지 러워난다.
「눈이 녹으믄 무슨 꽃부터 먼저필까」
「글세 진달넬까」
「얘 진달네가 언제 피게」
「그럼 머까? 개나리꽃? 살구꽃?」
「그것도 썩 느저서야 핀대」
나는 갑자기 자리를 벌떡 일엇다. 모자도 업시 장갑도 업시 외투도 업시 더구나 목도리는 잇슬리업다. 박게 나가서니 어린 천사들은 수 상스레 처다본다.

「아저씨 어듸 가우?」

「봄구경을 간다」

「봄구경이라뇨? 그런 구경이 어듸 잇서요?」

「저압 내까루 가두 잇구 뒤산으로 가두 잇단다. 늬들두 나와가치 가자꾸나」

압뒤손에 귀여운 천사들을 이끌고 길까에 나서니 바람도 업는데 훗날리는 머리카락. 가벼운 마음은 온갖 시름을 죄다 떨처버린듯 하늘 공중노피 자꾸만 들떠을은다. 길은날마다 오루나리든 길이엇만 짜장 새록워진듯 발길을 옴겨노키가 서툴으다.

이산 저산 번갈아 둘러보니 아직 눈빨은 남어잇다지만 눈빨 서린 그 봉오리가 한껏 더 노파 보이고 정겨워 보인다. 강은 강이 아니다. 조촐한 개버들이 늘어선 내까에는 아직도 어름이 두텁다.

안은 군데군데 꺼진짬으로 엿보이는 한수寒水는 봄을 그리는 듯 첫사랑의 가슴속처롬 안정을 못하고 설렌다. 그리고 휘여잡은 버들가지는 가득찬 탄력에 휘청휘청 고원(孤圓)을 그리며 튀기면 터질듯 춘용만만(春龍滿滿)하다.[19]

만주에 생명의 봄이 오는 풍경을 묘사하는 한 장면이다. 만주는 지봉문의 <북국의 여인>에 나타나듯 무주공산, 모두가 쌀 밭이었고,[20] 김동식의 <탄식>에서처럼 마누라와 어린 것을 묻어야 하는 한 서린 땅, '마도강'이고,[21] 윤해영의 <낙토만주>에서처럼[22] 구원의 공간이기도 하다. 그런 만주가 여기서는 생명재생의 땅으로 나타나고 있다. 제국의 욕망이 용트림을 하는 대지를 생명에 대한 찬탄과 삶의 근원적인 존재원리로 인식하고 있다. 지배의 욕망, 인성 마멸의 공격적 대지가 행복의 공간으로

---

19) 현경준, <봄을 파는 손>, 앞의 책, 4~5쪽.

20) 池奉文, <북국의 여인>,『조선문학』, 1937 1월호.

21) '만주'를 순 한국어로 부르는 말.『만선일보』, 1942. 5. 2. <탄식> '남국이 천리라니 고향도 천리라오/ 마누라 무더노코 어린 것도 무더둔 땅/마도강 마도강 나마저 무더두오'. 김창걸의 「암야」(『싹트는 대지』신경, 1941)에도 이 명칭이 나온다.

22) 윤해영, <樂土滿洲>,『半島史話와 樂土滿洲』, 滿鮮學海社, 신경특별시, 1943, 690쪽.

바뀌었다. 어떤 목적의식과도 연관되어 있지 않다. 어린아이는 천사가 되었고, 아저씨는 봄 구경을 나가는 유족한 어른으로, 잔설이 있는 산은 정겹고, 시냇가 버들은 봄을 맞아 탄력이 붙어 터질 듯하다. 『만주조선문예선』의 작가들이 만주를 체험하고 반응하는 양식은 거의 이런 낭만적 반응이다. 곧 넓은 대륙에 찬탄하다가 그것을 생명의 공간으로 인식한다.

　② 밤 10시 발차(發車)로 신경을 떠날적에는 으스스한 날이 설의(雪意)를 먹음은 듯도 하더니 이듬 아츰 10시에 대련역두에 나려서서는 이미 껴입은 속옷이 주체스럽고 성포(星浦)의 호텔에서는 남향한 창호를 죄다 열어제치고 안짐이 더욱 딴 세계에 온 생각을 가지게 한다. 아가시아 행수(行樹)가 아직도 새파란 여인(旅人)의 원로(垣路)를 쾌속 차륜을 굴리는 것이 또한 일허진 봄을 도로 차진 기분이다.[23)]

　③ 조선에 오는 봄이 만주라 아니오며 조선에 오는 제비와 괴꼬리 만주라 하여 아조 업스리까. 방금 봄의 발자욱은 한 거름 두 거름 남쪽에서 북쪽을 향하여 옮겨 것고 잇나이다.
　듯자하니 아직은 모르나 신경의 교외에도 제비가 날른다는 것은 이곳에서 오래 산 분의 이야기요, 랑랑제(娘娘祭) 지날 무렵 녹음속에서 꾀꼬리우는 노래를 드른 것을 작년 유월초 길림의 북산공원에서 내가 바로 내귀로 드른 일입니다. 아림형! 그런지라 늦기는 느질망정 교외에 제비도 날르고 녹음에 꾀꼬리도 우는 이 만주에서 한편 모자라는 마음을 스스로 달래며 누르며 봄을 보내고 여름을 맞고 할것이 아프로의 푸랜인줄을 형이나 알어주소서 부탁해둡니다. 제비가 날르는 만주요 꾀꼬리가 우는 만주이어니 어쩌고 내가 몸담어 잇는 이 만주를 추호인들 푸대접할 수 잇스리까[24)]

23) 최남선, <百爵薺 半日>, 앞의 책, 34~35쪽.
24) 신영철, <제비와 꾀꼬리>, 같은 책, 63쪽.

②는 만주가 한 없이 넓다는 것을 증명한다. 기차로 12시간을 달려오니 딴 세상이라는 진술이 그러하다. ③은 만주 대륙에 봄이 와서 꾀꼬리가 울고, 그 꾀꼬리 소리가 조선의 봄을 연상시켜 나를 감동시킨다. 대륙의 봄이 이렇게 강한 생명의 존재원리를 띄는 것은 만주란 대지가 그만큼 사납기 때문이다. 북만주의 겨울은 모든 생명을 죽여 버릴 듯이 춥고, 공격적이다. 하지만 그 대지에 드디어 따뜻한 봄이 오면서 생명이 있는 모든 존재가 제 살 길을 찾아 고개를 든다. '나'는 그런 봄날에 생명의 신비함과 엄숙함을 체험한다. 그래서 대륙의 봄에 감탄하면서 친구에게 그 대지를 사랑하지 않을 수 없다는 글을 쓴다. 그러나 이 낭만적 글 속에 자기 마멸적인 요소가 있다.

④ "몬테카르로" 청춘의 호화로운 꿈이 청홍색 "네온"을 따라 명멸하고 "오란다" "호루사도"–"엑쏘틱"한 것을 즐기는 근대인의–그러나 한 개의 조고만 환상의 고향이 성에 녹아 맑아진 차창을 스친다.
불꺼진 "삼중정(三中井)"–아아 이것은 최후의 날을 경험한 "폼페이"의 폐허인가. 저안에는 지금 "푸랑켄슈타인"의 전율할만한 괴기가 캄캄한 진열장 사이사이에서 난무하고 잇슬지도 모른다.[25]

④의 낭만적 분위기 속에는 마멸적 환락의 징후가 있다. 정체가 의심스러운 이런 퇴폐적 징후는 대륙의 생명서정의 낭만성과 대립된다. 당시 신경은 일본이 도쿄에 이어 새로운 제국을 실현하려던 새로운 수도다. '新京特別市'란 이름을 짓고, 넓은 길을 닦고, 돌로 국무원을 짓고, 지하도를 만들며 대륙점령의 야망을 키우던 곳이 바로 신경이다. 그런데 윗글 행간에는 이런 정서를 허무는 어떤 우울 증세가 엿보인다. 캄캄한 밤을 밝히는 네온사인 속 고향의 환상이 단순한 이국정조만이 아닌 검은 이미지와 호응을 이루고 있는 까닭이다.

---

25) 朴八陽, <밤 新京의 印象>, 같은 책, 95쪽.

⑤ 끗없는 밧 저쪽에는 입떠러진 숩나무가 한주 두주 다문다문 선 곳을 빙자하여 촌락이 잇는가하면 연선沿線 여페 촌락이 다닥다닥 부튼 저쪽으로 끗업는 밧치 다시 연해잇고, 밧치 가다가다 지천드시 끗치 아-스란 저쪽에는 또 다시 숩나무가 한주 두주 그나마 아랫몸둥이는 아니 보이고 동그스름하게 원을 지은 회초릿가지꿋만 보인다. '눈은 왓지만 그래도, 이제는 봄이요' 하는 듯이 마른나무의 가지 가지에 누른 빗치 어리어리 잇는 것은 봄뜻을 엿보는 표정이요, 어제 밤사이에 바테 싸인 눈도 노픈 쪽에는 녹아 이슬이 저저잇는 듯 기픈 고랑에는 하아연 줄이 그대로 남아잇다. 겨울은 안가랴커니 봄은 닥아오랴거니 여기에도 눈에 나타나지 안는 자연의 다톰이 잇슴인가.

한정거장 두정거장 뒤로 제치며 차는 다라난다. 만주의 정거장이란 거의가 명랑한 기분은 적고 특명스런 사람 골낸것처름 무뚝뚝한 표정이 숨길 수 업지만 그래도 어데인지 모르게 견실하고 순박한 풍취風趣만은 나혼자 보존하고 잇다는 듯이 버티고 서 잇는 것이 우리들의 머리에 남는 인상이다.[26]

신영철은 『반도사화와 낙토만주』의 편집장으로 활동할 만큼 현실 영합적이었지만 그의 수필은 그런 사정과는 다소 거리가 있다. 그의 수필 행간에는 약하나 조선인들의 은밀한 정신이 내재되어 있다. '골낸 것처럼', '견실하고 순박한 풍치'와 같은 어휘에서 우리는 여리긴 하지만 여전히 현실과 큰 거리를 둔 낭만적 정감이 자리하고 있어 우리의 관심을 배반하지 않는다. 이런 작가의식은 『만주조선 문예선』의 '서문'을 쓰면서 "여기에 25편의 문장을 실리게 되엇습니다. 수장(數章)의 고시조를 제하고는 전부가 4, 5년간을 두고 현지에서 발표된 조선문예로서 대개 서정, 서경 등문等文과 약간의 평론 기술등문(記述等文)인 바 이것을 모으기에는 역시 3년의 시일을 싸헛습니다"라는 데서도 비친다. 시사성이 없는 서정, 서경문만으로 엔솔로지를 꾸린 고의성이 내 비치기 때문이다.

---

26) 신영철, <停車場의 表情>, 같은 책, 77~78쪽.

## 3-2. 민족의 심상공간

『만주조선문예선』에는 기행수필이 많다. 최남선의 <천산유기> 1 · 2, <백작제 반일>, 염상섭의 <우중 행로기>, 함석창의 <길림 영춘기> 1 · 2, <감자의 기억>, 신영철의 <남만평야의 아침> 등 8편이다. 이 밖에 김 조규의 <백묵탑 서장>, 박팔양의 <밤 신경의 인상>에도 여행모티프가 서사의 중심에 서 있다. 그런데 이런 여행모티프가 모두 민족정서 호출로 활용되고 있다. 이중 최남선의 <천산유기> 1 · 2와 함석창의 <길림 영춘 기> 1 · 2를 통해 이 문제를 고찰해 보겠다.

① 여하간 남만선의 차창에서 건너다보는 바와 가치 천산은 만주 뿐아니라 드믈게 보는 거치형巨齒刑의 군봉서열적산으로서 천이야 차고 아니 차고 옥순의 부수가 진실로 일방의 기관 아니랄 수 업다. 그 런데 거기 화강암의 풍화를 말미암는 괴석미가 잇고, 울창한 송림 풍 뢰음이 잇고 장곡과 청계가 잇고, 난암과 용자가 잇서 풍경 구성의 요 소가 꼭 우리의 고토와 틀림이 업다. 그래서 생면이 아니라 구식과 갓 기로 웨 그런고하고 삷혀보니 여기까지의 동학洞壑은 마치 도봉산의 입구와 비슷하고 이우에서 나려다보는 계곡은 흡사히 소장산의 벽연 암 전면과 갓다. 만주에서 조선 산천의 풍경을 맛보기를 길림의 송화 강에서 한번하고, 동녕의 만록구에서 두 번 하얏섯지마는 이제 천산 에서 가치 금수강산 그대로를 대해보기는 일즉이 경험도 업고 또 이 뒤에 거듭하기를 기필치 못할 듯 하다.[27]

② 천산의 사십입계(四十入溪)의 진승(眞勝)은 차라리 여기서부텀 이라야 올코 니른바 구궁입관(九宮入觀) 오대선림(五大禪林) 십이방암 (十二芳庵)에 겨오 일관일사(一觀一寺)를 보앗슴에 불과하니까 꽤꽤히 천산을 구경하얏다고 하기는 좀 염체업지마는 그 초입의 작은 한 모

---

27) 최남선, <千山遊記> 1, 같은 책, 45쪽.

통이를 밟은것 만으로도 천산이 경관으로나 역사로나 완전히 조선의 일부임을 실증한 것은 이번 길의 유쾌한 소득 아님이 아니엿다.[28)]

③ 나는 송화강의 개빙(開氷)을 처음 구경하엿거니와 그 상황이 실로 폭탄적 행진이요 운동이엿다. 전날까지 인마가 걸어다니는 구든 어름이 하루 아츰에 군대군대 물비츨 보엿다. 그것은 마치 시기도래를 기다리던 뭇 지사가 곳곳에서 봉화를 들고 이러서는 듯한 심상치안흔 기세엿다. 아차 이제야 송화가 풀리기 시작하나부다고 생각은 하엿지만 유빙(流氷)을 보기에는 아직 순일이 더 잇서야 되지안흘가 하는 혼자 추측을 하엿고, 그날 저녁 때 다시 강을 지날 때도 아츰과 별다른 변화가 업는 것을 보고 도라왓다. 그랫든 것이 이튼날 아츰 내가 강가에 나갈 때는 악연히 놀나지 안흘 수 업섯는 것이 전날 군대군대 생겻든 물둥지가 어느듯 줄기를 지어서 서로서로 완전한 연락을 취하엿고, 각자 행동에서 임역(淋瀝)히 전체 행동에 올마간 것이엿다. 마치 어적께 봉화를 들고 각 곳에서 이러난 지사의 마음이 서로 묵연(黙然)한가운대서 환호히 상통하야 논의를 기다릴새도 업시 가튼 목표에 돌격하는 그러한 기세이엇다. 그러나 이날은 일몰때까지 이 이상 별다른 변화가 업는 것을 보고 도라왓다. 진실로 아연히 놀란 것이 제삼일 아츰 내가 강가에 나갓슬 때는 고대(高大)한 성벽을 부스러친 듯한 집채가튼 큰 어름 덩어리를 양안에 산가치 밀어올려버리고, 우에는 수업는 파편을 띄운채 팽배(澎湃) 도도히 흘러가는 거구송화(巨軀松花)가 전개하엿슬 따름이엇다.[29)]

④ 이리하야 송화강은 풀렷지만 일기는 아직 냉냉하고 몇 번이나 취설(吹雪)까지 거듭하야 간혹 바람업는 날은 강변을 배회함도 정취 업는 일이 아니엇지만 대개는 겨울과 가튼 추운날이 계속하엿고 봄을 기다리는 내 마음은 의연히 충족을 느끼지 못하엿다. 나는 이때쯤 고향의 버들가지 보드라운 회색 꼬리를 아지랑이 속에 흐느적거릴것 산비탈 진달래가 저윽히 그 자색 봉오리를 이팔소녀의 젓부리가치 망울망울 불럿슬것, 양지쪽에 고개숙으린 안진방이 꼿치 함교함태(含嬌含

---

28) 최남선, <千山遊記> 2, 같은 책, 52쪽.
29) 함석창, <吉林迎春記> 1, 같은 책, 24쪽.

態) 갸웃갸웃 웃고 잇슬 것을 눈아페 그리며 당시(唐詩) 장경충(張敬忠)의 변사(邊詞)를 한동안이나 입속에 중얼대군하엿다.

　오원춘색구래지(五原春色旧秦遲) / 이월양유말괴사(二月陽柳末掛絲) / 즉금하반빙개일(卽今河畔氷開日) / 정시장안화작시(正是長安花落時)[30]

　인용 ①에서는 두 개의 숭고가 하나로 결합한다. 천산과 도봉산이 합해지면서 민족의 근원이 천산에서 확인된다. 최남선은 건국대학 강의록으로 작성한 「만몽문화」(1941. 6)는 '고조선과 부여등 조선적인 것을 잊지 않고 배치하여 일본과 조선이 일체가 되는듯하면서도 충돌하게 하는 그런 글쓰기 방법'[31]이었다. 그가 기행문을 통하여 조선의 고대정신을 도도한 강론으로 해석한 것이 「풍악기유」(1924)에서부터였다면 여기서는 만주에 대한 찬양이 조선의 산에 대한 찬양과 함께 이뤄지고 있다. 이것은 동방문화의 근원을 단군에서 발견하려한 불함문화(pankan)의 그 의식에 다름 아니다. 최남선은 천산을 보면서 그 타자를 통해 주체를 발견하려 한다. 어떤 초조함이 엿보이긴 하지만, 타자의 공간을 자신의 판단에 따라 자신의 공간으로 끌어들이고 인식하는 자세는 그의 초기 기행수필과 별로 다르지 않다. 곧 일제의 사학에 맞서 신화학적 접근을 통해 단군의 실체를 주장함으로써 조선의 역사를 살리려는 불함문화의 그 정신이다. 특히 인용 ②에서 '천산이 경관으로나 역사로나 완전히 조선의 일부임을 실증하였다'라는 진술은 '부여 계 민족이 세운 나라 중에서 제일 오래되고 또 문화정도가 높았다고 인정되는 것은 조선이라'는 의식은 만주이민 조선인을 2등국(공)민으로 해석하는[32] 시각과는 거리가 있다. 최남선의 경우는 민족의 심상공간에서 그 동일성을 발견하기 때문이다.

---

30) 함석창, <吉林迎春記> 2, 같은 책, 25~26쪽.
31) 조현설, 「만주의 신화와 근대적 담론구성」, 「근대의 문화지리, 동아시아 속의 만주」, 2007. 2. 2. 동국대, 한국문학연구소, 제26차 학술대회 발표집, 8쪽.
32) 윤휘탁, 「만주국의 고등국(공)민 그 허상과 실상」, 『역사학보』, 제169집, 2001.

인용 ③은 여행의 속성이 잘 드러나는 글이다. 여행이란 익숙한 존재와 세계로부터 낯선 공간과 시간 속으로 들어가는 행위다. 친숙한 일상의 안에 있을 때와는 다르게 새로운 사람과 자연을 만나면서 우리는 전혀 다른 긴장과 정서의 변화를 경험하며 기쁨을 느낀다. 인용 ③은 이런 광경을 감동적으로 잡아내고 있다. 거대한 얼음덩어리가 녹아내리는 광경을 바라보면서 새로운 것에 대한 호기심과 놀라움이 자연미의 권화로서 형상화되고 있기 때문이다. 시대의식과 접속되는 갈등도 없고, 민족의 신화도 불러오지 않지만 작가의식은 최남선과 동일한 심리에 서있다.

인용 ④ 역시, 상춘의 환희가 전편을 메우는 서정수필이다. 변새에서 맞는 봄이라 더디지만 그 봄은 내 고향의 봄을 떠올리게 하여 자신의 일상을 경이와 매혹으로 맞이하게 한다. 낯선 것의 도래로 삶이 풍부해져 심미적 이성의 눈이 장충경의 시를 통해 압축된다. 시대적 고민으로부터 벗어나 있다는 점에서 역시 ①, ②의 작가의식과 동일한 심상공간이라 하겠다.

## 3-3. 탄생과 민족몰락의 이중지대

『만주조선문예선』의 수필 <독서>, <천산유기> 1·2, <백작제 반일>, <사변과 교육> 5편은 최남선의 친일 행위의 틈새에 끼여 있다.[33]

33) 최남선은 1919년에 3·1 독립선언문을 기초하고, 1922년에는『동명』을 창간하여 민족주의 사상을 고취했고, 1926년에는 기행수필 <백두산 근참기>를 쓰면서 민족혼을 조선의 자연에서 찾으면서 민족주의 담론을 숭고미로까지 이끌어 내었다. 그러나 중추원참의를 그만두고『만몽일보사』고문에 취임하여 신경으로 간 1938년 4월 이후 그의 사상은 달라지기 시작했고, 1939년 만주건국대학 교수로 취임하면서 내놓은 「동방 고민족의 신성관념에 대하여」(東方古民族ノ神聖觀念ニツイチ)에 오면 만주국 성립의 문화사적 당위성을 밝혀 만주국이라는 도의국가의 새로운 문화건설에 이바지하는 명예로운 의무를 다하려는 취지에서 완성된「滿蒙文化」(1941. 6)와 동일한 이데올로기가 나타난다. 그러나 이들 논문에는 그가 단군을 통해 시도했던 조선학을 정점을 지향하고 있다는 점에서 우리의 주목에 값한다. 이런 결과인지 확인할 방법은 없지만 그가 노골적으로 친일행각을 벌린 것은 만주에

민족주의를 고창하다가 만주로 간 이후로부터 적극적 친일로 진입하기 직전의 시기에 발표되고 읽힌 작품인 까닭이다. <백작제 반일>은 대련의 백작제(百爵齋)를 방문하고 거기 소장된 중국의 역대 명인 필적과 장서에 대한 감상이다. 최남선 특유의 과장된 수사가 전편을 메우고 있지만 <천산유기>와는 다른 톤이다.

<사변과 교육>에서는 이런 이질성이 더욱 뚜렷하게 나타난다. 일본의 만주침략전초전인 만주사변(1931)을 성전이라 표현하는 이 글에서 최남선은 만주사변의 의미와 그것에 대한 정당성을 말하고, 이것을 후세들에게 교육해야 한다는 주장을 펴고 있다. 『육당 최남선 전집』에 이 글의 제목도 나타나지 않는 것을 보면 입만 이후에 쓴 것이 분명한데 이미 10년의 세월이 지난 만주사변을 현재형으로 기술하고 있는 점이 특이하다. 교육의 현재성 때문이겠지만 최남선의 변용이 믿어지지 않는 논리에 기대고 있어 안타깝다.

<독서>는 모든 관념으로부터 떠나 있다. 최남선은 자신의 독서가 환망부허(幻妄浮虛)한 이 세계에 진실충족의 행위일 뿐이라며 관념과 역사와 시대와의 분리를 선언한다. 자연을 보면서도 역사와 시대를 생각하던 <천산유기>와 다를 뿐 아니라 <사변과 교육>에 나타나던 시대 영합적 논리비약이 거의 나타나지 않는다.

우리의 관심에 값하는 이런 무색무취의 작가의식이 염상섭에게서도 나타난다는 점 역시 시사하는 바가 크다. 당시 염상섭은 『만선일보』 편집국장을 그만두고 안동에서 회사 일에 종사하고 있었지만 그는 여전히 간도의 망명문단에서 존경받는 리얼리스트의 자리에 서 있었다.[34]

염상섭의 <우중행로기>의 공간적 배경은 만주도 아니고, 그렇다고 시간적 배경이 1940년대인 것도 아니다. 어린 시절 비가 억수같이 퍼붓는

---

서 돌아온 이후인 1943년 학병입대 권유부터이다.
34) 안수길, 『명아주 한 포기』(문예창작사, 1977), 256, 259쪽.

날 형님과 김천으로 여행을 갔던 일을 회상하고 있는 이 글은 당시의 만주사정과는 아무 관계가 없는 기행수필이다. 최남선의 <독서>의 무색무취한 작가의식과 동일하게 이 글의 심상지리의 배경 역시 제국 탄생과 민족몰락의 이중지대에 서 있다. 새로운 제국의 탄생도 민족의 몰락도 무심한 채 전혀 다른 문제를 글감으로 삼고 있기 때문이다.

이런 점이 김조규의 <백묵탑 서장>에서는 더욱 뚜렷하게 나타난다.

① 우정국 집무시간이 넘엇스니 이튼날 다시 오기를 말하엿드니 밤이 새도록 누님이 비탄의 지붕밋테서 홀로 최군의 귀환을 기다릴터이니 오늘밤으로 돌아가야 하겟다는 것이엇다. 결국 회계주임의 대불代拂의 편便을 엇게하엿다. 꽁지지폐 몃 장을 꼬기여 포켓 속에 너혼 최군의 마지막 인사를 나는 메이는 가슴으로 바덧다. 저녁바람이 유달리 싸늘한데 학모를 푹 눌러 쓴 최군의 무거운 그림자는 몃번인가 다시 드러와 보지 못할 교문을 돌아보며 돌아보며 황혼 속으로 살아젓다. 오십리 시골길을 밤을 헤치고 홀로 걸어갈 최군과 빈 방안에 홀로 안저 밤새 불안과 공포에 싸혀 최군의 발자욱 소리를 기다릴 최군의 누이와… 나는 들창박 어두워지려는 풍경을 정신업시 바라보며 불행한 최군의 전도의 다행을 빌엇다.[35]

② 그후 최군의 소식은 묘연하엿고 나도 또한 집무에 거의 최군의 기억을 이저버린 듯 하엿슬 때, 바로 이 며칠전 최군의 달필인 편지를 바덧다. 동경에서엿다. 여산餘産을 정리하여 일년 남으면 졸업할 누님 학비學費로 하엿고, 곳 도동渡東하여 지금 새벽마다 낫선 객지의 거리와 골목을 신문방울을 울리면서 뛰어다닌다는 것과 모중학교 3학년에 편입하엿스니 급속 소견표를 보내달라는 것과 뼈가 갈리어 죽는 한이 잇서도 성공하고야 말겟다는 결의와…

일른 봄 항혼 속으로 돌아간 최군의 무거운 그림자에 비하여 배달방울을 흔들며 골목과 거리를 닷는 최군의 그림자가 얼마나 희망과

---

35) 신영철편, 『만주조선문예선』, 조선문예사, 82~83쪽.

의욕에 빗나는지? 적은 안도와 함께 어떤 엄숙한 감정이 가슴에 떠 올음을 금할수 업섯다. 허면 이제 우리 최군의 건강과 뜻과 전도를 축복하며 머언 앞날을 기다려보기로 하겟다.[36]

①의 배경은 만주이고, ②의 배경은 동경이다. ①에 나타난 최군은 절망적인데 ②에서는 희망에 차 있다. ①의 시간적 배경은 황혼인데 ②는 새벽이다. ①은 불안한데 ②는 안정되어있다. 서술자 '나'가 서 있는 자리는 ①과 ②의 중간으로 양쪽을 다 체험하고 있다.

이런 사건이 문제가 되는 것은 최군이 ①에서 탈출하여 ②로 갔다는 사실이다. 식민지의 외곽에서 식민지를 경영하는 나라의 중심부로 진입하여 '뼈가 갈리어 죽는 한이 있어도 성공 하겠다'는 각오다. 최군의 성공은 결과적으로 무엇을 의미하는가? 그리고 이런 최군이 출세하기를 기대하는 선생의 행동은 결국 어떤 의미를 지니는가?

김조규는 1932년『신동아』에 시를 발표하면서 문단에 나왔다.『단층』의 동인이었지만 경향적인 성향을 띠었고, 카프계의 임화와 자주 접촉하였다. 숭실중학 시절에는 광주학생사건에 연루되어 투옥 당한 바도 있다. 이런 시인의 이력으로 보았을 때 <백묵탑 서장>의 갈등 없는 현실수용 자세는 이 시인의 근본성향과 다르다. 현실에 대한 분노 대신 감상적 반응만 보이기 때문이다.

그러나 기이하게도 현실, 그 만주에 신생제국이 탄생하였으니 새로운 세계가 열릴 것이라는 그 시절 그 땅에 흘러넘치던 뻔한 수사가 조금도 나타나지 않는다. 식민과 피식민의 이데올로기에서 떠난 비참한 현실이 사실적으로 묘사되고 있을 뿐이다. 사상과 관념이 사상된 현실 앞에 한 젊은이가 패대기쳐졌다가 겨우 소생하고 있다. 이런 현실 극복 예고의 자세는 탄생과 몰락을 함께 목도하는 이중지대에 작가가 서 있기에 가능하

---

36) 신영철, 같은 책, 83~84쪽.

다. 감상으로 호도된 현실이 사실은 분노와 슬픔의 다른 얼굴이다.

　사정이 이러하지만 수필이 현실에 근거한 글이란 것을 염두에 둘 때 우리는 이 글의 작자에게 어떤 주문도 할 수 없다. 그것은 이상에 대한 막연한 제안으로 그 시대 이방(異邦)의 통치논리를 재단하려는 행위이기 때문이며, 또한 그 행위란 것이 당시의 엄혹한 현실을 관념적으로 이해하는 후세사람의 잣대에 불과하기 때문이다.


## 4. 마무리

　1940년대 만주 조선문학은 그 동안 여러 가지 각도에서 고찰되어 왔다. 그러나 재만조선인 수필에 대한 연구는 아직 이루어진 바가 없다.

　본고는 이러한 점에 착안 1940년대 중국 동북지구 한국문학 연구에서 제외되어있는 수필문학에 대한 문학적 성취를 점검하였다. 그 결과 다음과 같은 결론에 도달하였다.

　우선『만주조선문예선』은 만주로 이민을 갔거나 그곳에서 새로운 직장을 얻은 사람들의 후일담이 서사의 중심에 놓인 수필 엔솔로지로서 당시 조선인 사회의 현실적 사정을 점검할 수 있는 희귀한 자료임이 확인되었다. 수필이란 장르가 사실에 근가한 자조(自照)의 문학이라는 점에서 시, 소설 등의 장르와는 다른 성격을 지니기 때문이다. 논의된 결과를 정리하면 다음과 같다.

　첫째 서정수필로서의 문학적 성취이다. 이 갈래의 수필은 당시문학의 대체적인 경향이 조선적인 현실에서 떠나 동아시아적인 문제로 확산됨으로써 민족주의적 담론이 결과적으로 약화될 수밖에 없었던 사정을 오히려 해체시키는 정서를 형성하는 성과를 수행하고 있다. 그 결과 이루어진 문학적 성취는 망명성의 이민문학이다.

다음은 최남선의 <천산유기> 1 · 2로 대표되는 기행수필은 단군을 통해 조선적인 것을 내세우려한 그의 「불함문화론」과 동일한 심상공간에 작가의식이 서 있음이 드러났다. 현실수용적 경우도 「만몽문화」류의 글에 나타나던 일본 중심이 아니다. 만주와 조선을 병치시키면서 조선의 정체성을 중시하는 도구로서 자연을 호출하고 있음이 확인되었다.

마지막으로 신생제국 만주국이 탄생되는 바로 그 현장에서 취재된 작품이지만 사상과 관념이 사상된 현실이 사실적으로 묘사되고 있다. 이런 현실극복 예고의 자세는 새로운 제국의 탄생과 민족몰락을 함께 목도하는 이중지대에 작가가 서 있음으로써 나타난 결과이다.

김조규의 <백묵탑 서장>에 나타나 듯 이중지대의 감상성의 이면적 주제는 '탄생과 몰락'에 대한 분노와 슬픔의 문학적 반응이다.

이상의 결론과 고시조를 포함한 다른 장르(소설)와의 더 유기적인 연구는 다음 작업으로 남겨둔다. 그리고 최남선의 수필 역시 그의 초기 기행수필과 대비 고찰하여 이상의 논의를 심화시키는 작업도 남은 과제다.

# ▌참고문헌

## 1. 기본자료
申瑩澈 편, 『滿洲朝鮮文藝選』, 朝鮮文藝社, 新京特別市. 1941(康德8년).

## 2. 저서
고려대 아세아문제연구소 편, 『六堂崔南善全集』6, 현암사, 1973.
김윤식, 『안수길 연구』, 정음사, 1986.
吳養鎬, 『滿洲移民文學 硏究』, 문예출판사, 2007.
안수길, 『명아주 한 포기』, 문예창작사, 1977.
유현종, 북간도의 작가, 남석 안수길, 『북간도에 부는 바람』, 영언문화사, 1987.

平山瑩澈(申瑩澈)편, 『半島史話와 樂土滿洲』, 新京 特別市, 滿鮮學海社, 1943 (康德 10년).


3. 논문

문학평론가 신동한, 『월간문학』 2004 7월호 '권두대담'.

오문석, 「민족문학과 친일문학사이의 내재적 연속성의 문제연구－최남선을 중심으로」, 『현대문학연구』 30집, 한국문학연구학회, 2006.

오양호, 「암흑기 문학 재고찰」, 1980. 6. 7. 제23회 전국국어국문학 대회, 한국 정신문화 연구원.

윤휘탁, 「만주국의 고등국(공)민 그 허상과 실상」, 『역사학보』 제169집, 2001.

조현설, 「만주의 신화와 근대적 담론구성」, 「근대의 문화지리, 동아시아 속의 만주」, 2007. 2. 2., 동국대, 한국문학연구소. 제26차 학술대회 발표집.

조현설, 「동아시아 신화학의 여명과 근대적 심상지리의 형성」, 『민족문학사 연구』 16호, 민족문학연구소, 2000.

Geikie, Archbold, 1970, *Type of Scenery and Their Influence of Literature*, Port Woshington, N.Y. : Kennikat Press(Frist published in 1898).

# 제2부 민족정체성을 담은 조선족 문학

# 이 땅—나의 삶

### 강 효 삼

어쩌면 불행이였을수도
아니, 한때는 행운이였을수도
뿌리에서 파생된 아리랑의 족속—
—나는 중국의 조선족이다.

이 땅의 산에 나는
과실로 입맛을 챙겼고
이 땅의 벌에 크는
오곡으로 배를 불리며
이 땅의 음료수로
갈증을 떼고
이 땅의 푸른 하늘을
숨쉬며 산다, 살아왔다.

아득한 지평선은 나의 자호
검고 살찐 땅은 나의 재부
넓은 들 풍성한 식탁
이것이 내가 사는 멋이 아닐가.

넓은 벌 닮아 너그러운 인심
서로이 뻗치는 따뜻한 손길

눈물어린 감동속에 나는 사네.

그처럼 어려운 날에도
잊지 않은 민요가 있어라
버리지 않은 말과 글이 있어라
초가집에 묻혀 살지언정
학교만은 덩실 고래등같이 지어놓고
하얀 빨래의 기끗한 존재로
이 땅의 어제를 빛내였다.

아, 아직은 가난과 불결이
나의 눈뜨이는 병집이 될지라도
이 땅에 정 들었음을 어찌랴
조국과 고향의 의미를 더하며
이 땅을 떠나가서 외려 애국이 된다는
난 중국의 조선족이다.

하면서도 나는 안다,
이것이 내가 사는
전부의 긍지는 아니라는것을.
빛바랜 무지개마냥 희미해짐이여
적은 우리끼리 의지의 외로움—

허물어져 어두운 빛그늘에
때론 몸살을 앓기도.
허지만 이 땅에 살면서도
버릴수 없는것이 얼이기에
삐여나게 솟쳐나는 산이 되고저 바위가 되고저
피와 땀으로 양상을 돋히는
—나는 중국의 조선족이다.

나는 나의 운명을
싫든 좋든 이 땅의
어제와 오늘 래일에 맡겼기에
뿌리와 뿌리의 이어짐에 힘입어
이 땅에서 새로운 지평을 열어간다
오, 저—기 고난을 헤치며
피와 땀으로 걸군 터밭우에
새 날의 오로라가 물결쳐 오는구나—
새벽의 꿈이여, 한껏 무득져라
—나는 중국의 조선족이다.

(출처:『흑룡강신문』, 1994. 10. 1)

# 흰옷입은 사람아

김 성 휘

나는 어머님이 지어주신
흰옷을 입고 창가에 앉았다
밝은 해빛 따사롭고
마음 구석은 차갑다

흰옷을 입은 사람 몇이냐
세여보면 너 그리고 나
모두 합쳐 다섯손가락안팎
하건만 우리는 한집에 못산다

바람부는 날 파도높은 밤
우리는 모두 가슴을 떨며
날밝기를 기다려 동정 세우고
문패우에 제 이름을 적었다

떠나간 사람 남은 사람
그 마음에 서린 피맺힌 사연
어제도 오늘도 곪아가건만
세월은 어찌해 아물구지 못하나

흰옷 입은 사람아 우습다
해도 물도 우리를 속였던가

누구보다 깨끗하라 지어주신
흰옷은 왜 검어졌느냐

차라리 우리 어머님 나에게
검은 옷 지어주셨다면
나도 그늘밑에 시름없이 딩굴며
도야지 개 신세로 살아가련만

아니 못한다
나는 죽어도 골백번 죽어도
어머님 베틀에 짜주신
흰옷은 버리지 못해

흰옷을 입고 창가에 앉아
깊은 산 외진 하늘아래
형제를 그리며 슬피 묻노라
흰옷의 검은 때 언제면 씻으려나

1987. 3. 25
(출처: 『김성휘시선집』, 민족출판사, 2004, 232~233쪽)

# 고향의 마음

김 성 휘

사람에겐 마음이 있다
마음을 버리고 어디로 가랴
마음을 속이고 무슨 일 못하랴
마음보다 밝은 거울은 세상에 없다

땅을 떠나서 꽃이 없고
구름을 떠나서 비가 없다
지는 꽃에도 마음이 있고
떠가는 구름에도 마음이 있다

안개가 산허리에 감기여 꿈꾸는것도
반디불이 담장너머 창못을 엿보는것도
진디풀이 손톱으로 하늘을 쫓는것도
고향의 마음의 한쪼각이다

철이 되면 오고
철이 되면 가는
제비와 기러기도
마음이 있어 오고 마음이 있어 간단다
굴러굴러 찾아가는 마음의 보금터란다

밭이랑에 묻어둔 눈물의 씨앗은 얼마
하늘가에 밀고간 추억의 돛폭은 얼마

마음에는 생생하게 살아있는 사연들을
꽃잎으로 지우며 강물우에 흘리며
새날을 맞는 마음들
아침과 같이 신선하구나
기다리겠어요! 지난날 동구밖 작별의 인사
언제가면 잊을가 고향의 마음이요!

1983. 4. 16
(출처: 『김성휘시선집』, 민족출판사, 2004, 98~99쪽)

# 나는 하얀 색갈을 사랑합니다

김 성 휘

어려서부터 내 마음에 익은것은
어머님 물을 뿜어 다듬이한
새하얀 색갈입니다
멀리서도 환하던 뜨락의 빨래

흐려도 흐린 물에 물들지 않고
어려워도 어렵다고 하소연 않는
어머님 속심인가싶어서
나는 무명옷을 즐겼습니다

살구꽃 속잎같이 부드럽고
여울목 물살같이 청신하고
목화송 구름같이 화려합니다
고향집 회벽같이 정답습니다

할아버지의 나들이두루마기도
누님의 곱게 세운 저골동정도
즐비하니 엎어놓은 사기그릇도
내 눈에는 하얗게 익었습니다

결백한 량심에 젖어
청백한 웃음에 물들어

하얗게 내비치는 그 색갈에
또렷이 또렷이 그려지는것은
백설같이 녹아서 싹을 키우라
백옥같이 굳어서 주추돌 고이라
백열같이 끓어서 불꽃을 튕기라
내 마음 이끄는 돛폭입니다

하얀 색갈을 타고난 나는
잘나도 못나도 하얀 색갈의 아들
언제 어디서나 소복단장에
붉은 노을 물들일 꿈을 꿉니다

1983. 1. 14

(출처:『김성휘시선집』, 민족출판사, 2004, 190~191쪽)

# 회벽

김 성 휘

눈을 감아도 하얗게
눈을 떠도 하얗게
하얀 숨을 쉬는
회벽입니다

할머니 동정 세우고
할머버지 오금을 매고
뒤고란 땅속에 제지내고 파낸
백토의 아들입니다

저는 얼면서 온기 보태고
저는 고달파도 등을 바치며
나들이 단벌옷에 때 묻을랑
성미마저 말끔한 회벽입니다

봄에 한번 갈에 한번
어머님 코등에 얼룩점 찍는
부지런한 아낙네들 마음을 안은
높은 존엄 회벽입니다

시름의 동향을
어둠의 권태를

저 홀로 태질하면서
말없이 참아오는 인고의 회벽입니다

서로 하얗게
말라도 하얗게
우리의 살결속에 굳어진
대대손손 물려갈 회벽입니다

1986. 3. 28
(출처:『김성휘시선집』, 민족출판사, 2004, 242~243쪽)

# 두만강 여울소리

김성휘

나를 부르는 소리
두만강 여울소리
나만이 듣는 소리
자다가도 깨는 소리

나의 귀전에
별들이 깜박깜박 웃는 소리
나의 눈앞에
버들잎 파들파들 떠는 소리

가라고 령넘어 들을 밀고
오라고 사랑으로 이끄는
발목에 감기는 소리
옷섶에 슴배는 소리

내 가슴 답답할 때는
네 소리 막혔던 까닭이였음을
내 마음이 후련할 때는
네 소리에 취하는 까닭임을

오, 내가 베고 눕는 고향땅 민요가락
내가 안고 우는 고향땅 사투리

바로 너, 두만강 여울소리여
듣다가듣다가 내가 죽을 노래여

1982. 10. 27

(출처:『김성휘시선집』, 민족출판사, 2004, 107~108쪽)

# 고향의 언덕 마음의 탑

김 성 휘

내 마음에 탑이 솟아있다
내 가슴 깊은 곳에 뿌리 내리고
탑은 내 눈앞에 높이 솟아
나를 부른다 나를 굽어본다

내 낮이면 고향언덕 잔디우에 앉아
산과 강 그리고 멀리 숲을 바라본다
밤이면 고향언덕 발부리에 누워
달과 별 그리고 친구들을 꿈꾼다

(출처: 중국작가협회 연변분회 편, 『연변조선족자치주성립 30돐 기념 서정시집』,
북경, 민족출판사, 1982. 8, 51~53쪽.)

# 우리 없이 피는 꽃은 더욱 고우리

김 성 휘

봄은 왔다가
가는것이 봄이더냐,
꽃은 폈다가
지는것이 꽃이더냐.

봄이 온다고
봄을 그리던
나의 아버지 너의 어머니
봄도 못보고 가셨지.

꽃이 폈다고
꽃을 노래하던
나의 누님 너의 형님은
꽃이 질 때에 서리를 맞았지.

왔다가 가는것도
봄이 봄이되
갔다가 다시 오는 봄이
봄이란다, 더 좋은 봄이란다.

폈다가 지는 꽃도
꽃은 꽃이되

졌다가 다시 피는 꽃이
꽃이란다, 더 고운 꽃이란다.

봄도 한철 꽃도 한철
나도 너도 봄과 같이 왔다가
꽃과 같이 지여갈 때에
새로운 세기가 밝아오리니

우리의 봄에
우리가 가꾼 꽃보다
래일의 건아들이 안고오는 꽃은
아, 얼마나 얼마나 아름다울것이냐!

미래에 사는 심장은
땅에 묻혀 흙으로 되여도
고운 꽃에 자양분을 섬기며
그 꽃떨기속에서 새봄을 웃으리.

1982.
(출처 : 중국작가협회 연변분회 편,
『연변조선족자치주성립 30 돌 기념 서정시집』, 북경, 민족출판사, 1982)

# 백학

김 응 준

티없이 하아얗고
깨끗하고
투명한 너는
새중의 절색
파아란 하늘로
끝없이 비상하며
슬기를 휘날리는
백의의 깃발

헌데
남도 다 자기처럼
성미 순하고
마음씨 고운가 너무 믿어
오래동안 강포에 눌려
강음은 내지 못하고
노래를 불러도
설음의 나락속에 빠져오고

인제는 너도
온 우주를 감돌아칠
세계만방을 뒤흔들어놓을
그런 재간 갖추었건만
흉터가 너무너무 깊어서인지

잃은 짝이 하도하도 그리워서인지
그 목소리 여구히
구슬프게, 구슬프게 들리누나

1990. 1. 16
(출처: 『김응준시선집』, 연변인민출판사, 2009, 106~107쪽)

# 두만강 여울소리

김응준

두만강 칠백리에 여울소리 울려라
바위를 넘어 세월을 넘어
부서지던 이내 가슴
적셔지는 이내 마음

이 젖먹이를 함지박에 밀어주고
물귀신 된 어머니의 운명
겨레의 비운 터치던
어머니 강의 통곡소리

새빨간 동심 씻어 키우며
숨결을 같이하던 맑은 여울에
시련의 풍파 닥쳐도
불굴의 넋은 굽이쳐왔다

강언덕에 망울지는 봄꽃을 안고
다급한 걸음으로 달리여가며
흩어진 자식들을 한데로 부르는
어머니의 절절한 부름소리

이 아들의 애타는 시운에 맞춰
강물은 가슴치며 바다로 간다

아, 아득한 수평선너머에
새 하늘은 언제면 열릴고?

1985. 6. 10

(출처: 『김응준시선집』, 연변인민출판사, 2009, 97~98쪽)

# 나와 나의 겨레

김응준

황막한 세월을 넘어넘어
매생이 타고 갈라진 겨레다
삭막한 한길을 걸어걸어
가슴에 옹이 박힌 백의동포

력사의 유감이 아물지 않아
반도는 아직도 잘리운 몸
넘지 못하는 원한의 장벽이
노을도 두개로 찢어놓고
분단의 피눈물을 반세기 넘기누나

국토가 달라 길이 막혀도
조상의 황토무덤 잊을수 없어
나에겐 종종 가슴 쓰리게
잠들수 없는 밤이 젖어든다

하늘의 별들은 같은 등불 켜들고
나를 아득히 끌어간다
생각의 깊은 강 헤집는다 —

허리 잘린 산천에
락화류수 자유로이 노릴게 하자면

우리의 허리를 들여대야지
갈라진 혈육이 한데 모여
대통일의 축배를 들자면
겨레의 참된 넋 팔지 말아야지

무거워지는 어깨를 으쓱이며
량심에 부끄러운 손을 얹는다―
가야 할 려정 상기도 미정인데
군이여, 막끝까지 걸을수 있을가?
쓰러지면 두눈을 감을수 있을가?

1987. 11
(출처: 북경대학조선문화연구소 편, 『중국조선민족문학선집 6』,
해방후시문학편, 민족출판사, 1992, 703~704쪽)

# 하얀 별

김 응 준

별뜬 밤하늘을 찬히 보아라
가깝고 먼 나라에서
여러가지 빛을 뿜는 그속에
유달리 눈길 끄는 별이 있다
피줄을 끄당기는 빛이 있다

조금씩 모여사는 별들
산산이 흩어진 살점들
형제별, 자매별, 견우직녀별……
제가끔 애환의 빛을 뿌린다
웃어도 하얀 기쁨
울어도 하얀 슬픔

혹여는 강을 건너다
혹여는 철망 건너다
혹여는 바다 건너다
장벽에 쪼각나서 침륜이 되여
시샘에 짓이겨져 분신이 되여
재로 날아 먼저 가고
또 미친 바람이 으르렁거려도
어수선한 꿍꿍이 우글거려도
변치 않고 또 가고있음은
무엇때문, 진정 무엇때문인가?

남쪽하늘 별뜬 밤
그리움을 꼬드기는 별
나는 가끔 눈물 괴인다
반만년 이어온 정일가?
반세기전부터 뼈가 저림은…

설사 작은 별이라 해도
한데 모여살면서, 나들이하면서
발사의 초점 묶는다면
이 세상에서 제일 아름답고
제일 깨끗하고
제일 눈부신
별의 빛날 날리련만은

지금은 깊은 밤
내 마음의 죄이는 하늘에
어둠길의 끝은 언젤가?
별은 언제면 령혼을 눈띄우는
새벽의 하얀 종소리로 뭉칠가?
까마득한 목마름에
한 피줄의 별들은 다같이 몸부림친다

한 족속도 한 자리에 엉키에 못하는
허물투성이 밤하늘을 두고
뜻 못이루는 미여지는 참회
나는 가슴속 고드름 안고
별과 함께 하얗게 떨고있다
하아얀 기원 읊조리고있다—
통일, 통일을!

(출처: 『김응준시선집』, 연변인민출판사, 2009, 127~129쪽)

■ 제2부_민족정체성을 담은 조선족 문학  227

# 옛 나루터에서

김응준

두만강 가람가
쪼개진 콩크리트쪼각
무겁게 누워 잠자는 옛 나루터

거치른 주변
소소리높은 늙은 뽀뿌라
아득한 력사를 끌어오는가

두만강 파도 헤치던
배사공의 걸직한 배노래 내음
무인공산 황무지 개척하던
선조들의 하이얀 괭이소리 소망

사랑스런 페허에 서서
내 가슴 근심이 이글거린다
이 나루터 건너다니던 족속들이
저 혼돈의 물결속에
붕페된 강물의 세월속에
지금은 얼마나 전진했나?

만끽한 확답 찾고저

내 영영 이 자리에서
하얀 비석으로 지켜보고싶구나

1995. 5. 13
(출처:『김응준시선집』, 연변인민출판사, 2000, 104~105쪽)

# 기막힌 사연

김 철

아, 실로 기막힌 사연이다
고향을 떠난지도 아득한 옛날인데
족보가 아직도
내 이름을 알고있다니

괴나리보짐의 초라한 떠돌뱅이
낯선 타관땅 슬픈 추녀밑에
허—옇게 쇠여버린 망향의 노래
세파가 지워버린 추억의 자취—

오, 그래도
족보가 내 이름을 알고있다니
락엽처럼 흩어진
겨레의 탄식
뼈마치는 아픔을
한품에 묵새기며
현해탄의 물바래
두만강의 여울소리
슬픈 족속들 온 세상에 날려가도
하나의 피줄로 골육을 얽어놓고

기우는 초가집 한구석에서
족보는 혼자서 울고있었다

땀에 절어
눈물이 배여
누ー런 한숨같은 종이장에서
분명 들려오누나
앞내강의 속삭임
뒤동산의 푸른 숨결
서리맞은 감나무 빨간 홍시
참대밭의 회파람도
밤송이 튀는 소리도
지금은 내 가슴의 신음이 되고
갈피마다 접어놓은 그 옛말이
추억의 송골샘ー
향수가 새암새암 괴여오른다

주정뱅이 외삼촌의
역한 술냄새
가난을 기워가는
할머니의 굽은 등
징용딱지 달고가선 영영 다시 못온
북지의 원혼이 앙ー앙 우는 소리

림당수 심청이가 부럽다던 누님도
지금은ー

족보우에 앉아서 웃고계신다
오, 수난의 력사—
슬픈 족속들 걸어온 자취
고맙다, 족보야
세상이 날 다 잊었는데도
피맺힌 사연을 옛말로 외우며
너만은 아직도
내 이름을 알고있다지…

1988. 5

(출처: 북경대학조선문화연구소 편, 『중국조선민족문학선집 6』,
해방후시문학편, 민족출판사, 1992년, 783~785쪽)

# 동강난 지도앞에서

### 김 철

슬프다, 상처입은 이 땅에
청산은 예와 다름없건만
동간난 지도앞에 찢어지는 내 가슴
비노니, 창천(蒼天)아
그 옛날 룡천검 다시 줄순 없느냐
무참히 잘리운 널 보느니
차라리 내 허리를 잘라버리렴!

1996년 분계선에서

(출처: 김철, 『나, 진짜 바보이고싶다』, 민족출판사, 12쪽)

# 진달래

김 철

고생끝에 락은 못봐도
남들이 외우는 그 멋이 좋아
—나는 웃는다!

잎도 못돋힌
앙상한 웃음—
그속에 나의 신앙이 있다

밤하늘의 차거운 별찌와도 같이
순식간에 사라지며
불태운 사랑

끓으며 사는 한생이기로
웃음도 진하다
—북방의 정열!

성급히 망울진 나의 청춘은
눈덮인 대지에 사랑을 묻고
엄한에도 꿋꿋이 피여 웃거니

지심에 뿌리내려
더운 내 마음
하늘을 우러러 맑게 살자고

생애의 막끝에
값지게 찍은
나의 결백한 종지부!

백설우에 떨기떨기
돋친 망울는
성실한 나의 고백

봄을 깨워 은은히
울린 소나기는
내 념원의 메아리

잠을 깨는 계절이
홰를 치는 청춘이
나를 따라 조용히 꿈을 키울제

남에게 고스란히 웃음을 물려주고
원없이 나는 간다―
아, 불타는 황혼!…

1983년 6월 20일
(출처:『김철시선집(1950~1987)』, 민족출판사, 1989, 327~328쪽)

# 갈매기

김 철

파도의 목소리로
글을 읽는 갈매기
하−얀 바다의 천사는
동해의 세찬 파도소리에
귀가 멀었다

해변가 바위밑에
상처입은 날개를 접고
애처로이 바라보는
저 허공이
수심에 포옥 젖어
비 묻혀 올제

기다리다 기다리다
울며 떠난 하−얀 넋
잊을수 없는 저 남쪽의
익은 그리움 하나
먼바다의 한점 돛배처럼 아득하다

1996년 동해에서

(출처: 김철, 『나, 진짜 바보이고싶다』, 민족출판산, 2000, 126쪽)

# 장다리꽃

김태갑

싸리바자 둘러친
터밭가장자리에
노란 장다리꽃
어쩌면 가버린 누나 같구려

배꽃이 지는 시절
보리고개 못넘기여
산너머 부자집에
끌려간 누나

발바닥에 피맺히도록
뒤쫓으며 발구르다
내가에 주저앉아
목놓아 울음울제

다시다시 되돌아서
어깨를 들먹이며
산모롱이 사라지던
노란 저고리…

아, 누나는 어쩌자고
장다리꽃 심고 갔나

여름철도 못가서
져버리는 가엾은 꽃을

장다리 노란 장다리
해마다 피고 지건만
누나는 왜 안오나
노란 저고리…

(출처: 김태갑, 『고향길』, 료녕인민출판사, 1982. 8)

# 하얗게 박꽃 필적에

김 파

돌아가신 우리 할머니
간밤새 다녀가셨나봐
아침창문 열었더니
하얗게 피여난 박꽃

팔순고개 넘어서야
백발이시던 할머니
흰옷이면 썻고 헤워
박꽃처럼 바래라 했지

노상 박을 심어
복동이같이 가꾸면서
하얀 바가지에다
하얀 입쌀 담으라 했지

간밤 꿈에 오시더니
가셨어도 못 잊는가봐
울섶에 하얗게 새하얗게
박꽃을 얹으셨네

박꽃같이 하얗던
할머니의 웃음

박꽃같이 하얗던
할머니의 옷맵시

박꽃같이 하얗던
할머니의 마음은
한평생 깨끗도 하여
새하얗게 꽃피던 인생!

1982. 2. 25
(출처: 김파, 『흰돛』, 흑룡강조선민족출판사. 1986. 42~43쪽)

# 나는 갈매기

김 파

나는 소시적부터
흰옷 즐겨 입었습니다
아버지 물려준 얼에
어머니 바래준 옷이기에

소복단장도 희고
마음도 눈결같아
세월의 어지러운 물결에도
얼룩이 들지 않습니다

그래서 나는 어엿한
백의겨레의 아들
희디 흰 갈매기
머나 먼 배길우에 길잡이

바다의 물이랑 높아도
하냥 흰옷입고 하얀 꿈꾸는 새
리상의 흰 돛폭 올리고
어서 가자 휘파람붑니다.

1984. 12. 26
(출처: 김파, 『흰돛』, 흑룡강조선민족출판사, 1986, 90~91쪽)

# 흰돛

김 파

밟히우고 꺾이웠던 얼을
다시 무어 돛대를 세웠다
구겨지고 얼룩졌던 꿈
헤우고 바래워 돛폭 걸었다

풍우 세찬 20세기말
바다의 물결은 곤두선다
세상이 온통 앞다투는 질주
머나 먼 배길우에 불이 붙는다

경쟁자들의 노래질에
부딪쳐 부서질번한 고물
휘감는 물바래에 말려들어
꼰질번한 운명이다

누구의 돛대인가 넘어지고
누군가는 칼상어의 밥이 되고
누구의 쪽배인가 암초에 뒤집히고
누군가는 뭍에 걸려 행운 건지고

흰 돛폭만은 신념에 부풀어
파도속 갈피갈피 헤쳐달린다

물머리 밟고 하늘끝에 올라서니
바다끝 저기서 마중온다

붉은 만또를 걸친
우주의 왕자 - -
태양은 웃으며
새벽을 휘뿌린다!

1986. 3. 3
(출처: 김파, 『흰돛』, 흑룡강조선민족출판사, 1986, 149~150쪽)

## 북녘땅의 민들레

김 파

풍우에 휘말려
하늘길 만리
북녘땅에 날려와
뿌리내린 민들레씨

눈서리에 시새워
쪼들리던 인생
찬바람에 꽃잎져
눈물나던 가난

세파소에 부대껴도
깨끗이 살아온 얼
꺾이우고 찢기여도
피마저 희디흰 겨레

흙속에 묻혀 살면서도
꿈을 굴려 빚어온 둥근해
지금은 노랗게 피워든 웃음에
풍년벌 물젖어 금물이 들었구나

1985. 2. 23
(출처: 김파, 『흰돛』, 흑룡강조선민족출판사, 1986, 117~118쪽)

# 내 가고픈 곳은

김 파

내 가고픈 곳은
산너머 구름 저편이라오
방울새 우짖는 초록빛 시골
하얀 기와집 사립문 열리며
그리던 어머니 눈물짓는다오

내 가고픈 곳은
산너머 구름 저편이라오
목동피리소리 양떼 잠재우는 언덕
아버지 들깨, 기장 심어놓고
아들을 기다리는 밭머리라오

내 가고픈 곳은
산너머 구름 저편이라오
조약돌 꿈꾸는 고요한 내가
오리나무가지에 달이 걸리면
정든 처녀 남몰래 기다린다오

내 가고픈 곳은
산너머 구름 저편이라오
꿈에 마저 못 잊어
새가 되여 불새가 되여 날아가오

하늘나라 저끝
세상에 깨여나는 고향
해님의 고향
행복이 오라고 손짓하오.

1983. 7. 28
(출처: 김파, 『흰돛』, 흑룡강조선민족출판사, 1986, 73~74쪽)

# 리혼하기 어려운 리유

김 학 송

앙상한 돌밭에
돋은 새 싹이
가여웁다

열 받은 보습날이
팍!
팍!
불꽃을 튕기지만

씨톨을 터치고
죄없이 돋아난
이쁜 새 싹
뿌리를 내린
그 돌밭마저도
버릴수 없는 슬픔이다

1990.

(출처: 연변조선족문화발전추진회 편찬,
『중국조선족명시』, 북경, 민족출판사, 2004. 10. 159쪽)

# 백조의 겨레

리 상 각

억만년 세월을 두고 번개는
하늘에 칼질을 했다만
하늘 한쪼각도 찢어내지 못했다
하늘이 좋아서 백조는 난다
백조의 겨레여 높이 날자

뢰성은 강산을 뒤엎자고
천둥치고 지동을 쳤다만
산은 산대로 솟아있다
물은 물대로 흐른다
강토여 우리 강토여 영원하라

하나의 해가 항상 동에서 뜨듯이
하나의 달이 항상 동에서 뜨듯이
동방하늘을 날아예는 불사조
백조의 겨레여 우리도
언제나 하나로 날자

1995. 5
(출처: 리상각, 『물빛으로 살고 싶다』, 새미, 1997, 23쪽)

# 다듬이질

리 상 각

울 어머니 다듬이질하던
그 두방망이 내 가슴에 들어왔다
네가 언뜰 나타나기만 해도
토닥토닥 다듬이질이다

꽃리봉을 한들거리며
내 앞을 걸어가도 토닥토닥
주고 받은 말이 없이
그저 다듬이질이다

얘 말해주렴 언제가면
내 가슴속 다듬이질이 끝나겠니
네가 내앞에서 사라져도
그냥 다듬이질은 계속된다

아마도 사랑의 순결한 마음을 하얗게 바래워서
구김살 하나 없이 하느라고
나는 이렇게 다듬이질 하나보다

1995. 4
(출처: 리상각, 『물빛으로 살고 싶다』, 새미, 1997, 61쪽)

# 토장국

리상각

윤기 도는 솥에 흰김이 서릴적에
때로는 솥뚜껑이 드르릉 울적에
향긋하니 이 가슴에 풍겨오는
내 고향 내 집의 토장국 냄새

일터에서 돌아오면 저녁상에서
술총이 부러지게 먹어주었지
한식기 이밥도 게눈 감추듯
고기국 찜쩌먹을 토장국에다

감자를 넣든지 시래기를 넣든지
돼지고기 몇점을 집어넣든지
구수한 그 맛은 매양 한가지
인품이 좋으면 장맛도 좋다나

아무렴 토장국 그 맛이 향기로운건
어머님의 뜨거운 사랑이 끓기때문
안해의 살뜰한 정성이 넘치기때문
고향의 향취가 슴배여있기때문

그래서 먼 수도 진수성찬앞에서도
토장국 생각에 목이 멨거던

고향에 즐거이 돌아오는 길에선
그 맛이 코끝에 감돌았거든.

1981. 3
(출처:『리상각시선집』, 민족출판사, 1993, 117쪽)

# 분계선

리 상 각

기나긴 세월에 분계선이여 너는
조선의 허리에 빗장을 질러놓고
슬기로운 겨레를 갈라놓았다
6천만 겨레의 가슴가슴에
못을 박았다

찢어지는듯 가슴 아프게
통탄할 일이다
가는 길이 막히고
오늘 길이 막혀
소식조차 전할 길 없이

갈라진 혈육을 애타게 그리다
피눈물로 반세기 긴 세월 보내다
생리별 한을 품은채
저세상으로 떠난이는
또 몇몇이던가

6천만 원성을 들으면서도
6천만 주먹질을 받으면서도
파렴치하게 한가운데 버티고 서서
묵묵부답인 너
저주로운 분계선이여

반만년 반도의 력사에
생각조차 못했던 분계선 담벽이여
조선이 둘로 갈라진 원한이
동적의 생리별 비운이
분계선에 서리서리 얽히였거니

부르쥔 주먹이 부서지더라도
분계선 담벽을 무찌르지 않고는
태산같이 쌓이고 쌓인 한이
어이 풀린다더냐

기어코 기어코
통일의 념원은 불길로 타번져
삼천리 강산을 휩쓸리니
안개처럼 연기처럼 사라질 때는
오리라
너 죄악에 찬 분계선이여
원한의 분계선이여

겨게는 피타게 웨친다
듣느냐?
－조선은 하나다!

민족은 하나다!
념원도 하나다!

1986. 10
(출처:『리상각시선집』, 민족출판사, 1993, 227쪽)

# 이국의 조선사람

리 상 각

망국노되기를 원치 않아
쪽박 차고 이국만리 떠났던 사람
해방의 종소리 들려왔어도
고국으로 돌아갈수 없었던 사람
어언간 반세기 세월이 흘러
머리가 하얗게 센 조선사람

언제면 혈육을 만나볼가
일력장 번지면서 한숨을 짓고
언제면 고국땅 밟아볼가
떠나온 세월을 손꼽아보며
남몰래 눈물짓는 조선사람

구십에 가까울 아버지는 생전일가
코흘리개던 처남도 환갑일테지
뜨락에 배나무 가꾸던 일도
아득한 옛말로 들려주면서
손자를 품에 안고 눈물짓는 조선사람

한숨과 눈물을 어느 누가 즐기랴만
구슬픈 류행가를 아직도 못잊고
―내가 살던 고향은 꽃피는 동산

-그속에서 놀던 때가 그립습니다.
아니적추억을 더듬는 조선사람

남북이 손을 서로 잡는 날이면
세상을 놀래키는 기적을 떨치련만
슬리로운 겨레는 갈라져있으니
돌아갈래야 갈수 없고 소식조차 묘연해
이국에서 땅치며 통곡하는 조선사람.

1986. 10

(출처:『리상각시선집』, 민족출판사, 1993, 231쪽)

# 족보

리순옥

저 먼 어둠의 끝자락에서부터
실피줄 줄기들이
피여올라
무성해진 가지들에
이름들이 주렁주렁 열린다

줄기의 기운을 입어
가슴과 가슴은 기대고
서로가 서로에게
체온과 향기를 전하고

가는 피줄의
피까지 말려
서로에게 떫음과 환희와 비애
그리고 소망을 전하고

입는
마음의 피빛 색깔로
가물가물하는
저 먼 어둠의 끝자락에서부터
실피줄의 줄기들이
피여올라
무성해진 가지들에

이름들이 주렁주렁 열린다
혼불이 피여난다.

(출처 : 『연변문학』, 2005년 10호)

# 뿌리

박 화

어머니대지의 품속에 안겨
더 깊이, 더 널리 자양을 모으고
모아서는 아낌없이 인류를 위하누나
잎새 푸른 그늘로, 향기 짙은 열매로

세상에서 바라는것 영엥더냐
한평생 부지런히 숨은 노력뿐
목재도 과일도 어머니대지도
두고두고 잊지 않는 뿌리의 정신!

1980. 2. 24
(출처: 박화, 『봇나무』, 연변인민출판사, 1982, 83쪽)

## 아, 복받은 땅아

박 화

오랜만에 찾아온 고향이래서
내 마음은 이다지도 걷잡을수 없느냐?

들국화 반겨주는 산모퉁이 감돌아
시원하게 뻗어나간 큰길을 따라
나는 꿈속을 가듯 고향길을 걷는다
어디를 바라보나 정다운 산천아

십년이면 강산이 변한다더니
나서자란 고향을 몰라본다고
나무람 말아다오, 너무도 변했구나
오랜만에 안기는 어머니 품아

어디로 갔느냐, 거칠던 새초령아
어디로 갔느냐, 그전날의 진펄아
과수원 처녀들의 노래소리 하좋아
설레이는 벼이삭도 춤을 추누나

조약돌 굴리면서 주절대는 내물가엔
유유히 단풀 뜯는 양떼의 흐름
산딸기 무르녹던 골짜기에는
저수지 맑은 물에 헤염치는 잉어떼

단풍드는 나무새로 안겨오누나

기와지붕, 초가지붕, 아담한 지붕들이
하얗게 회칠하여 눈부신 집집에
노을 비긴 유리창 활짝 열리고…

이것이 정녕 내 고향이냐?
벌방에서 쫓겨나 화전살이하던 곳
꿈이런듯 생시런듯 생각에 잠겨
마을을 지나치고 걸어만 간다

갈길이 급해서냐, 뜨락또르 경적소리
두둥실 박아실은 황금의 메부리
아, 네로구나, 참말 장하다
나는 마구 붙안는다, 누이동생을…

편지마다 고향자랑 끝이 없더니
타고장엔 시집을 안간다거니
너희들의 두손에 고향은 변했구나
너희들의 두손에 고향은 변하리라

아, 숨막힐듯 좋구나, 나의 고향아
은혜로운 해빛아래 복받은 땅아!

1965. 10. 12

(출처: 박화, 『봇나무』, 연변인민출판사, 1982, 103~104쪽)

# 구름에 실려

박 화

저 하늘에 떠가는 구름에 실려
그 시절의 나의 꿈 흘러가더니
멀리도 왔구나, 고향을 떠나
그 꿈이 오늘은 현실로 되여

헐벗었던 산천도 새옷을 입고
거칠었던 논밭도 기름 돌겠지…
고향의 탈바꿈이 하도 간절해
언제나 잊지 않는 내 마음이여

고향땅에 내 힘도 보태고싶어
이제금 구름되여 날아갔으면
땀 흘리는 이들에겐 그늘을 주고
목마르는 곡식들엔 단비 주고파…

고향은 언제나 마음에 살아
마음은 언제나 고향에 살아
저 하늘에 떠가는 구름에 실려
언제나 찾아가는 나의 꿈이여!

1981. 12. 28

(출처: 박화, 『봇나무』, 연변인민출판사, 1982, 130쪽)

# 무궁화

박 화

지치도록 하얀 삶이
푸른 바람 부르고
맑은 해살 모은다
뼈저리던 그
겨울의 동화를 묻어버리며
숨가삐 달려온 멍든 세월에
한사코 아름다운 봄이 열린다

운명보다 강한 피의 향기로
여름보다 뜨거운 마음의 터쳐
이 땅에 내내 웃음만을 남기련듯
투명한 영원 꽃가지우에
번쩍 들어올린 저
싱싱한 아침해
배달의 새기상 만방에 떨쳐
연신 피고 지는 이
향기로운 죽음과 싱싱한 삶이
비바람 눈서리도 이겨내면서
뿌리깊이 내내 귀한 넋 불어넣는
꽃중의 꽃
세상의 자랑

어허, 너는 불사신

불사신이다

1989. 서울 명일동
(출처: 박화, 『푸른 종소리』, 료녕민족출판사, 1998, 27~28쪽)

# 서리빛 그리움

박 화

고향산에 피고지던 꽃나무가지
머나먼 창턱에서 시들고만다

너도 고향 그려 피가 마르냐
뼈속까지 젖어든 그 눈물은?

날마다 물을 주던 사치한 대화
너와 함께 속속들이 마음이 부서진다

이제는 오직 기억을 건져보며
너와 함께 하얀 침묵 메마른 눈빛

숙명 아닌 이 서리빛 그리움에
고향산은 꿈을 주며 깊은 미소뿐…

1994
(출처: 박화, 『푸른 종소리』, 료녕민족출판사, 1998, 63쪽)

# 방정식

박 화

나는 지평선
너는 수평선

나의 끝은 너의 끝
너의 끝은 나의 끝

뿌리 잃는 꿈에 젖어 눈먼 시간에
뚝발이같은 욕념의 하얀 숨소리

나는 지평선
너는 수평선

1996. 4. 4

(출처: 박화, 『푸른 종소리』, 료녕민족출판사, 1998, 78쪽)

# 두만강여울소리

석 화

두만강여울목에서 나는
≪엄마≫하고 내뱉었던
아이적 목소리를 주었습니다
그처럼 맑고 그처럼 쟁쟁한 그 한마디
어울렸던 모음과 자음
조금도 흩어지지 않고 맑게 튕겼습니다
천년을 만년을 흘러온 두만강
이제 또 천만년을 흘러가리니
≪엄마-≫ 내 아이적 그 목소리
이 여울목에서 언제나 쟁쟁히 울릴것입니다

1985. 5. 25<br>(출처: 석화 『나의 고백』, 연변인민출판사, 1989, 56쪽)

# 대피리

석 화

피리 하나
웃방벽에 걸려있다

남국의 대숲에서
멋모르고 크던것이

누구의 손에 잘리워져
저렇게 알뜰히 다듬어지고

노오란 껍질 도리워져
빈 가슴을 동그랗게 보이는 피리

어느 입김에 불리워
고운 소리도 맑게 내였을 저 피리

이젠 파아란 잎사귀의
서러운 손저음을 잊었을가

이젠 뿌리와의
아프던 작별을 잊었을가

한가로이 벽에 걸리여
고요한 꿈을 지킨다

1987. 4. 2
(출처: 석화, 『나의 고백』, 연변인민출판사, 1989, 58쪽)

# 쪽바가지

석 화

시렁우에 얹혀있는
쪽바가지 하나

어느 양지바른 언덕마을
따스한 벼짚이영우에서
푸른 줄기 따라 뻗어오르는
땅의 기름을 기껏 빨아 부풀어질 때
너는 쓰다듬어주는 이쁜 손길의
연두색 꿈을 둥그려주었으리

시렁우에 얹혀있는
쪽바가지 하나

노오란 가을 해빛을 머금어
겉도 익고 속도 익어서
한몸이 곱게 두쪽으로 나뉘여도
서러움 괴로움만을 담아야 했던 신세
가득 담아 넘쳐나는 서러움 괴로움에
한몸으로 둥그렸던 네 누이 같은 그 쪽은
쪽박새가 슬피 울던 그날 끝내
옹달샘터 청석돌우에서 쪼각났었지

시렁우에 얹혀있는
쪽바가지 하나
고향산천 등지고 가는
등이 굽은 나그네의 쪽지게발에 매달려
도망가듯 굴러가는
두만강 찬 물결에 실렸어도
이리저리 뒤흔들리는
면치 못할 쪽배의 운명
돛도 없이 노도 없이 너는
그 검푸르고 차디찬 물결에 몸 잠가야 했다

시렁우에 얹혀있는
쪽바가지 하나

거치른 세파에 부대끼여
네 몸은 성한 곳이 없어도
한바늘 두바늘
질긴 노끈으로 알뜰히 기워준것은
할아버지 손길이였을가
할아버지의 할아버지 손길이였을가
너를 바라보는 이 마음을
한매듭 두매듭
단단히 옥죄여주는구나

시렁우에 얹혀있는
아, 겨레의 깁고 또 기운 고달팠던 혼아

1987. 4. 10
(출처: 석화, 『나의 고백』, 연변인민출판사, 1989, 64쪽)

# 피안—도문을 가며 · 3

### 석 화

기실 모두가 저쪽에서 건너온거이지만 지금은 그저
바라보고있을수밖에 없다

엷은 안개가 가물가물 피여오르는 한줄기 강물,
먼서쪽나라의 어느 하늘밑을 흘러가는 요단강처럼 우
리는 누구나가 다 한줄기 강물을 갖고있다

피안 혹은 대안이라 부르는 저쪽켠의 강기슭 아슴푸레
바라다보이는 저쪽 기슭으로 늘 건너가보고싶지
만 피와 살과 뼈가 너무 무겁다

기실 모두가 다 다시 저쪽으로 건너갈것이지만 지금
은 그양 그저 건너가보고싶은 생각뿐이다

지금 저쪽 기슭에서 이쪽을 건너다보고 계실 어느
분도 이와 같은 시를 쓰고있을가

(출처: 석화, 『세월의 귀』, 흑룡강조선미족출판사, 1998, 64쪽)

# 우리 말 우리라는 말

석 화

맑은 물결이
조약돌사이로 굴러가는 소리와
부리 고운 산새
서로 친구들을 부르는 소리와
얄포름한 꽃잎이
파르르 입술을 여는 소리와
아름답고 신비한 모든 소리들이 모여
하나로 울려퍼지는
우리 말

어머니의 품속에서
숨결로 이어지고
아버지의 눈빛을 거쳐
온 세상 만물을 이름지으며
해
　달
　　별
천만년을 이어온
그 빛발과 같이
또다시 천년만년을 이어갈
우리 말

현애절벽이면
막아선다더냐
만경창파라면
막아낸다더냐
몇가닥 철사줄이야
또 어찌 막는다 하더냐

하나의 피줄속에
굽이쳐오면서
두만강 대동강 한강을 다 합하여
백두의 폭포수로 쾅쾅 쏟아질줄도 아는
우리 말

고개 높이 들어
저 먼 곳을 바라보며
한가슴에 응어리진
내 넋과 내 혼을 다하여
≪하아 느으을-≫ 불러보면
끝없는 하늘처럼 아득히
푸르게 푸르게 펼쳐져가는
우리 말

우리 말
우리라는 말 한마디에
그대와 나
눈빛이 먼저 밝아지고
가슴이 벌써 뜨거워지는
우리는
우리라는 말속의 우리 –
아 고마워라
우리 말 –
우리라는 말을 주신
하늘이여
하늘이여

(출처: 석화, 『세월의 귀』, 흑룡강조선미족출판사, 1998, 127~129쪽)

# 연변 · 4

## 석 화

연변이 연길에 있다는 사람도 있고
구로공단이나 수원쪽에 있다는 사람도 있다
그건 모르고 하는 사람들 말이고 아는 사람은 다 안다
연변은 원래 쪽바가지에 담겨
황소등짝에 실려왔는데
문화혁명때 주아바이*랑 한번 덜컥 했다
후에 서시장바닥에서 달래랑 풋배추처럼
파릇파릇 다시 살아났다가
장춘역전 앞골목에서 무짠지랑 함께
약간 소문났다
다음에는 북경이고 상해고
랭면발처럼 쫙쫙 뻗어나갔는데
전국적으로 대도시에 없는 곳이 없는게
연변이였다
요즘은 배타고 비행기타고 한국가서
식당이나 공사판에서 기별이 조금 들리지만
그야 소규모이고
동쪽으로 도꾜, 북쪽으로 하바롭스크
그리고 싸이판, 샌프랜씨스코에 빠리, 런던까지
이 지구상 어느 구석엔들 연변이 없을소냐.
그런데 근래 아폴로인지 신주(神舟)인지
뜬다는 소문에
가짜려권이든 위장결혼이든 가릴것 없이

보따리 싸안고 떠날 준비만 단단히 하고 있으니
이젠 달나라나 별나라에 가서 찾을수밖에

연변이 연길인지 연길이 연변인지 헛갈리지만
연길공항 가는 택시료금이
10원에서 15원으로 올랐다는 말만은 확실하다

(출처: 석화, 『연변』, 연변인민출판사, 2006. 11)

---

* 연변조선족자치주 초대주장인 주덕해(朱德海)를 말한다. 문화대혁명 때 그에게 ≪민
  족주의분자≫라는 죄명에 ≪황소 제일, 황소 통수(統帥)를 제창하였다≫라는 죄목이
  들씌워졌다.

# 신음

전 춘 식

실날같은 운명을 쪽지게에 걸고
강건너 마을서 우리 올 때는
말등* 단일색으로
단군의 후예들인
흰옷 걸친 백성이였지

갈아지는 세월의 세파속에
쏟는 비와 더불어 울고
솟는 해와 더불어 웃으며
희망의 물줄기 찾아
고역에 톺는 숨소리 잦을제

문득 어느날
천지지변의 희롱을 받아
누구는 말 타고
누구는 하이야 타고
누구는 또 위성 타고…

말 탄 이는 두발족속이 아니라고
차 탄 이는 포유동물이 아니라고
위성 탄 이는 인간세상 어데냐고
각자 히스테리 뿜는데
걷는이 발가락엔 물집이 처연쿠나

그 정상이 하도 참혹해
백두산천지가에 쇠가마 걸고
백옥미로 탁주랑 빚어놓고
단군은 호출령 내렸으니
ㅡ여봐라, 족보에서 단군을 찾으라

대번에 올롱해진 눈들이
입먼저 열변을 토해낼줄은
ㅡ단군이 누구지 난 몰라
 난 몰라
 난 몰라…

그에 동아줄은 동강나고
천지가의 쇠가마는 녹아서 붙고
두만강노래는 흐느낌이 되고…
쉬ㅡ잇 어데론가 차츰 멀어져가는
단군의 신발 끄는 저 소리여

(출처: 『천지』, 연길, 1995년, 1호)

---

\* 말등=말짱

# 민들레

조 룡 남

이름만 불러도
입맛 쓰거운 민들레
고향의 노오란 봄아
세월의 저켠에서
넌 아직도 그리 쓰거우냐

이른봄 호젓한 무덤가에
소발자국 어지러운 들녘에
울바자 눈길 막는 언덕받이에
오솔길도 꼬부라진 막끝에
해마다 너는 조용히 피여났다

하늘이 뿌려주는 가는 비방울과
땅이 맺혀주는 찬 이슬과
어쩌다 길손이 흘려주는 련민의 눈물을
너는 가슴에 고이 간직했다가
노오란 꽃으로 보답하였지

아껴 입는 단 한벌 노랑저고리
바른 꽃대는 너의 곧은 마음씨
고귀한 화분통은 너의 이름 심지 않고
오만한 꿀벌들은 너의 이름 부르지 않았지
서러운 나의 누나의 꽃

하여 척박한 땅에 뿌려내리고
사랑이 외면된 구석에서
너는 세세대대 노오란 족속을 키웠다
바람과 나밖에 모르는 노오란 언어로
쓰거운 삶을 하소하였다

이름만 불러도
입맛 쓰거운 민들레
고향의 고달픈 운명아
추억의 저켠에서
너는 오늘도 해님처럼 웃고있구나

1990. 5. 30

(출처: 조룡남, 『그리며 사는 마음』, 연변인민출판사, 1987, 100쪽)

# 구름

조 룡 남

바람세찬 하늘길에서
오늘도 천리
래일도 천리
정처없이 떠도는 너는 류랑자

너의 집은 어디?
너의 고향은 어디?
운명은 너를
영원한 나그네로 만들었구나

푸른 하늘에서
즐거이 너울거릴 때
누가 알았으랴 너의 마음에
그렇게 맑은 눈물이 있는줄을

너의 눈물에 닦아져
하늘은 저렇게 맑고
너의 눈물을 마시고
대지는 이렇게 푸르다

1987. 5. 19

(출처: 조룡남, 『그 언덕에 묻고온 이름』, 연변인민출판사, 1989, 25쪽)

# 오미자

조 룡 남

가냘픈 오미자
아직도 외따로 서질 못하고
수림에서 기며 사는
불쌍한 오미자

누가 기억한다더냐?
수림의 력사를, 그 재난을
누가 기억한다더냐?
부러진 너의 척주 그 심한 상처를

그래도 완강한 생명력으로
오미자, 너는 살아왔구나
기고 톺고 몸부림치면서
넌출보다 긴 해를, 모진 세월을

이웃나무들의 동정에 받들려
해빛의 애무아래 알알이 맺혔구나
빨간 열매를
빨간 눈물을

시고, 달고, 떫고, 쓰고, 짠
네 열매의 다섯가지 맛을 보느니
오미자, 어쩐지 내 마음에도

빨간 피눈물이 고이는구나
오미자— 알알이 피맺힌 열매
그래서 너는 귀중한 약
사람들의 서른가지 병을 고쳐주면서도
제 허리 상처만은 고치질 못하누나!

1985. 5. 24

(출처: 조룡남,『그 언덕에 묻고온 이름』, 연변인민출판사, 1989, 76쪽)

# 접목

조 룡 남

남방태생인 어여쁜 사과나무색시
우둥골 알그배총각한테로 시집왔네

재간있는 손이 두 피줄을 이어주고
알뜰한 마음이 두 힘줄을 매여주었네

사상도 감정도 하나로 녹아붙은 그들
이제는 네 죽고 내 살지 못하는 사이

꽃은 그들 공동의 희망
열매는 그들 공동의 행복

1981. 5. 25

(출처: 조룡남, 『그 언덕에 묻고온 이름』, 연변인민출판사, 1989, 160쪽)

# 고향의 물새

조 룡 남

고행의 물새는
고향의 강이 그리워
울면서도 못떠나는
그리운 새, 외로운 새

고향의 물새는
눈물없이 우는 새
눈물없는 울음이 얼마나 괴로운지는
누구도 몰라, 아무도 몰라

고향의 긴 강물도 다 못씻는
긴 설음, 긴 그리움
어제밤도 온 마을을 몽땅 울린
사랑의 물새, 고향의 넋

1987. 4. 19

(출처: 조룡남, 『그 언덕에 묻고온 이름』, 연변인민출판사, 1989, 208쪽)

# 산재마을엔

한 창 선

흰, 그러나 인젠 망가져버린 하얀 고무신
흰, 그러나 인젠 찢어져버린 하얀 치마
흰, 그러나 인젠 다스러진 하얀 두루마기
흰, 그러나 인젠 숨어버린 하얀 두루미

산재마을엔 하얀 할미밖에 없다.
연분홍, 그러나 처녀몸엔 치포
시퍼런, 그러나 총각몸엔 양복
곤색, 그러나 아낙네 몸엔 바지
하얀, 그러나 늙은이 몸엔 손수건

허나, 흰, 남은것은 흰 이불보
허나, 희, 남은것은 흰 찰떡뿐
허나, 흰, 남은것은 흰 입쌀뿐

아, 산재마을엔 하얀 넋만이 살아있다.

(출처:『송화강』, 1986년 6호)

# 지렁이

한 창 선

살자, 살자 살자 기를 쓰고 살자
푸른들 푸른땅 푸른강이 차례지지 않는다면
진득진득한 습한 진흙속에서라도 살자
살자, 살자 살자 기를 펴고 살자

뚫자, 뚫자 뚫자 해빛을 뚫자
척척 흙을, 모래를 대지를 헤치고
거칠은 땅도 비옥하게 자유롭게 개간하려니
뚫자, 뚫자 가난을 뚫자

가자, 가자 가자 기여서라도 가자
빨리 달리는 려객기 보고 락심말고
씨를 뿌리를 행복을 심는 땅에서
가자, 가자 가자 기면 간다

살자, 살자 살자 억세게 살자
흙을 퍼먹던 풀잎을 씹던 이슬을 마시던
지루한 어둠은 가버리고 밝음이 올거다
산다! 산다! 산다! 빛은 나의 것이다

(1986)

# '고향'의 기억과 '우리'에 대한 질문*

### 1980~90년대 중국 조선족 시문학에 나타난 정체성에 관한 단상

장 은 영

(조선대 기초교육대학 조교수)

## 1. 다른 이야기를 가진 '우리'

2000년대 한국문학은 재외 동포 문학에 대한 관심과 열의로 한국문학의 자장을 넓히는 동시에 해외에 거주하는 동포들과 소통하는 방법을 모색해왔다. 그 결과 19세기 말부터 발생한 강제 이주와 피난의 경험 그리고 타국에서 이민족으로 살았던 기억은 이제 재외 동포들만의 역사와 이야기가 아니라 '우리'의 역사와 이야기로 수용되고 있다 해도 과언이 아니다. 재외 동포들이 경험한 사회와 문화 그리고 언어적 환경은 한국에서의 삶과 다른 경우가 많지만 그들이 지닌 '조선인'이라는 '민족성(ethnicity)'은 중국 조선족과 한국인 모두에게 '우리'가 누구인가를 되묻는다.

물론 '우리'라는 민족 공동체의 성격은 매우 다양하게 정의되고, 여러 관점에서 이해될 수 있다. 인종이나 영토가 민족성을 구분하는 기준이 될

---

* 이 글은 계간지 『시작』(2012, 겨울호)에 실렸던 것을 부분 수정한 것임을 밝힘.

수도 있고, 언어나 종교 등 문화적인 것이 민족 공동체를 구분 짓는 기준이 될 수도 있다. 그런데 이 외에도 어떤 기억이나 심상 또는 무의식적 원형이 '우리'를 상상하게 만드는 강력한 영향력을 지니기도 한다. 이러한 개념들은 비가시적이고 불규칙한 형태를 띠고 있다는 점에서 반드시 양식으로서의 문화의 범주에 포함되지는 않는다. 현실적 삶의 양식인 문화의 수면 아래 있는 심연의 기억과 무의식적 심상들은 문학적 언어를 통해 비로소 현실로 떠오른다. 과거로부터 이어져온 단일한 형상과 이미지가 아니라 현재적 상황에 따라, 개인의 상상력에 따라 상이하게 굴절되기도 하면서 현실의 표면에 가시화되는 것이다.

따라서 '우리'는 동질성만을 의미하는 단어가 아니라 다양한 스펙트럼을 가진 기표라고 볼 수 있다. 오늘날 '민족'이 함의하는 바가 그렇듯이 '우리'는 공통의 분모를 공유하면서 동질성과 상이성 모두를 내재하는 공동체이다. '우리'는 자칫하면 단일한 색채를 띤 집합적 단수로 보이지만, 실제로는 동일화될 수 없는 복수적 상태로 존재하는 개별자들의 공동체이다. 그래서 딱히 하나의 관점으로 규정될 수 없는 것이 '우리'가 지닌 성격이다.

정체성에 관한 이러한 태도와 관점은 지난 세기에 일어난 조선인들의 강제 이주 이전에는 상상할 수 없었던 '우리'의 이야기가 여전히 열려있는 기억의 장소임을 전제로 삼고 있다. '우리'를 단일한 민족적 아이덴티티로 설명할 수 없다는 사실은 '우리'의 이야기가 끝없이 변주되어야 한다는 것을 말해 준다. 현재적 삶의 조건에 따라 과거가 새로운 기억으로 발견되듯이 말이다. 따라서 재외 동포 문학에 나타난 기억들과 이야기들을 논의하는 것은 과거에 대한 공유라기보다 현재의 삶에 대한 지향과 미래를 향한 열망의 소산인지도 모른다.

중국의 개혁 개방 이후 중국 조선족 문학과 한국 문학의 교류는 가시화되기 시작했다. 그리고 1992년 한중 수교 이후에는 작품의 교류뿐만 아니라 문인들의 교류도 활성화되었다. 이 시기는 여러모로 조선족 문학에 있어 변화와 격동의 시간이었을 것이다. 실제로 1980년대 후반 조선족 문단의 창작은 위축되는 형세를 보이기도 했는데, 시장경제의 충격과 조선족 문단의 열악한 경제 형편 등이 한 원인으로 지적된다.[1] 하지만 다른 측면에서는 문화 대혁명 시기에 침체되었던 한글 창작이 가능해졌을 뿐 아니라 극좌적 정치 노선으로부터 문학적 자유를 구가하게 되었던 시기이기도 하다. 이러한 사회 현실의 변화는 문학의 방향을 새로이 모색하게끔 견인했고, '우리'가 누구인가에 대한 고민과 함께 다양한 문학적 재현을 가능하게 하는 계기였다.

1980~90년대 조선족 시문학 작품에서 '우리'를 탐색하기 위한 시도는 '고향'이라는 키워드를 중심으로 나타난다. 모태와 같은 장소이자 기억의 저장고인 고향의 다양한 이야기를 통해 중국 조선족 동포들이 기억하는 '우리'라는 공동체의 모습을 살펴보기로 하자.


## 2. '고향'이라는 기억의 장소

고향은 실제로 태어나고 자란 장소이기도 하지만, 삶의 근원이자 정체성의 근거지로 여겨지는 장소이다. 그래서 고향에는 희미하고 빛바랜 유년의 기억들이 뿌리박혀 있기 마련이다. 대개 사람들이 지닌 고향에 대한 애착은 자기 삶의 기원을 이루는 유년의 기억에서 오는 정체감과 연관되어 있다. 이렇게 본다면 고향은 마음이나 관념 속에서 규정된 지리적 개념으로, 상상되고 인식된 심상지리(imaginative geography)의 지평에서 형성된 장소라고 할 수 있다.

현대 중국 조선족 시문학에서 두드러지게 나타나는 '고향' 역시 실제로

---

1) 고신일, 「중국 조선족문학과 연변문학(상)」, 『北韓』, 1995. 4월호, 204쪽.

살고 있지 않더라도 늘 자신이 회귀해야 할 심상지리적 공간으로 각인되고 있다. 고향은 급변하는 현실에서 자기정체성을 일깨우는 장소이기에 중국의 개혁 개방과 함께 사회적 변화의 물결이 밀려오는 가운데 고향에 대한 기억은 더욱 선명해진다.

"철이 되면 오고/ 철이 되면 가는/ 제비와 기러기도/ 마음이 있어 오고 마음이 있어 간단다/ 굴러굴러 찾아가는 마음의 보금터란다// (중략) 새날을 맞는 마음들/ 아침과 같이 신선하구나/ 기다리겠어요! 지난날 동구밖 작별의 인사/ 언제가면 잊을가 고향의 마음이요!"(김성휘, 「고향의 마음」)와 같은 노래는 이별의 장면을 통해 고향이 환기하는 감정을 잘 전달한다. 누군가가 자신을 간절히 기다려주는 장소이기에 고향은 돌아갈 수밖에 없는 곳이다. 이것은 시적 주체의 현실이 '고향'이라는 이상적 공간과 떨어져 있음을 말해준다. 밝고 힘찬 어조로 "고향은 언제나 마음에 살아/ 마음은 언제나 고향에 살아/ 저 하늘에 떠가는 구름에 실려/ 언제나 찾아가는 나의 꿈이여!"(박화, 「구름에 실려」)라고 노래하는 순간에도 고향이 현실 부재의 공간임을 부인할 수는 없다. 이를 통해 알 수 있는 것은 고향의 본질적 의미이다. 고향은 실제 태어나서 자란 곳이기 때문에 현실적 환경이 변화할수록 더욱 의미를 갖는 것이 아니라 근원적 자기 정체성의 뿌리처럼 늘 변하지 않는 자기 삶의 기원과 같은 장소이기 때문에 중요하다. 세상이 아무리 빠르게 변해가도 변하지 않는 공간인 고향은, 어떤 외부적 변화와 시련 속에서도 내가 누구인지 잊지 않게 해주는 자기 기원의 장소이기 때문이다.

'고향'의 또 다른 표현은 '어머니'이다. '어머니'는 생의 근원이자 정체성의 근원을 상징한다는 점에서 '고향'과 유사한 심상을 지닌 시어이다. 그리고 이 상상적 근원은 생득적이라는 점에서 절대성을 지니기도 한다. 시인들이 회귀해야 할 장소인 고향, 언제나 다시 안기고픈 어머니의 품을 노래하는 이유는 근원적 장소가 지니는 절대성을 확인함으로써 자신이 누구인가를 밝히기 위해서이다.

　고향과 어머니가 지닌 근원적 이미지는 전 인류를 통해 보편적으로 나타나는 것이지만, 조선족 시문학은 '흰 색'과 어머니의 이미지를 중첩시켜 '민족성'의 한 측면을 드러낸다.

　　　나는 어머님이 지어주신
　　　흰 옷을 입고 창가에 앉았다
　　　(중략)
　　　차라리 우리 어머님 나에게/ 검은 옷 지어주셨다면
　　　나도 그늘밑에 시름없이 딩굴며
　　　도야지 개 신세로 살아가련만

　　　아니 못한다
　　　나는 죽어도 골백번 죽어도
　　　어머님 베틀에 짜주신
　　　흰옷은 버리지 못해
　　　　　　　　　　　　　　　 — 김성휘, 「흰옷입은 사람아」 부분

　'흰 옷'이 상징하는 정체성은 어머니에게 물려받은 것으로 부인할 수도, 바꿀 수도, 버릴 수도 없는 나의 본질을 이루는 정체성이다. 중요한 것은 이러한 강렬한 자기 정체성의 표상인 '흰 옷'이 어머님이 지어준 것이라는 점이다. 내가 태어난 순간 어머니가 '나'의 모체임은 변할 수 없는 일이듯, 어머님이 지어준 옷은 만들어진 것임에도 불구하고 생득적 절대성을 가진다. 이 시에서는 '흰 옷'은 죽음으로도 변색될 수 없는 나 자신의 정체성이다. 김성휘의 또 다른 시편 「나는 하얀 색갈을 사랑합니다」에서도 "어려서부터 내 마음에 익은 것은/ 어머님 물을 뿜어 다듬이한/ 새하얀 색갈입니다/ (중략) 하얀 색갈을 타고난 나는/ 잘나도 못나도 하얀 색갈의 아들/ 언제 어디서나 소복단장에/ 붉은 노을 물들일 꿈을 꿉니다"

라고 노래하며 흰 색의 이미지를 자기 정체성으로 표출한다. 또 "백토의 아들"(김성휘, 「회벽」)이란 구절도 흰 색과 연결된 정체성의 문제를 응축하고 있다.

김응준의 「백학」, 「하얀 별」, 김파의 「나는 갈매기」, 「흰 돛」, 리상각의 「백조의 겨레」 등도 흰 색의 심상을 드러내는 작품들이다. 이 작품들은 흰 색의 시각적 심상을 통해 조선인의 '민족성'을 표출한다. "세월의 어지러운 물결에도/ 얼룩이 들지 않"(김파, 「나는 갈매기」)는 '흰옷'은 마치 소수민족으로 중국에서 살아가면서도 언어와 문화를 지탱해가는 조선족을 비유하는 듯하다. 여러 시편에서 나타나듯이 '흰 옷'은 중국 안에서 살아가는 조선족 자신에 대한 상징이며, 어떤 사회 역사적 환경 속에서도 자신이 누구인지를 기억하고자 하는 의지의 표상이다. 중국의 개혁 개방과 함께 혼돈과 변화의 시기를 거치면서도 그들은 '고향'과 '어머니', '흰 색'이라는 공통의 키워드를 통해 조선인이라는 정체성을 표출해왔다.

왜 자신이 누구인지를 기억하고 지키는 일이 그들에겐 그토록 절실했을까. 중국 국민으로서 지니는 '국민성(nationality)'과는 변별되는 조선인이라는 '민족성'에 대해 조선족 시문학이 보여주는 정체성은 분명 이산의 경험이 낳은 기억의 세계를 반영한다는 점을 간과해선 안 된다. 조선족 시문학에 나타난 '고향'은 단순히 이주 이전의 공간을 의미하는 것이라고 볼 수 없다. 변화의 현실 앞에서 재조명된 고향은 과거에 대한 기억뿐만이 아니라 미래에 대한 이상이 투영된 공간이기 때문이다. 따라서 '고향'의 형상화를 통해 보여주는 정체성은 과거와 미래가 교차하며 만들어진 현재를 이해하는 방법이며, 현실과 대결하고자 하는 삶의 의지를 보여주는 것이기도 한다. 현재라는 시간이 과거와 미래를 통합하는 시간임을 인식할 때, 현실에 불어닥친 변화의 바람은 더 이상 두려움의 대상이 아닌 것처럼 말이다.

## 3. 미래에 대한 꿈과 정체성

과거에 대한 기억을 형상화한 '고향'이 변화하는 현실에 대처하는 정체성 탐색의 소산이라면, '고향'을 통해 나타나는 미래에 대한 이상으로 주목할 만한 것은 '통일'에 대한 염원이다. 한반도의 통일은 현실 사회의 정치적 문제이기도 하지만 분단 이전에 한반도를 떠난 재외 동포들에겐 돌아가야 할 조국, 돌아가야 할 고향을 되찾고 싶은 열망이기도 하다. 재외 동포와 한국에 거주하는 이들이 겪어야 했던 삶의 경험과 그 이후 기억이 다르기 때문에 한국 사회에서 상상하는 통일에 대한 상상력과 재외 동포들이 지닌 통일에 대한 상상력은 상이할 수밖에 없다.

우선 재외 동포들에게 분단은 '고향'이라는 이상향을 균열시키는 원인이다. 따라서 분단 상황은 남북의 갈등이나 이념적 대립문제보다는 분단 자체에 대한 정서적 거부감과 비순리적인 것이라는 인식에 초점이 놓여있다. "파렴치하게 한가운데 버티고 서서/ 묵묵부답인 너/ 저주로운 분계선이여"(리상각, 「분계선」)와 같은 구절은 분단에 대한 부정적 정서를 직접적으로 표출하고 있다. 또는 김응준의 서정적인 노래 "지금은 깊은 밤/ 내 마음의 죄이는 하늘에/ 어둠길의 끝은 언젤까?/ 별은 언제면 령혼을 눈 띄우는/ 새벽의 하얀 종소리로 뭉칠가?/ 까마득한 목마름에/ 한 피줄의 별들은 다같이 몸부림친다"(김응준, 「하얀 별」)와 같이 비유적으로 분단의 안타까움을 표출하기도 했다.

고향에 돌아갈 수 없는 서글픔과 분단이 야기하는 서글픔은 통일에 대한 순수한 열망으로 이어진다. "나는 가슴속 고드름 안고/ 별과 함께 하얗게 떨고있다/ 하아얀 기원 읊조리고있다―/ 통일, 통일을!"에서 보여주는 것처럼 '하아얀 기원'은 이 열망의 순수성을 형상화하고 있다. 남한과 북한의 시문학에서도 통일에 대한 열망은 발견할 수 있겠지만 조선족 시문학에 나타나는 것과 동일한 것은 아닐 것이다. 분단 이후 남한과 북한은

이념적 대립 구도 속에서 이데올로기적 갈등을 삶의 일부로 경험했고, 극심한 분단모순을 겪어왔다. 반면 재외 동포들의 경우 고향을 떠나 이국으로 정착하는 과정에서 혈육과 이별하고, 오랫동안 지녀왔던 언어와 문화로부터 분리될 수밖에 없었던 경험을 지니고 있다. 이와 같은 역사적 경험의 차이는 분단과 통일이라는 사건에 대한 인식의 차이를 만들어낸다. 예컨대 리상각의 시「이국의 조선사람」은 중국 조선족들의 역사적 경험을 토대로 분단과 통일에 대한 염원의 구체적 내용을 잘 보여주는 작품이다. "망국노되기를 원치 않아/ 쪽박 차고 이국만리 떠났던 사람/ 해방의 종소리 들려왔어도/ 고국으로 돌아갈수 없었던 사람/ 어언간 반세기 세월이 흘러/ 머리가 하얗게 센 조선사람"은 재외 동포들의 역사적 이주 경험을 드러내고 있는데, 분단이라는 상황은 이 '조선사람'으로 하여금 '고향' 길을 가로막는다. "슬기로운 겨레는 갈라져있으니/ 돌아갈래야 갈수 없고 소식조차 묘연해" '조선 사람'은 "이국에서 땅치며 통곡"하는 처지에 놓이게 된 것이다.

여기서 '고향'이라는 이상향은 통일이 이루어져야 도달할 수 있는 곳이라는 점에서 통일된 한반도라고도 볼 수 있다. 조선족 작가들이 보여준 통일을 향한 열망의 순수성은 고향 회귀의 열망과 맞닿아 있는 것이다. 이것은 고향에 대한 기억이 과거 회상에서 나온 것만이 아니라 미래지향적 의지의 투영이라는 점을 잘 보여준다.

그런데 조선족 시문학에 나타난 고향 회귀의 꿈과 통일에 대한 꿈은 실제로 그들이 한반도로 돌아가야 한다는 바람을 상징하는 것이라고 보기는 어렵다. 조선족의 역사적 경험과 그들이 기억하는 '민족성' 역시 절대적 실체로서의 민족성은 아니다. 조선족 시문학이 기억하는 조선의 '민족성'은 격변기의 현실에 능동적으로 맞서기 위한 생성된 기억인지도 모른다. 그렇기에 그들은 고향과 통일을 염원하면서 동시에 "나는 중국의 조선족이다"를 선언한다.

어쩌면 불행이였을수도
아니, 한때는 행운이였을수도
뿌리에서 파생된 아리랑의 족속—
—나는 중국의 조선족이다

— 강효삼, 「이 땅—나의 삶」 부분

위 시에서 드러나는 것은 이산의 경험과 그것이 빚어낸 기억 그리고 거기에서 비롯된 정체성에 대한 고민과 현실적 상황을 응축한 목소리이다. 여기서 이산의 경험이 불행이었다거나 행운이었다는 평가는 지금의 '나'에게 그리 중요한 문제는 아니다. 정작 '나'에게 중요한 것은 '이 땅—나의 삶'이라는 제목처럼 '나'에게 주어진 현실이고, 이 현실 앞에 선 '나'가 누구인가하는 문제이다. 시적 주체는 매우 분명한 어조로 말한다. 자신이 조선인이라는 민족적(ethnic) 정체성과 중국인이라는 국가적(national) 정체성을 동시에 지니고 있음을 말이다. 결연하게 들리는 이 선언은 1민족 1국가 체제가 개개인의 삶과 기억을 대변할 수 없음을 시사한다. 아울러 사회 역사적 격동 속에서 다양한 정체성이 생성되어왔음을 말해준다.

재외 동포 문학 연구가 초기적 단계를 벗어난 지금, 조선족 문학이나 한국 문학이라는 규정과 범주들은 이제 재외 동포 문학이라는 이름으로 자기 영역을 서로에게 내주면서 '우리'의 이야기에 귀기울이고, 또 한편으로 새로운 '우리'의 이야기를 써나가고 있다. 모국어에 대한 강렬한 기억과 감수성은 간혹 중국 조선족 문학을 한국 문학과 동일한 정체성으로 바라보게도 하지만 다채로운 색과 결을 지닌 '우리'가 공존하기 위해서는 서로 다른 이야기의 가능성을 열어 두어야 할 것이다.

# 몽당치마

림원춘

1

너울을 쓰고 리씨가문의 문턱을 넘어서는 그날까지도 나는 그 녀인을 본적이 없었다. 사촌만 해도 스물넷이나 된다고 시아버님께서 자랑삼아 말씀하시더니 친척들이 너무 많아서 그 녀인을 몰라봤는지 모르겠다.

가계가 량반의 후예라서 그랬던지 아니면 지체가 이만저만 아니여서 그랬던지 시집에 모인 친척들은 많기도 했다. 얼핏 스치는 눈어림으로도 몇십명 잘될상싶었다. 그속에서도 나는 그런 녀인을 본적이 없었다.

리씨네 가문엔 친척들이 많기도 했다. 첫날색시라 나는 부끄러워서 낯을 들지 못하면서도 걱정스런 마음을 가라앉힐바 없었다. 기쁜 마음은 한이 없지만 시름거리도 그에 못지 않았다. 시름거리란 다른것이 아니였다. 본가집 살림 궁하다보니 이튿날아침 친척들에게 올릴 례단을 남들처럼 많이 준비하지 못했으니말이다. 그 녀인과 같은 그런 녀인은 혜임수에 넣지 않았음에도말이다.

군일이 생길 때마다 좋소궂소하고 들이밀쭉 내밀쭉하는것도 친척이요 잘못소 못했소 하고 얼굴을 붉히는것도 친척이니말이다. 다른 손들에게서야 극상해서 잘 차렸소 못차렸소 잘 먹었소 못먹었소 하는 소리로 끝을 보지만 친척들은 입술에 말을 발락지고 두고두고 옛말을 하게 되니 기실 반가운것도 친척이요 무서운것도 친척인셈이다. 지어 인사차례마저 내가 받을 절을 네가 먼저 받았다 네가 받을걸 내가 받았다 하며 노염내고 돌아앉게 되니 까딱하면 말썽이요 지떡하면 당장 떠난다는판이라 기뻐하는 것도 친척이요 곤대질하는것도 친척인 법이다. 하물며 한다하는 리씨가 문의 맏며느리로 들어서는 내가 례단감을 푼푼히 준비하지 못했으니 뒤가 무겁지 않을수 있겠는가.

치마폭을 잡아끌고 뒤를 다는 걱정은 그것만이 아니였다. 내노라 하게 차려가지고 오지 못하고 겨우 이불 한 채에 첫날옷, 트렁크 하나뿐인데 트렁크속에 든것마저 태반이 시집에서 례장감으로 가져온것이니 친척들이 색시의 차림새를 구경할 때 뒤소리를 얼마나 할가싶어 꽃방석에 앉은 것이 아니라 우툴두툴한 바위우에 앉은것만 같았다.

색시의 큰상차림에서 그 집안을 보아낸다는 말이 있어서 그런지는 모르겠지만 근년에는 승벽내기로 큰상들을 준비하군 했는데 내가 받은 상은 얼핏 스치는 눈저울에도 쉰장 하나를 가지고는 될상싶지 않았다. 상다리 부러지게 차렸다는 말이 내가 받은 상을 두고 나온 말 같이 느껴질 정도였다. 그럴수록 꼬리를 무는 걱정은 더 커갔다. 모든 것은 엎음갚음이라지만 한쪽이 너무 기울어졌으니 면목이 서지 않은것은 둘째치고 뒤공론에 귀가 가려울것이 더 걱정이였다.

첫날색시의 일솜씨를 구경하느라고 그랬던지 아니면 첫손으로 지은 밥을 맛보느라고 그랬던지 이튿날아침 진지를 새색시가 짓는것은 조선족의 재래로 내려온 습관이였다. 글눈보다 일눈을 먼저 틔운 나를 놓고보면, 더더구나 때시걱은 내 손 몰래 지나친 일이 없으니만큼 손끝에서 물방울이 말라본적 없는 나를 놓고보면 그까짓 밥을 하는것쯤은 대수가 아니였으나 숱한 친척들의 눈길이 나를 투시한다고 생각되자 어떤지 손이 말을 듣지 않았다. 한두사람의 밥도 아니요 수십명의 밥을 지어야 하니 밥이 타거나 서는것은 여반장인데 어떻게 하면 타지도 않고 설지도 않게 눅지도 않고 되지도 않게 하겠는가 하는 우려가 가슴 한구석을 누르고있었다. 그것ㄷ고 그럴것이 처음 짓는 밥이 눅으면 각시복을 받지 못하고 되면 남편복을 받지 못하고 설면 살림이 궁해지고 타면 집안이 망한다는 얼거지 떨거지 소리를 신조처럼 믿어오는 리씨가문의 풍속이니말이다. 하기야 밥이 타거나 되면 여차여차하게 복을 누리고 눅으면 여차여차하게 자손들을 잘 키운다고 왕청같은 좋은 말을 늘어놓으면서 술잔을 기울이기 마련이지만, 다시말하면 나빠도 좋은 징조로 돌려대면서 아침을 쓰기 마련이지만 같은 값이면 분홍치마랬다고 어쨌든 첫 밥을 물맞게 잘 지어야 했다. 아마 이래서 삼일전까지 색시는 기쁨 절반 시름 절반이라고들 하는 모양이었다.

"아유, 새색시가 벌써 가마목에 앉았구만."

내가 밥물을 맞추느라고 가마에서 물을 떠냈다가는 적은것 같아서 도로 쏟아넣고 쏟아넣었다가는 많은것 같아서 되떠내면은 가불을 짓지 못하는데 키가 훤칠한 40좌우의 아주머니가 부엌문을 떼고 들어가면서 미안쩍게 말하는것이었다. 남성적인 바스음성이었다. 그는 곧바로 가마앞으로 오더니 밥물을 보는것이었다.

"묵은쌀과 달라 햇쌀이 돼서 물을 적게 타오. 물을 좀 떠내오."

그 아주머니는 내 귀에 대고 조용히 귀띔해주고 부엌에 내려앉더니만 장작을 아궁이에 밀어넣기 시작했다.

나는 밥물을 떠내다 말고 그 아주머니를 내려다보았다. 낯선분이였다. 약혼한지 이년이나 되는 새에 나는 남편과 함께 친척집을 다 돌아보았고 시집에서 약혼잔치를 차렸을 때도 가문에 호구를 붙인 사람이면 사돈의 팔촌까지 다 모여왔지만 지금 부엌에 앉아있는 녀인은 본적이 없었다. 잔치 이튿날이라 동네 아주머니가 와서 거들어줄리도 없었다. 그렇다면 저 고마운 녀인은 누구일가? 새색시라 나는 곁사람과 누구인가 묻지도 못하고 그저 그 아주머니가 시키는대로 가마에서 물을 떠냈다. 장작을 서리우던 그

녀인은 안심되지 않았던지 다시 우쭐 일어나 밥물을 보고서야 낮에 흘러내린 머리카락을 량귀밑으로 홈쳐올리며 웃음기를 보일가말가하면서 부엌에 앉는것이였다. 그 녀인이 일어서는 순간 나는 어덴가 격에 맞지 않는 그의 옷매무시에 눈을 주었다. 몽당치마였다. 무릎을 겨우 가리운 그 검은 몽당치마는 판나지는 않았지만 색이 날아있었다. 아마 부엌일을 하려고 뉘것이건 쥐이는대로 대충 걸치고 왔나보다고 생각했다.

내가 밥을 다 안처놓고 가시대에 마주앉아 그릇들을 가시려고 할 때 사랑채에 나갔던 시어머님이 두부며 돼지고기를 한소래 담아들고 들어섰다.

"이 사람, 조카댁, 왔구만."

시어머님은 그 아주머님을 보자 대뜸 화색이 만면해지면서 말했다.

"잠간 눈을 붙인다는것이 그만 너무 잤댔어요."

이상하리만치 코에 걸리는 달짝지근한 바스음성으로 말하며 그 녀인은 늦어서 미안하다는듯 나를 흘끔 쳐다보고는 인츰 머리를 숙이며 부엌아궁이를 들여다보기 시작했다.

"조카댁?"

나는 흠칫 놀랐다. 어머님의 조카댁이면 나에게는 동서간이 되지 않는가? 그런데 왜 나는 여직 모르고있었을가? 아마 료녕이거나 흑룡강에 멀리 떨어져있는 먼친척인가보다고 여겼다.

"그 입술에 물집이 진걸 보게. 사촌시애기를 장가보내려다 자네가 드러눕고말겠네."

시어머님이 혀를 끌끌 차면서 말했다.

"작은어머님도 별 말씀 다하세요. 뭐 못할 일을 하나요?"

"자네 몸은 쇠로 빚었겠나?"

"되려 부끄러워요."

알고 보니 사촌동서였구나… 나는 인사도 못올리고 처음 대하는 사촌동서를 보기 면구스러워서 귀밑부터 고추물을 들이기 시작했다. 례의바르고 인사범절이 여간하지 않다면 리씨네 가문에서 왜 산촌끼리도 인사를 시키지 않는단말인가. 엊저녁에 노래와 춤판이 벌어졌을 때 일가친척들은 물론 코흘리개까지도 다 출도한셈이지만 사촌동서만은 본적이 없었으니말이다. 더더구나 자기의 생색을 내느라 친척들은 자기와 신랑과는 여사여사한 친척이 되는데 손님들이 오셔서 기쁘게 놀아주니 감사하다는 인사말 몇마디쯤 하고야 노래거나 춤을 추는판인데 자기로서가 아니라 소개를 받으며 떳떳이 나서야 할 사촌동서를 면목도 익히지 못했던것이다. 별난 집안도 다 있다싶으면서 다시 동서를 내려다보니 동서도 낯이 빨개진채 부지깽이로 불만 뚜지고있었다. 나의 눈길은 다시 그 몽당치마에 가 떨어졌다. 섰을 때는 겨우나마 무릎마디를 가리워주던것이 쭈크리고 앉으니 무릎도 가리우지 못했다. 그밑으로 판난 수갑이며 양말짝을 풀어서 물레로 뺀 무명실에 섞어 뜬 알록달록한 내의가 보였다. 그것은 나이와는 전혀 어울리지 않았다. 처음 대한다는데도 기인되겠지만 옷매무시로부터 바스음성에 이르기까지 그 모두가 팔간집에 차고 넘는 친척들 가운데서 기중 나의 이목을 끌었다.

그 다사한 잔치에 그릇 하나 깨여진것이 없으니 복우에 복이라는둥 잔치술뒤끝엔 싸움이 벌어지기 일쑤인데 유리 한 장 깨여지지 않았으니 잘 살겠다는둥 거기다 새색시가 한 밥이 딱 맞춤하니 호박이 덩굴채로 굴러들겠다는둥(기실 사촌동서가 제 홀로의 생각에 묻혀있다보니 불을 맞추어 때지 못해서 밥이 탔건만.) 이런저런 좋다는 소리를 다하면서 아침 늦게야 상을 물리고 내가 제일 걱정하는 가문잔치가 새로 벌어지게 되였다. 예전에는 축수라고 일컬어왔지만 지금은 가문잔치로 번져눕고말았다. 매 사람에게 드릴 례단을 한가지씩 상우에 놓고 신랑이 술을 부으면 신부가 술잔을 권한 다음 신랑신부가 함께 절을 올리는것이니 아마 집안사람끼리 하는 잔치라고 하여 가문잔치라고 하는가싶다. 나는 옆에서 시키는대로 시아버님, 시어머님, 차례로 내려가면서 내가 가지고온 례단을 올려놓고 술을 권한 다음 남편과 함께 절을 올리군 했다. 내가 가지고 온 밑천을 내가 잘 알고있었다. 친척들은 많고 례단은 적은데 어떻게 한단말인가? 술을 권하고 절을 올리지만 나의 몸은 얼어있었다. 나는 송곳방석에 앉은 사람처럼 다음에는 뭘 올려놓나 뭘 올려놓나 하면서 옆에서 시중드는 시어머님의 눈치만 살피군 했다. 하지만 시어머님은 아무런 딴 기미도 보이지 않고 나이론양말이며 세수수건 같은것을 상우에 올려놓는것이였다. 하지만 그것들은 내가 준비해온 례단이 아니였다. 나는 그제야 시어머님이 나를 위해서 례단을 따로 준비해두고있었다는것을 알았다.

가문잔치도 거진 끝나게 되였다. 하지만 당당한 자리를 차지하고 앉아서 새각시의 례단을 받아야 할 몽당치마의 몫은 그때까지도 없었다. 례의를 놓고 보거나 친척들의 차례를 놓고 보아도 사촌동서는 언녕 례단을 받았어야 했다. 하지만 그 누구도 사촌동서를 찾는 사람이 없었고 사촌동서도 나서려 하지 않았다. 애들에게까지 손수건 하나씩 주는판이라 나는 너무도 이상하여 옆에 계시는 시어머님보고 가만히 귀띔했다.

"어머님, 사촌동서 몫은 없어요?"

"아유 깜박 잊었구만."

그제야 시어머님은 가마목께로 눈길을 던지며 소리쳤다.

"이 사람 조카댁! 이 사람—"

하지만 가마목은 비여있었다. 가문잔치가 벌어지기전까지도 땀벌창이 되여 가마를 안고 돌던 사촌동서는 어데 갔는지 보이지 않았다.

"이 사람 동불사댁은 어데 갔나?"

하지만 그 누구도 모르고있었다. 언제 자리를 떴는지도 모르고있었다. 알려고도 하지 않았다. 누구다음에 제 몫이 돌아오겠는가 어느 떡이 더 큰가를 살피다나니 남의 걱정 할 새가 없었거니와 몽당치마에 대해선 눈에 담아보지도 않았으니 어데 갔는지 알리 없었다.

"빨리 동불사댁을 찾아오게!"

시어머님이 정지에 대고 소리쳤다.

"빈손으로 왔으니 자리를 피했나봐요."

같은 사촌동서인 조양천댁이 입을 이죽거리며 찾아서는 뭘 하겠는가하는 투로 말했다.

나는 그 소리에 아릴사하면서도 시큼한 그 무엇을 느끼며 바스음성이들리기를 기다리며 바당문께로 눈을 돌렸다. 하건만 떡과 과자를 든 조무래기들이 좋아서 떠들어대며 들락날락할뿐 눈에 익은 몽당치마는 보이지않았다. 시어머님만은 어덴가 못마땅한 기분이였으나 다른 친척들은 여전히 웃고 떠드는품이 몽당치마쯤은 안중에 있는상싶지도 않았다.

인사차례가 끝난 뒤끝엔 부어라 마셔라 하는것이 격으로 됐으니 재벌술상을 벌려야 했다. 동서들도 많고 쌍태를 드리운 색시들도 많았지만 선뜻 팔을 걷어붙이고 가마목에 들어앉는 녀성은 하나도 없었다. 이상하리만치 맥맥한 기분이였다.

"이 사람 조카댁, 빨리 상을 차리게."

뒤끝이 부산하고 그릇소리가 들리지 않으니 시어머님이 조양천댁을보고 말했다.

"동불사형님은 어데 가셨나? 인남아, 빨리 가서 동불사 맏어머님을 오시라고 해라!"

조양천댁은 어느새 쥐였는지 채함지에서 닭고기를 쥐여 제 아들에게주며 소리쳤다.

"아니 동불사댁만 맛인가? 자네가 가마목에 앉으면 못쓰나?"

시어머님이 안색을 흐리우며 말씀했다. 손포가 많지만 진짜 손쓸 사람이 없었으니말이다.

"동불사형님이 다해놔서 뭔지 알아야 하지요?"

산뜻하게 차려입은 치마저고리에 기름이 뙬가 그랬던지 그릇마다 기름이 묻어서 미끌미끌하여 손대기 싫어서 그랬던지 조양천에 계시는 사촌동서는 좀체 가마목을 차지하려 하지 않았다.

"칠칠한 녀자들이 한구들이 돼도 가마목 지킬 사람은 하나도 없구나! 쯔쯔…"

시어머님이 조카들과 손녀들을 둘러보며 나무람했다. 그제서야 정지에 앉았던 녀자들이 뜨직뜨직 가마목께로 다가갔다. 보기가 차마 면구스러워 나도 첫날옷을 벗고 일차비로 삼일에 입는 옷을 갈아입었다.

그때, 바로 그때 덜커덩하는 문소리와 함께 몽당치마가 바당문안에 들어섰다. 나는 무릎을 가리울가말가하는 치마가 펄렁이며 바당문턱우에서 날리는것만 보고도 동불사에 계시는 사촌동서구나 하고 대뜸 넘짚었다. 그제야 정지에서는 몇십년만에 만나는 친지를 대하는것처럼 우와하고 일어서면서 낯에 웃음꽃들을 피우는것이었다. 아낙네들은 너남없이 콩나물이 머리를 쳐들듯 우쭐우쭐 일어서며 야단법석이었다.

"아니 어데 갔다가 인제 오우?"

"작은어머님이 례단을 놓고 얼마나 기다렸다구?"

"그래도 동서가 집안의 모막이라니…"

"동서가 없으니 한자리 빈것 같습데."

이 입 저 입에서 튕겨나오는 말에 나는 웬 일인가싶어 이 동서 저 형님, 조카, 아주머니들을 둘러보았다. 례단을 받을 때는 그 누구도 찾지 않던 그들이 그새 그리도 못견디게 그리워졌을가? 그들은 낯에 웃음을 달달 구을리면서 자기가 더 관심했다는듯이 목소리를 두드러지게 내느라 짬을 타다가 다른 사람의 여음을 물면서 한음 높이는데 그 소리들이 합쳐서 장타령 비슷한 그 무슨 음조를 이루고있었다. 그 누구보다 기다렸다는듯이 뽑아대는 조양천댁의 가늘면서도 삐여진 쏘프라노식음성이 더더욱 두드러졌다. 말은 그렇게 하면서도 그들은 약속이나 한듯 가마목께서 물러나 고방에 들어가는가 하면 먼발치로 앉은걸음을 치는것이었다.

"속탈을 만나서…"

귀맛돋구는 그 바스음성이였다. 그 소리는 고음으로 고우던 다른 음성들과 대조되면서 귀맛좋게 들려왔다. 하건만 그 소리는 햇쌀이 돼서 물을 덜 탄다고 소곤거리던 그런 부드러운 저음과는 달리 어덴가 젖어있었다.

나는 동불사댁을 쳐다보았다. 그 널직스럽하고 실주름마다에 인자가 폭폭 갚였던 얼굴이 어덴가 일그러져보였고 땀구멍마다 서글픔이 파고든 것 같았다. 하지만 그는 인츰 웃음을 담으며 팔을 걷고 가마목에 앉는것이였다. 어렸을적부터 굳은일 된일 가리지 않고 일에서 뼈마디를 키워왔는지라 나는 동불사동서의 일솜씨에 마음이 확 쏠렸다. 뼈도 굵거니와 살집도 좋아서 얼핏 보면 손발이 잴것 같지 않았으나 가마목일에 여간 숙달하지 않았다. 무슨 일에서나 입보다 손발을 먼저 놀리는 그런 류형의 농촌녀성이였다. 잔치객들이 잔치선물로 떡이며 과자등속을 이고 들고 한사람 두사람 떠나가기 시작했다. 하건만 동불사동서는 가마목을 척 차지하고 앉아서는 그 시끄러운 뒤걷이를 하는것이였다. 우리 집은 형제간이 사형제나 되지만 모두 사내들이고 녀자가 없다보니 시어머님이 자질구레한 뒤수습을 해야 했다. 이것을 잘 알고있는 동불사동서는 집에 잔밥들이 눈이 빠지게 기다리고있는줄 번연히 알면서도 작은어머니의 일손을 덜어주느라 늦게 떠나기로 작심했던것이다.

오후에 잔치객들이 다 떠나자 빌려온 그릇들을 돌려주는 한편 저녁차비를 하느라 나는 동불사동서와 함께 가마목에 앉게 되였다.

"형님, 리씨가문에 친척이 많다더니 정말 많기도 하구만요."

인사할 때는 다 소개받았으나 친삼촌이거나 외삼촌 몇몇 가까운 친척을 내놓고는 딱히 몇촌벌 되는 관계인지 까맣게 잊고있었지만 그 널직한 팔간집에 신골박듯 들어찼던 친척들을 상기하면서 나는 동불사동서보고 말했다.

"많다면 많고 적다면 적소."

동불사동서는 서운한 기색을 숨기지 않았다. 나는 그 많은 친척을 두고 왜 저러냐싶어 물었다.

"그 많은 친척을 두고 적다니요?"

"한집안끼리도 친척이 있는 집이 있고 없는 집이 있소."

알고도 모를 소리였다. 친척이면 친척이지 친척이 따로 있단말인가? 나는 저녁거리로 돼지고기를 썰다 말고 동서를 쳐다보았다. 하지만 팥죽같은 땀을 흘리며 팔을 걷어붙이고 일하는 동서의 낯에서는 아무것도 읽을 수 없었다.

"왜 아주버님과 동행하지 않았어요?"

"아주버님?"

동서는 이상하리만치 의혹에 찬 눈길로 나를 쳐다보다가 일손을 다그치는것이였다.

"그럼요. 애들까지도 다 데리고 오지요. 친척마다 다 데리고 왔던데요."

"사람값에 오르지 못하는걸 데려와선 뭘 하겠소?"

귀에 걸리는 부드러운 바스가 아니라 거쉰 바스였다.

"네?"

동불사동서는 더는 말과 싱갱이질하기 싫었던지 아니면 나의 물음을 피하느라 그랬던지 구지렁물을 버린다 쓰다 남은 채소소래를 사랑채에 내간다 하는 선일들만 골라하는것이였다.

동불사동서는 뒤일을 말끔하게 다해놓고 그날 저녁 늦차로 떠나겠다고 서둘렀다. 시어머님은 내가 놓았던 레단이며 먹다 남은 떡이며 낡은 옷건지 같은것들을 한보따리 꾸둥쳐서 동불사동서에게 주었다.

"헌 투레기뿐인데 애들에게 기워 입히게나."

"작은어머니, 나도 친척이노라 하고 나설 때가 있을가요?"

동불사동서는 말없이 보꾸레미를 받으며 눈물을 훔쳤다. 짧은 사이지만 함께 뒤걸이를 하면서 맺힌 정에서였던지 동서의 그 말에 나는 가슴이 찡해옴을 어쩔수 없었다. 그 말에서 나는 동서를 주눅이 들게 한 그 생활 처지를 엿볼수 있었다.

"애들이 자라는것이 잠시라도 말도 있지 않소? 그것들이 자라면 옛말할 때가 있을거요."

시어머니는 쟈케트호주머니에 손을 넣더니만 미리 준비했던 돈 10원을 꺼내여 동서의 손에 쥐여주었다.

"적은데 애들 학비에 보태오."

"이 꾸레미는 받아도 돈을 못받겠어요. 빈손으로 온것만 해도 낯을 들지 못하겠어요."

실실한 몸집과 남성적인 체대에 맞는 바스음성이 아니라 거쉬면서도 가는 고음이 모기소리처럼 그 실한 목구멍에서 겨우 새여나왔다.

아, 나는 그제야 동불사동서가 왜 례단을 올릴 때 자리를 피했는가를 알았다. 그리고 리씨가문을 나들기 시작한지 이년남짓이 되지만, 흑룡강이나 료녕이 아니라 자동차를 타도 한시간안팎에 다달을 가까운 곳에 사촌동서가 살고있었지만 왜서 지금껏 모르고있었는가를 알았다. 나는 물갈기 이는 가슴을 엎누르며 사촌동서의 손을 꼭 쥐고 말했다.

"형님, 치마라도 한감 사입으세요."

"이렇게 신세만 져서…"

"진짜 신세를 누가 지오? 보리고개에 강냉이쌀을 꾸어다 먹고 가을에는 입쌀을 보내고 몇푼되지 않는 돈을 빌려쓰고는 그 배로 쌀되박을 들고오니 진짜 신세를 누가 지나말이요. 바쁜 목을 열어주었다고 그 배로 갚으면서도 항상 신세를 지는것처럼 생각하지… 손에 쥔것이 없고보면 그런 법이요 쯔쯔… 가난이 원쑤라니까."

지금은 집안에 앉아서 가마뚜껑을 운전하고있지만 토지개혁때 부녀회사업까지 맡아하셨다는 시어머님의 말씀은 정말 시원시원도 했다. 그 말씀을 듣는 서슬에 나는 몽당치마를 대신해서 시어머님께 절이라도 올리고싶은, 그런 감정에 사로잡혔다.

동불사동서는 밤차로 떠나갔다. 하건만 눈에 익은 그 몽당치마와 귀맛돋구는 그 바스음성만은 잊을수 없었다.

## 2

리씨가문은 사람이 불으면 불었지 줄어들줄 모른다더니 사람이 많기도 했다. 거기에다 사돈이요, 문객이요 하면서 경사가 나질 때마다 사돈에 거돈까지. 몰려들다보니 잔치가 벌어진다 하면 친척잔치로 이삼일씩 걸리는 것이 보통이었다.

시아버님이 지구교육처 처장으로 사업하고 남편이 공업국 국장으로 일하는 덕분이였던지 손이 두텁게 부조를 해서 그랬던지 나는 리씨가문의 장손댁도 아니건만 간곳마다 장손댁으로 받들렸다. 촌수를 알아보니 리씨가 문의 장손댁은 동불사동서였고 소 깔먹듯 무르고 센것없이 밥소래를 굽내며 무럭무럭 자라는 그 집 자식들이 리씨집안의 대를 물 진짜 후에였다. 추석이요 설이요 하는 명절때마다 집안사람들이 이집저집 몰켜다니며 닭을 잡는다 개를 잡는다 하면서 질탕하게 마시고 먹고 놀군 했지만 몽당치마는 그림자도 보이지 않았다. 혹여 내가 몸이 불편해서 낯을 보이지 않으면 사람을 띄운다 자전차에 앉혀간다 하며 야단법석이였지만 동불사동서에 대해선 모시기는커녕 입에도 올리지 않았다. 그런 때면 사람들의 기억에서 몽당치마가 영영 사라지고있었던것이다. 하건만 나의 머리속에선 몽당치마가 항상 맴돌이치군 했다. 그 바스음성이 안타깝게 그리워지는 때도 있었다.

"아니, 동불사동서는 왜 오시지 않았어요?"

설쇠러 조양천동서네 집으로 갔을 때 나는 돼지를 엎질러놓고 순대를 만들어 자시는 친척들을 둘러보며 물었다.

"그 동서가 잔밥들때문에 문을 나설수 있어야지?"

조양천동서는 대수롭지 않게 대답했다.

"그 애들이 제구실을 하기전까지야 언제 나다닐 새가 있다구?"

"새끼를 먹일라니 공부시킬라니 발 뗄 새나 있겠소?"

공팔칠팔하면서 이사람 저사람 조양천동서를 두둔해 나섰다.

나는 그 소리가 못내 섭섭했다. 그저 섭섭할뿐이였다. 내가 바스음성을 생각했다면 고작 불쌍하구나 하는 것에 그쳤을것이다.

동불사동서는 이렇게 먹어라 써라 하는 때마다 자리를 비우군 했다. 하지만 일손이 모자라거나 고된 일이 생길 때마다 저마다 그를 찾았고 그를 생각했으며 그를 데려오려고 사람까지 띄우군 했다.

내가 시집온 이듬해 가을에 시아버님의 회갑잔치를 하게 되였다. 고양이손도 빌어쓸 바쁜 가을철이건만 시아버님의 회갑잔치는 일대 성황을 이루었다. 사흘전부터 친척들이 오기 시작했는데 막달을 잡은 나를 놓고 보면 회갑날이 아니라 친척들 대접부터가 뻐근할 정도였다. 더더구나 이백여근 되는 떡쌀을 씻는다 팥고물을 만든다 두부를 앗는다 막걸리를 거른다 돼지를 잡는다 큰상차림을 하다 일이 딸리고 손이 모자라는통에 땀을 동이로 쏟았지만 일축은 나지 않았다.

조양천동서는 회갑전날 아침차를 타고 왔다. 그는 보라는듯이 과자와 사탕 과실을 넣은 큰상차림구럭을 이고 들고 문에 들어섰다.

"아유, 오늘은 차객들이 얼마나 많은지 겨우 비비고 올라 앉았어요. 짐이라는게 작히나 무거운가—"

조양천댁은 남들이 듣지 못할가봐 길게 말을 뽑았다.

"이 사람 조카, 길에서 고생했네."

마음씨 후더분한 시어머님이 얼른 일어나 짐 받으러 바당에 내려서면서 말했다.

"조양천에 색과자가 없어서 룡정까지 갔다 오느라 늦었어요."

조양천댁은 얼굴에 땀도 나지 않았건만 똬리를 만들었던 수건을 풀어 땀을 씻는척하며 계속 떠따고있다.

"상을 차리지 않으면 못올덴가? 원—"

"조카로 작은아버님의 회갑상도 차리지 않겠어요?"

친척들이 이구동성으로 조양천댁의 성의가 이만저만 아니라는둥 친척사이에 등한시하지 않는다는둥 입술이 닳게 칭찬들을 늘어놓았다. 그러자 조양천동서는 구렝이가 몸을 췌세우듯 어깨를 으쓱 살려올리며 고방으로 들어가는것이였다.

나는 조양천동서의 성품이 워낙 그렇다싶어 맞장구를 치지 않았다.

"이 사람, 일이 처져서 말이 아니네. 빨리 옷을 갈아입고 가마목에 앉게."

시어머님이 일재촉을 했다.

"아니 동불사형님은 오지 않았어요?"

조양천동서는 그제야 고방에서 머리를 내밀고 누구인가를 찾듯이 이곳저곳을 살피며 물었다.

"일부러 알리지 않았네."

"아니 작은아버님의 회갑인데 알려서만 오겠나요? 제 발로 와야지요. 이런 때 오지 않으면 언제 오겠나요?"

워낙 가늘고 높은 소리에 한음 더 높였다.

그러자 친척들도 와야 한다거니 사람을 띄워서라도 데려와야 한다거니 하며 와작 고아댔다.

"입이 넷이 그 손을 믿고 사는 사람을 어찌 오너라 가거라 하겠나? 하물며 이 바쁜 가을철에말이네."

시어머님이 딱한 표정을 지으며 동불사동서를 감싸나섰다.

"제아무리 목구멍이 포도청이래도 시아버님 맞잡인 작은아버님의 회갑에도 오지 않다니요? 아무리 그렇다고 이 좋은 세월에 산사람의 입에 거미줄이 쓸겠어요?"

남을 흠잡으면 그만큼 제 어깨가 올라가는판이라 조양천댁은 점점 모가지가 세졌다.

나는 이런 때 동불사동서가 와서 일을 거들어주면 얼마나 좋으랴 하면서도 잔밥 넷이나 데리고 사는 과부의 신세가 얼마나 고되랴싶어서 아무 말도 하지 않았다. 좋은 일에는 생각나지 않다가도 바쁜 대목에 이르면 생각난다는 말이 이런 때를 두고 하는 말이리라.

이렇게 말이 잘 새 없을 때 덜컹하는 바당문소리와 함께 동불사동서가 들어섰다. 일년전에 입고 왔던 그 매무시 그대로였다. 딴 차림새라면 우둘진 체대에 어울리지 않는, 젖가슴이 팽팽할 정도로 단추를 겨우 잠근 학생복 저고리를 입은것이였다.

얼핏 스치는 눈어림에도 큰애의 저고리를 입고 왔다는것이 알렸다.

"동불사형님이 오셨어요!"

나는 너무나 기뻐서 자리에서 일어서면서 소리쳤다.

"이 사람, 우정 알리지도 않았는데 어떻게 알고 찾아왔나?"

시어머님도 자리를 털고 일어서면서 동불사동서의 손에 쥐여있는 술병을 받았다.

"선가을을 끝내고 오느라 그만 늦었어요."

돌만에 들어보는 남성적인 성미가 담긴 그 바스음성이였다.

사람이 직접 눈앞에 나타나자 방금까지 이러쿵저러쿵하면서 콩이야 메주야 하던 친척들은 여간한 성의가 아니라는둥 혼자손으로 그 집을 빠져나온것만도 대단하다는둥 칭찬이 자자했다. 나는 친척들의 낯을 새삼스럽게 다시 뜯어보았다. 방금전까지 자기들이 뱉은 말을 되씹어 삼키고 판판 다른 말을 하고있건만 그들의 낯에선 붉은 기미라거나 미안쩍은 기색이라고는 전혀 찾아볼수 없었고 그렇듯 태연하고 천연덕스러웠다.

"나도 방금 왔는데 형님은 무슨 차를 타고 오셨소?"

조양천댁이 토라져서 자리에서 일어나지도 않고 물었다. 그러면서 그는 시어머니의 손에 쥐여있는 술병에 야멸찬 눈길을 주었다. 그 눈빛은 상을 차리지 못할진대 차라리 빈손으로 올거지 술 한근이 뭐요? 하고 말하는상싶었다. 기실 친척들의 눈길은 모두 그런 말을 하고있었다.

"뻐스를 타고 왔소."

동불사동서는 고방으로 들어가더니만 저고리만은 벗어 벽에 걸어놓고 맨적삼바람으로 나와 말없이 가마목에 앉는것이였다. 동서는 아무런 말도 없이, 누가 뭐라건 말씨름엔 쇠통 삐치지 않고 힘겨운 일만 수걱수걱하였다. 조양천동서는 큰상차림을 준비합네 하고 옷을 차려입고 시내로 들락날락하면서 기실 겨우내 애들에게 입힐 고운 옷들을 골라 사느라 야단쳤지만 동불사동서는 가마목에서 땀을 동미들이로 쏟고있었다. 곁에서 보기에도 안되여 내가 좀 쉬면서 하라고 몇 번이나 말했지만 그는 그때마다 고개를 끄덕여보였을뿐 이 일이 끝나면 저 일 저 일이 끝나면 이 일, 이 일 저 일 손 쉬울줄 몰랐다.

리씨가문엔 친척들이 많기도 했다.

시아버님의 회갑상을 내놓고 친척들에게 들어온 상만 해도 스물네상이나 되니말이다. 회갑상 상수를 보고 그 집안을 알고 집집이 차린 상으로 집집을 안다는 말이 이를 두고 하는 말이리라. 그래서 그런지 친척들마다 제 상차림에서 이목을 끌게 하느라 상우에 놓았던 색과자를 저쪽에 옮겨놓고 저쪽에 놓았던 사과를 이쪽에 옮겨오며 놓았다가는 옮기고 놓았다가는 옮기고 하면서 상을 안고 법석거렸다. 결국은 그 상우의 물건이 그것이 요 그 빛깔이 고작 그것이였지만 저마다 제 상빛을 도드라지게 하느라 시간을 퍼그나 끌었다. 그런가 하면 상차림가지수를 세느라 여념없는 사람도 있었다. 이제 그 가지수를 가지고 뉘 집은 이렇고 뉘 집은 저렇다면서 말에 장부를 앓힐판이다. 상차림에서 조양천동서의 승벽은 여간하지 않았다. 남이 차린 상에 눈그루를 박다가는 자기상에 없는것이 있으면 그건 보면서도 눅거리가 돼서 안샀다거니 회갑상에 그런걸 다 놓겠는가 하면서 비탈린 말만 하기 일쑤였다.

남들이 상차림에 분주할 때 동불사동서는 머리를 푹 떨구고 손님 치를 음식을 만드느라 여념이 없었다. 하지만 안절부절 못하며 일손을 가누지 못하는, 몽당치마로 무릎을 가리우느라 손으로 치마폭을 당기는 그의 행동거지에서 그의 기분상태가 몹시 갈앉아있음을 보았다. 나는 동불사동서가 상을 차려오지 못하고 빈손으로 와서 그런다는걸 대뜸 눈치챌수 있었다. 일은 뼈빠지게 하면서도 그렇게 면구스러워하는 품새가 안돼서 나는 시어머님께 동불사동서에게 상을 차려드리라고 가만히 일렀다. 떡판에 가서는 떡이요 술판에 가서는 술이랬다고 겉치레뿐인 상차림이지만 남들에게 짝져서야 되겠는가싶어서였다. 특히나 그 후한 인품에 빈손때문에 주눅이 들게 하고 싶지 않았기 때문이다.

시아버님과 시어머님께 올리는 인사가 허리를 넘어섰는데도 지난번 잔치때처럼 동불사동서의 이름은 없었다. 5촌, 6촌들 차례까지 지나 8촌으로 넘어섰는데도말이다. 동서보다 내가 더 섭섭했다. 나는 부엌에서 매운탕을 끓이고있는 동서를 내려다보았다. 동서도 나를 쳐다보았다. 그 찰나, 나는 동서의 눈굽에 연녹은 물같은 눈물이 괴어있음을 보았다. 그 눈물은 왜서 내가 와서 이런 수모를 당해야 하는가고 하소하는것 같았고 그런 자기를 구원하지 못하는 나를 원망하는것만 같았다. 동서는 나를 보더니 인츰 일어서서 고방으로 들어가는것이었다. 작년 잔치때처럼 자리를 피하는것이 분명했다. 하지만 몇분 지나지 않아 나의 생각이 틀렸다는것을 직감적으로 느꼈다. 동서가 어제 입고왔던 그 학생복을 단정히 입고 술병을 들고 고방에서 나왔으니말이다.

"형님, 어머님께서 형님의 상을 마련했으니 들고 나가세요."

기분을 잡치지 않고 인사올리러 나가는 동서의 그 인품이 너무나 고맙고 기꺼워서 시어머님이 차려놓은 상을 가리키며 말했다.

"겉치레를 해서 뭘 하겠소? 있으면 있는것만큼 행세해야지."

동불사동서는 동동 달리는 몽당치마를 내리당겨놓고는 코신을 발에 걸고 문을 나서는것이었다. 나는 정지문을 열고 어쩌나 하여 밖을 내다보았다. 마당둘레에는 사람들로 모를 박았는데 조무래기들의 눈을 끄잡아당긴것은 앞마당을 차고 넘는 큰상이였다. 그들은 저마다 상을 물릴 때 어느것부터 달라겠다고 겨누고있는상싶었다.

"친척에서 더 인사할 사람이 없소?"

8촌시형이 축수집행을 서다가 사위를 둘러보았다. 아무도 나서는 사람이 없었다. 나는 너무나 급하여 있다고 소리치려고 목을 빼들었다. 하지만 나는 소리칠수 없었다. 사람들 틈을 비집고 나서는 몽당치마가 눈에 띄였던것이다. 동불사동서는 큰상이 아니라 술 한병을 들고 시아버님이 받은 상앞으로 가더니만 강냉이속으로 틀어막은 마개를 빼고 잔에 술을 붓는것이었다. 그리고는 머리를 들어 아버님 어머님을 쳐다보는데 긴 속눈섭마다가 물기에 젖어있었다.

"작은아버님 작은어머님, 두분께서 오래오래 복하게 앉으세요."

동불사동서는 살풋이 앉으며 절을 올렸다. 알록달록한 아래내의가, 작년에 입고 왔을 때보다 헝겊기운자리가 두드러진 내의가 몽당치마에 가리우지 못하고 다 드러났지만 절하는 맵시가 하도 탐탁하고 진지하여 그의 깨끗한 마음을 흐리우지는 못하였다.

"야―질부가 주는 술이 더 달구나!"

시아버님은 다른 사람들이 부은 술은 입술이나 대다 말았지만 동불사동서가 부은 술은 한방울도 남기지 않고 굽을 비우고나서 기껍게 말씀하셨다.

그 소리와 함께 조양천댁이 입을 삐죽하는것이 나의 눈결에 맞쳐왔다. 같은 사촌동서라지만 간곳마다 제노라하면서 큰소리만 치고 부조하는 물건의 무게만 뜨는 그 행실이 눈에 거슬렸다. 오늘도 시아버님이 동불사동서를 칭찬하니 기뻐할 대신 앵돌아질건 뭐람? 하물며 그들은 친동서간이 아닌가? 나는 기뻤다. 간곳마다 빈손이라면서 주저하고 일로 그 빈손을 봉창하는 동서를 위해 기뻤다. 딱히 업신받는다고는 짚기 어렵지만 실제상 업신당하고있는 몽당치마를 위해 기뻤다.

동불사동서에 대한 나의 동정심은 두차례의 잔치일에서 더 깊어졌다.

이번에도 그는 다른 손님들이 다 떠나고 없었지만 마지막 거둠질까지 싹 하고 저녁 늦차로 떠났다. 나는 내가 일할 때 입으려고 준비했던 검은 통치마와 토색저고리를 동서에게 드렸다. 우리는 체대도 엇비슷하고 통체도 비스듬해서 남의 옷을 빌어입은것 같지는 않을 것이다.

"이렇게 신세만 져서…"

역시 같은 말을 남기며 그는 차에 올랐다.

인생의 행로는 파란곡절로 얽혀있다더니 말 그른데 없었다. 있다가도 없고 없다가도 있는것이 돈이요 살다가도 죽고 죽다가도 사는것이 인간이라 부귀영화는 영구한것이 아니요 생명도 영원한것이 아니다. 환갑이 지났건만 50대의분들을 찜쪄먹는다던 시아버님이 글쎄 중풍을 만나 급작스레 세상 뜰줄이야 누가 생각인들 했으랴! 가문의 기둥이요 집안의 대들보라고 여겨오던 시아버님이 세상뜨자 단란하던 우리 집은 차츰 네귀가 비뚤어지기 시작했다. 시아버님이 세상뜬지 몇 달되지도 않았는데 간염으로 시름시름 앓던 시어머님이 간암이라는 진단을 받고 시아버님의 혼백을 따라가게 되였다. 이렇게 되여 한해 몇 달 사이를 두고 나는 시부모를 몽땅 여의게 되였다. 설상가상으로 그 이듬해엔 공업국장으로 일하던 남편이 "민족공업을 발전시켜야 한다."는 기발을 들고 협애한 민족주의사상을 고취했다는 감투끈으로 민족주의분자에 우경기회주의분자로 되는통에 우리 집은 령락의 길에 들어서게 되였으며 얼마 되지 않아 생활의 질고에서 허덕이게 되였다. 생활도 생활이겠지만 사람 그리운것이 더 고통스러웠다. 시부모가 세상뜨자 뜸해지기 시작하던 친척들의 발걸음이 남편이 그 무슨 분자로 되자 영 자취를 감추고말았다.

리씨네 가문이 사람이 많다더니 사람이 없는것이 리씨네 집안이였다. 시아버님이 생전일적만 해도 웬간한 일이 있어도 줄을 쳐서 찾아오던 친척들이 남편이 로동개조를 하면서부터는 낯도 들이밀지 않았다. 가문이 친척지간 촌수를 만드는것이 아니라 사람이 가문의 촌수를 만들고 가문의 촌수가 친척사이를 만드는것이 아니라 돈이 가문의 친척을 만든다는 옛말이 틀림없을상싶게 생활이 령락되자 형제사이도 이웃만 못하게 되였다. 이웃이 사촌만 낫다는 말이 참말 지당하였다. 남편을 따라 옥천동으로 내려온후 친척들은 우리가 죽는지 사는지도 모르고있었지만 마음씨 착한 이웃 할머니들은 색다른 음식이 있어도 놋식기에 담아서는 치마폭에 감춰가지고 애들을 먹이라며 가져다주군 했다. 가난이 씨종자만 만든다고 내가 시집온 5년새에 두 남매를 낳은데다 또 태기가 있게 되여 오래잖으면 자식 셋을 가진 어머니로 되게 되였다. 새끼들이 많으면 늘그막에나마 락을 볼 때가 있으려니 하는 그 희망에서 낳고 낳고 자꾸 낳는가싶다. 남편이 벌지 못하는 대신 내가 벌어야 하겠는데 배가 불룩하여 일도 못하게 되자 우리 집 생활은 궁하다못해 쌀독에 거미줄이 칠 지경으로 됐다.

돈이 돈을 낳고 가난이 가난을 낳는다고 가난할수록 애들마저 밥을 어떻게나 먹어대는지 남들과 똑같이 량식분배를 받아도 우리 집은 항상 딸리기만 했다. 언제나 음력설을 넘기기 바쁘게 쌀독에서 바가지소리가 달가당거렸다. 생산대에 가서 량식을 꿔다 먹기는 했으나 그것도 한두번이지 항상 주머니를 들고 다닐수는 없었다. 나는 할수무가내로 시내에 있는 친척들을 찾아가서 가을에 입쌀을 주기로 하고 강냉이쌀과 강냉이가루를 꿔다 먹고는 벼를 찧기 바쁘게 이여다주군 했다. 이렇게 일년에 몇백근씩 꿔다 먹은 쌀을 물어주고나면 그 이듬해 봄을 넘기기가 바빴다. 남의 신세를 지는것은 태산같으나 량식 기갈은 해마다 더해만 갔다. 기실 강냉이쌀을 가져다 먹고 입쌀을 가져다주니 번마다 내가 밑지는셈이지만 주라가 무서운 법이라 신세를 진다지 않을수가 없었다. 앉은자리에서 손발을 놀리지 않고 강냉이 대신 입쌀을 받아 먹으면서도 그들은 나에게 신세를 지우고 차비까지 팔면서 입쌀을 머리털이 빠지게 이여다주면서도 나는 그들의 신세를 진다고 해야 했다. 아마 몽당치마도 그전에 이랬으리라!

그 많은 친척들가운데서 발길을 끊지 않은것은 유독 몽당치마인 동불사동서였다. 남편이 로동개조를 하게 될 때도 일부러 찾아와서 나를 위로해줬고 옥천동으로 내려올 때도 와서 짐까지 꾸려주었었다. 지금은 그전보다 몇배나 더 먼 거리를 상거해있고 자동차까지 바로 통하지 않는 벽촌에 내려와 있건만 감자가 나지면 감자를 이고 강냉이가 나지면 강냉이를 이고 찾아오군 한다.

래일은 팔월 한가위날이다. 남편은 부모들의 산소를 벌초하러 떠나가고 집에는 철부지들과 나뿐이였다. 려염집 같으면 떡친다 막걸리를 거른다 하면서 야단치련만 우리 집은 초상난 집처럼 스산하기만 했다. 전같으면 친척들이 찾아들어 씨암탉을 잡는다 개목을 단다 하며 법석이련만 지금은 아무도 찾아오는이 없다.

"한집안끼리도 친척이 있는 집이 있고 없는 집이 있소."

나는 그때 동불사동서가 하던 말의 뜻을 오늘에야 딱히 알게 되였다. 지금 우리 집은 적적해도 친척들 뉘집에선가는 떡치고 술빚고 부어라 마셔라 하면서 웃음꽃을 피울것이다. 아마 지금쯤은 달마중에 어른 애들할 것없이 어느 마을 동구밖에 나섰을지도 모른다. 나는 그들이 그립기도 하면서 한없이 미웠다. 남남간도 아닌데 아무러면 그렇게도 무정할수 있단 말인가? 좋을 땐 친척이요 나쁠 땐 친척이요 나쁠 땐 남이라더니 말 그런데 없었다. 워낙 좋아도 친척이요 나빠도 친척이여야 진짜 친척이련만 제 살둥이를 트느라고 그런지 사람마다 그처럼 되지 못하고 있었다. 그것이 안타깝기만 했다.

"소쩍— 소쩍—"

뒤동산 소나무숲에서 소쩍새가 슬피 울었다. 그 처량한 울음소리는 외롭고 쓸쓸한 가슴에 비애의 파문을 일으키면서 살속까지 파고들었다. 나는 울것만 같았다. 실컷 울고났으면 속이 후련할것만 같았다.

"아니 이 집에서는 왜 상기도 불을 켜지 않고있다?"

바스음성이였다. 항상 귀에 쟁쟁 울리던 그 웅글은 목소리였다. 나는 자리에서 벌컥 일어섰다. 내가 미처 문을 열어드리기 바쁘게 "삐걱—"하는 바당문소리와 함께 동불사동서가 큼직한 광주리를 이고 들어서는것이였다.

"형님! 흑흑…"

나는 동서를 보자 친어머니를 만난것처럼 이때까지 쌓이고쌓였던 설음이 북받쳐올라와 그의 가슴에 얼굴을 묻고 흐느끼기 시작했다.

"아니 집에 불상사라도 생겼소?"

근심어린 바스음성이 우렁우렁 나의 가슴에까지 맞쳐왔다. 하지만 나는 무턱대고 울기만 했다. 그저 울고만싶었다.

"아니, 대보름에 웬 곡성이요?"

정수리에 선뜩 찬 물기가 떨어졌다. 식은 땀방울이였다.

그제야 나는 그의 가슴에서 머리를 들었다. 맏동서는 그때까지도 광주리를 인채 철철 땀만 흘리고있었다.

"아유, 짐도 받지 않고…"

나는 짐을 받아 내려놓고 인즘 석유등잔에 불을 달았다.

"애 아버지는 어데 갔소?"

근심스런 물음이였다.

"벌초하러 갔어요."

"오ー 난 또…"

동불사동서는 그제야 신을 벗고 구들로 올라서면서 시름놓은듯 후ー하고 한숨을 쉬였다.

"눈물을 흘리기 시작하면 매일 동이로 쏟아도 부족이요. 눈물을 깨물어 먹고 살아야 하오. 특히 녀자들말이요."

그는 머리수건으로 나의 눈물을 닦아주며 말했다. 이런 때 욕이라도 한바탕 해줬으면 나오던 눈물도 들어가련만 눈물을 닦아주며 애무해주니 눈물이 저절로 솟구쳐오름을 어찌할수 없었다.

"추석쇠러 왔는데 웃어야 할 대신 울기부터 하니 원ー"

"왜서 이렇게 늦었어요?"

나는 눈물을 훔치며 그제야 인사말을 했다.

"래일 추석이라 객들이 어찌나 많은지? 겨우 마지막 차를 잡아타고 이 아래 공사마을까지 오니 해가 나불나불 지더구만."

"공사에서 여기까지만 시오린데요. 숱한 고생을 했네요. 이것 보지 저녁전이겠는데…"

나는 불을 때려고 바당에 내려섰다. 그러자 동불사동서는 내 팔을 잡고 끄잡아 올렸다.

"저기 떡도 있고하니 묵은밥이나 몇술 있으면 되오."

"아직 저녁불도 때지 않았어요."

"내가 땔테니 올라가오. 그 몸으로 오르내리기가 얼마 힘들겠소?"

동불사동서는 나를 떠밀어올리고 자기가 바당에 내려앉으며 말했다.

가마는 굶을 때가 있어도 부엌아궁이는 굶은적이 없는 도목나무고장이라 장작을 서리우니 가마가 인츰 성성 끓어올랐다. 나는 생산대에서 추렴한 소고기를 씻어 안쳤다. 단오, 추석, 설 이렇게 두서너번 들어보는 고기추렴외에는 일년치고 고기맛을 모르고 살아오는터였다. 동서가 오니 추석기분이 도는것만 같았다.

나는 고기를 씻어 안치다 말고 동서를 내려다보았다. 부엌아궁이에서 비껴나오는 불빛에 비친 동서의 모습은 때국물이 흐르던 궁상이 아니였다. 몸에 걸친것이 몽당치마도 아니요 알락달락한 내의도 아니요 학생복 저고리도 아니요 그렇다고 내가 드렸던 그 치마저고리도 아니였다. 새로 맞춰 입은 쥐색 혼방직치마저고리였다. 가난때를 벗는것이 제일 큰 때벗이라더니 가난티를 말끔히 가셔버리지는 못했지만 큰애가 학교문을 나서서 벌고 돈냥이나 손에 쥐게 되니 탈피를 한것처럼 말끔했다.

"형님, 형님은 이젠 옛말을 하게 됐어요."

"동서는 오랠줄 아오? 이제 생원의 일이 풀리고 애들이 자라면 나보다 더 옛말을 하며 살거요. 류수같은것이 세월이라 오랜것 같으면서도 빠른 것이 세월이요."

"코흘리개들이 언제 가야 제 구실을 하겠어요?"

"올리막이 있으면 내리막이 있는 법이요."

"형님 그 많던 친척들이 다 어데 갔을가요?"

나는 내가 시집올 때와 시아버님의 회갑날을 상기하면서 이렇게 물었다.

"먹어라 써라 하는것이 친척이요 발길을 끊으면 이웃보다 못한적이 친척이라지 않소?"

동불사동서는 국가마가 끓는것을 보고 장작 몇가치를 더 서리우더니만 구들로 올라왔다. 그는 자는 애들을 유심히 내려다보다가 이고 왔던 광주리를 헤치기 시작했다.

"있는대로 이고 오느라고는 했지만 별것 없소. 초바심을 해서 친 차이떡이요."

동서는 들기도 힘겨운 큼직한 떡보자기를 내놓았다.

"이건 햇쌀이구 이건 소고기구 이건…"

동서는 나이론수건에 싼 천을 헤쳐보이면서 말을 이었다.

"동서에게 주려구 끊었는데 마음에 들겠는지 모르겠소."

하얀 나이론적삼과 밤색 치마감이였다.

"지금 이것저것 가릴 신세가 됐나요? 조카들이나 사입히지 돈을 팔며 왜 사왔어요?"

시집올 때의 밑천을 다 부려먹고 시집에서 해준것마저 거덜이 나다나니 나에게는 지금 입고있는 때가 다닥다닥한 단벌 치마저고리밖에 없었다. 오죽하면 벌초하러 가는 남편이 내가 입고있던 런닝그를 입고 떠났겠는가? 나는 눈시울이 찡해났다.

"없고 보면 모든 것이 구멍 빠진 항아리와 같소. 곁에서 도와주는것이 몇참 간다고 그러우? 제 두손을 갖고 일어서야지 남이 돕는건 그때뿐이요. 신세를 진다는 소리만 들었지…"

"떨어진다 하니 어째 이렇게 칼로 자르듯 몽창 떨어져나갈가요?"

"그러게 굽빠진 항아리는 때도 가난구멍은 때지 못한다고 하지 않소?"

"지금같아서는 헤여나갈것 같지 않아요."

"두손을 맞들고 빌면 몇참 간다고 그러오?"

저녁을 치르고 우리는 자리에 누웠다.

길에서 지쳤던지 시름을 덜어서 그랬던지 동불사동서는 눕자마자 코를 골았다. 하지만 나는 오만가지 생각에 좀체 잠들수가 없었다.

"소쩍― 소쩍―"

소쩍새가 다시 울기 시작했다. 하건만 나는 외롭지 않았다. 그것은 옛날의 몽당치마―바스음성이 나의 옆을 지키고있었기 때문이다.


3

남편만 아니였어도 나는 친척들과의 거래를 끊어버렸을것이다. 불쌍한 남편의 면목을 봐서 나는 친척들과 다시 래왕하지 않으면 안되였다. 하기는 내 뒤가 꿀려서 쌀꾸러 다니면서부터 래왕이 시작되기는 했지만 말이다. 여름 한철 쌀꾸러 다니고 가을 한철 갚느라고 치마꼬리가 닳게 다녔으니 제 발로 문을 연셈이다.

부지런히 친척들 집 문턱을 넘나들다나니 나는 자연히 네 집이 어느때 생진이요 잔치요 회갑이요 하는 경사를 다 알게 되였다. 하지만 나는 쇠통 모른척하고 눈을 감아버리기로 작심했다. 내밀것이 있어야 떳떳이 나서련만 쥐면 두주먹밖에 없는 무밑등같은 신세에 그것도 차리고 나설 옷마저 없는 주제에 어데로 간단말인가? 하지만 친척들은 군일이 생길적마다 나를 잊지 않았다. 그전에 백도라지요 노들강변이요 하면서 춤판을 벌릴 때는 몽당치마를 잊었어도 군일에 일손이 딸릴 때마다 몽당치마를 생각했듯이 가마목손이 부족할 때마다 나를 생각하군 했으리라.

털은 내리쓸게 마련이고 물은 내리흐르게 마련이라고 손우분들은 손우처신을 해야 하고 소아래사람들은 그 본을 받아야 한다. 나는 동불사형님이 하던대로 빈손이지만 군일에 가서 부조를 못하는 대신 힘으로 그 몫을 담당하군 했다. 그러니 시끄럽고 힘든 일은 내가 맡아해야 했다. 그래야 다소 마음이 풀리군 했다. 일에서 굳어진 두손을 갖고있기때문에도 그러하겠지만 일손을 놓으면 송구스러워서 앉아있을수가 없으니 어찌하랴? 부조할 형편이 되지 못하여 두손과 힘을 가지고 왔으니 그것으로 미봉할수밖에 없으니말이다.

한번은 조양천동서가 아들을 보내서 맏딸이 시집가니 그에 오라는 청탁을 하였다. 남편이 로동개조를 하기 시작해서부터 십몇년동안 발길을 끊었던 조양천동서가 사람까지 띄워 나를 청했으니 심히 놀라운 일이 아닐수 없었다. 어떤 때는 문턱이 다슬게 다니다가도 어떤 때는 모른척하고 나앉은 일을 생각하면 분하기 그지없었으나 조카들을 봐서라도 가야 했다.

"아유 동서, 제앞이 막막해서 살자고 버둑거리다니 한번 가보지도 못하고… 어찌 고생하오? 생원은 무사하오? 애들은 잘 자라오?"

내가 문을 떼고 들어서자 조양천동서는 전에없이 반겨맞으며 입치레를 하면서 물을 단꺼번에 뿜어버렸다. 십몇년새에 이마의 잔주름이 늘어났지만 남달리 삐여진 그의 고음은 여전하였다.

"고생이야 다 같지요. 그간 무사하셨어요?"

"우리는 그럭저럭 탈없이 보내오. 아유 그 곱던 낯이 왜 이렇게 됐소?"

달망지게 생긴 조양천동서는 나의 손목을 잡고 손등을 싹싹 어루만져주면서 있는 걱정 없는 걱정 다했다. 환갑때에야 셈이 다 든다더니 쉰고개를 바라보는 조양천동서가 인제야 지난날을 후회하는갑다 여겨 얼어붙었던 가슴속 한 귀퉁이가 스르르 녹아내리는것만 같았다.

"아니 잔치라면서 왜 집안이 이리도 조용한가요?"

나는 잔치객들이 없는 조용한 집안을 둘러보며 물었다.

"잔치날자는 아직 열흘이 있소."

"네?"

"제 어미가 무재간이 돼서 그런지 딸년도 무재간이요. 잔치날자는 바득바득 다가오는데 꽃방석이며 베개머리에 수를 하나도 놓지 못했소. 그래 생각다못해 동서를 불렀소."

나에게는 어머님 손부리에서 물려받은 한가지 잔재간이 있었다. 수놓이였다. 이 몇 년래 나는 저녁마다 수놓이를 해서 장간새를 사고 애들 학비를 보탰다. 풋돈잎은 나의 수놓이에서 생겼다. 조양천동서의 귀동냥은 빠르기도 했다.

나는 그날 저녁부터 재봉기앞에 앉아서 꽃방석이며 홰보, 베개머리에 수를 놓기 시작했다. 꽃방석이나 베개머리에 놓은 수를 보고 첫날색시의 손부리를 보게 마련이니 나는 시집가는 조카를 대신해서 있는 정성과 재간을 다 피웠다. 휘늘어진 수양버들에 제비가 날아드는것도, 활짝 핀 란초꽃에 나비 쌍쌍 날아예는것도, 소나무 옆을 감도는 벽계수에 백학이 내려앉는것도, 달밤 송백수를 품에 안은 즈렁바위에서 호랑이 따웅하며 앞발을 쳐드는것도, 어쨌든 이때까지 내가 보아왔고 좋다고 생각되던것을 몽땅 수놓아주었다.

나는 밤낮 여드레를 재봉기앞에서 보냈다. 내가 수놓이를 마치고 재봉기에서 물러앉은 그날 동불사동서가 애들까지 몽땅 데리고 들어섰다.

"아유— 작은동서가 한발 앞섰구만."

"형님!"

나는 어찌나 반가왔던지 한참동안이나 동불사동서의 손을 꼭 쥐고 놓지 않았다. 가는 정이 있어야 오는 정이 있고 가는 떡이 커야 오는 떡이 크다고 기쁠 때나 서러울 때나 발길을 끊지 않고 뭐나 주지 못해 까래가시를 뜯으며 지내온, 열몇해를 가고온 그 정이 고리에 묻어 올라오는 그물처럼 몽땅 솟구쳐올랐다.

"대학에 간 큰녀석은 공부를 잘하오?"

"예, 형님, 집에서도 바쁠텐데 또 돈을 보냈더군요. 며칠전에 그 애한테서 편지가 왔댔어요."

아버지때문에 대학교로 추천을 받지 못하고 한해 호미대학을 다닌 우리 집 큰녀석이, 밥을 한소래씩 굽내던 맏아들이 금년봄에 시험을 쳐서 대학에 붙었댔다. 대학에 붙은건 좋은 일이나 뒤를 댈 걱정, 차려 보내야 할 걱정 태산같은 걱정으로 눈 한번 붙여보지 못하는데 동불사동서가 데트론옷 한 벌과 돈 이십원을 갖고 찾아왔던것이다. 그런데 며칠전 큰어머니께서 또 돈 이십원을 보내왔다는 편지가 대학에 간 녀석한테서 왔으니 그렇게 고마울변이 어데 있으랴!

"그녀석 신세를 지려고 그러는줄 아오? 우리같은것도 잘살라고 하는 이 좋은 세월에 마음껏 공부를 하라고 그러지."

동불사동서는 내 입에서 또 군소리가 나올가봐 그랬던지 말없이 내 손을 물리치고 인츰 구들에 올라섰다. 나는 습관적으로 그의 치마에 눈이 미쳤다. 축 내리드리운, 엷은 세루로 만든 회색치마였다. 구들에 발을 올려놓은 그 서슬에 나이론양말목에 감싸인 남색 털실내의가 치마꼬리사이로 보였다.

"몽당치마와 세루치마…"

나는 몽당치마를 입고 땀을 뻘뻘 흘리며 일하던 동불사동서를 생각하며 조카들을 둘러보았다. 세루가 아니면 라사천으로 몸을 감은 다 큰 처녀총각들이였다. 입던 옷건지와 쌀을 이고 내가 동불사로 갔을적마다 때국물이 얼룩진 낯에 꾀죄죄 코를 흘리며 게눈 감추듯 밥그릇을 굽을 내고 나의 밥그릇을 쳐다보던 그 철부지들이였다. 나는 조카들을 보며 지금 집에서 숟가락을 들고 아버지거나 형님누나의 밥그릇을 쳐다볼 막동이를 생각했다. 그러자 말할수 없고 이름모를 그 무엇이 허파를 물어뜯는통에 더 볼수가 없었다. 나는 낯을 돌렸다. 눈시울이 뜨끈뜨끈해나는것 같아 손등을 눈에 가져갔다. 손등이 축축히 젖어났다.

어느새 옷을 갈아입었는지 동불사동서는 일할 때 입던 옷을 갈아입고 그전처럼 가마목을 차지하고 앉는것이였다. 그는 쌀함박을 들다말고 부

얼에 앉아있는 나를 내려다보았다. 내가 처음으로 불을 때고있는 몽당치마를 내려다볼 때처럼… 나는 치마폭으로 얼른 발목을 덮었다. 판난 머리수건이며 양말 할것없이 실이 나올수 있는 물건은 다 풀어서 떠 입은, 걸레사촌이나 될 알락달락한 내의가 드러났기 때문이다. 나는 몸둘바를 모르면서 동서를 올려다보았다. 동서는 그때까지 까딱않고 나를 지켜보고 있었다. 나는 그의 눈에서 반디불같은 불빛을 보았다. 눈초리에 달려 떨어질가말가하면서 달랑달랑 달려있는 이슬방울이였다. 나의 옷매무시와 앉음새를 보고 그전의 자기를 생각해서였으리라. 아니 나의 처지를 보고 나를 대신한 눈물이리라!

"동서, 불을 콱 서리우오!"

성난 거쉰소리라고 할가 동정이 푹 스민 상냥한 소리라고 할가 가늠할 수 없는 바스음성으로 말하며 동불사동서는 떡쌀을 푹푹 떠서 물함박에 담는것이였다.

"호호호…"

그때 웃방에서는 웃음보가 터졌다. 조양천동서의 웃음소리는 류달리 달달 구을고있었다.

"형님, 모두들 례장감을 보겠다고 해서 헤쳐놓았는데 형님도 얼른 들어와 보오!"

역시 때그르 구으는 고음이 정지를 향해 흘러나왔다. 하건만 나를 들어와 보라는 소리는 없었다. 섭섭하기는 했지만 차라리 보라고 하는 소리보다 더 반가왔다. 제 몫이 없으니 낯을 들이밀고 례단을 구경할 면목이 없으니말이다.

"이건 작은집에서 보내온 라사천외투고 이건 큰집에서 보내온 사지옷이고 이건…"

조양천동서는 말에 꽃을 피우면서 이건 누가 보내온것이요 저건 누가 보내온것이요 하면서 자랑을 늘어놓았다. 나는 머리를 들수 없었다. 온 친척마다 면목을 낼수 있는 물건이 다 있었지만 나에게는 아무것도 없었으니말이다.

"아유-수도 곱게 놓았네. 누가 놓았어요?"

누군가 이렇게 감탄하는 소리가 떠드는 속에서 들려왔다. 나는 속이 꿈틀했다. 그러면서 내 이름이 드러날 것이란 짐작이 들면서 저도 모르게 속이 두근두근했다.

"이건…"

조양천동서의 말이었다. 그 소리는 방금전처럼 그렇게 되알지지도 못했고 그렇게 높지도 못했다.

"누군 누구겠소. 색시의 손재간이겠지."

누군가 곁에서 쐐기를 쳤다.

"정말 손재간이 이만저만 아니요. 신랑이 복을 받았다니까."

"이렇게 손부리 여문 색시를 어데서 찾는답데?"

"야-수마다 살아있는것 같구만. 수에서 마음이 보이오."

이 구석 구석에서 칭찬소리가 자자했다.

"공부를 제대로 했는가 그 애가 배운 재간이란 그것밖에 없어요."

조양천동서는 이렇게 말해놓고는 정지를 흘끔 내다보는것이였다. 나는 부엌에 앉은채 가마사이를 통해서 그것을 똑똑히 볼수 있었다. 순간, 나는 가슴이 괴여오름을 어찌할수 없었다. 나는 그래도 옥천동동서가 눈을 잡아뜯으며 조카를 위해서 수놓은것이라고 한마디 할줄 알았다. 또 그렇게 믿었다. 그러면 면목이나마 설것이 아닌가? 딸의 손재간이라고… 한뜸도 수를 놓지 못했을땐 손이야 발이야 사람까지 띄워서 청해온다 청해간다 야단치던 조양천동서가 제 안속을 다 차리자 이름도 거들지 않고 례단구경을 하라는 말도 없지 않는가? 나는 너무나 부아가 나서 못할짓인줄 알면서도 속으로 돈계산을 해보았다. 열견지라 적어도 이삼십원은 되리라. 그 돈으로 례장감을 사서 준다면 나도 남만 못하지는 않을 것이다. 그런데 입술에도 올리지 않다니… 머슴을 살아도 이렇지는 않을것이다. 나는 더 붙박혀있을수가 없었다. 잔치하는 날 아침 손님들이 들락날락하는 틈을 타서 나는 가만히 조양천을 떠나고말았다.

"이제 다시는 친척들의 군일에 가지 않으리라!"

나는 집에 돌아오면서 이렇게 다졌다. 그리고 그후엔 뉘 집 군일이건 낯을 내밀지 않았다.

그런데 오늘 동불사동서에게서 맏아들 잔치를 하니 오라는 전갈을 받았다. 다른데는 가지 않아도 동불사이는 가지 않을수 없었다. 아니 청하지 않아도 가야 할 형편이였다. 만사를 제쳐놓고라도 꼭 가야 했다. 그런데 역시 빈손이였다. 다른 집은 렴치불구하고 빈손으로 갈수 있다지만 동불사동서네 집은 빈손으로 갈수 없었다. 신세를 진걸 다는 갚지 못해도 다문 얼마라도 성의만은 보여야 했다. 하지만 마음뿐으로 획책이 나지지 않았다. 큰애의 뒤를 대려고 사놓은 돼지도 이제 오금을 떴을뿐이고 닭마저 병들어 쓸어내다나니 몇 마리 되지 않았다. 집안에 돈푼이나 받을만한 물건은 하나도 없었다. 내가 이 궁리 저 궁리 하면서 속을 태우는데 동불사동서가 막동이에게 옷감을 보내왔다. 잔치날 입을 자기의 옷을 짓겠는데 짬이 없어 만들지 못하니 아무런 근심말고 그것이나 만들어가지고 오라는것이였다. 제 물건을 내놓지 못해 마음에 썩 내려가지 않으면서도 나에게는 그렇게 하는 수 밖에 없었다. 동불사동서가 입은 옷이라면 따로 재단을 하지 않아도 되였다. 내 몸에 맞으면 동불사동서의 몸에도 맞았다. 나는 보내온 진한 곤색 데트론천으로 치마저고리를 만들어가지고 동불사로 떠났다.

잔치날 사흘전부터 친척들이 동불사로 쓸어들기 시작했다. 그전에 우리 집에 군일이 생길 때마다 모여들듯이 그렇게 새로 지은 벽돌집이 터지게 모여들었다. 그전에는 친척들의 발길이 끊어졌거나 희소하던 집에 처음으로 구들을 차고넘쳤다. 무엇이 발길을 끊게 했고 무엇이 문을 열어주었는지 딱히는 알수 없어도 아마 가난때가 길을 메웠고 돈이 새문을 열어주었으리라.

친척들에게서 가문의 녀호걸이요 집안의 자랑이라고 불리우는 조양천 댁이 신랑의 작은어머니라고 이래라 저래라 시킴질로 떠들썩한 그속에서 나는 가마목을 차지하고 말없이 일만 수걱수걱하였다.

아무 탈없이 그럭저럭 잔치날을 무사히 넘기고 이튿날 아침엔 가문잔치가 새로 벌어지게 되였다.

웃방에선 새각시를 치장시켜주고 너울을 씌워주느라 볶아치고 동불사동서는 례단을 준비하느라 새각시와 이것저것 물으며 바삐 보내고있었다. 나는 아침상이나 제꺽 걷어치우고 일찌감치 자리를 피하려고 생각했다. 낯이 소볼기짝처럼 두터우면 몰라도 빈손으로 와서 새색시의 례단까지 받는다는것은 볼편을 얻어맞기보다 더 바쁜 노릇이기 때문이다.

가문잔치가 시작되는 눈치를 채자 그릇들을 가시다말고 나는 슬그머니 밖으로 나와버렸다. 뒤집에 들어가 잠시 앉았다가 나오려고 집모퉁이를 도는데 누군가 팔을 꽉 잡는것이였다. 나는 남성적인 힘의 충격을 느끼면서 와뜰 놀라 뒤를 돌아보았다. 동불사동서였다.

"어데로 가오?"

몹시 화난, 바사진 바스음성이였다. 일그러진 낯은 찌뿌둥한 날씨라기보다 벼락치는 날씨 같았다. 입술은 모진 고통으로 실룩거리고있었다. 이때까지 난 그렇듯 성내는 동서를 처음 보았다. 보기만 해도 무서울 지경이였다.

"저…"

나는 대답이 궁해서 오른손 네 손가락으로 아랫입술을 뜯으며 무밋거렸다.

"그래 정말 자리를 피할테요? 나의 가슴에 못을 박겠단말이요?"

"형님, 그래서 그런것이 아니라…"

"그전에 내가 받은 수모만 해도 족한데 동서가 또 받아야 하니…"

나를 지켜보는 동불사동서의 눈굽에 눈물이 자리를 틀기 시작했다. 그러자 나의 눈굽에도 뜨거운 그 무엇이 차오르기 시작했다. 동서에게서 오는 뜨거운 열기가 나의 눈물을 끓이고있었던것이다.

"형님, 잘못했어요…"

나는 목메여 겨우 대답하며 머리를 수그렸다.

"그래야지. 언넝 그래야 하오! 가난에 짓눌리워 머리를 들지 못하다니…"

동불사동서는 나의 머리를 치켜들면서 옷고름으로 볼을 타는 눈물을 씻어주며 말했다.

"이 좋은 날에 눈물을 흘리다니… 자, 들어가기요."

동불사동서는 치마폭을 들어 눈물을 씻고는 나를 보고 시무룩이 웃어보이며 바당문을 떼고 들어섰다.

내가 례단받을 차례가 되였다. 옷매무시가 하도 어지러워 새각시앞에 앉기 저어하는데 누군가 뒤에서 옆구리를 쿡 질렀다. 아까 팔을 잡혔을 때 받았던 그런 남성적인 충격이였다. 동불사동서였다.

나는 부끄러운대로 색시앞에 앉았다. 그러자 새색시는 작은 두리상우에 곤색데트론천으로 만든 치마저고리 한 벌을 놓는것이였다. 나는 놀랐다. 남들에게는 베개수건이요 양말이요 하는것들을 놓던것이 옷 한 벌을 놓다니?

"형님!"

나는 어리둥절하여 어쩔바를 몰라하면서 동불사동서를 불렀다. 그러나 동불사동서는 얼굴에 느슨한 웃음을 담으면서 웅글진 바스음성으로 말하는것이였다.

"이때까지 저 동서가 우리 친척들에게 한 부조는 대가를 친다면 그 누구보다 많았고 고생도 제일 많이 했소. 그래서 난 우리 리씨가문의 이름으로 저 례단을 놓았소!"

진짜 가문의 녀호걸다운 맏동서다운 틀거지잡한 그 말에 친척들은 이구동성으로 "옳소!" 하며 박수를 치는 것이였다. 나는 눈시울로부터 뼈속까지 찡해남을 느꼈다. 나는 더는 머리를 들고있을수가 없었다. 나는 머리를 수그리다 말고 어데선가 눈에 익은 천 같아서 상우에 놓인 레단을 다시 쳐다보았다. 아, 이런 변이 있는가! 그럼 틀림없이 내 손으로 지은 곤색데트론치마저고리였다. 동불사동서가 잔치에 입겠다면서 만들어달라던 그 치마저고리였다.

"형님, 이건…"

나는 다시 동불사동서를 쳐다보았다.

"그건 우리 며느리가 동서에게 드리는거요…"

그는 소리는 없이 만족한 웃음을 보였다. 그 웃음은 그렇듯 구김새없이 너울쳤다.

나는 그 기분대로 새각시 부어주는 술을 한방울도 남기지 않고 굽을 비웠다. 바로 그 찰나 "어머니!"하며 부르는 귀에 익은 소리가 나의 신경을 꼬드겼다. 내가 미처 대답할 새도 없는데 문소리와 함께 고중에 다니는 딸이 문을 떼고 들어섰다.

"아니 이게 누구냐? 너 왜 이제야 오니?"

동불사동서가 허둥지둥 사람을 헤집고 나가 애의 두손을 꼭 잡으며 반갑게 말했다.

나는 속이 섬찍했다. 어미의 꼬락서니도 말이 아닌데 딸의 매무시도 저 꼴이니 친척들이 뭐라겠는가? 오지 말라고 그렇게 당부했는데 공부는 하지 않고 차비를 팔면서 올건 뭐람? 나는 낯이 화끈 달아올랐다.

"어머니, 아버지가 곧 오시래요!"

"뭐? 일 났냐?"

나는 가슴이 후두둑해났다. 삼일까지 보고 간다는것을 번연히 알고있는 남편이 애를 띄우다니? 웬간한 일이 아니면 그럴 남편이 아니였다.

"집에 일이 생겼느냐?"

동불사동서가 다급히 물었다.

"어머니, 아버지 문제가 해결됐대요!"

"뭐라나? 얘야 다시 말해라!"

나는 제 귀를 의심했다. 꿈결에 들은 소리만 같았다.

"아버지 문제가 해결됐어요. 어제 시공업국에서 두 사람이 우리 집에 찾아와서 아버지가 억울한 루명을 벗었다지 않겠어요? 다시 공업국장으로 올라간대요. 래일모레 자동차를 가지고 짐 실으러 온다면서 짐을 꾸리라더군요. 그래서 찾아왔어요!"

"아유―이게 꿈이냐 생시냐? 형님! 흑흑흑…"

나는 가문잔치라는것도 잊고 동불사동서를 끌어안고 울음을 터뜨렸다. 이때까지 참고 참아오던 눈물을 동불사동서의 앞가슴에 쏟았다. 그저 울고만싶었다. 기뻐서 울고만싶었다. 동불사동서도 내 머리에다 얼굴을 대고 흑흑 흐느꼈다.

"슬퍼도 눈물이요 기뻐도 눈물이라더니 말 그른데 없구나. 자―우리 집 안의 쌍중경사로다. 이 사람 며느리 술을 붓게!"

동불사동서는 나의 손을 끌고 일어서더니만 눈물을 씻을 넘도 않고 춤을 덩실덩실 추면서 소리쳤다. 나도 덩달아 춤을 추었다. 동불사동서는 춤을 추면서 귀맛을 돋구는 그 바스음성으로 노래가락까지 뽑았다.

"쾌지나 칭칭 나네…"

이렇게 되여 한바탕 춤판이 벌어졌다.

나는 그날 오후차로 동불사를 떠나게 되였다. 역으로 나가기전에 동불사로서는 조용히 나를 불러앉혔다.

"그 옷을 벗어놓고 이 치마저고리를 갈아입고 가오."

동불사동서는 내가 만들었고 내가 례단으로 받은 곤색데트론치마저고리를 내놓으면서 말했다.

"이때까지도 이걸 입었을라니 집으로 돌아가지 못하겠어요?"

"입소. 동서가 입는걸 내 눈으로 보고싶소!"

동불사동서는 며느리를 앞에 둔 시어머니처럼 나를 정겹게 바라보며 희망과 기쁨의 미소를 담았다. 그 미소는 보일가말가하는 눈가장 실주름을 타고 온 낯에 흘렀다. 하지만 그 미소는 되려 채 흘리지 못한 나의 눈물을 몽땅 끄잡아 올리고말았다. 친어머니에게서만 오는 그런 따스한 정이 가슴을 파고 흘렀던것이다.

"이제 국장댁이 될텐데 눈물은 호호호…"

동불사동서는 통쾌하게 웃었다. 웃으면서 눈물방울을 땅에 떨궜다.

나는 친척들의 융숭한 환송을 받으며 차에 올랐다. 내가 리씨가문에 발을 들여놓은후 잔치집으로 다니면서 처음으로 받아보는 환송이다. 이제 그들은 시내에 있는 우리 집으로 문쪽이 다슬게 찾아들것이다. 물론 조양천동서가 첫사람으로 들어설것이고…

나는 눈에 보이지 않을 때까지 손짓는 몽당치마—동불사동서에게서 눈을 떼지 않으며 달리는 기차에 몸을 실었다.

1982. 10. 23.

(≪연변문예≫ 1983. 1호/『몽당치마』, 연변인민출판사, 1984)

# 리향

리원길

생활은 탁류다.
인생은?
인생은 그 탁류를 낳고
또 그우에서 허덕이며
나아가는 검질긴 매생이…
— 작자의 헛소리

## 1

로인은 울지 않았다.

로인은 눈물이 없었다.

자식 덕에 살아 늘그막 복더미에 앉았으니 얼마나 좋겠노? 꿈쩍 다른 말 말고 올라가랭이. 우리는 참, 어느 당대 그런 시가지 살림 맛을 보겠노? 저승에서나 볼지. …난 참 못살겠다. 죽고 싶다.…

치하하며 권고하던 방철 에미 말하던 모습이 귀에 쟁쟁 눈에<1995 연 리원길 리향, 292> 삼삼 견딜 수가 없다.

고삭은 풀대들이 설렁거리던 진펄 땅 사토덕대를 커다란 기대를 안고 파고 뒤지며 피땀으로 걸구어 오더니 이제는 거기다가 한 인생을 어쩌면 그렇게도 맥없이 끔벅하고 간단 말인고? 한번 가면 다시 못 오는 머나먼 그 길을…그럴 줄 알았다면 내가 왜…내가 왜…

선우로인은 마디가 울근불근한 곽지 같은 손으로 진펄땅 사토덕대 검누른 흙밥을 움켜쥐고 논두렁에 쭈크리고 앉아서 지평선 쪽으로 기울어지는 시뻘건 해를 망연히 바라보았다. 검칙칙한 구덩이들은 가역이 석양빛에 황금색으로 레스를 달았다. 그리고 그 우로는 록색의 창천이 창창히 비껴가고…

해토 무렵 선들선들하는 저녁바람이 로인의 주름살 깊은 거치른 낯가죽을 어루만지며 불어왔다. 몽당비같이 뭉툭한 짙은 눈섭 우 너부죽한 이마가 락조에 비껴 검벌거니 불탔다. 로인은 뭉툭한 코아래 두툼한 입술을 소리 없이 실룩거렸다. 용서해다고, 으이! 방철 에미, 용서해다고. 아니라, 실컷 욕해다고. 으이! 로인은 벌개진 눈시울을 몇 번 슴벅거리고는 후— 어깨를 낮추며 장탄식을 하였다.

그러다가 로인은 끼륵끼륵끼륵 구성진 기러기소리에 얼굴을 들었다. 한 떼의 기러기들이 오라같이 늘어서서 간해에 두고 갔던 북국의 어느 보금자리를 찾아가느라고 저녁하늘에서 서두르고 있다.

참, 기러기 떼도 이 몇 년엔 정말로 보기 드물다. 십 몇 년만 해도 한 떼가 지나가면 또 한 떼가 끼륵끼륵…한 "일(一)"자로도 사람 "인(人)"자로도. 거기다가 떼 잃어 다쫓아 가는 외기러기의 구슬픈 울음소리까지…

그때면 사토덕대 두리 드넓은 진펄 땅에도 삐륵삐륵 물오리가 날아들고 뜸북뜸북 물닭이 구성지게 울고…<1995 연 리원길 리향,293>

## 2

그해 언제런가 지꿎은 장마비가 부실부실 내리다가 뜸하니 개였을 때다.

사토덕대 앞 골내천에서 "뜨는 그물"로 고기를 뜨던 선우돌석은 실안개가 희붐하니 떠오르는 진펄 땅 저 켠에 한 쌍의 두루미가 그린 듯이 서 있는 것을 꿈결처럼 내다보았다.

정다이 가지런히 서있는 조 두 놈의 두루미! 두루미도 쌍 맞추어 살거든, 조렇듯 정다이 살거든 너 이 문둥이 같은 선우돌석인 왜…

선우돌석은 견물생심 처량한 심정으로 자기의 기구한 홀 애비팔자를 한탄하였었다. 아들 둘 낳은 본처는 스물여섯에 죽고 과부로 들어온 후처는 딸까지 하나 낳고도 다른 놈팽이 따라 영구 어디 신풀이농장으로 살길을 찾아서 달아나버리고 그래서 선우돌석이는 잔밥들을 셋이나 달고 근근득식 허덕이고…오복 중에 하나가 처복인데 난 전생 무슨 죄가 있기에 이 모양인고? 고년의 방철 에미라도 말을 들어주면 좋겠다만 고것은 아주 아니 먹은 최보살이다. 욕하고 꼬집고 귀쌈까지 때리면서…후ㅡ 내 어떻게 하면 고것을 잡아 올고? 난 이놈의 홀 애비살림 인젠 억이 막힌다.

이놈의 "황소증세" 난 참말 못 참겠다!

선우돌석이는 뒤썼던 도롱이를 벗어 메치면서 뱀 나기도 하고 면구스럽기도 했던 이른 봄 푸르딩저수지 일을 생각하였다.…

마흔다섯 기운 장한 돌석이는 방철 에미를 탐낸 지 오래다. 방철 에미는 사십 전 과부인데도 살집이 젊은 색시들 못지 않게 시뿌옇고 탄탄했다. 미역 감을 땐 문대는 젖통마저 빠드등빠드등…(선우돌석은 언제런가 사토덕대 앞 골내천에 왕골 베러 갔다가<1995 연 리원길 리향,294> 방철 에미의 알몸뚱이를 무중 넋을 잃고 훔쳐본 적이 있다.) 그저 그 역시 두 아들을 키우느라고 아득바득하다보니 손마디가 거칠고 감실감실 그을린 얼굴엔 때 이른 주름이 패이기 시작했을 뿐이다. 허지만 할끗할끗하는 동그란 눈매는 죽고 싶게 고왔다. 그리고 키는 작아도 몸매는 오동통 곧았다. 그리고 또 선우돌석이의 간을 녹이는 고 목소리 고 말씨…그뿐인가? 방철 에미는 작식도 잘했다, 두부도 잘 앗고. 그래서 생산대에서 민공일을 가게 되면 번마다 방철 에미는 지정된 취사부였다. 방철 에미는 상공수 욕심에 아이들 끼 식은 마음 좋은 박치원이 어머니께 맡기고 민공일에 따라다녔다.

그럴 적이면 방철이 에미의 작식 솜씨에 혀를 내두르는 것도 투박한 제 손으로 끼니를 굶 때여 오는 홀애비 선우돌석이였고 모록모록 나는 방철 에미의 살 냄새에 코방울이 자꾸만 벌름거리는 "증세"가 더더욱 중해지는 것도 홀 애비 몇 년에 기근이 들대로 든 돌석이였다.

푸르딩저수지 보파는 일에 가서는 그 "증세"가 천불이 날 지경이여서 입술이 다 갈라터지였다. 선우돌석은 어느 하루 숫제 "앓아" 누워버렸다. 그러다가 남들이 다 일 나간 다음 방철 에미가 칼국수에 닭알(어디서 구했는지)까지 띄워들고 들어와 머리맡에 앉는 통에 칼국수고 나발이고 헐레벌떡 일어나 방철 에미의 손목을 부르쥐였다.

"나 좀 살려다고.…"

"아야…놔요!"

"난 참말 죽겠다. 못 참겠다.…"

"놔요. 못 놓나? 남이 본다."

"고으지 마랭이. 제발…"

"아이, 이 지랄 [황소증세]…사람 살…"

"고으래…어이쿠…니?!"<1995 연 리원길 리향,295>

선우돌석은 욕먹고 꼬집히우고 귀쌈 맞고 마감엔 닭 쫓던 개 울 처다보는 격이 되여 씨근씨근 어깨 숨을 몰아쉬였다.

(어디 보자, 니가…)

그러나 제가 보면 어떻게 하겠는가? 푸르딩저수지 일이 다 끝나도 방철 에미는 눈만 핼끗핼끗 빨 뿐 도무지 곁을 주지 아니 했다. 물론 닭알 띄운 칼국수 같은 거야 그림자도 볼 수 없고…선우돌석이도 아이들 셋의 밥을 벌어 먹여야 했으니 장창 "앓는다"고 누워있을 수도 없고…

애간장은 탔지만 선우돌석은 모든 것을 팔자에 미루고 그 "증세"를 딱 잘라버리는 수밖에 없었다. 자식 많고 못살아 바지랑대 휘둘러도 집안에 걸치는 게 없다고 저 계집이 저라지, 내 안다! 빌어먹을 년. 어디 보자. 내 선우돌석이 가죽이 열백 번 벗겨져도 억척보두 잘 살아보지 않나? 내 그 년 군침이 돌게 살림을 추세우지 않으면 성을 갈겠다!

선우돌석은 이를 사려물고 미웁스레 일하였다. 생산대일도 장출근을 하고 쉬는 짬엔 사토덕대 둔덕 우에다가 고기잡이 움막을 지어놓고 골내 천의 고기를 잡아 팔았다. 여름철에는 "뜨는 그물(搬网)"로 잡고 가을철 들어선 고기발을 놓고…그럴라니 그물을 지킨다 고기를 지킨다 움막에서 밤새는 일도 두간하고…

그러던 어느 날 뜻하지 않은 초가을 소나기가 쫘르륵 퍼붓기 시작하였 다. 넓은 진펄 땅은 삽시에 자욱한 물안개에 가리우고 골내천 우엔 물거 품이 파죽 가마 끓듯 한다.

그런데 저쪽에서 한 녀인이 배틀배틀 뛰여왔다. 방철 에미였다!

선우돌석은 움막 깊숙이 기여들어가 앉았다.

"아이고 숨차라…"

방철 에미는 물참봉이 되여 움막을 들어왔다. 들어와선 선우돌석이쪽 은 보지도 않고 문가에서 옆으로 앉더니 비물에 푹<1995 연 리원길 리 향, 296> 젖은 머리칼을 쓰다듬어 올렸다. 젖어 착 달라붙은 저고리에서 오르내리는 뭉클뭉클한 젖통이 선우돌석의 눈뿌리를 뺐다. 선우돌석은 코방울을 벌름거리는 그 "증세"가 단번에 도지였다.

"헤헤헤…"

어둑한 곳에 곰같이 웅크리고 있던 선우돌석은 저도 모르게 이따위 한 심한 소리를 내였다.

다른 때나 다른 녀인이라면 이런 소리 한 번에 기겁초풍 기여 달아날 것인데 이때 이 아낙은 괴짜로 달렸다.

"홍, 누가 못 본 줄 알고? [헤헤헤]? [헤헤헤] 하면 누가 무섭다나?"

방철 에미는 핼끗 한번 눈을 빨고는 보는 체도 아니했다.

"헤헤헤…어찌다가 여길 다 왔노?"

"섶풀 벤 것 뒤져 말리다가 비 쏟으니 왔지. 갈 데는 없고 누가 우정 찾 아왔는 줄 아나베. 이봐, 이게 낫 아니러?"

방철 에미는 손에 낫을 들어보였다.

(망할 년, 그 잘난 낫가락이나 들고 왔다고? 어디 보자.)

"난…헤헤헤…난 임자가 우정 날 볼라 찾아오는 길이라고?"

선우돌석은 애써 웃어 보이며 무릎걸음으로 한걸음 다가갔다.

"지랄하면 내 낫으로 찍는다고마."

방철 에미는 이러면서도 물러나진 않았다.

"정말이라, 으이. 내 한번만 살려다고. 딱 한번만! 난 죽겠다."

"호호…죽지, 누가 못 죽게 하나베?"

"니 정말이라?"

선우돌석은 또 한걸음 무릎걸음으로 다가갔다.

"또 온다? 오지 마! 더 오면 꽉 찌른다고마."

"에라, 찌르라고마. 난 죽겠다, 니 손에."<1995 연 리원길 리향,297>

선우돌석은 헐레벌떡 덮쳐들었다.

"아야…아프다고마. 그 만문한델…남들이 온다."

"오면 오라지. 난 정말 이 [증세] 임자 보면 못 참겠다. 지랄날것 같다!"

"아이고 얄궂어라…그게 무슨 [황소증세]노? 아야 이러지 마랭이…"

"한번만. 딱 한번만 살려다고, 으이?"

"호호…이러지 마랭이, 이러지 마랭이. 아이고…그건…그건 안된다…호– 그녁도 참 기막힌다.…"

둘은 딩굴었다.

밖에서는 비가 창대같이 내리조겼다. 새풀 덮은 움막우를 때리는 비소리가 콩 뿌리는 듯했다. 우르르 번쩍! 번쩍, 꽝! 우르르르…하늘도 지랄을 한다. 도랑물 터져 내리는 소리도 시끄럽게 들렸다.…

"이젠 됐다고마."

"한번 더…"

"그녁도 호– 상사구렝이다.…"

"그래 니 이자 알았나? 그때 푸르딩에선 몰랐나?"

"알았다. 어째?"

"알면서도 그랬나? 니도 좀 귀쌈맞아봐랭이…"

"내가 왜 맞아? 이렇게 남몰래 감쪽같이 찾아왔는데…맞기는 그녁이 맞아야지. 이다음에도 그러면 난 또 귀쌈 때릴 테야. 그녁도 미쳤지. 그 사람 많은데서 그러다 남 눈에 띄면 어찔라노? 그녁도 그 호랭이성미 황소[중세]…남정들은 등신이야, 니도…"

"등신? 요거…"

"아야, 숨 차다고마. 그러지 마랭이, 고기발 떠내려간다고마…"<1995연 리원길 리향,298>

"그 지랄 고기발 좍 떠내려가거라. 제길!"

둘은 또 딩굴었다.

이것이 시작이 되어 이후에도 "한번 더" "한번 더" "딱 한번만 더", 때로는 남몰래 단둘이 대지를 펴고 창천을 덮고…

그것은 이미 십 몇 년전 일!

그러나 그때 선우돌석은 방철 에미를 데려오지 못했다. 합쳐서 살았으면 그때 합쳐 살았어야 할건데…그랬으면 방철 에미도 저렇게 일쩍 가지 않을 수도 있고 나도 이렇게…

"싫다고마, 그건 싫다고마. 난…남 눈이 무섭다고마.…"

"남 눈이 뭬 무섭노? 등신 같은 소리 마랭이."

"그녁은 사내니 그렇지만 내사 아이 둘 딸린 과부로…호—"

"일없다고마. 과부면 어쨌노? 홀 애비 아닌가? 우리 같이 살재이, 으이!"

"참 그녁도…지금 이것도 사는 거 아닌가?"

"난 싫다. 도둑놈같이 남이 눈 피해가며 이게 뭐고? 살려면 드러내놓고 남이 보란 듯이 살아야재. 안 그렇나? 으이!"

선우돌석은 방철 에미의 어깨를 쥐여흔들었다.

"아이고 아프다고마…"

"으이? 우리 당장 잔치하쟁이."

"호— 그녁도 억시도 답답은 하뎅이. 자식들 이담 크거들랑 내 무슨 욕을 못 얻어먹어 그라겠노? 내 어떻게 키운거라고? 그 생각하면 난…"

"우나? 우지마. 내 꼭 같이 대해준다니께로, 으이. 내 다 안다. 니 스물여섯에 청상과부로 나서 고생해온 거 내 안다. 내 차별 하나 안 놓고 똑같이 먹여주고 입혀주고…으이, 안되냐?"

"아야야 이러지 마랭이. 이러지 마랭이. 그녁은 그저…황소[증세]라 호호…황소[증세] 아니라? 그래도 안된다. 호— 내 그녁 성미 안다. 그 호랭이 성미 친자식한테도 그런데 우리 순한<1995 연 리원길 리향,299> 자식들이야…"

"내 성미 고친다."

"피—개꼬리 황모 될가?"

"뭣이 어째? 개꼬리? 니?"

선우돌석은 단번에 눈알을 부릅떴다.

"호호…거 보랭이. 그런 성미 가지고…정말이라, 집은 못 합쳐. 합치면 남 손가락질 받고 없는 살림 쪼들리여 가사는 늘 싸움 나고 그러면 그녁과 나는 정 떨어지고…난 그게 싫어. 그저 이렇게 살다가…"

"그러다가 싫으면 다른 사내 본다. 이거라?"

선우돌석의 눈살은 날카로왔다.

"호호…다른 사내 보면 어쨌노? 첫날 머리 풀어준 남편인가? 상관도 많네."

방철 에미는 눈을 할기죽했다.

"정말이라? 빌어먹을! 그라면 니 죽이고 내 죽는다!"

선우돌석은 이를 앙당그려 물고 주먹을 흔들었다.

"죽여보래, 죽여보래?"

방철 에미는 선우돌석이의 가슴에 머리를 짓쪼으며 달려붙었다.

"난 아예 차라리 그녀의 손에 죽고도 싶다. 나도 이렇게 살기 좋아서 사는줄 아나? 아이들 때문에…그 불쌍한 것들 때문에…내 그것을 생각하면 그녀와 이러는 것만도 죄스러운데 내가 또 다른 사내 보겠나? 내 죄스럽다 죄스럽다 하면서도 그만큼 그녀의 황소[증세] 위해 주는데도 그 속은 모르고…정 그럴라면 아예 죽여다고, 으이 죽으면 내 이 죄스러운 짓도 안하고…흑흑…"

방철 에미는 넉두리를 하며 가늘게 울었다.

선우돌석이는 그만 오열에 물결치는 방철 에미의 몽글한 어깨를 꾹 그러안은 채 벌거우리 우러난 눈시울만 끔벅거리였다.<1995 연 리원길 리향,300> 이 콩새같이 귀엽고 띠풀 같이 불쌍한 녀인을 위하여 무슨 말이라도 해주어야겠는데 선우돌석은 목구멍이 꺽 막히여 도무지 말이 나가질 않았다.

"왜 말이 없노? 그녀은 무엇이 잘나서 날 죽인다 어쩐다…남같이 돈이 있나? 살림이 있나? 세도가 있나? 그래도 난 그녀한테 환장해 자식들한테도 죄를 짓고 하늘한테도 손가락질 받는데 그녀은…그녀은…"

방철 에미는 또 선우돌석이의 가슴에 머리를 짓쪼았다.

선우돌석은 몰랐다. 그저 자기 같은 홀 애비들의 그 황소[증세]처럼만 믿고 녀인의 속내—세속에 대한 반역과 세속에 대한 굴종, 가난에 대한 무시와 가난에 대한 위구, 사내에 대한 불타는 정욕과 제 자식에 대한 죄책감…이런 것들이 겨끔내기로 무시로 갈마들어 애간장이 타는 이 과부녀인의 속마음을 알지 못했다. 녀인의 호소를 듣고는 지금도 그 마음을 다는 알지 못했다. 그저 마음속으로 이 녀인을 고맙게 생각하고 이 녀인을 위해서라면 한 푼이라도 더 벌어야겠다는 생각뿐이였다. (정말이라, 내 욕 얻어먹어 싸다. 내 방철 에미와 이러면서도 양말짝 하나나 사주었나? 그리고도 무슨 큰 소리노? 그러면서도 뭐 집을 합치겠다고? 방철 에미 말도 옳다. [가난한 살림 쪼들리면 가사는 늘 싸움 나고 그러면 그녀과 나는 정 떨어지고…] 선우돌석은 가달바가지 같은 살림이 원쑤라고 자기와 왱강댕강 싸우기만 하다가 훌쩍 달아나버린 후처를 생각하였다. (내 인젠 술도 안 먹는다. 내 어떻게라도 남부럽지 않게 집을 추세운다. 그리고사 내 떳떳이 이내 방철 에미를 데려오지. 그렇게 데려와야 배다른 자식들 싸움 덜하지.…)

"왜…왜 말 없노? 아직도 성났나? 기막히뎅이…"

녀인의 까슬까슬한 손이 선우돌석이의 꺼슬꺼슬한 뺨을 어루만지였다.<1995 연 리원길 리향, 301>

"내라고 혼자 몸으로 고생하기 좋아 그러나? 그저 내 평생 호– 내 그녁 황소[증세] 맞춰주면 안되나 으이? 그러지 않고 여기 좀, 으이?"

방철 에미는 선우돌석이의 팔을 끌어내리며 올려다보았다. 가새주름 깊은 눈굽엔 눈물이 가랑가랑했다.

선우돌석은 말은 못하고 고개만 꾸벅거리다가 와락 방철 에미를 그러안고 볼을 부비였다.

"니 기다려라고…우리 팔자 고칠 날 있을 테다! 하늘이 굽어 살필게다!"

선우돌석은 목구멍이 터져 황소우는 소리를 내였다.

선우돌석은 그 뒤 그렇게 잘하던 술을 딱 끊었다.

그리고 진펄 땅 사토덕대에 부대를 일쿠기 시작했다. 큰마음을 도사려 먹고 남몰래 슬쩍슬쩍…그런데 이 조그마한 넘원도 그즈막에는 실현될 수가 없었다.

공작대가 내려오자 돌석은 그만 "꼬랑지"가 끄들리워 나자빠지였다. 고기 잡아 팔고 제 마음대로 부대 일쿠고 또 어째어째…그래서 "자라발세력"인지 "자발세력"인지 하는 똥바가지를 다 썼다. 그러나 선우돌석은 기어코 반성은 하지 않았다.

"뭘 세력? 세력은 참 누가 쓰고 있노? 우리 초민백성이 그 잘난 진펄 땅 부대 좀 부쳐 먹겠다는데 그게 다 세력 쓰는 거야? 흥 자발세력? 자발스러운 세력은 너네가 쓰지 누가 쓰나? 자발스럽게 온 동네를 쥐락펴락하면서 복 준다 화 준다.…"

선우돌석은 그때 반성해야 된다고 동원하러온 "열성분자" 박치원이와 이렇게 싸워댔다. 싸우기는 싸웠지만 진펄 땅 사토덕대 고기잡이 움막은 헐리우고 부대땅은 내버리지 않으면 안 되였다. 하늘도 선우돌석이의 욕망을 굽어 살피지를 않았다.

선우돌석은 그저 이렇게 태동만 치다가 세월을 늦추었다.

자식들은 두 집 다 크는 것은 커서 시집장가를 가게 되여가고<1995 연리원길 리향, 302> 죽는 것은 죽어 그들 앞서 들쭉더기 비탈바지에 묻히였다.

무정한 세월은 덧없이 갔고 유정한 그들은 살아 늙었다. 늙었어도 정은 남았다. 그러나 그 정은 옛정 그대로는 아니다. 타번지며 확확 내뿜던 그 정은 세속과 년령의 풍우에 식혀져 스러지는 불티로 각기의 가슴속 밑바닥에 고요히 가라앉았다. 자식도 모르게 마을사람들도 모르게! 그저 뜨고 지는 밤하늘 애기별들과 닿고 잇는 사토덕대 골내천만이 바글바글 도란도란―잇고나 말지. 잇고나 말지. 춘몽도 일장이요, 인생도 춘몽이요. 구곡간장 태우던 일 잇고나 말지. 운수가 용용턴 일 잇고나 말지…


3

그러나 선우돌석은 잊을 수가 없었다.

기쁠 적엔 기뻐서 괴로울 땐 괴로워…

방철 에미를 데려온다? 이제는…―이런 생각이 피뜩피뜩 머리들 때가 한두 번이 아니였다.

6년 전 호도거리를 시작했을 때도 그랬다.

이 땅에 농민의 세월이 왔다.

선우돌석은 제일먼저 진펄 땅 사토덕대에 달라붙었다. 한신이 병졸을 마다하면 했지 농군이 농토를 마다하랴! 선우돌석이는 도거리 맡은 땅 얼마로는 도무지 성 차지를 않았다. 도거리 맡은 땅 몇 배 아니 몇 십배 몇 백배가 있어도 한 귀퉁이 버리지 않고 부처 먹을 수 있을 것 같았다. 선우 령감은 그때 어벌뚝지도 크게 여기저기 밤도와 표말을 처박고 사토덕대 태반 땅을 차지하였다.

"아니 이 곰불이 아버진 정신이 있수 없수? 욕심도 한정이 있지, 이건 두 쌍도 넘겠수."<1995 연 리원길 리향,303>

작달막한 키에 얼굴이 마늘쪽같이 뾰죽한 박치원이 대장깨나 났다고 말썽이다.

"두 쌍이 뭐고? 한 쌍도 모자란다."

"아니, 이 아주비 봐라. 대관절 곰불네 그 평수는 어느 양국나라 땅치수요? 미국 땅치수요? 영국 땅치수요?"

"너 할배네 땅치수다. 어째? 아무 땅치수면 니가 상관이 뭐고?"

"왜 상관이 없다우. 그럼 곰불이 아버지 혼자서 이 사토덕대 땅을 독차지하겠수? 아무리 사토덕대래두 다 같이 나누어가져야지."

"치워라고마. 무슨 놀부심사노? 그렇게 배때기 쏘면 왜 나처럼 일찍 표말 안 박았노?"

"말뚝만 박으면 제 땅이우? 안 되우다."

"왜 안 되노? 왜 안 돼?"

"아따 이 아주비, 지금이 강덕 몇 년 북만 개척단 세월인줄 아나보다. ─말발자국 둘레 안은 몽땅 내꺼다? 알아두우. 지금은 인민공사세월이우다."

"지랄하지 않나? 인민공사 다 마사놓았는데 시방도 인민공사타령이야?"

"인민공사 마사졌으면 생산대는 없수? 사회주의는 없수? 글쎄 천하 없어두 한집에서 그렇게는 못 가지는 줄 아시우."

"한 집? 너…너 어이 한 집인 줄만 아노? 두 집께다. 방철이네 하고 두 집께다."

선우돌석은 림기응변 둘러댔다.

선우돌석은 기실 땅을 잡아놓고 방철이 에미를 찾아갔댔다. 땅자리를 크게 잡아놨으니 두집에서 어울러 심자고. 그런데 방철 에민 좀 그랬으면 했지만 방철이는 뜻밖에 심드렁히 생각하는 것이었다.<1995 연 리원 길 리향, 304>

"우린 두부 앗고 돼지 길러 팔 생각인데요. 사토덕대 일쿨 짬이 없을 것 같애요. 곰불이넨 일군도 많으니…곰불이네 다하세요."

선우돌석은 그러면 더 좋다고 생각하였다. 어쨌든 두 집에서 제 재간껏 기운껏 하다 보자. 그래 그는 성수가 나서 일 시작을 했던 것이다.

"방철이네 하고가 아니라 누구하고도 안 되우다. 그렇게 많이는 안 되우다. 어디 보슈. 내 사원대회에 내놓지 않소?"

"사원대회? 오원대회엘 내놔봐라. 내 가만있나? 니 정하겠으면 이 땅 말고도 저 남은 땅 많지 않나?"

"하ー이 아주비 마음 쓰시는군. 노랑자위는 누가 다 가지구 누구보군 껍데기만 핥으라우? 거 어데 쓸만한 데가 있수? 모래불이 아니면 샘물받이 수렁탕…어쨌든 곰불이 아버지 그런대로 놔두시우. 사원대회 해서 결정짓는 것 보구 어떻게 해두 어떻게 하시구. 제비 뽑아 순서대로 몫을 나누든지 하여튼…"

"임마, 거기 좀 섰거라."

선우돌석은 급해났다. 사원대회를 하면 일은 뻔 한 일이었다. 농군들이란 자고로 땅이라면 눈에 쌍심지를 켠다. 사토덕대를 성 쌓고 남은 돌처럼 시시껄렁 여기던 인간종자들도 배가 아파 덩달아 나도 나도 우구구 일어날 것이다. 그러면 정말 제비놀음을 하게 되고 몫을 나누게 되고 그러면 땅무지기 줄어드는 건 고사하고 자칫하면 몹쓸 땅을 얻어가지게 될 것이다. 선우돌석은 시틋해서 달아나는 박치원의 옷소매를 그러잡았다.

"여봐, 치원아. 사원대회는 무슨 지랄 같은 사원대회를 하겠노? 내 이 땅 삼분의 일 줄거니 세집에서 하고 말자. 다른 놈들 와자자 달려붙으면

니도 나도 먹을 알이 뭐 있노? 이 과부 엉덩짝만한 땅에…안 그렇나?"

박치원은 히쭉 웃었다.<1995 연 리원길 리향, 305>

"그것 참 좋은 궁린데…그런데 대장명색으로 사원들 눈이 편한데서 난 그런 짓 못하겠수다, 헤헤"

"대장이면 어쨌노? 대장도 밥 먹고 사는데…내 이쪽으로 좋은 델 떼 줄거니? 으이?"

"그 쪽으루? 거 뜯다 남은 갈비쪽 줴주면서두 큰 인심 쓰시는 것 같수다. 아무튼 사원대회에 내놓아봅시다. 사원대회 하기 전에는 남두 주지 말고 그대로 놔두어보슈."

박치원은 꼰들꼰들 걸어갔다.

"망할 놈, 대장깨나 난 것 같다. 그 잘난 자청대장! 남 다 싫다니 그러안아가지고선 개잡은 포수처럼 우쭐렁거려?"

그런데 사원대회는 무슨 나발같은 사원대회. 이틀도 못가서 박치원은 회친회친 약한 아낙네까지 끌구와서 선우돌석이가 주겠다던 땅을 뚜지기 시작했다.

"사원대회는 안하갔수다. 부대해먹겠다는 놈두 얼마 없구, 있어두 그까짓…자 이거나 한대 피워보슈.…"

박치원은 노랑자루 달린 담배 한가치를 건네주며 이따위 수작을 하였다.

(쪽제비 같은 자식, 농군들이 땅을 마다할가? 제 안속이 있으니 사원대회에 안내놓고선…그러다보니 내 조 자식한테 홀딱 속았다. 낯가죽이 구두바닥 같은 눔, 농군들이 땅을 마다해?)

선우돌석이의 생각은 옳았다.

박치원이와 선우돌석이가 사토덕대를 뚜진다니 덩달아 달려 붙는 사람이 적지 않았다. 예로부터 버림받아오던 진펄 땅 사토덕대는 천지개벽 처음으로 그렇듯 들썩하기 시작하였다. 불을 놓고 초토를 갈아엎고…말소리, 웃음소리, 고함소리, 이랴낄낄 소 모는 소리, 거기다가 망 갈고 두부

파는데 쓰겠다고 사온 방철이네 당나귀차까지 곰불이가 끌고 오는 바람에 청승맞은 당나귀울음소리까지 어-하-앙-어-하-앙…<1995 연리원길 리향, 306>

사토덕대는 진펄 땅에 반도처럼 들어가 있는 사토로 된 둔덕이다. 덕대머리라고 부르는 골내천 쪽은 지세가 뫼봉오리 같이 불쑥하니 올라갔고 덕대꼬리는 제비꼬리같이 갈라지여 진펄 땅에 잦아들었다. 선우돌석은 덕대머리 켠을 차지했다. 논을 풀자면 물대기가 어려워도 논을 풀지 못하는 바엔 물이 나면 풀대들이 물 안에서 술레잡이를 노는 덕대꼬리켠보다는 아무래도 나았다. 그런데 농사에도 실농군이고 목수 일에도 솜씨 있는 엄적선이가 박치원이 아래켠에다 논을 풀겠으니 도랑길을 빌려달라고 박치원에게 청을 대는 것이였다. 그쪽으로는 긴 배다리 두개만 놓으면 물이 건너올 수 있었다. 선우돌석은 후회가 막심하였다. 내가 왜 그쪽을 못 가졌누? 후회하던 나머지 선우돌석은 방법을 생각해냈다. 아들딸을 휘동하여 먼저 우에 있는 좋은 층을 걷어무지고 그 밑에 사토를 파선 실어 내버리였다. 방철이네 당나귀차도 며칠 조력을 했다. 선우일가는 몇 삼일 역사했는지 모른다. 생땅을 파내고 고르고 거기다가 걷어무졌던 부식층을 다시 덮어 깔고 두렁을 짓고…몇 년전 이렇게 했으면 진영귀도 왔다가 울고 갈거다. 고생은 죽어라고 했지만 그래도 논을 만들었으니 즐거웠다. 선우돌석은 사토덕대 기중 높은 데는 논을 못 풀고 나머지는 반쌍이 넘게 논을 만들었다.

선우돌석은 시뚝해서 사토덕대 높은 둔덕에 올라서서 사방을 휘둘러보았다. 어쩌구어쩌구 해도 이젠 자기네 논판만한 곳이 없는 것 같았다. 높아도 이젠 물이 들어오지, 장마철엔 물질 근심 없지, 그저 사토 땅이라 물이 많이 먹는 것이 걱정이지만…그 대신 사토 땅은 결실이 좋다. 논에는 벼를 심고 둔덕엔 콩을 심고 억척으로 벌어보자. 내 그래서 기와집 번듯하게 지어놓고 방철 에미를 데려온다? 못 데려올건 뭐고? 쉰도 중간고개를 넘어 예순을 바라보면 어째? 자식아이들이 장가가게 되였으면 어째 늙은 놈은 로친네를 못 얻나? 위만 때 개척단 기노마쯔는 머리가<1995 연 리원길 리향,307> 새하얘가지고도 제 딸 같은 기생첩을 다 얻었는데…

"아이고 거기도 논을 풀라 하니꺼?"

돌아보니 어느새 무엇하러 왔는지 방철 에미가 둔덕을 탈싹탈싹 올라온다. 방철 에미는 남 있는 밖에선 선우돌석에게 일절 존대말을 썼다.

"거기는 콩이나 심어먹든가 하고 말지. 그것까지 논 풀다가 아이들 잡겠니더."

"아이들? 아이들보다 이녁이 죽겠다. 헤헤…"

방철 에미도 이젠 늙었다. 그래도 선우돌석이는 방철 에미만 만나면 례사로운 기분이 아니다.

"그럼 여기 올라와 뭘 그리 보니꺼?"

"헤헤 — 내 여기 묘자리 좋은 것 같아서 올라와본다. 들쭉더기에도 과수원 만든다 어쩐다 밀대를 놓았으니 이젠 여기만한 묘자리 없을가싶다. 높다라니 사방이 훤하니 옛날 장군대에 오른 상싶고, 하하…"

"아이고 벌써부터 묘자리소린? 이제야 세월이 좋아지는데 오래 살 궁리는 안하고…"

방철 에미는 눈을 할기죽거렸다. 전같이 생기 있는 눈빛은 아니나 그 버릇은 그대로 남았다.

"헤헤…암만 오래 살아도 죽을 때야 꼭 한번 있는 법이라. 으흠 —"

선우돌석은 이러면서 주위를 휘둘러보고 나서 턱을 낮추고 남이 못 듣게 싱거운 수작을 걸었다.

"내 정말 여기다가…이 고기잡이 움막자리에다가 기와집을 질가?"

"기와집? 새빠지지 않았나?"

"새빠지긴 내가 왜 새빠져? 기와집 짓고 니 데려올란데…"

"호 — 다 늙어가면서 그녁도…자식들이 다 컸는데 무슨 소릴<1995 연 리원길 리향, 308> 못 들어서…"

"늙으면 어쨌노? 지금은 예순이 청춘이라. 니 노래 못 들었나?"

"자꾸 가까이 오지 마랭이. 남들이 본다."

방철 에미는 또 눈을 할끗했다.

"정말 니 우리 집에 안 건너 올라나, 헤헤."

"싱거운 소리 마랭이. 그녁 또 그런 소리하면 내…내"

"헤헤…"

둘이 그저 이러다가 말았다. 어차피 그들은 십 년 전 그들이 아니였다. 나이와 자식 그리고 하 많은 세상의 입과 눈에 그들은 인간의 원생적인 순결한 그 무엇들이 얽매이고 짜들리우고 깡말라져갔다. 자기보다 자기가 낳아 기른 자식들의 눈치를 보며 자식들의 의사를 좇으며 오금을 놀릴 때까지 자식을 위하는 그런 나이가 되였다. 선우돌석이도 방철 에미도 서로지간의 이 처지를 알고 있다. 알고는 있으면서도 이따금 머리 드는 그 생각과 만나면 시시덕거려보는 그 수작—그것은 인생의 여열이요, 정감의 여운이였다.

그런데 선우령감의 그 여열과 여운은 꽤나 오래갔다. 꽤나 애를 먹였다.

글쎄 예순을 넘어선 지난겨울에도 선우로인은 하다못해 방철 에미라도 데려왔으면—이따위 제풀에도 허황없는 생각을 해본 적이 한번 또 있었다. 그것은 순전 끼식할 사람이 없게 되여서이다.

"오빠가 그 녀자한테 붙어있나봐. 매화가 어떤 녀자라구. 아이 적부터 소문이 짜한 녀자인데…" 하며 아버지 선우로인과 맞장구를 치던 딸애가 그 일년 할빈 오빠네 집을 오르내리더니 작년 가을부터는 마음이 싹 돌아서서 농사를 집어치우고 오빠네 할빈에 올라간다고 우들우들 야단이였다.<1995 연 리원길 리향, 309>

"이따위 농사 한뉘 짓겠어요? 우리도 다 집어치우고 형님 있는데 가자요. 신문에 못 봤어요? 농민출로는 [제3산업]이란데…아버진 그저 봉건이야. 아버진 그저…"

"이 가시나야, 너도 나도 다 농사질 안하면 농사는 누가 지어?"

"아이고 아버진 천하가 걱정돼서 그러나베. 나라 농업부장은 선우돌석 아바이를 시켜야겠네."

"가시나 까불지 마랭이! 제 애비 이름을 떡떡 부르면서…할빈에 가겠으면 니나 가거라. 난 안 간다."

"그럼 아버진 혼자서 밥해 잡숴요. 난 가요, 꼭 가요. 안 가나봐! 형님이 오라오라 할 제 가야지…"

하여튼 그 "매화 동무"가 재간은 재간이였다. 어떻게 얼리고 닥쳤는지 이젠 딸애까지도 "형님 형님" 주인집 마누라 발끝에 묻어 다니는 복슬 개지가 되였다.

에라, 갈려면 싹 다 가거라. 거기가 죽을데라고 여기에 잡아매두겠는가? 계집애라는 거야 조만간에 남을 주는건데. 거기가 한두 해 얹혀 있다가 맞춤한데 찾아 시집보내면 대길인데. …그러나 그럴라보니 까마귀 날자 배 떨어지는 격으로 집에 끼식할 사람이 없어지게 된다. 그래서 생각된 것이 제길 방철이 에미를 데려올가부다였다.

그러나 로인은 인차 희쓱희쓱해진 머리를 절레절레 흔들며 쓴웃음을 지었다.

이게 무슨 생각인고? 예순 고개를 다 넘었는데 아들며느리에 손자까지 보았는데 여태두룩 얻어 들이지 않던 로친네를 얻어 들여? 온 북만주 조선 사람치고 선우돌석이 로망났다 박장대소 아니하면 천행일다. 아들이 총각에 과부장가 가더니 애비도 늙어 주책없이 바람이 났다고…아들며느리 손에 주는 밥이나 먹고 입히는 옷이나 입고 팔자대로 가만이나 있을게지—손가락질에 뒤등이<1995 연 리원길 리향,310> 뚫리겠다.

방철 에미도 그렇지. 젊어서도 개가 아니 한 그녁이 이 늘그막 집이 빚더미에 올라앉은 때 자리를 옮기려 하겠는가?

내가 백주에 꿈을 꿨지, 쓸개 빠져 허랑방탕 잡생각을 했지.…

## 4

방철이네는 그때 "만원 호"에서 "빚 만원 호"가 되였었다.

방철이가 게을러서가 아니다. 방철 에미가 놀아서가 아니다. 방철이 에미도 방철이네 부처도 손톱이 닳아빠지도록 일해 왔다.

6년 전 호도거리를 시작하던 그해 방철이네는 두부방을 앉히고 두부장사를 하고 곁따라 돼지치기를 본격적으로 하였다. 방철 에미가 하는 두부니 두부도 잘 되였고 두부찌꺼지를 먹이니 돼지도 잘 컸다. 그래 첫 몇 해는 목돈을 쥐여들군 하여 가장집물도 남부럽지 않게 차려놓았다.

그래 선우로인은 제 아들이 일에 노라리를 좀 부리는 것 같으면 "이자식아, 방철이네를 좀 봐, 눈뜨고! 남은 돈벌이에 손이 열두 개도 모자라서 설레발을 치는고만 니는 휘휘 휘바람이나 불고 엉?" 하며 기갈을 하군 하였다.

방철이네는 돈에 재미를 보자 통이 커지였다. 두부장사 돼지치기 외에 그해는 또 어디 가서 "캉베르"인지 "캉베우리"인지 하는 가무죽한 오리새끼를 한 마리에 3원 40전씩 천 마리를 사왔다. 그것을 기를라니 방철이네 고생이야 더 말해 무엇하랴. 방철 에미는 그동안 죽었다 살아난 것처럼 새까맣게 되였다. 그러나 그들은 기뻐하였다.

남들도 방철이네를 부러워하였지만 선우령감도 부러워했다.<1995 연리원길 리향, 311> 더우기 향에서 나와 조사하고 나서 창원 시골에도 첫번째 "만원 호" 정방철이네가 날아올랐다고 선포를 하였을 때는 선우로인은 감탄한 나머지 그 어떤 질투도 은근히 느끼였다.

(방철이 에미도 고생 끝에 락이 있겠다. 고 앙큼한 것이 이런 날을 본다고 재가를 안 오지는 않았겠는데. …에라, 참깨 들깨 뛰는데 아주까린들 못 뛴다더냐? 우리 그녀석도 오장륙부가 있겠다. 머리 도는 것도 방철이가 당하겠나? 지금은 젊은 녀석들 욕심대로 맡기는 것도 무방하겠다.)

로인은 제 아들을 생각하였다. 키도 방철이보다도 어깨 하나는 더 껑충하고 이목구비도, 가마잡잡 한 방철인 대도 못 보게 희멀쑥하다. 그리고 로인은 또 제 아들이 방철이 같은 희뚝머리는 아니라고 믿었다. 아들은 장가보다도 기와집보다도 먼저 오토바이인지 육토바이인지 한 것부터 사겠단다. 그것을 타고 푸르딩저수지 펄펄 뛰는 잉어를 할빈 매화네 술집 같은델 가져가면 하루에도 몇 십 원은 땅땅 굳은 "가보"란다. 남새를 팔아도 소고기를 넘겨도 하다못해 쌀장사를 하여도 큰 시가지를 껴야 하고 그러려면 우르릉하면 가닿는 오토바이 같은 것이 있어야 은을 낸단다. 그러나 로인은 여태까지 아들을 믿으면서도 믿지 못하여 그 돈을 우물쭈물 꺼내놓지를 못했다. ─

"이 자식아, 장가는 안 갈라나? 그 돈은 못 다친다."

"장가야 뒤에 가지요. 장가가 걱정인가요. 돈만 있어봐요. 처녀가 아니라 처녀불알도 못 사내나…"

"그래 기와집은 안 지을 셈이러?"

"아따 아버지도 그 돈 몇 천 원 가지고…지금 이 삼 칸 집도 아직 몇 십 년을 살겠는데…창문턱까지 돌벽이겠다. 창문도 반듯반듯한 게 몇 해 안 되겠다. 서까래도 기와올린다고 든든한 걸 올렸겠다…"

"자식, 고만 씨부렁거려라고마. 니 아무리 씨부렁거려도 그 <1995 연리원길 리향,312> 돈은 못준다. 촌놈이 오토바이가 뭐고…"

"아이 참…"

이렇게 아들은 안달아 하고 애비는 수염을 내리쓸기를 여러 번 했다.

그러나 방철이네가 만원호가 됐다는 소식을 듣고 로인은 생각을 대번에 턱 고치였다.

(에라 오토바이인지 육도깨비인지 하나 사매고 보자. 밑천 안 들이는 장사가 어디 있노? 아무렴 그놈이 방철이보다야 영악하겠지.…)

그래 그날 밤 로인은 당장 아들 앞에 돈뭉치를 턱 꺼내놓으며 호령을 했다.

"옛다. 내 큰마음 먹고 내놓는다."

그런데 아들놈은 히벌쭉 웃더니 그 돈을 마다한다.

"돈 달라달라할 땐 안주더니…아버지 돈은 안 써요. 체 내 방법이 없을 줄 알고…오토바이 돈 내 다 구해놨어요!"

"엉?! 너?"

"걱정 마세요. 내 향에 가 여차여차 대부해 내왔다니깐요."

"원 집에 돈이 있는데 대부할건 뭐고. …어쨌든 오토바일 사면 정신 차려. 휘휘 바람이나 쐬이러 다니지 말고 돈 벌어! 알겠나? 방철이네 봐라. 벌써 만원호가 다 되구."

"그까짓 만원 호? 아버진 몰라요. 방철이네 그까짓 만원 호…기르고 있는 돼지오리를 값을 치고 논판에 퍼렇게 서있는 벼를 소출로 계산하고 그러다 못해 두부찌꺼기 벼짚데미까지 셈에 넣어 얼마 얼마 [만원 호]요! 그 따위 만원 호 난 부럽지도 않아요."

로인은 듣다 처음이다. 로인은 어쩐지 가슴속이 누긋해지는 것을 느끼였다. 글쎄 그러면 그럴테지 제네들이…허지만 아들 앞에선 내색을 하지 않고 그냥 떡떡 고아댔다.

"이 자식아, 그런 소리 말아. 방철이네 [캉배우리]인지 한 것만<1995 연리원길 리향, 313> 해도 만원벌이라더라. 크면 종자오리로 한 마리에 값이 삼십 원도 넘는다는데 이제 키워 팔아봐라. 너 오토바이 장사질이겠니?"

"헹 그거야 그때 가봐야 알지요. 방철인 내 말 안 듣다가 이제 보시오. 그따위 오리 인젠 시세가 늦었다는데두. 그냥…"

"거센 체 말아, 니가 뭘 안다고? 남 말 말고 니나 잘해!"

그러나 아들의 말은 들어맞았다. 아들은 일 년이 못가서 오토바이밑천을 거진 다 뽑았는데 방철이의 "캉배우리"는 본전도 못다 뽑았다. 죽고 물어가고 한 것도 적지 않지만 문제는 오리시세가 일락천장이였다. 종자오리로 사가겠다는 데가 어디도 없었다. 그러니 오리도 여느 오리 값으로, 알도 여느 보통 오리알 값으로 파는 수밖에! 정말 울며 겨자 먹기였다. 방철 에미는 눈시울이 발개서 한숨만 풀풀 쉬었다.

로인은 방철 에미의 그 정상이 가슴 아팠다. 우리 농사군 돈은 왜 이리도 피 돈이고 뼈 돈인고? 그런데 난 방철이네 "만원 호" 된 것에 샘까지 냈댔지. "캉배우리" 못 팔게 됐다니 잘코사니를 불러댔지. …방철 에미가 내 속을 꿰뚫어본다면 더러운 령감태기라고 줄욕을 퍼부을 것이다. …로인은 량심의 가책을 느끼였다.

그런데 방철이는 제 에미와 달랐다.

방철이는 "캉배우리"일에 손해 본 걸 가슴 아파하겠지만 내색하지는 않았다.

"어머니 뭘 그래요? 그 잘난 돈 몇 천 원 가지고…내 이제 크게 해볼 때 보시오. 아예 할려면 크게 벌려야지 지금같이 통 작게 놀다간 안 되겠어요. 향에서두 그러는데 [전문호]는 이젠 큰 [전문호]를 우대해준대요."

아닐세라 방철이는 얼마간 뒤에 큰 공정을 벌리기 시작하였다. 할려면 크게 하고 안 할려면 그만 둔다 흰 통을 써가면서 이<1995 연 리원길 리향,314> 미륵돼지는 향에서 주겠다는 대부금 얼마를 믿고 그 몇 배의 돈을 닥치는 대로 꾸기 시작하였다. 그래 네 칸짜리 기와집에 열 칸 넘는 돼지우리를 벽돌과 세멘트로 굉장하게 지어놓고 거기다가 전기망과 사료분쇄기에 또 네바퀴짜리 "손잡이"도 사매였다. 방철이네는 온 마을치고 제일 뜨르르한 집이 되였다. 전 향의 "전문호"대표로 현에 회의도 다니였다.

방철이가 돈을 꾸며 다닐 때였다.

로인은 돈을 꾸어주지 못했다.

방철이도 왔다가고 방철이 에미도 아들이 보채는 바람에 왔다갔지만 로인은 꾸어주지를 못하였다.

꾸어줄 돈이 없었다.

의롱 안에 꽁쳐놓았던 돈 사천 원은 빌어먹을 아들놈이 도둑질해가지고 달아나버렸다. 로인이 내주지를 않으니 그런 몹쓸 짓을 했다.

"글쎄 내 꼭 크게 번다니깐요. 밑천 쓰게 사천 원만 내놔요. 아버지!"

아들놈이 할빈 누구와 관내에 들어가 무슨 큰 장사를 하겠다고 했다.

"사천 원? 사천 원 소릴 다한다. 그런 돈은 사원도 없다. 자, 옜다, 내 가죽은 뒤가풀 있느니라. 그래 장가는 안가고 기와집은 안 짓겠나?"

"나 원 아버지도. 사천 원만 대면 몇 만원이 굴러 떨어지겠는데…돈만 있어 봐요. 장가가 아니라 처녀불알도 안사나? 예? 아부제…"

"듣기 싫다고마. 니 재간에 다 날아가는 돈 두꺼비 파리 잡아먹듯 하겠다고? 흥, 아예 내 손끝에 장이나 지지겠다지. 그 돈은 한 푼도 못 다친다. 다치기만 해보랭이. 내 너 미자바리 찢어 죽이지 않나!"<1995 연 리원길 리향, 315>

아들은 볼때기에 가래토시를 물고 앉아 있다가 화가 나서 벌떡 나가버렸다. 그러더니 며칠 뒤 놈은 돈 도적질—그런 짓을 하고는 그저 잘 있수 난 가우다—쪽지 한 장 턱 붙여놓고 훌쩍 달아나버렸다. 이건 집안망신이라 방철이 에미에게도 말을 못하고 그저 아들놈이 쓸데 있어 돈 얼마 안 되는 걸 가지고 나갔는데 아들놈이 돌아오면 보자 이런 소리밖에 할 수가 없었다.

그런데 아들은 석 달 넉 달이 되여도 집문 앞에 나타나지를 않았다. 로인은 아들놈을 저주하면서도 애타게 기다리였다. 이 천하 불측한 놈이 그 숱한 돈을 어디에다 결단을 내는지 모르겠다고 밤새도록 자반뒤지기를 하면서도 그 돈이 새끼에 손자를 낳아 아들이 한 멜빵 뼈근히 지고 들어오는 것을 꿈에 보기도 하였다. 오토바이밑천을 뽑을 때만 봐두 그놈이 돈 버는 싹수머리는 보이는 녀석인데, 설마야…

그런데 그 "설마"가 사람을 죽여주었다.

그래도 집이라고 찾아온 아들을 로인은 당장에서 지게작대기로 대갈통을 터쳐놓았다. 때마침 달려온 방철 에미와 이웃들이 매달리며 끌어내지 않았더면 그때 무슨 변이 났을지 모를 일이였다. 아들 녀석은 돈이 아니라 똥도 못주어먹게 되여가지고 돌아왔다. 돈도 다 떼우고 오토바이도 팔아먹고 중대가리에 거지족속이 되여 돌아왔다. 눈알이 반들반들 멀쩡

한녀석이 남에게 속히웠다. 돈 맡아들고 남북 몇 천리를 고자 처가집 다니듯 하던 "동사장"인지 "똥사장"인지 한 놈은 돈 다 불어먹고 붙잡혀 들어가고 아들놈도 곁불에 콩밥신세를 보름이나 하다가 요행 나왔단다. 그것두 할빈으로 시집을 갔다가 스물세 살에 청상과부가 된 박치원의 오촌 고모 매화가 돈을 대신 갚아주어서야 비로소 그 무슨 손해배상이란 것을 물고 놓여나왔단다. 이거야 가슴치고 통곡할 일이었다.

"이 똥물에 튀할 화상아, 당장 기여나가 뒈지기나 해라. 당장 <1995 연리원길 리향, 316> 기여나가! 우리 선우네는 니같은 씨종잔 없다, 없어!"

로인은 방철이와 방철이 에미에게 량컨 죽지가 붙들리여 팔뚝은 못 내젓고 그저 모둠발로 땅을 구르며 뛰였다 내리기만 하였다.

그러니 방철 에미네 돈 꿔주는 것 같은 일이야 애당초 꿈도 못꾸게 되였다. 그때가 지금 같았으면야…며느리는 어떤 것을 얻었든 지간에, 앞으로 일이야 어떻게 될지 알고모르고간에 지금 로인은 전보다 돈은 있게 되였다. 살림걱정은 적게 되였다. 그래서 선우령감은 지난가을 돈 천원을 방철이 대신 장가툰 놈들에게 집어던져주었지 않는가?

방철이네는 돼지치기를 통 크게 벌리기는 하였으나 이 몇 년 그만 쫄딱하게 되였다.

두부방은 그사이 두부장사들이 두부 먹는 사람만큼이나 많아지는 통에 기껏해야 제 마을 안에서밖에 팔지를 못하였다. 다른 마을엔 들어서기 바쁘게 "너네 꼬우리두부는 꼬우리 마을에 가, 꼬우리 마을에!" 들어붙어 내쫓는다. 두부장사도 터싸움이 붙었다. 그러니 서른나문 호밖에 안되는 제 마을에서 팔면 얼마 팔겠는가?

그런가 하면 돼지는, 국가에 수구하는 돼지 값은 얼마 안 올라갔는데 돼지종자 값은 장대뛰기로 올라가고 사료 값도 고기 값 오르는 것 곱 배로 뜀뛰기를 했다.

그러나 이런 것도 약차이다. 문제는 변돈 내온 것이 큰 문제였다. 향에서 내주겠다던 "전문호대부금"은 신용사 어느 놈이 어떻게 떼 써버렸는지 모두 합쳐 5천원밖에 내려오지를 않았다. 그래 사사로 변돈 꾼 것이 숱한데 시초엔 3푼 리자던게 지금은 5푼, 6푼 고리대도 상고리대였다. 돼지 판 돈으로는 리자물기도 빠듯하였다. 사회주의 중국에 착취가 없다. —모를 소리였다.

그런데다 설상가상 방철 에미가 동네 김치우거지를 걷어다<1995 연리원길 리향, 317> 먹이다가 굴암돼지 한 마리에 또 다른 고기돼지 몇 마리를 죽이고 그런데다 방철이 처까지 간병으로 죽는다산다 병원 밥을 반 년 넘어 먹었다.

아무리 화불단행이라도 이런 법이 어디 있을가?

방철이는 할 수없이 그 아까운 네바퀴짜리 "손잡이"를 헐값으로라도 팔아버렸고 방철이 에미는 집에 들어온 재액을 쫓는다고 무당을 청해다가 푸닥거리를 하고 경을 읽고 야단이였다.

그런데 지난가을 하루는 장가툰 황가 놈이 저희들 친척나부랭이들을 거느리고 빚 받으러 낫을 들고 몰켜왔다. 빚을 당장 안내면 한창 크고 있는 돼지새끼들을 몰고가든가 논에 서있는 벼들을 베 실어가든가 이번에는 볼장을 보고야 간단다.

"정 못 갚겠으면 아낙네라두 내라구. [손잡이] 팔면 주겠다더니 그것도 안주고 그래 우리 돈은 그저 그렇게 떼먹을 셈인가? 벌써 몇 년인가?"

황가 놈은 뻐세게 서있기만 하는데 그 처남이라는 새파란 젊은 놈이 조막만한 대가리를 건뜻 처들고 뻑뻑거렸다.

방철이는 그저 삶은 시래기가 되여 "따바이" "따거" 겨울이면 꼭 갚을 테니 사정 봐달라고 빌고, 방철이 에미는 그 불쌍한 것이 문지방에 퍼드리고 앉아 울고 마을인간들 몇은 목을 빼들고 구경만 하고…

선우로인은 가만 볼 수가 없었다. 이런 험악한 놈들이 어디 있노? 이 공산당 세월에! 이거야 순전 불붙는 집에 뛰여들어 도적질하기지. 지금 방철이네가 숨 가쁠 때, 빚 대신 헐값으로 돼지새끼들을 몰고 가서 한몫 크게 보겠다. -이것이 놈들의 수작이였다.

"여봐, 쇼황피(小黄皮) 내 말 좀 들어."

로인은 황가 놈에게 다가갔다. 로인은 이 황가와 두루두루 교제가 좀 있었다. 로인은 그를 롱으로 "쇼황피"-쪽제비가죽이라<1995 연 리원길 리향, 318> 불렀고 황가는 로인의 성이 선우라고 "로우다즈(오랑캐)"라고 불렀다.

"니 [로우다즈]는 상관마라. 메이 니디썰(너 참견할게 아니다)1"

놈은 아주 뚝뚝하게 놀았다. 로인은 괘씸해도 참았다.

"니 아무리 돈이 할배라도 인간 나고 돈 났지. 니 인간량심 어디 갔노? 남은 지금까지 죽는다산다 야단나다가 이자 좀 조용한데 그 잘난 돈 가지고 날치기를 할 셈인가? 니…니…거…거…계급…계급우애는 어디 갔노?"

로인은 말이 받아 어쩌다가 불현듯 이따위 문투-10몇 년 전 공작대한테 들었을 이따위 문투를 내뱉았다.

"하하- 니 로토우, 로망소리 다한다. 계급우애? 언제 때 고담이야? 계급, 계급 지금 상품사회인데 계급 같은 건 없어진지 옛적이야!"

황가 놈의 처남 놈이 옆에서 고 조막만한 참새대가리를 내들렀다. 한주먹거리도 안 되는 놈이 돈 있다고 배꼽이 불뚝 나와 요지경이다. 허지만 로인은 이번도 참았다. 그놈의 "계급"이 지금 있는지 없는지 "상품사회"라는 게 무엇인지 로인은 괘념할 바가 못되였다. "계급우애"같은 소리를 내뱉기는 하였으나 알아서 내뱉는 게 아니고 말하다보니 어쩌구러 튀여나간 것이다.

"글쎄 그럼 너 말대로 계급은 없다 하자. 공산당은 있겠지. 정부는 있겠지. 인간량심은 있겠지? 그래 공산당 세월에 누가 5푼, 6푼 고리대를 놓으라 했노? 정부가 그렇게 시키더냐? 내 정부에 가 고발할 테다. 장가툰 쇼황피 여차여차 고리대 놓고 또 어떻게 [전문호]네 집에 와서 행패를 부리고…그래 그러면 쇼황피 너 낯에 생광이 날 것 같으냐?"

"향이 아니라 현에 가도 일없다! 사람을 죽였으면 목숨을 내대고 돈을 꾸었으면 돈을 바치고―이건 반고개천이래 천고의<1995 연 리원길 리향,319> 진리다!"

"그래 돈만 알고 사람은 모르니? 그래 5푼 변 고리대를 놓니? 너 정말 안 되겠다. 너 우리 아들며느리 할빈에 있는 줄 알지? 너 우리 며느리 외사촌오래비가 성 사법국에 있는 줄 알지? 귀에 들어가면 너 같은 건 없다 없어."

로인은 급한 중에 슬쩍 이런 거짓말을 내비치였다.

필경 황가도 시골 놈은 시골 놈이였다. 놈은 좀 어리쳐서 로인을 멀뚱하니 건너다보았다.

"로우다즈, 령감두…이건 중도에 괘씸한 정요금(程咬金)이 튀여 나온다더니…아니 령감 상관이 뭔가? 우리두 돈이 급하니 어리지."

"아무리 돈이 급하면 남은 지금 죽는다산다 하는데…량심은 개를 던져주었나?"

"아니, 로우다즈! 그렇게 량심이 있으면 령감, 아들며느리 덕에 돈 많다면서 왜 이 집 못 도와주나? 령감도 돈은 아깝지? 돈은 귀하지? 나도 그렇다, 아나? 흥, 이 세상 돈 모르는 인간이 어디 있나?"

놈은 깔깔 웃어댔다. 다른 것들도 곁따라 물먹는 병아리처럼 고개를 들고 으흐흐 웃어댔다.

로인은 저도 모르게 기죽었던 호랑이성미가 욱 일어났다.

"빌어먹을 자식들! 고만 짖어라고마. 너 돈이 그렇게 조상 같으면 내 쥐여준다, 방철이네 대신!"

"정말?"

"정말이고 개소리고 따라와! 돈 가지겠으면!"

로인은 그날 아끼여 모았던 돈 천원을 개입에 고기덩이 집어던져주듯 아까와하면서도 던져주었다. 방철이네 대신 겨우 리자돈을 문 셈이다.

그런 뒤 로인은 한동안 퍼그나 후회를 하였었다. 아무리 아들이 <1995 연 리원길 리향, 320> 할빈에 가서 녀자 덕에 돈벌이를 잘한다고 해도 로인은 그것이 미덥지를 못하여 자기 돈은 자기가 가지고 있어야 한다고 간수했던 돈이였다. 그 돈이 어떤 돈이라고, 그 돈이 어떻게 번 돈이라고…

그러나 오늘 이 시각 로인은 그때의 그 후회가 죽은 방철 에미에게 몹시도 죄스러웠다. 살아생전 그녁이 내가 그런 후회를 한 적이 있다는 것을 알았다면 속으로 얼마나 나를 아니꼽게 여기였을가? 하루밤을 자도 만리성을 쌓으렸는데…내 니가 그렇게 고생 끝에 끔벅할 줄 알았다면 내 왜 그런 후회를 했겠노? 내 니 그때 그런 몹쓸 병으로도 일에 악 쓰는 줄은 모르고…알았으면 그 돈 천원이 다 뭐고…방철 에미! 용서해다고, 으이! 난 이런 놈이다. 욕해다고 실컷! 난 이런 죽일 놈이다. 방철 에미! 니 듣나? 왜 말이 없노?

로인은 휘연한 진펄 땅 사토덕대에 곰같이 웅크리고 앉아서 무릎팍 우에 티끌 덮인 머리를 짓수그린 채 처연한 서러움에 사로잡혔다.

서쪽하늘엔 이제는 저녁노을만 새빨갛게 비끼였다.

창연한 저문빛이 진펄 땅을 적셔온다, 적셔간다.

오로지 진펄 땅 사토덕대 높다란 둔덕 우에 얹혀있는 외로운 봉분 우에만 아직도 누러벌거니 노을빛이 비끼였다. 그것은 타다 남은 방철 에미의 심속인가?

불붙는 소리, 말소리, 고함소리 그리고 청승 맞는 당나귀의 울음소리…이랴이랴 소모는 소리…

"아이고 거기도 논을 풀라하니꺼?"

"헤헤 – 내 여기 묘자리 좋은 것 같아 올라와본다…"

"아이고 벌써부터 묘자리 소린? 이제야 세월이 좋아지는데 오래 살 궁리는 안하고…"

……<1995 연 리원길 리향, 321>

"새빠지긴 내가 왜 새빠져? 기와집 짓고 니 데려올란다…"

"자꾸 가까이 오지 마랭이. 남들이 본다. 흐흐…내 참 어쩌라노? 죽이지도 못하고…"

"헤헤…"

로인은 머리를 들었다.

사위는 쥐 죽은 듯 괴괴하다. 더없이 쓸쓸하다.

사토덕대도 이전의 사토덕대가 아니다. 이전 같으면 벌써 두엄더미들이 울멍줄멍하겠지만 요 몇 년에 점차 줄어들다가 없어지고 지금은 엄적선이네와 선우로인네를 내놓고는 논밭도 없다. 박치원인 원래 얼간이 농사군이라 작답역사가 넌덜미 난다면서 땅만 차지하고 몇 해 콩종자나 뿌려 내치다가 매화네 집에 일군으로 갔다가 쫓겨 온 뒤부터는 아예 여뀌밭을 만들어버리였다. 다른 집도 피장파장이였다. 85년 큰물에 큰 강의 물길이 돌아서는 통에 봄에 건너오는 물이 메기 느침 같아서 그렇게 된 것만이 아니다. 농사군들 마음이 갈라 헤지였기 때문이다. 대경, 대련에 온 집안을 떠이고 짠지장사를 간다. 창원시가지에 개장집을 한다, 북안이나 자가다치에 막벌이를 간다, 지어는 왜정 때처럼 북지(화북) 어디에 약장사를 간다…가서는 돈을 버는 사람도 있고 빚을 지는 사람도 있다. 그러나 사람들은 간다. 도거리땅도 못다 부치는 판에 그까짓 사토땅이야…그래서 사토덕대는 묵밭이 되여간다. 해토 무렵 지금엔 쑥대 여뀌대 그리고 해묵은 띠풀들만 거밋거밋 서있다.

하기야 지금 농사만 져서야 뭐하노? 숫배기로 농사만 지어 돈 버는 놈이 누구고? 천도가 이렇다면 나도 이 지랄농사 끝마무리 하루라도 일찍 했어야 하는건데…

로인은 또 창천을 우러러보며 후-한숨을 쉬였다.

내가 며느리만 마음에 드는 것을 얻었으면 이런 고생을 마음 싸서 하려고 했을가? 예순 고개에도 논판에서 개같이 기며…<1995 연 리원길 리향, 322>

정말 그 눔의 자식이 정신이 빠졌지.

아니 이 눔의 애비가 정신이 나갔지.

오토바인지 육도깨비인지 한 것을 방철이네가 "만원 호"가 되였다는 바람에 시샘이 나 사주었더니 그 통에 시가지 바람나고 그러다가 숱한 돈을 절단 내고 그래서 또 지게작심에 얻어맞고 그러더니 종내는 또 뛰쳐 달아나서 그 바람에 홀리워 처녀장가도 못가고…

참말 방철 에미, 그녁 말이 맞다. 내 이 개꼬리 황모 못된다더니 그만 내 그 벼락 성미 때문에…


## 5

지게작대기에 대갈통을 맞았던 아들은 한 반년 죽었수다 하고 일만 꾸벅 꾸벅 하는체하더니 종당은 온다간다 말이 없이 집을 훌쩍 나가버리였다.

사람 질을 못하겠으면 뒈지겠으면 뒈져라—로인은 처음은 이러면서 이 마를 꽁지고 누웠댔으나 아들 녀석이 행적이 참말로 가뭇해지자 로인은 가슴이 덜컥하여 안달아 났다. 로인은 침식을 잃었다. 가슴을 쥐여뜯었다. 설사 죽지는 않는다 해도 이 복잡한 세월에 젊은 놈이 어디 가서 무슨 짓을 하다가 어떻게 될지 누가 알꼬?

그러기를 딱 넉 달. 하루는 박치원이가 할빈 매화네 집에 갔다가(필경은 투전 돈 얻으러 갔겠지) 헤죽벌쭉 찾아와 편지 한통을 읽어주며 기별을 전하였다. —글쎄 그 씨 빠진 녀석이 남의 청상과부 집에서 머슴을 산단다. 제 말은 편지에 "매화동무를 도와 국수집을 새로 늘굽니다" 어쩝니다 하지만 그게 머슴이 아니고 뭐고? 일해주고 삯전 받고 그것도 과부주인한테…그래두 뭐 "매화동무"? 그게 어떻게 "동무"가 되노? 정말 똥 싸 놓고 매화타령은<1995 연 리원길 리향, 323> 잘 부른다. 남의 돈을 선대해 밀어 넣고 옥에서 나왔으니 머슴을 살면서도…에라, 그래도 됐다. 칼 들고 도둑질하다가 감옥 가는 것보다 낫지. 어쨌든 죽지 않고 있다. —소식이 있으니 됐다! 매화네 돈을 몇 천원 썼는지 로인은 모르지만 어쨌든 썼으면 갚아야 하는 법이요 갚는 데는 시방이야 그렇게밖에 갚을 수가 있는가? 로인은 아들이 돈 갚음을 다하고 돌아오기를 바랐다.

"여봐, 치원아. 곰불이가 거기 있다는 말 어디 가 하지 마랭이."

"왜유?"

"글쎄 말하지 마. 무슨 자랑스러운 일이라고…"

로인은 그때 방철이를 생각하면서 이런 말을 했다. 어쨌든 방철이네는 온 집이 들어붙어 기와집 짓고 "손잡이" 사몰고 야단인데 우린 이거 무슨 망신인고…

"말하지 말라면 말하지 않지요 뭐."

"여봐, 그런데 넌 무슨 투전을 그리 노노? 농사는 범이 새끼 치게 해놓고 사토덕대 밭이 그게 어디 밭이냐?"

"걱정마시우. 그래도 입엔 밥이 들어오우다."

그런데 아들은 그 뒤 일 년이 더 넘도록 편지 몇 장밖에 오지 않았다. 이 눔이 대관절 어찌된 영문인가 렴탐으로 딸애를 올려 보냈더니 글쎄 이건 청천벽력 같은 소식을 가지고 내려왔다. ─멀쩡한 숫총각 놈이 청상과부, 그것도 남편이 오토바이를 타다가 자동차에 치여 비명횡사한 청상과부한 테 장가를 들겠단다!

망신이다, 망신이다! 온 북만주 조선 놈치고 이런 망신이 어디 있노?

로인은 구들장을 탕탕 치며 길길이 뛰었다. 생각대로라면 당장 올라가 먹살을 틀어쥐고 끌어내려오고 싶었지만 이건 또 화불단행이라 논들에 도열병이 생겨나서 농약을 시급히 치지 않으면 안 되는지라 거행은 못하고 그저 애꿏은 딸만 욕하고 나서 그 자리에서<1995 연 리원길 리향, 324> 된욕을 써보내게 하였다.

"그따위 짓 할라면 당장 내려와! 돈이고 뭐고 귀치 않다. 멀쑥한 총각 놈이 과부장가를 가? 너 이놈 뭣이 모자라나? 그래 불알이 한쪽…"

"에그, 아버지도 그런 건 난 안 써요."

"왜 안 써? 써! 말 한마디 빠치지 말고 다 써!"

"에그…참…"

"그래 불알이 한쪽 없는 등신인가? 등때기 꼬부라진 병신인가? 신수 편 편한 놈이 누구를 망신시키느라고, 엉? 너 그저 상관만 해라. 내 지게작심 으로 대갈통을 박살낼 터이다…" 운운…

로인은 아들놈이 무릎 앞에 앉아있기나 하는 듯이 팔뚝으로 상앗대질 하며 부르고 딸은 "에그머나" "에그 나 참…" 소리를 연방 하며 대필하 고…그래서 한 말을 하고 또 한, 한심하게 무질서한 욕 뭉테기 편지가 할 빈으로 날아갔다.

그랬더니 얼마 뒤 아들의 항복답장이 내려왔다.

─존귀하신 부친님의 심각한 비판을 받잡으며 불효 곰불이 황공하기 그지없삽네다. 경애하는 부친님의 최신교시를 소자 명기하여 이왕 련정 을 단념하고 조급성을 버리고 근신하게 행동하며 결심을 내리고 만난을 박차고 자립갱생하며…풍의족식…치부치가…그리고 마감에는 지존막대 하신 부친님 백년해로 영원건강을 돈수백배 축원하면서…

"그 자식 무슨 문투는 그리 많이 썼노? 그래 과부하고 살겠다나 안 살겠 다나?"

"에그 아버지도. 듣고도 모르네. [이왕 련정 단념하고…]. 이봐요, 이를 사 려 물고 딱 끊는대요. [결심을 내리우고 만난을 물리치고…], 듣고도 몰라?"

"그래 안내려오겠다나?"

"잠시 안 내려 오겠다 했지 않아요. [자력갱생] [풍의족식]<1995 연 리 원길 리향, 325> [치부치가] 봐요. 돈 번대요. 돈 좀 벌고 내려오겠대요."

꿈보다 해몽이 좋았다.

어쨌든 로인은 안심이 되였다. 돈이야 벌고 안 벌고 과부장가 안가겠다 고 "결심"을 내렸다니 됐다.

로인은 아들에게 처녀장가를 서두를 일념으로 사람을 내세워 수소문도 하여보고 또 가을걷이 벼타작을 다그쳤다.

그런데 해가 지나 봄이 오자 아들놈은 춘정이 발작했는지 또 과부장가를 가겠다는 편지를 써 보내왔다.

로인은 그 편지를 쫙쫙 찢어 내치고 그 이튿날 새벽차로 얼굴이 시퍼래서 할빈으로 올라갔다.

이번엔 면대만 하면 불문곡직 아들을 꼭디 짓눌러 끌고 올 잡도리였다. 아무리 자식이 애물이란들 천하 이런 애물이 어디 있노? 뭐 "결심을 내리고" "조급성을 버리고 근신하게 행동하며" 과부하곤 안산다 어쩐다 하더니 고사이를 못 참아서 "황소증세"가 났어? 아니, 이 녀석이 밸이 빠졌나? 아니면 우리 조상묘를 잘못 썼나? 푼푼한 농토에 든든한 일손에 손 맞추어서 벌면 이 세월에 기와집 짓고도 처녀장가 못갈가? 그 희멀끔한 인물에 손가락으로 통통 튀겨 고르면서 가지, 가고말고! 그런데 제보다 세살이나 우이인 청상과부한테 장가를 가? 인물이나 해끔하면 뭘 해? 야시(여우)같이! (기실 매화는 용모가 아릿다왔다.) 허리동이나 한들한들하면 뭘 해? 기생같이! (매화는 몸매도 날씬했다.) 영화에 나오는 양국가시나들처럼 귀걸이에 반지까지 끼고 궁둥이 빼뜰빼뜰 총대바지나 입고 다니면 뭘 해? (지난해 매화는 이렇게 처녀처럼 차리고 고향 박치원네 집에 왔다갔다. 선우로인네 집도 얼핏 들리고.) 과부야 과부지! 까마귀가 공작털 꽂고 둔갑한다고 봉황이 될가? 글쎄 난 홀 애비가 돼서 "황소증세" 참다못해 방철이 에미와 상관을 했다만 넌 희멀쩡한 숫총각이 앞날이 바다 같은 게 무엇에 미쳐 과부장가를 가노? 그년의 무엇에 <1995 연 리원길 리향, 326> 반했노? 그년이 무엇으로 홀렸노? 돈! 그렇다. 그것밖에 또 뭐고? 돈! 망할 놈! 뭐 "돈만 벌면 처녀불알도 산다"고 과따 치던 놈이 종당엔 처녀불알이 아니라 과부돈에 제 불알을 팔겠다누나. 팔겠다는 놈도 사겠다는 년도 모두 한매에 뚜드려잡아 매밥이나 할 것들이다. ─로인은 기가 펄펄해 욱별렀다.

그런데 벼르던 제사에 물도 못 떠놓게 되였다고 온 나절 할빈 시내를 헤매다가 찾아든 로인은 막상 아들을 앉혀놓고는 말 몇 마디 못하고 그만 한식경이나 눈알이 머룩머룩해서 얼 나간 사람같이 앉아있었다.

과부네 집이 너무나 굉장해서가 아니다.

예로부터 과부는 은이 서 말이고 홀 애비는 이가 서 말이란 말이 있다. 매화네 국수집이 어떠어떠하다는 건 일전 박치원이 주어 섬기는 걸 들어 대강은 알고 있었다. 과부네 국수집은 말이 국수집이지 창원시가에 꾸리는 박치원이 처남네 국수집은 여기엔 대지도 못한다. 아래층은 별 음식을 다하는 음식점, 웃층은 별게 다 있는 려관─이층양옥! 이게 "매화술집(梅花酒樓)"이다. 술집? 이름도 더럽게 졌다. 홍루청루 기생집인가? 술집이게… 대관절 이것들이 어떻게 이렇게 와자하게 꾸렸을가? 제길 아무러면? 이게 내 아들 재산인가? 과부네 재산이지. 설사 미쳐서 잔치해 산다손 치더라도 언제든지 툭 차이면 아들은, 내 아들은 엉치에 먼지밖에 털고 나앉을게 없다. 첫머리 풀어준 남편인가? 차 내치면 차 내쳤지. 웬만하면 과부 보따리 싸듯 한다는 말이 있을가? 곰순이 에미년(후처)을 보라구. 흥, 로인은 젊은 과부의 재산이 천금만금이라도 귀치 않았다. 그래서 말문이 막힌 건 아니였다.

그러면 아들이 "머슴질"에 반쪽이 된바람에 로인의 말문이 막히였는가? 그것도 아니다. 아들은 로인이 괘씸할 정도로 기색이 쑥 내뼜다. 옷도 아버지 왔다고 갈아입는걸 보니 번뜩번뜩한 <1995 연 리원길 리향, 327> 가죽 "중치막"에 끝이 뾰족한 가죽구두에 거기에다 새까만 코밑수염에 제법 희번지르르하였다. 옷을 갈아입으면서도 전화를 받는다. 그건 이래라 저건 저래라, 그리고 무엇이 좋은지 헤헤헤…빌어먹을! 과부댁 종놈 왕방울로 행세한다더니 너도 참…그리고도 헤헤? 헤헤가 뭐고? 쓸개 바람 들었나?

"너 이 눔, 이 집 주인은 어디 갔노?"

"예?! 누구요?"

"이 집 집주인! 매화 말이다!"

"매화 동무요? 예-병원엘 갔어요.

"음-"

"태…태기가 있어서…"

"뭐라?!"

로인은 튀기듯 솟구쳐 일었다.

"태…태기…"

"아니 벌써 뱄어?"

로인의 눈에선 불꽃이 튀였다.

아들은 얼른 눈길을 피하여 말을 못하고 숙맥같이 턱주가리만 주억거렸다.

일은 이미 다 쑤어놓은 오그랑 팥죽이다.

로인은 한동안 눈길이 창날 같애서 아들을 쏘아보다가 그만 오금이 꺾이워 쿵하니 쏘파에 물러앉아버리였다. 기가 막히였다. 언제부터 붙어잤는지 이건 글쎄 벌써 뱄단다. 망신이다. 갈수록 망신뿐이다. 이걸 어짜노? 죽이지도 못하고…로인은 말이 안 나갔다.

그 대신 이번엔 아들 녀석이 오히려 말이 많았다. 입을 놀리기 시작하니 뻔뻔스럽게 청산류수다.

-이왕지사 일이 이렇게 됐는데야 어찌겠는가? 이제 그만두고 시골로 내려가겠다면 매화동무(쓸개 없는 자식, "동무" "동무"!<1995 연 리원길 리향, 328> 제보다 세살이나 이상인 과부인데 동무는 무슨 말라 배틀어진 동무가 되노? 로인은 언제부터 아들의 이 "매화 동무" 소리가 딱 질색이였다.)가 가만있질 않을 거란다. 억지로 깔아뭉개서 재미 실컷 보고 달아나려는 건달류망이라고 공안국에라도 가 물고 늘어지는 날이면 자기는 영낙없이 중대가리 깎고 절컥 수쇄 차고 징역살이란다.…

"그래 그럴 줄 모르고 끼고 잤나? 너 이놈! 아무리 [황소증세]가 난단들 과부상관에 푸르청청한 앞길을 망쳐? 아니 고사이를 못 참아? 그리고도 뭐 어찌고어찌고…"

그러나 로인도 이젠 방법이 없다. 그저 타 썩는 속을 푸념질 할뿐이다.

로인도 "매화 동무"가 여간치 않다는 걸 좀 안다. 제 마을에서 커가는 걸 보았는데 모를 리가 있는가? 매화는 그 또래에선 제일 올되고 멋쟁이고 또 제일 이악하였다. 벌써 중학교 때도 어느 선생과 어쩌구어쩌구 했다는 말을 로인도 귀결에 들은 적이 있다. 그래서인지 그 집은 그 해 가을 아성으로 이사를 갔다. 이사 간 다음 일은 다른 것은 모르지만 한 가지는 안다. "매화 동무"는 할빈으로 시집가서 돈벌이를 하면서 제보다 여덟 살이나 우인 손우조카 박치원이를 조역군으로 불러갔댔다. 그런데 박치원은 반년도 못 되여 꼭뒤가 부애서 쫓겨 내려왔다.

"아니, 니 왜 벌써 쫓겨 내려왔나?"

"쫓겨 내려오긴 왜 쫓겨 내려와요. 시시해서 내깔리고 왔수다. 상놈의 에미나, 글쎄 이마에 피도 안 마른 게 날 떡 주물듯 하겠다우다. 나만인가요. 제보다 여섯 살이나 우인 남편두 그저 밥공기 가지고 놀듯 하우다. 찍소리도 못하게 하지요. 온 집안에 제 혼자지요. 거 어디 눈에 비꾀서 보겠습니까? 그까짓 거 안 보구 안 벌구 집에 와 적게 먹고 가는 똥 누구 살지…"

박치원인 이랬지만 뒤에 들리는 소리는 좀 달랐다. 술이나<1995 연 리원길 리향, 329> 처먹고 남의 색시 궁둥이나 따라다니며 일은 게정만 부리다가 매화한테 욕사발을 얻어먹고 쫓겨왔다는 말도 있다. 물론 어느 말이 옳은지 대중키 힘들지만 여하튼 그때는 박치원이도 척을 대단히 진 모양이였다. 그래 그 뒤 제 고모부가 차에 치여 죽었다는데도 서러운 낯빛하나 없이 힝 코만 풀어 내쳤다.

"헹, 녀자가 살이 세면 그렇다니깐요. 그렇게 살똥스럽게 놀다가야 살을 맞지 않고 별수 있답디까? 이제 보슈. 어느 사내가 붙어 살아나나? 병주고 약주고. 간 빼 먹고 초상 울고 조석지변두 손바닥 뒤집듯 하우다. 정신 온전한 놈이야 그 비위를 어떻게 맞추겠수. …그러니 제가 이제야 당대 과부로 혼자 났지 별수 있수?"

놈은 제 고모를 할애비 죽인 원쑤처럼 저주하였다.

물론 박치원의 말을 다 곧이 들을 수는 없다. 허지만 절반만이라도 "매화 동무"가 어떤 "동무"인지 알 수 있지 않는가? 그러니 지금은 좋아서 해해 낡아 들었어두 이제 안산다면 칼 물고 뜀을 뜀 것이다. 그때면 아들은 입이 열두 개라도 어쩌는 수가 없다. 계집사내간의 이런 일은 계집의 혀끝 내두르는 대로 내둘리우기 마련이다. 아들은 걸려도 된 코에 단단히 걸리였다.

에라, 아무튼 감옥으로 "장가"들기보다야 낫겠지, 아무리 과부장가라도—암만 머리에 열이 치밀어도 로인은 이 회계만은 밝힐 줄 알았다.

"예…예, 접니다. … 예—무사대길합니다. 덕분에…잔치 뒤에 무도회요? 아이구 거 참 좋구만요. 건데 전 바빠서…예? 매화 동무는 보내라구요? 저—예, 그러지요. 헤헤, 매화 동무를 보내지요. 그런데 거 면세하는 일 좀…예—알았습니다, 알았습니다. 하하하…자주 놀러오시오…예, 걱정 없습니다. 걱정 없습니다. 그저 생각나시면 자주 오시오. 대접이야 우리 매화 동무가 여북 잘하겠습니까? 환영, 환영! 하하하…예, 바이바이!"
<1995 연 리원길 리향, 330>

"이놈!"

로인은 전화를 내려놓고 온 아들을 쏘아보았다.

"그래 밴 것이 너꺼인건 뭘 데 없겠다?"

무섭게 입을 옥물고 있던 로인은 또 이따위 말을 내뱉았다. 아들은 움찔했다.

"예?! 뛰니깐 병원엘 갔지요."

"개소리! 너 종자가 옳나 말이다."

"그럼 내 종자가 아니고 누구 종자래요?"

"빌어먹을! 네 일을 누구한테 물어?"

"글쎄 내 종자란데 그러네요. 못 믿겠으면 매화 동무한테 물어봐요, 씨."

제길 또 "동무"란다.

로인은 또 말을 못하고 한동안 아들을 처다보았다. 이번은 의혹이 섞인 눈길이였다. 배안에 뱄다는 태아가 선우네 씨종자가 옳은가 의심하는 눈길이 아니라 오히려 그 태아의 애비인 이 작자가 도대체 선우네 씨종자가 옳기나 한가—그런 눈길이였다.

아들은 변하였다. 희멀쑥하고 우락부락하고 영악하던 선우네 씨종자가 아닌듯하다. "못 믿겠으면 매화 동무한테 물어봐요?" —억이 막혔다. 그래 내가 제 아들을 못 믿어서 이 늙은 게 청상과부한테 "여보시오, 배에 뱬 것이 우리 선우네 씨종자는 틀림이 없겠다?" 이렇게 물어보란 말이냐? 가만있자. 이놈이 멋쟁이과부한테 밤낮으로 시달리워 어느 기물이 말라 빠졌지 않나? 허 참… 나 원, 이게 벌써부터 "매화 동무" 치마끈에 매달리워 살고 있고나!

로인은 아들이 급기야 조막다시만큼 해보이고 또 한없이 측은해보이기도 하였다. 제 에미가 살았더면 얼마나 가슴아파할고…허지만 이제야 어찌겠는가? 죽은 자식 자지 만져보기지. 처녀장가는 이미 코집이 비뚜러졌고…그래두 밴 것이나마 선우네 씨종자라니<1995 연 리원길 리향, 331> 불행중 다행이다. 그렇지 않고 과부장가에다가 또 남의 종자까지 배에 넣고 오면 이거야 안팎곱사등이지. 그러면 내 선우돌석이 살아서 무엇하노?

그러다가 로인은 꿈에서 깨여나다싶이 소스라쳐 일어났다.

"안되겠다. 당장! 당장 잔치를 해야겠다."

"지금 벌이가 한창 대단한데 잔치야…"

"이놈아! 그래 과부잔치에 얼라(어린아기)까지 낳아 업고 와서 걸상까지 받쳐놓게 해야 기쁘겠니? 아니 그래 망신에 우망신을 시켜야 마음이 놓이겠어?"

"그런 게 아닙니다요. 우린 등기나 하고나서 조급성을 버리고 이다음 려행잔치나 근신하게 거행할렵니다요. 지금 요때 한창 돈벌이가 잘되는데…"

"그래 집에 와선 잔치를 안 할 셈이야?"

"려행잔치 하고 돌아와 그저 동네에 술이나 내면 다지요, 뭐. 친척도 없는데…"

로인은 입술을 내밀고 한동안 있었다. 돈벌이니 려행잔치니 해도 아들이 "근신하게 행동"하려는 그 본의를 로인도 리해할 수가 있었다. 글쎄 돈 덜 쓰겠다는 회계도 있는지는 모르겠지만 제 딴에도 과부 데리고 고향마을에 가 잔치하기가 점적해서 그럴 것이다. 문둥이자식, 그런 줄 알면서도 과부상관 이 꼬라지라? 에라, 그런 바에는 너 생각도 옳다. 내 무슨 떳떳한 일이라고 마을사람들 앞에 버젓한 잔치를 차릴 수 있겠노? 방철 에미도 웃을 거다. 허지만 로인은 하나밖에 없는 외동아들을 이렇게 허전하게 장가보낸다는 것이 그지없이 서글프기도 했다.

"매화 동무"는 저녁 무렵에야 어디선지 록음기 한대를 번쩍번쩍 사들고 들어왔다. 허리가 잘룩한 분홍색라사외투에 뒤굽이 한 뼘이 더되는 빨간색 가죽장화에 거짓인지 진짜인지 모를 여우목도리에 귀방울엔 귀걸이가 덜렁덜렁하고—아주 귀부인네 같이<1995 연 리원길 리향, 332> 해가지고 들어왔다. 얼굴에 도화색을 돋히고 눈썹은 갈구랑 낫 같이 찔리우면 피가 돋을 것 같고 입술은 쥐 잡아먹은 것 같이 새빨갛고…

제길, 지랄둔갑을 했군. —로인은 "매화 동무"가 "아버님!" "아버님!" 인사를 해도 "이건 해삼이예요." "이건 죽순이예요." 반찬을 집어주고 술을 따라주어도 그저 "응" "응" 코맹맹이 소리만 지르며 말 한마디 하지 않았다. 료리는 알짜로 한다면서 네 접시만 해왔는데 해삼이라는 것도 물컹물컹 아무 맛도 없고 죽순이라는 건 그저 대패 밥을 씹는 것 같았다. 로인의 입엔 술도 술맛이 아니고 고기도 고기 맛이 아니였다. 소회갓이나 고추장에 얼벌벌하게 쿡쿡 무쳐왔으면 어떨런지…그러나 로인은 입을 열지 않았다. 그런데 "매화 동무"는 그냥 연방 집어다가 새끼접시에 놓아준다. 며느리(이제야 며느리가 됐지 어쩌겠노?)와 한상에서 밥먹는 것부터 로인의 비위에 거슬리는데 이건 에미가 새끼 밥 먹이듯 며느리가 시애비한테 반찬 집어먹이는 게 도무지 기가 딱 막히였다.

"됐다, 됐다. 내가 손이 없나!"

로인은 부지중 언성을 터치였다.

"그럼 마음대로 잡숫지요. 다 고급료리인데."

"매화 동무"는 입이 샐쭉해졌다.

저녁을 치른 뒤 "매화 동무"는 또 얼굴을 닦대질을 하고 새 옷을 갈아입고 무도회를 간단다.

"동무는 안가겠어요?"

"매화 동무"는 아들을 재촉하였다.

"동무나 가오. 난 아버지 오셨는데…"

"아버지는 텔레비나 보시고 그러다 곤하면 쉬고 그러면 되지 않아요? 동무도…그래도 둘이 같이 가야지, 웬간한 집에 가는 것도 아니고…"

<1995 연 리원길 리향, 333>

"매화 동무"는 눈살이 엄하게 도달거렸다. 아들놈은 찍소리도 못하고 한동안 더수기만 긁었다. 선우로인은 고개를 숙이면서 코밑을 뻑 닦았다. 빌어먹을 것들, 벌써부터 온 시내를 들어내고 다녔군, 부끄러움도 모르고…

"아버진 어디서 쉬게 하겠소? 려관 단칸방에…"

"그럼…"

"여기서 쉬지요 뭐. 우리 저 침대에서 자고 아버님은 간이침대 가져다가 여기서 쉬고…"

"여기서?"

"아따, 무슨 말이 그리 많아요. 어서 간이침대 가져다가 자리 펴올리지 않고!"

이건 순 종 부리듯 한다.

아들은 더 말을 못하고 간이침대를 들고 들어와 찌국찌국 펴서 자리를 보아놓고는 "매화 동무"대신 그 새로운 록음기를 들고 "매화 동무"의 뒤를 따라 나갔다. 그 록음기는 잔치집에 선사하는 거란다.

로인은 텔레비를 보지 않았다. 텔레비고 뭐고 밸대로라면 왱가당댕가당 집안 가장집물을 들어메쳐 산산쪼박을 냈으면 시원하겠다. 아무리 숫처녀 아닌 청상과부라도 저렇게 례절없고 뻔뻔스러운 법이 어디 있노? 이건 늙은것이 와 앉아있는 것도 관계치 않고…내 저 꼴을 어떻게 평생 보고 사노? 니 선우돌석이 팔자도 기박하다. 처복이 없더니 인젠 자식 복도 없고…내 저 "매화 동무"가 배지만 안았어도 도끼를 휘두르면서라도 아들놈을 떼내려만…그런데 확실히 저것들이 배기나 뱄나? 로인은 아까부터 주시를 하였지만 걸음걸이고 행동이고 몸태도 어쩐지 아이 밴 녀자 같지를 않았다. 허지만 어찌하랴! 정말이냐 어디 보자 배를 가르겠는가? 아니 배고서도 뱄다면 밴 줄로 알아야지. 설마 그렇게까지야…뱄으면 뱄다겠지. 밴 바엔 그래두 고추 달린 놈을<1995 연 리원길 리향, 334> 배야 하겠는데, 같은 값이면 처녀라고…처녀? 처녀장가 그놈은 이젠 평생 맛 못보고 죽었다고마…에라, 과부장가고 처녀장가고 돈 벌어 잘살면 되지. 어쨌든 이만하면 방철이네보다야 퍽 낫지. 빚도 안지고 큰 시가지에서… 에라, 보기 싫은 건 눈 꽉 감고 안보면 다지!

슬하에 하나밖에 없는 아들의 장가를 로인은 끝내 이렇게 보내였다. 살아생전 한번밖에 없는 아들의 장가를 그렇듯 섭섭히 멋없이 아니 동네사람 보기 부끄럽게…

# 6

그 뒤 선우로인은 아들이 장가를 가고 집살림을 늘궜는데도 할빈을 올라가지 않고 끙끙 몇 년 농사만 지었다.

아들이 로인을 모셔가려 하지 않아서인가? 아니다. 아들은 그런 효성은 있다.

그럼 농사일이 쉽고 재미나서인가? 지랄 같은 소릴 다한다. 호도거리 맡은 생산대 논밭에 진펄 땅 사토덕대 개답지까지 딸애 하나를 거느리고 부쳐간다는 것이 얼마나 고생스러운 일인가. ―이것은 농사 안 져본 인간들은 모른다. 그저 "개혁개방 덕에 비료 좋고 농약 좋고 기계 좋고 손이 딸리면 샀군대고 지금 농사야 놀구 먹기지. 그게 농산가?"―이따위 개소리만 한다.

농사일이 정말 그런 헝그러운 홍타령이라면 뒤짐지고 연설만 말고 어디 삼복염천 논판에 들어와 봐. 더는 말고 한나절만 꿈지럭거려 보라지, 너 같은 것들 바지에 똥 나가지 않나. …로인은 나이가 들고 해가 갈수록 농사일이 힘 드는 것이 퍽퍽 알리였다.

하지만 로인은 시골을 떠날 념을 하지 않았댔다.

로인은 아들의 수작들을 덜 믿었다.

로인은 아들 일에 줄곧 마음을 놓지 못하고 있었다.<1995 연 리원길 리향, 335>

아들놈은 과부 "매화 동무"와 한 이불을 하더니 제 애비 속이는 걸 누운 소 똥 누듯 한다.

기중 제일 험한 것이 두 가지였다. 잔치 전에, 즉 선우로인이 처음으로 찾아갔을 때 "매화동무"가 아이를 뱄다는 게 거짓말이였다. 그때 태기가 있어서 병원을 들락날락한다던 게 잔치를 하고도 일 년 아홉 달 만에 애를 낳았으니 그래 무슨 룡태나 범태를 가졌다고 이태나 배에 넣고 길렀겠는가? 아들놈은 우물쭈물 뭐 락태가 됐다니 어쨌다니 꽹이락태상으로 발명을 하였지만 그래 호의호식 "귀부인"이 무슨 무거운 짐을 들었다고 락태를 할가? 필경 이놈들이 이 늙은 놈 말 떼는걸 들으려고 짜고 들어 속인게지. 태가 뛰여 병원엘 갔다던 게 그날 밤 쿵작쿵작 춤추러 가던 것만 봐.

허나 이건 또 약차다. 어쨌든 이제야 과부장가는 간 거고 또 불행 중 다행으로 고추달린 손자 놈까지 낳았으니…

문제는 그 돈이였다.

로인은 처음 그 망할 놈이 과부재산에 홀리워 상관을 했는가 했더니 그렇지도 않았다. 뒤에 알고 보니 그 이층양옥—국수집도 려관도 모두 빚을 진거란다. 대부금이 아직 몇 만원이란다. 그것도 딸애가 놀러갔다가 알아왔었다.

로인은 기가 차서 말을 못 잇고 그저 무릎팍만 철썩철썩 갈겨대였다. 이건 도대체 무슨 귀신오라기에 묶이워 그런 과부상관을 했는지 알 수가 없다. 빚 낟가리에 올라앉은 과부를 그래 그 빚을 갚아주려고 얻는단 말인가? 빚 물기가 지금 제 살점을 물어 뜯다. 방철이네를 보라. 벌리기는 크게 벌려놓고 지금 고리대 빚단련에 고생이 오죽한가? 그래 너 이놈, 방철이네 같은 고생을 못해서 빚 꾸레기 과부 그것도 돈을 물 쓰듯 하는 빚 꾸레기 과부한테 장가를 들어? 이게 호박 쓰고 돼지굴로 들어간다는 게다! 참, 니도 니도…<1995 연 리원길 리향, 336>

그런데 더욱 한심한 것은 아들 녀석도 이젠 "매화 동무"물이 들어 희뜩머룩 큰소리만 탕탕 쥐여치는 것이였다.

"많지는 않아요, 그까짓 몇 만원이 남았는데요 뭐…"

"그래 몇 만원이 적어? 너 이건…평생 고생 줄에 들어섰다."

"아버지, 지금 돈 만원이 돈입니까? 헹 이제 보시오. 이제 래명년이면 대부금 몽땅 다 물고 그러면 그건 몽땅 알짜 우리 재산인데…"

"래명년? 남은 소같이 벌어 쥐같이 쓴다는데 니넨 돈을 물같이 쓰면서 래명년?"

"아버진 몰라요. 지금은 쓸 땐 콱콱 써야 돼요. 오물짝 조물짝 해선 아무 일도 못해요!"

"흰소리 마. 방철이네 봐. 니네도 그러다간…"

"방철이네요? 그것과 어떻게 비겨요. 흥! 우리 음식점이나 려관은 절대 안 밑져요."

"음식점이라고 안 밑져?"

"지금 이렇고 저렇고 간에 제일 눅은 게 그래도 량식이지요?"

"그래…"

"그런데 만들어 파는 건 어쨌든 곱은 남게 마련이고 그리고 지금 기관이고 공장이고 또 여느 사람이고 식당놀음이 쉴 새 없고, 하다못해 촌사람들도 시가지 오면 밥을 먹어야지요. …그러니 이건 성본도 눅다, 팔 것도 걱정 없다. 하하―돈이야 벌기 마련이예요. 밑지는 법이 없어요.…"

하지만 로인은 아들의 희떠운 수작을 다 믿지는 않았다. 속담에 상추밭에 똥 한번 싼 개는 장 저 개 저 개 한다고 로인은 아들이 몇 년 전 돈 훔쳐 달아나가고 집 재산 절단을 낸 다음부터는 아들이 돈 번다 어쩐다 하면 먼저 꽝포 같은 감부터 들군 하였다. 글쎄 꽝포건 어떻건 아들말대로 정말 된다면야 아무리 "매화 동무"재산이라도 나쁠 거야 뭐 있는가? 그렇지만 그렇지 않고<1995 연 리원길 리향, 337> 일이 방철이네처럼 되면 어떻게 하겠는가? 밖에서 달려드는 빚받이 성화도 성화겠지만 며느리 "매화 동무"가 가만 있겠는가? 그 성미에? 돈 때문에 싸우고 다투고 볶고 지지고 그러다가 첫머리 풀어준 남편인가 당신 나가시오, 하면 아들손자는 끈 떨어진 망석중 신세가 되었지 볼 거야 뭐고? 그것도 그렇지만 그렇지 않다고 해도 그렇다. 신문에 났지 않나? 북만주에 이름이 뜨르르하던 X 아무개라는 녀자도 귀거리에 금반지에 세상 내노라 하고 다니더니 뭐 어째 어째 패가망신 감옥까지 갔다면서? 글쎄 그런 일이야 천만 안 나야지만 만일에 나면 어쩔 셈인고? 이 늙은 게 할빈 갔다가 동냥바가지 들고 죽 비라리 다닐 셈인가?

그래도 농민은 제 땅이 있어야 한다. 땅만 있으면 밥이 나오고 밥이 있으면 살기는 산다. 아니 밥이 있어야 산다. 제 아무리 만승천자라도 금 갈아먹고야 못사느니…

로인은 이 몇 년 이런 생각으로 제 가정의 기둥감이라고 생각되는 땅을 지키며 농사를 지어왔던 것이다.

그런데 로인의 이 순박하고 확고한 생각이 마침 드놀기 시작한 것은 지난겨울부터였다.

아들이 대부금을 거진 다 물었다 하고 딸애는 딸애대로 농사 걷어치우고 오빠 따라 할빈을 간다고 우들푸들하기 시작하여 그렇게 된 것만은 아니다.

로인은 이 겨울에 두 판이나 남들과 싸웠다.

올해도 선우로인네 농사는 잘 되였다. 도거리 맡은 논은 물론 사토덕대 신풀이 논도 벼알이 좀 잘아서 그렇지 여물긴 되게 여물었다.

로인은 국가에다가는 임무량곡만 팔고 나머지는 외지 탄광이나 공장에다가 야매로 값 비싸게 팔 셈이였다. 그것은 박치원이가 이미 줄을 달아놓았다. 박치원은 농사는 개떡같이 짓고 투전도 하마트면 제 색시까지 밀어 넣을 번하였다지만 그래도 사통팔달<1995 연 리원길 리향, 338> 아는 데가 많아서 이따위 짓을 잘하였다.

국가량식창고에 임무량곡을 팔러 가기 전 날이다.

박치원이가 건들건들 마당에 들어왔다.

"잘은 하시우다. 아들며느리는 넉가래로 돈을 퍼 담고 사장어른(사돈님)은 여기서 넉가래루 벼를 퍼 담구…그 벼 여물긴 도글도글 밤알 같구만…"

"그래 특등을 맞을만한가?"

"이 사장어른 자다가 봉창 두드리지 않수? 특등소릴 다하우다. 이등이나 주면 대덕이우다."

"별 방정맞을 소릴 하고 자빠졌지. 그래 이 벼를 눈이 멀었다고 이등을 매겨?"

"왜 나보구 눈을 부릅뜨시우? 내가 그렇게 매기겠다우? 량식창고에서 그렇게 매긴다는데. 글쎄 사장 어른네라면 특별사정을 봐주겠는지 우린 오늘 몽땅 이등밖에 못 맞았수다. 우리만인가요? 오늘 간 사람들 거진 다 2등 아래우다."

"아니 그 눔들 눈에 삼이 섰질 않나?"

"헤 — 이건 거기서도 도거리를 했다나요, 층층이 그러니 농군들한테 한 알이라도 더 발가내야 상금이 오르지요. 그래 눈에 쌍심지를 켜우다. 칼 자루 쥔 놈들이 도거리를 하니 칼날 쥔 우리 도거리야 배겨낼 수 있소? 쟈 — 이건 점점 행금줄 죄이듯 빳빳해가니…글쎄 오늘 일 좀 들어보시우…"

박치원은 또 량곡검사가 어떻게 엄하고 등수는 어떻게 막 내리깎고 수분은 또 어떻게 마구잡이로 높이 매기고 그런 가위에 이건 근수까지 떼먹는데 무슨 놈의 저울인지 모두들 가져간 량곡들이 한 바리에 꼭꼭 오륙십 근나마 차나서 모두들 한바탕 싸우고 왔다고 떠들어댔다.

그러니 자기네들처럼 마대를 대중해서 한 마대에 얼마씩이다 하고 어방으로 가져가지 말고 딱딱 근대수를 떠서 가져가보란다.<1995 연 리원길 리향, 339>

로인은 박치원의 말을 반신반의했다. 글쎄 너 같은 얼간이 농사군이야 나도 알아. 너네 같은 벼야 그럴 수 있겠지만 설마 이 선우돌석이 차돌같이 여문 벼야 제들이…그리고 명색이 국가 량식창고인데 암만하면 근수까지 떼먹겠는가? 그러면서도 로인은 미타해서 박치원이 조력해주는 대로 량곡을 한마대한마대씩 앉은뱅이 저울에다 달아놓고 또 등수매기는 자에게 찔러주려고 "할빈"려과담배도 몇갑 사놓았다.

그런데 그 이튿날 "할빈"려과담배도 무엇도 다 은을 내지 못하였다. 로인네 날알도 이등밖엔 걸리지를 못하였다. "할빈" 담배 같은 것은 왼눈에도 걸지를 않는다. 놈은 다섯 손가락을 쫙 펴 세 번 흔들면서 "3. 5"패도 그저 그렇단다.

"아니, 이게 사토덕대 벼야, 사토덕대! 뱀 턱 같이 땅땅 여물었는데 뭐 이등밖에 안돼?"

"사투띠(모래땅)? 싸투디에 무슨 벼가 뱀이 땅땅? 처지바딴 뿌씽뿌씽(안돼, 안돼!)"

이건 손톱도 들어가지 않았다. 그렇다고 "검험실"이란데 끌고 갈수도 없다. 거기 가서 "기계검사"를 시키면 등수가 더 깎이면 깎이였지 오르는 법이 없다. 기계도 사람이 다루었다.

로인은 부아통이 터져 오르지만 참았다.

그런데 정말 참을 수 없는 일이 뒤에 생기였다. 근수를 다는데 이건 64근이나 차가 났다, 임무량보다는 그래도 스무나무 근은 더 가지고 왔는데⋯박치원의 말이 옳았다. 로인은 저울이 틀렸다고 대여들었다.

근수 보는 자는 이건 국가의 저울인데 틀릴 수가 없다고 떡떡거렸다.

"이 낟알도 국가에서 만든 저울에다 달아 온 거라. 한 마대 한 마대씩 달아 왔어! 여라문 근이 차나도 모르겠는데 이건 칠팔십 근이<1995 연리원길 리향, 340> 왔다갔다 해? 국가저울은 틀리지 않는다는 법이 어디 있노? 저울검사 하쟁이! 안한다? 안하면 우리 안 판다고마."

"저울을 검사해라!"

"저울을 검사하자!"

"저울검사를 안하면 안 팔고 도로 간다!"

농사군들은 한족, 조선족 할 것 없이 모두 우쩍 들고일어났다.

"안달아? 안 팔겠으면 그만둬라. 안 달아준다!"

근수 보는 자는 뙤창문을 탁 닫더니 팔짱을 떡 끼고 뻗치였다.

그러다보니 량곡차는 자꾸만 늘어섰다. 뒤에선 영문도 모르고 앞에 "꼬우리빵쯔"를 욕하였다.

선우로인은 뙤창문을 펄쩍 열어제끼였다.

"왜 저울검사는 못하노? 도적이 발이 저려그라지."

"베 팡피(개소리마)! 이게 너 따위들이 검사하는 저울이야? 물러가! 너네 같은 것들 량곡은 안 받는다!"

"안 받아?"

"안 받는다!"

"오냐! 안 받는다 했다?"

"물러가, 물러가."

"좋다. 그럼 간다. 너희들한테 안 팔면 팔데 없을 줄 아냐? 쌀 한 근에 사오십전씩이나 어딜가 못 팔아?"

선우로인도 다른 농민들도 차를 몰고나왔다.

"왜 이러우?"

아직도 량식창고 밖에서 기다리던 량곡차들이 물어보았다.

"오늘부터 량식을 안 받는다우다."

선우로인은 아무 소리 안하는데 뒤에 따라오던 누군가 이따위 소리를 쥐여쳤다.<1995 연 리원길 리향, 341>

"왜 안 받는다우다?"

"창고도 다 차고 저울도 고장 나서…이건 무슨 저울인지 백 근도 대중이 없이 왔다갔다 해서…"

말하던 자는 희쭉벌쭉 거짓말이 난당이다.

"그럼 언제…"

"아따 이 친구 답답은 하다. 안 받으면 여북 좋아? 쌀 찧어 야매로 팔면 곱셈으로 남는데. 자, 가자구…"

"제길 오늘 하루품 공 떼웠군. 안 받으면 안 받는다고 통지를 내야지…"

그도 꿍얼거리면서 차머리를 돌렸다.

급해난 것은 때마침 임무량재촉회의로 현에 갔다 오던 량식창고 주임이였다. 가뜩이나 임무량곡이 제대로 들어오질 않아서 상급의 채근이 성화같은데 이건 그새 무슨 란시인가? 부랴부랴 차들을 막아 세우고 저울을 검사해보니 이건 근수 보는 자들의 작간이였다.

새로 다니 선우로인네 낟알도 열 몇 근이 남았다. 이왕이면 선우로인은 그 낟알을 그대로 팔고 올 것이다. 열댓 근이야 닭 모이나 될가? 그래도 로인은 그것들의 소행이 괘씸해서 끝내 도로 가지고 나왔다.

"아바이, 거 열댓 근두 도로 가져가우? 정말 소생산물이 단단히 들었군."

량식창고 주임이 혀를 차는 것을 귀등으로 들으면서도 로인은 엿 먹어라 소를 몰았다.

(뭐 저울이 잘못됐어? 심보들이 비뚤어졌지. 어리숙한 농군들이 그저 마대대중으로 실어들 가니깐 감쪽같이 가무려 먹으려다가 개코망신을 했지. 그래도 이 선우돌석이가 똑똑했지. 박치원이 말대로 근수 달아가기 잘했지, 헤헤…)

그런데 로인은 집에 와선 갑자기 후회가 되였다. 칼자루 쥔<1995 연리원길 리향, 342> 놈과 싸우고 왔으니 다음해엔 영낙없이 그것들 보복을 받았다. 이런 생각이였다.

그런데 그 보복은 그 다음해까지 기다릴 새가 없이 닥쳐들었다.

며칠이 지난 어느 날이였다.

박치원이가 줄을 달아놓은 데서 팔 쌀을 인차 가져오라는 기별이 왔다. 선우로인은 빚단련 받는 방철이네를 돕자는 심산으로 방철이네도 알리였다. 선우로인과 방철이네는 함께 밤도와 쌀을 찧어선 새벽 일찍 마을 나갔다. 그런데 소차는 시령새재 철길목을 채 못가서 그만 길목감시소에 걸리고 말았다. 언제 세웠는지 알수 없었다. 뒤에 알고 보니 량곡수매임무를 다 완수하지 못해 바빠 난 량곡부문에서 설치한 감시소라는데 글쎄 원쑤는 외나무다리에서 만난다고 감시소엔 전날 량식창고에서 근수 뜨던 자가 내려와 있었다. 아마 근수 떼먹는 자라고 농민들 의견이 팔뚝 같으니 잠시 이런 데로 떼내여 피난을 시킨 것인지…

로인은 털모자를 꾹 눌러쓰고 모르는체하였다.

"가만 있자. 이거 농민대표아바이가 아닌가?"

놈은 갑삭거리는 박치원은 내치고 로인에게 다가왔다.

"농민대표아바이, 저울은 똑똑히 알더군만 법엔 당달봉사인가보군. 그래 누가 쌀을 팔라구 했소?"

"내 쌀 내가 파는데 왜? 난 임무량곡 다 팔았다!"

"히―그건 나도 아오. 열 몇 근도 더 안판다고 도로 싸가던 것도 내 눈에 아직 편하오. 그런데…으흠…그래 전 현의 량곡임무 끝나기 전에 쌀 못 판다는 법을 령감 모르는가? 엉!"

"우리는 그런 거 모른다고마. 벼 못다 걷어들인건 너네 탓이지 내 탓인가? 난 바칠 거 다 바쳤다."

"히―이 농민대표령감 목소리는 꽤나 높다. 쟈―골내지 마시우. 골내도 쓸데없수다. 그날 량식창고인줄 아우? 국가에다가는 <1995 연 리원길 리향, 343> 벼 한 근 더 팔세라 아웅다웅 하고 나머지는 한 근이라도 비싼 값으로 야매를 하고. 령감! 니디 량심이 따따디 뿌호! 따따디 량민디 뿌스, 하하하…"

"내 량심이 나빠? 내 량심이 왜 나빠? 지금 비료 값, 비닐 값, 농약 값… 백가지면 백가지가 다 올라갔는데 내 쌀값 야매로 판다고 량심이 나빠, 너네 비료 값 야매로 주듯 량식 값 올려봐라! 우리가 이 고생이겠나? 국가에 팔지 말래도 판다."

박치원이와 방철이는 선우로인이 쓸데없는 시비질을 한다고 안달아났다.

그러니 놈은 더더욱 흐물쩍거린다.

"히―가만…아니, 나하고 량식 값 홍정이우? 그건 중앙 량식국에서나할 일이니 난 모르외다. 난 지금 현 량곡수매임무에만 철저하오. 아직 절반도 못 걷어들이였으니 [그사이 야매하는 건 일률 몰수를 하라]―이런 엄명만 알지요. 하, 이 저울이야 에누리 없수다, 이게 사람죽여주지요. 자—
그렇게 눈알까진 부릅뜨시질 마시고…령감네처럼 이렇게 도둑쌀 파는 사
람들이 성하니깐 벌써 몇 년째 국가 량곡임무를 못다 한다. 아는가?"

"홍, 우리 같나?"

로인은 박치원이와 방철이가 눈짓으로 자꾸 말려도 가만있을 수가 없
었다.

"우리 같애만 봐라. 우리같이 다들 뼈 빠지게 농사지어봐, 량곡임무 못
완성하나? 모두들 먹을알 없다고 농사 안 지으니 그렇지. 지금 묵이는 땅
이 얼마고?"

"글쎄 두말 마시오. 자—쌀은 물론 몰수고 벌금은 또 얼마를 앵긴다?"

놈은 그냥 약사발만 먹인다.

로인은 종주먹으로 턱주가리를 짓패주고 싶었으나 어쩌는 수가 없었
다.<1995 연 리원길 리향, 344>

박치원이가 갑삭거리며 또 그 작자에게 달려붙었다. 우는소리도 하고
개여 올리기도 하고 또 언제부터 사귄 친구냐 싶게 옆구리를 꾹꾹 찌르며
눈도 끔쩍끔쩍하기도 하고…그리고 그사이 방철이가 사온 담배 열 곽도
들이밀고…

그런데 놈은 아주 딱따구리행세를 하였다.

쌀은 끝내 몰수당해 국가가격으로 넘겨버렸다.

"이것도 내가 박 동무 안면을 봐서 사를 놓은 거요. 저 농민대표아바이
만이라면 몰수뿐이겠나. 벌금을 앵겨도 백 원은 앵겼을건데…태도가 나
쁘거든 태도가! 하하하…"

로인은 건가래를 왝 톺아 퉤 뱉어버리였다.

집에 돌아온 로인은 가슴이 아팠다.

자기네 알곡이지만 돈 없는 방철이네 알곡마저 헐값으로 "내버린"셈이
되니 제보다 방철이 에미 생각에 가슴이 쓰리였다. 방철 에미는 알곡이

몰수당해 눅거리로 처리당했다는 소식을 듣고는 그 자리에서 언 땅에 폴
싹 주저앉았다. 새파랗게 질린 얼굴로 앞가슴을 쥐며 눈덕을 내리감는 방
철 에미의 정상은 지금도 가슴을 친다.

일껏 도와준다고 한 로인의 일이 오히려 이렇게 아픈 가슴에 몽둥이질
이 될 줄이야. …내가 이게 무슨 짓을 했누? 내가 감시소 그 놈팽이와 대
들지만 않았어두 혹시…박치원이와 방철이가 그렇게 말렸는데두…내가
왜 내 쌀만이 아니란 걸 생각지 못했누. …정말 방철 에미 말마따나 너 개
꼬리 황모 못된다더니 고것을 못 참아서…고것을 못 참아서 방철 에미 약
한 몸에 된방망이질을 하는 일이 되였단 말인가?

그래서 방철 에미는 더 일찍 이 세상을 떠나게 됐는지도 모른다. 내가
방철 에미가 이렇게 될 줄 알았더면…허나 로인은 그때는 몰랐다. 저승길
이 멀다는 것만 알았지 또 이렇게 가까운 줄은 몰랐다. 후—용서해다고,
으이. 방철 에미, 욕해다고. 이 미련하게 <1995 연 리원길 리향, 345> 돕
는다는 게…왜 우리 농군은 만사가 이렇게 꼬이기만 하노?

로인은 락조빛이 사라진 검층층한 봉분을 바라보았다. 로인은 인생의
길이 저것이 마지막이냐 싶어 새삼스레 허전한감을 느꼈다. 사토덕대
저쪽 진펄 땅엔 어느새 어둠이 나래펴고 있다.…

7

드디여 로인은 "고향"을 떠나기로 작심하였었다.

이 땅에 들어와서 수십 년 고생도 하고 웃기도 하고 아들딸을 기르기도
하고 죽이기도 하고 사랑하던 안해를 묻기도 하고 정분난 녀인과 남몰래
살기도 한 이 고향 아닌 "고향"을 로인은 등지고 떠나기로 하였다.

죄는 천도깨비가 짓고 벼락은 고목이 맞는다고 임무량곡은 누가 못 걸
우어들이고 그 분풀이는 누구한테 하고. 이 세상 내처럼 뼈 농사 지은 인
간들이 얼마 있다고…그러나 칼자루는 그것들이 쥐고 있으니, 앞으로는

그것들이 이 선우돌석이령감 점을 찍어놓고 해마다 보복을 할 것이다. 보복을 하면 당했지 네가 어짜겠노? 에라, 천도가 이렇다면 내 늙어 남에게 괄시당하면서 농사 짓느라고 뻐드렁거릴거 뭐고? 삼십류계 줄행랑이 제일이라더라. 간다고마! 아들은 잘했다. 과부장가는 갔어도 이런 고생 안 하고 이런 괄시 안 받고 시가지에서 돈 벌고…방철이보다 잘됐다. 딸애 말도 옳다! 난 가서 손자나 보고 그년은 가 오빠 도와 려관 일이나 보고… 갈려면 일찍 가서 한손이라도 도와야지. 늙어서 바지에 똥 싸 뭉겔 때 가면 그 천대가…그러다가 로인은 맏이만 살았어도 아들이 둘만 되여도 하고 한탄도 했다. 그것은 아들은 아들이지만 며느리 "매화 동무" 손에 밥 얻어먹을 생각을<1995 연 리원길 리향, 346> 하니 로인은 또 이래저래 걱정이였다. 로인은 그 며칠 실망과 불안으로 밤잠을 설치군 하였다. 그러나 아무리 생각해도 별 방법이 없었다. 에라, 갔다가 보자. 제가 내 아들과 사는 게 이 늙은것 독약 먹여 죽이지야 않겠지, 정 지랄이면 내…내 다 까부시고 쥐약 먹고 송화강에 풍덩 할란다, 헤헤. 헤헤…나도 로망이다. 그런 생각 벌써부터 방정맞게…에라 잡생각 치우라고마. 간다고마! 내 못 갈거 뭐고!)

그러자니 두 가지를 처리해야 했다.

벌어먹던 땅과 쓰고 살던 집!

집은 남에게 팔고 땅은 남에게 주고!

집은 사겠다는 사람이 더러 있었다. 초가집이지만 창문높이까지 돌로 쌓아 기초가 든든했고 또 터밭이 넓었다. 자식 많은 집들에선 당금 세간 내보낼 아들며느리를 생각해서 로인네 집을 사겠다고 하고 돈깨나 있는 집들에선 집터가 좋아 새집을 짓겠다고 흥정을 걸었다.

못산다 못산다 하면서도 이 몇 년 이래저래 돈깨나 모아서인지 아니면 지금 돈이 값이 없어서인지 돈 천원쯤은 크게 생각지 않는다고 희떱게 통소리치는 집들도 더러 있었지만 진작 집 흥정에 들어서는 로인에게 선심을 쓰지 않았다. 로인도 텁텁하게 놀지 않고 제 값을 고집했다. 사겠다는 인간이 한둘인가? 좀 두고 보자. 급한 놈이 먼저 물을 마시겠지. …

로인은 집 판 돈은 묶어서 제 품에 넣고 갈 셈이다. 만일의 경우를 념려해서라도 제 돈을 가지고 가야 "매화 동무"의 눈총을 덜 받는다는 것이다. 나는 내 먹을 것은 가지고 왔다. ─이렇게.

그런데 괴상한일 다 보겠다. 이 지랄 같은 농사군들이 땅을 마다한다. 도거리 맡은 땅은 생산대에 들여놓고 진펄 땅 사토덕대 땅만은 남에게 "소작"주려고 하였댔다. 그 개간지사용권은 10년 요지부동으로 결정되여 있었다. 로인은 자기와 자기 딸의 식량만<1995 연 리원길 리향, 347> 올려 보내고 이 땅을 부처달라는데 모두들 글쎄 코방귀만 뀌는 것이다.

한다하는 농사군 엄적선이도 그랬다.

"그저 그렇게 놔두구 가슈. 앞으로 벼 값이 곱으로 올라가면 어쩔란지. 지금은 그저 준대도 부칠 사람이 없을 거우다. 어디 한번 따져 보슈. 지금은 벼 값을 내놓고는 백가지면 백가지가 다 올라갔는데…종자 값, 비료 값, 비닐 값, 농약 값 거기에 임무량을 펴야지, 개간지 비료는 또 협상가격으로 사야지…그러면 얼마나 남소? 그 돈 얼마 보구 그 고생이겠수. 하다 못해 거리 나가 쓰레기를 들추어 팔아도 낫지. 우리 사위네 옆에 등신 녀석 하나가 있는데 나이론편직포대 어깨에 메고 [잊지 못할 내 사랑아, 으흐흥 으흐흥…] 당나귀 우는 소리를 하면서 눈만 뜨면 쓰레기통을 찾아다니는데 그저 더두 말고 한 달에 꼭꼭 이건 백 원씩이우다. 본전이 드우? 힘이 드우? 재간이 드우?"

"오냐, 그럼 니두 사위네 집에 가 쓰레기나 뒤지랭이, 그게 그리 좋으면. 농사군이 그게 무슨 소린고? 커가는 손자 애들 다 버리고 말겠다고마."

"아따, 이 형님 봐. 지금 농사군이 값이 있는 줄 아우? 농사군 농사군하게. 내 요전 신문을 보니 농사에만 달려붙는건 뭐라던가? 우리 조선사람 밥 빌어먹게 하는 봉건…데 데 머사니 문화심리인지 뭔지…참 고 말을 딱 모르갔다…"

"제길, 그럼 그놈들은 밥 안 먹고 똥 먹고 사나? 똥도 밥에서 나지. 농사 군들 없어봐. 농사군들이 농사 안 져봐. 기미년 흉년이나 60년대 대식품 맛 또 보지 않나…"

"글쎄 그런 말은 말라니깐요. 지금은 그때 세월이 아니우다. 그저 찍소 리 말고 아들 따라 올라가시우. 그 잘난 사토덕대 땅 없었을 적엔 어떻게 살았수. 나도 올부터는 농사 내깔리고 탕원 둘째네 집에 가 목수질이나 하겠수다. 농사야 질수록 깽깽인데."<1995 연 리원길 리향, 348>

로인은 신풀이 땅을 거저 남에게 주는 수밖에 없었다.

거저 넘겨줄 바에야 방철이네를 주어야지. 이젠 그 집 돼지치기도 점점 비 틀어져만 가는데…로인은 언제런가 방철 에미가 돼지치기 전문호고 뭐고 다 그만두고 꾸벅꾸벅 농사만 지으면 좋겠다고 한숨 쉬던 일이 생각났다.

그런데 방철이네도 도리머리를 흔들었다.

"글쎄 생각해주니 고마와요. 건데…전 아직 돼지치기 전문호를 더해볼 셈이예요. 그러니 언제 그걸 부칠 손이 있어요?"

방철이는 이렇게 기분 없이 대답하였다.

"애, 방철아! 이제는 고집 그만하고 전문호고 나발이고 싹 그만두자. 이 남원 집 큰아버지말대로 올곧이 농사나 지어보쟁이. 안 되는 일을 뻐득뻐 득 우기기만 하면 어짜노?"

"에구 엄만 좀 가만있어요. 그래 그 많은 빚을 농사져서 물겠어요? 사토 덕대가 아니라 오토덕대 구토덕대를 더 가져와도 농사로는 리자도 못 물 어요. 공연히 뼈 빠지게 일만 했지."

방철이는 역증을 내였다.

"아이고 이 자식아, 고으기는 니 뭐 잘했다고 고으노? 기와집 짓고 돼지 우리 크게 한다 떠벌려놓을 때 누가 말렸노? 뱁새가 황새 흉내 내다가 가 랑이 찢긴다고 내 그렇게 말렸는데 휜통만 커서 [엄만 몰라요] [몰라요], 그래 세상 다 안다는 게 집을 이 꼬라지로 만들었나?"

방철이 에미는 부석부석한 얼굴로 벌거우리한 눈을 훔치고 가슴을 버릇처럼 쓸어내렸다.

방철이도 이마빡을 짓수그리고 한숨만 지었다.

"난 참말 이거 못살겠다.…"

"엄마, 우리두 살고 날 때가 있다는데도 그러네요. 향에서 돼지 기르는 전문호를 부추길 방법을 댄다지 않아요? 돼지고기 값도<1995 연 리원길 리향, 349> 오를거고…"

"난 이젠 만 가지 소리 다 듣기 싫다고마. 향에서야 언제나 좋은 소리지.…"

"글쎄 아무렴 이렇게 하다가 그만두겠어요. 끝까지 해보다 봐두봐야지. 에잇, 내 이를 사려 물고 꼭 성사할 테야!"

"해봐라. 너 혼자 콱 해봐라. 남은 시가지서 돈을 곽지로 끈다는데 넌 집에서 공상만 하고 앉았으니…아이고, 난 가슴이 팔싹 무너진다. 후유—"

방철이 에미는 가슴을 한손으로 쓸어내리며 바람벽에 몸을 기대였다. 얼굴이 새까맣다.

"엄마 엄마!"

방철이가 놀라서 엉거주춤 일어났다.

방철이 에미는 괜찮다고 손을 내저으며 눈시울을 맥없이 내려감았다.

할끗할끗 정하던 그 눈길은 어디로 갔는가? 흘러내린 머리 오리 아래로 마르고 누래진 눈두덩, 부석부석한 볼, 새파라니 보이는 입술, 색 날은 웃옷, 색 날은 치마…

도무지 가슴이 아파 앉아있을 수가 없었다. 저 착한 것이 청상에 과부가 되여 아들 형제를 기둥같이 믿고 기르더니 큰 것은 몹쓸 병에 걸려 죽고 작은 것은 또 저렇게 제 에미 속을 태우고…평생 고생 재가도 못가고 머리가 희였어도 보람이 뭐고? 나도 그렇지만 니는 어이 나보다도 팔자기박하노? 로인은 방철 에미의 궁상에 코허리가 찡해나서 천정을 바라보며 벌개진 눈시울만 슴뻑거리였다.

로인이 방철이네 집을 나왔을 때다.

"저─여봐요."

돌아다보니 방철 에미가 어느새 굽인돌이까지 회친회친 따라와 로인의 옷자락을 잡아챘다.<1995 연 리원길 리향, 350>

로인은 말없이 돌아보았다.

방철 에미 머리칼에선 새큼한 서슬냄새가 났다.

"그 집 우리한테 팔아."

"집?"

"남한테 팔지 말고."

"집 있지 않나?"

"집이 아니야, 빚이야 빚. 팔겠어, 난 팔아 빚 물겠어, 당장에! 난 못살겠어. 죽겠어!"

방철 에미는 치마자락을 눈굽에 가져갔다.

로인은 이 콩새 같은 불쌍한 로친을 꽉 껴안아주고 싶었다. "우지 말아. 울긴 왜 우노? 내 돈 있다. 빚 걱정 말아. 내 갚아주마. 집은 왜 파노? 평생 고생 늘그막에 겨우 진 집을 무슨 지랄이 나서 되판단 말인고?" 호통치고도 싶었다.

허지만 그것은 마음뿐이였다. 돈이 있다 한들 그게 내 돈인가? 내 아들 돈인가? 며느리 "매화 동무" 돈이지…나도 이젠 자식에 업혀 살아야 되는 판에…

"안 팔겠나? 내 남보다 돈 더 낸다. 나 좀 살려고…난 죽겠다."

방철 에미는 눈물방울이 덧 맺힌 빛 잃은 눈으로 로인을 치떠 보았다. 진정 애원의 눈길이였다. 정은 없고 집만 요하는 구걸의 눈길이였다. 로인의 가슴을 치는 것은 마지막 말이였다. ─"나 좀 살려고…난 죽겠다." 언제 누가 누구보고 하던 소리였던가!

"안판다."

로인은 혼자소리로 중얼거렸다.

"?!"

방철에미는 눈을 홉떴다.

"안 판다!"<1995 연 리원길 리향, 351>

로인은 격하게 부르짖었다.

"왜? 남에겐 판다면서 왜? 왜 나한테 안 파노? 내 돈 없다고 그러나? 내 이젠 못산다고 그라지…내…내 그녁 돈 천원 안 떼먹는다. 내 당장…"

로친은 말을 못 잇고 입을 옥물고 앞가슴을 손으로 짚었다. 그러면서 로인을 쏘아보았다. 연약한 녀인의 날카로운 눈빛이였다. 그러다 로친은 비칠했다.

"왜 이러나? 왜?"

"……"

"내 말은 아니 듣고 왜 이리 쌌나? 아니, 내가 그 집을 임자한테 돈 받고 팔아? 빚데미에 찡겼는데다가 돈 받고 팔겠노? 내 아무리 량심 없기로 남의 집 불에 키질하겠노? 내 임자한테 남겨두고 가마. 그저 놔두고 가마. 빚 갚으라 줄 돈 따로 없어 내 그 집이나마 두고가마. 그 집이 다 뭐고! 내 죽고 싶을 때 니가 살려주었는데…"

"그녁이 언제…"

"그것도 죽고 싶은거라, 홀 애비로…"

"아이고 얄망궂뎅이. 난 또…하기야 그렇지러. 하루밤을 자도 만리성을 쌍으락꼬…호-"

"?!"

이번엔 로인이 몽당비같이 숱진 눈섭을 꿈틀했다.

어쩐지 귀쌈이라도 박아주고 싶은 심정이였다. 게 무슨 소리인고? "아이고, 내가 그 갚음으로 집 사자는건가베. 남자들은 그저 저래. 아니라. 내 집 보면 그녁 생각나고 집안에 들면 그녁한테 안기는 것 같고, 그래서 그라지 호호…" 왜 이런 지난날 같은 정드는 소린 못하노? 로인은 지난날의 방철 에미의 고 목소리 고 말씨를 생각하였다. 이젠 늙었어, 변했어…

"으흠…그놈의 집 손질만 부지런히 하면 아직 몇 삼 년은 문제없지. <1995 연 리원길 리향, 352> 빚 물고 새집 지을 때까지…"

"그렇게 남 주었다고 아들며느리한테 말 안 들을가?"

"일없다고마. 그것들이 돈이 없다고…"

로인은 어쩐지 우쭐해지였다.

"그녁은 살아 늘그막 복더미에 앉았으니 얼마나 좋겠노? 우리는 참 어느 당대 그런 시가지 살림 맛을 보겠는지. 저승에서나 볼지…"

"너무 걱정마랭이. 두더지굴에도 빛 들 날이 있는데, 듣자니 국가서 돼지 사는 값도 올린다지 않나? 빚만 물면 그다음은 대길이라. 우리 곰불이 녀석처럼 말이라. 그때면 할빈구경도 올라와…"

"호ㅡ 그때나 보고 죽겠는지. 지금 같아선 난 못살겠다."

어쩌자고 로친은 자꾸만 돌돌 따라온다.

로인은 공연히 두리를 흘끔흘끔 돌아보며 걸었다. 그러나 로인은 방철 에미를 돌려보내지는 않았다. 시골땅 마지막으로, 정분났던 녀인과 이렇게 걸어가는 것이 로인에게는 싫지는 않았다. 들큰한 추억, 찝찔한 현실 그리고 뜨뜨무레한 정으로 혼탁해진 기분이 로인을 술서너냥 들이킨 때처럼 다소간 얼벌벌하게 만들었다.

"시가지살림 다 좋은데 딱 한 가지는 나쁘더라, 난."

로친은 또 말하였다.

"뭬?"

"죽으면 불싸지른다메. …그래 그녁도 죽으면…"

"난 죽으면 화장 안한다. 사토덕대에 가져다 묻어달라겠다. 두벌죽음 난 싫다."

"호ㅡ 나도 그래야겠다. 사토덕대에다 묻어달라고…난…난 오래 못살 것…"

방철 에미는 또 눈굽을 닦았다.<1995 연 리원길 리향, 353>

로인은 코허리가 시큰해났다. 저도 모르게 방철 에미의 어깨를 꽉 부르쥐며 부르짖었다.

"그런 소릴 마랭이, 그녁은 왜 자꾸 그런 소리만 하노? 우리 오래 살아야재. 여태껏 고생했는데 이제야 오래 살아야재. 할빈에 와서 태양도도 구경하고 으이! 자꾸 신수 사나운 소리 마랭이. 그러면 오래 못산다. 마음 넓게 먹어야지…"

로인은 그날 밤 잠자리에 들어서 오래동안 자반뒤지기를 하며 궁싯궁싯 속을 태웠다. 저녁에 방철 에미와의 상면으로 지난날 그 "황소증세"가 요동을 쳐서가 아니다. 그런 증세는 이미 나이와 주름살이 치료해주었다. 이번은 황소는 황소지만 진짜 황소를 판 돈을 어떻게 하는가—로인은 선우돌석이 성미답지 않게 요렁조렁 질정을 못잡았다. 처음 생각 같으면 그 돈에서 얼마를 뚝 떼여 "자, 이걸로 그녁 병 가봐. 병부터 고치고 봐야지." 하고 방철 에미 손에 쥐여주고 싶었다. 허나 로인은 며느리가 무서웠다. 아들이 무서웠다. 집이야 제 값 줄놈이 없어서 여차여차 잠시 빌려주었든가 어쨌든가 둘러댈 수 있었지만 황소 판 돈은 그렇지 않았다. 잃었다고 하겠는가? 먹었다고 하겠는가? 하물며 돈 천원에다 집까지 방철이네를 준 형편에 이제 황소 판 돈까지…어쩌면 내 빈털털이나 다름없이 가서 무슨 말을 못 듣겠는가? 허지만 또 로인의 머리에는 불쌍한 방철 에미의 모양이 떠나지를 않았다. 여태두룩 안타깝게 한집에선 못살아도 그의 "황소증세"를 남몰래 성심으로 맞춰주고 아껴주고 돌봐주던 안해 아닌 안해였다. 그녁이 있었기에 로인의 후반생에 기쁨이 있었고 웃음이 있었고 질투가 있었고 또 정열의 불티가 날았다. "나 좀 살려다고 으이! 난 죽겠다 못살겠다!"—언제 누가 누구보고 하던 이 말을 지금은 누가 누구보고 어이하여 되풀이한단 말인고? 되풀이되여야 한단 말인고?

로인은 벌커덕 일어났다.<1995 연 리원길 리향, 354>

그러나 로인은 돈 넣은 의롱문은 열지를 못했다.

후—무릎팍만 철싹 갈겨댔다.

며느리의 앙칼진 눈길이 쏘아보았다. 아들놈은 제가 죄를 진것 같이 꼭 뒤를 짓수그리고 앉아 담배만 빤다. 딸애도 아버지를 흘겨본다. …네미랄 늙은것이 죄로구나. 늙으면 이렇게 "나"가 없어져야 되는가?

그런데 그 나흘날 점심 방철 에미는 죽었다. 그렇게 맥없이 감쪽같이…

아들은 향에서 돼지기르는 전문호를 부추겨세우는 보조비를 내준다기에 향으로 올라가고 며느리는 요새 또 병이 도지여 들어 누운 바람에 혼자손으로 돼지우리를 드나들던 방철 에미는 부엌문턱을 넘어서지 못한 채 걸치여 넘어지며 숨을 끊었다. 집에 누운 며느리도 모르게 말 한마디도 못하고…

장사날, 선우돌석로인은 술을 무턱대고 마시였다. 험상궂은 기색으로 누구와도 말도 없이 어혈진 도깨비 개천물 마시듯 붓는 대로 주는 대로 쭉쭉—그리고는 이리 비칠 저리 비칠 돌아와서는 쾅 구들에 쓰러져 푸— 잠이 들었다.

그러지 않고 생생한 정신으로는 목에 괴여 오르는 그 슬픔을 참을 수가 없었다. 가슴 찢기는 그 후회를 막을 수가 없었다.

내가 왜…이럴 줄 알았으면 내가 애 그 돈을! 돈이 뭐라고? 내가 왜…에라! —로인은 술잔을 쭉 들이키고.

쓸데가 뭐고? 후회한들 쓸데가 뭐고? 니 평생 개꼬리 황모 못된다고마 에잇! —쭐 술잔은 굽이 나고.

잊고나 말자 잊고나 말자. 구곡간장 불붙는다. 에라! —한잔 더!

"아이고 얄궂어랭이…그게 무슨 [황소중세]노? 아야 이러지 마랭이." 제길! —도리머리 흔들며 자, 쭉—.

"호—기막히다. 고만 마시랭이. 운다, 주정한다, 그라면 남<1995 연 리 원길 리향, 355> 안다고마." 빌어먹을! 내 안 운다. 오늘 술 한 되들이 먹어도 내 안 운다. 안취한다. 너무 취하고 싶어 못 취한다. 너무도 울고파 못 운다고마. −자, 한잔 더 다고 쭉−

이 십 몇 년래 선우로인은 이날처럼 술을 많이 먹어본 적은 없다.

또 그날처럼 해가 두어바지가랑대 뜰 때까지 만사를 버리고 자본적은 이십 몇 년, 아니 로인의 류십평생 호미가락 들어서부터는 없다. 정말 없다!

로인은 누군가 흔들어 깨우는 바람에 일어났다. 꺼슬꺼슬한 눈으로 바라보니 이건 박치원이였다. 에끼, 어른 없는데서 자라난 놈! 로인은 박치원을 못마땅하게 흘겨보았다.

"무슨 잠을 이렇게 자슈? 이젠 아들네 집에 간다 만사불구 개잠이구려. 팔자 좋게 됐수다."

"고 말버릇 고약타. 그래 무슨 일로 호박잎에 청개구리 뛰여오르 듯하노?"

"거 사장어른, 사토덕대를 나 주지 않겠수? 남 거저 주는 바에야…"

"사토덕대를?"

선우로인은 입맛을 쩝쩝 다시였다. 좀 쓰거웠다. 오라는 딸은 안 오고 외통 며느리만 온다더니 어디 이런 얼간이가 논 달라고 왔노?

"할일 없으면 투전이나 하지, 사토덕대 논은 뭘 하려고?"

"뭘 하긴 뭘 하갔수. 벼농사 짓지. 벼 값두 이젠 올린다우다, 헹!"

"얼마?"

"한 세네 곱으랭이(삼사배)야 올리겠지요."

"까마귀 꿩 잡아먹을 생각 꽤나 한다. 세네 곱은 몰라도 절반 값을 올려도 모르겠다. 그저 황통이나 불고 다니는 그 버릇<1995 연 리원길 리향, 356> 언제 고치겠노? 개꼬리 황모 못된다더니…"

로인은 촌수로는 손자벌이 되는 이 사돈을 마뜩지 않게 기갈을 하였다.

"글쎄 사장어른 모르면 가만 있소다. 내 알아왔다니깐요. 그래 사토덕대는 주갔수 안 주갔수?"

"……"

로인은 두툼한 입귀가 실쭉해서 잠시 말을 안했다. 도대체 이놈이 무슨 꿍꿍이를 꾸미는겐지 알 수 없었다. 그러나 아무러면 이제야 상관이 뭐람? 희심이 들어서 투전장 내동댕이치고 진국으로 농사지으면 더욱 좋고 그렇지 않고 재다시 묵밭을 만들어 뜸부기굴이 된들 상관이 뭐람? 남들은 누구도 안 가지겠다는 그 논을!

"그래 주갔수? 안 주갔수? 남한테는 주겠다면서 그래두 사둔간인데 왜 난…"

"노는 게 너무 해괴해 그런다."

"해괴하긴 뭐가 해괴해요. 벼값 올린다니 한번 어째 볼가 그런단데…"

"에라, 그럼 가지거라."

"헤헤…"

"투전 놀며 페농해서 여뀌밭 만들지 말고!"

"준 다음에야 여뀌밭 아니라 아무 걸 만들면 상관이 뭐요!"

"그 땅이 내 뼈로 뚜진거다!"

로인은 끝내 이렇게 사토덕대 논을 맡기여 버리였다. 미덥지 않게 아쉬운 대로 서운하게…

아! 얼마나 공력들인 땅이였던가! 얼마나 소중했던 땅이였던가? 땅의 자식으로 태여 나 땅 없던 고생이 뼈에 새겨져 땅보다 귀한 것을 모르던 로인이였다. 그래서 신고스레 일쿠고 피땀으로 걸쿠던 땅을 로인은 땅에 대한 신앙까지 덧붙여 허희탄식<1995 연 리원길 리향, 357> 남에게 던져 주어버렸다. 이것이 초탈인가, 갱신인가, 반발인가 로인은 모른다.

로인은 이젠 늙음밖에 없다. 후회밖에 없다. 남은 여생에 대한 근심밖에 없다!


# 8

밤하늘엔 어느새 부풀어가는 상현달이 높다라니 떠있었다.

달은 지금 성글게 떠도는 구름사이를 광채를 뿜으며 노 저어 가고 있다.

그 뒤로는 설피게 보이는 애기별들이 깜빡깜빡 그냥 따르고…

달빛이 구름변두리에 가리울 적마다 땅 우는 그늘이 져도 구름 뒤는 오히려 환하니 밝아지면서 그 우에선 천국의 어느 고장이 들끓는 야생활을 누리고 있는 듯 신비로운 동경을 안기여준다. 그래서인가 뒤묻어오는 애기별들도 그 빛이 사라졌다 살아났다 금싸락 같이 귀중해진다.

달빛에 별빛에 드넓은 벌은 꿈결처럼 몽롱하다. 푸르무레한 신변에서부터 검뿌연 저 끝까지 은혜로운 땅은 해토 무렵 고즈넉한 봄기분이 풍그렁하니 깊어가고 있다.

하늘도 아름답고 땅도 너그럽다.

그러나 이 누리에 사는 인간은? 방철 에미는? 내 이 선우돌석이는?

에라! 이것이 인생이다!

로인은 우뚝 일떠섰다.

그리고는 뒤도 돌아보지 않고 성큼성큼 발걸음을 떼였다.

근심이 없는, 한숨이 없는, 눈물이 없는 인생이 어디 있노? 방철 에미는 인젠 없을게다만, 이젠…이젠…<1995 연 리원길 리향, 358>

로인은 티끌 부연 머리를 들고 창천을 우러러보다가 급히 그 소나무껍질 같은 손등을 눈굽에 가져갔다.

허나 로인에겐 눈물이 없었다.

있다면 갈라터진 가슴뿐이다.

언제런가 그 가슴에도 적시며 추기는 봄비가 내릴지, 기쁨의 눈물이든 슬픔의 눈물이든 눈물이 좔좔 마음껏 흘러내리게…

때는 해토 무렵인데…

1988. 4. 10~1988. 5. 10
연길에서 3차 수개
(≪천지≫ 1988. 8호/『피모라이 병졸들』, 연변인민출판사, 1995)

# 어랑할미백세 일화

리혜선

"어랑할미백세!"

또 불쑥 뛰여든 감탄이다. 감탄끝에는 할말이 없는 것이다. 정말 없다.

지금 나의 스물나흘내기 름름한 아들애가 "어랑할미백세"와 인연을 가졌다. 서운하고 서운한 일이지만 일이 그렇게 되였으니 그렇게 될 명이라쳐야겠다.

아기먼저는 나와 인연이 있었고 나먼저는 아기의 아버지인 영구씨와인연이 있었고 그이 먼저는…오, 맙시사.

그가운데서도 가장 가까운 인연은 나와의 인연이라고 해야겠다. 내가영구씨와 결합되지 않았더면 결합의 결과─우리의 아들이 이 세상에 나타날 수 없었을테니깐. 그래, 그렇다고 쳐야겠다.

북경 "무궁화식당"에서 나는 랭면같이 반가운 조선말에 끌리여 한 총각을 주시하게 되였다.

"…어랑할미백세 잘 있데? 무어? 대단히 정정히 계신다구! 야! 그게 어떤 종재라구그래. 챠! 우리 증조할아버지네가 어랑촌에서 두만강을 건너올 때 증조할머니의 광주리에 이워서 온 거의 후예라는데. 말두마, 한해에 딱딱 오누이씩만 그렇게 산아제한을 잘해오는데 그래서 다 우생령물들이거덩! 우리 그 싸리골 사방 삼백리는 다 어랑할미백세천지재이쿠 뭐니! 그래두 근친결혼은 하는것 같재이터라. 어느 한놈 씨디디한거 없구 다 팔팔하재이재야!…"

이렇게 한사발 가득 담긴 랭면오리보다 더 길게 늘이던 "어랑할미백세" 자랑때문에 나의 아기는 아직도 전주리씬 가족의 이름을 타내오지 못하였다. 영구씨가 자꾸 양념처럼 보내넣는 리성계의 당당한 후예로말이다.

귀동자든귀동녀든 부모님께서 이름을 짓도록 하라며 출국한 남편의 령대로 나는 지금 "존경하는 부모님"하고 첫줄을 써놓은 편지장을 내려다보고있다. 제가 부모님들의 며느리로 된 소식을 아셨겠지요, 이게 두번째로 부모님들의 손자가 태여난 소식을 알려드리겠습니다. 이렇게 속으로 쫑알거리면서도 글은 사뭇 흘라나오기 거북스러워한다.

"어랑할미백세"가 머리에 자꾸 폴짝폴짝 뛰여들어서 날이 어둑어둑해지자 나는 공연히 문 여섯개와 창문 네개를 다 꽁꽁 잠궈버렸다.

"똑똑똑…" 문을 노크하는 소리가 야무지게 들려온다. 나는 깜짝 놀랐다. 침실문이 열린다. 객실문이 열린다. 사재문이 열린다. 주방문이 열린다. 복도문이 열린다. 바깥문이 열린다. 희끄무레한 죄꼬만 물체가 앞발로 문턱을 짚고 파아란 불을 레이자광처럼 내쏘며 오똑 서있다. 그것이 점전 부풀어 오른다. 문이 차게 부풀어오른다. 내쏘는 파란불도 점점 굵어지고 점점 더 파래지며 복도로부터 주방으로, 서재로, 침실로 뱀같이 구불구불 기여든다.

"어랑할미배-애-액-세-에-!"

나는 아기를 콱 그러안으며 아츨한 소리를 질렀다.…

다행히 아기는 아직 귀가 열리지 않은 덕에 어머니의 넋빠진 소리를 듣지 못하고 쌔근쌔근 제잠에 빠져있다.

나는 뱀같이 구불구불 침실에 기여들던 그 레이자빛같은 파란불을 눈앞에 떠올리며 또 한번 몸서리쳤다.

"어랑할미백세!"

나는 또한번 감탄을 했다.

이제 나는 "어랑할미백세"로 인한 영구씨와의 인연말고 시집과의 엉망이 된 인연을 말해야겠다. 나는 내가 태여나기전부터 나와는 상관 없는 인연이 나를 기다리고있었다는것을 그제야 비로소 알게 되었다.

1

금년 정월초이레날 나는 약혼하여 처음으로 영구씨의 고향집에 들어섰다. 양력밖에 모르던 내가 그날을 음력으로 똑똑히 기억할수 있은것은 꼭 "어랑할미백세"의 영원불멸의 힘때문이였을것이다.

영구씨와 함께 북경 A대학에 있을 때 모든 감정을 다 동원하여 자랑해오던 그의 고향마을은 향소재지에서 팔십리나 떨어지고 또 버스정류소에서 사십리나 떨어진 벽촌이였다. 도시에서만 자라온 내가 수십리나 되는 울퉁불퉁한 산길을 무릎까지 올라오는 가죽구두를 신고 무늬를 놓아박은 긴 오리깃외투에 모자까지 꽁꽁 쓰고 걸었으니 그 고생이 얼마나 막심하였겠는가 하는것은 보지 않아도 알 일이다. 더구나 새 구두의 앞끝이 돌뿌리에 채워서 손톱으로 찍어놓은 애호박같이 하얀살이 자름자름 수두룩이 나왔으니 여간 유감스럽지 않았다. 이 산골에 계시는 이들은 워낙 나와는 아무런 상관도 없었는데 지금은 영구씨와 상관됨으로 하여 련계된다는 각박한 생각만 어쩔수 없이 자꾸 몰려들었다. 한편 또 길이 줄어들수록 나는 이제 이 김액김씨네 딸인 내가 곧 방대한 전주리씨네 가문에 발을 들여놓게 된다는 생각에 흥분도 되였다. 허나 이는 그닥 가벼운 흥분이 아니였다. 나에게는 영구씨가 중요할 따름이였다.<pb n=238>

이제 마을이 눈앞에 나타나게 되리라는 산굽이에 이르자 갑자기 날씨가 봄날처럼 잠풍해지고 구름사이로 입김같이 부드러운 해빛이 흘러나와 긴장되였던 가슴도 인차 느슨해졌다.

"어머나, 강! 이게 두만강이라는거겟지요? 저 강건너가 조선이겠지요? 야—아!"

영구씨는 짐을 내려놓고 나의 어깨에 손을 올려놓더니 바로 강쪽으로 나를 잡아끈다.

"버들개지! 야—아!"

"야—아, 모래불!"

우리는 처녀의 귀밑살같이 고운 백사장에 풀단같이 엉키여 쓰러졌다. 여름이면 당장 위대한 작업을 했을는지도 모르겠다.

그 순간 나는 사랑하는 련인의 고향에 정이 들었다.

허나 그때까지도 나는 "어랑할미백세"가 련인의 고향더러 나를 받아들이지 못하게 할줄은 전연 모르고있었다.


"어랑할미백세"란 나의 영구씨의 집에서 자라는 고양이의 이름인데 조상의 력사를 따지자면 지금으로부터 백년전인 청조때부터 따져야 하니 고양이같이 하잘것없는 짐승으로 말할진데 자못 영광스럽고 유구한 력사를 가졌다 해도 과장이 아닐것 같다.

영구씨의 증조할아버지, 그러니까 나의 시증조할아버지는 련속 덮치는 수재, 한재, 박재를 피해서 광서 5년부터 슬금슬금 두만강을 건너다니며 중국경내에 들어와 농사를 짓군 하였다. 그때로부터 200년전, 청나라 정부는 두만강류역을 만족의 발원지라고 봉금하고 여기에 부대밭을 일구는자는 일률로 목을 베게 하였다. 앉아만 있으면 굶어죽는 형편인 조선사람들은 그래도 가만가만 국경을 넘어 봄이면 씨를 뿌리고 가을이면 걷어갔는데<pb n=239> 땅이 어찌나 걸었던지 쑥대를 뽑아 털어버린 자리에 기장씨를 뿌려도 가을에는 기름기 찰찰 도는 기장을 거둘수 있었다고 한다. 광서7년에 와서 청나라정부는 봉금령을 해제하고 황무지개간국을 설치하였는데 광서11년, 그러니까 1885년에는 아예 두만강 칠백리 량안의 50리 땅을 조선이민들이 개발하도록 허용하였다. 나의 시증조할아버지는 바로 그 이듬해 가을에 갓 머리를 얹은 시증조할머니와 함께 함경북도 어랑촌을 떠나 고양이 한마리를 안고 지금의 이 싸리골에 건너와 초막을 지었다고 한다. 후에 조선사람들이 한집 두집 불어나 부락이 이루어지고 집집의 뒤주에 쥐가 생겨나기 시작하자 시중조할아버지가 안고온 어랑고양이가 손을 펴게 되고 그렇게 되자 자연 성망이 높아져서 모두들 하느님자식맞잡이로 귀여워하였다. 어랑고양이는 어데 가서 배필을 뭇고 씨를 받아왔는지 차차 후손이 붓고 그래서 집집에 그 후손들이 배치되여갔고 혹은 다른 동리로 시집장가를 가기도 했다. 봄과 가을이면 암코양이들이 수코양이들을 많이 유혹해왔고 그래서 사돈도 있고 친가도 있고 시가도 있는 고양사회가 형성되기도 했다.

영구씨네 집에서 기르는 고양이는 어랑혈통을 순수하게 보전해온 고양이였다. 새끼들은 한배 두배 다른 집들에 배치되여가도 어미고양이만은 늙어죽을 때까지 본가에 있도록 전통이 되였다. 그래서 "할미"라는 이름이 덧붙었고 보는 사람마다 "할미"의 력사에 흥미를 가지게 되였는데 그럴 때마다 광서요, 청조요, 어랑이요 하는 우리로부터 먼 명사들이 튕겨나오지 않을수가 없어 공자아무대후예요 하는데는 비하지 못해도 루이 4세요 하는따위를 본따서 나의 석사연구생련인이 "백세"라는 꼬리를 달아주었다고 한다. "어랑할미백세", 에누리없이 력사를 개괄한것이다.

설명이 끝났으니 이제부터는 인용부호를 벗기기로 하자.

어랑할미백세는 그 이름이 이렇듯 생동하고 일목료연하고 굉장했으므로 나의 호기심을 끈것은 더 말할것 없다. "무궁화~식당"에서 이렇게 인연이 맺어진후로부터 나의 사랑하는 영구씨로부터 곧잘 어랑할미백세에 대한 이야기를 듣군 했다. 그 이름이 자주 튕겨나오니간 대개는 어랑할미요, 할미백세요, 또는 어랑백세요로 간청하거나 보다 긴급히 표달해야 할 경우면 어랑이요 할미요 백세라 뜯어부르기도 했다. 나의 상상가운데서 어랑할미는 나의 장래 시부모나 시형제보다도 더 잘 떠오르군 했는데 이는 주로 나의 영구씨의 걸출한 묘사능력이 은을 냈기때문이라고 본다. 불가침범의 위엄을 버려놓은 깔끔한 흰수염, 그우로 빛나게 패운 임금"왕" 자, 파란불이 쏟아져나오는 두눈망울 천성적인 레이다장치가 있을거라는 빨쭉한 두귀, 그뒤로는 진한 흙빛판에 갈래갈래 검은 줄이 뻗어내린 묘연한 잔등, 오연한 공주의 목처럼 곧게 처든 탄력있는 꼬리, 꼬리막 끝에 가서 종지부를 찍은듯 귀엽게 자란 새하얀 털 한모숨, 보지 않아도 귀엽기 짝이 없는 고양이가 틀림없다. 여기서 한번 더 강조한다면 역시 영구씨의 말대로 어랑할미의 털은 너무나도 기름기가 돌아서 천상 젖는 법이 없고 간혹 비를 맞거나 구정물을 맞아도 물들이 당금 구슬로 변하여 돌돌 구을러 떨어지는건 떨어지고 나무지는 잔등우를 구을며 빛을 뿌린다는것이다. 네발은 어찌나 고운지 배때기로부터 시작해서 눈같이 흰데 발바닥까지도 언제 한번 흙을 묻혀들이는 법이 없이 녀인들의 귀방울같이 말쑥하고 발그레하다는것이다.

내가 영구씨와의 사랑에 무작정 깊이깊이 빠지고있을 때 영구씨는 나에게 어랑할미백세의 사랑얘기를 들려주었다. 정말인지 과장인지는 아직 확인하지 못했지만 들어볼만도 한것이였다.

할미백세는 십여년을 하루와같이 "몽룡"에게 충성하였다. "몽룡"이란 할미백세의 "사춘기"에 나타나는 검은 수코양이를 말한다. 얼음이 풀리고 해빛이 따사로운 봄이 오면 어랑할미는 춘정이 무르녹아 침식을 잃고 신음을 터뜨리군 했다. 영구씨는 아직 사랑이란 무엇인지를 모르는 개구쟁이소년이여서 어랑할미의 고통이 그처럼 간장을 녹아내리게 하는 신음이였다는것을 알리 없었다. 그래서 귀찮다고 빤쯔바람에 이불을 차고 일어나 방망이를 찾아들면 할미백세도 신경질을 팔 쓰며 "야-웅, 야옹"하고 달려들더라 한다. 며칠이 지나면 검은색고양이가 한밤중에 신령같이 찾아드는데 그때면 어랑은 가마목에 처음 앉은 새색시처럼 나긋나긋해지며 어디론가 고분고분 따라간다. 다시 얌전히 귀가를 할 때면 벌써 배가 곡선을 드리우고 볼은 홀쭉해진다. 영원이 무언가를 통찰하는데만 열심하던 파란 눈은 조금 재빛으로 부드러워지고 그리고 인간을 망라한 모든 모계들에게서 볼수 있는 신성함과 모성애가 찰찰 차넘치는것이다. 쥐를 잡고난 여가에는 따뜻한 가마목에 펑더버리고 늘어져서 온몸을 분홍색혀 바닥으로 열심히 다듬는다. 가을이면 또 이러했다. 해가 바뀜에따라 영구씨는 우리는 어랑이 춘향이처럼 일구월심 그 검은 고양이만 기다리고 그래서 해마다 봄과 가을이면 이렇게 그 신비한 "몽룡"이가 나타나서 우리의 어랑할미백세한테 사랑과 기쁨과 영광을 주고 사라진다는것을 발견하게 되였다. 영구씨네 그 개구쟁이 무리들이 "몽룡"이의 국적(강건너는 다른 나라였으니깐)과 래력을 알아보려고 봄과 가을이면 뒤를 밟으며 정탐을 했지만 여태 그네들의 밀회의 비밀을 알지 못했다고 한다.

영구씨가 없으면 이 세상의 색깔이 변해버릴것 같고 나도 서리맞은 풀같이 말라버릴것 같은 같은 첫사랑에 빠져들고있던 때라 어랑할미백세는 그 춘향같은 사랑절개 하나만으로도 짐승 취급에서 벗어난 자리를 차지할 정도였다.

"백세가 우릴 기다리겠네요!"

"그래 미나는 내가 좋으니 시집의 고양이두 보구싶단말이지?"

영구씨가 우쭐해서 그 너부죽한 입술을 비죽거린다.

"옴, 영구씨는 가시집 말뚝까지 곱다면서!"

"어랑은 사랑에두 충성 다하지만 모성애두 대단하다구. 미나양께서 잘 따라배우란말이야."

"흥, 내가 고양이를 따라배워요?"

하면서도 어랑이야기에 열심해지는데야!

"한번은 우리집 고방구석에 오누이를 낳았는데 하두 깜찍하구 희귀해서 내 딱친구 [들창코]랑 [메뚜기]랑 [진저리], [남북골]이랑 한무리 데리구 고방에 쓸어들어갔더니 글쎄 이놈 어랑이가 어찌나 으르렁대는지 참, 기가 막히게 밸을 쓴다는말이야. 미나는 상상두 못한다구. 열밥톱을 칼날

처럼 날을 세우구 눈에서는 퍼런 불을 펄펄 내쏘구 그 곱던 털을 고슴도
치처럼 까츨하게 세우구 접어드는데 야야! 무섭드란데! 우리가 와―악 하
구 뒤로 물러나는통에 [들창코]는 벽에 부딛쳐 오구래가 삐여지구 난 [남
북골]의 뒤통수에 맞혀 코피 터지구…옳지, [메뚜기]는 문걸이에 팔소매
를 째먹구 [진저리]혼자만 무사했지…혼났단말이요. 정말 혼났지. 그러
더니만 그날 저녁새로 감쪽같이 없어졌단말이요. 이사를 가버렸거든, 새
끼를 데리구말이요. 썩 후에야 어머니가 무슨 일이 있어서 짚가리를 뒤적
이다가 백세일가를 발견했는데 야, 글쎄 기가 차서…짚을 광주리처럼 옴
폭하게 둘러놓았는데 그속에서 벌써 살이 오른 두 오누이가 쌔근쌔근 엎
디여 잠자고있더라오. 새끼가 자라는 동안 어랑은말이야, 홀쭉하게 여위
여갔지만 새끼들이 포동포동해지며 제법 고양이티가 나서 털에 기름기
반드르르하게 돌기 시작하니까 어느 해빛이 따뜻한 날에 오누이더러 마
당구경을 시키재이겠소. 그담부터는 매일 자기 꼬리를 흔들거리며 새끼
들에게 덮치는 기본공훈련을 시키구 아직은 숨이 채 지지 않아서 펄떡거
리는 쥐새끼를 물어다가놓구 숨통을 무는 채 지지 않아서 펄떡거리는 쥐
새끼를 물어다가놓구 숨통을 무는 방법을 배워주더란말이요. 야!…"

어랑할미백세는 나의 시집의 당당한 일원보다도 더 상세히 소개되였다.

마을은 빤히 보이면서도 그 사이의 길은 퍼그나 늘찼다. 동안 나의 영
구씨는 어랑이가 어떻게 날쌔게 나는 새에 덮치고 나무에 바라오른 앵두
도적 다람쥐를 나포하는가 하는 등업적을 낱낱이 소개하였다. 나의 입에
서 순수한 감탄이 탁구공처럼 련속 튕겨나온건 더 말할것 없다. 따라서
장래의 시집에 처음으로 찾아가는 처녀의 가슴에 엉뚱하게도 시집식구먼
저 어랑할미백세가 더 친절하고 신비하게 자리잡게 되였음을 확인하지
않을수 없었다. 지금 생각해보면 이것이 어랑할미의 영향에 대한 나의 그
때의 예감이였는지도 모른다.

이제 우리는 동은 삼합이요 북은 룡정이요 서는 화룡이요 마은 조선이

요 하는 위치에 서게 되였다. 여기에서 우리는 버들개지가 피여난 두만강반의 버들방천을 따라 삭정이와 마른 잎사귀들을 밟으며 마을로 향하였다. 갓난아기의 천성적인 검은 머리칼마냥 섬세하고 보드랍게 치켜든 버드나무가 바람기없는 푸른 하늘밑의 정물화같이 양순하게 서있다. 우리는 잠자는 아기를 안은듯 각기 흥분을 도닥이며 말없이 걸었다. 버들방천을 지나고 새각시의 이불처럼 포근한 백사장을 지나 우리는 마을쪽으로 가지를 친 길로 굽어들었다. 멀지 않은 곳에서 개가 짖는 소리가 들려온다.

"정말 아름다운 곳이군요!"

나는 영구씨의 얼굴에 나타나는 시뚝해진 기색을 즐겁게 바라보았다.

"이곳이 처음에는 나무밭이랬다면서요?"

나는 눈썹을 쪼프리며 막연하게 중얼거렸다.

"거야 물론이지!"

영구씨도 걸음을 멈추고 망연하게 사위를 둘러본다.

잠시 말이 끊어졌다.

"자 이제 미나양이 사랑하는 사람의 집을 찾아보라구, 너무 심각해지지 말구. 력사란 무거운거야."

"정말, 이제부턴 이 미나양의 획기적인 시각이 닥쳐오는군요!"

"그래, 전적으로 미나양의 감각으루 찾으란말이요. 이젠 미나씨의 사랑이 감응이 있는가 없는가를 아주 질적인 차원에서 고찰하게 됐구만. 하하…"

우리는 단순한 즐거움을 누리기로 했다.

나는 영구씨의 말이 롱담인줄을 번연히 알면서도 얼마간 긴장함 감이 들었다. 하긴 내가 영구씨와의 우연한 사랑을 두고 곧잘 생물학적인, 물리적인, 화학적인 등의 리론을 들추어내군 했기때문인지도 모른다. 말하자면 배나무에 사과나무를 접해 사과배가 달리고 H와 O가 합하여 물이 되고 S극과 N극이 전기를 일으키듯 물질마다 서로 흡인하는 독특한 물질기초가 있어서 감응이 생기고 그리하여 우리는 수천수만의 남녀들을 지나치고 서로 마주걸어와 손을 잡았다는것, 또 그래서 우리둘사이의 사랑은 남들과는 다른 우리둘의 물질의 화합물이라는것…등이였다.

"글쎄 이 미나양의 선택에 맡기도록 해요."

정초의 정오다. 명절뒤의 피곤과 라태함이 깔린듯 집집의 뜨락은 해바라기하는 개와 닭과 돼지와 송아지와 오리들뿐이고 사람들의 그림자는 어쩌다 한둘이 얼른거릴뿐이다. 그나마 한뉘 헤매며 맴돌이치는 아낙네들이다. 누런겨바가지를 들고 돼지굴에 배를 척 붙인채 걸싸게 먹어대는 돼지의 텁텁거리는 소리에 흐뭇하게 귀를 기울인다. 한 아낙네는 과부인지 여라문살 되는 코흘리개를 데리고 열심히 나무를 패고있었다. 그 소리만 아니였더면 온마을 사람들이 다 낮잠에 곯아떨어진줄로 알았을것이다.

영구씨의 증조할아버지의 말대로 한다면 이 마을은 적어도 백년력사를 가진것 같다. 마을은 거개가 눈에 젖고 비바람에 시달려 보드랍게 삭아빠진 벼짚이영을 버섯처럼 인 집들인데 회칠을 올린 하얀 벽에는 아직도 옛날식대로 창호지를 바른 지계문들을 달았다. 더러는 창호지우에 흰 비닐박막을 덧댄 집도 있었다. 간혹 신식으로 아홉칸짜리 쌍유리창문을 달고 큼직한 출입문을 단 집도 있었다.

내가 도정신해 집들을 살피는 동안 영구씨는 봄이면 저앞의 조선산과 이 뒤쪽의 병풍산은 진달래꽃에 오얏꽃, 사과배꽃, 살구꽃 천지라며 자랑이 대단하다.

갑자기 앞에는 옛날식 기와집이 나타났다. 하늘을 향해 네귀가 번쩍 들린 진회색 지붕에 쟁쟁 쇠소리날듯이 단단한 질기와가 정연히 줄지어 얹혀있고 가녘에는 골무떡처럼 꽃무늬를 새긴 꽃기와가 력사의 옛모습을 그대로 보여주고있었다. 나는 옛날동전무늬처럼 동글동글하게 푸른이끼가 앉은 지붕을 마주하고 감탄을 금치 못했다.

"아! 옛날기와집!"

"미나씨는 자꾸 심각해지는게 흠이거든, 녀자로서는."

"그런걸 싫어하는게 모든 남자들의 리기거든요."

나는 이렇게 말하고싶었다.

"어쩐지 두만강을 보면서부터는 자꾸 울렁거리는걸요. 영구씨는 습관이 됐지만요. 어쨌든 난 첨이거든요!"

나는 재빨리 이렇게 중얼거렸다.

다음순간 나는 번쩍하고 어떤 예감이 들었다.

"이집이지요? 맞았지요?"

나의 목소리는 흥분에 초조히 떨린다.

"쉬―"

영구씨는 입을 헤벌쭉하면서도 손가락을 입에 가져다대며 신비한 표정을 짓는다.

우리는 숨을 죽이며 바자문을 잡고섰다.

하얀개와 검정개가 콩깍대기우에서 해바라기를 하고있다. 영구씨는 언젠가 자기 집에 7년묵은 흑백자매집지기가 있다고 말한적이 있다. 이들은 할미백세후에 태여났지만 몇달만에 벌써 자기들이 할미백세의 체중을 초과한것을 놀라웁게 발견하자 마침내는 침략본성을 드러내고 고양이를 희롱하기 시작했는데 결국 고양이의 전술에 지고말았다고 한다. 할미백세는 몸집이 작고 령활한 우세를 리용하여 개의 최대의 렬세요 미관이 손상받는 초점인 뿌죽한 주둥이쪽에 시퍼런 발톱날을 콱 박아서 가죽은 물론 살까지 뭉청 떨어지는 과정을 순식간에 해제끼고는 항아리사이거나 쌀뒤주틈새거나 돼지굴쯤이거나 여하튼 리용할수 있는 쯤은 다 리용하여 눈깜짝할새에 퇴각을 해서 종적을 감춰버린다. 어떤 때에는 지어 개가 올라갈수 없는 여느 높은 곳에 올라가서 아파서 울상이 된 개를 깨고소하게 내려다본다. 그러면 잔뜩 자기의 힘과 체대만을 믿고 우쭐해서 접어들었던 개들은 또 옛경험대로 닭쫓던 개 지붕쳐다보는격이 되고만다. 자매개는 이런 참패를 수태 당했었다. 이렇게 번마다 밑지는게 개쪽이였으니 그러는 동안 개들도 뭔가를 깨쳤는지 재미 덜한 일에 덜 접어들고 점잖해지고 총명해진것 같았다. 그후부터 어랑할미백세와 자매개는 아주 화목하게 잘들 살아가기 시작했다고 한다. 그러고보면 개들고 할미백세가 체격은 볼품없어도 꽤 맵짜다고 탄복을 하였으리라.

"꼬-독, 꼬독, 꼬독, 꼬독…"

나는 나의 시집의 식구나 다름없는 개들을 정다웁게 불렀다. 하얀개는 빨지 않은 위생복을 입은듯 때가 낀 흰 몸매를 땅바닥에 늘여붙인채 시답지 않은 눈길로 피뜩 건너다볼뿐이다. 검은개는 천성이 도고한지 신경질적으로 눈을 치켜뜨고 귀뿌리를 빨쭉 세우며 경계하는 눈길로 나를 쏘아본다.

뜰안에는 태평스러운 정적이 깃들었다. 산골의 개들이여서인지 경각성도 무디여 구태여 짖는 따위의 실무에 흥미를 가지는것 같지 않다.

영구씨의 얼굴에서 붉은빛이 그물거린다. 고향집에 대한 회포가 괴여오르는것이리라.

검은개는 느릿느릿 일어나서 오연하게 우리앞을 지나며 의미심장하게 쳐다보더니 귀를 빨쭉 세우고 뒤번 기침처럼 짖는다. 그리고나서 다시 우리를 한바퀴 빙 돌더니 원래의 자리로 심드렁하니 돌아가 엎디여버린다. 나는 얼마간 무안한 감이 들었다. 아무리 짐승개들이라도 그토록 반갑게 불렀으면…

"이 개들이 집식구를 못알아보는군. 썩 반갑지 않은가봐. 내 몸에서 장내가 없어져서 이 모양인가? 이놈들은 시내사람과 농촌사람을 용하게 안다우. 또 한족과 조선족을 용하게 알지. 장내를 표준으로 하거든."

영구씨의 말에 나는 너무 우스워 킥킥거렸다.

"저 하얀개는 강아지일 땐 정말 고왔겠어요."

"곱다마다 정말 귀여웠댔소. 내가 대학교입학통지서를 받기 착 전에 낳았거든. 흰개는 어미를 닮구 검은개는 애비를 닮았지."

우리는 한참 아주 진중하게 개들을 평가하였다.

하면서도 영구씨는 문을 뚫어지게 바라보고있다. 침을 꿀꺽 소리나게 삼키면서말이다. 나는 그가 지금 기다리고있는것이 무엇인가를 알았다.

개들은 우리의 의론에 짐짓 대수롭지 않다는 표정이다. 미구하여 멋쩍다는듯이 일어나 거리낌없이 기지개를 쭉 켜더니 점잖은 네발걸음으로 돼지굴쪽으로 에돌아 뒤울안으로 들어가버린다.

우리는 널다란 뜨락에 멍하니 서있었다. 타작마당으로도 쓰는 뜨락이여서 시내같으면 조그마한 장거리라도 앉힐 타산이 생길것이다. 돼지우리에서 돼지가 꿀꿀거리는 소리, 짚을 헤집으며 불만스레 푸념하는 닭의 골골거리는 소리, 간혹 바람에 수선을 떨며 바스락거리는 수수울바자소리, 창고옆에 무져있는 언 무쭉정이, 문어구에 웅크린 겨마대, 우사앞에 비스듬히 서있는 두엄삽, 이영밑에 대롱대롱 매달려있는 노란 옥수수종자…실로 온갖 시름을 갈앉혀주고 세상의 만족을 느껴보게하는 뜨락이다.

영구씨의 얼굴에 갑작스레 그늘이 비껴든다.

"너무 조용하다!" 잇달아 초조하고 급작스러운 목소리가 튕겨나왔다. "왜 나무가리는 저렇게 낮을가? 이맘 때면 집보다 두 더 높았는데. 이상하다?!"

나도 이상스러웠다. 왜 집안에서 동정이 없을가?

이때 문이 비껴 열린다.

우리는 동시에 놀란 표정이다.

나는 대뜸 긴장해지며 몸가짐을 바로잡았다.


2

"에그에그, 꿈에 네가 보이더니 정말 왔구나! 이거원, 대학이 사람 죽이는구나. 그러게 옛날 밭갈이쇠 하두 말을 안들으니깐 이눔, 정 여러문 대학 가르칠라 했다지. 쯧쯧쯧, 볼이 곰한테 할키운것처럼 홀쭉하구 저 눈은…에그에그, 작년 여름에는 그 좋아하는 도마도두 못먹구…오겠는가 하니 와줘야지. 전에는 오줌을 실실 싸대며 먹기두 잘 먹덩게…깸이랑 많이 뜯어놨나라. 네 좋아하는 쇠천에랑두 수태 꿰달아맸다…"

나는 문이 열리는 반대방향쪽으로 조금 몸을 숨긴채 웃음을 참으며 긴장히 서있었다.

나의 시어머니될분은 영구씨를 이리 뜯어보고 저리 뜯어보며 코가 뻘개나며 눈물을 닦는다.

"야, 옴마두, 남은 새기랑 데리구 왔는데 어느 천년전 개구멍바지 입구 댕길 때 옛말을 하구있습둥? 옴마, 그러지 말구양, 인사나 받소, 이 새기야, …"

나의 석사연구생은 고향어머니앞에서 인차 시골사나이로 변했다. 나는 조금 낯설은 느낌까지 들었다. 하면서도 일체 얌전한 모양이 되어 시어머니되실분에게 곱게 아미를 숙였다.

"에그, 얌전도 해라! 우리 영구하구 딱 맞겠다…쟤는 저렇게 뜰뜰하다니깐. 어째 새기를 데리구온다는 기별이라두 할게지그래…날래 들어가기요, 양?…가만, 얘, 오늘이 며칠이드라?"

나의 장래시어머니는 두눈의 주름살을 쭉 펴며 나를 바라본다. 나는 당황히 영구씨를 바라보았고 영구씨의 어리둥절한 시선이 다시 어머니쪽으로 돌아졌다. 이때 나는 장래시어머니의 두눈가에 다시 주름살이 쪼글쪼글하게 잡혀가고있음을 보았다.

"오늘이 정월초이레재이니? 가만, 초할리, 초이틀, 초사흘, 초나흘…정말이구나. 어쩜, …야, 어쩜 초이레냐! 야—아—야!"

영구씨의 어머니는 문고리를 틀어쥔채 움직이지 않고 서있었다. 어머니의 뒤에 영구씨가 서고 그뒤에 내가 서고 이렇게 아이때 기차놀이 하자야 하던 식으로 섰다. 영구씨가 어머니의 머리에 모자처럼 씌워진 타올수건을 바로잡으로 어린애처럼 뇌까린다.

"정월초이레는 그래 무슨 날이라오? 옴만 문세가락 많아서. 가마치 못

먹는 날이요, 머리 못감는 날이요, 바느질 못하는 날이요, 키작은 사람 나들이 못하는 날이요, 양? 떡치는 날이요, 짐승잡는 날이요, 국시먹는 날이요, 양? 우리사 잘해 먹이문 좋아합지."

영구씨가 나를 돌아보며 히쭉 웃는다. 나도 웃었다.

"우린 보름날 오곡밥까지 먹구 가겠습꾸마. 그동안이문 옴마두 이 새기 집식구 옳은가 아닌가 알재이겠소?"

그리고는 어머니의 잔등을 마구다지로 민다.

농가의 문턱은 높기도 했다. 한쪽다리를 기껏 들어서 문턱너머에 들여놓으니 집안봉당이 어찌나 깊은지 잘못 디뎠다가는 앞으로 꼬꾸라질것만 같았다.

정지에서 돼지죽이 끓는 시크무레한 냄새가 풍겨오며 뜨거운 기운이 얼었던 얼굴을 훈훈하게 만져준다. 남쪽 지게문으로 높은 뒤산에 절반 먹히운 오후의 해빛이 세 개의 까마반질반질한 솥을 지나 무늬가 어룽어룽한 널마루에 맥없이 늘어져있다. 집안은 어둑시그레했다. 언뜻 봉당 동쪽 사랑채로 향한 문밑에 손바닥만한 네모진 널문이 달린것이 눈에 띄였다. 어김없이 어랑할미의 교통요도일것이라고 나는 속으로 점을 찍었다. 그러자 이 낯설은 집에 영구씨외에도 친구 하나가 더 있는듯한 느낌이다.

무릎까지 올라온 구두의 호크단추 여섯 개를 끄르고 쟈크를 여는 동안 시어머니는 구들우에 뭉그러져있던 헌 담요를 개여서 구석쪽에 활 밀어놓고 패를 떼느라고 펴놓았던 화투장을 와락와락 모여놓는다. 그리고 남쪽 창턱에 되는대로 널려있던 어지러운 장갑따위를 모아서 남쪽벽에 엎어질듯 걸려있는 낡은 체경뒤에 꾸깃꾸깃 쑤셔박는다. 어머니는 다시 북쪽켠의 고방문을 열고 부산스레 구들을 쓸더니 내가 구들에 발을 올려놓자 인차 무릎걸음으로 남쪽방미닫이앞에 다가가 미닫이문을 스르르 당긴다. 영구씨가 엎어질듯 구들에 올라오더니 높은 사이문턱앞에 풍덩 한쪽 무릎을 꿇며 놀란듯이 젖은 목소리로 부르짖는다.

"언제부터 이렇게 되셨습둥, 아부지! 어쩨 이렇게 되셨습둥? 형님이랑 형수랑은 어데 갔습둥? 세간났습둥? 길자는? 어쩨 이 집이 좀 별랐소양, 옴마!"

"저예, 새기는예, 이 영구 데리구 왔답꾸마. 당신 좀…"

어머니는 내 옆구리를 쿡 찌른다.

"아버지세요?"

나는 인차 머리를 곱게 숙여 인사를 올렸다. 머리를 들면서 나는 노랗고 앙상한 령감을 힐끔 내려다보았다. 로인의 발치에는 커다란 쇠화로가 놓여있었는데 밑이 좁고 우는 대야같이 너른 그속에서 반쯤 재가 된 숯불이 껌뻑거리고있다.

저녁을 짓는동안 영구씨는 나에게 집구경을 시켰다. 이팔간기와집에는 정지를 사이두고 동남동북으로 외양간과 방앗간이 있고 서남서북으로 새방과 웃방, 안방과 고방이 있었다. 네벽 위쪽에는 누런 신문갓을 씌운 메주들이 도깨비혹같이 주렁주렁 매달려있었는데 중대가리같이 큼직큼직한놈도 있고 한족들이 즐겨먹는 옥수수떡같이 동글동글한것들을 몇개씩 조롱조롱 묶어서 달아맨것도 있었다. 도시의 아빠트에서만 자라온 나에게는 이 팔간기아집의 모든것이 원시림의 이끼처럼 신비하고 벅찬 느낌이다. 시크무레한 돼지죽냄새, 쉬쉬하고 들크무레한 메주냄새, 쫍쯔레하고 구수한 토장냄새에 부엌에서 통나무 타는 향긋한 냄새 그리고 바깥에서 닭이며 돼지며 개며 소며 오리들이 꺼리낌없이 고아대는 소리가 나를 이런 립체적인 경지에 떠민것이다. 그동안 나의 모든 감각기관들이 다 동원되었고 세포마다 창문을 활짝활짝 열고 감지의 희열을 느낀다. 남쪽의 웃방에서 나는 사이문쯤으로 로인님의 맥없는 기침소리를 들으며 참지 못하고 영구씨의 목에 매여달렸다. 사이문을 힐끔힐끔 건너다보다가 우리는 킥킥거리며 달콤하게 키스를 했다. 영구씨는 온몸의 피줄이 풀떡거리는 생생한 육감으로 나를 숨가쁘게 끌어안았다가 조심스레 풀어놓는다. 다음 우리는 상기된 얼굴로 이윽토록 말없이 서로 즐겁게 쳐다보았다.

내가 얼굴의 땀을 닦는데 영구씨가 제법 아무런 일도 없었던듯이 정색한 목소리로 이런 이야기를 했다.

"이 방에는 증조할아버지와 증조할머니가 계실 때에는 할머니와 할아버지가 들었고 그담에는 작은 할아버지와 작은 할머니, 그담 작은 할아버지와 작은 할머니, 또 그담 작은 할아버지와 작은 할머니, 이렇게 내리내리 들었댔다오. 그후에는 울아버지와 어머니, 그담에는 삼촌과 아주마이, 그담에는 작은 삼촌과 작은아주마이가 들었더랬지. 저 아버지가 계시는 방은 옛날부터 이 팔관기와집의 최고 두령인 바깥좌상이 계시는 방이였소. 새 며느리나 새 손부는 이 좌상이 계시는 방문턱을 넘어다니지 못하구 문밖의 툇마루로 에돌아다니며 진지 나르구 시부모님 시중을 들었다오…우리 할아버지는 항일련군의 비밀련락원이였는데 이 집은 비밀련락지점이였댔다요…"

저녁은 붉은 마노구슬처럼 고운 빛을 뿌리는 점박이 당콩을 둔 붉으레한 차수수죽을 먹었다. 어머니는 막달잡이 암소가 요즘 당장 새끼를 낳게 되는데 새끼를 낳으면 먹이려고 겸사겸사 끓인 죽이라며 햇쌀로 밥을 따로 짓겠다고 하셨는데 영구씨와 나는 기어코 시내에서는 돈주고도 사먹지 못하는거라고 우겨서 겨우 말렸다. 밥상에는 물고기와 말리운 풋고추를 한데 볶은 반찬이며 먹기 한창인 통배추김치며 깍두기며 그리고 강건너 조선에 가서 재봉침과 바꾸어왔다는 명란자반도 있었다.

어스름이 마구 스며들기 시작할 때 나의 시누이가 될 길자가 "청춘의 여드름"이 빨갛게 핀 얼굴로 단김을 뽑으며 집안에 들어선다.

길자는 어머니의 이야기를 듣고 인차 "형님, 형님"하며 내옆에 다가앉아 정이 폭폭 들게 굴었다. 나는 속을 사마귀같은 시누이라는 옛날의 명언을 떠올리면서도 길자가 입가의 미인기미처럼 꽤나 귀엽게 느껴져 마음구석이 달큰해났다.

네식구는 밥상에 빙 둘러 앉았다. 영구씨는 마른물고기반찬을 입에 넣고 우물거리며 작은 뼈를 골라내더니 갑작스레 묻는다.

"옴마, 어랑할민 어째 보이재이요?"

순간 집식구들은 수저를 든채 서로 빤히 쳐다볼뿐 말이 없다. 어머니는 아버지를 쳐다보고 아버지는 길자를 건너다보고 길자는 어머니와 아버지를 번갈아보았다. 나도 수저를 들다말고 그네들을 조심스레 번갈아 보았다.

"정말, 아까 옴만 형님하구 아주마이 어딜 갔단 말을 안했재이요?"

영구씨는 또 다그쳐 물었다.

"급하기두, 형님하구 형순 옮겨갔나라. 그런 얘기야 차차해야지. 날래, 죽이 식으문 삭어서 맛이 없니라. 날래 혀를 훌훌 돌구메 먹어야 제맛이지."

어머니는 당콩이 많은쪽으로 뜨거운 죽 한국자를 떠서 영구씨의 사발에 더 담아주었다.

"새기두 날래 죽을 내우. 첫때란게 스산해서…쯧쯧…"

영구씨는 무슨 말인가 더 하려고 입을 벌리다가 내쪽을 힐끔 보고는 죽을 한술 푹 떠넣었다. 나는 나무가리가 낮다고 하던 그의 말을 상기하였다. 영구씨는 형님내외에게 불만이 생긴것이라고 짐작했다.

저녁을 다 먹을 때까지 할미백세는 나타나지 않았다. 반찬을 볶을 때부터 고기비린내가 났지만 할미백세는 어떤 량반같은 미물인지 아무런 동정도 없다. 흰개와 검정개만 안달복달하며 봉당에서 부지런히 꼬리를 저으며 서성거린다. 하얀개는 더는 참지 못하고 더러운 한쪽발을 널마루에 올려놓았다가 길자가 "내려!"하고 꽥 소리지르자 흠칫하며 봉당으로 발을 당겨간다. 검정개는 끙끙거리며 불만을 씹으면서도 봉당에 앞발을 꿋꿋이 짚고 궁둥이를 땅에 척 붙인채 신사처럼 목을 죽 빼세우고 앉아있다.

나는 끝내 그 찰나를 잽싸게 쥐였다. 시아버지가 되실분이 놋술을 반짝이며 사발밑굽의 마지막 한술을 뜨는 순간 나는 제격 일어나 죽가마에 부은 숭늉물을 떠서 사발밑굽의 물을 훔치고 두손으로 받쳐올렸다. 내가 착실한 며느리감이라는것을 보여줄수 있는 가장 좋은 세절임이 틀림없다고 속으로 자부하면서말이다. 어머니는 내가 장래시집으로 떠나올 때 이렇게 하라고 신신당부를 했었다.

"엉치 가볍게 척척 눈치를 맞춰서 서둘러라. 촌의 로인들은 안그러니라. 무던하구 눈치빠르구 삭삭한걸 좋아하니라…"

그밖에도 여차여차해야 한다는 당부가 많았다.

성공이였다! 여태 입을 열지 않던 병환에 계시는 시아버지는 입가의 주름이 두드러지도록 미소를 띠우며 양치물을 받았다. "꿀럭꿀럭"하는 양치질소리와 뒤이어 "꿀꺽"하고 물이 넘어가는 소리가 신나게 들려왔다.

남자들의 심사란 대개 이런가 본다. 그분은 집안식솔이 몇분인가, 부모 고향이 어딘가, 성씨본이 무엇인가, 돌림자는 어느 자인가, 량친이 건재하신가, 년세 얼마인가, 형제가 몇이고 몇째인가 등을 깐깐히 물으신다. 전등은 컸지만 촉수가 낮다보니 전등빛이 구석구석의 어둠을 깡그리 밀어내지 못하고 그저 불그레하게 떠있다. 그속에서 석쉼한 로인의 물음소리는 저 아득한 곳에서 들려오는 형체없는 하느님의 소리같이 들린다. 나는 열심히 대답을 드렸다.

"무슨 띤가? 자축인묘진사 뱀띠로구나. 뱀띠, 우리 애가 갑자년 쥐띠라이거…참, 이거…"

로인은 길자더러 부축해달라고 분부한다. 로인은 방으로 들어가신다. 뒤이어 "드-으윽"하고 미닫이문소리가 기분나쁘게 들려왔다. 나는 미닫이문쯤으로 새여나오는 담배연기가 모조리 나의 코로 밀려드는것 같은 느낌이 들었다.


조선의 텔레비죤프로는 한통로밖에 볼수 없고 중국의 프로는 언뜰거리기만 하는 두메산골이라 조선예술영화 "춘향전"이 끝나자 시어머니는 길자를 시켜 이부자리를 사이방에 들여가게 하였다.

"정지쪽에 베개를 놓으라잖던."

시어머니가 나직이 길자를 핀잔주는 소리다.

"아부진 원래 이렇게 머리를 두시던데." 길자가 우긴다.

"글쎄, 오늘은 다르다잖냐."

길자가 올롱한 눈으로 아버지와 어머니를 번갈아 보는데 아버지가 무슨 고집이 그리 세냐 하는 눈치를 보이며 손수 베개머리를 돌려놓는다.

"옴마하구 아부진 그저…" 길자가 투덜거린다.

시어머니는 널 시켜못먹겠다고 혀를 쯧쯧 차며 손수 이부자리를 들어다가 정지의 남쪽켠에 하나 폈다. 이어 또 찬장이 놓인 북쪽에 이부자리를 하나 펴는데 그래서 중간에 큰 공지가 생긴다. 나는 남쪽켠의것이 영구씨의것이고 이 북쪽켠의것이 이 장래며느리의것일것이라고 치부하여 속으로 웃었다.

나는 낡은 잡지들을 뒤적거리다가 어머니가 베개 두개만 가져다가 이부자리들의 동쪽켠에 놓는것을 보고 멍해졌다. 정지에 나와 영구씨를 가지런히 눕히지 않을건 뻔한 일이고 그러면 둘중의 한자리는 필연코 시어머니의 자리일것이다. 그러면 내자리는…? 나는 손님자리부터 펴지 않는것이 어쩐지 좀 서운했지만 안방에 자리를 펴는 시어머니의 잔등을 보자 조깜찍한 길자와 한방에서 자는것이 더 속편한 일이라는 생각이 들며 다시금 즐거웠다.

"난 이렇게 골을 놓지 않겠다는데. 난 언제나 발쪽이 따뜻하라구 골을 서쪽켠에 두는데."

"오늘은 이렇게 잔다. 너 오늘 유별나게 삐친다, 다 큰새애가라는게." 시어머니의 말소리는 낮았다.

"옴마두 오늘 별랐소양? 옴마베개두 오빠베개두 다 부엌쪽에 돌리구. 그때그때 옴만 굴내에 혼이 난담부터는 세 개를 다 위쪽에 놓던게…별랗재이요."

길자도 낮은 소리도 두덜거린다.

"너, 오늘, 정말!"

나는 옷단추를 벗기며 안방으로 들어갔다. 헌데 역시 길자의 이부자리 하나뿐이다. 순간 나는 기분이 정말 상했다.

"새기는양, 이 베개를 쥐구 날 따라오우."

나는 국화꽃이 곱게 새겨진 네귀 번듯한 한족베개를 받아 쥐고 이부자리의 무게에 끌리워 등을 구부리고 힘들게 걸어가는 로인의 뒤모습을 멍하니 바라보았다. 시어머니는 고방의 어둠속으로 사라져버렸다. 내가 그 뒤를 조심스레 따라갈 때 남쪽방에서 불빛이 뻐끔하더니 그쪽에서 시어머니의 목소리가 들려왔다.

"머리를 저쪽에 두오양?"

나는 대답을 기다리는 시어머니의 눈길에 머리를 곱게 숙여보였다. 그 때 나의 얼굴에 웃음기 하나 피여있지 않았다는것을 나는 똑똑히 기억하고있다.

"오늘만은 여기서 자오양?"

나는 또 머리를 끄덕였다. 그 순간 나는 로인의 얼굴에 비낀 미안쩍은 표정을 보았다. 이러는수밖에 없다는 그런 간절한 마음이 피뜩 비쳐있었던것이다. 나는 시어머니의 기색을 읽고 인차 웃음기를 띠우며 "괜찮아요, 근심마세요."하고 선선한 소리들을 했지만 문이 닫기기 바쁘게 앵돌아졌다. 아직 너울 쓰고 이집 문턱을 넘지 않은 남의 사람이라고 이러는가? 나는 이렇게 쪽을 놓는 시어머니가 괘씸스러웠다. 나는 오똑하니 앉아 베개만 쏘아보며 속으로 푸념을 늘어놓았다. "대학시절의 5년 련애에 영구씨가 석사공부를 하는바람에 또 2년 기다려 처녀몸 아닌지 오랜데 참 별나게 쪽을 놓아요. 이젠 당신 아드님뿐아니라 저의 남편이야요!…"라고 황당한 론리도 만들어가지고 속을 끙끙 앓으며 이불속으로 들어가지 않았다.

다행히 영구씨가 들어왔다.

"오늘밤만 이렇게 자. 어머닌 기어코 이래야만 된다는데 로인들 맘 풀어드려야지. 우린 젊은 인테리들이니간 같은양 말고 웅? 내 이 방에서 자구 미난 따뜻한 정지에 재우자니간 오늘만은 안된다구그래. 초이레가 도대체 무슨 벼락맞은 날인지. 우리 어머닌 원래 문세 많은 미신쟁이라니간."

영구씨는 내 옷 단추를 벗기고 억지로 나를 이불속에 밀어넣었다.

봉황새가 날아예는 새 비단이불이였다. 풀을 빳빳하게 먹이고 다름이질을 잘한 이불이여서 이불속에 들어가니 온몸이 선뜩해난다. 맹장수술을 할 때 선뜩선뜩한 수술대에 올랐던 기억이 되살아나서 나는 오싹 몸을 떨었다. 영구씨가 나의 찌프러진 량미간에 쪽 소리나게 입을 맞춰주자 마침내 기분이 봄날의 강처럼 풀려 해시시 웃었다. 영구씨도 길게 숨을 들이쉬며 벙싯 웃는다.

속이 내려가자 또 밤에 오줌 눌 일이 걱정되였다. 뜰안에는 개가 있을 것이고 변소 뒤쪽 산에는 짐승이 있을것이니 밤에 홀로 나가기가 무서웠다. 컴컴한 남쪽 지게문은 비닐박막을 덧대긴 했지만 짐승이 이빨로가 아니라 앞발로 노크를 해도 구멍날것 같았다. 내가 근심을 하자 영구씨는 다짜고짜 벽에 걸린 외투를 벗기여 메주냄새가 풀풀 나는 그대로 나의 몸에 씌워주고 컴컴한 뒤울안으로 데리고갔다. 내가 웅크리고 일철리를 다 할 때까지 내복바람에 덜덜 떨며 섰다가 자기는 1급호위병이라고 으시대며 다시 나의 등을 밀어 웃방으로 들어왔다.

1급호위병은 쇠줄을 얻어다가 문을 꽁꽁 비끄러매면서 력사적으로 아무런 일도 생긴적이 없노라고 나를 참을성있게 안심시킨다. 그리고나서 고방쪽으로 안방을 지나 정지로 나가버렸다.

나는 눈같이 흰 이불안의 종이장같이 선뜩선뜩한 느낌을 받으며 이불에 배인 시크무레하고 구수하고 쯥쯔레하고 들크무레한 농가의 냄새를 맡으며 이리저리 궁싯거리만 했다. 어쩐지 컴컴한 지게문이 무서워 불을 끌 엄두가 나지 않았다.

…문이 사르르 열린다. 나는 수술대에 누운듯이 꼼짝않고 차거운 랭기를 받는다. 머리를 함치르르하게 빗어 틀어얹고 흰 무명치마저고리에 흰 버선을 신은 젊은 녀인 네댓이 머리를 곱게 숙인채 조용조용 들어선다. 녀인들은 수녀처럼 조심스런 자세로 서서 나지막이 중얼거린다. 나는 그 말이 대뜸 귀에 익었다. 고대조선어시간에 들은 것이다.

"호초당초 맵다 해도 시집살이 더 맵더라. 울었던지 말았던지 열새미명 치마가 눈물받다가 다 썩어서…"

그녀들은 다같이 시—작한듯이 하얀 손을 쑥 내민다. 그것이 서리발치는 듯하다. 그러더니 갑자기 아슬한 소리를 지르며 하얀치마를 걷어쥐고 지게문으로 사라져버린다. 나는 그만 덩달아 비명을 지르며 벌떡 일어났다.

꿈이였다.

새방에도 불이 켜져있다.

또 아슬한 소리가 터진다. 분명 꿈결에 듣던 그 소리다. 나는 무서운나머지 몸이 오돌오돌 떨렸다.

"아—악! 저기, 저기… 웃방에… 웃방 저기에…어, 어랑…아…악!…"

나는 숨이 한줌만 해서 내가 있는 방안의 구석구석을 살펴보았다. 발치에 나의 옷이 덩실하게 놓여있을뿐 아무것도 보이지 않는다.

문을 여는 소리가 나더니 누가 급히 뛰여나오는 소리가 들려온다.

"빠, 빨리, 령감… 야, 영… 구… 저기 저 약을… 저기 식장구석에… 얘 죽는다. 빨리, 빨리—길자야, 길자—야—…"

"쨀가당!"

뒤이어 그릇이 깨지는 소리가 들린다.

"물, 물을 다우. 빨리… 길자야, 길자!"

나도 급히 쟈케트를 걸치며 컴컴한 북쪽고방을 지나 안방으로 갔다. 길자가 거품투성이 되여 죽은듯 쓰러져있고 시어머니가 눈물을 쫠쫠 흘리며 맴돌이친다. 영구씨도 빤즈바람에 나와 물바가지를 들고 서있고 영구씨의 아버지도 무릎걸음으로 기여와 문설주에 기대여앉았다.

"그눔 어랑때문에 이봐라, 집이 망한다, 망해! 에구… 너 아부지두 그렇구 너 형님두 그렇구… 에그, 에그… 하필 초이레날 들어설게 뭐냐? 기별이라두 했으문 미리 방도나 대잖겠냐. 쯧쯧… 영구야, 아까 뭣이 깨지는 소리 나던게 봐라… 뭐, 간장독덥개라구? 야, 이봐라, 간장그릇이 깨지문 망한다더라…"

"여보, 밤중에 재수없이 망한다는 소릴 작작 하우. 젊은 아이들을 놓구… 그러재이두 망할 징존데."

시아버지는 망한다는 소리 말라며 자기쪽에서도 망할 소리다.

"당신 그래 봅소, 너 영구두 들거라. 이게 거저 일인가글쎄. 이 마을이 몽땅 어랑네피줄이 아니냐? 내 다치지 말라구 그렇게 말해두 모두 쇠힘줄을 먹었는지 질기기루 한정 있니? 들창코네 집 돼지 두마리가 얼음에 미끄러 다릴 상했지, 촌장네 닭이 하루밤새 몽땅 목이 물려 몰상당했지. 작년에 생긴 쉰 철갑이말이다. 얼음구멍에 빠져 죽다살았다. 그리구… 이게 글쎄 그 어랑이 조애 아니구뭐야!"

나는 문뒤의 컴컴한 구석쪽에 꼼짝않고 서있었다. 길자의 얼굴에 다시 피기가 돌아서자 모두들 안도의 숨을 길게 쉬며 돌아앉았다. 나는 아무리 생각해보아도 초이레날과 우리, 어랑이와 길자가 무슨 련계가 되는지 알수가 없었고 왜 망한다고 하는지 알수가 없었다.

어머니의 기색을 살피던 영구씨도 말없이 내쪽을 피끗 보고는 덤덤해 있었다.

그날 하루밤만이라던것이 그이튿날에도 그다음날에도 그 신비한 팔간 기와집을 떠나는 날까지 줄곧 나혼자 웃방에서 잤다.

## 3

밤은 길자가 잠잠해지자 다시 조용해졌다.

아직도 밤은 캄캄하게 얼어붙었는데 나는 갑자기 잠에서 깨여났다. 오줌이 마려웠다. 집에서나 학교에서 잘 때면 이런 법을 몰랐지만 잠자리만 바꾸면 이런 난처한 일이 생기군 했다. 이제 좀 참느라면 날이 밝겠지 하고 나는 문앞에 승냥이가 도사리고있는것 같아서 나갈 엄두는 못내고 이렇게 자기를 위안하며 다시 잠을 청했다. 깜빡잠에 일사천리라는데 나는 기차를 차던 생각을 하며 날이 밝아오기를 고대했다.

새벽군잠이상으로 달콤한 잠이 없다. 헌데 이날따라 굳잠은커녕 현실처럼 이어졌다 끊어지고 끊어졌다 이어지는 잠이여서 자는지마는지모르게 피로하기만 하다. 게다가 잠이 살풋이 들 때마다 궤춤을 쥐고 변소를 가는 꿈인데 바지를 벗고 엉거주춤 앉을 때면 낯모를 짐승이나 시집식구들에게 발각되군 하였다. 한번은 할미백세라고 하는것이 동화에서 나오는 그런 깜찍한 흰저고리치마를 입고 할머니들이 쓰는 흰전수건을 모자처럼 포개여쓰고 꼬리를 흔들거리며 허허허 너털웃음을 치는바람에 보이지 않아 벽에 걸어놓은 옷을 벗겨쓰려고 후닥닥 일어나다가 깨여났다.

나는 불을 켰다.

려명전의 어둠은 길기도 했다. 창호지가 흰한것 같아 불을 켰는데 귀신이 조화를 부리는지 불이 밝으니 창호지는 또 검은대로다.

잠이 영 오지 않을 모양이다. 방광이 당장 터질듯이 팽팽하다. 옆방에서 시아버지의 코고는 소리가 사뭇 귀찮게 들려왔다.

정지간에서 무슨 동정이 들려왔다. 사이방을 사이두고 들려오는 희미한 소리여서 나에게 온갖 추측을 불러왔다. 어데 나들이 갔던 어랑인가? 집식구들에게 무슨 죄를 지었길래 그렇게도 미움당하고있어? 웬일인지 저도 모르게 자꾸 어랑에게로 신경이 써진다.

끝내 창호지가 푸름푸름해지기 시작했다. 그래서인지 참기가 더 어려웠다. 나는 차수수죽을 많이 먹은탓이라고 자기를 닦달했다.

닭이 첫홰를 치는 소리가 들려왔다. 나는 닭울음소리가 하느님맙시사를 부르고싶을 지경으로 반갑고도 반가왔다.

문소리가 났다. "삐이꺼억—"하고 무던히도 통쾌하게 들려왔다. 농가의 문소리는 유별나게 세다는 느낌이 들었다. 나는 부랴부랴 빤쯔바람에 솜바지만 주어입고 또 그 메주냄새가 나는 외투를 걸치고 문을 열었다.

나는 주춤하고말았다. 아직도 밤은 채 물러가지 않아 새벽의 산은 성난 량미간처럼 어두웠다. 백년묵은 기와는 협객들의 중절모처럼 신비와 공

포를 자아내고 있었다. 나는 문소리를 다시 상기했다. 그러고나니 조금
속이 든든해진다. 나는 퇴마루 위쪽굽이를 돌자마자 뚱뚱하게 불어오른
방광을 호탕하게 풀었다. 배설되는 아픔과 함께 쾌감이 전신에 퍼져간다.
그 순간 나는 세상에 이보다 더 시원한 일이 없으리라는 생각이 들었다.

　"삐이-꺽!" 갑자기 들려오는 문소리에 나는 급기야 스톱을 부르며 일
어섰다. 다시 잠잠하다. 그 잠잠한 기회를 닭모가지 잡듯 꼭 잡고 나는 다
시 탕개를 풀었다. 더는 쾌감따위를 음미할새없이 제꺽 할 일을 다 해제
끼고나서 급급히 솜바지를 추슬러올리고 혁띠를 조였다. 안도의 숨을 몰
아쉬며 돌아서는데 또한번 "삐꺽!"하고 문소리가 들려온다.

　새벽이 밝아오기 시작하니 방광을 터치우는새에 날은 어느덧 삼년입
은 물난 작업복처럼 푸름하게 밝아왔다. 그래서 나는 문소리가 난쪽으로
귀를 기울이며 눈더듬을 했다.

　몸집에 비해 유별나게 머리가 큰 물체가 집 동쪽으로해서 내가 있는쪽
으로 엉기적엉기적 걸어오고있었다. 나는 와뜰 놀라며 벽에 붙어섰다. 나
는 저것이 도대체 무슨 짐승인지 알수 없었다. 아주 무서운 짐승이리라는
생각뿐이다.

　그 물체가 나를 등지고 북으로 꺾어들 때에야 나는 시어머니임을 알아
보았다. 커다란 함지를 이고있었다. 시어머니는 북쪽울바자문으로 해서
나가더니 다시 방향을 바꾸어 서북쪽산길에 꺾어든다. 나는 이상한 생각
이 들어 발범발범 시어머니의 뒤를 밟았다.

　어제 미처 살펴보지 못하였지만 이제 보니 뒤뜰밖에는 산으로 향한 흰
바오래기같은 오솔길이 오불꼬불 나있었다. 내가 울문을 벗어났을 때 시
어머니는 벌써 보이지 않았다. 내가 다급히 쫓아가 앞굽인돌이를 도니 다
시 다음 굽인돌이를 돌고있는 어머니가 보였는데 그때 어머니는 벌써 산
기슭을 거슬러올라간 길에 들어서고있었다. 나는 시어머니가 뒤를 돌아
보면 어쩌랴 근심하며 계속 부지런히 다리를 놀렸다. 어머니가 다시 한굽

인돌이를 돌아 바로 나의 머리웃쪽에서 반대방향으로 걷게 되였는데 옆으로 좀만 눈을 주어도 나는 꼼짝못하고 들키울수 있는판이다.

어머니는 파파할머니같이 늙은 고목앞에서 발길을 멈추었다. 나는 굽인돌이를 돌다말고 거기에 숨어서 흰타올수건을 친 어머니를 살피였다.

날은 물고리배처럼 허옇게 밝아오는데 밤새 눈이 살짝 한 벌 덮이였다. 내려다보니 동네는 아직 잠잠한대로고 집집의 굴뚝들만이 령감들의 대통처럼 연기를 모락모락 피워올리고있었다. 그앞 두만강역은 하얀 안개가 피여올라 마치 흰수건에 가리운 인도녀자들의 수집은 얼굴 같다.

어머니는 한아름될듯한 그 고목밑에 함지를 내려놓더니 품속에서 뭔가를 꺼낸다. 나는 그 알락달락한 댕기들이 가득 달린것이 무엇인지를 후에야 알았다. 어머니는 그것들을 발돋움하며 하나하나 나뭇가지에 걸기 시작한다. 그것들을 걸어놓으니 마치 울긋불긋한 성탄나무와도 같았다.

어머니는 열심스레 그 일을 마치고나서 장갑 낀 손으로 고목밑을 깨끗이 정리했다. 나는 로인을 방애하고싶지 않아 그 자리에서 묵묵히 바라보고만 섰다.

어머니는 장갑을 벗어놓더니 함지에서 뭔가를 주섬주섬 꺼내놓았다. 내쪽에 등을 돌리고 하는 일이기에 나는 피뜩 은빛나는 작은 알루미늄주전자를 꺼내는것만 보았을따름이다. 뭘하시는걸가? 나는 오리무중에 빠진 상태로 걍핏한 어머니의 잔등과 가끔가다 펄럭이는 타올수건을 바라보았다.

어머니는 몸을 일으켰다. 나는 와뜰 놀라며 굽인돌이아래로 몸을 숨겼다. 살그머니 내다보니 어머니는 절을 하고계셨다. 새벽안개를 타고 중얼거리는 어머니의 말소리가 때로는 높게 때로는 낮게 들려왔는데 높게 들리 때에는 그래도 몇마디씩 가까스로 알아들을수 없었다.

"…어랑할미…우리 령감…우리 영근이…우리 영구…우리 길자…우리 점박이…부디…"

어머니는 두손을 량옆에 펴서짚고 머리를 깊게 숙인채 한참 까딱않고 있었다. 조금후 그릇이 부딪치는 소리가 났다. 나는 황망히 사위를 둘러보았다. 마침 가까이에 누구넨가가 나무수레를 엎었는지 숱한 나무단들을 되는대로 부리워놓은것이 보였다. 나는 부랴부랴 뛰여가 나무단사이에 몸을 숨겼다.

나는 함지를 이고 내려가는 어머니의 뒤모습을 이윽토록 바라보았다. 지금도 어머니가 그 새벽눈길을 밟으며 묵은 기와집퇴마루에 올라서던 모습이 한폭의 농촌유화처럼 나의 기억속에 잡혀있다. 하지만 그날의 색깔은 그 어느 하가의 필에서도 완벽하게 나타날 수 없으리라는 생각이 들 때가 많다.

그 산중턱의 고목밑에 다가간 나는 한참동안이나 두손을 가슴에 얹고 서있었다. 속에 빤쯔만 입어 널다란 바지가랭이 사이로 새벽한기가 씽하니 스며들었고 맨발바람으로 구두만 신어 발바닥이 얼어들며 아래배가 살살 쓰려난다. 나는 마침내 총총걸음으로 오불꼬불한 오솔길을 타고 산을 내려 오줌자리가 폭 패인 뒤울안을 지나 나의 방으로 돌아오고말았다.

방으로 돌아오자바람으로 나는 인차 이불속에 기여들었다. 몸이 와들와들 떨렸다. 다리를 너무 가두어붙인탓으로 무릎관절과 엉뎅이쪽뼈가 아프다. 이윽하여 몸이 녹으며 네각이 느슨해져서 편안한 자세가 되니 소르르 잠이 몰려왔다. 꿈에 나는 그 울긋불긋한 천을 한오리두오리 풀어서 머리에 맸다. 아주 정성들여 맸다. 그리고 영구씨와 나란히 걸었다. 결혼잔치를 한다는것이다. 깨고보면 세상에 이런 잔치법은 없으련만 꿈속에서 나는 아주 만족하여 열심히 잔치를 치뤘다.

갑자기 와작 떠드는 소리에 나는 달콤한 굳잠에서 소스라쳐 깨였다.

"아이고, 이걸 어찌라니? 어쩜 하느님두 이렇게 무심하냐. 이걸 어찌라오? 글쎄 기막히기두해라! 에구에구… 새벽에두 나가 빌구… 자다가두 깨여나 빌구 그렇게 정성을 다했는데두… 끝내 이렇게 벌을 내리는가 글쎄.

령감, 이게 무슨 일입둥?… 저 괘씸한 영근이눔때문에 에그, 일마다 이렇게 탈릴변이라구야. 한뉘 속이 이 몇달새에 다 탄다…"

시어머니가 뜨락에서 넉두리하는 소리다. 나는 웬 영문인지 몰라 바깥쪽에 귀를 기울이다가 벌떡 일어나 되는대로 옷을 꿰입고 마당으로 뛰쳐나갔다. 동네사람들이 동쪽채 외양간문앞에서 기웃거리며 웅성거리고있었다.

어둑시그레한 외양간안에서 소여물냄새가 확 풍겨오는데 한쪽구석에 큰 가마를 건 아궁이에서 나무가 활활 타고있었다. 나의 눈길은 검은점과 흰점이 얼룩덜룩 박힌 어미소에가 멎었다. 어미소의 눈길을 따라서 나는 김이 모락모락 피여나는 축축한 물체를 살펴보았다. 송아지는 두엄무지처럼 숨없이 뭉그러져있었다. 하지만 어미소는 뜨거운 입김을 확확 내뿜으며 길다란 분홍색 혀바닥으로 송아지의 잔등이며 귀며를 자꾸 핥아준다. 한참후 지친듯이 그러기를 멈추고 하소연하듯 사람들을 바라본다. 어미소의 눈길은 슬픔에 젖어있었고 절망의 빛이 어려있었다. 나는 가슴이 스르르해났다. 소가 움직거리자 뒤다리와 꼬리를 질벅히 적시며 피가 흘렀다. 뒤다리 사이로 나는 피투성이된 또하나의 길다란 그 무엇이 내리드리우는것을 보고 사무치게 놀랐다. 나는 주위사람들을 헹둥한 눈으로 바라보았다. 후에야 나는 그것이 태반인줄을 알았다. 피란 그 빨간색갈과 무수한 생명의 조합으로 된 찐득찐득한 액체기때문에 언제든 섬쩍하도록 강한 자극을 주는것이다. 비록 그것은 소피였지만 그 뻘건피는 나를 격동시켰다. 나는 뭔가로 소의 상처입은 모성애와 우리와 함께 이 세상의 공기와 해빛과 땅을 향수하는 생명체로서의 피의 대가를 동정하고싶었다. 나는 소구유에 여물이 수북히 담겨져있었지만 여물을 한웅큼 더 놓아주었다. 어미소는 무엇으로든 이 비참한 마음이 돌아설수 있으리요 하는듯이 망연한 눈길로 사람들을 바라보고있었다.

영구씨는 어머니를 위안하며 집으로 부축해들인다. 잠간후 영구씨는 어데선가 헌신 두짝을 얻어다가 소의 탯줄에 달아맸다. 피가 즐벅한 태줄이 조금조금씩 길어진다…

영구씨는 부지런히 외양간을 들락날락하며 어미소의 시중을 들었다. 외양간은 후끈후끈하게 더웠으나 집안의 분위기는 싸늘하다. 창백하게 되여버린 길자는 맥을 버리고 북쪽안방에 누워있고 시아버지는 남쪽사이방에서 머리를 흰타올수건으로 질끈 동이고 누워서 쿨룩거린다. 시어머니는 마음이 폭 상해서 일이 손에 잡히지 않는양 서성대기만 한다.

나는 영구씨의 분부대로 차수수죽을 덥혔다. 산모에게 미역국 먹이듯이 소에게 차수수죽을 먹였다.


4

점심에 우리는 "들창코"네 집으로 초청되여갔다. 갓 따놓은 면화꽃처럼 하얀 초두부를 앗고 설전에 잡았다는 메돼지고기를 볶았다. 고기소를 넣은 만두도 빚고 농마국수에 집에서 자래웠다는 검정귀버섯을 넣은 반찬도 있었다. 농촌에서는 실로 보기 드문 진수성찬이였다.

"들창코"네 집에서 나는 영구씨의 화제에 자주 오르던 "진저리"랑 "남북골"이랑 "메뚜기"랑을 알게 되였다.

"들창코"는 별명 그대로 코가 하늘을 향해있어 그의 말대로 하면 집에 비 새면 코도 비 샌다는것이다. 눈은 부리부리하고 귀도 사나이다운데 그 코가 정말 유감이였다. 그 유감을 미봉하느라고 그런지 재간은 또 이마저만이 아니여서 krl말마따나 "오입"한가지를 내놓고는 뭐나 다할줄 아는 다면수란다. 메돼지잡고 꿩잡고 노루잡는데 필 날고 가구는 양식은 시대를 따르지 못해도 든든하게 만드는데는 자기 이상이 없노라 하고 양봉과 버섯부업에 뭉치돈을 잘 벌어 돈쓰는데 산이 막혀 유감이노라 한다. 그래서인지 안해도 "들창코"를 유독 사랑하는양 무척 얌전하고 해사한 녀자였다.

"진저리"는 말그대로 정말 진저리가 날 정도로 못나게 생겼다. 얼굴의 오관이 바른데가 없었다. 눈은 한쪽이 크고 한쪽은 작고 눈썹은 날려갈가말가하는 짚오래기처럼 량옆으로 기울어지고 코는 매부리코다. 입 하나만은 크지도 작지도 곱지도 밉지도 않고 수수하였다. 거기에 체격이라도 남보기 어색하지 않았더면 괜찮았겠는데 "진저리"는 정말… 정말로 남보기 안됐다. 가슴은 구루병체질처럼 톡 튀여나오고 궁뎅이는 녀자처럼 살이 뭉글뭉글하게 볼록 나오고 다리는 앙바틈하게 짧았다. 조물주는 진정 앙심을 먹고 "진저리"를 설계한 모양이다. 본인이 어느정도 의식했는지 모르겠지만 "진저리"의 일체 "사회적효과"는 표정 하나에서 따내야 할것 같다. 미운 눈이지만 그 눈길에서 흘러나오는 농촌남자의 어질고 직한 마음과 가끔 내비치는 사랑스러운 교활이 아니였더면 그에 대한 미학초점을 어데 둬야 할지 난처한 일이다. 그통에 "진저리"의 혼사는 번마다 비틀어지기만 하여 끝내는 처녀장가 들 목표를 팽개치고 목재판에 주인 잃은 과부와 성이 다른 아들애를 맞아들였다. 형제들이 다 시집장가 가도록 "독신주의"를 부리며 생활에 게을러온 그여서 가정을 이룬 뒤에도 "농부 일생은 무한이로다"를 부르며 곧잘 노라리를 쳐댄다고 한다.

"남북골"은 남자들무리에서 가끔 볼수 있는 그런 허여멀쑥하고 온순한 모습이다. 오관이 녀자처럼 연하게 박히고 썻은 무같이 곱게 생겼는데 머리를 옆으로 돌리 때라야만 얼굴만큼 면적이 큰 남북골이 알린다. 학교때에 공부를 꽤 잘했는데 특히 수학을 들고낄 정도로 잘했다고 한다. 그는 중점고중에다니다가 아버지가 돌아가는바람에 뒤를 댈 사람이 없어 중퇴하고 지금은 마을소학교 교장직을 맡았다. 교장이라니 나는 남다른 존중을 보냈는데 알고보니 1학년부터 6학년까지 통털어 22명의 학생이 산수어문교원이자 민영교원 2명을 둔 교장이라는것이다. 여하튼 비장하고 벅찬 사업을 하고 있음은 틀림없었다. 그리하여 마을에서는 로인이나 아들이나 할것없이 "교장선생님, 교장선생님."하며 무척 존중한다는것이다. 친구들도 송아지친구 영구시가 있는 동안은 계속 "남북골"이라 하지만 앞으로는 될수록 "교장선생님"이라 부르겠노라고 선포했다.

"메뚜기"는 생각밖으로 미남자였다. 결함이라면 주근깨가 한 벌 갈린

것뿐이다. 허나 이 주근깨때문에 얼굴이 구리빛으로 보여 오히려 한결더 남성다운맛이다. 얼굴은 기름한테 코가 보기좋게 솟아있고 숱많은 눈썹 아래 날카롭고 신경질적인 외겹눈이 생기로 빛났다. 입술은 약간 두툼하고 남달리 어두운 자주빛인데 가쯘한 하얀 이발대렬에 노오란 도금이가 끼여서 세련된 빛을 쏜다. 속된 말이나 행동을 해도 속되여보이지 않는 매력이 있었고 그가 정색하고 사람을 처다볼 때면 까닭없이 속이 섬찍해 난다. "메뚜기"란 아름답지 못한 별명이 이런 남아에게 붙었다는것은 실로 억울한 일이 아닐수 없는것이다. 후에 나는 "메뚜기"가 도박에 재미를 붙인덕에 구류소밥을 먹다가 설 착전에야 풀려나왔다는 말을 듣고 얼마나 놀랐는지 모른다. 당시 나는 아까운 사람이 호박 쓰고 돼지굴로 들어 갔다고 가슴아프게 생각했다. 지금 생각하면 이는 젊은 녀자의 본능에서 오는 편애라는것이라 보아진다.

술이 몇순배 돌자 나의 귀중한 존재인 영구씨에게도 기가 막힌 별명이 있다는걸 알게 되였다. 그것이 나에게는 유감스럽고 서운한 일이 아닐수 없었다.

"너무 서분해맙소. 골안동네란게 이렇습꾸마. 보는게 없구 듣는게 없구예, 시내하구 다릅꾸마. 웃을일두 없습지, 별명이란게예, 그것두 재밉꾸마."

나는 피씩 웃고말았다. 그러면서도 "진저리"의 말이 그저 돌리지 않았다.

"임마, [오줌싸개]야, 이렇게 출세해서 넌 산이 되구 난 동맹이 될줄은 몰랐다. 무슨 사라니? 서억사? 좌우간 너 울집에 키를 쓰구 소금 꾸러 왔을 때는 이 아즈바이는야 사람구실하겠는가 근심이 태산이랬느니라."

"진저리"의 말에 봄철 개구리 끓듯 와그르르 웃음판이 터진다.

"[진저리]말마따나 무슨 사든간에 명주옷은 이웃까지 덥다는데 우리 두야 [오줌싸개]덕 보겠는지 아니야? 듣자!"

이로써 벽촌의 별명문화에 대한 소개를 마치겠다.

나는 이런 영구씨의 친구들속에 끼여앉아있는것이 여간 불편하지 않았다. 하지만 기어코 앉아있어야 한다니 정말 바늘방석에 앉은것만 같았다. 그래도 참아야 했다.

"이곳은 명찰에 절승이요, 우리 저 조카는 오줌싸는 영광스러운 전통이 있어 그렇지 사람이 또한 인물이라 새애기 밑지는게 없습꼬마. 시내아가씨들은 술 잘 마시구 통담배 잘 먹어 시내남자를 찜쩐답더구마. 한잔 쪽 하깁소, 자! 쪽 하문 넘어가는데 에구, 엄살은 그만 피우구예?"

"남북골"이 취기가 오르자 기어코 나와 맞잔을 한단다. 나는 영구씨의 눈치만 보며 어쨌으면 좋을지 몰라 담을 뺐다. 그네들과는 아다모끼송사여서 다른 수가 없었다. 그냥 버티면 자기들을 촌놈이라고 업신여긴다 할 거고 그렇다고 하라는대로 곱삭곱삭하면 뗄데 없이 취하고마는판이다. 듣자니 이곳 녀자들이 술시합을 했는데 근반을 마신 녀자가 바지에 똥오줌을 싸며 꽃소래를 탔다고 한다. 다행이 눈치 빠르고 해사한 "들창코"의 안해가 해시시 웃으며 다가와서 초두부를 더 담아주는척 수선을 떨다가 슬쩍 랭수고뿌를 두리상밑에 넣어준 덕에 나는 요행 위기를 면할수 있었다.

"허, 이재 보니깐 저눔 [남북골]이사 명태 한마리놓구 딴전보는판이다. 살갑기는 평양나막신이다. 흐하하…"

"그런데는 어째? 너 [메뚜기] 무슨 질투야? 어쩌다가 시내아가씨하구 말 걸어보는 신센데…"

"흐하하…"

미운놈 보려면 술장사 하랬다고 영구씨의 친구들이긴 해도 술병이 비여 나딩굴기시작하면서부터 쌍소리가 우박같이 쏟아져내리고 취기가 푹 어려 게슴츠레해진 눈들을 슴벅거리며 기어코 "시내새아가씨"가 깐베이 (중국말로 건배라는 뜻.)하는 걸 보겠다고 야단치는통에 나는 초두부맛까지 다 잃는판이다. 그래도 영구씨의 면목을 봐서 시종 웃는 얼굴로 대하고 동년의 추억으로 충만된 그들의 대화에 열심한 태도를 보이며 얌전하게 손님구실을 해야 했다.

이때 따뜻한것이 상밑에서 나의 발끝을 핥아낸다. 나는 흠칫 놀랐다. 임금왕자가 또렷하고 수염이 깔끔한, 어룽어룽한 무늬가 흙빛으로 흘러 내려간 고양이가 아닌가! 나는 인차 고개를 숙여 그 고양이의 꼬리를 눈 여겨보았다. 다름아닌 꼬리끝에 새하얀 털이 한모숨 자란 고양이였다.

내가 영구씨한테 눈길을 돌리는데 영구씨의 입에서는 벌써 탄성이 터 져나오고있었다.

"어랑이! 할미백세!"

"아니야." "들창코"가 메돼지고기를 한점 집어서 상밑에 던져주며 심드 렁하니 말한다. "이놈은 어랑이네 아들이야. 네가 북경으로 공부간 두 번째해 방학에 준거재이쿠뭐니… 여보, 애에미, 이놈 그 비비한 고기물을 좀 떠주우… 야, 너네 그 할미때문에 이 동네 고얘놈들이 생 떡판 만났다. 매일 생일쇠는판이다. 내사 별 희한한 일 다 보겠다."

영구씨는 "들창코"곁으로 바싹 붙어앉으며 "들창코"의 어깨를 탁 친다.

"야, 어째 우리 어랑일 못봤다. 무슨판이야? 울 옴마 그래는데 어랑이때 문에 망한단다."

"야, 말두 말아. 그게사 언제나 저 못난 [진저리]눔이 너형하구 긁어 부스럼 만든게지. 글쎄, 고양이란게 세상 어떤 령물이라구그걸 건드린단말 이니야. 쳇쳇…"

"남북골"이 "진저리"쪽을 흘기며 대꾸한다.

"임마, 그런 개소릴 치지두말라. 물에 빠져 죽을 신수문사래(접시)물에 두 빠져 죽는다더라. 돼지새끼 두마리 다리 부러진게사 고만 귀신이 붙은 게지 내탓이야? 어째 얼음판에서 쏘다니지 못하게 지키지 못했니? 두만 강에 미끌어서 그렇게 된건 너 고만큼 살라는게다."

"[진저리]야, 네 정말 미운중놈 고깔을 뫼로 쓰구 이래두 밉소 한다던 데 네사 그렇다. 못난놈이 엉뎅이 뿔날짓까지 해싸대구. 하필이문 고양이 를 잡아먹을 못된 궁리해낼게 뭐이야? 난 코에 비가 졸졸 샐망정 마음만 은 넙덕두부모처럼 바르다는게다.

"야야, 어떨꿍해서 술병들구 흔들거린건 그래두 니더라. 홍, 이 자리에 날 웃을놈 하나 보이쟌다. 칼이나 너집걸 썼지 그래."

"그게사 빌려준게지…"

"글쎄 그랬으문 아가리질 좀 작작해라. 씨, 누군들 일이 이렇게 시끄럽게 번질줄 알았겠니? 이제 자꾸 [진저리]하구 시비질하문 갸들 어찌겠니? 그러잖아두 뒤궁뎅이에 욕사발 처매가지구 다니는 신센데."

"메뚜기"가 "들창코"한테 신경질을 팍 쓰며 접어든다.

"에씨, 개새끼들이… 오늘 영구가 왔다구 너희들을 청하니깐 더운 초두부 먹어주메 내까지 들볶는거야?"

"들창코"의 말에 모두들 흠칫하고 숟가락을 내려다본다. 그 말에 숟가락을 메칠수도 없고 계속 푹푹 퍼먹자니 맛이 싹 돌았다. 제일먼저 "남북골"이 흰 얼굴을 파랗게 물들이며 삽을 논두렁에 박듯이 숟가락을 고추마늘간장양념이 불그레 물든 초두부사발복판에 쿡 박고 담배를 찾는다. "들창코"도 노오란 놋숟가락을 힘있게 초두부에 박으며 자기 담배쌈지를 "남북골"에게 꺼내준다.

"에씨, 시시하다."

"메뚜기"가 나지막이 두덜거리며 "맥주배"를 풀려 나가더니 한참 있다가 지게문밖에서 "쏴—"하는 소리가 들려온다.

영구는 자기의 숟가락을 한참 살펴보더니 초두부를 한술 푹 떠서 입에 넣고 우물거리며 말한다.

"아직두야, 짜개바지 입던 때 같두루 하다. 빨리빨리 초두부나 재껴라, 아주마이보기 미안하재이야?"

그러잖아도 속이 옹송망송하여 눈치만 살피던 "들창코" 안해가 한창 남편의 궁뎅이를 꼬집으며 음식을 권하라고 암시하는중이다.

"애개개, 저씨!"

"들창코"가 신경질적으로 안해쪽을 흘겨본다. 그러더니 좀 무안한 생각이 들었던지 영구쪽에 대고 분풀이다.

"우린 그저 그렇다. 넌 산이구 우린 돌멩이다. 산은 쳐다보는 사람이 있지만 우린 두메산골의 돌이라 차보는 사람두 없어. 제폴에 번져져있다가 이제 모래신세 돼서 두만강물에 쭐 밀려가문 다다, 흥!"

코를 힝 풀며 들어서던 "메뚜기"가 차거운 궁뎅이를 털썩 가마목쪽에 놓으며 끼여든다.

"어쩨 사는지 모르겠다. 농부일생이 무한이라는데 무한이란게 죽을 때까지 땅뚜지다가 땅속으루 들어간단말이겠지. 저녁에 녀편네하구 씨름만 하자니 그노릇두야, 새나는 때 있드라. 그래 돈먹기 좀 놀았는데 재수 없는놈이 돼서 꼬리밟히는놈하구 붙었단말이다. 그통에 그저 찍소리 못해 보구 납작붙들려가 수태 얻어맞았다. 씨, 구류소라는게 정말 더러운 곳이드라. 이새끼들, 들자!"

"남북골"과 "진저리"도 그 말에 공명이 생겼는지 상에 다가앉으며 맥주잔을 든다.

그네들은 술을 마시느라고 "시내아가씨"를 돌볼새가 없었다. 나는 얼싸좋다고 살짝 방으로 올라가버렸다. 농촌지에는 거의다 사진액틀이 걸려있는것 같다. 나는 방에서 "들창코"의 가족력사나 다름이 없는 사진들을 열심히 쳐다보았다. 그러면서도 어랑이에 대한 그네들의 이야기는 한마디도 놓치지 않았다.

어랑이가 그네들을 격동시키고있음이 틀림없다. 나는 "깐베이—!" 소리가 련속부절히 들려오는 가운데서도 깨알줏듯이 어랑이에 대한 그 어떠한 이야기도 놓치지 않으려고 애썼다. 누구의 이야기든 길어보지 못하고 보충을 하는이의 말에 꺾이워 새롭게 가지를 쳐나가군 했다.

무성하게 가지를 쳐서 구술된 어랑이는 더는 고양이가 아니였다. 나는 초두부상을 둘러싸고 어랑이의 이야기에 열을 올리고있는 그네들한테서 그런 느낌을 받았다. 다음 나의 가슴속에 들어앉은 어랑이도 그런 느낌을 주었던것이다.

이제 그 이야기를 정리하여 여기에 옮겨놓는다.

5

비내리는 어느날 밤이다. 이날 "들창코"와 "메뚜기"네는 "진저리"네 집에 모여서 화투판을 벌렸다. "초약"이요 "풍약"이요, "비약"이요 "똥통약"이요, 선단이요 하단이요, 땄소 못땄소 하며 고아치다가 배가 출출하니 딴놈이 술을 사내여 배추김치만 놓고 강술을 해대고있는데 영근이가 헐떡거리며 뛰여들었다.

"얘, 강호야([메뚜기]이름), 너 맨발의사질 한적 있는게 빨리 울집 령감을 봐달라. 빨리 울 아부지…"

"들창코"네들이 급급히 달려가보니 로인은 하얗게 질린채 누워있고 길자까지 입에 거품을 물고 혼수상태에 빠져있었다. 봉당에는 길다란 뱀 한마리가 늘어져있었다.

"어랑이란놈이 아부지머리맡에 꼬릴 스치면서 지나가덩게 그런짓 했단말이다. 쌍놈의 간나새끼!"

"잠이 오지 않아 담배질만 하구있는데 다리가 선뜩하는게 이상하더라. 그래서 별루 궁리할새없이 손을 넣어봤더니… 에익, 으쓸하다!"

"령감방에서 생 듣재이턴 소리가 나오니간 얼씨덩 일어나메 불을 썼덩게 길다란놈이 스르륵하구 집의 길자머리맡에 기여들재이겠니!"

그날 밤 강호는 맨발의사질 하던 밑천을 다 써가며 로인의 뱀독을 빼고 길자를 혼수상태에서 깨여나게 했다. 그날부터 길자는 간질병을 얻었고 로인은 머리가 문설주에 맞힌탓인지 머리병이 들고 갑자기 허리를 쓰지 못하게 되였다.

이튿날로 영근이는 "진저리"와 담판을 했다.

영근이는 먼저 어랑이의 죄장부터 가득 늘여놓기 시작했다. "언젠가 아버지가 저놈 할망구가 제노릇도 못하면서도 가마목만 차지하구 늘어진꼴이 눈꼴사답다며 잡아치울놈이라구 줄욕을 퍼부었어. 그랬다구 저놈두 자존심이 있는지 그렇게 자길 고와하던 주인한테서 괄시를 받은게 놉다구 이튿날부터 벼라별 심술 다 부리지 않겠니? 생 구경두 못해본 똥을 가마목에 싸놓구 남이 집 죽은 병아리 물어다가 닭우리에 놔서 전염병이 들게 하구 무슨놈의 뼈다귄지 한걸 물어다가 아부지방에 놓구… 그래서 아부지한테 정말 비자루찜질을 당했단말이야. 그랬덩게 그놈 뱀까지 물어올줄 누가 알았겠니… 아무래도 저놈을 잡아치워야 집이 조용하지 안되겠다. 이 일만 처치하문 가을에 새끼돼지 두마리 공 주마…"

담판은 성공했다.

"진저리"는 부지런한 과부에게 장가를 들어서 총각멋을 부리며 농사일에는 게을렀지만 마음만은 헐해서 궂은일에 나서기 좋아했고 개잡이든 돼지잡이든 소잡이든 추렴때마다 자칭 "백정"으로 나서군 했다. 그는 돼지새끼 두마리를 공 준다니 쾌히 승낙하였던것이다. 영근이의 얼굴에는 안도의 미소와 그에 대한 고마움이 느슨히 어리였다. 이때 한창 심심해서 장기군을 찾아다니던 "메뚜기"가 아무곳에 갔다가 그곳 젊은패들이 고양이추렴을 했다는 소문을 들었는데 그렇게두 세상별맛이라 하더라며 이제 "진저리"가 손을 써서 한판 벌려 고양이고기맛을 들이면 자기가 정말 고양이전문호를 꾸리고 시내에 "작은호랑이고기집"라는걸 앉히겠노라 풍을 쳤다.

좋은일이 생겼은즉 당장 술을 사가지고 대령하라는 통지를 받은 "들창코"와 "남북골"은 입이 함박만해서 한달음에 두만강역으로 달려왔다.

이러고보면 초두부맛을 싹 잃으며 넷이서 옥신각신하기는 했지만 정말 "진저리"말마따나 나머지 셋 역시 뙬데 없는 "공범"이였다. 하면서도 그들의 리유는 각기 달랐다.

"진저리"는 어랑백세가 공로혁혁한 "명문거족"의 후예이긴 하지만 차차 사상이 변질해 일하기 싫어하고 늘그막로망까지 겹처서 요란스럽게 인민의 생명안전을 위협했은즉 죽어마땅하다며 그래서 자기가 서슴치 않고 나섰노라고 했다. "메뚜기"는 어물쩍하게 철학적으로 풀었는데 강한 자가 약한자를 좌우지하는것이 세상도리인즉 하물며 인간이 짐승을 부려

먹고 잡아먹는게 뭐 그리대단한가 하면서 고양이도 쥐를 잡아먹는데 사람이 고양이를 잡아 먹으면 안되는가고 했다. 하등 꺼리낄 일도 없다는것이다. 아마 그래서 후에 남의 돈을 제집 복숭아 따먹듯하다가 구류소밥까지 먹었는가부다. "남북골"은 생김새 같이 마음이 약하고 선비같은데가 있어 고양이를 그만큼 되게 부려먹었으면 죽는건 제절로 선택하게 해야 한다며 그날 자기는 하두 심심하니 덩덩해서 따라다녔노라고 해석했다. 마지막으로 "들창코"의 리유인데 나는 그의 리유를 듣고는 한참동안 량미간을 쪼프리고 생각해보았다. 그는 고양이도 목숨가진놈이여서 죽는게 비참하기는 하다만…"하고 서두를 떼고는 한참 갑자르다가 마침내 "이상하게 사람을 격동시키더라."고 하면서 사내사람들은 어째서 사람을 총살한다 하면 이십리밖의 사형장까지 구경가느냐고 하였다. 그래서 그날 자기두 따라다녔다는것이다.

"들창코"네 초두부연에서 그네들은 한결같이 "어랑사건"이 이렇게도 시끄럽게 번져질줄은 정말 몰랐노라고 심각하게 개탄했다.

술을 맡은치들이 현장에 이르렀을 때는 "진저리"가 한창 조수 "메뚜기"와 함께 어랑이의 목에 걸 올가미를 만들고있을 때였다. 어랑이옆에 붕어대가리랑 있는걸 봐서는 금방 마지막상을 받긴 모양이였다.

"자기제사상추렴부터 하는구나. 히히…"

"들창코"의 말에 "남북골"이 정색하고 핀잔준다.

"얘, 오래 살문 귀신이 된다는데 어랑할미백세야 와늘 귀신이지, 하는 것봐라. 이제부턴야 한족말 해야지 알아듣는 날엔 재미적네라."

"쩐머양디쌰쓰디간?(한족말로 어떻게 죽이겠는가의 뜻.)"

강호가 영화에서 나오는 일본놈들의 중국말 흉내를 내면서 말하자 "진저리"가 그 말을 본따서 엄숙하게 말한다.

"나무디 맸소디 이, 얼, 싸—안! (하나, 둘, 셋!)"

"흐하… 임마, 한족말을 너처럼 하문 어랑할미 알아듣구두 남겠다야."

"그래두 [이, 얼, 싼!]은 한족말이 돼서 못알아듣는다. 제라구 조서말만 들었지 한족말을 배웠겠니? 쳇!"

할미백세는 정말로 한족말은 알아듣지 못하는지 열심히 붕어대가리를 핥고있었는데 그래서 붕어대가리는 해빛을 받아 공예품처럼 반짝반짝 곱게 빛나더라 한다.

영구씨네 흑백자매개는 어랑이의 연회에 끼우지 못하는것이 사무치게 질투나는지 사람들의 다리사이로 눈총을 쏘다가는 뒤발에 골이 뻥해지게 채우면서도 물러갈념은 하지 않고 그 주위를 뱅뱅 맴돌이치기만 했다. 사람들은 그러는 꼴이 재미있다고 할미백세의 마지막연회가 끝날 때까지 히히닥거리며 흑백자매개를 가지고 놀았다.

농한기여서 낮잠을 실컷 잔 마을사람들은 조용한 산골에 구경거리 하나 생겼다는 소문을 듣고 하나둘 강역으로 몰려오기 시작했다.

"아무튼 오늘 [진저리]덕에 산해진미란게 뭔가를 알게 된다는게 오늘만은 총리대우를 해줄테니깐 그저 쌰쓰디만 해봐."

"너 임마, 메뚜기건사나 잘해. 누군 할 일이 없어서 하는 줄 알아? 우리 친애하는 [오줌싸개] 시름놓구 공불 하라고 그래지."

그들은 마침내 올가미를 어랑할미목에 걸었다. 처음에는 이 숱한 사람들이 자기와 놀려고 그러는가 했던지 몇번은 올가미를 가지고 재주를 피우며 놀던것이 후에는 시끄럽다고 목을 비탈아대며 앞발로 올가미를 벗어던지려고 애를 썼다.

네 사내가 어랑이를 안고 우쭐거리며 길에 나서자 그뒤에 자매개가 따랐고 그뒤에는 마을의 어른들과 아이들이 우르르 따라나섰다. 그들은 어랑이를 뒤산언덕의 그 고목밑으로 안고가서 달아매놓았다.

유서깊은 두만강이 호탕하게 흐르고 버들방천이 다감하게 설레이고 까치가 우짖고 해빛이 폭포처럼 쏟아지는 날 어랑할미의 운명은 이렇게 비극의 막을 열고있었다.

강호가 "이, 얼, 싼!"을 부르면 "진저리"가 가장 정채롭게 "교수형"을 집행하기로 토론이 되었다. 헌데 미처 이얼싼을 부르기도전에 어랑할미는 교예단 배우처럼 바줄을 타고 동동 매달려 그네를 뜬다. 어랑할미가 사람들에게 뜻밖으로 재미나는 구경거리를 마련해주어 사람들은 기뻐 어쩔줄 몰랐다. 사람들속에서 탄성과 박수소리가 터져나왔다. 산이 높아 텔레비 구경도 제대로 못하는 이곳 농민들에게 어랑이가 "동물세계"의 한장면을 구경시켜주는셈이다.

사람들은 어랑이가 더욱 많은 "종목"을 출연하게 하라고 여기저기에서 소리쳤다. 제일 먼저는 고양이를 달아맨 근을 늦추어 거의 땅에 닿게 하고 영구네 흑백자매개를 추겨붙였다. 개들은 고양이 혼자서 붕어를 독점했고 지금 또 사람들의 이목까지 끈다고 진작부터 분노해있었다. 하지만 사람들의 태도가 갑자기 일변되어 자기들을 충동질하니 개들도 의심이 들었던지 주밋거리기만 한다. 그러다가 확실히 사람들이 자기들을 추긴다는것을 확인한 다음에야 대뜸 사기충천하여 렬세에 처한 고양이에게 달려들었다. 박처럼 데룽데룽 매여달린 고양이는 령활한 우세를 잃고 대단히 위태한 처지에 처하게 되었다. 흑백자매개는 우쭐해서 더러운 앞발로 고양이를 툭툭 치기도 하고 고양이의 빨쭉한 귀를, 그 레이다장치가 있을거라는 고귀한 귀를 못난 주둥이로 빨아놓기도 하고 어랑이의 그 오연한 공주목같은 꼬랭이를 물어놓기도 하고 하얀배때기를 간질이기도 하며 꺼리낌없이 희롱질해댄다. 어랑은 약이 바싹 올라 두둔에 불을 파랗게 켜가지고 앙앙 별렀지만 용빼는수가 없었다. 이제부터는 하얀개가 주저없이 어랑이의 귀를 물고 휘둘러댄다. 더는 참을래야 참을수 없게 된 할미백세는 불쑥 꾀가 떠올랐던지 몸을 잠간 옹크렸다가 번개같이 솟구친다. 그 순간 할미백세는 "야－옹!"하고 무서운 소리를 지르더니 하얀개의 귀를 덥썩 문다. 잠간 몸의 균형을 잡은 할미백세는 그 틈을 타서 어느결에 또 하얀개의 눈에 송곳같이 파아란 발톱을 콱 박으며 몸을 탁 떨어뜨린다. 참패를 당한 하얀개는 깨갱깨갱 죽는 소리를 치며 꼬리끼고 내뺀다. 그통에 검은개도 옛날의 비극이 새삼스레 되살아났던지 덩달아 내빼더니 먼발치에서 울부짖는 동포에게로 달려가 낑낑거리며 울먹거린다.

"관중"들은 절찬을 아끼지 않았다.

할미백세는 또한번 승리했다.

할미백세는 증오에 찬 눈길로 "관중"들을 쏘아보았고 "관중"들은 그럴수록 점점 더 흥이 도도해졌다.

하얀개의 울음소리가 더욱 세차게 들려왔다. 누군가 하얀 개의 오른쪽 눈알이 빠졌다고 보고를 했다. 모두들 "야!"하고 감탄을 했다. 어랑할미백세를 우러러보는 감탄이다.

그것을 알았던지 어랑은 바줄을 타고 올라가 공중에서 도고히 울부짖는 개를 랭소하며 사람들을 굽어본다. 사람들의 얼굴이 일치하게 공중의 어랑을 향해 쳐들리였다는 "어랑사건획책자"들의 구술을 듣고 나는 대뜸 수난당하고있는 예수를 우러르는 교도들을 상기했다. 한폭의 신성한 그림처럼.

신성하지 않은것은 뻔하나 그래도 딱 한순간만은 그와 비슷했으리라고 나는 생각했다.

그나저나 "싸쓰디"는 여전히 "진저리"의 신성한 과업이였다.

"야, 승만아("남북골"의 이름), 너 집 그 백금시칼을 가져와. 그게 멋있게 힘쓰겠다. 통쾌하게 해보자."

승만이는 해쓱해지며 뒤주춤한다.

"야, 미운 쥐두야 봐가멘서 품어준다더라. 야, 난 술은 못먹으문 못먹었지 모르겠다야. 저 어랑이네 당형제가 바루 울집에 있단말이다. 딱 오누이형제재이야."

"저새끼 정말 쥐담이다. 요런놈 다 무서워서… 이 마을치구 어랑이네 친척이 아닌 고양이 어디 있니. 새끼, 정말이야? 에씨, 애, [들창코]야, 너

네걸 가져오너라. 강호새끼마따나 내 지금은 총리재이야? 나래가서는 쇠 아들이구 [진저리]래두."

그동안 독이 오를대로 오른 어랑할미백세는 네발톱을 날카롭게 세워 가지고 무섭게 야웅거리며 사람들을 노려보았다. 사람들은 그래도 짐승을 좌우지하는 인간이노라고 히히닥거리며 담배질을 해댔다. 하지만 그들가운데는 그 눈길을 피하는 이들도 있었다.

"여보게 젊은이들, 그래지 말구 마대에 넣어서 땅에 푹 파묻으라이. 그럼 다지. 야, 기차다. 늙으니깐 저렇게 값이 없구나, 값이 없어!"

한 로인이 혀를 끌끌 찬다. 하면서도 그냥 자리는 뜨지 않고 새로 담배를 말아문다.

"조심하라구. 타는 닭두 꼬꼬하구 그슬린 돌두 달음질 한다는데 칼자루는 당신손에 있소만은 그저 그런일이 아니란데."

모두들 네 한마디 내 한마디 지껄여댄다.

"이봅소, 어디메 가서 이런 멋있는 구경을 보겠습둥? 골안에서는 하늘이 돈이래두 산하구 물하구 쇠궁둥이하구 그담에 뭣이 볼게 있습둥? 이런 멋있는 판이 어디메 있습둥? 자, 이제 봅소. 정말 멋있는 판입꾸마."

"진저리"가 볼록한 궁둥이를 달싹거리며 워낙 짝짝인 두눈을 더구나 별랗게 찡긋거리며 퍼런 식칼을 들고 개잡은 포수처럼 우쭐거린다.

고양이를 나무에서 풀어내렸다.

머리가 팩팩 도는게 고양이라며 "남북골"이 자기가 당한 경난을 구술할 때 몇번이나 강조했다. 미처 어쩔새없이 백세가 그옆에 멀거니 서있는 "남북골"한테 달려들어 그 날카로운 발톱으로 바지가랭이를 걷어올린 종다리에 몇가닥 깊은 줄이 좍 건너가게 확 허벼놓았다. 그의 종다리에서는 대뜸 피가 줄줄 흘러내렸다.

모두들 와야하고 실색하여 뒤걸음쳤다.

아낙네들은 애들의 손목을 늘어날지경으로 잡아끌고 급급히 마을로 내려갔다.

"진저리"도 주춤하고 뒤로 물러난다.

영근이가 어데선가 쇠줄을 얻어가지고 달려와 애원하는 시선으로 "진저리"에게로 다가갔다.

"애, 그만 놀음질하구 이젠 정식으로 손써라. 묶어놓구 어째봐라. 내 말 했재이야? 돼지새끼 두마리라구. 지금 돼지새끼값이 쑥 올라갔다. 울 아부지하구 길자 병이 그래문 떨어지겠는지 웅?"

"진저리"는 다시금 도고해지며 사람들이 들으라는투로 큰 소리쳐댄다.

"야, 이까짓거… 난 쇠두 잡아보구 메돼지두 잡아봤소양, 그래 모르우? 시름 활 놓으란데. 이 [진저리]양, 못나긴 해두 혀는 칠칠하게 잘 생겼음 네. 한번 벌건 혀를 내둘렀으문 내두른대루 한단데양. 남아일언중천금이 라지않소양!"

"진저리"는 길게 수다를 떨고나서 쇠줄과 칼을 들고 고양이한테로 갔다. 악이 오를대로 오른 고양이는 이젠 정신이 나간것 같더라고 "들창코"가 그때의 정경을 구술했다.

"진저리"는 잠간 눈알을 굴리더니 올가미줄을 고목사이로 당겨갔다. 고양이는 꼼짝못하고 그 사이에 끼우게 되였다.

"진저리"는 얼마간 신심이 생겼다. 그러나 긴장한 감을 감추지 못한다. 그는 조심스레 고양이곁으로 다가갔다.

그렇게도 맑던 하늘이 갑작스레 희부옇게 흐려왔다. 그래서 고양이의 눈도 장마철의 두만강물처럼 음침하게 흐려왔다.

고양이는 다가오는 "진저리"와 그의 손에 들린 칼과 쇠줄을 번갈아보며 최후발악으로 연방 무서운 소리를 지르더니 바줄을 물어뜯기 시작했다.

그러자 마음이 약한 사람들이 또 하나둘 자리를 떴다.

"진저리"는 오른발을 내디디고 높이뛰기선수처럼 몇번 힘을 재우는 동작을 하더니 쇠줄은 팽개치고 칼만 들고 몸을 날려 고양이목에 칼을 박는다. 그 순간을 놓칠세라 하지 않고 고양이는 또 그 날카로운 앞발로 "진저리"의 손을 확 허비였다. "진저리"의 손은 대뜸 피투성이 되고말았다.

칼은 고양이의 몸에 곧게 박히지 못하고 미끌하며 땅에 떨어졌다.

"야야, 보기 구차하다."

"메뚜기"의 말에 "진저리"가 숨을 할딱이며 낯이 파래서 중얼거린다.

"구차하게 아니라 털이 얼마나 미끄러운지 박히지 않는다. 남이 하는 일은 다 숭늉마시긴가 하네 홍!"

"너를 믿다가는 코털이 다 세겠다. 봐라, 이 아즈바이 어떻게 하는가."

강호가 옷을 활활 벗고 접어든다. 그는 승만이더러 바줄을 단단히 잡으라 하고는 칼을 주어들고 어랑할미백세의 숨통을 겨냥질했다. 어랑할미백세는 눈꼽을 가득 달고 절망적으로 야옹거렸다. 강호는 몸을 날려 고목을 잡으며 옆치기로 그 시퍼런 식칼을 끝내 어랑할미백세의 목에 박았다.

어랑할미백세는 힘없이 늘어졌다.

목에서 피가 줄줄 흘러내렸다.

모두들 죽였던 숨들을 길게길게 토했다.

"히야, 멋있는 장면이다!"

모두들 담배쌈지를 서로 건네며 담배를 말아문다. 성냥을 그어서 불을 붙인다. 입마다 하얀 연기가 물물 나온다. 불시로 침침하다는 느낌이 들었던지 웃통들을 벗어제긴다.

하면서도 모두들 말을 찾지 못한다. 담배연기만 줄기차게 쏟아져나온다.

한동안 무거운 침묵이 흘렀다.

날이 폭 흐려왔다.

"어랑할미야, 너 우리 동네에 공로는 많다만은 방법이 없구나. 누가 널 짐승으로 태여나라했니… 늘그막에 너 할짓을 했니? 너 그런줄이나 알아라."

한참후에야 "들창코" 기섭이가 미안쩍은듯이 중얼거리며 피가 흐르는 어랑할미백세곁으로 다가가 칼을 뽑았다.

바로 이때다.

도대체 숨통을 몇개 가지고있는지, 도대체 무슨 재간으로 또다시 일어섰는지 모를 일이라며 기섭이가 그날 초두부를 입가에 허옇게 바른채 몇번이고 감탄했다.

갑자기 어랑할미가 몸을 휙 솟구치더니 허리를 구부린 기섭이의 이마를 확 긁어놓으며 갈린 소리로 "야-옹!"하고 발악한다. 모두들 몸서리쳐 놀라며 굳어졌다.

한가닥 남았던 바줄이 툭하고 끊어져나간다. 어랑할미백세는 일본놈 앞에 나선 투사처럼 사람들을 쏘아본다.

모두들 아연해졌다.

잠간후 어랑할미백세는 술취한 사람처럼 비칠거리며 고목을 에돌아 걸어간다.

"저놈을, 저 어랑을, 저 할미를…"

영근이가 소리친다.

모두들 멍해 서있을뿐이다.

후둑후둑 굵은 비방울이 사람들의 정수리를 내리쳤다. 씨거지고 어랑할미백세는 마을에서 사라졌다.

"이상하더라, 고때 비 쏟아지는게."

"하늘두 굽어본 모양이다."

"네 획책자"는 다같이 그날의 하늘에 신경을 썼다.


그날 밤 길자는 또 간질병이 도졌다. 먼저는 "어랑할미… 뱀… 어랑아, 뱀이…"하고 무서운 소리를 지르더니 거품을 물고 늘어졌다. 그날 밤 촌 장네 닭이 몽땅 족제비한테 물려죽었다.

이튿날 소를 강역에 매러갔던 "회령집"의 큰아들이 식전아침에 찾아들며 이 집에서 뱀을 던진 곳에 뱀이 우글거립더구마 하고 보고를 한다. 화투놀러 왔던 이웃집 로인이 회살부터 이집 어랑이네 다섯번째배 "자식"놈이 음식을 전폐했다는것이다.

밤부터 영근이는 웬 일인지 잠이 안온다고 했다.

"아무 생각두 없는데 잠이 안온다니깐."

낮에 영근이는 부석부석한 눈으로 이렇게 말했다.

"잠은 꽉 몰켜드는데 눈까풀을 점점 더 꼿꼿해진다니깐."

다음날 낮에 영근이는 눈까풀을 이기지 못하며 이렇게 말했다.

무슨 까닭인지 동네의 나쁜일이 영근이네 집에 잘 보고되였다. 누구네 새끼돼지가 죽어버렸소, 누구네 남산덕 감자밭이 메돼지들한테 절단이 났소, 누구네 며느리가 언청이를 낳았소, 누구네 장이 싹 시큼해졌소 어쨌소 하고는 꼭꼭 그집의 고양이가 어랑이네 몇촌이라고 밝혔다.

영근이는 꼬박 스무날이나 자지 못하였다. 사람이 노랗게 떠가고 급작스레 여위여갔다. 집에서는 긴급대책을 대여 가을전에 영근이내외를 흑룡강성에 있는 처가집마을로 이사시켰다.

가을에 검은고양이가 나타나지 않았다. 어랑할미백세를 보았다는 사람들이 많아졌다. 한집에서는 "지난밤에 글쎄…"하고 피문은 어랑할미백세가 바를 목에 건채 와서 창문으로 들여다보더라고 침을 튕겨가며 낮은 소리로 말하였다.

영구씨의 부모들은 어슬녘부터 문들을 꽁꽁 잠그군 했다.

가을에 검은고양이가 나타나지 않은 사실을 두고 사람들은 어랑이가 산에 가있으니 집적 그리로 갔을거라고 추측했다. 이제 언제 나타나서 어떻게 행동할지 모른다고 영구씨의 어머니가 근심했다.

고양이는 산에 들어가면 범이 되느니라고 마을의 아흔두살 좌상로인이 말했다.

그후부터 동네에서는 더는 고양이를 학대하는 일이 없어졌다 한다. 모두들 사발에서 고기붙이며를 갈라서 고양이를 먹인다 한다.

고양이란 어떤 령물일가 하고 나는 오래동안 생각해보았다.

## 6

"들창코"네 집에서 돌아온 날 영구씨는 술에 푹 취했다. 그리고는 혀꼬부라진 소리로 "어랑아ー 할미야ー 백세야ー"하고 불러댔다. 그통에 길자가 또 낯이 새파래지면서 이불을 쓰고 쓰러지고 방안의 로인이 약 가져오라며 대통으로 문을 박박 긁어댔다.

"이제 봄이 되믄 그 검정수코양이가 같이 오잖겠는지 모르겠다."

시어머니는 이렇게 근심조로 중얼거린다.

밤에 나도 어랑할미백세를 보았다. 피가 뚝뚝 떨어지는 바줄올가미를 그대로 걸고 나의 방문앞에 와서 문을 박박 발톱질하며 "야옹ー 나 살아있어. 야옹!"하고 고아댄다.

"영구씨ー 영구씨ー 나 살려줘요! 빨리 와요. 어랑할미 왔어요!"

사이방에서 계시는 시아버지가 대통으로 사이문을 박박 긁어대며 "어험, 어험!" 기침질 했다. 나를 깨여주느라고 그러셨지만 나는 도리여 더 놀라며 나중에는 한족말로 "쮸밍아!(목숨살려요!)"하고 새된 소리를 질렀다.

그날 밤은 아주 엉망이 되였다. 어랑할미백세가 빚어낸 극이 차례로 정지로부터 안방으로, 안방으로부터 내가 있는 웃방까지 그리고 이 팔간집의 영원한 좌상방까지 4막을 열었다. 온집안에는 어랑할미백세의 혼이 둥둥 떠다니는상 싶었다.

이튿날 나는 자꾸 구토가 나서 진종일 누워있었다. 초두부를 다 토했고 메돼지고기도 만두도 검정버섯도 다 토했다. 흑백자매개가 좋은일 만났다고 열광적으로 접어드는데 나는 속이 꺼림직하여 삽으로 흙을 푹 떠놓고 깨끗이 쳐버렸다. 그래서 흑백자매개에게 단단히 정을 떼웠다.

눈치를 보니 영구씨와 부모들사이가 석연치 않다.

나는 한시바삐 집으로 돌아가고싶었다. 집에서는 그래도 사돈측에서 언제쯤 사돈보기를 할 예정인가 시참해오라고 했다.그런데 이방 저방에 환자가 있는 부산한 분위기일뿐 사돈보기에 대한 말이란 한마디도 내비치지 않으니 나로서는 딱하기만 한 일이다.

이날 나는 마을에서 언사과배를 얻어온 영구씨에게 이 일을 터놓았다. 영구씨는 히죽 웃으며 우리 둘이 결혼등기만 하면 정정당당한 부부가 되는데 별근심 다 한다고 대수롭지 않게 받아넘긴다. 나는 처녀의 자존심이 꺾이운듯 같아 거의 백년 묵은 팔간기와집만 보더라도 이런 집의 며느리가 례식없이 되는가고 부르튼 소리를 했다. 평소에는 개방이요, 선택이요, 가치를 잘 운운했던 나머지 뼈속에 스며있는 내가 바로 이 경우의 나인것 같다. 영구씨가 자꾸 히쭉히쭉 웃기만 하는 통에 나도 더 박하게 따지고들지 못하였다.

음력대보름전에 우리는 길 떠날 차비를 했다. 이 집이 무슨 집인지 편편하던 나도 몸이 말째였다. 그래서 나는 한날한시가 새로울 지경이였다. 영구씨네 집에서도 말리지 않았다.

떠나는 날 새벽, 나도 또 닭의 울음소리를 들었다. 잇달아 정지문이 여닫기는 소리가 "삐이꺽—"하고 둔중하게 들려왔다. 나도 오줌을 그냥 참고있던중이라 얼싸좋다고 나섰다. 나는 또 흰타올수건을 친 머리우에 커다란 함지를 이고 뒤산을 향한 시어머니의 뒤모습을 보았다. 나는 이윽토록 그 뒤모습을 지켜보았다.

나는 이불속에 다시 기여들어 언 몸을 녹이며 마지막날의 굳잠을 달콤하게 자보려고 눈을 감았다.

자는지 마는지 어슴푸레한 의식속에서 나는 아득한 곳에서 들려오는 듯한 말소리를 들었다.

"…당신이 그래두 태도표시를… 궁합이야… 저 산너머 한족령감한테 갔다왔는데 북쪽에서 온 사람이 회살이라구…"

내가 정신을 차리고 사이방문에서 겨우 송곳나들만한 구멍을 찾아 내다보니 말소리가 끝나고 시어머니가 한창 사이방문턱 가까이의 정지방에서 무엇인가를 차리고있었다.

"남좋다는대로 하깁소. 이건 이웃마을의 신을 업은 로친이 알려준 방법인데 이렇게 방도나 대문 일없겠는지…"

밥 세공기가 차례로 놓였다.

돼지고기 세점을 각기 세 접시에 담아서 차례로 놓는다.

술 석잔을 붓고나서 시어머니는 한참 멍하니 앉아있다.

"날래 콱 채우구 다신 어른거리지 맙소!"

시어머니는 석줄로 된 밥공기와 고기접시와 술잔을 훑어보며 아주 정색하여 쌀쌀하게 말한다.

그런후 술잔을 차례로 엎어놓는다. 그리고나서 고기접시를 엎어놓고 밥공기를 엎어놓는다.

시어머니는 헌 주머니같은것을 툭툭 털어 들여오더니 그 속에 엎어진 음식과 그릇들을 담아서 들고 나간다.

문이 여닫길 때 어머니의 한숨소리가 처량하게 들려왔다.

나는 부랴부랴 옷을 주어입고 수건으로 얼굴을 꽁꽁 동인다음 문을 나섰다.

두만강변은 밤새 내린 눈에 얄핏하게 소복단장을 하였다. 내가 걸을 때마다 마른버들잎이 바삭거리며 드러났다. 나는 걷다가 걸음을 멈추고 조용히 서있었다. 강물이 돌돌 흐르는 소리가 들려왔다. 나는 내귀를 의심했다. 정말이였다. 대보름전에 벌써 두만강은 풀리고있었다. 얼음밑으로 물소리가 귀맛좋게 들려왔다. 이때 까치 한마리가 바로 나의 옆 버들가지에 내리며 깍깍 운다. 나는 반사적으로 머리를 들며 방긋 웃었다.

그날 아침 나는 마을앞을 에돈 두만강을 따라 실컷 걸었다. 누구의 동반도 지어 영구씨의 동반도 없이 나홀로 걷고 싶은 길이였다. 그리하여 나의 그때의 모든 감각과 감동은 닭알의 노란자위같이 예쁘고 순수하고 완정한것이였다. 나는 그날의 느낌을 오늘까지도 생생히 간직하고있다.

아침상을 마주한 나는 눈이 휘둥그래졌다. 어머니는 언제 준비하셨는지 내가 좋아하는 차시루떡을 한가마나 하셨다 당콩을 빨갛게 빈틈없이 박은 네모진 차시루떡을 저가락에 꿰여들고 나는 영구씨를 바라보았다. 영구씨는 나의 얼굴에 핀 환희를 읽으며 어머니에게 고마움의 눈길을 보낸다.

"많이 자시우. 새기 이렇게 어려운 걸음을 했는데 집이 부산해서… 너희들을 보내구 내 이속은 언제 내려가겠누…"

어머님은 저가락을 드시다말고 돌아앉으며 옷섶으로 눈물을 훔친다.

길을 떠나가지전까지도 나는 조마조마해서 어떤 결론이 내리겠는가를 기다렸다. 다행이 아무 결론도 없었다.

시어머니는 나에게 차시루떡을 한보따리 싸서 드리고 아들에게는 말린 물고기를 한가방 들리며 세상 어디를 가나 두만강생선만큼 비리지 않구 맛좋은건 없노라며 눈물을 흘리시였다.

나는 집으로 돌아와서야 내가 임신했다는걸 알았다.

"아마두 설전 영구씨가 학위받은 날 저녁에…"

영구씨는 기뻐 야단이였지만 나는 례식을 올리기전에 일이 이렇게 된 것이 사뭇 속에 걸렸다.

"처녀작이란말이요, 처녀작!"

영구씨는 대수롭지 않은듯이 싱글벙글거리며 그날로 등기하러 가자고 독촉했다.

우리는 이렇게 불효한 자식으로 되였다. 지금 영구씨마저 출국하고 없는뒤에 아이를 낳고보니 어쨌으면 좋을지 생각나지 않는다.


아침상을 거두는데 문쯤으로 편지 한통이 날아들었다. 아래줄에는 주소가 없고 "진"자 하나만 비뚤비뚤하게 갈겨져있었다.

편지봉투를 뜯고서야 나는 "진저리"가 보내온 편지라는것을 알고 혼자서 한바탕 웃음을 터뜨렸다. 무척이나 반가왔다.

첫머리는 "오씨전상서"하고 점 두개가 동그랗게 박혀있었는데 한참 머리를 쓰고서야 그것이 나의 존경하는 남편님의 그 영광스러운 별명의 첫 글자라는것을 알아냈다. 읽지 않고도 안에 기가 막힌 어구들이 련달아 줄쳐있을것은 뻔했다. 나의 예측은 조금도 틀리지 않았다. 자기 이 "진"씨의 령도하에 개추럼이 한창이라는것과 "남씨교장님"께서 기어코 "오씨"에게 편지를 띄우라고 하여 필을 들었다는것이 서두였다. 그속에 "메"씨와 "들"씨가 기여일을것은 뻔했다. 다음은 나의 시아버지와 시어머니께서 밭을 "들"씨에게 림시 양도하고 길자를 데리고 형을 따라 흑룡강성에 갔는데 거기에 눌러있을 예산인지 돌아올 예산인지 미결이라는것, 그래서 주인이 없는 흑백자매개는 지금 이미 상에 올랐는데 맛이 별맛이 돼서 지금 원산지대산지 한 자식을 외우며 그쪽을 향해 술잔을 들었노라고 했다. 다음은 마을을 뒤흔든 최신소식이라고 크게 오려놓고 그밑에 깨알같은 글 두줄을 박았다. 내용인즉 "매"씨가 건너마을에 도박놀러 갔다가 아침에야 돌아왔는데 금방 마을 뒤산의 바위돌틈에서 어랑백세를 봤다는것, 자그마한 굴을 파고 엎드려 죽었는데 동그란 바오래기가 있는걸 봐서 위대하신 어랑할미백세가 틀림이 없다는것, 그래서 자기들이 금방 술잔을 추켜들고 어랑이시여, 할미시여, 백세시여 고이 잠드시고 영영 깨지 마시라 하고 엄숙하게 고았노라는 등이였다.

　나는 저도 모르게 긴 한숨을 내쉬였다.

　어랑할미백세는 확실히 죽었다.

　허나 나는 어랑할미백세가 계속 살아있다는 이 습관된 생각을 고칠수가 없었다.

　어랑할미백세는 언제든 살아있을거라고 나는 또한번 고집스레 생각해본다.

1990. 7.

(『푸른잎은 떨어졌다』, 민족출판사, 1992)

# 비온 뒤 무지개

아침 일찍부터 나는 한국에서 오신 둘째 삼촌을 모시고 도문 세관 문어 귀에서 서성거리고 있어야 했다. 벌써 오늘까지 한 주일이 거의 되지만 이북에 계시는 큰삼촌은 시종 나타나주질 않고 있었다. 분명히 편지에다는 6월 25일에 건너오겠다고 하셨는데 여태껏 건너오시지 않는 것은 또 왜서일까? 국내라면 전화라도 해서 물어보겠지만 이건 그저 울며 겨자먹기로 매일 눈만 빠지게 하루종일 세관문 앞에서 목을 쭉 빼들고 기웃거려야만 했다.

이젠 싫증이 날 정도이지만 한국 삼촌은 그래도 그 흥미가 조금도 식지 않았다. 조금만 늦어져도 그 새에 이북 삼촌이 건너오시면 어떻게 하느냐며 아침 밥술을 놓기 바쁘게 다그쳐 나와 서성거리고 있는 것이었다.

한국 삼촌에게 있어서 여기의 모든 것은 친근하고 감격적이였다. 첫날은 도도히 흐르는 두만강을 바라보고 엉엉 우는가 하면 건너오는 이북 손님들을 마구 붙들고 흔들어대는 바람에 어안이 벙벙해 서있던 이북 손님들이 그 말투와 그 차림새에 깜짝 놀라 눈이 휘둥그래져서 두리번두리번 살피며 달아나기도 하였다.

때는 장마철이라 어제 밤에 억수로 소나기가 퍼부었지만 오늘 날씨는 역시 찌물쿠기가 말이 아니였다. 삼촌은 연신 이마에서 흐르는 땀을 쓱쓱

문지르며 해 빛이 쨍쨍 내리쬐는 대문 앞을 한시도 떠나지 않고 있었다. 길 맞은 큰 백양나무 그늘 아래에 앉아서도 나오는 사람들을 얼마든지 알아보겠건만 삼촌은 외고집을 부리며 그냥 그대로 대문 앞을 떠나지 않고 있었다.

나는 사이다 한 병을 사서 가져다드렸지만 이게 어디 맛이 있어 먹겠느냐 하면서 거절하는 삼촌을 보면 측은해 보이면서도 또 어딘가 괘씸하기도 했다. 한국은 얼마나 잘 살기에 사이다도 맛없다 하느냐 싶은게 밸이 욱하고 치밀었다.

오전 열시 반이 거의 되니 세관은 대문을 닫아버렸다. 오후 세시쯤에 다시 손님들을 내보내니 그때 와서 다시 마중하라는 것이었다. 출근은 오후 두 시에 하지만 세관검사를 마치고 수속을 하노라면 한 시간쯤은 족히 걸려야 했기 때문이다.

≪삼촌, 오늘도 오시지 못하는 것 같아요. 집으로 돌아가셨다가 내일 아침에 다시 나와 볼까요?≫

이제는 짜증이 날 지경이었다. 오후에는 보통 이북 측에서 오전에 검사를 못 마친 나머지 사람들을 건네 보내는데 그 수가 많지 않은 만큼 그 희망도 적은 것이었다. 밖에서 네 시간 반이나 초조히 기다렸다가 또 다시 삼촌한테 차례질 실망을 생각하니 저으기 마음이 애짤짤해 났다. 그렇다고 해서 짧은 점심시간에 멀리 있는 집까지 갈 수도 없는 형편이었다.

냉면 한 그릇으로 점심을 떼우고 난 다음 강변에 가서 시원하게 목욕이나 하자는 나의 건의에도 삼촌은 거절하고 세관 문 앞 나무그늘 밑에 가서 자리를 잡고 앉는 것이었다.

몇 시간을 그저 이렇게 맥맥하게 보내자고 생각하니 참말로 지루해 죽을 지경이었다. 삼촌은 나한테로 돌아앉더니 이북삼촌에 대해서 이야기를 들려주었다.

원래 우리 아버지 세대에는 삼 형제가 있었는데 독립군이었던 맏이인 아버지가 중국 만주 땅으로 피신 온 것이 바로 그들 형제가 갈라진 주요 원인이라는 것이었다. 당시 고향에는 해마다 수재가 들다보니 살아가기가 어려운 형편이었다. 그래서 부모를 모시고 있는 큰삼촌은 감히 떠나지 못하고 둘째 삼촌이 돈벌어 보겠다고 집을 나선것이 그만 이리저리 노가다 판에서 떠돌게 되었다. 나중에는 강원도 원주 리에 가서 일하다가 6·25가 터지는 바람에 삼 형제가 이렇게 세 곳에 헤어져 살아야 했다고 한다.

당시 지원군으로 나갔던 아버지, 인민군에서 총을 멨던 이북삼촌과 한국 국방군에 있었던 둘째 삼촌은 서로 적수가 되어 전쟁판에 말려들어야 했다는 것이다. 총을 쏘자고 겨누고보면 보이는 것이 다 형제 같아서 방아쇠를 당길 수가 없었다고 한다. 그러던 중 한번은 우물거리다가 대방의 총에 맞아 부상병이 되어 전장에서 물러난 것이 나의 아버지였다. 중국으로 후송되어 와 병을 치료하고 몇 년 살면서도 두 동생의 안부를 몰라 애타게 속을 태우다가 끝내는 병이 도져 세상 뜨고만 것이었다.

≪참, 그때 우린 왜 그래야 했는지?≫

후— 길게 한숨을 내쉬던 삼촌의 눈에는 그 어떤 비장한 감정이 어려있었다.

≪왜 긴 왜예요? 다 집권자들의 불장난이었지요. 삼촌한테나 아버진한테는 다 죄가 없어요.≫

나는 이렇게 삼촌을 위로할 수밖에 없었다. 역사는 언제나 지나간 일이기에 지나간 일을 가지고 한탄할 필요는 없는 것이다.

≪하긴 그렇지만... 이제 네 이북 삼촌이 오시니간 난 죽어도 눈을 감게 되었다. 그리고 너의 아버지도 구천에서 소원을 푼 셈이구. 그치?≫

사실 이번 남북 두 삼촌을 만나게 하는데는 그 어려움이 이만저만이 아니었다. 먼저 이북삼촌을 찾는데 퍼그나 신경을 써야 했고 나중에는 두 곳에다 초청장을 띄우고 그 시간을 맞추는데 거의 일년이 걸렸다.

이북 삼촌이 한국 삼촌에게 보내는 편지는 우리 집으로 부쳐왔다가 내가 다시 한국으로 보내야 했고 한국 삼촌의 편지는 아예 나의 필체로 고쳐서 이북에다 보내야 했는데 한번 편지가 오고가는데도 거의 달 반이 걸렸다.

6월 25일쯤에 여권을 가질 수 있는데 그 즉시로 중국에 들어오시겠다는 이북삼촌의 편지를 받고 한국삼촌한테 알렸다. 소식을 접하고 중국에 투자해볼 생각이 있던차라 한국삼촌은 이렇게 앞당겨 왔던 것이다. 그런데 오시겠다던 이북삼촌은 이렇게 한 주일이 지나도 종무소식이니 안달이 나지 않을 리가 없었다.

시간은 그럭저럭 흐르다가 오후 세시에 이르렀다. 그 무더운 날씨에도 머리에 커다란 보따리를 이고 문을 나서는 할머니 한 분이 있었다. 그 뒤로 얼마쯤 떨어져 따라나오는 늙은이 한 분이 짐차를 미느라고 낑낑거리고 있었다.

≪야, 형! 형 아니요?!≫

대문 곁에서 서성거리던 한국 삼촌이 화닥닥 뛰쳐나가며 늙은이를 부등켜 안았다. 어리벙벙해 서있던 늙은이는 한참 삼촌을 들여다보더니

≪이게 누구디? 메사니 석진이가 아니우!≫

≪형! 형! 나예요! 석진이예요!≫

≪석진아―≫

≪형 ―≫

둘은 부등켜 안고 엉엉 소리내어 울었다. 모여 섰던 사람들이 처음에는 그저 남일 같이 심드렁해서 구경하다가 나중에는 그 울음소리가 하두 비통했던지 아낙네들은 슬금슬금 치마자락으로 눈굽을 찍고있었다.

한참 눈물을 쏟고 난 이북삼촌이 먼저 머리를 들고 한국삼촌의 눈물을 닦아주었다.

≪석진아, 그만 그티자! 남들이 웃갔수다.≫

≪예. 형님도 울지 말아요. 형님을 이 일생에서 다시는 만나지 못 할 줄

알았는데… 이 중국 땅에서 만나게 되었으니 … 근데 형님 왜 이렇게 늙었어요? 고생 많않지요?≫

내가 보기에도 이북삼촌은 한국삼촌보다 20년은 더 늙어 보였다. 아예 할아버지라고 해도 곧이 들을 만큼 얼굴에는 밭고랑이 패였고 머리는 때 이르게 파파 희고 허리는 구부정해있었다.

≪석진아. 네 형수다. 여보 애레 내 동상이라우.≫

이북삼촌은 먼저 나와 계시던 늙은 할머니를 가리키며 인사를 시켰다. 정말 나이와는 어울리지 않을 정도로 늙어 보였다.

≪형수님, 반갑습니다.≫

한국삼촌은 형수 앞에 가서 90도 경례를 하였다.

≪적은이, 만나니 정말 반갑시유!≫

삼촌어머님도 허리를 굽혀 인사를 했다.

≪애야, 넌 왜 거기에 멍해 서있니? 삼촌과 삼촌어머님한테 인사를 올려야지.≫

한국삼촌이 뒤로 돌아보며 벙벙히 서있는 나를 보고 재촉해왔다.

≪삼촌, 삼촌 어머님, 오시느라고 고생 많습니다..≫

≪오, 고맙디, 자네가 장한 일을 했디... 저 메사니 이 물건들을 싣고 가야겠는데 차가 있디?≫

≪삼촌두, 그저 빈 몸으로 오실테지 이 더운 날에 뭘 가져오시느라고 이런 고생을 해요!≫

말은 이렇게 하면서도 나는 길가에 서있는 인력거에 짐을 실어 뻐스 역으로 향하였다.

≪근데 형님, 25일에 오시겠다고 해서 조카애와 나는 그날부터 나와서 기다렸지 않아요?≫

인력거를 따라 걸으며 한국삼촌이 말씀하셨다.

≪25일에 떠나려고 준비가 다 되였징유, 근데 그 내레 출국 전에 꼭 학

습을 해야 하는 줄을 몰랐시유. 그래서 한 주일 학습반에 다니다보니 늦어질 수밖에 없었시유.≫

삼촌어머님이 삼촌대신 변명했다. 출국전에 학습이란 말이 알쏭 말쏭한지 한국삼촌은 그저 묵묵히 발걸음만 다그치고 있었다. 뻐스를 몇 번 갈아타고 집에 들어서니 어느새 날이 어슴푸레 어두워져 있었다.

한국삼촌은 신을 벗기 바쁘게 방에 올라서더니 형님한테 큰절을 올리겠다고 서둘러댔다.

≪절은 무슨 절? 세관에서 이미 했디 않수?≫

이북삼촌이 사절하려 했지만 동생의 거듭 우김에 못 이겨 방 가운데 정중히 앉았다.

한국삼촌은 머리를 구들에 대이도록 큰절을 공손히 하고 난 다음 형수 앞에 가서 꿇어앉았다.

≪아니, 형수한테는 그만캐라≫

이북삼촌이 말렸지만 한국삼촌은 들은 척도 않고 깍듯이 큰절을 했다.

≪애들아, 너희들도 들어와서 큰절을 올려라!≫

한국삼촌이 나를 보고 말하였다. 사실 중국 땅에서 자란 나는 큰절은 그저 큰 잔치 때에나 하는 인사인줄 알았지 평시에도 이렇게 하는 줄을 정말 모르고있었다. 동생이 형한테 큰절을 하는데 조카인 나는 한국삼촌이 오신 다음에도 그저 허리만 굽혀 인사했지 이렇게 꿇어 앉아서 큰절을 하지 않았잖는가. 나의 얼굴은 수치로 확확 달아오르고 있었다.

나는 울며 겨자 먹기로 차례로 삼촌들한테 큰절을 올렸다. 내가 큰 절을 올릴 때 한국삼촌은 자기도 따라서 나와 맞절을 했다.

뒤이어 부엌간에서 저녁준비에 바삐 설치던 나의 아내와 밖에서 놀고 있던 나의 아들이 차례로 큰절을 올렸다.

≪전 그저 허리만 굽혀 인사하면 단줄 알았는데요. 둘째 삼촌, 요전번에 속으로 못난 조카를 되게 욕했겠습니다.≫

나는 인사가 끝나자 한국삼촌한테 양해를 구했다.

≪뭘 괜찮다. 중국에 왔으면 중국 습관에 따르는 것도 사실은 옳은 거지. 안 그래요? 형님!≫

≪하긴 그렇기두 해!≫

뭐가 그리 우스운지 우리는 한바탕 웃고 나서 아내가 갖춰놓은 술상에 빙 둘러앉았다. 생각 같아서는 두 삼촌과 삼촌어머님께 따로 상을 하나 차려드렸으면 좋겠지만 집안형편이 허락치 않았다.

≪아니, 이렇게 많이 해서 다 먹겠냐?≫

언제나 밥상 앞에 앉으면 타발부터 하는 한국삼촌이였다. 하긴 한국삼촌이 오신 다음에는 끼니마다 돼지고기, 소고기, 물고기, 닭고기가 떨어지지 않았으니깐.

≪정성껏 차린다고 해도 뭐 차릴게 있어야지요. 중국은 한국 보다 못사니 뭐 영양가를 따져가며 해 드릴 수도 없고요. 많이 양해하세요.≫

이럴 때마다 나의 아내는 언제나 송구스러운 표정으로 어쩔 바를 모른다.

≪아니, 이건 뭐 산해진미를 다 갖추구두. 쯧쯧…≫

삼촌어머님은 연신 혀를 끌 끌 차며 술을 넘을 못하고 있었다.

≪삼촌어머님, 많이 드세요! 이북에는 먹는게 좀 곤난하다던데 우리 중국에는 먹는게 흔해 빠졌어요. 그저 이번에 실컷 잡숫고 몸을 좀 내서 가요.≫

수다스러운 나의 아내는 큰삼촌의 감정변화를 읽지 못하고 손님들의 접시에다 먹을 것을 마구 집어 놓고 있었다.

≪뭐, 우리 이북도 배부르게 먹느니라.≫

큰삼촌의 얼굴은 어딘가 약간 흐려있었다.

≪큰 할아버지네는 잘사나?≫

곁에 앉아있던 나의 아들이 눈이 동그래서 이북할아버지를 빠끔히 올려다본다.

≪잘 살구 말구, 네레 오면 먹을 거 많이 해주마!≫

삼촌어머님이 말을 가로채며 술을 들었다.

≪아니 애기 아버지, 어찌 술을 안 꺼내요?≫

아내의 말에 정신이 번쩍 든 나는 궤짝 안에서 미리 준비해두었던 모태주 한 병을 꺼내놓았다.

≪아니 이게 모태주가 아니냐?≫

먼저 이북삼촌이 알아보고 반가와 했다.

≪어디 보자. 모우타이라구, 제일 좋은 술이지.≫

한국삼촌은 술병을 손에 들고 이리저리 뜯어보며 연신 ≪모우타이, 모우타이≫하신다.

≪자, 한잔씩 드세요!≫

나는 두 삼촌한테 한잔씩 부어드렸다. 삼촌어머님께도 한잔 부어드리려고 했지만 자기는 마실 줄 모른다고 기어코 사양하는 바람에 그만두었다.

≪네 이 술을 먹자니 네 아버지, 어머니가 그립구나…≫

술잔을 받아든 이북삼촌의 손이 가볍게 떨리고 있었다.

≪형님한테로 한잔을 부어놓지요?≫

한국삼촌은 빈 잔에 그득 술을 부어 제일 좌상자리에 정중히 모셔놓았다.

≪카ㅡ, 정말 좋은 술이군.≫

한국삼촌이 단모금에 잔을 내고 찬사를 아끼지 않았다.

≪오늘 두 삼촌이 한자리에 모였으니 마음놓고 드세요!≫

나는 연신 두 삼촌한테 술을 따랐다.

≪석진아, 이번에 왜 제수를 데려오지 않았디?≫

술기가 잔뜩 오른 이북삼촌이 눈이 거슴츠레해서 한국삼촌을 나무랐다.

≪집안사람은 남아서 회사 일을 보고 있어요. 한국은 하루만 경영이 못 따라가면 부도날수가 있거든요.≫

≪그래도 같이 왔어야 하지. 우린 뭘 혁명사업이 안 바쁜 줄 아아. 그래도 같이 오지 않았나…≫

≪여보 영감, 적은이를 나무랄게 뭐유. 빨리 식사나 하시구 편히 쉬다가 내일 이야기하면 되잖수.≫

아마 옆에 쪼크리고 앉아 끄떡끄떡 졸고있는 나의 아내 보기가 미안했던지 삼촌어머님이 그들을 다그치기 시작했다.

≪며늘 애기, 요새 욕보네. 빨리 거두고 쉬게나!≫

취중에서도 정신은 맑은지 한국삼촌은 뒤로 물러앉으며 상을 내놓는다.

아내가 상을 거두고 잠자리를 펴드리려고 방을 거두자 이북삼촌이 말씀하시었다.

≪여보 노친, 가져 온건 없어두 애들한테 내 놓수!≫

삼촌어머님이 가지고 온 크고 작은 보따리를 헤치고 물건을 하나씩 꺼내놓았다.

≪이건 그래도 우리 조국의 유명한 도자기들이 아니냐. 받아쓰러무나!≫

삼촌어머님이 내놓은 물건은 거의 다 도자기꽃병, 도자기물주전자, 도자기술병 등 도자기 품이였다.

≪그리고 이건 개성 삼이다. 개성 삼이 원래부터 몸보신에는 제일 좋은 게지. 남조선이 못 산다기에 적은이 몸 약할가봐 약에 쓰시라구 가져 온 게구. 그리구 요 몇 해엔 꼭꼭 명태 잡을 철이면 미제와 남조선괴뢰도당이 동해바다상공에서 무슨 놈의 연합군사연습을 하기에 명태를 잡을 수가 있어야지. 그래서 요것밖에 못 구해왔다…≫

보따리를 헤치고 나니 정말 값가는 물건이 얼마 없었다. 개성 삼이 아무리 좋다한들 양삼인이상 얼마나 더 좋으련만 그래도 나의 마음은 흐뭇했다. 한국삼촌은 천연색 텔레비죤이 지금 위해 세관에 있는데 후에 도문세관으로 건너오면 가서 찾아 쓰라고 했지만 그래도 빈 손으로 들어선 그 당시 실망보다는 지금 이북삼촌의 처사가 더 반가운 기분이였다. 한국은 잘 산다기에 원래부터 기대가 컸던 만큼 그 대신 가져다주는 실망도 더 컸고 이북에 대해서는 처음부터 바라는 것이 없었기에 서운할 필요가 없었던 것이다.

≪삼촌네도 잘 못 사실건데 이렇게 가지고 오시면 어쩌지요?≫

반갑다는 인사를 나의 아내는 그만 이렇게 말하고 말았다.

≪엉? 너 그 말이 옳티 않다. 우린 장군님 품에서 근심걱정 없이 잘살고 있단다!≫

얼근히 취해서 엇비스듬히 벽에 몸을 기대고 앉아있던 이북삼촌이 눈 번쩍 뜨며 자세를 바로하고 말씀하시었다.

≪아, 그래요? 삼촌, 노여워마세요. 오늘은 그만하고 빨리 주무세요!≫

이내 아내가 말을 돌려댔다. 사전에 내가 아내한테 단단히 다짐을 받았기에 아내는 이내 수그러들 수가 있었다. 이번에 손님은 비록 친삼촌이지만 남북서 오기에 말에 주의하라고 거듭 부탁하였었다. 특히 이북에서 오신 삼촌을 더 존중하라고 강조했다. 사람은 가난할수록 자존심밖에 남은 것이 없기에 자칫하다간 노여움을 살 수가 있기 때문이었다.

드디어 아내가 방을 닦고 나서 이부자리를 펴드렸다. 노인 세분이 큰방에서 쉬게끔 하고 나와 아내는 아들을 데리고 콧구멍만한 뒤 방에 가서 비좁게 누워 자야 했다.

자리에 누워서도 나는 오래 동안 잠들 수 없었다. 앞방에서는 두 삼촌이 잠들 줄을 모르고 그냥 이야기를 주고받으며 때론 쿨쩍쿨쩍 울기까지 하였다.

왜 그러지 않으랴! 30여년 동안 생이별하고 살아야 했으니 얼마나 그립던 형제들인가!

나는 두 노인의 다정한 소리를 들으며 그래도 이번 일을 잘했구나 하는 생각에 스르르 단잠에 빠져 들었다.

이튿날아침 흥분해서인지 눈에 피발이 선 세 노인은 일찍 일어나 앉아 있었다.

아침식사는 한국삼촌의 거듭 요구대로 토장국을 끓여서 들여놓았다.

상 앞에 나앉은 한국삼촌은 역시 전과 마찬가지로 한참동안 눈을 감고 중얼거리며 기도를 드리였다.

≪할배, 정말 하느님이 있나요?≫

나의 아들은 또 동그래진 눈으로 신기해서 묻는다.

≪하느님이 있구 말구.≫

≪우리 선생이 말하는데 하느님 믿는 건 미신이래요!≫

≪하느님을 믿는 건 미신이 아니다. 사람이 하느님을 믿어야 선량해질 수 있는게지.≫

≪아버지, 아버지도 그랬잖아요? 이 세상에 누구누구해도 다 믿을 것이 아니라 자기를 믿어야 한다고요?≫

≪야, 됐다. 이젠 그만하구 빨리 밥먹구 학교에 가!≫

옆에 묵묵히 있는 이북삼촌과 삼촌어머님의 굳은 표정을 훔쳐보고 나는 이렇게 천진한 아들을 욕할 수밖에 없었다.

≪오늘은 일요일인데 왜 학교에 가요? 어제 엄마 그러는데 오늘 할배, 할매 모시고 거리에 놀러 간대요!≫

≪옳구나, 오늘이 일요일이구나. 그럼 빨리 밥먹고 할배, 할매 모시고 놀러 나가자꾸나!≫

한국삼촌은 역시 드는 둥 마는 둥 몇 술을 놀리더니 밥상에서 물러앉는다. 맛이 없어서 그러는지 아니면 몸에 해로울가봐 그러는지 때론 자기가 가지고 온 육개장 따위 라면을 끓여 잡수면서도 식사는 언제나 형식에 불과했다. 한국에서는 계란을 먹지 않는다느니, 돼지고기는 지방이 많아 몸에 해롭다느니, 닭은 무슨 사료를 먹이느냐니? 하는 말씀을 들어보면 중국음식을 꺼리는 것이 분명했다. 물론 한국은 잘 살아서 이보다 더 고급음식을 먹겠지만 중국에서는 그래도 이만하면 정성을 다한 셈이니 나는 아내를 더 나무랄 수 없었다.

사실 나의 삼촌이 그렇지 한국사람이라고 다 그런 것은 아니다. 우물집 할머니네 집에 오셨던 한국손님은 먹성이 그렇게도 좋아서야. 우리를 찜쪄 먹을 지경이었다. 그리고 또 호텔이거나 식당에 가보면 너무 많이 차렸다고 하면서도 밑바닥이 드러나게 먹어치우는 것은 그래도 한국사람들이었다.

식사가 끝난 다음 우리는 거리에 나갈 차비를 하였다. 주로 오늘은 이북에서 오신 삼촌과 삼촌어머님한테 옷 한벌씩을 사드리려 하였다. 아래 위 검은 색깔의 레닌복을 입은 삼촌도 그렇거니와 이 무더운 삼복 철에 치마 없이 데트론 남색바지를 입고있는 삼촌어머님이 보기가 측은했던 것이다. 더욱이 오늘 저녁에는 촌에서 남북형제가 모였으니 통일잔치를 베풀겠다고 어제 촌장이 왔다간 이상 마을 사람들 앞에 이렇게 초라한 모습으로 내세울 수가 없었던 것이다.

≪할배, 할매, 그 빠찌 차지 말아요. 거리에 가면 남들이 웃어요.≫

아들녀석이 이북손님의 가슴에 달린 마크를 벗기려고 동동 매달린다.

≪이 눔아! 이건 안 된다! 목숨보다도 더 중요한거디!≫

큰삼촌이 매달리는 손주 녀석을 홱 뿌리치며 질겁해서 고함질렀다.

≪삼촌, 거리에 가시면 사람들이 많아 불편하실텐데 혹시 잃어 버릴 수도 있으니 집에 놔두고 가시는 것이 더 좋을 것 같아요!≫

상점에 드나들자면 사람 속을 비집고 다녀야 하기에 나의 아내가 옆에서 권고했다.

≪며늘애기, 우린 모실 때부터 목숨으로 수호하겠다구 맹세했으니 더말 말게!≫

≪삼촌요, 우리가 그걸 몰라서 그러는게 아니예요. 중국에서도 한때는 그랬거든요. 이제 거리에 가면 사람들이 많아 비집고 다녀야 하기에 혹시 잃을가 봐 그러는게지요 뭐!≫

≪그럼 자네들이 둘째 삼촌을 모시고 가게나, 나와 노친은 집에 남아있을테니.≫

어딘가 불만의 기색이 뚜렷하였다. 하긴 그렇다. 아무리 한 민족이라해도 나라가 다르고 국정이 다 다른 만큼 사유방식이 똑 같을 수는 없는 것이다.

≪그럼 좋을 대로 하세요. 차고 가시도록 하세요. 우리가 너무 삼촌님

의 심정을 몰라줘서 죄송해요!≫

삼촌과는 달리 삼촌어머님은 그런 열정을 보여주지 않고 있었다. 이북에서 하는 말 마따나 삼촌이 세대주인만큼 다른 사람은 세대주를 따르면 그만이였다.

≪한국 할배, 그 옷 보기 싫어요. 바꿔 입고 가요!≫

이번에는 아들놈이 곁에서 묵묵히 신발을 신고있는 한국삼촌을 걸고 들었다.

≪건 왜?≫

≪꽃 적삼은 여자 옷이래요. 남자들이 입으면 여자 된대요!≫

오늘따라 거리에 나간다고 하니 한국삼촌이 알록달록한 꽃 적삼을 꺼내 입었는데 삼촌년세로 보면 정말 잘 어울리지가 않을 정도였다.

≪옷은 남을 위해 입는게 아니고 자기가 편안하면 되는게지.≫

≪안 그래요. 텔레비죤에서 보면 꽃 적삼 입은 남자는 다 나쁜 놈이예요.≫

≪허허, 그래. 그럼 바꿔 입지.≫

한국삼촌은 너무 정색해서 대드는 손주 놈이 하두 기특해서인지 흰 적삼을 바꿔 입고 밖을 나섰다.

거리에 가서 나는 먼저 시장을 구경시켰다.

≪아니, 이게 정말 다 파는 물건이유? 이렇게두 많을 수가 있수?≫

삼촌어머님은 깜짝 놀란다. 믿어지지 않는다는 듯이 가는 곳마다 만져보고 물어본다.

≪ 내레 그래두 어제 자네 집에서 상다리가 부러지게 차린 음식을 보고 아마 정부에서 우정 보이느라고 마련한거겠지 했디유, 오늘 시장에 나와 보니… 막 썩어나가는구나. 에그, 물건이 이렇게도 많아서야.≫

삼촌어머님은 연신 찬탄을 아끼지 않는다.

≪,할매, 조선에는 물건이 이만큼 없나요?≫

아들녀석이 또 참새처럼 끼여든다.

≪우리 조선은 영…≫

삼촌어머님이 얼버무리는데 삼촌이 가로챈다. 쬐꼬마한 손주 녀석의 물음에도 삼촌은 신경을 쓰고 있는 것 같았다.

≪우리 조선은 잘 산다. 그저 요 몇 해 재해가 그냥 들이닥치는데다가 미제가 남조선에 주둔하고 있는 이상 우리가 허리끈을 풀어놓고 마음놓고 먹을 수가 없는 게지. 없어서 못먹는건 아니란다…≫

삼촌의 말에 삼촌어머님은 입을 비쭉거려 보인다. 처음에는 삼촌어머님도 말에 극히 조심하며 신경을 쓰더니 이제는 점차 여기 분위기에 휩쓸리는지 때론 노골적으로 반기를 들고 나선다.

한국 삼촌은 따로 무슨 궁리를 하는지 제일 뒤꽁무니에 따라다니며 덤덤히 서있군 했다. 물론 큰 삼촌이 남조선, 미제라는 말에는 약간 흐린 얼굴을 나타내긴 했지만 이내 원래 표정대로 돌아오고 있었다. 이런 섬세한 표정변화를 나는 하나도 빠뜨릴 수가 없었다. 자칫하다간 이번 두 삼촌의 만남이 불쾌로 돌아 갈 수가 있기 때문이었다. 그러면 나의 처지가 대단히 난처해질 것은 불 보듯 뻔했다.

나는 아내를 다그쳐 백화상점에 들어가 이북 삼촌과 삼촌 어머님한테 옷 한 벌씩 사드리고 귀로에 올랐다. 한국 삼촌한테는 무엇을 사드리려 해도 질이 나쁘다고 딱 잡아떼는 바람에 아무 것도 사드리지 못한 것이 좀 섭섭하기는 했지만 나로서는 할 수 없는 일이었다.

그날 저녁 촌에서 베풀기로 한 연회는 뒤로 미룰 수밖에 없었다. 집으로 돌아온 이북 삼촌과 삼촌 어머님이 갑자기 설사를 하기 시작한 것이었다. 기름기음식을 갑자기 잡숴서서 그러는지 아니면 어느 음식이 깨끗치 못해서 그러는지 두 노인은 밥 한 알 못 잡숫고 뒤간만 부지런히 드나들었다.

그래도 이 마을에 의사가 있어 매일 오전 오후로 링게르주사를 놓은 덕분에 이틀이 지나니 차차 멎기 시작했다. 못사는 이북에서 왔는데 무슨 돈을 받겠느냐는 의사의 말이 고마운건 더 말할 것 없고 어쨌든 병이 호전되니 마음이 놓이었다.

며칠이 지나 병이 채 완쾌되기도 전에 이북 삼촌은 길림 시에 한번 데려다달라고 부탁하는 것이었다. 벌써 건너 온지가 여러 날이 되는데 수령님이 공부하시던 육문 중학교에 가보지 않고서야 어디 말이 되느냐 하는 심중한 태도였다.

≪아니, 몸이 이래서 어떻게 간다고 그러십니까? 뭐 며칠 늦으면 안 된답니까?≫

나는 삼촌의 몸이 걱정 되어 만류해 나섰다.

≪그래도 그렇지 않다. 조국에 돌아가면 다 회보해야 하는데 이런 충성심이 없어서야 되겠냐.≫

≪삼촌, 제가 그걸 몰라서가 아니지만 그래도 몸이 든든해야 혁명을 해도 할 수 있고 충성할 수도 있지 않아요. 충성도 겉보다는 마음속으로 간직하는 것이 더 귀중한 거 아니예요.≫

나는 약간 짜증 섞인 목소리로 큰 삼촌을 나무랐다. 물론 삼촌은 정말 마음속으로부터 우러러 나와 하는 말씀이겠지만 또 한 나의 사정도 얼마쯤 이해 해줘야 하지 않겠는가. 여기서 길림까지 기차를 타고 가자 해도 꼬박 하루가 걸려야 하는데 도중에 병이 더해지면 어떻게 한단 말인가.

≪형님, 조카애 말이 지당하다고 봅니다. 며칠 더 있다가 몸이 완쾌되면 길림보다는…먼저 백두산천지나 같이 가봅시다. 백두산은 그래도 우리 민족의 넋이 묻혀있는 곳이고 거기가 바로 우리 민족의 상징이 아닙니까?≫

≪…≫

달다 쓰다 말이 없는 큰 삼촌의 표정으로 보아 동생의 말에 몹시 노여움이 선 것 같았다.

요 며칠을 눈치를 보니 두 삼촌은 첫날 만나서 울고불고 하던 형제 정이 웨서인지 지금 점점 식어 가고 있었다. 아무리 친형제라 하지만 서로 간의 의견부동이 자꾸 생김에 따라 무의식중에 틈이 생기고 있었다.

며칠 후 나는 하는 수 없이 두 가지 선택을 다 취할 수밖에 없었다. 내가 한국삼촌을 모시고 백두산으로 떠났고 그와 동시에 나의 아내가 이북의 두 노인을 모시고 길림 시로 떠났다.

친척도 멀리 떨어져있는 친척일수록 더 가깝고 형제일지라도 만났다 이내 헤여져야만 더 그립고 정이 더 깊어지는거다. 오래 같이 있으면 자연히 감정이 식어지고 따라서 금이 생기고 지어는 원수가 되기도 하는 법이다.

30여 년만에 만난 두 형제지만 사유방식이 다르고 주장이 다르고 신앙이 다름에 따라 이렇게 좋은 유람도 갈라서 해야 했으니 비인지 희인지?

이번 유람이 끝난 다음 돌아오신 두 삼촌은 그래도 떠나기 전보다는 정서가 좋아졌다. 무슨 큰 시름을 던 듯이 이북삼촌은 가벼운 마음이었고 한국삼촌은 무슨 장한 일이라도 해낸 듯이 천지에서 주어온 돌들을 자주 꺼내보며 흥얼거리군 했다.

그날 저녁 촌에서는 개 한 마리를 잡아 연회를 베풀었다. 촌장의 말로 하면 같은 개고기지만 이북에서는 ≪단고기≫라 하고 한국에서는 ≪보신탕≫이라고 하는데 중국에 사는 우리는 남북 쌍방이 다 접수 할 수 있는 일을 해야 한다는 것이었다. 꽤나 유모적이고 뜻 있는 말이었다.

좌석도 퍼그나 신경을 쓴 것 같았다. 촌장이 가운데 앉고 양켠에 남북삼촌을 모셨는데 외교도 그럴듯한 외교였다.

≪여러분, 오늘 비록 차린 건 없지만 이 자리에 남북손님을 가지런히 모셨다는 그 의미가 대단히 깊습니다. 세분의 상봉을 축하하여 잔을 듭시다!≫

촌의 크고 작은 간부들이 빠짐없이 참석했다. 그리고 삼촌과 나이 비슷한 동네어른들을 청하다보니 앞 뒤 방에 상 네 개를 차렸고 부엌간에도 수고하신 분들이 한상 차지하고있어 잔치도 그럴듯한 잔치였다.

술이 몇 고패 돌고 나자 나는 큰삼촌을 보고 눈짓을 했다. 답례의 말씀을 드리라는 뜻이었다. 주인의 첫인사가 끝났으니 다음은 손님 측에서 인사말을 올리는 것이 응당하기 때문이었다. 큰삼촌은 나의 뜻을 알아챘지만 하시는 말씀은 되려 나를 난처하게 만들었다.

≪존경하는 촌장동지, 동지들, 정말 감사합니다. 사업이 매우 바쁘시겠는데도 시간을 내서 이런 풍성한 연회를 베풀어주서서 대단히 고맙습니다. 조선은 중국과 한 형제입니다. 한사회주의 진영에서 생사고락을 같이 하는 전우입니다. 지금 우리가 여기에서 마음놓고 먹고 놀 수 있는 것도 바로 우리 두 나라 수령님들의 배려가 있기 때문이지요. 그럼 먼저 두 나라 수령님의 만수무강을 위하여 잔을 듭시다!≫

이건 철두철미한 외교 연설이었다. 나는 얼굴이 화끈 달아올랐다. 십년 전에 하는 말이라면 그래도 접수할 수 있겠지만 지금 이 시기에는 정말 납득이 가지 않는 말들이었다. 하물며 이건 촌에서 가진 모임이 아닌가.

나는 촌장의 입에서 다른 비뚤은 말이 나올가 봐 저으기 가슴이 두근거렸다. 그런데 천만 다행이었다. 부엌간에서 아낙네들의 캐득거리는 웃음소리가 몇 번 났을 뿐 누구도 비웃는 말을 하지 않았다.

한국삼촌이 다시 제의하려는 걸 나는 말리고 말았다. 또 무슨 말이 나올지 모르니 말이다. 한국삼촌은 그저 허리만 굽석거리며 한 상에 앉은 노인들과 술잔만 부지런히 나누고있었다.

≪이번에 와보니 정말 중국이 잘 살아요. 이게 어디예요. 상다리가 다 부러지겠어요. 정말 꿈에서만 생각하던 걸 이렇게 직접 눈으로 보고 나니 안 믿을래야 안 믿을 수가 없군요!≫

삼촌어머님이 저쪽 상에서 아낙네들과 이야기를 하고있었다.

≪우리가 잘 산다구요? 한국은 중국보다 몇 곱 더 잘 산다구요!≫

부엌간에서 젊은 아낙네들과 같이 먹던 개잡이군 덕수가 방으로 들어서며 말참견을 한다. 덕수는 작년에 한국에 가서 2년 일하다가 돌아왔기에 지금은 제법 넥타이를 매고 다니며 거드름을 피우고 있었다.

≪남조선에서는 잘사는 사람은 엄청나게 잘살고 못사는 사람은 기아에서 허덕인다더군요?≫

삼촌어머님이 눈이 둥그래서 반문한다.

≪아하, 할머님은 들은 말이지 직접 본 건 아니잖아요. 한국손님한테 물어봐요!≫

한국삼촌은 흐뭇한 표정을 지으며 가타부타 말 없이 그저 머리만 끄덕이고 있었다.

≪삼촌 보세요. 저분이 작년에 한국 갔다왔어요. 보다 싶이 남북통일은 우리 중국동포들이 하고 있다구요. 얼마나 좋은 한국 홍보예요. 한국에서 불법체류, 불법체류 하면서 벌어가는 달러를 아까워하지만 그들이 통일에 기여하는 그 가치는 어찌 몇 푼 되는 달러로 계산할 수가 있겠어요. 게다가 싼 월급 대신 창조한 로동 가치는 또 얼마인가요?≫

나는 한국삼촌을 향해 연주포를 쏘아댔다. 우리 마을에만 해도 한국에 갔다온 집이 거의 절반이 되는데 올 봄에 모두들 쫓겨왔다. 그들은 분한 나머지 이젠 다시는 한국을 쳐다보지도 않겠다는 맹세를 했지만 반년이 멀다하고 또 노무일꾼으로 나간다, 여행사를 거쳐 나간다 하면서 갖은 방법을 다 쓰고 있다. 말로는 한국이 못살 곳이라고 욕하지만 남들이 한국 나쁘다고 하면 이를 물고 대 드는건 또 웨서일가?

≪중국교포들뿐만이 아니라 필리핀 인으로 해서 외국인이 너무 많기에 하는 수가 없는거란다. 한국도 사실은 잘사는 나라는 못되거든.≫

한국삼촌은 수저를 밥상에 놓으며 이북 삼촌을 힐끗 쳐다보았다.

≪필리핀 인은 외국인이니 불법체류라고 하지만 중국교포를 불법체류라고 할 수 없잖아요. 아니면 교포라 하지 말든지. 그래 친척집에 놀러 간 사람을 오래 있다고 불법이라 할 수는 없지 않아요. 게다가 번들번들 놀면서 파먹는 것이 아니라 피땀으로 일하면서 있는데요. 보세요, 삼촌님도 이젠 며칠 됐으니 아시겠지만 중국에 사는 우리 민족만큼 인심이 후하고 자기 민족의 전통을 가지고 있고 또 우리만큼 남북통일에 관심 갖고 힘쓰는 해외동포들이 어디 있어요? 안 그렇습니까?≫

≪하긴 그렇기도 하다만…≫

한국삼촌이 무엇이라고 더 변명하려는데 덕수가 와서 술을 권했다.

≪고맙네. 술은 받아먹으나 자네도 한잔 받아야 하네. 이걸 보고 한국에서 대포 쏜다고 하거든. 자네도 한국 갔다왔으니 알겠지만.≫

삼촌이 받아 마시고나서 다시 잔에 술을 그득 부어 덕수 앞으로 내밀었다. 덕수는 술잔을 두 손으로 깍듯이 받으며 말했다.

≪어르신님의 술을 감히 받아마시겠습니다마는 술보다도 저의 청을 하나 들어주서야 하겠습니다.≫

≪청이라니?≫

한국삼촌이 약간 긴장해졌다. 저 자식 또 달러를 좀 바꿔달라고 하지나 않을가고 나도 저으기 마음이 긴장해졌다.

≪다른게 아니라 한국에 돌아가시면 우리 저 형님(나를 손가락질하며) 초청장 하나 해보내시라 그겝니다. 한국에서 한 십만원만 먹이면 된다는데 모든 비용은 저 형님이 한국에 가서 돈을 꽝꽝 벌어 곱으로 갚아드리지 않을라구요.≫

≪좌우간 자네 말이 고맙다마는 지금 우리 나라 정부에서는 60세미만은 초청하지 않기로 되어있기에…≫

≪그럼 통일은 60세미만은 관계치 말고 60세 이상분들이 구천에 가서 하겠습니까?≫

≪그건…≫

난처해진 건 삼촌이었다. 비록 덕수가 취해서 망탕 한 말이긴 하나 그저 듣고 지나쳐버릴 말은 아니었다. 내가 하고싶은 말을 덕수 그 녀석이 대신 한 셈이었다.

한국삼촌이 오신 다음 나의 아내가 몇 번이나 초청장 때문에 나를 꼬드겼지만 나는 언제나 입가에까지 나왔던 말을 되삼켜 버리군 하였다. 그래도 조카집이라고 찾아온 삼촌을 보고 한국 가 돈벌겠으니 초청장 해달라는 말이 차마 입에서 떨어지지 않았다.

≪덕수야, 그건 네가 걱정할게 있냐? 이번에 남북삼촌 모신다고 몇 천

원 때려 썼을건데 잘사는 한국손님 벌써 타산이 있을게 아니냐?≫

촌장이 붙는 불에 키질을 했다.

≪이젠 말씀 그만 하구 술이나 한잔 듭시다!≫

화제가 너무나 한국쪽으로 쏠려서 그러는지 이북삼촌이 언짢은 기색으로 술잔을 들고 권한다.

≪아니, 이만했으면 잘사는데 또 뭐가 모자라서 남조선에 나가려 하지요?≫

언제나 이해가 가지 않는 삼촌어머님이 또 말참견을 했다.

≪이러다간 앞으로 우린 죽도 못 먹는다구요. 등소평이 한 때는 우리 백성들을 잘살게 했지만 등소평이 죽고 나니 앞으로 세월이 어떻게 될지 누가 안대요. 지금 좋을 때에 돈을 꽝꽝 벌어놓아야지요.≫

덕수의 말이 채 끝나기도 전에

≪아니 그게 무슨 말본세우?! 나라 수령님의 이름을 마음대로 부르다니?!≫

하고 이북삼촌이 질겁하여 주위를 두리번 살핀다.

≪뭐, 등소평은 사람이 아닌가유? 등소평이 등소평이지 뭐 등대평이겠나요? 나 원, 이북에서는 다 좋은데 충성을 람용하는 것이 딱 우리 문화대혁명 때 같다니깐요. 충성은 입으로 하는게 아니라 마음으로 하는거지요.≫

얼근히 취한 덕수가 침방울을 툭툭 튕기며 연설을 푼다.

이북삼촌은 얼굴이 붉어지다 못해 나중에는 파래지고 있었다.

≪덕수, 말을 작작하게. 나라마다 실정이 다 다르니 이럴 수도 있고 저럴 수도 있지, 고향을 떠나온 우리가 무슨 권리가 있어서 고향이 좋다 나쁘다 평할게 있는가. 취했군 취했어!≫

나는 이북삼촌의 면목을 취세우려고 덕수를 나무랐다.

≪형님, 난 취하지 않았소. 뭐 우리가 고향이 나빠서 떠나온줄 아우? 우리 조상들이 여기로 왔으니 할수 없이 남아 있는게지. 우리 조상들이 동족상잔하지 않았으면 우리가 왜 여기에 와있겠소. 그래도 우린 거의 다 독립군의 후손들이라우. 형님은 다 좋은데 그 거짓말하는게 난 딱 질색이

라우. 뻔히 이북이 어떤 면은 지나치다는 줄 알면서도 왜 감히 말 못하우. 형님, 한국 욕하는 글 신문에서 나두 봤수. 왜 한국은 자본주의라고 욕할 수 있고 이북은 사회주의라고 욕하면 안 된다우? 꾸민 욕두 아닌데. 실은 안타까와서 그러는게지, 한번 재간있으면 이북 어떻다고 사실 그대로 써 보라구. 뭐 글쟁이들 기행문 많이 쓰는데 보고 느낀대로 써보란 말야…≫

언젠가 신문에 실린 나의 글을 보고 덕수가 말한 것이었다.

≪정 그러면 난 가겠수다. 이런 괄시를 받고서야 어떻게 나 원…≫

이북삼촌이 푸르딩딩해서 벌떡 일어서는데 눈에서는 불꽃이 막 튕기고 있었다.

≪아니 영감, 이게 뭐 집인줄 아우. 가만 앉아 계시우다! ≫

삼촌어머님이 억지로 삼촌을 말려 다시 제자리에 앉혀놓았다.

≪이게 어디 술 좌석이우, 반동모임이지. 목이 날아 나웨다…≫

보니깐 큰삼촌의 노기는 여기에서 오고 있었다. 술 좌석은 대번에 스산해지고 말았다.

≪형님, 좀 참으시우, 그래도 우린 손님이 아닙니까? 저 아저씨 말씀대로 이북이 너무한건 있지 않습니까? ≫

≪뭐야, 너도 우리 조선을 깔보는거냐? 남조선은 뭐가 잘해서 미군을 불러다 6·25전쟁을 벌리고 지금까지 남조선을 통치하게 하냐. 그리구 뭐 이라크에 군대를 파견한다구? 침략자를 돕는게 잘한 일이우? 동맹국이라구 나쁜짓도 같이 해야 한다우? 우린 배 굶어도 남의 식민지노릇은 안해!≫

덕수한테 해대지 못하던 분풀이가 그만 동생이 불을 지피는 바람에 확하고 당기고 말았다.

≪형님, 남을 욕할게 뭐유? 백성들 배굶기면서 핵무기는 무슨 핵무기유? 6·25를 봐도 미군이 먼저 불질렀소? 이북이 먼저 불질하는 바람에 유엔군이 가입한거지요!≫

≪뭐 이북이 먼저 쳤다구? 남조선괴뢰도당이 먼저 전쟁을 도발하구두.≫

그만 두 삼촌은 다투기 시작했다. 6·25라는 이 민족의 원한이 아직도 그들의 맘속에 깊이 뿌리박고 있었던 것이다.

《손님, 이거 안됐습니다. 맹탕 모셔다놓고 불쾌하게 하셨구만요.》

촌장이 나서서 말리였다.

《아니, 좋은 음식 놔두고 얼굴 붉힐게 뭔가요?》

나는 참다 못해 두 삼촌을 번갈아 보며 불만을 토로했다. 두 삼촌은 성을 가라앉히느라고 씩씩거리며 가만 앉아 있었다.

그후 아무리 내가 기분을 돋구려고 애를 섰지만 묵묵히 술만 마시는 두 삼촌 때문인지 좌석은 흐지부지 되고 말았다.

나는 두 삼촌의 주량이 근심되어 이내 연회를 파하자고 재촉하였다.

집으로 돌아와서도 두 삼촌은 성이 가라앉지 않았다. 폭 취해 녹초가 된 것도 있겠지만 아까 있었던 불화가 아직까지도 그들의 마음속에서 꿈틀거리고 있기 때문이였다.

《넌 오늘 무슨 말을 했니? 그래 6·25는 우리가 먼저 불질 했다구?》

큰삼촌은 또다시 걸고든다.

《아니, 형님, 그럼 6·25는 우리가 먼저 손댔단 말이우?》

《그럼 네 놈들이 아니면 누구냐?! 미제와 결탁해서 우리를 치고도 지금은 뭘…》

《형님, 역사는 외곡할 수 없습니다!》

두 삼촌은 또다시 얼굴이 벌개서 다투기 시작했다. 내가 아무리 말리려고 서둘렀지만 취한 그이들한테는 나의 말이 아무런 소용도 없었다.

《큰삼촌, 오늘은 이만하고 내일 또 보자요. 예.》

《흥, 네 놈도 다 같은 놈이야! 오늘이 무슨 자리냐? 엉? 반동 모임이지? 함부로 우리 공화국을 모욕해! 넌 죽어야 한다! 죽어야 해!…》

삼촌이 다시 나를 욕하기 시작했다. 그러나 그이의 욕지거리에는 또한 그 어떤 자신의 운명에 대한 공포심이 가득 담겨있었다.

이튿날 아침 한국삼촌은 중국에다 투자할 생각인데 고찰해보겠노라고 얼버무리고 연길로 떠나갔다. 고찰도 고찰이겠지만 큰형님과 그렇게 서먹서먹하게 대하고 있는 것보다도 속시원히 밖에 나가서 바람이나 쐬며 흥분된 정서를 가라앉혀보려는 한국삼촌의 심사를 나는 알 수가 있었다.

아무리 고찰입네 하고 충분한 이유를 대고 나갔지만 이북삼촌은 속이 편할 리 만무했다.

이틀이 지나고 사흘이 지나도 한국삼촌이 돌아오지 않자 이북삼촌 또한 밸이 욱 했던지 어느 하루 아침엔 나를 보고 정중하게 제기했다.

≪내일로 조국으로 돌아갈 생각이니 그리 알고 준비해달라!≫

≪아니 이제 반달도 안 되는데 돌아가시겠어요? 왔던 김에 오래 계시다가 가서야 할게 아니예요.≫

≪실컷 놀았다. 조국은 아직 동강나있지 않니? 미제는 아직도 칼을 갈고있는데 우리가 이렇게 번들번들 놀아서는 되겠니?≫

큰삼촌의 표정으로 보아 이건 입에 바른 말이 아니라 진심에서 우러나온 말이었다.

≪그래도 둘째 삼촌이 돌아온 다음에 가서도 가서야 할게 아닙니까?≫

≪하긴 그렇다만…≫

그래도 형제가 다르기는 다른가부다. 아무리 낯을 붉히고 헤어졌지만 진작 떠나자고 하니 자연히 동생 생각부터 앞서는가부다. 그러나 며칠이 지나도 둘째 삼촌의 소식은 전혀 없었다. 아마 투자를 하자니 매우 바쁜 모양이다. 원래부터 무슨 일을 하면 시간을 질질 끄는게 중국사람들의 본성이 아닌가.

그러던 어느 날 저녁 우리가 한창 밥을 먹고 있는데 덕수가 문에 들어서면서 큰소리로 떠들었다.

≪형님, 술 한잔 주우! 나 오늘 뒤잔 했다우!≫

꼴을 보니 또 어디 가서 잔뜩 술을 퍼마신 모양이다. 한국 갔다온 다음에는 그까짓 일년 뼈빠지게 농사 지어봤자 한국에서 하루 일하는 것보다 못하다며 매일 한국에 나갈 생각만 하면서 술만 마시고 돌아다니는 덕수였다.

≪형님, 나 오늘 어디에 갔댔는지 아오? 연길 가라오케에 갔댔소. 가라오케말이요, 형님 가봤소? 형님은 돈이 없어 못가지…이북손님은 더 말할 것 없구…억…근데 형님, 나 오늘 가라오케에서 이 집 한국손님 봤다니깐. 새파란 계집 껴안고 수작하는데 제법이더군. 하하…그래서 나도 계집 하나 불렀더니 고게 얼마나 말랑말랑한지 나워…≫

큰삼촌의 눈이 꼿꼿해졌다.

≪이북손님, 왜 이렇게 날 쳐다봅니까? 중국에는 돈만 있으면 다라구유. 하하…고 놈의 계집애 응응, 싫습니다 하는게…≫

덕수가 떠나간 다음에도 큰삼촌은 얼굴을 찌프리고 있었다.

≪삼촌, 달리 생각 마세요. 중궁에는 이젠 그렇게 된걸요.≫

≪지금 보니 난 네 둘째 삼촌과는 판판 딴 세상 사람이구나. 자본주의 동생이 나한테는 필요가 없는거야!≫

≪삼촌, 그래도 형제가 형제지, 뭐 자본주의, 사회주의 해서 형제가 남이 되겠습니까?≫

≪사람은 계급 선을 못 벗어나느니라…애야, 사실 말이지 내가 형제 정이 너무 그리워서 온게지 아니면 감히 오겠냐? 내가 중국에 와서 한국동생을 몰래 만나본 일이 탄로되는 날이면 어떤 후과가 차례지는지 넌 모를게다. 그런데 정작 동생이라고 만나니 실망밖에 없구나.≫

큰삼촌은 풀풀 한숨을 내쉬며 내일은 꼭 조국으로 돌아 갈테니 꼭 표를 끊어달라고 부탁하는 것이었다.

그러나 나는 그저 이렇게 보낼 수가 없었다. 이튿날 억지로 삼촌을 눌러 앉히고 은행에 가서 대부금 2000원을 내와 재봉침, 자전거, 흑백 텔레비죤 등을 샀다.

비록 아내가 자꾸만 돈만 꿔쓰면 앞으로 무엇으로 갚겠는가고 바가지를 긁었지만 못사는 큰삼촌을 너무 섭섭하게 보낼 수가 없었다. 우리가 약간 허리끈을 조여매면 이북손님들이 돌아가서 몇 년을 잘 살 수 있다고 하지 않는가.

그날 밤을 자고 나서 나는 삼촌과 삼촌어머님을 모시고 도문으로 향했다. 그날따라 먹장구름이 하늘을 덮어 날씨는 어둠침침했다. 그래도 사전에 산 짐을 기차로 부쳤기에 가벼운 몸으로 떠날 수가 있었다. 사지 못한 것이 쌀이지만 도문에 가서 사도 충분하기에 돈만 넉넉히 가지고 가면 그만이었다.

도문에 도착하니 소나기가 퍼붓기 시작했다. 내일로 미루자고 내가 거듭 만류했지만 삼촌은 기어이 고집을 부리였다.

세관검사를 마치고 짐을 부치고 난 다음 우리는 세관 대합실에서 비멎기를 기다리고있었다. 삼촌은 눈물이 글썽해서 나를 외면해 서있었고 삼촌어머님은 벌써부터 눈물을 훔치고있었다.

≪삼촌, 섭섭하게 생각지 마세요. 명년에 다시 편지할테니 그때 다시 오서요. 꼭 잘 해드릴게요!≫

≪조카, 고맙네. 자네는 나무랄게 하나도 없네. 그저 혁명 사업이 바쁘다보니 이렇게 급히 떠나니 달리 생각 말게!≫

그렇게도 억수로 퍼붓던 소나기가 어느새 뚝 멎으며 해 빛이 쨍쨍 내리쬐고 있었다. 큰삼촌은 나와 악수를 마치고 나서 성큼성큼 앞으로 걸어나갔다.

≪수고했네. 조카… 흑흑…≫

삼촌어머님은 말을 채 맺지 못하고 삼촌 뒤를 따라 총총히 떠났다.

삼촌과 삼촌어머님이 다리 목에 오르려 할 때였다.

≪형님!≫

목 메인 소리가 저 쪽으로부터 들려오고 있었다. 한국삼촌이 헐레벌떡 뛰여오고 그 뒤로 나의 아내가 따르고있었다.

≪형님! 왜 벌써 떠나우?≫

≪엉…석진아…≫

두 삼촌의 네 손이 한데 엉키였다. 둘째 삼촌은 물참봉이 되어있었다. 나의 아내한테서 소식을 듣고 비를 맞으며 달려온 것이 분명했다.

≪형님, 내가 잘못했소. 날 욕하오!≫

≪아니, 석진아, 내가 잘못 했다. 내가 너무 옹졸했어!≫

≪아니요! 형님, 제가 너무 버릇없었어요!≫

≪석진아!≫

≪형님!≫

드디어 그들은 통곡하기 시작했다. 나의 아내도 섧게 흐느끼고 있는 삼촌어머님을 부축하고 눈물을 줄줄 흘리고있었다. 나도 어느새 눈앞이 부옇게 흐려져 왔다.

그렇다! 우리에게는 옥신각신보다도 더 많은 자책, 더 많은 눈물이 수요되었다.

정말 세관수속만 마치지 않았다면 큰삼촌을 다시 집으로 모시고 갔으면 얼마나 좋으련만!

세관일꾼들의 재촉하에 큰삼촌과 삼촌어머님은 다리에 올라섰다.

≪형님! 명년에 다시 만납시다요!≫

멀어져 가는 큰삼촌과 삼촌어머님의 등에 대고 한국삼촌이 고함을 질렀다.

≪명년에 꼭 다시 만나자!≫

≪명년에 서울에서 만나자요!≫

한국삼촌이 두 손을 나팔형을 해가지고 웨쳤다.

≪명년에 평양에서 만나자!≫

심장으로부터 우러러나오는 큰삼촌의 목소리가 바람에 실려왔다.

≪그땐 나도 갈게요!≫

자신도 모르게 나는 이렇게 웨쳤다.

두문강은 들었는지 말았는지 출렁출렁 노래하며 흐르고 훈훈한 바람은 속삭이며 불어오고있었다.

큰삼촌네가 다리 목에서 내려 사라진지가 퍼그나 지났지만 나와 한국삼촌은 정신나간 사람처럼 다리위만 멍하니 바라보고 있었다.

거기에는 어느새 칠색 무지개가 둥그렇게 비껴있었다. 비온 뒤의 무지개는 더욱 아름다웠다.

(≪도라지≫ 1996. 5호)

# 황소

권 운

1

아버님한테서 전화가 온것은 내가 막 출근잡도리하느라고 어수선하게 옷매무시를 갖추고있었던 때였다. 그전에 나는 무엇을 했었던가. 아침 여섯시 차로 막내동생을 떠나보내고 그다음 뜨악해진 안해의 얼굴에서 미세한 마음의 파문이 일고있는것을 보았고 안해의 꼼꼼한 가슴속에 확연치 않은 무엇인가가 숨겨져있는것을 감지했었다. 그래서 안해를 설복하기도 그리 조련찮을거라는 내 나름대로의 근심에 싸여있었다.

그러면서 저녁 안해를 잘 타일러봐야겠다고 생각하며 옷가지를 주어입는데 그때 침상우에 놓여있는 전화통에서 전화벨이 울려왔다.

"황소가말이야, 우리 집 황치 황소가말이다…" 전화를 들기 바쁘게 수화기에서 홍두깨같은 황소소리가 들려왔다. 수화기가 왕왕 울리는 좀 석쉼한 격동된 목소리를 나는 아버님의 음성으로 짐작했지만 례의상 누구신가고 다시 물었다.

"나다. 나 여긴 혜장이다…" 아버님은 혜장이라면 내가 누구라는것을 알것이라고 생각하는것 같았다.

"니 황우 맞니? 내 목소리가 들려?"

"네 아버님, 듣고있어요. 그런데 아버님 황소가 어찌 되였단말씀이죠?"

"음— 그거말이냐. 저— 우리 집 함경도 황치황소가말이다. 너두 알재. 그 송곳뿔 황치소가말이다. 신새벽에 새끼를 낳은거야. 하, 글쎄 한마리가 아니구 두 마리나 덜컥 내쐈지 뭐야. 니 듣니? 내 소리가 들려?"

"네 아버님 제 듣고있어요. 참 경사난 일이군요."

아버님이 얼마나 기뻤으면 그 먼 시골에서 전화를 걸어왔을가. 나는 아버님의 즐거운 모습을 전화속으로 들여다보는것 같았다. 그리고 전화의 첫마디가 우리의 안부도 아닌 황소의 이야기라는것도 리해할것 같았다. 나로서는 아버님의 심중에 황소의 위치가 상당히 큰 자리를 잡고있다는 것을 얼마든지 알고있는 까닭이다.

"아무렴 경사라도 큰 경사지. 글쎄 한배에 두 눔이나 내쐈줄 변이라구야. 내 평생 소치면서 처음이다."

"갓 난 송아지는 별일 없으세요. 아버님."

"별 탈 없다. 벌써 자리에서 일어나 암소젖을 빨고있거든. 네 엄마가 지키고있으니까 깔리거나 상할 근심은 없을거다."

"참 어머님껜 고생거리만 생기는구만요. 돼지를 칠라니 송아지를 거둘라니…" 어머님의 새하얀 머리발과 주름많은 얼굴을 떠올리며 나는 이마살을 찡그렸다.

"그런데 아버님 지금 어데서 전화하시죠?"

"맏이네 집이다. 바꾸란? 아니 잠간, 너무 기쁜김에 손주놈을 깜빡 잊을 번했구나. 룡이 잘 있어. 룡이 에미두 잘 있구?"

"네 아버님 모두들 잘 지내고있어요. 여름방학이 멀지 않으니 그때 룡이를 혜장에 보내려고 해요."

"응 그리 해라. 참… 거기 막내가 안갔드냐?"

"왔었어요. 사흘전인가…"

"그래 무슨 말 안하드니?"

"아니요. 별다른 말은 없었구요. 그저 시골이 갑갑하구 무미해서 며칠

놀다 가겠다더군요. 오늘 아침차로 떠났으니 저녁편이면 혜장에 도착할 거예요.”

그러나 나는 당초부터 아버님을 속이고있었다. 사실 막내동생은 나를 찾아와서 고향을 배반할 일과 아버님을 괴롭힐수 있는 일을 수두룩이 말했으며 나도 또 거기에 동감을 표시했었다. 하지만 지금 아버님에게 그런 사실을 이실직고할수는 없는 일이다. 왜냐 하면 나는 아직 그런 말을 꺼낼수 있는 용기가 서있지 않고있으며 막상 사실대로 얘기한다 하더라도 나는 내 량심상 감지되는 자괴감에서 해탈될 수 없기 때문이다. 그래서 아버님이 큰형한테 전화를 바꾸는 시각까지 나는 실말을 못하고 있었다.

바꾼 전화에서 나는 큰형과 인사의 말 몇마디 나누고 토요일날 혜장에 내려갈거라고 말했다. 왜서 혜장에 내려간다는 용건은 말하지 않고 좀 상론할것이 있다고만 했다.

전화를 놓은후 나는 일말의 불안 같은것을 느끼고있었다. 아버님의 전화를 받고 또 황소에 대한 아버님의 즐거운 말을 듣고나니 황소를 팔자던 내 생각이 허상같이 느껴지며 그 허상의 진실한 모습이 어두운 장벽같이 보여왔다. 아버님의 견고한 리념으로 다진 높고 두터운 장벽, 그 장벽을 내가 능히 넘을수 있을런지. 좌우간 비끌어매놓을수 없는 시침이 출근시간의 긴박함을 알려주어 인간은 역시 어제도 래일도 아닌 바로 오늘속의 인간임을 실감하며 바삐바삐 출근길을 나섰다.

이 세상 사람들은 어쩌면 자기들 자신이 설치한 갖가지 버튼에 조종되는 로봇와도 같은 생활을 한다고 나는 가끔 생각한다. 그 버튼이란 자연의 법칙을 조종하는 버튼인것이 아니라 자연의 법칙과 상반되는 리념적인 법칙의 버튼이다. 인간세상을 다스리는 일이 인간 리념을 다스리는 일인지는 몰라도 법률이나 규칙, 많고많은 규정속에 인간은 리성을 압제당하고있다. 김립은 그래서 방향을 즐겼고 도연명은 그래서 도화원을 즐겼을가? 실농군인 아버님은 아마 그래서 시골을 좋아하고 황소를 좋아하는지도 모른다.

신문사에 출근하여 언제나 내 자신이 로보트와 같다는 생각에서 벗어 못난채 언제나 같은 방식으로 수백번 오른 11층 엘리베이터를 탔고 역시 수천번 손닿은 둥근 사무실 손잡이를 잡았으며 언제나 변동없는 내 걸상 내 책상에 마주앉았을 때는 출근시간 1초도 늦지 않은 여덟시였다. 그래서 규정이 나를 속박했다는 압박감을 잊고 그 규정을 내가 지켰다고 안도감에 한숨이 홀 나왔다.

그런 다음 기계적으로 책상우에 더미채 쌓여있는 원고무지에서 손에 잡히는대로 하나 끄집어내여 번지기 시작했다. 그러면서 이 수두룩한 원고무지속에 구경 인간의 삶을 개변할수 있고 이 사회에 영향을 미칠수 있는 글이 몇편이나 있을가고 까닭없는 의심을 하면서 내 사업에 대한 열의가 식어가기 시작했다. 따라서 자유로운 사유는 요 근간에 일어난 내 신변의 일들을 하나하나 되새기며 무슨 방도라도 없을가고 골머리를 앓았다. 먼저 막내동생의 시골에 대한 실망과 자아에로의 도피, 안해의 얼굴에 나타난 갈피잡기 힘든 미세한 파문, 아버님의 정열에 들뜬 목소리와 새끼송아지 두 마리… 이 가정이란 울타리속에서 나는 어떤 위치에 있으며 어떤 처사를 할수 있는가? 또한 나의 처사가 진정 올바를수 있으며 그 후과에 대하여 책임질만한가. 백순할수는 없어도 오십은 가히 순하다고 장담할수 있었다. 그러나 그것은 아버님께 한한것이 아니라 안해에 한할 뿐이다. 대륜의 례를 지켜온 우리 부부는 믿음 하나로 충족했다.

결혼 6년간 안해가 가장 근심하고 걱정하는것은 우리 집에 손님이 찾아드는것이였다. 그것은 열세평방밖에 안되는 단칸방에서 손님을 접대한다는것이 여간만 불편하고 미안스러운 일이 아니기 때문이다. 우리 집 편이나 가시집 편 친척들이 한번 와보구는 "좀 너른 집한채를 갖춰야겠구나."하며 하루밤 인사로 한마디 남기고는 다시 찾아와 류숙하는 일은 드물었지만 좀 너른 집 한 채를 갖춘다는게 어디 그렇게 수월한 일인가. 그러나저러나 안해는 언제나 시가나 본가나 일푼 편견없이 우리 집을 찾는 손님에게 웃음어린 얼굴로 호텔복무원 못지 않게 서비스를 해왔다.

인간은 언제나 각자의 리념에 따라 어떤 소망이나 계획을 가지고 있으며 또 그 리념에 대한 확고한 신념 때문에 자신의 의지에 어긋나는 행동이나 언어를 듣게 되면 불의를 일으킨다. 그리고 자신도 모르는 사이에 불만을 터뜨린다. 비록 인간성격이 사람나름이겠지만 그것을 참는데는 자기 내심의 억제가 필요하며 그 어떤 리해력이 풍부한 말하자면 참된 수양을 갖추어야 할것이다. 이면에서 안해는 완전히 나를 탄복하게 만들었다.

막내동생이 세집을 찾아온건 사흘전, 그때로부터 오늘새벽 동생이 떠나기전까지 안해는 하냥 나에게 유순한 몸가짐이였고 내동생에게는 살뜰한 형수로서 얼굴에 친근한 미소가 가시지 않고있었다. 그런 안해에 대하여 한결 고맙게 생각하면서도 나는 어쩐지 미안한감도 없지 않았다.

사실 막내동생의 탈가는 시골의 무미하고 허탈한 삶에 대한 도전이며 반항일지도 모른다. 젊음의 피가 파도처럼 흐르고 억제할수 없는 힘이 지심까지 꿰뚫을 때 동생으로선 그 혈기를 쏟을 곳이 없었을것이다. 론어 계씨에서도 말했지 않는가. "젊었을 때는 혈기가 아직 가라앉지 않아 이를 달래는데는 색에 있다"고. 그런데 동생의 말을 빈다면 시골엔 처녀가 아니라 과부도 없단다. 그래서 동생은 기어이 소 팔아 로무수출을 가겠다고 했다. 로무수출은 동생의 창조가 아니라 지금 시골청년들이 동경하는 하나의 사조로 되고있다. 나 역시 이 막연한 현실에서 딱히 무엇을 추구해야 할것인지 갈피를 잡지 못하고있지만 동생에게 동정심이 갔고 그래서 아직 안해의 동의를 거치지 않았음에도 로무수출의 비용 절반은 형인 내가 선대할수 있다고 말했다. 그때 아들애에게 무엇인가를 가르치고있던 안해는 좀 당황한 얼굴로 우리 형제를 돌아다보았지만 인츰 자연스런 얼굴이 되여 "사기군이 많다던데요."하고 헛말 삼아 말하고는 계속 아들의 연필 쥔 손을 바로잡아주는것이였다. 그러나 나는 안해의 그 "사기군이 많다"는 본의를 "로무수출"에 모험하지 말라는 의미보다도 무일푼전인 내 동생이 로무를 가자면 어차피 우리의 이만원짜리 저금통장을 휴지로 만들지 않는가 하는 의미로 들렸다. 나 역시 의례 그렇게 될것이라고 생각하고 있지만 저금통장의 이만원속에는 너무나도 모진 안해의 피땀이 슴배여있어 내심 미안했던것이다.

사범학교를 나온 안해는 소학교 교원으로서 월급이 그리 높지 못했다. 나도 글다루는 가난뱅이 행렬이라 수입보다 소비가 가중한 편이다. 그렇다고 액외의 다른 보나스 같은것도 없었다. 그리고 학교측이나 신문사측이나 정부의 구제를 받는 업종으로서 결혼 6년이 되도록 아직 단칸방 하나 부여받지 못하고 있다. 이 6년간 패랭이에 숟가락 꽂고 사는 세집생활에 우리 가정은 너무 지쳤고 진절머리 나있었다. 또 그래서 희망하게 된 간절한 소망이라면 자나깨나 우리의 진정한 소유인 집을 한 채 얻는것이였다. 모종 의미에서 집은 우리 가정에 천당일수도 있고 락원일수도 있다. 그리하여 안해는 이 인간 본능의 가장 소박한 소망을 위하여 비가 오나 눈이 오나 전차 한번 타지 않았고 방학때에도 6년이나 타고 다니던 자전거를 끌며 과외보수로 몇몇 학생을 가르쳤다. 그렇게 모아진것이 지금 저금통장에 고스란히 씌여있는 이만원의 아라비아수자다. 그런데 지금 나의 질탕치는 사유로 하여 안해의 그 소망은 위협을 받고있다. 어쩔수 없는 정황의 사정이라고는 하지만 어쨌든 안해에게 미안한것이였다.

퇴근하여 집에 들어서자 안해는 벌써 아들애와 함께 집에 와있었다. 쪽걸상에 앉아 남새를 가리던 안해는 예전보다 좀 부자연스러운 미소(나에게는 그렇게 느껴졌다)를 지으며 인츰 일어나 나의 사무용 가방을 받아두었다. 비닐장판우에 네다리 둥근상이 놓여있고 그우에 흰 가제천어 씌워있는것을 보아 저녁도 준비된 상태였다. 맥주병까지 길쭉하니 세워져있는것으로 보아 분위기가 좀 색다르게 느껴졌다. 어딘가 "홍문연"같은 느낌이라고 할가.

"오늘 누가 생일이라도 쇠나?"

"주말이고 해서 좀 갖췄을뿐이예요."

안해는 내 옷을 받아 옷걸이에 걸며 말했다.

"거참, 오늘 주말은 다른 주말보다 특별히 다른 모양이지."

나는 참말 다른 각박한 의미가 없는 유쾌한 주말의 잔치이기를 바라며 밥상에 마주앉았다.

안해가 따라주는 맥주를 마시고 아들이 집어주는 맛나는 료리를 맛보며 진정 즐겁고 유쾌한 가정의 진미를 실감하며 행복이란 바로 이런 멋을 두고 하는 말일거라고 가슴뿌듯이 만끽했다.

상을 물린후 우리 부처간이 한자리에 들기까지는 꽤나 오랜 시간이 걸렸다.

침상우에서 나뽈레옹의 성공철학을 읽으며 나는 어떤 방식으로 안해에게 돈에 대한 첫마디를 뗄것인가고 궁리했다. 저녁 푸짐한 술상과 안해의 살뜰한 대접이 내 마음을 약하게 만들었지만 안해는 아들애의 침상우에서 동화그림책을 번지며 재미나게 설명해주고있었다. 그 화기애애만 모습을 바라보며 나는 내곁에 선녀같은 딸애가 하나 더 있는 모양을 상상해보았다. 함박꽃같은 딸애와 이마를 마주하고 백설공주의 이야기를 들려주는 나. 참 달콤하고 아늑한 분위기일것이다. 이제 생활이 좀 펴이면 딸 하나를 더 낳아야지. 그렇게 생각하니 이 단칸방이 너무 작아보이며 두칸 방도 아니라 세칸방이 있어야 하겠다고 생각되였다. 좌우간 잡념속에 책을 읽다나니 얼마 읽어내려가지 못했다. 성공철학 제1단계의 "소망"을 겨우 끝낼무렵 문득 안해가 침상에 걸터앉았다.

"그냥 보실거예요."

아들의 침상을 바라보니 아들은 이미 잠들어있었다.

"고만 자야지."

나는 책을 덮어 탁상우에 놓아두었다. 관자노리를 손가락으로 누르며 눈의 피로를 가시면서 어떻게 돈에 대한 서두를 뗄것인가고 다시 생각했다. 그러다가 내 몸에 안해의 부드러운 살결이 대여옴을 느껴 머리를 들었다. 마침 안해도 은근한 눈매로 나를 쳐다보고 있었다.

"무슨 생각을 하시죠?" 안해가 먼저 물었다. 나는 대답하지 않고 잠간 생각하다 아침 아버님의 전화얘기부터 꺼내려 하는데 안해가 내 팔을 꼭 잡아쥐며 또 말했다.

"제가 오후 말미 맡고 어데 갔었는지 알고싶지 않으세요?"

"어데 다른 남자하구 데이트라고 했었나?"

"그래요. 아주 잘 생긴 남자와 함께요. 훤칠한 키가 우리 집 천정보다 더 높았어요. 우람한 몸집은 아마 우리 집보다 네배는 더 컸을거예요. 참말 거인이였어요. 질투 안나세요?"

"그 남자 돈이 있어?"

"있었어요. 금빛나는 이만원짜리 카드 하나."

나는 속에 집히는것이 있어 다시 물었다.

"도대체 어데 갔댔어. 혹시 집사러 갔지 않았어?"

"그래요. 공원쪽에 괜찮은 집이 있다고 해서 집보러 갔댔어요."

안해는 짐짓 태연하게 말했다. 속은 얼어있으면서도 태연한체 꾸몄을 것이다. 그러나 나는 내 팔을 잡고있는 안해의 손이 몹시 차겁게 느껴지며 랭기가 창자에까지 스며드는것을 억지로 참고있었다.

"괜찮았어요. 방도 세칸이구 화장실까지 있었어요. 온돌방이긴 하지만요. 이만원이라니 그럴수밖에 없지 않아요."

내 창자에서 저녁 마셨던 맥주가 다시 발효되여 부글부글 끓고있었다.

"원래는 당신께 전화하려고 했었는데요. 집주인이 시간이 없다기에… 래일 함께 가볼래요?"

"봤다면서. 뭐 내가 다시 가볼 필요가 있겠어?!" 나에게는 정말 안해만큼 참고 기다리는 인내력이 부족했다. 어쩌면 례의로운 수양을 갖추지 못한 아직 소인에 지나지 않는지도 모른다.

"나란 사람이, 이 황우란 인간이 녀성보다 사타구니에 하나 더 달구있으니까 남자구 이름 하나 남편이고 아버지니 세대주일뿐이지 그럼 엄청난 대사를 처리할 결정권을 가질수 있는 사람인가? 아무렴 그럴테지. 돈 하나 잘 벌어들이나 집살림 하나 잘 꾸려가나…"

"그저 집구경 좀 했을뿐인데… 무슨 말을 그리 탁하게…"

안해는 내 얼굴을 곧바로 쳐다보지 못하고 눈을 내리깔며 말했다. 속눈 섭이 파르르 떠는 것으로 보아 역시 안해의 마음이 약해보였다.

"그래그래. 사실 난 이렇게 말할 권리도 없지. 그래 그렇지. 당신에게만 그런 곳에 가볼 권리가 있고 결정할 권리가 있으니까. 돈은 당신이 벌어 모은거니까…"

"누가 그 집을 사려고 결정지었나요. 뭐 당신이 마음없으면 안사도 되 는건데…"

"그렇게 간단한거라면 좀 좋게… 그렇게 웃고 지나칠 일이라면… 그런 데 그게 아니란말이야. 당신은 내 동생이 찾아온 그 사연을 모를리야 없 겠지. 그러면서도 선수를 쓰는거야. 남의 일 같이 외면하면서 명철보신하 려구드는거야…" 정작 머리가 뜨거워지니 말도 점점 역해졌다.

"이봐. 동생은 나를 형이라 믿고 찾아왔어. 나는 또 당신을 안해라 믿고 동생에게 대답줬어. 믿음이란 얼마나 소중한거야. 만약 동생이 이 형을 믿지 않았다면 나를 찾아오지도 않았을것이고 나도 당신을 믿지 않았다 면 동생에게 대답을 주지 않았을거야. 만약 그 믿음이란것이 없다면…"

"당신의 말은 언제나 정확하죠 뭐. 내가 배워주는 교과서같이. 아무래 나 당신 생각대로 하세요. 믿음이니 뭐니 엄중하게 말하면서."

안해는 뒤돌아눕더니 이불을 끄집어 머리까지 덮어버렸다. 그리하여 앵돌아진 안해와 타협을 이루지 않는 내 마음 때문에 작은 방안은 일순 조용한 정적에 잦아들었다. 나는 반듯이 누운채 휘뿡천 천정만 쳐다보았 다. 자꾸만 실망에 주눅든 동생의 얼굴이 얼른거려 마음이 괴로웠다. 안 해의 말대로 줄곧 화기로운 우리 부부사이에 "믿음"이란 의심할 나위조 차 없어 그것을 엄중하게 운운하는것 자체가 불필요하겠지만 안해가 내

동생의 그 간절한 소망을 다는 리해할수 없을것이다. 우리 형제간의 정분도 그렇다. 집에서 나는 농사일에 크게 신경쓰지 않았다. 공부를 한답시고 나무그늘밑에서 서생처럼 글만 읽었다. 그러나 동생은 어릴 때부터 아버님을 따라 농사를 지었고 소몰이를 다녔다. 내가 대학교에 입학한후 어쩌면 동생의 고생이 더욱 심했을지도 모른다. 나의 대학교 학비와 생활비 속에 동생의 신근한 땀이 배여있지 않았다고 말할수 없다. 안해는 이런것을 리해하고있는지?…

얼마나 시간이 흘렀을가. 문득 안해의 보드라운 손이 내 가슴에 살며시 대여왔다.

"여보." 차분히 가라앉은 목소리였다.

"지금도 성내세요?"

너무나도 부드러운 음성이여서 나는 돌아눕지 않을수 없었다. 안해의 은은한 눈이 수줍게 내 얼굴을 들여다보았다.

"제가 잘못 생각했나봐요. 제 타산만 하고요. 사실 전 두려웠어요. 사기군이니 협잡군이니 너무 많이 들어나서요. 그럴 마음이 아니였는데 너무 힘들게 모은 돈이여서…" 나는 안해의 작은 손을 가슴에 꼭 잡아쥐였다. 안해의 손이 한없이 따사롭게 느껴졌다.

"여섯해나 참았을라니 이제 이삼년 더 못참겠어요. 그땐 우리온돌방이 아니라 스팀있는 아빠트를 사자요. 네."

이 시각 나에게 무슨 말이 더 필요할수 있겠는가. 이제 내가 할수 있는 일이라면 이 귀엽고 수양있으며 또 모질기도 한 안해를 포용해주는 일밖에 남지 않았음을 알고있을뿐이다.

## 2

아버님을 만나게 되면 내 입에서 황소를 팔자는 말이 쉽게 나올수가 있을가? 연길역에서 화룡으로 향하는 뻐스에 올라서부터 나는 줄곧 내 자신의 사정때문이 아니고 막내동생의 전도를 위해 그러노라고 짐짓 자신을 위안하려들지만 마음 한구석은 그 위안을 달갑게 받아들이지 않고있다. 뻐스가 모아산고개를 넘어서부터 줄지어선 사과배원의 사과배를 맛보는 것 같이 시원하게 안겨왔다. 그리고 그 아래 해란강 평강벌이 푸르게 출 렁이며 흘러보였다. 띠염띠염 일밭에서 기음매는 농군들이 무사태평 한 가하게 느껴지지만 보습가대기를 메고 힘겹게 밭고랑을 훑고있는 황소의 고달픈 모습은 몹시 지쳐보였다. 이러한 고달픈 모습을 즐겁게 감상할수 있는 마음의 여유가 없어 나는 눈을 감아버렸다. 휙휙 바람 스치는 소리 가 귀가에 들려왔다. 눈을 감으니 오히려 아버님의 초라한 모습이 감긴 눈속에 얼른거렸고 마음을 진정할 수가 없어서 다시 눈을 뜨고말았다. 지 꿎게 마음을 산란하게 만드는 모습들을 털어버리려고 먼산을 바라보았 다. 허나 푸름한 산속에도 아버님과 황소의 모습이 비쳐보였다. 그래서 이 땅 어디에나 아버님과 황소의 자취가 어려있다는것을 새삼스럽게 느 끼며 이제 정당하다고 생각했던 내가 말하게 될 리유가 형편없이 각박하 게 생각되였다.

"둘째 형의 말이라면 아버님은 꼭 들어줄거야. 형이 대학 갈때도 그렇 고 형이 장가갈 때도 그렇고. 아버님은 한번도 거절한적이 없었잖어. 형 부탁해. 난 형만 굳게 믿고있어…"

동생은 연길을 떠나기전까지도 나에게 애원하다싶이했으며 이번 로무 수출의 희망을 완전히 나에게 기대하고있었다. 그런데 지금에 와서 동생 의 기대와는 달리 내가 근심하는건 아버님이 나의 말을 따르는가 따르지 않는가 하는것이 아니라 그것보다도 내 자신이 아버님에게 황소를 팔자 는 말을 과연 꺼낼수 있겠는가 하는것이다. 나로서는 이 말을 꺼내는데 커다란 용기가 수요되였고 막상 이 말을 꺼낸다 하더라도 내 마음은 썩 개운치 못할것이다.

만약 황소가 아버님에게 무엇이냐고 묻는다면 아버님은 선뜻이 아주

명확하게 대답할것이다. "황소는 나의 전부라고." 나 역시 그것을 부인할수도 의심할수도 없다. 아버님의 삶에 대한 추구가 자식도 형제도 아닌 축생에 지나지 않는 황소라는데 대해 고깝게 여기거나 질투할수는 없는 일이다. 비록 나나 내 동생이나 아버님 삶밖에 존재하는 허황한 생명이라는것이 아니라 아버님 삶의 범주이내의 존재이겠지만 그것은 어디까지나 그 한계가 제한되여있는 혈육이라는 울타리속의 정분에 지나지 않는다. 그러나 "황소의 전부"는 완연 다른것이였다. 아버님과 황소의 세계, 그것은 이 세상 생명과 자연의 세계로서 폭과 길이와 높이가 무한한 삼차원의 세계였다. 그리고 그 세계는 우리들이 개변되고있는 생활의 관습과는 다른 로고한 전통관념이 내포되여있으며 그 로고한 전통관념속에 아버님의 리념이 살아숨쉬고 또 그 리념 때문에 전통관념을 지꿎게 끌고 나가는것이다. 그것은 비록 오래고 낡고 쓸모없이 시대에 뒤떨어졌다 하더라도 아버님은 버리지 않을것이며 또 버릴수도 없을것이다.

"형 나 로무갔다 돌아오면 이 진저리나는 시골을 떠날거야. 도시에 들어가 살거야. 진짜 인간답게말이야. 내 사업두 벌리구. 형한테 아빠트두 사주구. 남보다 뒤지지 않게 살거야…"

동생의 소망에 부푼 목소리가 귀가에 들린다. 그 소망이 황금으로 쌓은 탑인지 아니면 닭알로 쌓은 탑인지는 몰라도 동생의 모던의식은 벌써 아버님의 전통관념을 배반하고있었다. 부끄러운 일이지만 동생의 지금 모습은 어쩌면 십년전 나의 모습과 그렇게도 방불하다. 공산의 총아가 되여 수많은 소망을 품고 앞날에 대하여 황홀하게만 생각하던 나, 그 소망 하나도 실현못하고있는 지금의 나… 뻐스가 화룡역에서 떠나 다시 고령으로 향하는 합신령어구에 들어섰을 때 나는 십년전 내 모습이 길가에 비친것을 보았으며 길가에 버려진 내 소망들이 모래알에 묻어있는채 차바퀴에 깔리여 부서지고 바사져있는것을 보았다.

지금으로부터 십년전 그러니까 88년 여름이였다. 중국땅은 통화팽창으로 어수선했고 한국은 서울올림픽경기로 들끓었다. 우리집은 나의 대학진학으로 흥성했는데 아버님의 기쁨은 더욱 각별했다. 아버님은 만나는 사람마다 손을 붙잡고 "내 아들이 장원급제했다."고 사처에 자랑을 했다. 그리고 방목갈 때나 밭기음 맬 때나 나를 손가락 하나 움직이지 못하게 했다. "량반이 어찌 상놈의 일을 하겠는가." 하는것이다. 그리고 나를 부르는 말투까지 달라졌는데 예전에는 이름대신 그저 "둘째"라고 부르던 것이 지금은 이름 그대로 황우라 불렀다. 황우란 내 이름은 아버님이 사흘낮 사흘밤 궁리한 끝에 지은 이름이라 했다. 아버님이 황소에 대한 애착이 여북했으면 자식에게 그런 이름을 달아주었을가. 그런데 나는 이 이름때문에 어릴 때부터 줄곧 놀림을 당했다. 이름 그대로 "황소"여서 여간만 괴롭지 않았다. 아버님에게 이름을 바꾸어달라고 졸랐지만 사주팔자를 보고 지은 이름이라면서 끝내 바꿔주지 않았다. 그래서 대학교에 다니면서부터 황우란 이름을 쓰지 않고 황우라 썼다. 물론 아버님은 이 사실을 모르고 있었다. 그러나저러나 그때 "둘째"나 황우가 무엇이 다른지는 잘 몰랐어도 아버님은 촌에서 쉽게 부르는 맏이니 막내니 하는 칭호가 "장원급제"한 아들에게는 잘 어울리지 않는다고 여겼을것이다. 그런데 아버님의 도도한 기분과는 달리 어머님은 가끔 한숨을 내쉬며 여간 안달아하지 않았다. 그것은 대학진학뒤에 가난한 우리 집 살림으로서는 감당키 어려운 엄청난 학잡비가 도사리고있었기 때문이다. 사실 그때 나에게는 나들이옷 한 벌 깨끗한것이 없었다. 그때 신고 다니던 신도 큰형의 퇴물림이였는데 너무 발바닥이 다슬어 모래를 밟아도 배길 지경이였다. 그런데도 아버님은 무사태평한 사람 같이 집집을 돌아다니며 술을 마셨고 손님을 끌여들이면서까지 내 자랑을 했다. 그러시는 아버님을 보고 어머님은 안타깝게 돈타발로 바가지를 긁었지만 아버님은 여전히 허허 웃고 만계셨다.

"근심두 팔자소관이라더니 끌끌한 아드님이 장원급제했는데 울상을 하다니. 하늘이 무너져두 솟아날 구멍이 있다는데 그까짓 일땜에 한숨이 뭐여. 마음 푹 놓으라구. 내 어련히 처사하지 않으리."

그러던 개학을 사흘 앞둔 날 새벽 어머님이 깊은 잠에 빠진 나를 흔들어 깨웠다.

"애, 황우야…" 어머님도 둘째둘째 하던것이 아버님을 따라 내 이름을 부르는거다.

"얼른 일어나 길 떠날 채비 하거라. 어서."

"길 떠나다니요?!"

"애비가 그러는거다. 애빈 벌써 밥 자시구 소여물을 먹이구 있네라. 어서 일어나야지." 어머님은 눈을 비비며 일어나는 나를 측은히 바라보며 아버님을 탓하셨다.

"두상두 원 혼자 끌구 갈것이지 단잠 든 애를 닦달칠건 뭐람. 애가 어찌 그 먼길을 걷는다구 쯧쯧."

나는 잠기 덜 가신 기분으로 대충 밥을 먹고 기신기신 옷가지를 주어입으며 밖에 나왔다. 밖은 아직도 어슴푸레하였다. 그늘속같은 마당에서 아버님은 언녕 소우리의 황소를 끌어내와있었다.

"밥 먹언? 그럼 얼른 떠나자. 반나절은 걸려야 할거다."

어디로 가기에 아버님은 신새벽부터 이렇게 서두르고있을가? 나는 스적스적 꼬리질하는 황소의 뒤를 따르면서 역시 잠 덜깬 기분으로 아버님을 바라보았다. 고삐를 잡고 사립문으로 황소를 끌어내는 아버님의 안색은 평소 방목하러 나갈 때와 별다름이 없었다. 어머님은 사립문밖까지 따라나와 술병과 찬거리를 싼 보따리를 아버님께 안겨주면서 술 적게 마시라고 재삼 부탁한후 들어갔다.

아직 이른새벽이여서 고령으로 향한 소로길은 밤이슬이 내려앉아 축축히 젖어있었다. 밤그늘이 가시지 않은 고령하벌과 산우의 초목은 희유듬한 륜곽속에 잠잠한 고요로 숨죽이고있었다. 풀벌레와 산새들도 굳잠에 빠져 산촌이 한결 조용하였다. 이따금씩 소로길을 따라 흘러내리는 고향하의 절주있는 물소리가 대자연의 가락으로 들려와 천지만물이 살아있음을 알려주었다. 그리고 자드락길을 밟는 황소의 떠꺽떠꺽하는 발자국소리가 길옆 이깔나무 선목에 부딪히며 메아리쳐 울려퍼졌다. 고삐를 등에 진 황소는 대가리를 꺼떡거리며 앞서 걸었고 그뒤에 회초리를 쥔 아버님이 터벅터벅 따라걸었다. 나는 어데로 가는것일가 생각하며 좀 처진 걸음으로 뒤따랐다.

내처 칠리길을 줄이며 고령하석교에 들어서자 고령하 강물우에 서렸던 물안개가 피여오르기 시작했고 큰길에 올라서면서부터 아버님은 어머님이 챙겨준 보따리에서 술병을 꺼내 병채로 들어 몇모금 마셨다. 큰 길을 걸으면서 우리가 가고있는 방향이 화룡이란것을 새삼스레 깨달으며 나는 아버님에게 물었다.

"어데로 가시는거죠. 아버님."

"화룡에."

"화룡엔 왜 가죠?"

아버님은 대답하지 않았다.

"얼른 가자. 오전중으로 대여야 하니까."

아버님은 걸음만 다그쳤다. 그러나 나는 그때로부터 아버님이 잠자코 있는 그 속내를 짐작할수 있었다. 그리고 아버님이 무사태평으로 "하늘이 무너져도 솟아날 구멍이 있다"던 그 의미를 알것 같았다.

아버님에게는 언제나 "솟아날 구멍"이란것이 있었다. 내가 어렸을적 성홍렬로 앓았을 때도 그렇고 큰형이 장가갈 때도 그렇고, 그런데 그 "솟아날 구멍"이란것은 언제나 아버님이 목숨같이 아끼는 황소였다. 일년내내 아침이슬에 바지자락을 적셨고 피터지게 가시밭을 헤쳤으며 밤늦게 모기떼에 물리며 방목했던 그 황소가 아버님의 "솟아날 구멍"이였다. 그런데 아버님의 황소는 그 "솟아날구멍"이란것이 어찌나 많은지 결국 마리수가 크게 불지 못하고있었다.

아버님은 걸으면서 자꾸만 술병을 입에 가져다댔다. 뒤쫓는 내 눈길에 비친 아버님의 장삼 걸친 뒤모습은 초라하고 서글퍼보였다. 지금 아버님 심정도 몹시 괴로울것이라 느껴져 나는 걸음을 다그쳐 아버님곁에 다가섰다.

"아버님."

"와?"

아버님은 술병을 내리며 나에게 얼굴을 돌렸다. 이 시각처럼 아버님의 검붉은 얼굴에 주름이 많다고 느껴지기는 처음이다.

"미안해요. 아버님."

"와 그래."

"나때문에 황소까지 팔게 되니…"

"그런 말 말어. 애빈 기쁘기만 하다. 내 아들이 과거에 급제했는데 뭐. 옛날은 말구두 제정때도 대학생이라면 일본사람두 허리를 굽신거렸어. 야."

"아버님."

"와?"

"괴로우시죠, 아버님."

"좀은…" 역시 성실을 감추지 못하는 아버님이였다.

"그러나 더 기쁜데 뭐. 소 팔아 아들 공부시킨다는게 보람있게 느껴져, 야. 너무 미안해마라. 큰 일 할 대장부가 심지가 커야 재."

"그런데 아버님은 왜 자꾸 술 마시죠. 어머님이 당부했는데."

"니두 내 술 마시는게 싫니?"

"아니요. 그런게 아니구요. 아버님이 괴로워서 술 마시는것 같아서요."

"괴롭긴 뭐." 아버님은 나를 들여다보며 지그시 웃음지었다. 미세한 주름살까지 들어나 얼굴이 주름투성이여서 아버님도 이젠 늙으셨구나 하고 마음이 쓸쓸해졌다.

"그래서 술 마시는게 아니구 술 마시문 술기운에 고달픔을 잊게 되니까 마시는거야. 나두 이젠 늙었는지 좀만 걸으면 다리맥이 싹 풀려나는구나. 허나 내 대학생 아들이 마시지 말라면 마시지 말아야지."

"아니예요. 아버님. 아버님만 괜찮으시다면 마셔요."

"애빈 고맙다."

고맙다는 말은 응당 내가 했어야 했다. 그리고 아버님이 고달픔을 잊는다는것은 육체의 고달픔보다도 마음의 고달픔을 말할것이다. 그것은 황소와의 정분을 되새기는 애틋한 고달픔으로서 아버님은 그것을 잊기 위해 술을 마셨을것이다. 그러나 그다음부터 아버님은 술을 마시지 않았다. 사십리 길을 내처 걸어 합신령우에서 다리쉼할 때까지 아버님은 말 한마디 하지 않고 깊은 상념속에 머리를 숙이고 걸었다.

합신령에 올라서니 해는 동쪽 하늘에 둬발 떠있었다. 안개를 감아올리는 오봉산에 가로막혀 화룡시가지는 보이지 않았지만 령아래로 넓게 뻗어간 푸른 벌이 흰하게 보였다. 룡두뿔 황소는 이제 팔려가 낯설은 주인에게 맡겨진다는것도 모른채 한가히 길옆에 자란 잡초를 뜯고있었다. 나는 태평스런 황소를 바라보며 축생은 역시 축생에 지나지 않는구나 하고 생각하면서도 내심 황소의 앞날이 근심스럽기도 했다. 이제 다른 주인의 손에 들어가 도살장에 가겠는지 아니면 산판에 들어가 힘겹게 목재를 끌겠는지… 아무리 미개한 축생의 팔자라도 하필 황소의 팔자가 이렇게 기구한것일까?

아버님은 길옆 키작은 비술나무 그늘에 앉아 엽초를 말아 피우고있었다. 잔주름 많은 움푹 패인 눈으로 물끄러미 황소를 바라보는 모습이 몹시도 쓸쓸해보였다. 가끔 내뿜는 담배연기속에 서글픔이 묻어나와 내 어설픈 마음을 심란하게 굴었다. 아버님도 지금 정든 황소와의 리별을 슬퍼하시고 황소의 장래를 근심하고 계실것이다. 한생 주인을 위해 밭을 갈고 짐을 나르고 락 한번 누려보지 못한채 또 다른 주인의 손에 들어가 어떤 고난의 멍에를 질것인지? 어쩌면 아버님이 살아오신 인생 삶, 바로 그것이 아닐가?… 나는 아버님과 황소를 번갈아보며 어머님이 챙겨주던 보따리를 풀었다. 술병을 꺼내 아버님곁에 바투 다가앉았다.

"아버님."

"와?"

"나 술 마셔도 돼요?"

기실 내가 술을 마시고싶은것이 아니고 아버님의 괴로운 심정을 술로 달래드리고싶었다.

"니 술 배웠?"

"아니요. 다리가 너무 아파서요. 술 마시면 로고를 잊는다면서요."

"몹시 아퍼?" 아버님은 내 발을 내려다보았다. 큰형이 신던 퇴물림운동화는 코끝이 말랑말랑하던것이 오십리길을 끝내 배겨내지 못하고 엄지발가락이 툭 삐여져나와있었다. 아버님의 안색이 몹시 어두워지며 내 발에 손이 갔다.

"달창이 났구나. 어디 벗어봐."

아버님은 내가 손을 대기전에 신을 벗기고 양말도 벗겼다. 진한 구린내나는 발을 받쳐들고 물집 진 발바닥을 들여다보는 아버님의 눈가에 괴로움이 어려있었다.

"몹시 아프겠구나."

"괜찮아요. 아버님."

"그 술병 인줘." 아버님은 술병을 열어 손에 술을 묻히여 말했다.

"나 혼자 올걸 그랬다. 괜히 너까지 고생시키며…"

"괜찮아요. 아버님."

아버님은 술 발린 손으로 내 발에 찜질을 해주었다. 처음 짜릿하게 아프던것이 이내 시원해졌다. 내 발을 쓰다듬는 아버님의 터지고 거친 손일망정 그토록 따사롭고 부드럽게 내 마음까지 전해왔다. 아버님은 깁고 기운 자리가 가득한 볼품없는 낡은 신에서 깔개를 빼여내서는 나의 신속에 넣어주었다. 양말과 신까지 신겨주면서 "애비 미안하구나."하고 자책감에 얼굴을 붉히는것이였다. 그 모습이 내 약한 마음을 뜨겁게 자극해 눈물이 쏟아질것 같았다.

"후!— 애빈 미안하다. 너에게 변변한 신 한컬레 사주지 못했구나. 소 팔면 신부터 사주마."

"아버님…"

나는 뒤말을 잇지 못하고 그만 눈물을 흘리고야말았다.

"사내대장부가 눈물이 뭐야."

"아버님은 너무 좋은 분이예요."

"그런 말은 에미께 하구 자 술이나 마셔."

"아버님 마시세요."

"너 안마이련?"

"아버님 마신 다음."

아버님은 기꺼이 웃으며 술병을 들어 쭉 들이켰다.

"하, 과거급제한 아드님이 권하는 술맛 천하 별미로다."

그러시곤 내앞에 술병을 내밀었다. 나는 술병을 받아 입가에 대고 조금 맛본다는것이 경험이 없어 물마시듯 꿀꺽 마셨다. 목구멍이 타는듯했고 창자가 쩡해났다. 알콜량이 코구멍을 자극해 연신 재채기가 났다. 아버님 은 그러는 나를 흥미있게 바라보며 싱긋 미소지었다.

"너 처음인게로구나."

나는 눈물을 질끔 짜내고 스스로도 민망스러워 얼굴을 붉혔다. 그리고 다시 아버님께 술병을 건니였다. 그렇게 아버님과 나사이에 술병이 네댓 번 오고가자 술병은 텅 비여버렸다.

"이젠 고만 떠나자."

아버님은 엉뎅이를 털고 일어섰다. 나도 일어나 아버님 뒤를 따랐다. 아버님의 땀으로 배인 노루가죽 신바닥이 푹신하게 내 발을 받쳐주어 걷 기가 한결 쉬웠다.

합신령을 내려서자 훤한 화룡벌이 푸르게 안겨왔다. 우중충한 고층건 물의 화룡시 륜곽이 짙은 연기속에 희미하게 드러나보였다. 한달동안 시골에 박혀있어서 그랬던지 이 생기발랄한 도시를 바라보는 내 마음은 한 없이 희열에 들떠있었다. 술기운이 환각을 일으켰는지는 몰라도 내 눈앞에 광채로 빛뿌리는 앞날이 펼쳐지면서 마음속 깊이에서 그 앞날의 희망이 차츰차츰 현실로 되여가고있었다. 합신촌을 지나면서 나는 말이 많아졌다. 술취하면 사촌 기와집 사준다던가, 아마 그런 기분이였을것이다.

"아버님."

"와."

"나 이담 큰 인물이 될거예요."

"아무렴 내 아들이야 소인이 아닌거지. 될성부른 나물은 떡잎부터 알아본다고 넌 어릴 때부터 크게 놀았어. 복술가 로인두 그렇게 말했었구."

아버님이 말하는 복술가 로인을 나는 본 기억이 없지만 아버님은 나를 낳자 이듬해에 사주팔자를 보였다고 했다. 사주팔자에 어떻게 씌여있는지는 몰라도 나는 그것을 믿지 않고있었다. 그러나 내 들뜬 희열은 그때 내 사주팔자 이상으로 앞날에 대하여 휘황하게 예측하고있었다.

"아버님."

"와?"

"나 이담 큰 목장을 사줄거예요."

"고맙다."

"백마리, 아니 천마리 사서 아버님을 황소장군이 되게 할거예요."

"애빈 말만 들어두 고맙다."

"색시도 얻고 궁궐같은 집을 짓고 아버님과 어머님과 함께 살면서…"

그런데 나는 그 호언장담을 한마디도 실현하지 못했다. 막상 천마리 만마리의 황소를 살수가 있다 하더라도 아버님의 고생만 더 많아진다는것을 그땐 왜 생각을 못했을가?

이 세상 자신의 소원을 실현한 사람이 몇이나 되랴만은 부끄러운 일이였다.

# 3

뻐스가 종점역인 고령촌에 도착했을 때는 이미 네시가 넘어서였다. 서쪽하늘에 기운 태양이 산나무 우둠지와 댓발 사이 두고 떠있고 그렇게 강하게 내리쬐이던 해빛도 서서히 기죽어가고있었다. 아직 고령에서부터 혜장촌까지 교통수단이 없기에 나는 고령하를 따라 이어진 모래길을 걷지 않으면 안되였다. 삼복철의 모래땅은 의연히 확확 달아오르는 열기를 분사했고 도로길의 부드러운 모래알도 강마르게 익어있었다. 이름모를 풀벌레의 울음소리가 길옆 잡초속에서 울려와 고향을 찾은 나에게 한결 친근함을 안겨주었다. 고령하의 침적으로 이루어진 그리 넓지 않은 벌은 씩씩하게 자란 벼포기로 푸른 비단을 걸친것 같았고 허리 굽혀 잡초를 뽑는 농부들의 모습이 띠염띠염 보여왔다. 나는 땀에 젖어 등허리에 착 달라붙은 와이샤쯔를 펄럭이며 농군들의 질고를 생각해보니 낟알이란 진정 농군들의 땀방울이라는것을 알것 같았다. 그러면서 관세음보살이 세알의 낟알을 떨어뜨린 죄로 삼년간 더 수련을 겪었다는 전설에 머리가 숙어졌다. 강버들 우거진 배나무골 어구에 들어서면서부터 하얀 눈송이를 뿌린것 같은 메밀꽃밭이 소로길을 따라 아래로아래로 뻗어져있다. 오늘저녁 어머님 보고 메밀국수를 눌러 달래야 하겠다고 즐겁게 생각하며 나는 그 싱그러운 메밀향을 한껏 들이맡았다. 그리고 산중턱에 꽉 들어찬 참솔나무와 깸나무를 쳐다보며 생신한 솔버섯과 깸버섯을 맛볼수 있을거라고 흐뭇하게 생각했다.

소로길을 따라 계속 내려 혜장삼촌에 닿기전 길좌편에 문화보호지역으로 점찍은 고분이란 글을 새긴 비석이 세워져있다. 소나무가 울창하고 잡초가 키넘게 자라 고분의 형곽조차 보이지 않았지만 언제나 이 곳을 지날 때면 마음이 뒤숭숭해졌고 쓸쓸해났다. 이름조차 모를 고분의 주인들은 아마 아버님 웃대나 아니면 썩 먼 할아버지의 할아버지벌되는 조선 이주민일것이다. 그들은 간도땅을 제일 처음으로 개간한 선구자일지도 모른다. 그런데 이름조차 세월에 씻겨버린채 찾아주는 사람도 없이 타국의 외로운 혼이 되어 쓸쓸히 누워있는것이다. 내가 아직 어릴 때 밤이면 고분에서 두런두런 말소리도 나고 울음소리도 난다 하여 귀신이 있는 곳으로 어른들도 밤길을 저어했었다. 지금도 혜장사람들은 가끔 고분에서 울려나는 구슬픈 울음소리를 듣는다고 하는데 이 세상에 귀신이란것이 정말 있는지 없는지, 있다면 과경소수민족의 한에 서린 울분일것이다. 어쩌면 아버님도 세상뜬다면 저 고분의 주인처럼 귀신이 되어 밤마다 울지도 모른다. 나도 역시… 그런데 아버님은 무엇이 서러워 울고 나는 또 무엇이 서러워 울가?

혜장삼촌을 지나 뒤골안 개울의 석교에 들어서자 불타는 저녁노을속에 마을의 위사같이 마을을 빙 둘러싼 백양나무가 름름하게 맞아주었다. 그리고 백양나무에 둘러싸인 혜장소학교가 뒤산 언덕에 높직이 보였다. 동년의 꿈이 자란 학교여서 언제나 내 마음속에 잊혀지지 않고있다. 지금은 학교가 파교되어 학생 하나 없이 텅 비였지만 형과 손잡고 동생과 손잡고 다니던 다정한 때가 묻은 학교였다. 어머님이 책가방을 메워주며 사립문밖까지 바래주던 그 모습이 눈앞에 선하다.

어머님은 지금 무얼 하고계실가? 고향소식을 들어도 어머님이 먼저 생각나고 고향땅을 밟아도 어머님이 먼저 생각나는것은 자식들의 공통한 심리일것이다. 어머님의 하얀 머리발과 주름많은 얼굴을 상기하며 나는 울바자문을 열면서부터 "어머님, 어머님"하고 소리쳤다.

"어이쿠, 왔구나. 온다더니."

뒷마루에서 무엇인가를 가리고있던 어머님이 엉거주춤 일어나서 그 주글주글한 얼굴에 웃음을 가득 담고 달려왔다.

"그간 안녕하세요. 어머님, 고생 많았죠. 어머님."

"고생이야 뭐, 룡이 잘 있니, 룡이 에미두 잘 있구? 함께 올것이지."

어머님의 작은 손을 잡으니 몹시 거친감이 들어 내 나른한 손이 쑥스럽게 생각되었다.

"그 사람은 일이 바빠서 못오구요. 추석때나 함께 오려구 해요."

"아무렴, 시가지 사람들이사 항상 바삐 사는거지. 우리라도 가까이 있다면 좀 돌봐주련만…"

자식에 대한 어머님 마음이란 참으로 영원히 솟아오르는 샘과 같은가 보다. 마를줄 모르고 티없이 깨끗하고. 자식을 낳으시고 키우시고 장가까지 보내시고도 무엇이 모자라 자꾸만 자식걱정을 하시는건지. 어머님 신세는 거미신세란 말 다시한번 생각났다.

"형 왔어." 집안에서 동생이 뛰여나오며 반가워했다.

"일요일쯤 오려니 생각했어. 오늘 올줄 알았다면 마중이라도 갔을텐데."

"네가 조급해할것 같아서 서둘렀다. 별다른 일은 없었니?"

다른 일이 없었냐고 물은것은 아버님이 그냥 소를 파는데 동의하까지 않는가는 의미였다.

"없어. 아버님은 내 말을 믿지 않거던. 형의 말이면 팥으로 메주를 쑨다 해두 믿어두, 그런데 참 형 안됐어. 형두 몹시 바쁠텐데 내 일까지 걱정하느라구."

"뭐 남같이 구는구나. 그런 말 말구 큰형님 집에 가 저녁 간다구 일러라."

"아니, 그러지 말구 맏이를 저녁에 오라고 일러라. 온 식솔이 한자리에 앉기두 조련찮은데."

동생이 떠난 다음 어머님을 도와 퇴마루에서 솔버섯을 가리며 나는 물었다.

"아버님은 아직 돌아오시지 않았어요?"

"니 애빈 항상 늦어. 고래바위에 오르겠다던데 아마 쇠파리와 싱갱이질하고있을거다."

"지금 버섯이 많이 돋나요?"

"가물어서 버섯두 없어. 개판에 좀 있을뿐이다. 참 저녁은 뭘로 할가?"

"메밀국수 눌러줘요. 어머님."

"넌 그저 메밀국수구나. 시가지엔 메밀국수도 없니?"

"그래두 어머님이 눌러주는 메밀국수 이상은 없어요. 될수 있나요, 어머님."

"아무렴, 되구말구. 네가 먹겠다는데 메밀국수야 못먹이겠어."

"그럼 나 아버님 뵈러 가겠어요."

"가지 말어라. 모기천지다."

"별일 없을거예요. 그럼 저녁 메밀국수 부탁드려요. 어머님."

"오냐."

초가를 나와 뒤골안 개울물을 거슬러 나는 고래산을 바라고 걸었다. 고개산으로 오르는 진펄에 닿아서 누구네 집 황손지는 몰라도 댓마리 되는 황소무리를 보면서부터 내 마음은 또다시 착잡해지기 시작했다. 아버님을 만나면 내 입에서 황소를 팔자는 말이 쉽게 나올수 있겠는가? 참으로 신심이 없었다. 아버님을 괴로운 모습이 떠올라 목이 메일것 같다. 내 살아온 삶의 기억속 아버님과 황소의 정분은 그토록 자별했고 그것이 또 너무나도 친숙하여 멀고먼 옛날 어쩌면 현세가 아닌 전세에서 아버님과 황소는 인연을 가지고있지 않았나 하는 생각까지 들었다. 그 전세의 인연이 현세에까지 연장되어 아버님은 황소를 기르고 황소는 또 아버님을 따르고. 아버님은 황소와의 세계에서 전세의 이야기를 나누며 그속에서 쾌락을 얻고. 그래서 태평스런 농군의 생활을 열망하는지도 모른다. 그러나 나는 이 모든것을 리해할것 같으면서도 아버님의 의지를 거역하려고 산을 오르며 아버지의 로고한 생활방식을 개변하려고 하는것이다.

마음의 갈피를 잡지 못한채 내 발길은 어느덧 상수리나무와 솔나무가 우거진 산등성이에 올라있었다. 아직도 붉게 타오르는 저녁노을속에 나뭇잎들은 불나무같이 활활 불붙는듯했다. 멀지 않은 나무들사이에 어슬렁어슬렁 풀을 뜯고있는 황소무리가 보였다. 황소무리속에 송곳뿔 어미황소가 있어 나는 대뜸 우리 집 황소인줄 알아보았다. 황소무리가 움직일 때마다 누런 털이 노을속에 반사되어 커다란 불덩이가 이글거리는것 같이 보였다. 바람없는 고요한 저녁이여서 황소주위에는 쇠파리와 모기떼들이 뽀얗게 모여들어 윙윙거렸다. 피둥피둥 만살진 황소들은 질근질근 쏙새풀을 뜯으면서 이따금씩 신경질적으로 뒤다리질하며 귀찮게 달바붙는 쇠파리를 놀래웠고 뿌죽한 귀와 꼬리는 쉴새없이 펄럭거렸다. 그때마다 쇠파리는 벌둥지 터지듯 윙윙 피했다가 다시 황소에게 달라붙었다. 내 눈에도 찰거머리같은 쇠파리가 밉살스럽게 보여 잎새 많은 참나무가지를 꺾어 황소주위의 쇠파리들을 쫓아주었다. 허나 쇠파리가 어찌나 집요하고 기승스러운지 내가 맥이 진하여 청초한 새풀우에 앉아버렸다. 주위는 노을빛에 황황한 나무와 숲이 보일뿐 아버님의 모습이 보이지 않았다. 그런대로 숨을 돌리며 개펄쪽에서 "음메, 음메!"하는 송아지의 울음소리가 들려왔다. 멀지 않은 개암나무숲에서 풀을 뜯고있던 송곳뿔 암소가 잠간 머리를 들었다. 자색 짙은 커다란 눈을 둥그렇게 뜨고 귀를 쭝긋하며 그 소리를 음미하는것 같더니 개펄쪽에 대가리를 돌리고 "우엉, 우엉"하고 길게 울어댔다. 개펄쪽에서 부스럭거리는 소리가 가깝게 들려오더니 두 마리의 송아지가 앞서거니 뒤서거니 놀음치며 달려왔다. 어미황소의 핥아준 혀자리가 아직도 남아있는 두 마리의 송아지는 다짜고짜 암소의 배 밑에 기여들어 젖을 빨기 시작했다. 어미황소는 몸을 지그시 맡긴채 휘휘 꼬리질하며 주위의 쇠파리와 모기떼들을 쫓아주었다. 나는 어미황소와 새끼송아지의 화기애애한 모습을 바라보며 축생이라도 서로 자기의 의사를 전달할수 있고 받아드릴수 있는 기능이 있는 모양이라고 머리를 갸웃거렸다. 그러면서 축생도 인간과 별다른 구별이 없다고 생각되였다. 만약 인간도 사유의 욕망에서 해탈된다면 자연으로 돌아가지 않을가? 석가의 극락세계라는것이 자연의 세계일지도 모른다. 어쨌던 나는 지금 황소가 있고 상수리나무가 있고 노을이 있는 이 자연의 세계에서 도시에서 맛보지 못했던 아주 미묘한 즐거움을 맛보고있었다. 동물과 인간의 구별이 없는 자연 자체의 세계, 내가 처음 느끼고있는것을 아버님은 언녕 느끼고 있었고 이러한 자연의 세계를 감상하며 이 세계에서 살아왔을것이다. 풀잎 따 풀피리 불면서 스스로 동화속의 목동이 되였을것이다. 이 속에서 삶의 진미를 맛보며 어지러운 세상을 잊었을지도 모른다.

하늘속에 노을빛이 거의 걷히여가고 있을 때 나는 자리에서 일어나 다시 산으로 올랐다. 아버님이 고래바위에 올랐을것이라고 짐작했다.

고래바위가 가깝게 보여왔다. 돛없는 배와 같이 노을옅은 하늘 바다를 떠가는듯하다. 어데로 떠가는지는 몰라도 키도 없다. 불계지주가 되여 망망한 하늘바다를 자꾸만 솟구치고 있었다. 그리고 고래바위우에 로인이 앉아있었다. 불계지주의 주인인양 부동의 상태로 하늘끝을 바라보고있었다. 로인의 하얀 머리와 하얀 수염이 잔잔한 노을빛에 금빛을 뿜었다. 파란 많은 인생을 조각한 검붉은 얼굴이 도담하게 이제 닥쳐올 하늘파도에 도전하려는듯했다. 뼈돋은 어깨에 누런 장삼을 걸치고 피줄 선명한 팔을 내려 우악쥔 손아귀에 버들채찍이 쥐여있다. 로인은 푹 꺼진 눈으로 아득히아득히 남쪽하늘을 바라보고있었다.

"아버님."

아버님은 머리를 약간 돌렸다. 대답은 하지 않았지만 조용한 눈길에서 내가 이미 와있다는것을 짐작하고있은것 같았다.

"저기 저 곳이 어덴지 알만하냐?"

아버님은 다시 먼 하늘끝을 바라보며 물었다.

"강구동이 아닌가요."

"그건 중국쪽이구 강건너말이다."

"류동마을로 짐작하는데요."

"그래 류동마을이 맞아. 그리구 류동마을 뒤켠의 저 산이 무슨 산인지 알겠니?"

"아버님이 말씀주셨지 않아요. 우두산 이라구요."

"옳아, 바로 우두산이지, 그리구 저 산너머에 갑산동이 있구. 나랑 너 할아버지랑 거기서 태여났어. 참 아담하고 살기 좋은 고장이였지, 보이면 이렇게 지천인데두…" 산너머 하늘 바라보는 아버님의 눈가에 고향에 대한 그리움으로 은은히 빛났다. 아버님은 고향에 무엇을 두고 오셨기에 사향의 마음으로 괴로워하시는지…

"황우야, 너 우리 집 황소가 무슨 손지 알겠니?"

"함경도 황치소라 했잖아요."

"응, 그래 함경도 황치소지, 함경도 황치소라면 조선 팔도에서도 이름 있는 소야. 힘 세구 덩치 크구. 너 이 소가 어떻게 여기 간도땅에 왔는지 알겠어?"

아버님은 무엇때문에 황치소에 대한 말을 꺼내는것일가? 의문과 같이 나는 황치소의 래력에 대해 잘 모르고있었다. 내가 태여나기전부터 있었다니까 황치소의 력사는 아마 내 나이보다 더 길것이다.

"너만은 알아두어야 한다. 넌 다른 사람과는 다르니까…" 아버님은 엽초를 꺼내 천천히 말았다. 눈길은 하냥 우두산 넘어 하늘에 닿아있었다. "넌 다른 사람과는 다르다"는 말과 "너만은 알아두어야 한다"는 말을 어떻게 리해해야 할지. 아버님은 나를 굳게 믿고 또 그 어떤 가정의 전통이나 관습 같은것을 내가 받들고 이끌어가기를 바라고있었다. 그것이 어떤 전통이며 어떤 관습인지. 모던시대를 따르고있는 내가 접수할수 있으며 가히 이어나갈수 있을런지?…

"아마 광복이 되기 5년전이였을게다. 두만강두 얼어붙구 흰눈이 펑펑 내리고있었으니까, 동지달이던지 설달이던지…" 아버님은 엽초를 길게 한모금 들이빨며 후─ 연기를 뿜어냈다.

"…우리는 우두산 바로 밑에서 살았다. 아버님과 어머님과 그리고 나 셋이서. 어려서 그런지는 몰라도 세상이 어떻게 돌아가고있건 나는 즐겁고 행복하게 여기고있었다. 초가집 바로 앞에는 오얏나무 두그루가 있었고 살구나무도 있었지. 봄이면 하얀꽃이 피는 그 속에서 꽃잎 따 입에 물어 향기를 씹었고 여름이면 서늘한 그늘밑에 천자문을 읽었지. 가을이면 주렁진 열매를 따느라고 잰내비가 되였고… 참 랑만에 찬 즐거운 동년이였어…"

동년을 상기하는 아버님의 주름많은 눈가에 야릇한 미소로 투명하게 빛났다.

"함박눈이 펑펑 쏟아내리던 그날 나는 뙤창에 마주서서 그 오얏나무를 바라보고있었어. 눈꽃이 소담하게 내려앉은 가지를 바라보며 언제면 오얏나무에 잎이 자라고 꽃이 필것인가고 궁리하고있었지. 여덟살 먹은 내 동년은 봄을 그리고있었단다. 어머님은 버선목을 바느실로 누비며 뙤창을 막아서서 어둡다고 자꾸 말했지만 나는 그냥 창문에 서있었다. 눈꽃이 봄꽃이 되여보였고 오얏나무가지에 동그란 오얏이 별같이 달려있는듯 느끼고있었어. 참 너 할머님 기억나?"

할머님이 세상뜬것은 20년전 내가 소학교 3학년에 다니던 때였다. 그때 별 또렷한 기억 같은것은 없지만 솜틀을 돌리며 솜실을 뽑던 모습은 지금도 가끔 눈앞에 떠오르군 한다. 할머님은 그 솜실로 버선목을 만들었는데 돋보기를 걸고도 바느실을 꿰지 못하여 항상 나에게 바느실을 꿰달라고 했었다. 그리고 우리들의 양말을 깁고 또 기웠는데 안질이 어두웠어도 보풀 하나 일지 않게 그렇게도 알뜰히 기웠었다.

"…그러나 아버님이 들어와서야 나는 창턱에서 내렸다. 그때 아버님은 몹시 서두르고있었어. 하얗게 뒤집어쓴 눈을 털지도 않고 어머님에게 떠날 채비를 하라고 하시곤 밖에 나가 소발구를 메웠어. 그때 우리 집에는 세살짜리 황치소 한마리가 있었는데 그건 아버님이 가장 애지중지하는 가축이였고 우리 집의 가장 큰 재산이였다. 황황한 마음으로 밖에 나가 어른들이 짐꾸리며 하는 소리를 들을라니 일본군의 전쟁지원으로 황소를 헌납하라는거란다. 그래서 성질이 곧은 아버님은 도주를 잠도리한거야. 눈내리는 그날 보따리를 머리에 인 어머님은 걸으면서 자꾸만 눈물을 흘렸어. 어머님은 입을 꾹 다문채 뒤 한번 돌아보지 않았지. 그러나 나는 자꾸만 뒤돌아보았단다. 정든 초가집을 떠나는게 싫었고 버들방천에서 놀음치던 소꿉동무들을 떠나는게 싫었어. 순희랑, 남이랑… [너흰 어데로 가니?] 나는 모른다고 대답했어. [너흰 언제 또 오니?] 역시 모른다고 대답했다. 나는 참말 그때 몰랐어. 어데로 가는지 언제 오는지. 정처없는 소발구는 끌려가기만 했다. 갑산동을 떠나 우두산굽이를 돌고 류동에서 두만강에 닿았어. 하얀 얼음이 깔린 두만강은 백사장같았다. 터벅터벅 두만강 얼음우를 걷던 황소는 문득 걸음을 멈춰버렸다. 대가리를 돌려 지나온 길을 먹먹히 바라보던 황소는 목을 길게 빼들고 [우억! 우억!] 슬프게 울어댔다. 그때 나는 아버님의 눈물을 보았어. 꾹 다문 입술에까지 흘러내리는 굵다란 눈물을…"

아버님은 잠간 말을 끊었다. 우울하고 괴롭게 이글어진 아버님 얼굴에서 그때 두만강 얼음우에서 눈물을 흘렸다는 할아버지 모습을 보는것 같았다.

"두만강을 건너 황소가 발걸음을 멈춘 고장이 바로 여기 혜장마을이다. 그해 우리는 땅굴속에서 겨울을 났어. 어찌나 춥던지, 그럴수록 갑산동 초가집이 그리워지더구나. 이듬해봄부터 아버님은 부대를 일구기 시작했어. 고령하 묵밭에 불을 놓고 괭이로 자갈땅을 뚜졌지. 황소는 밭을 갈았어. 어머님은 굵은 돌을 주어내고 씨를 뿌렸다. 나도 쪼룽쪼룽 따라다니며 두손으로 씨를 묻었어. 참말 그때 아버님과 어머님은 열심히 일하셨다. 황소처럼말이다. 내 어릴 때도 그렇고 지금도 그렇게 생각되지만 황소나 아버님의 모습이나 언제나 같은 모습이였어…"

저녁하늘을 붉게 물들였던 노을빛이 사라져버리고 어슬렁어슬렁 땅거미가 찾아들무렵 아버님과 나는 고래산을 내렸다. 고래산을 내리면서도 나는 왜서 이 산을 올랐던지 감감 잊고있었다. 아버님이 말한 갑산동의 오얏나무와 함경도 황치소가 이상하게 내 마음을 붙잡고있었다. 그리고 무엇이 아버님으로 하여금 사향의 마음을 늘으시도록 잊지 못하게 하는 가를 알것 같다. 태를 묻은 고향땅, 정든 초가와 송아지친구들을 아버님 은 잊지 못하며 잊을수도 없을것이다. 비록 간도땅을 찾아 낯설은 산과 들과 강에 자신의 발자욱을 찍고 피땀을 흘려 새로운 정을 붙였지만 그 정든 고향정과 다른 정일것이다. 혜장땅에도 오얏나무가 있고 살구나무 가 있다. 그러나 그 나무의 뿌리가 내린 곳은 완전히 다르다. 갑산동의 오 얏나무뿌리가 내린 땅은 멀고 오랜 조상의 넋이 배인 땅일것이다. 그 땅 에는 조상들의 생활의 지혜와 방식이 배여있고 조상들의 유구한 전통이 배여있어 그 열매도 그런 향기를 풍길것이다. 결국 아버님의 사향은 조상 들의 전통의식에 대한 그리움인지도 모른다.

산등성이에 이르러 다섯 마리의 황소무리를 대하자 그제야 나는 아버 님에게 황소를 팔자는 말을 못했음을 깨달았다. 그러나 이제 그 말을 꺼 낸다는것은 불가능한 일이라고 생각했다. 그래서 저녁밥을 먹은후 사정 을 보아 아버님께 여쭤봐야겠다고 다시 생각했다.

아버님은 개암나무속의 황소무리를 산아래로 몰아내고있었다.

"산에 묻어놓고 방목해도 별일 없잖아요?"

아버님을 거들어 황소를 몰아내며 내가 물었다.

"별일은 없다만…"

아버님은 그렇게 대답하면서도 송곳뿔 암소와 두 마리의 송아지만 산 에 남겨두고 네마리의 황소는 기어이 마을로 내리몰았다. 아버님의 행동 이 좀 이상했지만 더 깊이는 묻지 않았다.


4

그날 저녁 어머님이 눌러진 메밀국수를 두사발이나 먹었는데도 어머 님은 자꾸만 더 먹으라고 했다. 그래서 반사발을 더 받아 시원한 육수물 에 말았다.

"우리 황운 국수 하나만은 참 좋아하거든."

어머님은 내 먹는 모양이 즐거운지 기쁘게 웃으며 말했다.

"국수 먹으면 장수한다 하잖아요."

"웃사람들 그렇게 말하긴 하더만 넌 국수 안먹어두 장수할거다."

"왜요?"

"네 사주에 그렇게 정해진거지 뭐."

어머님이 토정비결이니 춘망비결같은 신수를 믿는다고는 하시나 거기에 정해진 내 운명을 믿는것보다도 어머님 마음속으로 내가 장수하기를 바라는 마음이 더 클것이다.

국수를 먹는 한편 나는 큰형과 술잔을 기울이며 송이버섯에 대한말과 기름개구리에 대한 말을 했다. 그러면서도 황소에 대해서는 한마디도 내비치지 않았다. 먼저 물러앉은 동생이 기웃기웃 앉음자세가 안정하지 않았지만 나는 참말 아버님앞에서 황소를 팔자는 말을 꺼낼 용기가 없었다. 어머님이 더 먹으라는것도 마다하고 불룩한 배를 두드려 보이며 상을 물린후 아버님은 한쪽켠에 올방자를 틀고앉아 덤덤히 엽초를 피우고있었다. 밥상을 물리자 동생은 더욱 조급했던지 나를 보고 연신 눈을 껌적거렸다. 몹시도 애가 난 모양이 안타깝기도 했다. 그래서 마지못해 아버님을 다시 바라보았지만 아버님은 머리도 돌려주지 않고 담담히 엽초만 피우고있어 또 주저하고말았다. 일순 서먹한 기분이 집안에 감돌았다. 아버님은 엽초만 피우고 동생은 나와 아버님을 힐끔힐끔 번갈아보고, 무던한 형님은 그저 잠자코 있을뿐이다. 팽팽한 기분을 가셔버리려고 또 큰형에게 말을 걸었다. 그러나 꺼낸 말 역시 몇십번도 더 꺼내 물음에 싫증났는지 그저 "그래, 그렇지. 진달래 붉에도 돋지"하며 응부하는 추세여서 주고받는 이야기가 퍽 멋적었다. 그래서 핑계삼아 조카 보러 가자고 형을 끌었다. 형도 혼연히 일어섰다.

큰형은 나보다 다섯살이상였다. 년년생인 동생과는 허물없이야 자하는 사이지만 큰형과는 존경하여 경어를 썼다. 초중을 제대로 나오지 못한 형은 장가도 일찍 들었는데 지금은 딸아이 셋을 가진 아버지로 되었다. 그런데 웬 일인지 형은 장가들어 련속 녀자애 둘을 낳았다. 그래서 고태스러운 아버님은 여간만 불쾌해하지 않았는데 형은 아이를 더 가질 생각은 없었다. "계획생육"을 제창하는 세월이라 정책상 더 낳을수도 없었다. 그러나 아버님이 너무 족자르는 바람에 벌금을 내면서 낳은것이 역시 딸애였다. 그때 아버님의 실망한 마음은 어떠했는지는 몰라도 세 번째 손녀를 본후 아버님도 맥이 진했던지 더 낳으라는 말은 하지 않았다. 허나 아버님의 얼굴에서 웃음기를 찾아볼수는 없었다. 그러다 내가 장가 들어서 아들 룡이가 태여나자 아버님은 싱글벙글 웃음지었고 모든 정성을 룡이에게 쏟아부었다. 지금 세상에 손자와 손녀의 구별이 하등 필요가 있으랴만 어떤 때는 너무 편견스러워 형과 형수에게 미안한 마음까지 들었다. 그러나 천성이 소박하고 무던한 형과 형수는 아무런 불평없이 아버님을 공경했고 그만치 나에게 친근했다.

큰형님 집에서 형수님이 다시 차린 술상에 앉아 맥주를 기울이며 나는 이번 고향을 찾은 용건에 대해 자상히 이야기했다. 언제나 큰며느리답게 인순하고 무던한 형수는 가타부타 아무 말 없었고 형님은 세 아이를 키우는 딱딱한 형편이면서도 흔연히 대답하는것이었다.

"나두 막내일이 답답하기는 해. 그런 시절을 지내왔으니간. 새파란 녀석이 시골에 박혀있자니 여북하겠냐, 나처럼 처자식이 있으면 몰라도. 네가 주선하여 처사하니까 안심도 되고. 나한테 큰 돈은 없어도 송이 팔아 모은 돈 몇천원은 있네라. 도리대로 말하면 큰형인 내가 도맡아 해야 할 일인데 집형편이 그러니 할수 없구나."

"감사할뿐입니다 형. 바삐 사는 형의 사정을 알지만 할수 없군요."

"감사야 뭐. 우리가 남남이냐. 네가 고생이지. 월급생활이 그리 풍족하지 않을테지."

"그러찮구요. 동생네도 지금 세집살림을 하고있는데 둘째 동서의 고생도 여간하겠어요."

형수님이 조용히 끼여 말했다. 녀자가 녀자의 마음을 아는가보다 하고 형수님의 말을 고맙게 생각하며 아버님은 며느리들만은 잘 삶으셨다고 느꼈다.

"모쪼록 그 애 일을 부탁한다."

형이 다시 말했다.

"알겠어요 형. 그런데 형, 아버님께 황소를 팔자고 말하면 가히 승낙 받을수 있을가요?"

"글쎄 나두 딱히는 모르겠다만 그게 그렇게 쉽지는 않을거다. 혹 네 말이라면 따라주실런지." 큰형도 나처럼 크게 신심이 없어보였다.

"그러찮아도 요즈음 아버님은 심기가 몹시 좋잖은가보이더라. 말씀두 적으시구 퍽 심상해보였어."

"왜요? 무슨 괴로운 일이라도 있었나요?"

"막내가 자꾸 로무소리를 하니까 그러시는거지. 막내와 밥두 함께 안하셔."

"참 아버님두."

황소 성질 같은 아버님은 성미가 곧았다. 한번 아니라 해서 다시 옳다고 해본적은 한번도 없었다. 그러나 나는 아버님의 그 성미를 탓할수는 없었다. 아버님의 관점이 옳든 그르든 아버님으로서 막내동생의 "로무수출"이라는것이 리해되기 만무한 일이고 달갑게 여겨지지도 않을것이다.

큰형과 얘기를 나누다가 헤여져 나온것은 밤 열시가 넘어서였다. 사면이 산으로 에워싸여 거리는 캄캄해보이지 않았으나 눈을 감고 잠간 안전을 찾으니 눈도 어둠에 인츰 적응되였다. 그런대로 희미한 길을 따라 초가에 닿으니 불빛이 울바자에까지 비쳐 나오고있었다. 어머님이 나를 기다리느라고 전등을 끄지 않았을거라고 짐작되며 또다시 자식에 대한 어머님의 마음이 한없이 지극하게 느껴졌다. 울바자문을 열고 불빛 환한 마당을 걸어 곧추 집으로 들어가려다 소우리에도 전등이 켜져있는것이 보여 이상한감이 들었다. 그래서 다시 발길을 돌려 소우리에 걸어갔다.

아버님이 작두앞 토막나무에 앉아있었다. 무슨 깊은 생각에 잠겼는지 머리를 깊숙이 숙이고있었다. 몇가락 없는 숫머리가 등불에 하얗게 얼른거려 아버님 모습이 여간만 가엾지 않았다. 피나무 구시통에 마주선 네마리 황소는 질근질근 여물을 씹으며 힐끔힐끔 주인의 반상적인 모양을 훔쳐보기도 했다.

"아버님."

"왔어?"

아버님은 약간 머리를 쳐들었다. 별 놀라는 기색이 없는것으로 보아 내가 온줄 짐작한것 같았다.

"주무시죠. 밤두 깊었는데."

"잠이 안와."

"어데 편찮으신가요?"

"아니." 아버님은 머리를 짧게 젓고나서 웬지 긴 한숨을 후— 내쉬였다. 여물을 씹는 황소를 보는 깊숙한 눈이 몹시도 서글펐다.

"여기 좀 앉거라."

나는 아버님이 피해주는 토막나무에 덤덤히 앉았다. 그러면서 어쩌면 아버님이 나를 기다리느라고 여적 주무시지 않았을거라는 생각이 들었다. 그런데 무슨 일로 나를 기다리고 계셨을가?

"네 할아버지가 기억나?"

"할아버지요?"

나는 아버님이 무엇 때문에 새삼스레 할아버지에 대해 묻는지를 몰라 아버님만 쳐다보았다.

"기억나지 않을거다. 넌 그때 태여나지도 않았으니까." 아버님은 엽초를 꺼내 천천히 말았다. 내가 성냥을 그어드리니 한모금 길게 빨아들이며 다시 말을 이었다.

"너만은 알아두어야 한다. 넌 다른 사람과 다르니까…"

아버님은 여전히 나에게 그 어떤 각별한 기대를 걸고있었다. 지금 강조하는 진실이 무엇인지 잘 모르지만 나는 내 어깨가 무거운감을 느꼈고 사뭇 아버님의 말씀이 진지하게 들렸다.

"운명이였어. 아마 운명이였을거다. 기실 네 할아버진 황소 때문에 세상떴어. 한마리의 황소땜에… 그때 우린 왜서 고향에 돌아가지 않았던지. 광복을 맞아두 아버님은 고향에 돌아가지 않았다. 아마 혜장촌에 정이 들어서 못떠났을거다. 정들면 고향이란 말이 있듯이. 아버님과 황소가 개척한 혜장땅을 떠나기 싫었을거다. 그래서 그냥 농사를 지으며 살았지. 괜찮았어. 세상이 좀 어수선하기는 했지만 추운 걱정 굶을 걱정은 없었어. 스무살 먹은 나도 그때 네 엄마에게 장가들었어. 함경도 황치소를 타고말이다…"

아버님의 깊숙한 눈이 밝게 빛났다. 사람이 늙으면 추억속에 산다고 아버님도 그 아름다운 추억을 되새기며 젊음을 찾고있는듯했다.

"그러나 하늘의 조화는 가히 피할수 있으나 인간세상의 조화는 피하기 어렵다고 세상이 풍운을 일으켰어. 우리 가정에 큰 재난이 떨어졌단다. 왜놈이 재난을 피해 간도땅을 찾아왔는데 간도땅에서 그런 재난을 당할 줄이야 누가 알았겠니. 너두 대학까지 읽었으니 알겠지만 50년도에 중국에서 계급획분이란것을 했어. 지주니 부농이니 하면서 말이다. 그때 우리는 부농으로 획분받았다. 몇마지기 밭과 함경도 황치소 한마리때문에 청산대상이 된거다. 황소는 빼앗기고 땅도 빼앗겼어. 그때는 있는것이 죄였으니까. 그때로부터 아버님은 화병에 들어누우셨단다. 어데 가 하소연할 곳도 없고 시비를 가를데도 없었어. 아버님으로선 리해가 갈리 만무한 일이지. 황소는 고향땅에서 끌고온것이고 밭은 자신의 두손으로 피땀을 쏟으며 일궈놓은것인데 그것이 죄라니 그런 조목이 세상에 어디 있겠어. 농군으로서의 아버님은 한탄만하셨어. 그러나 그후에 더욱 큰 재난이 아버님에게 쏟아졌다. 밭을 빼앗고 황소를 빼앗는것보다 더 심한 고통이였어. 사람의 령혼에 대한 청산이였지. 아버님은 고깔모자를 쓰고 목에 [부농분자]라는 개패를 걸고 투쟁을 맞았고 거리조림을 당했어. 밤마다 비판회의에 가서는 구타를 받았고 낮이면 억지 로동개조를 당했어. 끝내 아버님은 심신의 타격을 이겨내지 못하고 자리에 누우셨단다. 림종에 가까워 아버님은 눈물 흘리며 울부짖었다. [황소가 죄야. 황소가 죄야. 너희들은 절대로 황소를 기르지 말어라.] 이렇게 한을 품고 세상을 떴어 후!— 죄악이였어. 죄악이였지…"

아버님은 머리 숙이며 눈굽을 찍었다. 백발의 로인의 슬픈 눈물을 보는 내 가슴이 뭉클해났다. 진실한 농군으로서의 할아버지의 한맺힌 림종. 비록 내 자신이 할아버지를 보지 못했어도 황소를 기르지 말라는 그 유언이 할아버지 진정이 아닐것이다. 어쩌면 그 세월에 대한 기막힌 농군의 최후의 반항이였을것이다.

"나는 아버님의 유언을 지켰어. 아니 그 세월이 나로 하여금 지키도록 강박한거지. 그때는 일체 개인재산을 허용하지 않았으니까. 그대신 나는 부농의 아들이 되여 농업사의 소방목을 하였다. 어쩌면 황소와 나 사이에 끊어져서는 안될 인연이 있는지도 모를 일이다. 내가 방목하는 이십여마리의 소무리속에 우리 집 그 함경도 황치소도 있었다. 나는 그 황치소를 볼 때마다 아버님의 유언이 생각나서 몇번이고 소채찍을 던져버렸지만 빈농들은 허용하지 않았다. 그들은 내가 [로동개조]를 하지 않으면 새로운 사람이 되지 않는다고 생각했을거야. 그래서 울며 겨자먹기로 소몰이 하지 않으면 안되였어. 후!— 그 세월에 말못하는 황소들의 운명도 나처럼 처참했다. 집체의 소니까 사원들은 마음대로 다루었고 좀만 상하거나 병들어도 페우로 처잡아 먹었어. 명절때에는 제일 살찌고 허우대 큰 황소가 사원들의 제물이 되여버렸다. 만약 내가 함경도 황치소를 지켜주지 않았더라면 연변에 황치소의 종자가 말랐을거다. 참 비참한 운명들이였지. 비록 내 소는 아니였지만 난 가슴아팠어. 그러나 나로서는 할수 없는 일이였다…"

아버님은 말을 끊고 다시 옆초를 말았다. 나는 인츰 성냥을 그어주면서 아버님은 무엇 때문에 할아버지의 유언을 어기고 황소를 길렀을가고 뒤말을 기다렸다.

"그러다가 세월두 바뀌여지더라. 호도거리가 생기구 부농모자도 벗구요행 함경도 황치소의 송아지가 살아남아 빼앗겼던 황소 대신 돌려주더라. 그러나 나는 반갑지가 않았어. 오히려 오열이 터지더라. 황소는 돌려줬다 해도 황소 한마리때문에 한많은 세상을 뜬 아버님이 서러워 눈물을 흘렸어. 그리고 나는 그 황치송아지를 팔아버리려고 했다. [황소가 죄]라던 아버님 유언을 지키기 위해서말이다. 허나 나는 그 유언을 따르지 못했다. 아니 그 유언을 따를수가 없었다. 내가 분여받은 땅은 황소를 수요했고 아직 개간하지 못한 황무지가 더욱 황소를 수요했기 때문이다. 그보다도 천명적으로 이어진 나와 황소의 연분을 나로서는 저버릴수 있는 힘이 없었다. 그래서 다시 황소를 기르게 된거다…"

그날 저녁 잠자리에 들어서도 나는 잠을 이룰수가 없었다. 아버님께 황소를 팔자는 말을 꺼내지 못해서가 아니다. 아버님이 말한 할아버지의 운명과 황소의 운명이 그토록 내 마음을 지지리 자극하여 잠들수 없었다. 아버님이 말하는 황소가 걸어온 길, 갑산동에서 떠나 두만강을 건느고 혜장촌에 닿아서 자갈밭에 땀흘리며 보습을 끄는 모습이 어쩌면 할아버지 삶의 방식이였고 아버님의 삶의 방식이 아니였을가. 아니 간도땅에 이주해온 과경소수민족의 삶의 방식일것이다. 아버님은 이 전통이 유구한 생활약식에 대하여 "너만은 알아야 한다"고 하셨지만 이러한것을 나만 알아야 된다는것이 너무 협소하게 여겨졌다. 나뿐만아니라 황소를 팔아 "로무수출"을 하겠다는 막내동생도 응당 알아야 할것이다. 그리고 아직 철모르는 아이지만 내 아들 룡이도 알아야 하고. 나는 그 애에게 참말 알려주고싶다. 연변땅은 황소가 개척한 땅이고 연변땅의 력사는 황소에 의지한 민족의 력사라는것을. 그리고 할아버지나 아버지나 룡이나 황소의 피땀을 먹고 자란 황소의 아들이라는것을 진정 알려주고싶었다.

　그날 저녁 나는 아버님에게 황소를 팔자는 말을 하지 못했다. 아니 그것에 대해 감감 잊고있었다. 래일 아침이면 내가 능히 말할수 있을런지. 내 마음은 지금 그것에 대해 완전히 도피하고있었다.


　5

　나는 잠이 들어있었다. 잠속에서 꿈이라고 생각했다. 그렇지 않으면 꿈과 비슷한 몽혼속에 상상으로 접한 사유에 빠졌을것이다. 어쨌던 꿈같기도 하고 내 대뇌의 사유 같기도 한것이었다. 나는 꿈속에 단군을 보았다. 나래 돋힌 말을 타고 하늘에서 태백산 신단수아래에 내리고있었다. 말은 누런 금빛말이였다. 그러다 단군이 태백산을 내릴 때 천마가 내 상상으로 접한 사유로 황소로 바뀌였다. 금빛 황소를 타고 단군이 어데론가 사라지고있었다. 그런 다음 눈앞에 아무것도 보이지 않았다. 나는 역시 잠속이라 여기면서 내가 본것이 말이든지 황소든지 자꾸만 의식을 엇갈렸다. 그러다가 이번에는 화면이 바뀌면서 어둑컴컴한 동굴이 나타났다. 어둡다가 느껴지는 동굴속에서 나는 어떤 짐승을 보았다. 꿈이라고 생각될 때 그 짐승이 사람이 되려고 수련을 겪는 곰 같아보였다. 신화책에서는 웅녀라 했던가?… 그러나 내 사유는 곰이 아니라 황소라고 우겼다. 단군이 탔던 금빛황소라고 생각했다. 인간으로 탈피한 그 녀자 역시 웅녀가 아니라 우녀라고 했다. 그런데 신화책에서는 웅녀라고 하지 않았던가?… 도대체 웅녀인지 우녀인지 꿈과 사유가 마구 뒤엉켜 나의 의식은 혼잡했다. 그러다 어머님이 나를 부르는것 같아 나는 눈을 뜨고 일어났다. 동생 곁에 무릎굽히고 앉아있는 어머님을 보았을 때 나는 꿈속에서도 잠자지 않았음을 알았다.

"막내를 불렀는데 잠기 빠른 네가 깨였구나. 좀 더 자려무나." 어머님은 미안스레 말하며 이불을 덮어쓰고 자는 동생을 흔들었다.

"막내야, 어서 일어나거라. 어서 무슨 잠이 곰같이 둔한거냐."

"무슨 일이라도 있나요, 어머님."

"나두 몰라. 애비가 막내를 깨우라 하시구 나가셨어."

창밖을 내다보니 아직 어둑컴컴했다. 헌데 아버님은 이 밤중에 왜 동생을 깨우는걸가? 내곁에 동생이 부스스 일어나서 잠 덜 깬 눈으로 둘러보더니 투정처럼 불만스레 말했다.

"아직 아침이 아니잖아요. 남의 잠 깨버리면서."

"얼른 밥 먹구 길채비 하거라. 애빈 언녕 밥자시구 소우리에 나갔어."

"어델 떠난다구 그래요. 이 꼭두새벽에요."

"가보면 알게 아녀. 애비 호통소리 듣기전에 얼른 서둘러봐."

"형, 도대체 웬 일이지?"

"좋은 일일거야. 어서 밥 먹구 차비하자."

나에게 피뜩 느껴오는 예감이 있었다. 6감의 반응인지는 몰라도 어머님이 길떠날 차비를 하라고 재촉하던 때로부터 머릿속에 그 예감이 감지되여왔다. 아마 십년전 나와 아버님이 황소를 끌고 화룡에 가던 그 일이 생각나며 그때 정경이 지금 다시 벌어져서 그렇게 느꼈을것이다. 돈걱정하던 어머님과 나, 무사태평 술마시며 "하늘이 무너져도 솟아날 구멍이 있다"던 아버님, 그리고 새벽에 나를 깨우시던 어머님과 그늘속같은 바깥… 내 눈앞에 벌써 화룡으로 향한 모래길이 보이고있었다.

밥을 먹고 옷차림을 차리고 밖에 나오니 좀 어두워보이는 마당에서 아버님이 비자루로 황소의 등을 쓸어주고있었다. 행장차림을 한 나를 보고 아버님은 일손을 멈추며 물었다.

"와? 넌 와 나왔어."

"함께 가려구요."

"아침 뻐스로 떠나도 될텐데."

"걷는것도 괜찮아요. 산천도 보구 그 길로 해서 화룡에 닿아 버스를 타도 늦지 않을거예요."

이미 내 마음이 서있는것을 알았던지 아버님은 더 말치 않았다. 네 마리의 황소를 끌어 먼저 도로길을 나가셨다. 그뒤로 동생과 내가 따라섰다. 십년전과 마찬가지로 어머님이 큰길까지 따라나와 술병과 찬거리를 아버님에게 안겨주면서 술 적게 마시라고 신신당부했다. 그리고 마른 버섯이 들어있는 주머니를 나에게 건네주면서 말했다.

"별로 보낼것두 없구나. 올핸 가물어서 버섯도 얼마 말리우지 못했어. 가져다 룡이나 맛보여라."

나는 거절하려다가 그러면 어머님이 노여워하실것 같아서 고맙다고 인사하고나서 인차 받았다. 그러면서도 속으로는 자식을 생각하는 어머님 마음에 비해 부모님에 대해 많이 등한했던 내 자신이 불효하게 느껴지며 후회심이 갈마들었다.

내가 어머님과 인사를 나누는 사이에 황소는 벌써 뒤골안 개울의 석교를 지나고있었다. 처진 걸음을 빨리해서 아버님과 동생을 따라섰다.

모래길은 의연히 젖어있었고 희미하게 바라보이는 혜장벌은 한없이 조용했다. 절주없는 네마리 황소의 발자국소리가 분주히 모래길을 울려 곁산 바위의 나무에 부딪쳤다.

"형, 지금 어데 가는거지?"

눈치 무딘 동생은 아직도 잠이 덜 깼는지 얼떨떨해서 물었다.

"가보면 알거다."

나는 애매하게 대답하며 아버님을 바라보았다. 고개 숙이고 걷는 아버님의 모습이 몹시 기운없어보였다. 말 한마디 없이 내처 황소뒤만 따랐다. 그런 모습으로 내처 걸어 고령의 석교에 올라서자 아버님은 예전처럼 술병을 꺼내 술을 마시기 시작했다. 그리고 나에게 술병을 돌렸다.

"고마워요. 아버님."

"그런 말은 말어." 아버님은 나의 고맙다는 의미를 아는것 같았다. 아버님이 건네준 술병이 고마운것보다도 아버님이 막내동생의 소망을 위해 황소를 파는것을 고맙게 여긴다는 의미를 말이다. 그래서 (그런 고맙다는 말은 하지 말어라)고 말하며 속으로는 그것을 괴롭게 여길것이다.

"너 요즘 속 많이 썩였지."

덤덤히 걷던 아버님이 문뜩 물었다.

"애빈 알아. 네 말치 않아두. 네가 무슨 말을 하려고 찾아온것두 알구. 그 말을 차마 못꺼내는 그 심정두 알구있어."

나는 아버님께 속을 뒤집어보인것 같아 쑥스러워 아버님을 곧바로 쳐다보지 못했다. 그러나 또 내 마음을 리해해주는 아버님의 도량이 고맙기도 했다. 그런데 동생은 아무것도 모른채 어데로 가는가고 자꾸만 아버님께 물었다. 아버님은 동생의 물음에 얼굴도 돌려주지 않고 말했다.

"우리 조상들의 속담에 [황소 팔아 자식 공부시킨다]는 아름다운 말이 있었어. 그렇게 말할수 있는 부모는 떳떳해서 남의 존경을 받았다. 그런데 지금은 황소 팔아 로무 간다니 허참 별난 세상이 아니구 뭐냐. 글쎄 황소 팔아 서울구경간다니 원…" 아버님은 내심 달통이 안되는지 술기 오른 얼굴이 가늘게 경련이 일었다.

"허나 할수 없지. 내 아들이 황소 팔아 서울 가겠다는데야. 서울 가서 부자 되구 색시 얻겠다는데 어찌할 도리가 있냐말이다."

"소 팔아요? 아버님, 지금 황소 팔러 가나요?!"

동생은 귀가 번쩍 띄여 놀랍게 소리질렀다. 기쁘고도 충동된 마음이 둥그래진 눈과 환한 얼굴에 완전히 드러났다. 아버님은 역시 얼굴도 돌리지 않았고 괴롭게 꾹 담은 입가에 술병을 갖다대였다. 나는 뒤따르면서 괴로운 아버님 마음을 좀 달래주고싶었으나 무슨 말을 했으면 좋을지 잘 생각나지 않았다. 그저 묵묵히 걸었을뿐이다. 그러나 동생은 마음속 기쁨을 감추지 못하고 아버님을 앞서거니 뒤서거니하며 장난 심한 송아지처럼 진정 못했다. 황소를 따라가 버들 회초리를 휘두르며 콧노래까지 흥얼거렸다. 또 젊음이 그러하듯 앞날에 대한 락관으로 허황한 말이 많아졌다. 내가 허황하다고 생각한것은 십년전 나의 락언이 허황했기 때문이다.

"아버님, 나 이담 로무가서 돈 벌면 집부터 개변할게예요. 오막살이 초가집을 허물고 그우에 대궐같은 벽돌집을 지을거예요. 그리구 랭장고도 사놓고 색텔레비도 사구. 모터찌클 한 대 살거얘요…"

아버님은 동생의 말에 눈빛 하나 움직여주지 않았다. 숙연히 앞만 보고 걸으며 술병을 입가에 갖다대였다. 동생의 말을 듣는 나는 오히려 가슴이 뜨거워나며 얼굴이 붉어졌다. 십년전 나도 희망에 부풀어 아버님께 저같이 말하지 않았던가. 제발 동생의 장담이 거짓이 아니기를 바랬다.

"그리구 아버님. 나 로무갔다와서 아버님께 황소를 사드릴거예요. 지금은 아버님이 네 마리의 황소를 팔게 되지만 그땐 사십마리, 아니 사백마리의 황소를 얻게 될거예요…" 아버님의 얼굴이 검푸르게 경련을 일으켰다. 모질게 꾹 담고있던 입술이 가늘게 삐죽거렸다. 무엇이 터질것 같은 아버님의 모습을 보며 나는 제발 동생이 허황한 말을 더하지 말기를 바랐다. 그러나 희열에 들뜬 동생은 아버님의 심정을 리해하지 못하고 있었다. 십년전 나와도 같이 완전히 공상의 총아가 되여 황금탑을 쌓고있었다.

"그러면 아버님은 목장의 주인이 될거예요. 몇백마리 황소를 거느린 주인이죠. 난 도시에 나가 사업을 벌릴거예요. 상점을 경영하든 식당을 경영하든…"

"이 눔아…" 아버님은 끝내 괴로움을 참아내지 못하고 말았다.

"이 눔아, 누가 너 보구 기와집을 지어달랬어. 황소를 사달라 했어. 네가 그런 혜택을 보려구 목숨같은 황소를 파는줄 알어? 씨알 머리없는 놈. 그런 말은 네 눔이 색시 얻은 다음 네 자식들께나 해라 이 눔아, 도시에 가 살든 식당을 꾸리든 네 배짱대루 하구. 난 안갈거다. 이 혜장마을을 떠나지 않을 거란말이다. 이 눔아, 대신 이제 더 황소에 대해 말하지 말어라. 제발…"

기고만장하던 아버님의 심정이 씁쓸히 녹잦았다. 깊숙한 두눈에 무엇인가 반짝이고있었다. 아버님이 당금이라도 눈물을 쏟을것 같아서 내 마음이 조마조마해났다. 동생도 민망함을 느꼈던지 목을 슬슬 움츠리며 더 말하지 않았다. 그렇게 삼부자가 각자 다른 기분으로 걸음을 재우쳐 어느덧 합신경고개에 올라섰다.

령에 올라서니 모든것이 십년전 그대로였다. 해는 동쪽하늘에 뒤발 떠 있었고 오봉산에 가로막혀 화룡시는 보이지 않았다. 네마리의 황소는 이제 맞게 되는 운명의 전환이 하등 관계없는듯 한가히 길옆잡풀을 뜯고있었다. 그전 키작던 비술나무는 크게 자라 나무그늘도 넓게 드리웠다. 아버님은 그늘밑에 앉아 엽초를 말아 피우고있었다. 멀거니 황소를 바라보는 얼굴이 수심에 잠겨있어 퍽 외로워보였다.

"아버님." 아버님은 머리를 돌려주었다.

"미안해요, 아버님."

아버님을 위안하려고 했지만 난 이렇게 말할수밖에 없었다. 아버님은 지그시 나를 바라보더니 깊게 한숨을 내쉬였다.

"미안할건 없다. 하두나 황소에 정이 들어서 그랬을뿐이다. 아무리 황소가 중한들 내 자식보다야 중할수는 없지. 후—"

"죄송해요. 아버님. 이번 일도 제가 선동했거든요. 아버님이 괴로우실줄 알면서도…"

"알구있어 네 마음두. 시대가 변하니까 네 생각이 옳을수도 있어. 그러니 니두 미안해 말어라. 애비가 아무리 무식쟁이라 해두 자식들 마음은 잘 알어. 허지만 황소에 대해 잊지는 말어라. 황소를 잊으면 나를 잊는거야. 그리구 할아버지를 잊는거구. 넌 내 말을 알아들을테지?"

아버님은 자리에서 일어섰다. 그리고 황소를 몰아 합신령을 내렸다. 그 뒤로 동생이 어정어정 뒤따랐고 나는 좀 처져 걸으며 생각에 잠겼다. 아버님이 당부하는 일. 황소에 대해 잊지 말라는 일. 그것은 근근히 황소가 우리 가정의 "솟아날 구멍"이여서가 아닐것이다. 그보다도 황소의 근면한 의력과 선한 마음 그리고 곧은 성격과 헌신정신. 아버님도 이런것을 닮았고 할아버지도 이런것을 닮았으며 그보다 썩 먼 조상들도 이런것을 닮았을것이다. 그러니 황소를 잊지 말라는것은 조상들의 그 전통을 잊지 말라는 의미가 아닌가!

합신령을 내려서자 화룡벌 가운데 자오록한 연기속에 파묻힌 화룡시가 보여왔다. 그 도시를 바라보는 아버님의 얼굴이 지옥을 대하듯 몹시 이글어졌다. 그 도시를 바라보는 동생의 얼굴은 천당을 대하는듯 환희로 밝게 빛났다. 내 마음은 벌써 도시의 란잡한 소음을 듣고 있었고 자신들의 의지로 설치한 버튼에 조종되여 로봇같이 분주히 오가는 사람들을 보고있었다. 그러니 아담하고 청신한 혜장마을이 그리워졌고 대자연의 주인처럼 자유로운 촌민들이 그리워졌다.

"우엉. 우엉!—"

어데선가 황소의 목멘 울음소리가 길게 들려왔다.

(≪연변문학≫ 1999. 2)

# 누님이 그린 그림

김동규

1955년 4월 8일 흑룡강성 화남현 리수향 소가목사에서 출생, 1987년 연변대학 문학반 졸업. 1988년 화남현 문화국 창작실에서 사업했음. 현재 화남현 삼합향 영창촌에 거주.

오실오실 추운 겨울밤 칙칙하게 흐린 마음으로 밤기차를 탄다는 것은 짜증나고 재수 없는 일이였다.

집을 떠나올 때 안해의 눈길은 실망으로 꺼끌꺼끌하였다. 아침같이 달거리가 끝난 안해는 저녁상을 차리면서 입술에 은근한 암시를 물고 푸념을 했다. 생각 밖으로 당돌하고 진지하였다. 했건만 나는 안해의 원망어린 눈길을 천연덕스럽게 받아 비벼버리면서 끝내 집을 떠나고 말았다. 누님이 걸어온 전화는 안해와 애무를 나눌 시간적 여유를 뭉때려버리기에 족할 만큼 긴급하였다. "래일 떠나면 안되나요?" 안해의 질문에는 불만이 조롱조롱 매달려있었다. 대답이 필요 없었다. 안해는 내가 누님네 일에 나설 때마다 반쪽 얼굴을 로골적으로 내보였고 가시 돋친 비양을 콕콕 내쏘았다. <1999 연 김동규 누님이그린그림, 156>

밤기차는 잠에 취해서 엉기적엉기적 기여갔다. 잠에 빠진 밤기차는 레루쨤을 지날 때마다 달그락—딱, 달그락—딱 이를 갈며 쉬익—칙, 쉬익—칙

굴러갔다. 덜커덩 하며 객차가 역에 설 때마다 곁잠에 들었던 려객들은 깨여났고 깨여나서는 짐받이 우에 놓여있는 자기들의 짐을 그동안에 도적이 후려가지 않았나 확인하느라고 잠기에 침침한 눈을 빠끔빠끔 열었다.

안해는 언제나 자기의 권리와 공제 속에 나를 가두려고 할 뿐만 아니라 내가 걸어가는 길의 처처에 위험천만한 폭발물을 묻어놓고 호시탐탐 기회를 노렸다. 무언의 전쟁, 그것은 어디까지나 생활과 부부쌍방의 기득권에 대한 싸움이었지 살기 띤 판가리 전투는 아니였다.

안해는 고기 중에서도 제일 미운 까불이 뽀돌치였다. 내가 낚시에 끼여진 미끼인양 안해는 제일 예리한 낚시 끝은 물지 않고 옆 아니면 뒤등을 물군 하였다. 한번 따끔 물어놓고는 내가 움찔하면 뽀르르 달아나 물밑에 자란 잡초 속에 숨어 있다가 쫑드르 달려 나와서 톡톡 건드리군 했다.

녀성해방운동을 한다더니 이제는 남성해방운동을 해야 할 것 같다. 전에는 남자들이 가정에서 우쭐하고 트집을 부리고 큰소리를 빵빵 치고 했지만 지금은 모든 것이 전도되고 위치가 바뀌었다. 유교사상 가부장제 남존녀비가 철저하게 타도되여 버렸다. 어머니시대는 지나가버리고 누님의 시대도 서산락일의 막바지에 올랐으며 이제는 바야흐로 안해의 시대가 솟아오르고 있지 않은가 싶다. 하여 사람들은 지금은 녀자들의 세상이란다. 마작도 녀자들이 더 통 크게 놀아준다. 술도 녀자라고 우습게 보고 접어들었다가는 억병으로 취하여 너부러지기가 일쑤다. 아버지만큼 매형만큼 아니 그 절반만큼이라도 호기를 부려보았으면 좋으련만 그건 꿈이다.

현성에 도착하여 기차역을 나선 나는 애처롭게 울고 있는 배를 채우려고 서성거리다가 길옆에 있는 음식점으로 들어갔다. <1999 연 김동규 누님이그린그림, 157>

뜻밖에도 음식점안에는 이른 새벽과는 어울리지 않게 손님들이 많았다. 매대에 서있는 녀자가 부석부석한 눈으로 나를 노려보았다.

나는 국수 한 그릇을 청하고 자리를 찾아 앉았다. 나는 밤 생활에 찌들리다 음식점에 와 휴지처럼 널려있는 시내 놈들을 쏘아보았다. 떠나올 때부터 불쾌하던 마음속에 썩은 남새의 찌꺼기 같은 것이 침전해왔다. 내 뒤에 앉은 40대의 몇몇 남자들이 깔깔한 식전담배를 뻔질나게 빨아대면서 "1999년 7월의 대재난설"을 두고 쟁론이 붙어있었다. 죽는다느니 살 수 있다느니 하며 우왕좌왕 야단이었다.

내가 앉은 상을 하나 건너 저쪽 상에서는 입술이 원숭이밑구멍같이 빨간 계집 둘이 마주앉아 팁으로 받은 몇 장 안되는 지폐를 열심히 헤아리고 있었다. 머리가 부시시하고 눈까풀이 게게 풀려있는 꼴을 보면 밑구멍이나 팔아 처먹는 년들이 분명했다. 벌써 새날이 시작되어 있었지만 음식점에는 계속 어제가 흐르고 있었다. 시간의 교체에 그 어떤 압박감도 없이 인간들은 혼탁한 생활과 알콜의 포로가 되어 놀라움이나 감동이 없는 미지끈한 나날을 련속극처럼 재연해가고 있었다.

문가에 있는 밥상에 마주앉아 골을 맞대고 술을 퍼마시던 남자와 녀자가 갑자기 "개새끼 어째?", "씨팔 년 더럽게 놀고 있다." 하는 식으로 욕이 오고가더니 녀자가 뻑－ 소리치며 남자의 뺨을 후려치고 털썩 걸상에 주저앉아 악악 토하기 시작하였다. 남자가 녀자를 끌고 밖으로 나가 길바닥에 걸레짝처럼 버리고는 골목으로 사라졌다. 길바닥에 구겨 박힌 녀자가 일어나면서 악담을 퍼붓는 소리가 음식점안에까지 들려왔다. 년놈들이 때리고 넘어지고 악담을 퍼붓고 했지만 누구 하나 거기에 반응이나 관심을 보이지 않았다.

나는 이 세상이 무(无)로 완전히 변해버린 것이라고 생각하였다. 세상이 어느 날부터 무로 되였을가? 나는 너무도 원시적인 <1999 연 김동규 누님이그린그림, 158> 음식점 풍경에서 생존자체까지도 의심스러웠다. 망망한 무색의 세계, 매형이 바로 무식의 무속 속에서 살았다. 자옥한 안개 속 같은 무속 속에서 매형은 알딸딸한 세상을 어리둥절하게 살아왔던 것이다.

나는 음식점을 나섰다.

날이 어느새 활짝 밝아있었다. 길 우로 각양각색의 차들이 발작하듯 서로 뜀질하면서 길을 빼앗고 있었다. 거리를 메우는 사람들의 걸음은 어딘가 급했고 경황이 없었다. 한해를 마무리는 마지막 달인 12월이 총망하게 마감하고 있었다. 사람들은 또 한해를 무난하게 보냈다는 안도감으로 맞이할 새해를 위해 무엇인가 직심스레 준비하고 있었다. 두고 온 마을은 마치도 마야인의 고대성곽처럼 너무도 한적했지만 현성거리는 양력설을 코앞에 두고 자글자글 끓고 있었다.

현병원은 시내 동쪽에 동안 뜨게 떨어져있었다. 병원 건물이 보였다. 병원 정문에 각인해놓은 홍십자가 눈을 아프게 찔렀다. 누님으로부터 전화를 받고 가슴 한구석이 철렁 내려앉던 그때의 불안지심이 병원 문을 보는 순간 간들간들 간직하고 왔던 요행을 오리오리 찢어발기였다.

나는 병원 안으로 들어갔고 갈급해오는 위구심에 돌발적으로 계단을 두 계단씩 오르면서 입원실을 향해 급히 걸어갔다. 소독수 냄새가 후각을 찔렀다. 질식하게 싫었다. 명절을 앞에 둔 병원은 한적했고 스산했다. 나는 병원으로 올 때마다 병원이 생사람을 잡아 죽이는 도살장으로 착각되군 했다. 마치도 인생길의 마지막인 듯했다. 나도 모르게 얼굴 륜곽이 없는 어떤 죽은 사람이 자주 떠올랐다. 뿌리치려고 해도 끈덕지게 매달리는 소름끼치는 악몽, 오래동안 품어왔던 적의에서 생겨난 환영일가?

나는 입원실 문을 밀었다. 침대에 앉아있던 누님이 들어서는 나를 보고 일어섰다. 누님의 눈길은 거의 무의였다. 나는 침대에 누워있는 매형을 흘깃 바라보았다. 동정보다 서리 낀 적의가 마음의 <1999 연 김동규 누님이그린그림, 159> 표층을 뚜지고 솟아올랐다. 언제부터인지 나는 누님의 앞에만 서면 차거운 랭대를 감출 수 없었다. 옛정에 대한 어렴풋한 개념, 텅 빈 공간으로 나아간다는 가벼운 현기증, 비현실로 접어든다는 착각, 하여 나와 누님사이의 생활화판에 그려지기 시작한 것은 불투명한 불신과 원망이였다. 누님을 앞에 두고 보면 무엇인가 비여 있고 무엇인가 모자라고 어디엔가 또 무엇이 있을 것 같은 공허감을 느끼군 했다. 내 마음에 누님은 배척의 대상으로 락인(烙印)되여 있었다.

누님은 매형의 병이 더욱 악화되여 이젠 가망이 없다고 주절주절 말을 흘렸다. 나는 누님의 말을 귀등으로 흘리면서 미동도 없이 누워있는 매형을 바라보았다. 허구한 나날 반성이나 각성을 모르고 살아온 누님네 가정의 필연적인 결과라고 나는 생각했다.

매형이 누워있는 침대로 다가서니 알싸한 술 냄새가 풍겨왔다. 나는 매형을 볼 때마다 술 마시고 객사한 아버지를 떠올리군 했다.

아버지는 지독한 술군이였다. 아버지는 어디에서 생겨났는지 사기술병을 소가죽으로 질끈 동여서는 허리춤에 차고 다녔다. 조롱박처럼 생긴 술병은 아버지의 허리춤에 일 년 사시절 고집스레 달랑달랑 매달려 있었다. 하여 아버지는 마을길을 걸어가다가도 술 생각만 나면 허리춤에 달린 술병을 찾아내서는 한 모금 쭉 하고야 시름 놓군 했다. 아버지의 주먹코는 언제나 술에 달아서인지 벌거죽죽했고 코등의 모공은 쑹쑹 열려있었다.

우리 집안에서는 언제나 그 술 때문에 싸움이 벌어지군 했다. 아버지는 술에 취해도 싸우고 밥상에 술이 올라오지 않아도 어머니와 싸웠다. 아버지는 그때마다 어머니를 퍽퍽 – 개 패듯 했다. 매가 무서워 어머니가 달아나면 아버지는 "이 새끼들아, 에미 없어졌는데 나가보지 않고 뭘 해…" 하고 고래고래 소리를 질렀다. 나와 누나는 화들짝 놀라 고무신을 꿰지르고 어머니를 찾아다녔다. <1999 연 김동규 누님이그린그림, 160> 우리는 한 번도 어머니를 찾지 못했고 처마 밑에서 오돌오돌 떨고 있다가 안에서 아버지의 코고는 소리가 나면 살금살금 집안으로 들어가 웃방에 있는 이불 밑으로 기여 들어가군 했다. 한번 싸움 끝에는 어머니가 없어졌고 근심에 새벽잠을 설친 누님이 일어나서 중간미닫이에 난 구멍으로 아래방을 건너다볼 때면 나도 함께 일어나 보군 했다. 이상했다. 찾아도 찾아도 없던 어머니는 언제나 소리도 없이 돌아와서는 달팽이처럼 아래방에 누워있었다. 누님과 나는 눈길을 맞추고 "히히, 있어." 하고 웃고는 다시 새벽잠에 깊이 빠지군 했다… 아버지는 동네에 나가서도 매일같이 웃음거리를 만들고 다녔다. 하여 내가 때로 어머니 앞에서 "주정뱅이 아버지 보기 싫다."고 하면 어머니는 내 귀를 잡아 비틀며 뒤에서 아버지를 비난하면 안 된다고 야단쳤다. 하루가 멀다하게 줄욕을 먹고 매를 맞으면서도 어머니는 언제나 드팀없이 아버지 편이였다. 하여 나는 세상에서 남자란 워낙 저렇게 큰소리를 탕탕 치고 으시대고 하여도 녀자는 무조건 참아야 되는 걸로 세상일을 터득했고 누님이 녀자라는 데서 때론 공연히 으시대기도 했다. 실로 어머니는 아버지의 둘도 없는 충신이였고 완고한 보호자였다.

나는 매형이 누워있는 침대가로 걸어갔다. 백골 같은 매형을 보는 순간 까닭모를 살의에 으시시 몸이 떨렸다.

"아마도 집으로 가야 되는가보다."

누님의 목소리는 맥골 없이 축축했다. 만일 누님이 저런 사람을 남편으로 섬기고 살아온 게 원통하다고 "까드득…" 이발이라도 사려물었더라면 어떤 살의나 반감에 앞서 한 인간이 조락의 계절을 맞았다는 슬픔에 동정이 생겨날 수도 있을 것이다. 그러나 누님의 맹목적인 진정, 매형에 대한 오늘까지의 무한대의 관용은 나로 하여금 실망을 하게 하였고 증오지심을 갖게 하였다.

"가라면 가요."

나의 말에는 투둘투둘한 옹이가 가득 박혀있었다. 나는 고의적으로 <1999 연 김동규 누님이그린그림, 161> 매형의 일에 무관심한다는 본의를 로출시켰고 매형과의 관계에 매정하게 금을 그어버렸다.

"술…술…"

침대에 누워있던 매형이 손을 허우적거리면서 련속 술을 찾았다. 나는 기적 같은 그 손놀림을 노려봤다. 뼈마디가 앙상한 손이 공중에서 련속

포물선을 긋고 있었다. 그것은 어떤 간절한 욕망의 표시였다. 누님이 다급하게 침대 밑에 있는 병을 찾아 매형의 입으로 가져갔다. 병자의 입에 응당이면 약물이 들어가야 했지만 누님이 들고 있는 병속에는 술이 촐랑거렸다. 매형은 부들부들 떨리는 손으로 술병을 자기 입에다 들이박았다. 입안으로 술이 흘러들어갈 때마다 병 안에서는 기체가 뽀르릉 뽀르릉 솟구쳤다. 매형은 너무도 걸탐스럽게 그리고 결사적으로 술을 마셨다. 나는 쓰겁게 외면하고 말았다. 나는 창밖으로 눈길을 돌렸다. 나무 한그루 없는 밋밋한 벌거숭이 야산이 뻗어져있었다. 찌뿌둥하게 흐려있는 하늘아래 운무가 자욱하게 드리워져있었다. 시외 뻐스 한대가 랭각기에서 생겨난 김을 꼬리 밑으로 배설하면서 언덕길을 톺아 오르는 것이 보였다. 멀리 릉선 우에 백양나무 한대가 외롭게 서있었다. 백양나무는 마치도 인생에 지친 령감처럼 보였다.

그해 여름은 엄청 비도 많이 내렸다. 누님이 우리 집으로 찾아왔다. 매형이 식전에 집을 나갔는데 여직 돌아오지 않았다는 것이였다. 어둠의 장막이 내리드리운 밖에서는 비소리만 소연했다. 나는 누님을 앞세우고 마을길로 나갔다. 어쩐지 전에 아버지에게 쫓겨난 어머니를 누님과 함께 찾아다니던 일이 떠올랐다. 나와 누님은 그날 저녁 마을에서 끝내 매형을 찾지 못했다. 매형이 아마도 다른 마을에 있는 친구네 집으로 놀러 간 모양이라고 누님을 대충 위안하여 집으로 보내고 돌아서는 나의 마음은 무겁기만 했다. 까닭 없이 객사를 한 아버지의 얼굴이 떠올랐다. 물에 뜬 채 시퍼렇게 부어있던 아버지의 얼굴이였다.

내가 소학교 3학년에 다닐 때였을 것이다. 하루는 오후에 하학하고 <1999 연 김동규 누님이그린그림, 162> 집으로 돌아오는데 마을사람들이 황황한 얼굴로 마을 밖으로 달려 나가는 것이였다. 누가 물에 빠져죽었다는 것이였다. 나는 책가방을 달랑이며 어른들의 뒤를 따라 뛰여갔다. 논머리에 숱한 사람들이 모여서 떠들고 있었다. 나는 모여선 마을사람들의 사이를 비집고 들어갔다. 나는 그만 그 자리에 멍하니 굳어졌다. 어머니와 누님이 통곡하고 있었다. 물에 빠져죽은 사람은 아버지였다. 나는 울음보다 겁이 더럭 났다. 아버지의 머리에는 진흙이 덕지덕지 반죽되어 있었고 입은 흉하게 앙다물어져있었다. 쉬파리무리가 결사적으로 달려들었다. 누구인가 아버지의 웃옷을 벗겨 아버지의 얼굴을 덮었다. 얼마 후 달구지가 왔고 마을사람들은 나무토막 같은 아버지를 달구지에다 실었다. 그때까지 아버지의 허리춤에는 그 사기 술병이 매달려있었다.

내가 누님을 집에 보내놓고 돌아오니 안해는 자리에 누워 종알거렸다. 한마을에 친척들이 모여사니 부산해서 못살겠단다. 사람이 없어졌다는데 찾아보는 것이 원칙이 아닌가 했더니 찾으나마나, 한두 번도 아니고 매일 떠돌아다니는 사람이라고 매형을 저주했다. 그만큼 안해의 안목에는 누님네 가정이 하찮은 존재로 되어 있었다. 녀자가 처녀 때는 몰라도 아이를 낳고 어머니가 되면 보다 성숙해지고 자연적인 자애가 생겨나 너그러워지면서 도량도 넓어진다지만 안해는 언제나 솔잎처럼 뾰족하게 살아있었다. 더우기는 내가 누님네 일에 나설 때마다 반기를 들고 히살스럽게 굴었다.

누님은 물이 차분한 수건으로 매형의 입가를 닦아주고 있었다. 조심스러웠고 직심스럽기까지 했다. 백지장처럼 파리하던 매형의 얼굴에 피기가 한 점 두 점 돋아나고 있었다. 알콜이 자기의 힘을 과시하고 있었다. 불치의 병에 걸린 환자가 약으로 살아간다고 하더니 매형에게는 그것이 적용되지 않았다. 매형은 술로 살아갔다. 병원에서뿐만 아니라 집에서도 하루 이틀도 아닌 근 30여년을 말이다. 매형의 인생은 술에 집착된 인생이다. 매형의 삶은 술을<1999 연 김동규 누님이그린그림, 163> 위한 삶이였고 락도 술을 위한 락이였다. 매형은 술 때문에 생존의 창조와 진실을 잃었다. 매형은 삶의 수수께끼를 풀 줄도 몰랐고 풀려고도 하지 않았으며 인간의 본능인 좌절과 방황과 두려움과 피해의식도 터득하지 못한 채 술 하나만을 위해 모든 세월을 때려잡았다. 령혼이 뿌리를 박지 못하고 끝없이 방황만 해온 매형은 무엇 때문에 고민하는지도 모르며 고민하고 무엇 때문에 절망하는지도 모르며 절망하고 무엇 때문에 분노하는지도 모르며 분노를 해오면서 살아온 무기력한 동물적 존재였다.

간호원이 들어왔다. 퇴원수속을 하고 떠나란다. 쌀쌀한 얼굴이였다. 누님이 간호원을 붙잡고 매형을 며칠만 더 병원에 있게 해달라고 간청했다. 간호원은 추호의 양보도 없이 거절했다. 나는 신경질적으로 달려들어 간호원에게 매달려 애원하는 누님을 뜯어냈다. 울분이 화산처럼 터졌다. 나는 간호원에게 물러가라고 소리를 질렀다. 나는 가망도 없는 기원에 어리석게 매달려 최후발악을 하는 누님에게 주먹이라도 안기고 싶었다. 너무도 미련하고 미개하고 너절하고 추악하게 오늘까지 누님이 매형과 함께 그려온 생활의 그 화폭, 이젠 력사의 락인이 깊숙이 찍혀져 있는 그 실패된 화폭을 영영 수정할 수도 없건만 누님은 고집스럽게 그 화폭에도 계속 어수선한 선을 그리고 점을 첨가하려 하고 있다.

나는 무작정 아래층에 있는 결산대로 내려갔다. 떠나야 했다.

나는 한 병실에 있는 병자들의 적의에 찬 눈길을 뿌리치면서 후들후들 떨며 몸을 가누지 못하는 매형을 마구다지로 둘쳐업었다. "조선 사람들은 모두 저렇게 술을 잘 마신다오.", "조선 사람은 술을 밥처럼 먹는다오.", "조선 사람은 미개하지… 어쩌면 자기가 죽는 줄도 모르고 술을 마신다오?" 가시 돋친 말들이 날아와 고막을 찔렀다.

나는 매형을 택시에다 싣고 마을로 떠났다. 얼마 가지 않아 매형이 신음소리를 내면서 손을 허우적거렸다.<1999 연 김동규 누님이그린그림, 164>

"술…술…"

누님은 가방 안에서 술병을 꺼냈다. 나는 누님의 손에서 술병을 우악스럽게 빼앗아서는 차창 밖으로 내던졌다. 한족 택시운전수가 씨익— 웃더니 계속 차를 몰았다.

"너 어쩌자고 이러니?"

나는 두 눈을 지그시 감았다.

누님이 마을에 있는 홀아비와 붙어 다닌다는 소문이 쫙 퍼졌다. 추문이였다. 집안에서 생긴 일이고보면 수치였다. 누님의 타락은 나에게 타격이였고 아픈 실망이였다. 내 마음속에 어머니 다음으로 우뚝 서있던 누님의 형상이 하루아침에 와그르르 무너져 내렸다.

매형은 성불구자는 아니여도 생육불구자였다. 매형이 배설하는 정자의 정충은 배설 즉시로 죽어버렸던 것이다. 누님의 자궁 속에서 싱싱하게 요동치는 란자는 만나자부터 죽어버리는 매형의 정충 앞에 끝내는 새로운 생명을 만들지 못했다. 후에 병원에 가서 자기가 인간의 기초인 번식능력까지 없다는 것을 알게 된 매형은 무기력과 수치심에서 오는 패배감에 성욕조퇴까지 오더니 종당에는 성불구자로 되고 말았다. 의사가 병의 근원이 술에 있다고 몇 번이나 권고했지만 매형은 더욱 결사적으로 술을 마셨다. 매형은 관성의 법칙, 본능의 원심(远心)작용까지도 소실되여 갔다.

누님은 거의 공개적으로 바람을 피우면서 다녔다. 동네의 조소도 비방도 누님은 개의치 않았다.

낯이 뜨거워 동네에 나가지 못하겠다고 안해가 나에게 막 공격해왔다. 나는 퍼러뎅뎅해서 들썽들썽하는 안해를 노려봤다. 저건 아마도 날 때부터 남을 꼬집지 않으면 못 견디고 하루라도 넉두리를 하지 않으면 배기지 못하는 그런 천성을 타고난 모양이라고 나는 생각했다. 지독한 주정뱅이 아버지를 묵묵히 모시고 살아온 어머니와 주정은 물론 성기능까지 상실한 매형을 고집스럽게 <1999 연 김동규 누님이그린그림, 165> 지어는 이악스레 받들어 살아가는 누님과는 선명한 대조를 이룬다. 깔끔하게 자길 아끼고 남에 대한 험담으로 마음의 스트레스를 풀고 남편인 나까지도 리용하여 자기의 만족을 채우면서 살아가는 안해가 어머니나 누님에 비해 개명해진 것인가? 나는 안해와 함께 있으면 언제나 모순 속에 빠져들었고 점점 나 혼자만의 자아 속으로 위축되여 들어갔다. 그리고는 수억

가닥의 섬세한 거미줄에 온몸이 표박당한 듯하여 정신적 소화불량과 령혼의 탈수증을 느끼군 했다.

눈이 날리기 시작했다. 눈은 하늘을 메우며 쏟아져 내렸다.

"술…술…"

"야, 너 매형이 이거 어째서 이러니?"

매형은 몸을 바르르 떨면서 매삼치더니 입에서 검붉은 피를 울컥 토했다.

"여보…여보…"

택시가 뚝 멎었다.

"재수 없이, 빨리 차에서 내리오."

한족택시운전수가 차문을 열고 재촉했다.

"뭐라오. 아니 이럴 때 내리라면 어쩌오."

"내리라면 내려. 당금 새해가 되겠는데 재수 없이…"

"돈을 곱으로 주겠으니 마을까지만 실어다주오."

"돈, 필요 없소. 여기까지 오는 돈도 받지 않겠으니 빨리 내려!"

"이 놈아, 너도 인간이냐. 이럴 때 내리라면 되니?"

"이것들이…"

한족 택시운전수가 먼저 나의 덜미부터 잡아끌어냈다. 나는 어쩔 사이도 없이 눈밭에 동그라졌다. 황소 같은 놈이였다. 누님과 매형도 끌려나왔다. 택시운전수는 걸상에 씌웠던 천이며 깔개며 와락와락 걷어서 밖에 던지고는 차문을 꽝 닫고 떠나가 버렸다. <1999 연 김동규 누님이그린그림, 166>

택시에서 무자비하게 쫓겨나야 할 리유가 무엇인가? 눈보라치는 황야에 무참하게 뿌리워 나가야만 할 그 책임은 누구의 것인가? 나는 비척거리며 일어났다.

눈은 더욱 억수로 쏟아졌다.

누님은 매형을 부둥켜안고 길에서 매삼쳤다.

"야…너 우릴 두고 어딜 가니 어딜가…"

누님의 애절한 목소리가 등뒤를 따갑게 때렸지만 대답 없이 나는 눈 내리는 광야 속을 터벌터벌 걸어갔다.

(≪도라지≫ 1999. 2호/『흙토의 정』, 흑룡강조선민족출판사, 1999)

# 동년

조성희

　그날은 하늘이 유난히도 높고 맑았다. 그는 밭언덕에서 거무스름한 돌들이 웅크리고있는 먼 밭들을 바라보았다. 밭은 구릉이 심했다. 밋밋하기도 하고 둔덕이 져내려간것도 있었다. 어떤것은 곰같기도 했고 어떤것은 개같아보였다. 이상한 일이다. 그 돌들이 그와 어떤 인연으로 이 곳에서 만났는지는 알수 없지만 웬지 돌들이 다정해보였다. 이따금 미풍에 풀들이 하느적거리는 모습이 보일뿐 너무도 평화로웠다. 따뜻한 해볕이 솜이불처럼 땅을 폭 사안았다. 졸음이 오기 시작했다. 몸이 나른해나고 모든것이 무관해졌다. 그는 낫을 한켠에 던져버리고 납작한 돌우에 누워버렸다. 제법 침대같기도 해 금방 잠이 쏟아졌다.

　갑자기 이상한 기척소리에 눈이 번쩍 뜨였다. 그리고 그는 그 어떤 정체 모를 강한 눈길과 부딪쳤다. 그는 소스라쳐 몸을 반쯤 일으켰다. 하지만 감히 몸을 움직이지 못했다. 곧 전투태세를 취하고 도망을 치든지 손에 돌멩이나 나무몽치라든가 그 어떤 무기를 쥐여야 했다. 그런 순간 그는 그럴 필요가 없다는걸 직감했다. 언제나 그냥 적의를 띠고있던 그 눈이였지만 오늘은 웬지 그 살기나 적의가 없었다. 그와 눈길이 맞띠운걸 일부러 피하려고 하는것 같았고 어딘지 조금은 당황한 빛이 있어 보였다. 예리한 송곳이도 드러내지 않았고 그저 코를 땅에 대는척하더니 한쪽으로 비실비실 물러가고있었다. 이상했다. 그는 몇번이나 하마트면 물리울 번했는데. 그렇게도 그 놈은 악착했는데. 사람들이 보는데서 특히나 자기와 어떻게 친해보려고 무던히 애를 쓰던 그 꾀죄죄한 계집애들앞에서 바지를 물어찢어 엉덩이살이 드러나게 해 그의 자존심도 여지없이 꺾었던 그 철천지 원쑤가 이렇게도 비굴하리라곤 생각지도 못했다. 웬 일일가?

그 놈(검둥이)의 주인은 마을에서 제일 잘사는 왕씨였다. 그 집에는 통나무가 집채만큼 쌓여있어 일년내내 땔나무 걱정을 하지 않아도 되었고 뒤주에는 햇곡식이 날 때까지 묵은 곡식이 그대로 있었다. 그 집에는 왁살스럽게 생긴 장정이 네댓이 있고 마을의 일년 농사 수입의 3분의 1정도는 그 집 소유였다. 큰아들은 방아간을, 둘째아들은 유팡(기름짜는 집)을 맡아했다. 때문에 그 집에는 피둥피둥 살찐 돼지가 거의 열마리나 되였다. 물론 방아간이나 유팡의 수입이 전부가 그 집 소유인것은 아니지만 마을에서 상등로동력이 가져야 하는 수입을 가질수 있고 살겨라든가 기름찌꺼기따위를 공으로 가질수 있었다. 누구도 그 집 물건은 어쩔 엄두도 내지 못했다.

주인이 잘사니 자연 개도 따라 그 위풍을 빌어서 세도가 있었다. 우선 검둥이는 덩치가 컸다. 게다가 잘 먹어서 검은 털이 짜르르 윤기가 돌았다. 검둥이에게는 좋은 굴이 있었다. 마을에서 유일하게 개에게 집을 지어준 집은 왕씨네밖에 없었다. 검둥이는 한 백호 되는 마을에서 제일 사납고 풍채도 좋은개였다. 누구든 그 집 울타리를 지나가기만 하면 그 놈의 검둥개는 희고 예리한 송곳이를 드러내고 죽기내기로 짖어대고 으르렁거리는것으로 사람들에게 무던히도 겁을 주었다. 좀 까불던 애들, 석국이나 철수는 한번씩 그 검둥개에게 다리며 엉뎅이며를 물린적이 있다. 마을에서 여러번 검둥개를 처리해버리라고까지 제의했지고 쑨대장이 몇번 망설이다가 좋게 말했지만 주인은 성품이 호락호락하는축이 아니여서 도둑이 들면 쑨대장이 배상해주느냐며 배심을 부려 아직까지 그 검둥이는 세상이 좁다하고 다녔다. 보통 다른집 개들은 다 검둥이를 만나기만 하면 모두들 그 위압에 눌리워 비실비실 물러갔다. 좋은 뼈다구라든가 호떡같은것이(호떡따위는 사람에게도 별로 생기지 않는것이였지만) 생겨도 검둥이가 있으면 감히 시식을 못하고 먼 곳이나 바라보며 점잖게 사양을 했다. 애들도 그 집앞으로 감히 다니지 못하고 빙 돌아다니군 했다.

그러나 그 왕씨네 형제라든가 그 검둥이와는 달리 그 집 딸 앤만은 하늘나라에서 내려온 선녀같이 성품이 착하고 이쁘게 생겨 누구나 좋아하군 했나. 그는 어떻게 되여 그 집에 왕앤과 같은 녀자가 살수 있을가고 생각했다. 어릴 때 동화책에서 보았던 악마와 천사의 이야기를 떠올리며 아마 악마와 천사는 공존해있는가부다고 나름대로 생각하기도 했다. 참을 그랬다. 악마는 천사가 있으므로 해서 악마로 전락되고 천사는 악마가 있으므로 해서 천사로 인정받지 않을가.

그는 그 놈이 사라진 곳을 바라보았다. 도대체 웬 일일가고 생각을 정리해내기도전에 어디선가 얌둥이가 뛰처나와 재빛꼬리를 살랑살랑 저으며 그의 발을 킁킁 냄새맡더니 다리며 배며 가슴께로 혀를 날름날름거리며 반갑다고 핥았다. 그는 잠시 악마와 천사에 대한 연구를 그만두고 얌둥이의 목을 그러안았다. 얌둥이는 그가 지은 이름이다. 엄마가 어데선가 강아지 한놈을 안아왔다. 고놈이 어찌나 귀염성스레 구는지 그의 손바닥에서 재롱을 부리며 컸다. 어느날 석국이가 척 보더니 고놈이 암컷이란다. 그래서 그는 이름을 얌둥이라 지었다. 암컷이란 워낙 성품이 얌전해야 한다고 여기고 그렇게 지었다.

≪네가 어떻게 왔어? 내가 적적해할가봐?≫

하지만 얌둥이는 진심이 아니였다. 건성으로 그에게 사랑을 퍼붓더니 맹랑하게 살짝 미끄러지듯 목을 빼내고는 어디론가 도망쳐버렸다.

≪얌둥아-≫

그는 일어서서 사방을 둘러보았다. 조용했다. 하느적거리는 마른 풀대

소리만 들렸다. 그는 자리를 털고 일어나 낫을 쥐고 하기 싫은 콩가을을 했다. 땅이 몇푼이나 된다고 엄마는 손바닥만한 이 땅에도 콩을 심었다. 봄에 일하기 힘들 때 두부를 앗아먹는다는거다. 두부뿐만 아니라 채소거리가 없을 때 콩나물을 길러먹고 닦아도 먹고 또 전병(煎餠)을 구울 때 콩을 넣어야 배배한 맛이 있어 먹기가 좋다는거다. 작년 봄에 그는 엄마를 따라 전날 불궜던 옥수수쌀을 바께즈에 담아 멜대에 메고 망질하러 간적이 있다. 그때 콩을 섞어갈았던 기억이 났다. 석국이네랑 함께 짝을 무어 뒤마을 따쿠이네 집 헛간에서 종일 옥수수전병을 구웠다. 밑굽이 평평한 가마에 종이거풀처럼 얇은 지짐을 굽는거다. 청명전후면 의례 전병을 구워내는게 아낙네들이 해야 할 일들이었다. 마치 취뤄야 하는 행사처럼 집집이 전병을 굽는데 전병굽는 비결이 따로 있어 전병맛에 따라 그 집 아낙네의 솜씨를 알아본다. 다 구워낸 전병은 큰 물독에 차곡차곡 넣었다가 봄일이 시작되면 몇장씩 꺼내서 점심밥으로 싸가는게 이 마을 습관이다. 아침이면 아낙네들은 독에서 전병을 꺼내 입에 물 한모금 물고 마른 빨래감에 습기를 주듯이 푸—하고 뿌린다. 그리고는 거기에 된장과 파 몇대가리를 넣고 돌돌 감아 헝겊에 싸서 남자들의 허리춤에 채워준다. 그게 점심 도시락인셈이다. 그때 그는 얇스름하게 구운 전병이 너무도 맛이 있어 쉴새없이 먹었다가 배가 뽈처럼 부풀었었다.

　얼마전에 그는 엄마와 함께 시내에서 살다 여기로 왔다. 한창 전쟁준비요, 뭐요 하면서 세대주가 없는 집을 농촌으로 보냈었다. 누나가 있기는 한데 이미 집을 떠난 몸이다. 그러니까 집의 세대주는 그인셈이다. 하기야 열넷정도면 어른으로 봐야 당연하지만.

　이 마을은 그가 살던 도시에서 네댓시간 기차를 타고와야 하는 곳이다. 태반이 중국사람들이고 조선사람들은 몇해전에 논을 풀기 위해 몇호씩 받아들여 혼합마을로 된거다. 제일 먼저 이 마을에 와서 신풀이를 하고 벼씨를 뿌린 이는 석국이 아버지였다. 첫해 아무렇게나 산종해놓은 벼씨가 잘 붙어 수확을 했고 그덕에 잡곡만 먹고 살던 중국사람들도 흰밥을 먹어보게 되였으며 그리하여 벼를 심기로 했단다. 그래서 조선사람들이 하나둘씩 모여들었다.

평시에 어른들은 생산대일에 나가니 집 채소밭일은 자연 그가 도맡다 싶이 했다. 이제 한 일년쯤 지나면 그도 생산대 일에 바쁠거다. 그렇게 되면 지금처럼 편안히 돌에 누워 자고싶으면 자고 일하고싶으면 하고 할 때도 없을거다. 콩이 적당히 말라 낫이 가기만 하면 절로 딱딱 부러졌다. 얼마간 시간이 흘렀을가. 그는 수상적은 예감에 허리를 폈다.

원쑤같은 그 놈이 아마 따쿠네 개와 어떻게 치근거리다가 아예 완전히 그 짓을 하는 모양이다.

그는 얼굴이 화끈거리고 창피하다는 생각부터 났다. 우선 누가 있는가 주위를 둘러본 다음 욕질을 했다.

≪이 망칙한 놈들이, 쌍-≫

그는 처음 짐승들의 그 짓을 보았다. 머리속에는 당장 그 놈들을 제지해야겠다는 생각이 피뜩 들었다.

≪이새까.≫

그는 돌멩이를 들고 힘껏 뿌렸다. 분명 그 놈의 다리에 가맞았는데 비명소리도 들리지 않았고 조금 다리를 움직이고는 그냥 떨어질줄 몰랐다. 그는 련속 돌멩이를 던졌다. 그리고 입에서는 무슨 욕설인지 자기도 알수 없는 소리가 튀여나왔다. 둘을 떼여놓느라고 무진 애를 쓰고있는데 등뒤에서 누군가의 소리가 들렸다.

≪그만해!≫

깜짝 놀라 돌아다보니 앤이였다. 그녀는 광주리에 무언가 가득 담아가지고 지나던 걸음인 모양이였다.

그는 그 녀자를 보는 순간 얼굴이 빨개졌다. 그래서 얼른 낫으로 풀대를 탁탁 쳤다. 그는 이 마을에서 그 녀자가 제일 아름답다고 생각하고있다. 시골녀자들이란 대개 얼굴이 타서 까무잡잡하고 일하고 먹기만 해서 뚱뚱했다. 그러나 그 녀자는 달랐다. 늘 흰밀가루 만두처럼 포동포동한 얼굴은 아무리 일을 해도 탈줄 몰랐고 물만 먹고 사는지 도대체 살이 찌지 않았다. 그는 그 녀자는 정말 미인이라고 생각했다. 혹시 그가 성인이 되면 미인에 대한 표준이 달라지겠는지 모르지만 지금은 동네 젊은이들처럼 미인에 대한 표준은 바로 그 녀자처럼 생긴 녀자였다. 그가 처음 그 녀자를 봤을 땐 아름답다는 단어의 의미가 이런거로구나 하고 깨달았다. 즉 이런 녀자에게 아름답다는 말을 쓰는거라고 생각했다. 그렇다고 그가 너무 녀자를 밝히는 남자라는것은 절대 아니다. 갑자기 그 녀자를 보는 순간 녀자에 대한 욕망이 생긴건지 아니면 녀자를 알고싶어하는 그 나이가 돼버린건지. 그는 슬그머니 자기에게 화를 냈다. 그 녀자는 동네 젊은이건 로인이건 중국사람들이건 다 공인하는 미인이였다.

마을에서 정월 초하루부터 대보름까지 청년들이 양걸대를 무어 린근 마을에까지 다니면서 양걸을 추군 한다. 그때면 그 녀자도 양걸대에 뽑힌다. 다른 녀자들은 울긋불긋 연지곤지 찍고 머리에 요란하게 장식품을 달고 삐뚤삐뚤 양걸을 추었다. 하지만 그 녀자는 요란하게 화장을 하지 않았고 양걸을 출 때도 자연스레 몸을 좌우로 흔들군 하였다. 특히 손수건을 돌리기 춤을 출 때면 공중에서 손수건이 뱅글뱅글 돌아가는것이 마치 요술을 부리는것 같았다. 매년 정월 초하루가 돌아오면 그 녀자의 양걸춤은 그렇게도 인기가 있었다. 얜이 양걸을 출 때면 얜의 앞에는 마을의 청년들이 다투어 얜과 짝을 무으려고 모여들었다. 걸으면서 추면서 짝을 돌아가며 바꾸군 하는 춤인데도 얜앞에 와서는 순서가 틀려지군 했다. 지어 홀애비 진씨까지 음흉하게 웃으며 그 녀자앞에서 물러나지 않았다.

그 녀자네 터밭에는 오얏나무가 많았다. 오얏이 익을무렵 석국이랑은 나무장대기를 울바자사이에 밀어넣고 치사하게 오얏을 울바자밖으로 떨구는 일을 지꿎게 하군 했다. 윤이 나고 발그무레한 오얏은 그 녀자의 얼굴같았고 그 녀자처럼 싱싱했다. 그는 애들의 짓거리를 못마땅해했다. 그는 못먹으면 말지 그깟 오얏 몇알로 체면 깎는 일은 절대하지 않았다. 번마다 왕씨네 형제나 검둥이에게 혼뜨검을 맞으면서 왜 그런 짓거리를 하는지 시골애들이란 너무 우둔한데가 많았다. 그러던 어느날 그 녀자가 따로 한광주리 오얏을 따서 그의 집으로 가져왔다. 여름 적삼을 입은 그 녀자의 가슴은 터질것처럼 부풀었고 그 가슴이 그에게로 육박해올 때 그는 너무 아름차서 숨이 다 막히는것 같았다. 그는 얼굴이 벌개지며 애써 그 가슴을 보지 않으려고 했으나 어찌된 영문인지 그 가슴은 그냥 그의 시야에서 사라지지 않았다. 이상했다. 이따금 누나의 가슴을 훔쳐본적이 있었는데 그때는 조금 도드라졌다는 느낌뿐이였는데 어떻게 그 녀자의 가슴에 흥미가 갈가.

그때 석국이는 퉁방울눈을 더 크게 뜨고 머리를 갸웃거렸다.

≪이상한데. 우린 이렇게 노래 살아도 그 집 오얏 먹어본 일이 없는데.≫

≪너들처럼 시시한줄 알아?≫ 그는 의기양양해서 어깨를 으쓱했다.

그후 그는 이상하게도 공연히 그 녀자만 보면 얼굴이 빨개지고 할말을 잃기도 하고 그 녀자의 눈을 정면으로 보면 가슴이 괜히 두근거리고…그가 제일 걱정하면서도 한편으로 그러길 바라는건 아침 저녁으로 물을 길을 때 그 녀자의 집앞으로 물통을 메고 지나가는 일이다. 물론 지름길이 있어도 일부러 먼 길을 에돌아 다니군 했다. 일부러 그는 물독에 물이 있어도 물을 긷곤 했다. 그러나 매번 그 녀자를 만날수는 없었다. 열에 두번 정도일가. 그것도 멜대의 중심을 잡지 못해 비칠거릴 때거나 물통이 돌에 걸채여(아직 키가 채 크지 못했다.) 물이 출렁거릴 때였다. 그는 화가 나서 씩씩거렸고 그 녀자는 대견해 하는 눈길로 그를 바라보며 ≪참, 일을 잘 하는구나, 부지런하기두.≫라고 하군 했다. 그 녀자의 웃음은 그렇게도 달콤했다. 그 녀자의 말소리는 맑은 물이 흘러가는것 같았고 그 녀자의 마음은 그렇게도 부드럽고 흰 백포같이 깨끗했다. 그는 먼 발치에서나 혹은 웃으며 지나가는 그 녀자의 옆얼굴을 보면서 이후에 꼭 그 녀자와 같은 녀자한테 장가를 들어야겠다고 속으로 생각했다. 그런데 하필이면 이런 장소에서 단둘이 만나게 되고 또 저 놈의 개들이 지랄을 하는판에 그 녀자와 만나다니 그는 쥐구멍이라도 있으면 들어가고싶었다.

그 녀자는 그저 잠간 서있다가 그대로 지나갔다. 그는 하던 일을 멈추고 슬며시 머리를 들고 멀어져가는 녀자를 바라보았다. 꽃천으로 지은 중국식 적삼을 입어서인지 굴곡이 선명하고 허리가 날씬한 그 녀자의 뒤모습은 여전히 매력적이였다. 그 녀자가 다른 때처럼 그와 롱담을 하지 않아서일가, 아니면 웃음기 없이 우울한 표정때문일가, 혹은 호젓한 곳에서 그와 단둘이 만난것때문일가. 그는 기분이 좀 이상하다고 느꼈다. 그 녀자는 그를 어린 남동생으로 치부하고있다. 그건 세상이 공인하는 뻔한 일이다. 누구에게라도 그가 그 녀자를 좋아한다면 믿지도 않을거고 미친 생각이라 할것이다. 엄마가 알면 펄쩍 뛰면서 못된 송아지 불부터 난다고 할거다. 뭐 그런다고 그 녀자와 결혼하자는것도 아닌데. 그저 좋아한다는 건데. 어른들은 조금도 자유를 주지 않는다. 지어 사유의 틈도 허용을 주지 않는다. 지어 사유의 틈도 허용하지 않는다. 그들은 자기들식대로 생각하고 행동할것만 강요하고 생각에 어긋나면 세상이 망해버리기나 하는 것처럼 펄펄 뛰면서 야단을 한다. 이따금 그는 어른들의 이단자로 되고픈 생각을 한다. 기음을 매라면 아예 곡식까지 싹싹 매버리고싶고 나무를 하라면 도끼나 낫을 끊어버리고싶다. 그리고 그들이 간섭을 하지 않는 곳으로 날아가버리고싶다. 한번 통쾌하게 세상을 살아보고싶다. 무엇때문에 어른들은 무턱대고 자식들을 몰아붙이는지 그는 리해가 되지 않는다.

얼마나 시간이 갔는지 모른다. 그는 머리를 들고 주위를 살펴보았다. 그 놈들이 어느새 일을 끝내고 달아나버렸다. 개들의 그 일을 그는 처음 보았다. 도시에서는 그런 일들은 거의 볼수가 없었다. 석국이한테 말하면 웃을것이다. 그걸 이제야 아느냐고. 이따금 석국이는 그걸 퍽도 자랑으로 생각하면서 시뚝하군 한다. 비록 글은 그보담 잘 못쓰고 수학같은건 영 형편없어도 농촌일에서는 선생이다. 석국이는 누구네 암돼지가 새끼를 뱃다거나 누구네집 녀편네가 누구와 어쨌다거나 하는 일을 환히 알고있 다. 또 누구네 무우가 맛있다거나 누구네 감자가 토실토실하다거나. 그래 서 밤에 그를 데리고 무우토벌이나 감자토벌, 옥수수 토벌을 간다. 어두 운 밤에 남의 집 농작물을 훔치는건 그렇게 흥분스러울수가 없었고 짜릿 짜릿한 일이었다. 토벌을 하고나면 농작물을 싹싹 걷어간 휑뎅그렁한 밭 한가운데서 나무가지를 주어다 불을 피우고 로획물을 구워먹는다. 불이 확 달리고 그것이 굽혀지는 동안 모두 진지한 얼굴로 열심히 불더미를 쑤 신다. 이따금 불똥이 탁탁 튀지만 노랗게 구워지는 멋에 아랑곳하지 않는 다. 그들은 다 익은 감자나 옥수수를 꺼내 홀홀 손을 불며 껍질을 발가먹 는다. 그 맛은 그렇게 꿀맛이고 엄마가 해주는 떡이나 음식보다 몇배 맛 이 있었다. 농촌이 이래서 좋은거다.

먼 곳에서 곡식을 실어들이는 수레가 보였다. 집집마다에 저녁을 짓는 연기가 모락모락 피여올랐다. 이젠 돌아가야겠다고, 래일은 수레를 얻어 이걸 실어가야겠다고 생각을 하며 그는 서둘러 집을 향했다.

여느 때같으면 집에 돌아오기만 하면 얌둥이가 꼬리를 저으며 갖은 애 교를 다 부린다. 그가 한창 쓰다듬고 안아주어서야 직성이 풀리는 얌둥이 건만 오늘은 그림자도 보이지 않는다. 낮에 어디로 홀락홀락 나다니더니 주인이 돌아오는데도 반기지도 않고. 요사이 웬 일인지 얌둥이가 그의 말 을 잘 듣지 않는다.

그가 세수를 하는 동안 부엌에서 엄마와 누나가(이따금 누나는 집에 잘 온다. 그리고 왜 그런지 한번 오기만 하면 갈념을 않는다.) 저녁짓는 소리 가 났다.

《…석국이 형하구 좋아한대요. 모두들 그러던데…》 누나의 말이다.

누구를 두고 하는 말인지 그는 알바가 없다. 녀자들이 하는 이야긴줄 알고 그저 흘려버렸다.

≪둘이 비슷한데 뭘. 석국이 형두 그만하면 괜찮지.≫

≪헌데 집에서는 반대라나…민족두 다르겠다. 누가 소개해서 이제 다른 사람하고 선 본대요.≫

≪그래두 어른들의 말대로 해야지. 헌데 석국이 형 너무 잘생겨서 탈이야.≫

≪잘생기면 일등 신랑감이죠 뭐.≫

≪잘생겨서 뭘하니? 일을 잘해야 살지.≫

엄마와 누나 사이는 늘 이런 대화가 이어진다. 신문을 보겠나 시골이라서 도시로 나가볼 기회도 없겠다 보고 듣는건 영 땡이였다. 대신 마을의 뉴스가 대단한 화제거리였다. 참 여자들이란. 그는 머리를 절레절레 저었다.

그는 낫을 두려고 허간으로 들어갔다. 다락에 올라가는 사다리를 바로 세워놓다가 문득 초여름에 자형이 누나보러 왔던 일이 생각이 났다. 그대는 누나와 자형이 아직 결혼을 하기 전이였다. 그는 밖에서 놀다가 자형이 무얼하는지 무척 궁금해서 집으로 들어왔다. 집은 텅 비여있었다. 이상했다. 바람쐬러 나갔나 생각하며 그는 아무 생각없이 허간에 들어갔다. 여름에 누나는 허간에 있는 다락에서 잤다. 다락이 누나의 별유천지여서 평시에 그가 올라가는걸 꺼려했다. 거기엔 아기자기한것이 많았다. 아마 그걸 만진다고 누나가 괜히 신경을 쓰는거라고 그는 생각했다. 사실 그는 여자들의 물건에 호기심을 가지는 그런 저급적인 취미가 있는 애가 아닌데도.

≪킥-킥-≫

그는 깜짝 놀라 다락을 쳐다보았다. 분명 다락에서 소리가 났다. 하지만 아래에선 다락우를 볼수가 없었다. 누가 올라갔을가? 다락을 받쳐주는 기둥이 움씰움씰거렸다.

≪이러지 마! 아니, 가지러워!≫ 누나의 코소리가 섞인 소리가 들렸다.

그때 그는 어리둥절해서 한참 서있었다. 도대체 어쩌는건가? 누나는 종래로 저런 목소리로 말하지 않았다. 또 별로 간지러움을 타는것 같지도 않았다. 그가 이따금 누나의 발바닥이라든가 겨드랑이를 간지럽힌 일이 있다. 그러나 누나가 끔쩍도 하지 않아 싱겁게 그만두지 않았던가. 틀림없이 자형과 같이 놀고있는게 분명했다. 자형은 별 특별한 재주가 있는가부다. 저렇게 힘껏 다락기둥이 움씰거리도록 간지럽히면 누나는 간지러워하는구나. 그는 누나가 어딜 다치면 간지러워하는지가 무척 궁금했다. 그러면 자기도 이후에 누나와 장난을 할수 있지 않은가. 지금도 그때 자형이 도대체 누나의 어디를 만졌을가가 풀지 못한 수수께끼였다.

≪돌아왔니? 세수하고 밥먹자.≫ 엄마가 어느새 나무가지러 나왔다가 그를 발견하고 한마디 했다.

그는 묵묵히 세수물을 버리고 그러는 사이 엄마와 누나가 차려놓은 밥상에 마주앉았다. 아버지가 없는 집에 남자라야 그뿐이다. 그래서 엄마는 그를 일찍부터 남자취급을 해주었다. 먹을것이 생기면 의례 그가 먼저 먹었고 나머지가 있어야 엄마나 누나가 먹었다. 그런데 오늘은 이상하게 닭알을 지져서 누나 밥그릇앞에 놓아주었다. 그리고 누나는 당연하다는듯이 냠냠 먹고있었다. 그러나 그는 그런걸 가지고 옴니암니 따지는 성격이아니였다. 아마 남의 집 식구로 되였다고 엄마가 생각해서 그러는가부다 여겼다.

≪콩가을이 다 끝났지?≫

≪래일 실어들여야겠어.≫

그는 후룩후룩 국물을 들이켰다.

≪너 쑨대장과 말해서 수레를 좀 쓰도록 해라.≫ 엄마는 자기 국사발의 국물을 그의 국사발에 쏟아주었다. 그것도 늘 먹는 감자국을.

그는 엄마가 그러는걸 제일 싫어한다. 엄마는 자신이 먹던 국물이나 밥을 그에게 잘 갈라준다. 그건 아들을 생각해서 자신이 덜 먹고 아들에게 양보하는거지만 그는 그게 비위생적이라고 생각한다. 엄마가 그럴 때면 입맛이 딱 떨어지고만다. 그는 별말은 하지 않았지만 진작 입맛이 가고있었다. 그는 두어 숟가락 뜨는둥만둥하고 그릇을 밀어놓았다.

≪왜 더 먹지?≫ 엄마는 못내 서운해 하는 표정이다.

≪배가 부른걸.≫

저녁을 먹고는 늘 할 일이 없을 때가 많다. 그는 슬슬 골목길로 나갔다. 석국이랑 몇몇이 어우러 놀다가 날이 많이 저물면 돌아오리라 생각했다. 그 녀자네 집 앞에서 그는 석국이 형을 보았다. 그는 자기도 모르게 그 녀자네 집쪽을 흘끔 바라보았다.

검둥이는 보이질 않고 울타리너머로 쪽걸상에 앉아 뜨개질하는 그 녀자가 보였다. 그녀는 얼굴이 좀 상기된듯 발가우리해있었다. 그녀는 그를 보고 생긋 웃었다.

(참, 누가 석국이 형하고 좋아한다는걸가?) 아까 흘려버린 누나의 말이 다시금 떠올랐다. 그는 이상한 기분에 젖어들었다.

석국이 형은 마을에서 날라리로 유명하다. 일을 영 안하고 사흘이 멀다하게 시내로 가군 한다. 시내에 뭐 좋은것도 없는데. 그리구 한번 갔다와도 별 희끔한 일이 생기지도 않는데 말이다. 남들이 다 일하러 갈 때면 석국이 형은 깨끗한 옷차림에 머리에 기름을 발랐는지 반반히 빗어넘기고 길 한가운데서 휘파람을 불며 흔들거리군 한다. 석국이 형처럼 잘생기고 깨끗한 옷차림이면 일을 하지 않아도 되는가부다. 제집일에도 손가락 까딱 하지 않고 생산대일에도 별로 얼굴을 내밀지 않는다. 농망기때 어쩌다 사람들의 눈치때문인지 아니면 하도 심심해서인지 디카(데트론)바지에 칼주름을 쫙 내서 입고는 밭에 나온다. 워낙 어쩌다 나온 사람이고 보니 사람들도 많이 양보를 하고 별 잔소리를 하지도 않는다. 그러나 석국이 형에게 전부가 다 결함뿐인것은 아니다. 석국이 형은 일을 해도 절대로 의복을 더럽히지 않는다. 일을 하는것 같지 않으면서 일을 하는것이다. 이를테면 뜨락또르가 고장나서 대장이 안달이나 다람쥐채바퀴돌듯 할 때 석국이 형은 숱한 사람들을 애가 타게끔 만들어놓고는 슬슬 다가가서 네 따위 날나리가? 라는 사람들의 눈총에 보라는듯이 나서서 이곳저곳 살펴보고는 슬쩍 손을 댄다. 그러고나면 뜨락또르는 신통히 투―투―소리를 내면서 움직인다. 또 석국이 형은 손풍금을 잘 탄다. 대대에 어저다가 헌 손풍금이 있어 석국이 형의 손에 잡히기만 하면 희한하게도 노래가 흘러나온다. 석국이 형은 손풍금으로 ≪북경에 금빛태양이 있네≫라든가 ≪붉은 태양은 대지를 비추네≫가든가 가슴이 울렁거리는 노래를 탄다. 석국이 형은 청년들중에 제일 인기가 있었다. 사실은 따지고 보면 석국이 형은 ≪보배≫다. 어른들은 석국이 형의 마음을 잡아두려고 무진 애를 쓴다. 그래서 웬만한 일에는 석국이 형을 나무라지 않았다. 그런 연고인지 마을에서 유일하게 석국이 형만은 제멋대로다.

석국이 형 말고도 일을 안하는 사람이 또 하나 있다. 철수 형이다.

철수 형은 마을에서 착하기로 소문이 났다. 위신이 있고 회의도 잘다니고 웅변가 못지 않게 말주변이 있다. 아마 말을 잘하면 간부가 되는 모양이다. 철수 형도 말주변이 좋아 청년단서기로 제발되였다. 석국이 형은 공개적으로 일을 안하고 철수 형은 눈에 안띄우게 일을 안한다. 늘 회의요, 지도요 하면서 일을 안하고 혹시 밭에 나오면 언제나 논둑이나 밭둔덕에서 서서 해질 때까지 말만 한다. 그래도 철수 형은 일한 사람이 되여보수를 받는다. 철수 형은 다리가 몹시 휘였다. 또 철수 형은 잘생기지도 못한데 어떻게 석국이 형보다 위신이 있을가.

듣자니 둘은 어려서 한마을에서 자라고 같이 공부를 했다고 한다. 그의 관점으로는 같이 자라고 같이 공부를 했다면 더구나 친하게 지내야 한다. 그런데 둘은 친하지 않았다. 평시에 철수 형은 석국이 형과 마주치기를 제일 싫어한다. 석국이 형이 자주 사단을 일으켜 청년단일을 난감하게 만든다고 철수 형은 말했다. 또 석국이 형은 철수 형을 인정하지 않는다. 말만 잘해 무얼하냐는거다. 이러루한 일들을 그는 석국이나 철수의 입을 통해 알았다. 그러니까 둘은 고양이와 쥐인셈이다. 누가 고양이고 누가 쥐인지는 모르지만.

≪밥먹었니?≫ 석국이 형이 그를 발견하고 먼저 말을 건넸다.

≪야-≫ 그는 자기 목소리가 좀 부자연스럽다고 생각했다. 왜 그런지 말끝이 길어지고 좁은 목구멍으로 비집고 나오는 소리같이 깡말랐다고 생각했다. 그 녀자앞에서 석국이 형과 대화를 한다는게 어색했다.

≪석국이 아까 탈곡장에 가더라.≫

석국이 형은 웬간해선 먼저 말을 걸지 않는다. 아무하고나 밥먹었냐는 인사 말은 더구나 하지 않는다. 하지만 그와는 례외였다. 존중해준다고 할가. 그때마다 그는 어색하기만 했다. 다른 애들을 대하는것처럼 이 새까, 이 자식 그랬으면 좋을텐데. 그렇게 생각하면서 걸음을 재촉하고있을 때

≪휘익-≫

등뒤에서 석국이 형이 부는 휘파람소리가 들렸다. 맑고 날카로운 소리가 어스름한 어둠속을 가르고 퍼졌다. 그 휘파람소리는 듣기 좋았다.

참, 기분이 좋았다. 어디선가 보오얀 어둠이 깔려오기 시작했다.

탈곡장이 애들의 놀이터다. 하지만 그것도 어른들이 쓰지 않을 때만이 허용된다. 탈곡한다든가 곡식을 말린다든가 또 대회를 한다든가 어른들은 거기서 일을 많이 벌린다. 때문에 대들은 어른들이 일을 벌리지 않는 틈을 타서 놀군 했다. 어느때였는지 똑똑히 기억이 나지 않지만 한번은 그가 애들과 함께 초저녁에 탈곡장에서 놀았었다. 한참 재미나게 놀다가 그네들은 벼짚무지가 움씰움씰하든걸 발견했다. 틀림없이 홀애비 진씨네 돼지라고 그들은 짐작했다. 진씨는 늘 돼지죽을 주지 않아서 돼지가 우리에서 뛰쳐나온군 했다. 여러차례나 그 놈의 돼지가 탈곡장에 기여들어 낟알을 훔쳐먹다가 사람들에게 발각되여 진씨가 돼지대신 비판을 받군 했다. 그래서 이번에도 그 놈의 돼지라고 생각하고 그가 몽둥이로 쿡쿡 찔렀다. 이즈음에 뛰쳐나온건 생각밖으로 진씨네 돼지가 아니라 진씨와 후씨네 며느리가 아닌가. 으스름한 달빛에 후씨네 며느리의 얼굴이 유난히도 희여보였다. 애들이 ≪와야!≫ 소리치자 홀애비 진씨와 후씨네 며느리는 바지를 추슬리며 도망쳤다.

철수가 묘하게 웃으면서 말했다.

≪저들이 저속에서 좋아한거야. 또 혼뜨검이 나겠군.≫

철수는 형의 위력을 빌어 이따금씩 자기가 큰인물깨나 되는듯이 말을 할 때가 있다. 사실 주먹으로는 석국이가 세고 위신은 그래도 그가 높다.

≪왜?≫

≪철수 형이 전문 저런걸 잡는다!≫ 석국이가 말했다.

그는 알쏭달쏭했다. 왜 진씨가 후씨네 며느리가 벼짚무지에 들어가 있었을가. 넓은 세상을 놔두고 매캐한 먼지냄새가 나는 벼짚속에서 그렇게도 좋아하는 법이 있단 말인가? 그리고 진씨는 홀애비니까 그렇다치고 후씨네 며느리는 신랑이 있는데도 남의 남자와 좋아한다니 알수 없는 일이다.

탈곡장에 여러명의 애들이 모여있었다. 석국이가 코물을 후룩후룩 들이마시며 애들과 무슨 놀이를 하고있었다. 그가 오자 애들이 욱 몰려들었다. 그들은 한참동안 뽈을 찼지만 도무지 흥이 나지 않았다. 언제나 철수가 그의 환심을 사고싶어서 그가 좋아할 여러가지 제의를 해오곤 했다.

≪우리 콩닭이 갈가?≫

≪낮에 실컷 먹었다.≫

≪그럼 우리 숨박곡질 놀가?≫

≪탈곡장에서?…≫

≪야 그게 좋겠다.≫ 애들이 떠들었다.

그는 별루라는듯이 시무룩해서 좁은 탈곡장을 둘러보았다. 이제는 너무 놀아서 어디에 숨었는지를 눈감고도 알아맞힐수 있다. 게다가 도 홀애비 진씨와 후씨네 며느리가 벼짚무지에서 기여나오던 일이 상기돼 불쾌하기도 했다.

석국이의 눈이 반짝 빛났다.

≪이깔나무숲이 어떠니?≫

그는 속으론 좋으면서 마지못해하며 말했다.

≪거기 가 놀아볼가?≫

그때 왜 그곳으로 가려했던지 그는 후에 일이 생긴 다음 몹시 후회했다. 그때 그곳으로 가지 않았으면 석국이 형이나 그 녀자에게 불행이 떨어지질 않았을거고 또 그 일이 없었으면 그는 그냥 석국이 형이나 그 녀자를 불결하게는 생각하지 않았을것이다. 더구나 그 녀자에 대한 아름다운 꿈을 가졌었는데.

한 백메터쯤 지나면 마을끝에 이르고 얼마쯤 걸으면 마을을 완전히 벗어나게 된다. 그리고 수많은 돌들이 여기저기 웅크리고있는 논과 밭들이 질서없이 뻗어있다. 그리고 논과 밭사이에 이깔나무숲이 있다.

이깔나무숲은 석국이 형이랑 어릴 때 심어졌다고 한다. 이 마을이 지대가 높고 바람이 세차고 해서 방풍림으로 마을만큼 큰 면적에 심어졌는데 이제는 다 자라 재목감으로 쓸수 있었다. 이따금 집을 지을 때, 돼지우리를 만들 때, 그리고 삽자루를 맞출 때 사람들은 이깔나무를 베가군 했다. 낮에 일들을 하다가 휴식할 때면 사람들은 숲에 모여들어 시원하게 한잠씩 잔다. 또 숲은 좋은 화장실로도 된다. 무연한 벌판에 사방 모두가 밭이고 일하는 사람들이 쫙 널려있으면 배설이 큰문제였다. 남자들은 돌아서면 일을 볼수 있지만 녀자들은 어떻게 그 일을 보는지가 늘 궁금했는데 석국이가 그 비밀을 알려주었다. 즉 이깔나무숲이 변소란다. 낮이면 그렇게 법썩거리던 숲이 날이 저물면 거의 인적이 없다. 해가 떨어지면 거무스름한 이깔나무숲이 커다란 괴물처럼 보이고 그속에 무엇인가 굉장한것이 숨어있는것 같았다. 듣자니 얼마전에 이깔나무숲에서 간첩들이 무전을 치는 소리가 들렸다는 말도 있었다. 누군가가 밤에 어찌어찌하다가 이깔나무숲을 지나게 되였는데 분명 여러명이 총까지 들고있더라는것이다. 철수 형은 어깨에 힘을 주고 엄숙한 표정으로 결사대까지 꾸렸고 교대를 하면서 이깔나무숲을 순시한적도 있었다. 그러나 간첩들이 땅속으로 잦아버렸는지 아무런 성과를 올리지 못하고 싱겁게 흐지부지되고말았다.

낮에 애들은 여러번 이깔나무숲에 깊숙이 들어가보았다. 혹시 간첩들이 있었던 흔적이 있기나한지 훑어보았지만 그렇다할 이상한 흔적은 보지 못했다. 그는 무엇때문에 간첩들이 이런 시골마을에서 무전을 칠가고 생각했다. 오늘 어쩌다 석국이가 이런 모험을 생각해냈는지 모른다. 그는 한편으로 가슴이 두근두근거리고 흥분이 차오르고 짜릿짜릿한 그 기분을 좋아했다. 밤에 콩이나 감자따위를 훔쳐먹는것도 그 멋이고 또 그 녀자에 대한 생각을 하는것도 역시 그 멋이였다. 아직가지 그는 왜 그런 감각이 있는지 또 남들도 그런 감각이 있는지를 자세히 연구해보지 않았다.

달이 떠 땅우의 모든걸 거의 분별할 정도로 밝았다. 반공중에 떠있는 달을 보니 가슴이 이상하게 흔들렸다. 차츰차츰 흥분에 차오르며 뛰여다닐 때 누군가가 이상한 소리를 들었다고 했다. 깊숙한 곳에서 녀자소리 같기도 하고 분명 귀신이 있는것 같다고도 했다. 모두 숨을 죽이고 떨면서 서있었다. 이제야 오매불망 하던 간첩이 나타난거다. 이 절호의 기회를 그저 놓칠수 없다. 그래도 담대한 그가 앞장을 섰다. 몽둥이 하나를 주어들고 발소리 죽여가며 가까이 다가갔다. 비록 가슴이 두근거리고 몸이 오싹해나긴 해도 무엇인지를 확인하기만 하면 그는 애들앞에서 영웅이 된다. 또 철수 형이 그를 높게 비행기를 태워줄지도 모를 일이다. 혹시 그는 귀신인지 간첩인지에 의해 잘못될수도 있다. 목이 달아나고 릉지처참을 당하고…그러자 얼음같은것이 등을 쭉 가르고 지나가는것 같았다.

≪아까 한참 기다렸잖아?≫ 의외로 어둠속에서 석국이 형의 말소리가 들렸다.

부시럭거리는 소리가 한참 들렸다.

킥-킥-한 녀자의 웃음소리가 들렸다. 너무도 귀에 익은 소리다. 신통히도 누나와 자형이 헛간에서 내던 소리라는 생각이 불현듯 났다. 그가 그걸 판단하는데 불과 일분도 안걸렸다. 그는 잠시 이게 무슨 일인가고 생각해보았다.

≪아이, 이러지 마세요!≫ 녀자의 코멘 소리가(누나의 코맹맹이 소리처럼)났다.

그는 저의기 놀랐다. 그 녀자는 바로 그가 그렇게 사모하던 앤이 아닌가? 그는 잠시 어리둥절해 있었다. 희미하게 두사람이 하나로 엉켜있는게 보였다.

영문을 알길 없는 애들이 멀리에서 ≪간첩이다!≫하고 소리치며 산산히 흩어졌다.

≪어떤 자식이야!≫ 석국이 형이 뛰처일어났다.

그는 석국이 형 뒤에 서있는 녀자를 보았다. 그 녀자는 석국이 형 뒤에 서서 부랴부랴 옷섶을 여미고있었다. 여둠속이지만 그는 그 녀자의 표정을 보는것만 같았다. 몹시 당황하고 부자연스러운 몸짓이였다. 순간 그의 머리속에는 낮에 보았던 검둥개와 따쿠네 개가 생각났다. 왜 낮에 있었던 일이 이 시각 생각나는지 미처 헤아려볼새없이 그는 그저 빨리 여기를 떠나고싶었다. 더 놀고싶은 의욕도 싹 없어졌다. 나른해나고 기운이 두다리를 빠져나가고있는것 같았다. 그는 몽둥이를 집어던지고 돌아서서 달음박질쳤다. 나무그루에 걸채여 하마트면 넘어질번했다.

(석국이 형하고 좋아한대요) 누나의 말이 귀가에서 울렸다. 석국이 형이 좋은 사람이 아니라는 생각이 문득 났다. 그리고 그는 일종의 배신감을 느꼈다. 그렇게 순수하고 깨끗하게 생각했던 자기 머리속의 선녀로 생각했던 그 녀자가 ≪불결한 녀자≫일줄이야. 어쩌면 그럴수가 있을가! 그는 석국이 형과 그 녀자를 미워하기로 작심했다. 그 2~3리를 그는 증오와 회의로 가득채우며 돌아왔다. 참 개똥같다고 생각했다.

집으로 들어가는 골목길에서 그는 여러마리의 개가 어슬렁대는걸 보았다. 그는 발로 돌멩이를 걷어차며 쫓아버렸다. 달빛에 위풍이 당당하던 그 놈의 검둥이도 끼여있는게 보였다. 그 놈도 똥개들속에 끼여 비굴하게 쫓겨가고있었다. 그는 화가 나서 울타리 배자를 뽑아 휙 뿌렸다. 어느 놈이 맞았는지 깽하고 외마디 소리를 쳤다. 개들이 저 멀리로 도망을 쳐서야 그는 화가 좀 풀려 돌아섰다.

얌둥이가 꼬리를 저으며 마중나왔다. 그 놈은 앞뒤를 돌면서 그의 발에 자주 걸렸다. 그는 얌둥이를 검둥이며 다른 똥개들과 어울려 놀게 하고싶진 않았다. 무엇때문인지 늘 마음이 너그러웠던 그가 이런 혹독한 짓을 생각해냈는지 모른다.

≪이리 와!≫

얌둥이는 무슨 뜻인지 모르고 뛰여왔다. 그는 헛간으로 들어가서 얌둥이를 끌어들인 다음 밖으로 빗장을 단단히 질러놓았다.

≪미안하다. 오늘은 여기서 자라. 자꾸 설쳐대지 말고.≫

남자와 녀자가 단둘이 있으면 저다지 좋은가부지? 뭐가 뭔지 도무지 알 수 없다. 석국이 형과 그 녀자도 그렇고 누나와 자형도 그랬다. 또 진씨와 후씨네 며느리도 그랬다. 왜 세상사람들이 다 이러는지 모르겠다. 자기처럼 점잖을수가 없을가?

이튿날 잠잠했던 간첩설이 온마을을 들쑤셨다. 애들이 집에 가 어른들과 말을 했고 어른들의 입을 통해 아짜아짜하게 가공되면서 또다시 철수네 형이 힘이 나서 뛰여다녔다.

오직 그만이 사연의 시말을 뻔히 알고있었다. 그는 그걸 누구와도 말하지 않았다. 간첩은 무슨 간첩? 간첩이 흔하기로니 이런 시골에 있을라구? 간첩도 시내를 좋아하는거야.

이튿날 콩을 실어다가 따쿠이네 넓은 마당에 부리운 다음 도리깨를 빌리러 석국이네 집으로 가다가 쑨대장과 철수 형과 마주쳤다.

≪애, 할말이 있는데 회의실로 가자.≫ 철수 형의 근엄한 얼굴표정이 심상치가 않았다.

회의실은 우사간과 잇대여있다. 워낙 우사를 지을 때 창고삼아 지었는데 후에 회의가 자주 있다보니 아예 회의실로 꾸린거다. 평시에는 그와 같은 애들은 회의실에 올수가 없었다. 굉장히 큰 사건 이를테면 전 마을 사람들을 징계할 일이 생길 때에만 애들도 오군 했다. 그는 회의실에 대한 인상이 퍽 불쾌했다. 꼭 누구를 대상으로 비판하는 일이였기때문이였다. 그때 진씨와 후씨네 며느리 사건이 있을후 마을에서 대회를 열고 비판한 일이 있다. 진씨에게는 유부녀와 관계를 맺은 패덕적인 죄가 씌워졌고 후씨네 며느리에게는 진씨를 유혹한 죄가 씌워졌다. 그무렵은 청춘남녀의 련애도 문제시 되는 때인데 유부녀와의 부정한 관계는 당연히 비판받을 일이였다. 그 비판이후 두사람에게는 별명이 붙었다. 진씨에게는 ≪퍼란자(숫돼지종자)≫가, 후씨네 며느리에게는 ≪퍼세(낡은 신. 품행이 단정하지 못한 녀자를 이르는 말)≫가 붙었다. 후씨네 며느리는 거의 반년동안 두문불출했고 홀아비 진씨만은 아무렇지도 않다는듯 돼지먹이를 의연히 주지 않고 거리를 빈둥빈둥 나다니였다.

≪너희들 어제밤에 이깔나무숲에서 놀았지?≫ 쑨대장이 물었다.

≪네.≫ 공연히 가슴이 두근거렸다.

≪네가 간첩을 봤다며? 어떻게 생겼니? 알만하던?≫ 철수 형이 다잡아 물었다.

그는 잠시 어리둥절해있었다. 그들이 누군가고 묻는 그것에 대해 와서인지 갈피를 잡지 못했다. 갑자기 입안의 침이 말라왔다. 철수 형이 왜 저렇게도 누구인가를 알고싶어할까? 만약 대주면 어떻게 될까? 그러면 석국이 형과 그 녀자는 진씨와 후씨네 며느리가 비판받을 때의 그 꼴, 세상에서 제일 재수없고 제일 너절하고 제일 비참한 꼴이 될거라고 생각했다. 이런 생각들이 번개처럼 지나갔다.

≪말을 해봐. 그래야 알지?≫

그는 철수네 형의 좀은 얼굴을 바라보았다. 가늘게 생긴 두눈이 금방 반짝거리며 이제 곧 그 무슨 큰 발견이라도 할듯이 흥분해있었다. 그리고 그뒤로 초조히 그의 대답을 기다리는 쑨대장의 거무튀튀한 얼굴이 보였다. 순간 그는 석국이 형의 너부죽한 얼굴과 그 녀자의 희고 포동포동한 얼굴을 떠올렸다. 둘이 좋아하던 그 장면도 어렴풋이 떠올랐다. 불현듯 석국이 형이 괘씸하다는 생각이 났다. 보복하고싶은 마음이 불쑥 치밀었다. 진씨와 후씨네 며느리가 당했던 그 꼴로 만들어 놓으면 참 통쾌할것만 같았다. 이런 생각을 하며 그는 입을 열었다.

≪몰라요.≫ 전혀 생각과는 달리 빗나간 대답이었다.

≪모르다니? 네가 보고 서서 무슨 얘긴가 했다면서?≫ 철수 형이 실망이 간 얼굴로 거의 고함치다싶이물었다.

≪모르겠어요. 그저 머릴 풀어헤치고 얼굴이 울긋울긋했어요. 무전을 치지 않았어요. 귀신같았어요.≫

남자 녀자들은 같이 있기를 좋아하는데 그것도 몰라? 그게 뭐 이상한 일이야? 그는 이런 생각을 하면서 머리를 숙이고있었다.

≪됐다. 모른다면 인젠 가봐.≫ 쑨대장이 좀은 시끄럽다는듯이 손지했다. 그는 도망치듯 회의실을 빠져나왔다.

석국이랑 밖에서 창문을 기웃기웃하면서 기다리고있다가 그가 나오자 욱 모여들었다.

≪무슨 일이야?≫

≪뭐라든?≫

≪아무 일도 아니야.≫ 그는 아무렇지도 않다는듯이 심드렁한 표정으로 걸었다.

애들이 그의 뒤를 줄줄이 따랐다.

≪석국아, 넌 뭐든지 잘 알고있을텐데 대답해봐. 남자와 녀자가 같이 있는걸 좋아한다는거니 뭐니?≫

석국이는 퉁사발눈을 데룩데룩거리며 무슨 뜻인지를 리해하려고 한참은 그를 쳐다보았다.

≪쳇, 그건 말이야 뽀뽀도 하구, 끌어안기두 하는거야. 그리구…만지는 것 같더라.≫ 철수가 재빠르게 말했다.

≪뭐야?≫

석국이가 동감이라며 머리를 끄덕이다 말했다.

≪그리구 녀자가 애를 배는거지 뭐. 너 누나처럼.≫

≪뭐라? 우리 누나가 애를 가졌다구?≫

≪넌 그것두 모르니? 배가 조금씩 불러오지 않아?≫

정말 그러고보니 그런것 같기도 했다. 그래서 엄마가 닭알도 지져주고 그래서 쩍하면 집으로 오고…그런데 왜 그걸 여태까지 몰랐을가. 석국이 저 자식이 그런데는 귀신이구나.

≪시시하다!≫

그는 자기가 그 말까지 나오기를 기다린것 같아 화가 나서 내뱉었다.

이제 그는 그 좋아한다는 리유를 조금씩 알것 같았다.

그날은 참 찜찜하기도 한 날이였다. 놀고싶은 흥미도 없어지고 일하고픈 생각도 없었다. 웬 일인지 무슨 일인가가 일어나고있다고 그는 예감했다. 제발 석국이 형이 그 녀자를 데리고 으슥한 곳으로 가지 말기를 바랬다. 적어도 며칠간이라 서로 만자니 말았으면 좋겠다는 생각이 들었다. 직접 석국이 형과 말해보고싶었지만 자기보다 열살이나 이상인 석국이 형이 자기를 어린애로 대하는데 들어줄리가 없다.

왜 사람들은 서로 좋아하는 남자나 녀자들을 용서하지 않는단 말인가. 그 자신들은 남자 또는 녀자와 함께 살면서 말이다. 누나와 자형이 잔치전에 서로 좋아할 때도 엄마는 ≪이거 빨리 잔치를 시켜야지 동네 눈이 무섭구나!≫라고 했다. 그래 좋아하는게 죄란말가. 자기는 미록 얜과 뽀뽀를 하거나 손같은걸 만져보지는 않았지만 속으로 좋아하지 않았던가.

이 날은 아무데도 나가지 않았다. 그럴 기분이 없었다. 이상했다. 저녁을 먹은 뒤 한참 지나서 탈곡장에서 종소리가 들렸다.

≪텅-텅-텅.≫ 종소리는 가슴속을 후벼내듯 청승맞게 들렸다.

≪무슨 일이 있어 회의 하노.≫ 엄마가 중얼거리며 부엌에서 한참은 부시럭거리다가 신을 질질 끌며 나갔다.

아리숭하게 한잠을 자고나니 엄마가 돌아와있었다. 엄마와 누나가 주고받는 말이 들렸다.

≪석국이 형하구 앤이 이깔나무숲에서 뭐 어저구저저구 했다며 소문이 자자하더라.≫

≪련애했겠지요 뭐.≫

≪글쎄 지금 련애가 허락되는줄 아니? 더구나 이깔나무숲에 왜 갔겠니?≫

≪서로 좋아하면 다지요 뭐. 참, 철수 형도 앤을 좋아한다던데…≫

≪웬 소릴?≫

≪정말. 이건 아주 비밀스러운데. 전번 보름에 양걸을 출 때 철수형이 앤을 보는 눈길이 이상하던데…≫

누가 석국이 형과 그 녀자라고 했을가. 다른 애들은 자세히 보지 않았으니까 모를수가 있는데.

이튿날 석국이 형이 청년단에 불리워갔단다. 석국이는 거의 울상이 되여 말했다. 석국이 아버지는 형이 이제 홀아비 진씨 꼴이 된다고 이게 무슨 망신인가고 넉두리를 했다고 했다. 또 왕씨네 형제들이 석국이 형을 벼른다고 했다. 방아간에 갈힐지 유광에 갈힐지 모른다고 했다. 그리고 앤이 지금 자기 방에 갇혀있다고 했다. 범같은 오빠들이 밥도 주지 않을거라고 했다. 방에 갇힌것과 밥을 먹느냐 못먹느냐까지 석국이가 어떻게 아는지 그것까지는 물어보지 않았다.

그는 가슴이 아팠다. 아픔이란 이런거구나 하는것을 처음 뼈저리게 느꼈다. 얼마전까지 석국이 형과 그 녀자를 증오했던 일이 몹시 후회되였다. 석국이 형과 그 녀자가 참 불쌍하다고 생각했다. 좋아한다는것은 기쁨을 의미하고 기쁨에는 행복이 있는것이다. 자기가 남의 집 감자나 콩, 무우를 훔쳐먹을 때도 그런 기쁨이있었다. 근데 왜 그들의 기쁨을 기어이 막아나설건 무엇일가. 무슨 수라도 써서 그들을 구해내고싶었다.

애들이 우물가에 모여서 놀고있었다. 드레박을 힘껏 잣았다가 한순간에 탁 놓으면 드레박이 아래로 락하를 하면서 드레박을 끌어올리는 손잡이가 뱅글뱅글 돌았다.

≪누가 말한거냐?≫ 그는 애들을 둘러보았다.

≪몰라!≫

≪철수, 너지?≫ 그는 뚫어지라 쏘아보았다.

≪아니, 아니야.≫ 철수의 얼굴이 자신이 없어진다.

≪개자식, 너 그날 보기나 보고 그랬니?≫ 석국이는 힘을 얻고 주먹을 들었다.

≪아니…≫

≪너 함부로 사람을 물면 개밖에 안되는거 알지! 아니야, 개보다 못하다!≫

≪형님이 석국이 형 아닌가고 캐묻길래 할수없이…형님은 석국이 형이 나쁜 사람이래.≫

≪자식 누가 나쁜 사람이야!≫ 석국이가 또 주먹을 내혼들었다.

이때 상점쪽으로 난 길로 술에 취한 진씨가 경극 ≪홍등기≫의 한가닥을 뽑으며 비틀비틀 오고있었다. 진씨는 여전했다. 순간 그에게 어떤 기발한 생각이 떠올랐다.

그가 쑨대장네 집에 갔을 때 쑨대장과 철수 형이 석국이 형을 심문하고 있었다. 석국의 형의 얼굴은 백지장처럼 창백해있고 그들이 방금 무슨 말을 했는지 보지 않아도 알수 있었다.

≪넌 왜 왔니?≫ 철수네 형이 흥분했던 모습그대로 물어왔다.

≪보고할게 있는데요.≫

≪지금 시간이 없으니가 이후에 말해.≫ 쑨대장이 구들에 걸터앉은채 말했다.

≪지금 말해야 됩니다. 중요하니까요!≫

≪말해봐.≫ 쑨대장이 말했다.

≪그날 이깔나무숲에서 본 사람은 진씨아저씨와 후아주머니였어요.≫

≪뭐야?!≫

방안에 앉아있던 세사람이 다 의외라는듯 그를 바라보았다.

≪너 근데 전번에 왜 거짓말했니?≫ 철수 형이 당황해하며 물었다.

≪그때는 그들이 제발 말하지 말라고 해서 안했던거에요. 그리구 거짓말은 철수가 했어요.≫

철수 형의 얼굴이 단통 새까맣게 질렸다.

≪정말이지?≫ 쑨대장이 재삼 물었다.

석국이 형의 눈에는 감동의 빛이 어려있었다.

≪그럼 자넨 애매하게 됐구만.≫ 쑨대장이 미안해하며 석국이 형을 돌아보았다.

그는 처음으로 어른들과 거짓말을 했다. 그러나 이 거짓말이 석국이 형에게는 얼마나 요긴한 거짓말인지를 그는 누구보다 잘 알고있었다.

석국이 형대신 진씨와 후씨네 며느리가 불리워간다 해도 간첩혐의는 안받을거고 워낙 한번 전과가 있은탓에 사람들은 그다지 놀라지도 않을거며 교육해도 구할수 없는 인간으로 그저 내버려둘것이다.

그가 진씨와 후씨네 며느리에게 곤욕을 치르게 해서 정말 대단히 미안한 일을 했지만 한편 석국이 형과 그 녀자가 풀려나서 시름을 놓을수 있었다.

그날 그는 애들과 함께 이삭주으러 나갔다. 신격질이 끝난 밭에서 잘만 주으면 꽤 톡톡히 낟알을 줏을수가 있었다. 그들은 쥐굴을 털면서 흥이 나게 놀았다. 쥐구멍은 아주 쉽게 찾을수가 있다. 그 굴을 삽으로 깊숙이 파면 쥐들의 보금자리가 대번에 드러나는데 금방 날라온 콩이나 벼알이 수북히 들어있었고 어떤 굴에는 금방 낳은 빨간 새끼가 와글와글했다. 어미쥐들이 뿔뿔이 도망을 치자 애들은 발로 밟기도 하고 삽이나 몽둥이로 치기도 하면서 바삐 돌아쳤다.

≪저것봐, 석국이 형이구나!≫ 어느 애인가 소리쳤다.

이깔나무숲쪽으로 난 길에 여러명의 장정이 석국이 형을 끌고 가고있었다. 안가겠다고 했는지 아니면 뭐라고 항변을 했는지 장정들이 주먹으로 석국이 형의 머리를 치고있었다.

≪석국아, 빨리 쑨대장에게 알려라.≫

석국이가 급해서 어쩔바를 모르다가 돌아서서 마을쪽으로 뛰여갔다.

먼 발치에서 왕씨네 둘째의 모습이 희미하게 보였다. 그네들은 이깔나무숲속으로 사라졌다.

그는 애들과 같이 그쪽으로 뛰여갔다.

애들이 다달았을 때는 이미 석국이 형은 진탕되게 얻어맞고있었다. 코피가 터졌고 머리가 터졌는지 눈두덩이로 피가 줄줄 흘렀다. 석국이 형은 방어도 할념을 않고 그대로 그네들에게 몸을 내맡기고 맞고있었다. 제일 힘이 센 왕씨네 둘째가 주먹을 날리자 석국이 형은 단통 너부러졌다. 그러다가 석국이 형은 겨우 안간힘을 써가며 일어섰다. 마치 술 먹은듯이 휘청휘청대면서 기어이 일어서군 했다. 그는 손에 땀을 쥐고 그 광경을 보고있었다. 석국이 형이 아예 죽지나 않을가 걱정되였다. 석국이 형의 몸에 떨어지는 매가 자기 몸에 떨어지는것 같았다. 그의 얼굴은 석국이 형의 얼굴처럼 일그러져있었다.

쑨대장이 와서야 왕씨네 형제들은 도망을 쳤다. 쑨대장은 석국이 형의 얼굴에 묻은 피를 닦아주고 석국이와 함께 부축하여 집으로 데려다주었다.

마른 이깔나무잎에는 석국이 형이 흘린 피자국이 험상궂게 묻어있었다. 그게 그 녀자를 좋아한 값일거라 그는 생각을 했다.

석국이 형은 며칠동안 꼼짝 못하고 드러누웠다. 후에 석국이 아버지가 쑨대장을 찾아가서 어쩌면 이럴수가 있는가고 항의를 했고 쑨대장은 왕씨네 집에 가서 사람을 때린것은 확실히 잘못된것이니 잘못을 빌어야 한다고 했으며 왕씨네 어른이 나서서 아들대신 사과를 하고 쑨대장에게 약값 5원을 주었다.

언제나 무슨 일이든 발생하기만 하면 그렇게 신바람이 나서 뛰여다니던 철수 형은 이번 일에만은 얼굴 한번 내비치지 않았고 쏜대장 혼자서 뛰여다녔다 한다.

그리고 일주일후 왕씨네 집에서 잔치가 벌어졌다. 앤이 40리 떨어진 산하툰으로 시집가는것이다.

그날 그는 진종일 울적한 기분에 젖어있었다. 마을사람들이 그 집에 가서 술 한잔씩 얻어먹는다고 했고 애들은 그집에서 주는 흰밀가루 만두를 먹는다고 법썩을 떨었지만 그는 가지 않았다. 이 마을에서 또 한사람이 울분에 떨고있었다. 그는 바로 석국이 형이였다. 몸과 마음이 상할대로 상한 석국이 형이 어떻게 그날을 참고견디였는지가 몹시 걱정되였다.

어떻게 되여 이럴수가 있는가? 그는 도대체 어디에서부터 잘못된건지 알수 없었다. 일이 시초부터 잘못된건지 아니면 사람들이 잘못생각하고 인위적으로 끌고 가는건지 갈피를 잡지 못했다.

색시를 태운 마차가 떠날 때 그는 울바자너머로 바라보았다. 색시 앤이 붉은 옷에 붉은 수건을 쓰고 앉아있었다. 화장을 한 얼굴일테지만 눈물때문인지 수건으로 얼굴을 가리우고있었다. 그는 그녀의 섬약한 어깨가 떨린다고 생각했다. 워낙 녀자들이란 시집을 갈 때 꼭 울기 마련인것 같았다. 누나도 시집을 갈 때 눈물을 흘렸다. 그러나 오늘 앤처럼 저렇게 슬프지는 않았다. 누나의 옆에는 누나가너무 좋아서 죽겠다는 자형이 있었지 않았던가. 그러나 앤옆에 멀끔한 남자 앤의 신랑을 앤이 얼마나 좋아할수가 있을가. 아마 석국이 형보다는 아니, 자기보다는 싫은 남자일테라고 그는 그렇게 단정했다. 그 남자가 그렇게 미울수가 없었다. 그 남자가 그렇게 미울수가 없었다. 자기와는 아무런 상관도 없는, 말 한마디 건네보지 못한, 신상도 잘 모르는 그 남자, 혹시 어느 장터에서 보면 례사로운 남자, 지어 다시 한번 돌아보고싶지도 않은 그 남자가 정말 미웠다. 앤이 어떻게 그런 남자와 같이 살수 있을가. 그는 속이 상했다.

색시를 태운 마차가 떠나가고 밤장막이 서서히 드리웠다. 왕씨네 집에서는 앤의 슬픔도 석국이 형의 슬픔도 모른채 그리고 그—어린 소년의 슬픔도 모른채 먹고 마시고 놀아대고있었다. 왕씨네 마당을 환히 밝혀놓은 전등이 차거운 비수마냥 예리하게 그의 마음을 찔렀다. 잔치술을 먹은 사람들이 흥얼거리며 집으로 돌아가는 소리가 들린지 이윽하여 그는 소변보러 밖으로 나왔다. 이젠 그 녀자가 없다고 생각하니 세상이 금시 쓸쓸해지고 가슴이 허전해났다. 무엇인가 잃어버린것 같았다. 그 녀자가 없는 세상에서 살멋이 없었다. 울고싶고 고함이라도 치고싶었다. 왜 세상은 이리도 혹독한지 알수 없었다. 머리를 들고 하늘을 쳐다보았다. 하늘에 별이 총총히 떠있었다. 저 별에서 살면 얼마나 아늑할가는 생각이 문득 났다. 저 하늘의 세상은 어떤것일가, 이곳과는 전혀 다른 곳일테지!

개들이 집마당에 몰려와있었다. 물론 왕씨네 검둥이도 있었고 쏜대장네 황둥이도 그리고 석국이네 얼룩이도…마치 총집합해서 무슨 일인가를 토의하는것 같았다. 사람이 있으니 골목길에서 슬금슬금 눈치를 보며 기웃거리고있었다. 그는 개들과 씨름을 하고싶지 않았다. 그럴 여유도 없었다.

집으로 들어오다말고 헛간을 바라보았다. 아까 빗장을 단단히 질렀었다는 생각이 났다. 그는 잠간 그대로 서있었다. 헛간에서 얌둥이가 발로 문을 박박 긁어대고있었다. 무던히도 나가고싶어하고있었다. 순간 그는 그 어떤 결심을 했다. 그는 헛간으로 다가가 얌둥이에게 문을 따주었다.

문이 활짝 열리자 얌둥이는 쏜살같이 뛰여나왔다. 얌둥이는 주인과 재롱을 부리지 않고 어둠을 가르며 마당을 지나 골목으로 달려나갔다. 검둥이며 황둥이며 얼룩이며가 있는 곳으로 뛰여나갔다. 찰나 개들의 울부짖음이 들렸다. 개들이 서로 싸우는것 같았고 어느 놈인지 깽깽 비명을 질렀다. 또 으르렁거리는 소리도 들렸고 물어뜯는 소리도 들렸다.

웃방문을 열고 들어와 자리에 눕는데 마당이 너무 시끌법썩이여서 누나가 잠들수 없다고 뒤척이였다.

엄마가 웃방미닫이를 손가락으로 두두리며 말했다.

≪애, 너 나가 개들을 쫓아버려라! 도저히 잠들수가 없구나.≫

그는 아무 말도 없이 그대로 쉬죽은듯 누워있었다.

≪애가 금방 오줌누러 나갔다오더니 벌써 잠들었나?≫ 엄마는 중얼거리며 밖으로 나갔다.

밖에서 엄마가 뭣인가 욕설을 해대며 신끄는 소리가 들렸다.

그날 밤은 어수선해서 잠들수가 없었다. 그는 오래도록 잠들지 못하고 새벽이 하얗게 샐 때까지 뒤척이였다. 새벽에 깜박 잠이 든것 같았다. 꿈에 큰 전쟁을 치룬것 같았는데 깨고보니 하나도 생각나지 않았다.아침에 엄마가 가마뚜껑을 여닫는 소리에 깨여났다. 밖을 나와보니 허간문이 황하니 열려있었고 얌둥이는 그냥 돌아오지 않았다. 그는 일상과 같이 물을 길으려고 멜대에 물통을 다고 골목으로 나섰다.

골목에 웬 검은것이 쓰러져있었다. 가까이 다가가보니 웬걸 검둥이였다. 그렇게 위풍이 있던 검둥이가 이렇게 초라한 모습으로 골목길에 쓰러져있다니 믿어지질 않았다. 검둥이가 간밤에 결투로 하여 너무 피곤해 잠든거라고 생각하고 그저 조심조심 지나쳐버렸다. 물을 길어가지고 돌아오는데 검둥이는 여전히 깨여나질 않았다. 이상했다. 물을 독에 붓고는 나와 긴 나무가지를 주어들고 가까이 다가가 찔러 보았지만 역시 움직이지 않았다. 검둥이의 사지는 뻣뻣해있었다. 검둥이는 죽어있었다. 온몸이 뜯기고 피가 랑자해있었다. 그는 깜짝 놀랐다. 가슴이 철렁했다. 그는 그 자리에 주저앉았다.

검둥이는 틀림없이 얌둥이와 좋아하려고 지난밤에 왔던거고 그리고 젊고 힘이 센 개들에게 무리매를 맞고 뜯겨서 목숨을 잃은거라고 그는 생각했다. 가슴이 스르르해났다. 원쑤같다고 생각은 했지만 검둥이의 죽음 앞에서그는 마음이 허전해졌다.

검둥이를 멍하니 들여다보고있는데 누군가 그를 툭 쳤다.

석국이 형이였다. 그날 후로 처음이였다. 그는 전률을 했다. 석국이 형의 얼굴은 몰라보게 변해있었다.눈두덩이가 퍼렇게 멍이 들었고 입이 부어터져있었다. 다리도 조금씩 절고있었다. 두눈이 퀭하니 들어갔고 눈길에 빛이 없었다. 늘쌍 단정하게 빗어넘긴 머리는 흩어졌고 매끈하게 차려입던 옷은 아무렇게나 구겨져 한결 애처로워보였다.

≪애, 고맙구나! 내 잊지 않을게. 넌 똑똑한 애니가 뭐든지 잘될거야!≫
석국이 형은 손에 방수포로된 작은 가방을 쥐고있었다.

≪어딜 가는거요 형?≫
석국이 형은 정기없는 눈으로 머리를 절레절레 젓더니 마을 밖으로 걸어갔다.

그는 석국이 형을 따라나갔다. 약간 절룩절룩 절고있는 석국이 형은 가련해보였다.

≪돌아가!≫ 석국이 형은 돌아가라고 손짓을 했다.

그는 그 자리에 서있었다. 더 따라가면 이깔나무숲까지 가게 된다. 그대로 석국이 형을 따라가고싶었다. 그러나 그래서는 안된다고 생각했다. 석국이 형이 갈길은 따로 있다. 그에게는 엄마를 돌봐야 하는 일이 있다. 그리고 배부른 누나도 돌봐야 한다. 그리고 얌둥이도 지켜야 한다.

≪형, 잘 가!≫ 그는 이 말밖에 할수가 없었다.

석국이 형의 모습은 점점 작아지더니 수많은 거뭇거뭇한 돌틈사이로 없어졌다. 그리고 석국이 형이 없이진 그 돌틈사이로 붉은해가 솟아올랐다.

그로부터 몇달후 누나는 예쁜 아기를 낳았다. 남자애였다. 그리고 얌둥이도 여덟마리의 새끼를 낳았다. 그속에 온통 새까만 강아지가 세마리나 되였고 재빛에 검은 점이 얼룩진 강아지도 있었다. 그는 그 강아지의 아버지가 누구네 개인지를 알것 같았다.

그리고 그 녀자 앤은 반년만에 멍청해진 모습으로 본가집에 돌아왔다. 어른들은 앤이 미쳤다고 했다. 앤은 더는 그제날의 예쁘고 선녀같은 모습이 아니였다.

석국이 형은 종무소식이였다.

그는 학교를 나와 농업로동에 참가했다. 이제 그는 앤을 더는 짝사랑하지 않고있다. 그렇다고 해서 모든것이 다 사라진것은 아니였다. 그때의 그 아름다웠던 꿈의 여운은 뭐라 표현하기 힘든 진한 상처로 가슴속에 남아있을뿐이다.

그속에서 붉은해는 어김없이 솟았다.

(《장백산》 1999. 3호)

# 당신과 당신의 후예들

최국철

　－지금으로부터 백년전에 조선땅에 큰 흉년이 들어서 숱한 사람들이 굶어죽었네라.

　－그래서유?

　－사람들이 굶어죽으니까 뒤따라서 숱한 쥐들두 굶어죽었단다.

　－그래서유?

　－그래서말이다. 아직 죽지 않은 쥐들이 모여서 "사원대회"를 했는데 마지막으로 땅 많구, 곡식이 잘 되는 대국땅으로 오기루 했단다. 이렇게 해서 조선땅의 쥐들이 몽땅 대국땅을 바라구 떠났단다.

　－쥐들두 "사원대회" 하나유?

　－하잖구, "사원대회" 두 허구 "대무위원회" 두 허지, 그런데 오다가 그만 강을 만났네라. 그 강이 두만강이였지. 배를 타자 해두 배사공두 없구 배두 없었단다.

　－그래서용?－

　　그래서 마지막으로 헴쳐 건너오기루 했지. 제일 앞에 왕쥐가 섰구, 왕쥐 꼬리 물구 두번째 왕쥐, 두번째 왕쥐 꼬리 물고 세번째 왕쥐, 세번째 왕쥐 꼬리 물고 네번째 왕쥐… 이렇게 쭉 늘어서서 건너왔단다. 그 쥐 꼬리 물구 다음 쥐, 다음 쥐 꼬리 물구 또 그다음 쥐가 따라섰구－ 그 꼬리 물고… 꼬리 물고… 꼬리물고…

앙−

인젠 듣기 싫다고, 자기를 놀리려들고있다고 귀를 막고 발버둥치던 일이 어제 같다.

홋홋홋…

당신은 그때 그렇게도 유쾌하게 웃었다.

우리의 웃세대나 우리 세대치고, 아니, 요즈음에는 아래세대들까지 "꼬리 물고 두만강 건넨 쥐들의 이야기"를 모르는 사람들이 별반 없다.

기나긴 겨울 밤, 때오른 이불자락 들쓰고 화로에 감자 파묻고 당신에게 이야기를 하라고 조를 때면 어김없이 흘러나오던 "쥐꼬리 물고" … 그 이야기.

이야기를 전혀 할줄 모르는 어른들이 꾸며낸 동화같은 이야기. 이야기를 하기 싫어 방패삼아 들고나온 이야기. 나는 그 이야기를 당신의 조부님한테서 정이 떨어지도록 들었다.

그런데 이 세상에서 제일 듣기 싫은 그 이야기가 먼 후날 나에게 콤플렉스로 남아있을줄이야.

그 이야기를 당신에게서 처음 듣던 때가 겨울날밤이였다. 퀴퀴한 메주 뜨는 냄새가 나는 집안에서 누런 창호지와 먼지가 켜로 앉은 창살에 매달린 하얀 서리를 앙증스러운 손가락으로 후벼먹으며.

그 밤은 달밤이기도 했다. 찢어진 창호지로 밖을 내다보니 금방 내린 눈이 달빛에 창백하게 빛났고 하늘에는 얼음과 같은 차디찬 달이 언틀먼틀한 검은 구름속을 누비며 씽씽 줄달음쳐 갔다.

결코 아름답게 생각되는 밤이 아니였다. 나는 꼬리에 꼬리를 물고 두만강을 건너온 왕쥐들이 무리를 지어 허약하고 어설픈 창살을 마스고 창호지를 무찌르면서 돌격해들어올것 같은 환각에 공포를 처음 느꼈다.

하기에 어른이 된 지금도 여름밤이라 할지라도 달이 언틀먼틀한 구름속으로 어망처망 줄달음치는것을 보면 느닷없이 차디찬 얼음과 같은 섬

뜩함을 피부에 감득하며 어쩔수 없이 그날, 그 길고도 긴 겨울밤을 떠올려 본다. 퀴퀴한 메주 냄새, 누런 창호지, 먼지가 켜로 앉아 거멓게 변색한 창살, 그리고, 백년전… 조선땅… 흉년… 두만강, 왕쥐… 앙… 훗훗훗… 가 새삼스레 떠오른다…

콤플렉스가 하질긴 영념같이 남아 나를 괴롭히고 울리는줄은 생각지도 못했고 무서운 대명사와 같이 시시로 밑도, 끝도 없는 심연속에 떠밀어 허덕이게 할줄은 더구나 상상하지도 못했다.

금방 비가 한줄금 내린지라 콩크리트로 포장한 넓은 역전광장 여기저기 비물이 고여있었고 그비물우로 역광으로 비껴든 구름장들이 어지럽게 떠가고있었다. 맑은 하늘에 새하얀 구름장이 아니라 언틀먼틀 떠오른 솜이불 같은 검은 구름장들이라 길 떠나는 나그네의 려수를 자아내기에는 족했다.

이상한 일이다. 기차역과 기적소리는 우수의 대명사와도 같다. 어쩐지 불안했고 소중한 무엇을 잃은듯 느닷없이 찾아헤매고픈 충동이 일어선다. 관념적이라는것을 언녕 알고있었으나 관념이란 또한 집요한것이여서 떨쳐버릴수도 없는것이다.

"뎅— 뎅"

교회당의 종소리와 같은 역사의 시계소리는 실의와 락망만을 더해줄 뿐이다. 내가 시계설계자나 역장쯤만 된다면 절대로 교회당의 종소리와 같은, 우수만 자아내는 시계를 절대로 안장하지 않을것이다. 경쾌한 음악이나 초인종소리와 같이 알뜰한 소리만 나는 그런 진짜 시계를 안장하겠다. 느닷없이 멍청한 생각까지 굴려보았다.

시계를 보니 발차시간이 이른지라 역구내를 어슬렁거리기 시작했다. 낯선 땅의 건물꼭대기가 반구형, 둥근 천장으로 된 도움들이라 이국냄새가 물씬거렸다. 황색칠을 올린 역사도 꼭대기가 도움이였고 지은지 꽤 오래된것 같았다. 역전구내에는 닭알, 꽂감, 과일을 파는 로박이 장사군들이 늘어섰지만 나는 이들이 시끄럽게 굴가봐 멀찍이 피해다녔다. 싸당하지도 않는 자기 물건을 돈 한잎 안받고 선사할듯 부산떨었지만 이런 장사군들앞에서 싱거운 노릇을 하는것이 천부당한 일이다. 경정거리며 한바퀴 대충 휘돌아본 나는 신닭이군들이 늘어앉은 맨뒤쪽 땅바닥에 "선천각" 이란 난해한 그림을 펼쳐놓고 늙스그레한 로인이 역술을 하고있는것을 발견했다. 얼핏 들여다보니 태극 4상 팔괘 등 그림들이 표시되여있었다. 주역이란 거리바닥에서 손금 보고 점을 치거나 이름이 요란한 "백할신술" 따위들과는 대비도 안되는 신선한 놀음인지라 다시 앞으로 다가가서 기웃거렸다. 웬 녀인이 뒤모습을 보이며 로인과 마주앉아 진지하게 점괘를 뽑고있었다.

믿을수 있을가?

본바탕을 알수 없이 때물이 덕지덕지 오른 "선천각"이나, 눅거리 돋보기 아래로 질척거리는 역술쟁이의 코물을 보고 여흥이 가뭇없이 사라졌다. 하지만 로인옆에 쌓아놓은 주역이란 책을 보고는 다시 호기심을 가졌다. 가위를 보니 만화로 해설한 책이라 무척 욕심이 났다. 잘됐다. 이제 기다란 려로에서 이 책에 의탁해야 하겠다. 상, 하로 된 두책이라 값이 엄청났지만 주저없이 돈을 치렀다. 책을 받아쥐는 순간 나는 점괘를 보는 녀인의 얼굴을 슬쩍 도적질해보았다. 녀인도 나에게 얼핏 눈길을 주었다.

조선족녀자? 어쩐지 비슷한 얼굴이다.

뎅— 뎅— 역사의 시계에서 또 종소리가 울렸다. 조금 지나 개찰구가 열렸다.

…백년전, …조선땅, …큰 흉년, …두만강, …왕쥐…

당신 조부님, —최선헌, 1907년 출생, 무신년생, 양띠.

1927년 스물한살때 처음으로 두만강을 건너 간도땅에 들어섰다.

땅이 비옥하여 호박 하나가 집채만큼 크고 꿩이 집안으로 날아들어 몽치로 때려잡느다고 소문난 간도, 땅이 많고 입쌀이 무더기로 쏟아진다는 간도, …살기 좋은 간도 … 간도로 가자, 대륙으로 가야 굶주림을 면한다.

조선사람들에게는 간도란 그야말로 락토였다. 하지만 간도는 말그대로인 락원이 아니었다. 도처에서 마적떼들이 횡행했고 거기에 일본사람까지 끼여있어 들컹거렸다.

서당문 한번 기웃거려본적도 없는 까막눈인 조부님에게는 간도로 들어서는 시각부터 방랑길이 시작된셈이였다.

오보금광, 석구하자 금전골, 연해주, 로투구탄광, 림장벌목공… 뜨내기라 조부님은 이런 곳만 찾아다녔다. 간데라 입에 물고 등에 석탄광주리를 걸머지고 개처럼 기여다니는 광부에게는 외눈깔이 개딸년도 주기 아까워하는 세월이였고 금전에서 유장한 금기를 조금만 어기여도 작두에 목을 받쳐야 하는 세상이였다.

"강동으로(연해주) 금 캐러 갔다오다가 한바터면(하마트면) 배가죽을 따기울번했당이. 글쎄 그 마적떼들이 내가 배안에 금을 삼켰다구 하잖수."

"배안에 금을 꼼치운걸 워떻게 안다구 그러우?"

"눈을 보문 알수 있당이. 금을 배안에 삼키문 눈이 시뻘겋게 독을 타지."

"거참, 이상한 일이우, 기래서?"

"기래두 살목쉼이 따루 있는 벱인가 보지, 개덜이 나를 잡아엎고 막 날창으루 배를 쑤셔대려는데 글쎄, 웬 녀자가 나서서 말리더랑이."

"그 녀자, 대단히 쎈 녀자인가베!"

"그렇당이, 말하자문 마적무리속에서 왕질하는 늠의 첩이래. 그녀자 덕으로 목쉼(목숨)을 겨구나(겨우) 붙였지만 그 놈들이 글쎄 나를 풀어줘야 말이지. 사흘동안 잘 멕이문서 똥을 두번이나 싸서야 풀려났당이."

"배속에 금이 그 똥과 같이 배안에서 나왔던게로군."

"그래, 아까워두 할수 없었지. 팩기(팥) 만한 큰 금떼였는데. 그 금떼 가만히 후무리느라구 얼매나 고생하면 설쳤는데 뺏기다니, 망할늠들, 마적떼들쇡(속)에 조선놈덜두 많구 왕질을 하는 놈두 같은 조선놈이였는데 자기족속 사램 쥑(죽)이는데두 낮판데기 한번 찡그리지 않더랑이. 아무튼 여자 덕에 목숨 찾았지."

"음, 와이 조선눔이문 여자두 조선여자였던가베. 히히, 그 여자 무세(아주) 음전했던게로군그려. 못닛(못잊)는걸 조부님은 왕년지사를 되풀이하군 했다. 조부님에게는 이야기가 끝이 없었다. 나는 나이가 어렸는지라 당시는 어떤 말은 무슨 뜻인지 깨치지 못했지만 지금에와서 생각해보면 깨도가 된다.

"석두하자 금전굴은 만주국이 선후부터 헤쳐(개발)졌는데 일본아덜두 덤벼들어서 캐는 곳이라서 금전굴이 볼디(아주) 컸다우. 우린 그때 다섯이서 구찌 짜서 금굴을 팠는데 몽땅 홀애비들이라서 밥 하구 서답질 하는 게 싫어서 왕쳉에서 아줌마를 붙들어서 밥 하구 서답시켰다우. 그 아줌마는 그때 한 사십이 될가말가 했는데 뫔(몸)이 둥굴둥굴하구 광판(얼굴)을 괜찮게 썼더랬수. 그 녀잔 잔밥 셋을 단 과부였는데 남편은 목재판에서 잃었다구 했수."

"헴. 그 말은 이제 하나마나 짐작이 가우다. 금전군들치구 그런 녀잘 거치지 않은 눔이 있었나."

"옳쇠. 그 녀잘 두구 난 두목허구 큰 쌈까지 했드랬수. 그 세월엔 주먹이 쎈 놈이 녀잘 차지하는 법이였으니까. 그런데 하루는 글쎄 밥함지 이고 여자가 마구 달려오지 않겠수. 모두가 무슨 일인가 기웃거렸더니 글쎄 한다는 말이 [아주반네들, 내 길가에서 금떼를 주었습꾸마]하지 않겠수. 보니 정말 팩기(팥)보다 더 큰 놈이였수."

"왔다, 그만한 금떼두 있수!"

"그보다 더 큰 놈두 있지."

"그런데, 그렇게 큰 놈을 길가에서 무슨 수로 얻었다우?"

"그래서말이우, 저녁에 끼고 누웠을 때 가만히 물었더니, 오줌 한번 사구 그런 금떼를 얻었다구 하잖수. 밥하지 이고 오다가 오줌이 마려워서 길섶에 쭈크리구 앉았느데 무심결에 오줌을 싼 자리에 그런게 있는걸 보았다우."

"그것 참, 옹이에 넘어진 관부가 옳구만."

"그래서 후에 그 녀잔 별명을 얻었는데. 무신 별명인지 아우?"

"무언데?"

"…!"

"훗훗훗…"

로인들은 낄낄 웃어댔다. 어린 나도 그 별명을 듣고는 웃음을 참지 못했다. 상소리라 알아들었던것이다.

조부님의 이야기는 렵기적인것보다 대체로 지속적인것들이였으나 몸소 겪은, 거짓 없는 진짜 사실들이라 그런대로 짚고 넘어가야 했지만 가만히 생각해보면 조부님의 이야기는 대체로 녀자이야기가 많은 편이였다.

이상했다. 세상의 이야기는 통털어 남자와 녀자 두 사람의 이야기다. 그런데 조부님은 녀자, 한사람의 이야기만 좋아했다.

이야기가 끝없이 많은것만큼 모르는게 없는 세물전령감 조부님의 방랑경력 또한 요란했다. 다른 경력을 잠간 젖혀놓고 두만강을 넘나든 차수만 해도 백번도 넘는다. 굳이 백번이고 차수까지 꼽는것도 자못 우수운 일이지만 광복을 전후하여 하루밤사이 두번씩이나 두만강을 넘나든 일, "야미장수"로 소금섬을 두만강우로 날라온 일, 좁쌀과 생선 바꾸기… 이런 일을 얼핏 미루어보면 인차 알수 없는 노릇이다.

광복후 토지개혁이 시작되자 또 떠돌이생활을 하기 시작했다. 조부님의 말로는 쌀밥 생각이 나서 수전농사 곳을 찾아다녔다고 했지만 지금 와서 보면 거짓말이 분명했다. 조부님이 운명한 곳은 수전농사와는 상관없는 깊은 산속의 림산마을이였다. 밀농사와 감자농사만 아는 깊은 림산마을이 조부님의 제일 마지막 정착지였다.

이 세상에서 리력이 조부님만치 복잡하고 조부님만치 방랑력사를 가진 사람도 드물것이다. 멀리로 흑룡강성의 밀산, 연수, 아성, 상지, 가까운 곳으로는 화룡, 안도, 훈춘, 왕청… 한번 이사에 3년 먹을것을 길에 깔아 치운다고 했으니 조부님은 길우에 몇십년 먹을 돈을 깔아치운셈이다.

조부님에게는 이사하는 일이 친구 찾아 훌쩍 떠난 길에 노을이 비꼈다는 식이다. 일년사철 고정된 정착지가 없는 몽골의 유목민들조차 무색할 정도다. 지도우에 조부님의 발자취를 붉은선으로 그어놓으면 홍군이 적수하를 네번 건넌 표시보다 더 오불꼬불 복잡할것이다.

조부님, 당신은 어째서 일생을 울퉁불퉁한 방랑길에 깔아치웠습니까? 참말로 난해한 일입니다…

"궁– 쿵, 궁– 쿵"

국제렬차는 서북쪽으로 달리기 시작했다.

연석침대칸에서 듣는 기차바퀴소리는 메마른 덜커덕소리가 아니라 아주 웅글고 부드러운 소리였다. 방음장치가 되여있어 그런지도 모른다. 늦가을이라 창문은 꼭 닫혀있었다.

차창밖으로, 스러져가는 단풍으로 하여 검스레 변색한 산마루와 조그많고 헐망한 촌락이 지나갔다. 이어 곡신단들이 널려있는 별들도 멀리 흘러갔다.

연석침대칸은 처음이다. 경석침대차칸보다 조용하다는 조건으로 표값도 엄청나다. 비행기표값과 맞먹는 수자다. 너도나도 돈 벌러 가는 길이라 조금 곡생하더라도 돈을 덜 팔려는것이 려객들의 심리라 향수와는 상관없다.

웃침대를 차지한 외국인남녀 몸에서 우유가 발효한것 같은 냄새가 코를 진동했다. 외국인남녀는 차칸에 들어서는 나에게 우호적인 웃음을 한번 보내준 뒤로 나를 아랑곳하지 않고 무슨 말인가 끝이 없이 지껄여댔다. 로씨야남녀다. 남자는 젊은 놈이였는데 나처럼 키가 크고 몸매가 말라있었고 녀자는 나이가 있어보였는데 몸매가 실팍했다. 통나무와 같이 실하고 둔중해보이는 목에 사슬과 같은 금목걸이가 걸려있었다. 가짜라는것이 대번에 알린다. 로씨야놈들도 썩 잘사는 편이 못된다는데 무슨 돈이 있어 저런 금목걸이를 차고 다니랴… 나는 굳이 가짜라고 생각했다.

럴차가 떠난지 한시간쯤 지나 손기척소리와 함께 문이 열리더니 럴차원이 웬 녀인을 차칸안에 안내했다. 녀인의 얼굴보다 무늬가 있는 녀인의 양장을 보고 나는 역전광장에서 점괘를 뽑던 녀인이라는것을 알아보았다. 녀인은 땀을 철철 흘리며 몇개의 짐짝들을 차칸안에 옮겨왔다.

주역만화를 보는체했지만 나는 녀인에게 신경을 쓰고있었다. 잠시 짐짝들을 어디에다 건사할가 궁리하던 녀인은 웃침대를 차지하고있는 두 외국인과 시렁을 쳐다보더니 생각을 단념한 모양 침대아래로 밀어넣고있었다.

조선족? 역전광장에서 가졌던 추측이 다시 살아나며 나는 막연한 기대까지 가져보았다. 48시간의 려행길에 말동무가 생긴다는 일은 다행스러운 일이고 거기에다 상대가 녀자라면 사뭇 행운스러운 일이기도 한것이다.

나처럼 녀인도 호화로운 연석침대차칸이 처음인 모양이다. 익숙하지 못하고 주저주저하는 모습에서 인차 알수 있었다.

머리모양새가 눈귀에 주름살 몇가닥 잡힌걸 보아 30대중반쯤은 잘된 녀인이다. 시간이 갈수록 조선족녀인이라고 짐작했던 추측이 익어가고있었다. 얄브스름하고 타원형의 얼굴외곽은 연하다. 조선족녀인만이 가질 수 있는 외모다. 로씨야녀인들은 대개 거대하면서도 뭉특하고 서방녀인들은 화려하면서도 날카롭고 남미주녀인들은 중성인 같지만 그래도 개성적이다.

인종연구학자로 된듯 거창한 생각을 하는 사이에 녀인은 이미 자리를 잡고 앉아 검은 가죽가방을 뒤적이며 무언가 찾고있었다. 조금 지나 녀인의 손에서 웬 책이 끄집혀나왔다.

토정비결, 책가위우에서 우리 글이 찬연하게 빛났다. 그럼 그렇겠지. 아무렴 내가 빗보았을라구, 나는 기적같은 신통력에 자만하면서 상대가 녀자라는 점을 다시한번 싱겁게 확인했다. 흐뭇했다. 역전광장에서 느꼈던 려수, 고여있는 비물에 스산하게 비꼈던 뭉게구름을 보고 가졌던 흑색 감수가 관념적이였다는 점을 감안해보았다. 불공정한 생활이란 원래부터 공평치 못한 대우를 하사하지만 외국으로 떠나는 렬차안에서 48시간이라는 극히 제한된 시간과 밀폐된 공간속에 한쪼각, 밝은 빛과 흥미있는 분위기를 베풀어준것이다.

이제 녀인에게 무슨 말을 해도 자연스러울것이다. 하지만 나는 잠시 침묵을 지키며 녀인에게 도적눈을 팔았다.

곱지도, 밉지도 않은 녀인, 시가지에서 떵떵 행세깨나 하던 녀인 같지도 않았고 그렇다고 농촌에서 마구 굴러먹던 촌녀자 같지도 않았다. 색갈이 곱고 줄무늬가 건너간 양장차림이지만 질을 보면 고급도, 저급도 아니다. 보기 싫지도 환하지도 않는 노란색구두, 굵은 줄이 건너간 골덴바지… 녀인의 모든것은 중등정도다.

"로씨야가 처음입니까?"

불쑥 말을 내뱉고보니 스스로도 나의 말이 대단히 부드럽다고 생각했다.

"아, 예, 처음입니다."

대단히 반기는 표정이다. 예상했던 반응이다. 동행도 없이 혼자몸으로 이국으로 떠나는 녀자에게 상대가 위험한 남자라는것보다 우선 동족이라는 기쁨이 앞선것이다.

"정말 기쁨다. 그렇지 않아두 기차타기전에 역광장과 대합실에서 혹시 이 차를 타구 가는 조선분은 없나 해서 찾아봤는데 이렇게 면봐루 찾을수야."

녀인의 표정을 미루어보아 내가 구명은인이라도 된다는듯 착각할정도나. 녀인은 뒤적거리던 들가방을 한켠에 밀어놓았다. 첫눈에는 별로 새침할것 같은 녀인이였으나 이외로 활발했다.

"아저씨두 로씨야가 처음임까?"

"글쎄요…"

허참, 글쎄요가 뭔가, 내가 왜 이런 애매한 대답을 했을가 하고 생각해보았는데 대답이 빨리 나왔다.

아저씨, 아저씨란 호칭이 별스레 께름직했다. 가만히 보면 한국 갔다온 녀자들이 폼을 잡느라고 그러는지 처음 한동안은 말끝마다 아저씨투성이다. 그렇다면 이 녀인도 한국나들이라두 했단말인가. 그리고 끝말이 까가 아닌 꺄가 듣기 불편스럽다. 가만보면 사모님이라는 녀자들의 입에서 이런 엉뚱한 소리가 곧잘 흘러나오는것 같았다.

"좌우간 잘 됐슴다. 낯선 땅에 혼자 가서 어쩔가 태산같이 근심했더랬는데. 많이 돌보주십쇼."

이것 봐라. 녀인은 몇마디에 벌써부터 갈비뼈를 들이밀고있었다. 렬차에서 언뜻 만난 남자 백지같이 창백한 남자를 한점의 주저도 없이 믿을 수 있냐.

나의 애매한 대답에서 녀인은 내가 로씨야로 자주 다닌다는 인상이라도 받은 모양이다.

"한국 갔다온 일 있습니까?"

"한국? 호호, 가기 쉬운 로씨야도 처음인데 언제 한국 갔다왔겠슴꺄?"

그럼 아저씨란 별스러운 호칭은 어디에서 나온게야.

"어떻게 돼서 제가 한국 갔다왔다고 생각했슴꺄?"

허참, 또 그 꺄 소리다. 이제보면 그 꺄 끝소리속에서 무슨 냄새가 났다. 혹 남편이나 긴지들속에 교원자리 해먹는 놈이 있을걸…

하지만 그 꺄 끝소리끝에 나는 놀라운 발견을 했다. 녀인의 눈같이 하얗게 가쯘한 이발을 본것이다. 그야말로 탐이 나는 이발이였다. 이발미용이라도 했나싶게 녀인의 이발을 예뻤다.

금이발쟁이가 이발자랑 하려고 국수집에 가서 국수 있슈? 하고 금이발을 드러내보이니깐 금시계를 찬 놈이 역시 금시계를 찬 자기 손을 쑥 내밀어보이며 없다고 손짓하더라는, 어린시절에 들었던 한토막 우스운 이야기가 떠오른다. 이렇게 좋은 이발 가졌다면 "국수 있슈!" 하고 자랑스레 물을수도 있겠다. 에잇, 멍청한 생각, 멍청한 놈에게는 미련한 상상밖에 없다니까.

"혹시, 남편이 교원일을 하잖습니까?"

"예. 맞습니다. 그걸 어떻게 알구…"

녀인에 눈에는 순간 놀라운 빛이 돌았다. 그렇겠지. 나의 짐작이 맞아떨어진것이다. 나는 녀인에세 속아넘어간것을 까맣게 몰랐다.

"이 책을 보면 짐작할수있슴니다. 허허."

나는 주역을 흔들어보였다.

"그럼 역전광장에서 책을 샀던 분이 옳습다. 첫눈에두 그렇다고 생각했더랬는데."

녀인은 또다시 그 회고도 가쯘한 이발을 드러낸다.

"선생님은 로씨야길이 몇번째임꺄?"

선생님? 어느 사이에 아저씨가 선생님으로 바뀌여졌다. 보면 상호간의 호칭이 문제된다. 굳이 문제라고 하면말이다. 그래도 선생님보다 아저씨라는 호칭이 부담 없다.

"난 댁의 남편과 같은 선생님이 아닌데."

"그렇지만 농촌사람은 아니구… 아무튼 책상머리에서 일보던 분이라고 생각하고있슴다."

맞다구요. 책상머리에서 붓대 틀어잡고 긁적거리던 녹거리 선비 출신이 옳다구요…

"나두 로씨야가 처음 길입니다. 그렇지만…"

나는 약간 실망하는 여자의 얼굴 그늘을 보며 불현듯 용기가 생겼다.

"그렇지만 시름놓으시요. 그쪽엔 친구도 많고 또 도와주기로 약속했으니까 큰 문제가 없을겝니다."

뭐. 친구? 약속은 또 뭐고…

자기도 걷잡지 못할 얼빤한 소리를 치다니. 너에게 무슨 친구가 있냐? 공장에서 로동자들에게 마구 불어대던 허풍이고 흑판에 일전 한푼 값도 없는 글을 휘갈기던 솜씨다.

아무튼 공산당에서 후설이라는 직을 감당했던 본때가 다르다.

아빠트가 부러워, 돈이 그리워 세상에서도 무법천지라고 소문난 이국으로 찾아가는 나그네들의 처지가 뭐 크게 다르랴만 나에게 있어서 이번 길은 번거롭고 너무도 어려운 길이다. 반발? 락망? 자기 학대? 생존위기?…

나로서도 걷잡기 어렵고 이제 당장 밑바탕이 드러날 말에 녀인은 멋도 모르고 퍽 감격해했다.

국수 있슈? 녀인이 고운 이발 드러내보여도 나의 팔목에는 금시계가 매달려있지 않아서 팔목을 저으며 없다고 거절한 용기도 없다.

아무튼 가는데까지 가보고 볼판이다.

가는데까지 가보고 본다… 당신조부님이 생전에 그냥 내뱉던 말이다. 어느 사이에 나도 이 말을 알뜰하게 배워낸것이다.

가는데까지 가는 곳에 복병이 숨어있는지도, 사지판인지도 까맣게 모른채 덤벙덤벙 찾아갔다가 그곳이 천길나락인것을 발견했을 때 그 길은 과연 무슨 길일가.모히칸족의 최후같은 결말밖에는 있을수 없는 노릇일 것이다.

당신 조부님은 자신의 죽음으로써 천길만길되는 벼랑길을 우리앞에 펼쳐놓았지만 우리는 조금도 굴함없이 한점의 겁도 없이 그 길로 달려가고있다. 기차 타고, 뻐스 타고, 오토바이 타고 쉽없이 나가고있다. "금시계"를 위해서…

"청일이 엄마라면 된다. 말씀도 낮추시고…"

"뭐라구 했습니까 금방!"

"청일이 엄마라구…"

"아, 알았습니다."

나는 고개를 끄덕여 보였다. 눈치 빠른 녀인이라 나의 자그마한 걱정을 인차 알아차린것이다. 청일이 엄마라구 했지. 안해 나이 또래밖에 안되는 녀인이다.

웃침대에서 삐꺽거리는 신음소리가 나는것 같더니 젊은 남자가 늙은 녀인한테 자리를 옮겼다. 뒤이어 녀인의 신음소리와 사내의 거치른 숨소리가 들려왔다. 진짜 부부간은 아닌듯했지만 로씨야의 남녀는 차칸에 자기들밖에 없는듯 아무런 꺼리낌도 없이 괴성을 마구 토해내고 있었다.

세상에, 얼핏 우로 눈길을 주던 청일이 엄마는 당장이서 낯을 붉히며 고개를 떨구었다. 한물을 걸쳐온 우리들이라 보지 않아도 외국인 남녀가 무슨 짓을 하는지 잘 알고있었다.

웃침대 형편은 점점 험악하게 번져졌다. 살이 부딪치는 요란한 소리, 까마귀가 우는지 승냥이가 부르짖는지 분간할수 없는 괴성이 듣기가 난감했다.

고개를 떨구고 몸둘바를 모르고 앉았던 녀인은 참을수 없는지 복도로 나갔다. 앉아있을 멋도 없다. 나도 급히 자리를 차고 복도로 나섰다.

차창을 마주하여 밖을 내다보던 청일이 엄마가 나를 보며 게면쩍게 웃었다. 가쯘한 이발이 하얗게 빛났다.


백년전,… 조선땅, … 큰 흉년,… 두만강, … 왕쥐꼬리…

지금에 와서보면 당신 조부님은 녀자편력이 대단한 분이였다.

— 니 할애빈 날아다니는 사램이였네라. 세상에 그만치 잘 나구 날랜 사내두 드물단다.

처음 듣는 말이 아니다. 조부님이 세상 뜬후, 동네 로인둔들은 자주 이런 소리를 했다. 놓친 고기가 크고 죽은 아이가 곱다는 소리가 아니다.

—그 량반만치 녀자 꼬시구 산 사내는 드물지. 죽어서 원이있겠냐.

조부님은 87년도에 81세를 마치고 세상떴다.

내가 어섯눈을 뜨고 헴을 차린후에도 할머니를 세번이나 바꿨다. 그러니까 힘이 뻗쳐 난다긴다 하던 젊은 시절에는 얼마나 많은 녀자를 거쳤는지 귀신도 모를것이다.

솔직히 말하면 글을 쓰면서 나는 조부님의 녀자편력에 대해서는 건드리지 않고 묻어버리려 했다. 자기의 선조님의 "어두운" 력사를 들먹거리길 좋아할 후예는 없으니까.

하기에 이 경력을 쓰기까지는 상당한 용기가 수요된것이다. 사실, 조부님의 력사에서 이 경력이 상당한 비중을 차지했고 녀자를 울리는 남자로만 이 세상에 나타난것 같은 착각도 들기에 어쩔수 없이 짚고 넘어가야 했다.

무릇 이 세상에서 조부님을 상대했던 녀자들은 종당에 가서 땅을 치며 눈물 흘렸음은 뻔한 일이다. 하기에 조부님이 운명하던 그날, 애통하게 울어주고 당신의 기화에 슬퍼해야 할 로친도 없었다. 응분한 마감이라고밖에 할수 없으나 조부님의 생과 죽음은 선조님의 력사라는 철같은 현실로 타력적으로 우리들에게 그리고 나에게 접신되였다. 초로인생도 결국보면 한쪼각 력사라고 말할진대 조부님의 인생이야 더 말해 무엇하랴. 력사란 어제의 현실이고 오늘의 현실이 래일이 오면 력사가 되는게 아닌가.

조부님, 당신은 그런 사람이 아닙니다.

조부님이 이 세상을 하직하려고 서두르던 나날, 조부님의 얼굴을 들여다보며 나는 잠시 항변해보았다. 당신은 풍류만 이 세상에 남긴것은 아닙니다.

나는 잠이 든듯한 조부님의 얼굴에서 인자하게 피여난 검버섯을 보았고 불쑥 튕겨나온 광대뼈에서 강인함을 보았다. 이 강인함이 이세상 남자들을 정복했는지도 모른다. 끝이 없는 정복, 이 정복은 결코 조부님의 전반 삶을 불행하게만 만들었다.

자주 있은 아주, 방랑길에서 조부님은 자신의 삶과 후예들의 생을 훼멸에로 몰아갔다.

"이 자리엔 며칠 배겨있을셈이유."

조부님의 후실들은 한결같이 이런 물음을 되풀이하였단다.

"살아가는데까지 살고보자."

이런 대답을 천천히 한 뒤로 조부님은 또 일을 쳤다. 절개가 굳세고 자세가 바른 곱상한 유부녀를 건드린것이다. 결코 후과가 무사할리 없었다. 밤사이라도 솔가도주해야 하는판이다. 광복후엔 이주가 수월한 일이 아니였으나 조부님은 용케 뚫고다녔다.

흑룡강성 상지쪽에서는 남도아낙네를 건드렸다가 동네 모두매를 맞아 하마트면 목숨까지 잃을번했던 일도 있었다.

조부님의 이주와 방랑은 결국 보면 녀자와 련관되여있었기때문이였다. 술 잘 마시고 노래, 춤 잘하고 거기에다 잘생긴 미남자라는 조건 세개로 가는 곳마다 연분을 뿌리기에는 수월했던 모양이다. 그것도 대부분 곱상한 유부녀들이였다. 들통이 나면 뒤가 무서운 상대들이였다.

—팔에 벌건천 두르구 무리쳐 댕기며 무슨 지랄한다냐. 불쌍한것들… 이제 너들이 녀자 하나만 알구 살아야 한다니 얼마나 박정한 세월이냐.

60년대중기 홍위병들을 보고 조부님이했다는 소리가 이런 애매한 소리였다. 그래 안해 하나면 됐지, 첩이라도 다시 해야 한다는 소린가…

좌우간 필묵을 허비하며 조상님의 구질구질한 력사를 샅샅이 추적할 수는 없는 일이다.

복도에서 서성대며 퍼그나 시간을 멋없이 흘러보낸 뒤에야 나와 그녀는 차칸으로 들어왔다.

각기 자기 침대를 차지한 나와 그녀는 외면한채 한동안 말이 없었다. 웃침대에서 쑤얼거리는 소리와 함께 녀자의 킬킬 웃는 소리가 들려왔다.

청일이 어머니에게 있어서 로씨야인들의 로골적인 섹스장면은 커다란 충격이 된 모양이였다. 그녀는 숫제 나와 눈길을 마주치는것조차 겁나고 부끄러운 모양 고개를 들지 않았다.

나와 그녀가 조금 더 가까워진것은 점심때부터였다. 적절하게 말하면

한병 술을 몽땅 마신후부터였다.

점심때가 되어 내가 짐속에서 술병과 빵을 꺼내자 그녀는 눈치있게 자기가 손수 준비해왔다는 음식들을 꺼내놓았다. 소고기졸임, 마른 명태와 낙지, 도라지무침, 마늘, 고추장…

"남편음식을 준비하던 버릇이 있어 그런지 꺼내놓고보니 모두 남자들이 즐겨할 음식이다."

놀라는 나의 눈길을 의식했던지 청일이 어머니는 얼굴을 살짝 붉히며 변명했다.

로씨야인들이 우리를 무시하고 섹스하는것처럼, 우리도 로씨야인 남녀를 무시한채 술을 마셨다. 외계와 동떨어진 차칸에서 낯선 남녀가 마주앉아 술을 마시는 일처럼 자연스러운 일이 더는 없을것이다.

술잔도 없어 밥곽덮개와 물고뿌에 따라 마시는 술맛이 이렇게 즐거운 줄 이제야 깨달은셈이다. 그녀의 낯에 연지빛이 짙게 감돌았지만 그녀는 물러설 기미가 없다.

우리가 마시는 술냄새가 코끝을 간질렀는지. 아니면 배가 출출하여 점심때를 의식했는지 웃침대에서 시시덕거리던 로씨야 남녀는 부스럭거리며 옷매무시를 고치더니 치매를 기여내려와 우리에게 알아듣지 못할 로어를 뒤번 지껄이더니 손을 잡고 차칸을 나섰다. 아마 식당차칸으로 점심 먹으로 가는 모양이다.

"저 사람들 몸에서 무슨 냄새가 저리도 납니꺄?"

"저 사람들도 우리 몸에서 고약한 냄새가 난다구할게우. 장냄새."

나의 말도 자연스럽게 흘렀다. 꼬박꼬박 주어바치던 표준말이 술을 먹자 반말지거리로 자리를 옮긴것이다. 말을 낮춘다는것은 그만치 그녀와 가까워졌다는 표정이다.

"옛날 일본사람들은 조선사람 입에서 마늘냄새가 난다고 했소."

조부님에게서 얻어들은 소리를 나는 직접 보고 들은듯 확신있게 말했다.

"로씨야 가는 사람치고 무슨 사연이 없겠소만, 곁에 남편도 없이 홀몸으로 간다니 믿기 어렵구만."

내가 넌지시 화제를 끄집어냈다. 녀자들에게 호기심이 많은것만치 남자들에게는 묘한 능청이 있다. 그것은 왕왕 관심이라는 허울밑에 중정을 떠보는것으로부터 시작된다.

하지만 녀자에게 향한 남자의 중정은 가장 적합한 시기를 골라잡아야 비로소 효과를 보는것이다. 홀몸인 녀자를 보는 순간부터 아니, 그보다 가쯘하고 보기 좋은 흰이를 발견한후부터 그녀의 신상에 미묘한 호기심을 가지기 시작한셈이다. 녀자욕심은 아니다. 그녀 얼굴에 피여오르는 연지빛이 점점 진하게 타기 시작했다.

"호— 곁에 든든한 남편이 있다면야 제가 왜 아이 뿌리치구 이런 사지판으로 뿌득뿌득 찾아오겠슴꺄."

그녀의 대답으로 미루어보아 내가 가장 적절한 시기에 능청을 부린셈으로 된다.

하회를 내심하게 기다렸지만 그녀는 다시 말이 없었다.

하지만 나에게는 수확이 컸다. 적어도 그녀에게 남편이 없다는 사실을 깨친것이다. 나는 다시 그녀에게 술을 권했다.

"괜히 물었구만, 미안하우."

나는 한발 물러서는체했다.

"괜찮슴다. 이런 곳에서 이런 말 빼고 무슨 말을 할게 있슴꺄?"

그녀는 꺼리낌없이 내가 던진 낚시를 물었다.

"그럼, 세상이라두…"

나는 낚시채를 잡으며 슬금슬금 다가들었다.

"아니요. 살았슴다."

"오—"

낚시줄을 늦추었다. 이제 마구 잡아당기면 줄을 끊기거나 낚시채를 분질러먹기가 십상이니 나에게는 이제 기다리는 일밖에 없었다. 나는 그녀 기색을 일별하고 고뿌에 남은 마지막 술을 입안에 털어넣었다. 그녀는 잘게 찢은 명태오리를 나에게 넘겨주었다. 언녕부터 명태 좋아하는 나의 식성을 알았던지, 명태를 먹기 편리하게 잘게 찢어놓는 그녀.

"선생님네 가정이야 다르겠지요?"

그녀가 불현듯 역습했다.

"다르기야 뭘… 사람 살아가는 일은 따지고보면 다 그렇구 그런게우. 죽는 날까지 근심없구 불행없는 사람이 어디에 있수."

"그래두 녀자에겐 남편없는 불행만큼 더 큰 불행은 없을겜다. 남자가 상처하면 제일 큰 불행이라는 말처럼 녀자두 마찬가짐니다. 남자나 녀자나 마찬가지로 중년에 가야 살아가는 재미가 뭔가를 잘 알고 있잖습니까."

옳은 말이다. 천번 옳은 말이다. 나는 좋은 말상대를 만난것이다.

"한병 더 마실가?"

"싫습다. 싫습다."

흰이를 반짝이며 연신 손사래쳤지만 그녀는 내가 술병마개를 따는것을 제지시키지 않았다. 얼굴에 주기가 올라 연지빛으로 되였지만 불행한 경력이 있어 그런지 이 시각 어쩐지 슬퍼보인다.

복도에서 쑤얼거리는 소리가 나는가싶더니 로씨야인 남녀가 들어섰다. 점심식사를 마친 모양이다.

"하라쇼"

술기운을 빌어 내가 싱거운 인사수작질 했다. 내가 아는 로어는 딱 세 마디였는데 "하라쇼", "말레끼", "발쏘예"였다.

"하라쇼. 하라쇼."

로씨야인 남자가 우리에게 엄지손가락을 내밀어보였다. 조선놈들 술을 잘 마신다는 뜻일것이다. 내가 넌지시 술병을 내밀자 사내는 사양도 없이 받아들고는 병채로 몇모금 마시더니 뚱보녀자한테 넘겨주었다. 녀인도 주저없이 사내가 하던 식으로 몇모금 마시고는 히히 웃어댔다. 찢은 명태와 소고기를 안주로 내밀었지만 안주만은 사양했다. 듣던 소문 그대로 입을 쓱 닦고 안주는 모르는 사람들이다. 다시 한번 우리에게 엄지손가락을 내밀며 "하라쇼. 기따이…" 잘 알아 듣지 못할 몇마디를 하더니 웃침대로 기여 올라갔다.

차창밖으로 가없이 넓은 벌판이 흘러갔다. 허허벌판, 조부님의 이야기 속에서 곧잘 섞여나왔던 만주의 허허벌판이다.

"남편이 로씨야 땅에 있지?"

"예."

나의 질문에 그녀는 놀라는 빛도 없이 약간 풀기없이 대답했다. 그렇구나, 나의 짐작이 맞다. 연변의 남자들은 한국에 녀자를 빼앗기고 연변의 녀자들은 로씨야에 남자를 빼앗기운다. 말하자면 안해는 한국에 남편은 로씨야에… 이런 식이다. 이런 불행이 너무도 례가 많아 인제는 구구히 입에 담기도 귀찮다. 남자, 녀자 할것없이 빼앗기고 울지 말고 빼앗아서 웃어야 하는데…

나와 그녀는 똑같이 빼앗기고 슬퍼하는 외기러기 신세다.

"아이 뿌리치고 이 길을 골라잡았는데 이제 저에게 뭐 부끄럼이란게 있겠습까. 도박판이 이미 들어선 몸인데… 그저 불쌍한것이 아입니다. 그 애에게야 무슨 죄가 있겠습까. 우리 청일인 공부도 잘하고."

어느덧 그녀는 울고있었다. 너무도 서럽게 우는지라 마주보기가 민망하여 나는 슬그머니 자리에서 일어나 복도로 나와버렸다.

허허벌판… 차창밖에서는 계속 광막한 황야가 흘러지나갔다. 이제야 대륙이라는 의미를 알것 같았다.

이 대륙을 뿌리치고 낯선 이국당으로 찾아간다. 청일이 엄마와 나, 그리고 남자 녀자들이 끊임없이 떠나간다.

"창—"

그릇을 엎지른 소리, 적절하게 말하면 둘레에 자름자름한 꽃송이로 띠를 두른 소랭이를 메여친 소리, 안해가 한국으로 돈벌러 간다고 너무도 흥분해서 터친 소리다. 떠나던 날 아침 집에서 마지막 식사를 한후 안해는 종교적행위라고밖에 해석할수 없는 괴상야릇한 행동을 한것이다.

─웬 짓이요?

안해의 해괴한 놀음에 나는 영문도 모르고 놀랐다.

"놀라지 마십쇼. 옛날부터 이사갈 땐 그릇 하나라도 마스고 가야 앞길이 좋다는 얘길 못들었습까. 우리 단위에 있던 정일의 엄만 떠나가면서 꽃소래 하나 메치고 떠났는데 올 때 돈 많이 벌어왔답니다. 돈 많이 번다는데 그까짓 소래 한짝이 뭐 아깝겠습니까."

소 웃다 꾸레미 터질 일이였다.

아침에 그릇 엎지르고, 뻐스 타고 기차 타고 마지막으로 기선을 타고 안해는 모국이라는 나라로 떠나갔다.

떠난후 한달만에 안해한테서 인편으로 5백딸라를 보내왔다. 벌써 이렇게 많이 벌었다. 그릇을 마스길 잘했어. 그럴줄 언녕 알았다면 가마짝이라도 박살내야 했을걸…

그후부터 안해는 두달에 한번씩 돈을 보내왔다. 자정을 넘기면 안해한테서 느닷없이 문안전화가 걸려왔다. 머나먼 서울에 안해가 있다는것이 실감되지 않을 정도로 목소리가 또렷했다. 나의 생일과 아들에 생일날에는 껵껵 흐느껴 울기까지 했다. 고달프면 돌아와, 나의 말에 안해는 인차 울음을 그치고 이를 옥물었다. 십만원 벌기전에는 절대 안가요. 그래, 그만한 욕심이야 있어야지. 나도 괜찮은 안해두었어.

어느덧 떠나갈 때 빚진 리자들을 갚았다. 이제부터 꼬박꼬박 챙기는 돈은 우리것이고 나의것이다. 모국이, 고국이 좋았어. 모국이여, 번영창성하라…

하지만 기쁨이 오래가지 않았다. 돈이 오는 차수가 줄어듦에 따라 전화도 뜸해졌다. 어쩌다 한번 전화와도 첫마디에 여보세요— 오, 간장이라도 녹여낼듯한 달콤한 소리가 흘러나왔지만 그뒤는 슴슴한 문안 몇마디였다. 오늘은 가리봉이라는델 갔다가 시간이 있어 서울대공원에 갔댔습다. 거기서 삭도 타보고, 별의별 짐승을 봤습다. 오늘은 인천갔다가 월미도 구경까지 했습다… 이전에 했던 이런 자질구레한 이야기는 없고 그냥 문안 몇마디였는데 그것도 후에는 나를 깜빡 잊었는지 최문(아들이름)의 문안이 대부분, 그 뒤로는 안해의 요구대로 아들애에게 송수화기까지 빼앗기다보니 아들의 뒤에 꾸부정히 서서 안해의 목소리를 구차스레 귀동냥해 들어야만 했다.

어쩐지 느낌이 좋지 않았다. 변심이라도 한건 아닐가. 이런 못된 생각을 했지만 나는 극력 부정했다. 그럴수가 없어. 안해, 안해만은 그럴 녀인이 아니야. 못살고 구차하게 지웠어도 얼굴 한번 붉히며 티각태각해본 일이 있는가. 다른 녀자가 변심했다면 몰라도 안해만은, 최문의 엄마만은 절대로 갈래같은 녀자가 아니다.

하지만 나의 절원과는 상관없이 안해의 소식이 점자 료원해졌고 험악하게 번져갔다. 한들음에 서울에 달려가고싶은 마음이 불붙듯했다. 가서 따지고싶었다. 대체 무슨 일이냐고… 실절한게 아니냐고… 나를 배반한게 아니냐고…

전화를 하자해도 안해가 있는 곳조차 모른다. 제가랄… 이 지경으로 되자 나의 불만은 엉뚱한데로 옮겨졌고 이 세상을 마구 부시고 박살내고픈 충동속에 투척되였다. 아, 안해를 모국이라는 나라에 빼앗기다니, 죽일 놈들…

불현듯 누군가 나의 어깨를 건드렸다.

언듯 정신을 가드름고 뒤돌아보니 우리 연석차칸에 들어있던 로씨야인 남자다. 눈살을 잔뜩 찌프리고 무슨 말인가 다급하게 지껄여댔지만 한마디도 알아들을수 없었다. 우리가 들었던 연석차칸을 자꾸 가리키는

걸로 미루어보아 안에 무슨 일이 생긴게 틀림없다.

나는 급히 로씨야인 남자를 뒤따라갔다. 차칸안에 들어서서야 무슨 영문인지 알아차렸다. 청일이 어머니가 어깨를 떨며 욱- 욱 토하고 있었다. 주홍색 낡은 주단우에 그녀가 토해놓은 오물들이 널려있었다. 뚱뚱한 로씨야녀자는 오만상을 잔뜩 찡그리고 코를 싸쥐고 앉아 뒤수습을 빨리 하라고 턱질했다. 나와 그녀사이에 오손도손 이야기가 오가고 마주앉아 재미있게 술을 먹는것을 보고 부부간이라도 되는듯이 여기는 모양이다.

나는 서둘러서 트렁크에서 위생종이를 한뭉치 꺼내들었다.

"미… 미안함다. 어쩔수가 업… 없었슴다… 욱… 욱…"

"괜찮소, 토하고싶으면 어려워말고…"

"위… 위생실루 갔으면… 까딱 움직일 힘이 없슴다."

몇번 구역질에 기진한 그녀는 모기만한 소리를 냈다. 술먹고 토하는 일만치 괴롭고 힘겨운 일이 어디 있으랴.

"위생실로 가게 좀 도와주십쇼."

"괜찮다니까."

"쏘련사람들도 싫어하는데…"

"상관마오. 뒤처리를 내가 할테니 근심마오."

"초면에 이런 더러운 일까지 시키다니 내가 미안해서 어쩔까. 난 오늘 처음으로 술을 마셔봤슴다."

"길떠나 만나면 구면인데 별소릴."

나는 재빨리 뒤수습을 말끔하게 해치웠다. 화장실에 가서 거두매에 썼던 종이를 처리한후 돌아오니 그녀는 침대에 너부러져있었다. 나는 억지로 그녀에게 물로 입가심시킨후 신발까지 벗기고 몸에 탄자를 가리워주었다.

"감사함다."

그녀는 또다시 눈물을 흘렸다.

"허허, 별소릴 다 하누만, 한잠 푹 자면 괜찮을게요."

그녀에게서 물러난 나는 자리로 돌아왔다. 생작지도 못한 봉사였다. 안해에게도 이런 살뜰한 봉사를 해본 기억이 없다.

머리끝까지 탄자를 들쓰고 까딱 움직이징 않고있었지만 나는 그녀가 계속 눈물 흘리고있다는것을 짐작했다. 측은해났다. 남편의 버림을 받고 아이 데리고 살자니 오죽하랴. 사랑하는 자식 뿌리치고 낯선 이국땅으로, 녀자 홀몸으로 찾아올 때에야 사랑이 얼마나 각박했겠는가…

"궁 – 쿵, 궁 – 쿵"

국제렬차라 역에 멈추어 숨을 몰아쉬는 법 모르고 그냥 달린다. 차창으로 늦가을 피빛 노을이 매달렸다. 시발점에서 차에 오를 때에는 하늘이 찌뿌둥 흐려있었고 비까지 내렸는데 여기는 맑은 하늘이다.

백년전… 조선땅, …흉년, …두만강, …왕쥐꼬리…

"내가 이사 많이 했다해두 그게 다 니 애비를 위해서 그랬네라."

만년에 와서 조부님은 불쑥불쑥 애매한 말을 했다. 그렇다면 광복전 조부님의 방랑을 피끓던 시절 바람타고 구름잡는 젊은 날의 발랄한 초상이였다고 잠시 너그럽게 못박아두고 조부님의 말대로 아버지를 잠간 들먹거려본다.

이민사를 연구하는 력사학자들은 조부님을 이민 1세라 하고 나는 3세라고 할것이다. 그러면 나의 친아버지는 2세일것이다.

2세, 1950년 조선전쟁 참가자, 당년 20세, 전쟁포로범, 1957년 벙어리 녀자와 결혼, 1967년 37세로 세상을 떠남. 사인자결…

이렇게 보면 2세는 분명히 사랑과 감동보다 비애와 원한만이 가득했던 인생이다.

전쟁의 성격이 여하튼간에 이 전쟁은 참중한 대가를 치루었다. 가장 불행한 점은 단군의 후손들이 모여사는 반도나라에서 일어난것이다.

1945년 쏘련홍군이 일본군대를 쫓으며 남으로 밀고 나갈 때 미국방부의 한 류군상교가 쏘련홍군의 진격로 종점으로 창졸히 선택했다는 북위 38도선은 그후 동족상잔의 전쟁을 불러온 장본인이 였다.

이 전쟁에서 아버지는 요행 죽음을 면했지만 그대신 오른다리의 부상으로 미국군대에게 포로되였다.

1953년 포로교환을 할 때 아버지는 첫패로 판문점 3호문으로 쌍엽장 끼고 건너왔다. 포로영에서 부상당한 오른다리를 치료했지만 그냥 차도가 없고 골수에까지 괴사가 생겨 무릎아래를 절단했다.

포로병, 수치스러운 포로병, 포로될바에 콱 죽던지, 아니면 나쁜 놈이라도 한놈 끼고 수류탄도화선을 당겨야지… 너나없이 가장 혁명적이고 가장 간단한 사유를 가져야 했던 그 시기, 아버지에게 차례지는 대우는 과연 어떠했을가.

잡귀신, 오류분자, 투항분자… 온갖 모자를 쓰고 개같은 삶을 살아야만 했던 아버지다. 조부님이 애쓴 보람으로 누구도 거들떠보지도 않은 나많은 벙어리처녀와 결혼했다.

나는 아버지의 사랑을 받아본 기억이 없다. 말을 익히면서부터 아버지를 외면하고 살아야 했다. 아버지는 진종일 가도 말이 엇었다. 담배 피울 줄도 모르는 아버지에게는 멀거니 남쪽하늘을 바라보며 한숨짓는 일밖에 없었다. 어머니는 할말이 있어도 못하는 벙어리지만 아버지는 말할줄 아는 벙어리였다.

혹 다른 곳으로 이사가면 아들의 과거를 덮어갈출수 있지 않을가. 조부님은 이런 생각으로 자주 이주했는지도 모른다. 조부님에게는 이복 아들딸들이 많았지만 제일 처음으로 얻은 아들인 아버지에 대해서는 애정이 남달랐다. 엄마의 얼굴도 알지 못하고 뜨내기로 구름같이 떠도는 자기를 따라 갖은 고생을 하며 자란 큰아들의 불행이 무엇보다 슬펐을것이였고 그런 아들몸에서 생겨난 내다 더 불쌍했을것이다.

육신이 체념으로 굳어진 아버지는 가타부타 말없이 조부님을 따랐다. 하지만 조부님의 비원과는 상관없이 아버지의 뒤로는 계속 검은 그림자가 뒤따랐다. 해살이 뜨겁게 쏟아지는 한낮에 눈감고 아웅할데가 어디에 있으랴.

아버지는 홍위병들에게 두번 끌려가서 욕을 본 뒤 식칼로 끊어진 다리의 동맥을 끊고 자결해다. 10년 아버지를 따라다니던 어머니는 아버지의 죽음현장을 보고 기겁하여 괴상한 소리를 지르며 달아난후로 종무소식이 되여버렸다.

아버지는 죽는 순간까지 자기가죽어야 하는 진정한 원인을 찾지못했을것이다.

차창밖은 어느덧 어둠이 깃들었다. 멀리에 동화속에서 나오는 등불같은 몇점의 전등불이 아물거리는것 같더니 이어 휙 지나쳐갔다. 스산한 촌락이 틀림없다. 서북으로 오면서 촌락이 점점 희소했다.

금방까지 무슨 말인가 끊임없이 지껄이던 로씨야인 남녀는 기진했는지 저녁 먹을넘도 하지 않고 자리에 드러누운 모양 말이 없다.

그녀는 깊은 잠에 곯아떨어져있었다. 침대밖으로 뻗친 오른팔이 시름없이 건뎅거렸다.

점심에 술로 건넌지라 배가 출출해났다. 하지만 벅쩍거리는 식당차로 가기 싫고 또한 한창 달게 자고있는 그녀를 두고 혼자 가서 먹기도 멋적은 노릇이다. 적어도 래일모레까지 "운명"을 같이 해야 할 녀자인것이다. 약간 벌린 입술사이로 가즌한 이발이 드러나있었다. 곱지도 밉지도 않은 것 같던 처음 인상과 달리 어쩐지 예뻐보였다. 등불밑에 드러난 창백한 얼굴, 곱게 휘여든 눈섶, 미운데가 없었다. 자기의 용기를 시험하고싶어 마시지 않던 술을 몸을 혹사하면서 마셨고 거기에다 초면인 사내한테 자기의 가정비밀까지 털어놓았던 녀인…

혹 안해도 이랬을가. 외롭다고, 고독하다고 낯선 사내와 목로주점에 마주앉아 소주라도 마셨을가.

하지만 적어도 내가 자기를 배반했다는 말은 못했을것이다. 아니, 단언

할수 없는 일이다. 5년동안에 얼굴짝 한번 내밀지 않고 한국사내의 아이까지 낳았다는 소문까지 흘리고있는 녀자라 엄청난 거짓말을 얼마든지 만들어낼수 있다.

한국 가기전 안해는 공장탁아소 보모로 일했다. 공장이 파산되자 탁아소도 자연 문을 닫았다. 그후로 안해는 작은 식당에서 복무원으로도 있었고 네거리에 있는 공중전화청에서 전화료금 받고 반라체녀인상이 박힌 통속잡지들도 팔았다. 탁아소보모로 애들의 지저분한 지저귀를 갈아끼우는 일을 할 때까지는 불평을 몰랐는데 실업당해 식당복무원, 공중전화청을 도급맡으면서부터 안해는 점차 변해갔다. 나와 공연히 트집을 잡는가 하면 까닭없이 앙탈을 부렸다. 그리고는 한국으로 간다면서 오금에 비파소리나게 뛰여다녔다. 위장결혼의 선결조건이 홀몸이라 우리는 가짜리혼도 했다.

그런데 그 가짜가 이제는 진짜가 되였다. 안해를 속속히 알고있다고 자부해던 나는 안해라는 녀자를 잘 모르는 사람으로 되였다.

따지고보면 나는 얼반한 놈이다. 돈잎에 눈이 가리워 안해의 위장결혼을 승낙하고 가짜리혼이라는 연극까지 꾸미기까지 내가 맡은 배역은 알짜 어리광대였다. 온전한 정신을 가진 놈이라면 절대로 이런 어리석은 짓을 저지르지 않을것이다.

과장, 얼마나 쟁쟁한 직무인가. 나는 과장이였다. 하지만 수하에 신문나를 직원 한명 없고 사무실에 전화기마저 없는 허수아비과장이였다. 불경기에 처하여 잠시 "방학" 했다고 허울좋은 이름을 달았지만 기실은 완전 파산이 된 공장의 선전과 과장.

전에 통신 몇번 써보고 겨우 파스가 된 단편소설 두편 쓴 밑천으로 가진 과장이다. 이런 과장자리도 거덜난지 오래다. 하기에 기둥같이 믿은 안해한테서 경제래원이 끊어지자 단가마에 오른 개미신세가 되여 쩔쩔매였다. 그래도 한편에는 안해에 대한 미련이 남아 우엉의 속을 깠지만 인젠 철저하게 단념했다.

궁ㅡ 쿵, 궁ㅡ 쿵, 기차는 쉼없이 달렸다, 아, 사막, 차창밖으로 훤한 달빛이 내려앉은 망망한 사막이 흘러가고있었다.

불모의 땅, 낮에 보면 누런빛 사막이련만 밤에 보는 사막, 달빛이 내려앉은 사막은 어쩐지 차디찬 느낌이다.

웃층에서 잠을 깬 로씨야인 남녀가 두런두런거리더니 함께 기여내려왔다. 화장실로 가는 모양이다.

차창에서 눈길을 거둔 나는 낮에 보다 팽개친 "주역"을 다시 펼쳐들었다. "주역"이 난해한 책이라는 소리를 들었지만 이 지경으로 심오하고 난해한줄 까맣게 몰랐다. 알기 쉽게 만화로 풀이했는데도 알수 없었다. 심심풀이로 산것이 대단한 오산이였다. 점술만이 아니다.

"꿈도 요망해라."

부시럭거리며 그녀가 잠을 깼다. 꿈속을 헤매다가 놀라서 깬 모양이다.

"지금 몇시가 됐습까. 국경을 넘었습까?"

그녀는 머리꾸밈새를 손질하며 게면쩍게 웃었다. 낮에 일이 생각나는 모양이다.

"아홉시가 넘었소. 아직 국경을 넘지 않구… 속이 불편하겠는데 뜨거운 물이라두 마시우."

내가 자리에서 일어나 물을 따르려는데 그녀가 어느새 보온병을 빼앗아갔다.

"가만 누워 계십소. 낮에 일을 생각하면 얼마나 미안한지 몸둘바를 모르겠습다."

"별소릴, 뜨거운 물을 마시고 저녁이라도 자시우. 두끼나 굶고 견뎌내우."

"생각없습다. 속이 아직도 울렁거립다. 선생님은 저녁식사 했습까?"

"식당창에 가서 대충 먹었소."

로씨야인 남녀가 들어왔다. 로씨야인 뚱보녀자는 그녀에게 괴상야릇한 표정을 지어보이며 남자들처럼 호방하게 웃었다. 아마 낮에 있은 일을 두고 그러는 모양이다. 남자는 나에게 전등불을 가리키며 죽는 시늉을 냈다. 이제 자겠으니 전등을 껐으면 좋겠다는 소리다. 나는 고개를 끄덕여 보였다. 차칸안은 대뜸 컴컴해졌다.

자기 자리로 기여오른 사내는 뚱보녀인과 무슨 말인가 몇마디 지껄이는 것 같더니 뚱보녀자 침대로 구렝이 담넘어가듯 넘어갔다. 뒤이어 옷을 벗는 부스럭거리는 소리, 이제 무슨 일이 터질지 뻔히 알린다. 짐작이 틀림없었다. 녀자의 괴성이 터지기 시작했다. 힘이 무진장한 외국인들이다. 섹스만 아는 놈들 같았다. 이들에게는 우리가 보던 말던 상관없는 일이다. 녀자가 내지르는 볼륨이 점점 높아가는것 같더니 녀자가 번륭하기 시작했다. 해괴한 몰골들이지만 섹스문화가 개방적이라는 점잖은 이름을 팔면 문제가 되지 않는다. 하지만 지척에서 터지는 짓소리는 낯을 뜨겁게 만든다.

"이 사람들은 눈치도 모르고 부끄럼도 없나 봅다."

그녀가 자못 태연하게 속살거렸지만, 나는 이 시각 그녀가 낯을 붉히고 있으리라 짐작했다. 남자인 나도 얼굴이 달아오르고 몸둘바를 모르겠는데 하물며 녀자인 청일이 어미니야 말할데 있으랴. 어둠이 좋았다.

나는 슬그머니 일어나 낮에처럼 복도로 나와버렸다. 나의 예민한 청각이 극도에 달하는 자극을 이겨낼것 같지 못했다.

나의 뒤를 이어 그녀도 따라나왔다. 짐작해봤던대로 그녀의 낯은 붉게 상기되여있었다. 캄캄한 밤, 남편과 단둘이만 이불속밑에서 벌렸던 정사놀음을 타인앞에서 공공연히 시위하는 풍경에 부끄럼보다 경악감이 앞섰을것이다.

"우린 죄인과 같습다."

그녀는 몸에 탄자를 들쓰고있었다. 당황한김에 탄자를 옷으로 착각한 모양이다.

"식당차로 가서 커피라도 마실가?"

"커피? 난 그런걸 마실줄 모르는데."

"속이 불편할 때 커피가 좋을게요."

"그렇지만, 난 싫습다. 철도제복차림을 단정하게 입은 녀자복무원이 우리를 지나치며 무슨 말인가 할듯말듯하다가 단념하고 그대로 그냥 지나쳐갔다.

"정말 죄인과 같구만. 차칸으로 들어가기오."

불현듯 용기가 생긴 나는 앞장서서 돌진했다. 그녀 말대로 죄인도 아닌데 무엇이 겁나서 우리가 계속 자리를 피하며 당해야만 하는가.

우리가 들어간후에도 "이질적문화유희"는 한참동안 계속 되였다.

무슨 충동으로 용기가 생겼던지 캄캄한 어둠속에서 나는 나의 과장이야기와 실업이야기 그리고 안해이야기를 단숨에 토해냈다.

여직껏 그 누구와도 하지 않았던 이야기를 달리는 기차안에서, 그것도 캄캄한 어둠속에서 외국인들의 "이질적문화유희" 반주속에서 어리둥절하게 토설했다. 생각하면 자못 이상했지만 나는 무슨 충동이 일어 익숙지 못한 녀인앞에 가슴에 숨겨둔 슬픈 이야기를 했는지 모른다.

"호ㅡ"

기다랗게 한숨을 토해댄 그녀는 아무런 말도 없이 죽은듯 누워있었다.

나는 곧 괜한 말을 토설했다는 후회가 갈마들었지만 몹시 피곤했던지라 인츰 깊은 잠속에 빠져들어갔다.

꿈속에서 나는 조부님과 아버지, 안해와 아들, 그리고 청일이 어머니를 차례로 보았다. 조부님을 비롯한 나의 친지들은 모두 쓴외 보듯 대했지만 유독 청일이 어머니만은 살갑게 대했다. 어느덧 나와 그녀는 쏘련땅에서 짝을 맺고 장돌뱅이 장사를 하고있었다. 가게 시렁에는 몽땅 울긋불긋한 녀자용품들이였는데 거기에는 꽃속옷, 젖가리우개들까지 주렁주렁 매달려있었다. 왜 하필 몽땅 시시한 물건들이냐. 녀자들의 물건 내놓고 다른 물건은 없느냐… 꿈속에서 나는 이런 넉두리를 늘여놓으며 대성질호했다.

백년전, 조선땅, 흉년, 두만강, 왕쥐…

조부님은 생전에 나에게 나의 친할머니를 건드린적이 없다. 그저 나의 친할머니가 조부님에게는 첫녀자였다는 점만 알고있었을뿐이다.

하지만 나는 최근에 나의 친할머니가 원래 술집녀자였다는것을 우연하게 알게 되었다. 할머니는 기생이였던것이다. 그 시절 기생은 막된 말로 논다니, 간나희, 갈보… 등으로 통했다.

조부님과 아버지 나이를 따지고보면 아버지는 조부님이 23세때 태여난셈이다. 그러니까 조부님이 간도땅에 들어선 2년후의 1929년이다. 만주국이 서기전이다.

술집과 기생, 우리 세대들에게는 낯선 낱말이였다. 공화구이 창건된후 얼마 안되여 국가총리는 전세계에 향해 중국에는 기생이 한명도 없다고 장엄하게 선포했다. 하지만 그로부터 40여년이 흐른 뒤 력사는 웃지도 울지도 못할 희비극을 숱하게 만들어냈다.

술집과 기생, 나의 아들놈 최문이까지 깨친 낱말이 되였다. 학교 흑판에서가 아니라 자기의 눈으로 보고 홀로 깨친것이다. 너무도 익숙하여 인젠 시들하고 귀찮은 이름이다.

조모님이 기생이였다면 2세와 3세, 4세인 나의 아들놈까지 기생의 후예들이다.

어쩐지 광채롭지 못한 력사지만 어쩔수 없이 승인해야 할 과거와 현실이다.

언틀먼틀한 구름속으로 차디찬 달이 씽씽 줄달음치고 누런 창호지에 달라붙은 성에를 손으로 후벼먹던 겨울밤, 조부님이 들려주었던 "왕쥐꼬리 물고 두만강을 건너온" 이야기속에는 조모님의 한토막 슬픈 사연이 숨겨져 있었다는것이 이제야 어슴푸레 륜곽이 잡힌다. 앙, 내가 싫다고 발버둥치지 않았다면 어쩌면 그뒤로 조모님의 과거사가 흘러나왔을지도 모른다. 그 재미없는 이야기를 할 때 지었던 조부님의 서글픈 표정, 그 서글픔은 운명하는 날, 인자하게 피여났던 검버섯속에 그대로 숨겨져있었을것이다.

조모님이 술집녀자였다는 한자기 사실의 기타것은 영원히 알지 못하는 비밀로 남았다.

술집에 들어온 남자와 정을 나누고 그 남자의 아들까지 낳으며 몸과 마음을 깡그리 바친 녀자, 종당에 가서 남자가 거칠은 난봉군, 집없이 사철 구름같이 떠다니는 방랑객이라는것을 깨닫고 눈물을 뿌리며 헤여져야 했던 녀자- 조모님, 조부님의 성격으로 추리해보면 얼마든지 버림을 받을 수도 있는 녀자…

눈을 뜨자 창밖이 푸름푸름 밝아왔다. 맞은편 그녀의 자리가 비여있었다. 화장실로 간 모양이다.

차창밖 하늘에는 그 차디찼던 달이 언녕 자취를 감추고 그대신 회백색 연무가 덮여있었다. 중국의 시가지 상공에서만이 볼수 있는 풍경이라 나는 국경도시가 다가온다는것을 직감했다.

아니나다를가 차창밖으로 층집과 초가집이 어설프게 앉은 시교특유의 경치가 나타났다.

"만주리람다."

차칸으로 들어선 그녀가 잠을 깨고 일어나 앉은 나에게 알은체했다. 가쯘한 이발이 또다시 하얗게 빛났다.

웃층 침대에 누운 외국인 남녀는 어제 에네르기를 과분하게 소모하여 피곤한지 아직도 잠들어있는 모양 잠잠하다.

화장실에 가서 치솔질까지 말끔히 한 모양. 그녀의 손에는 고뿌와 치솔, 수건이 쥐여져있었다.

"과장님은, 어디 몸이 아픈데가 있슴까. 밤새 앓음소릴 냈슴다."

그녀가 살뜰하게 걱정했다. 아침에 눈을 뜨자부터 나는 선생님으로부터 과장님으로 둔갑했다. 괜히 털어놓았는걸. 어제저녁 잠들기전에 못다한 후회를 이번에는 철저하게 했다.

"내가 앓음소릴 했다구요… 그런 일 종래로 없었는데."

"잠자리를 바꿔 그런지 밤새 한잠도 못잤슴다. 그래서 앓음소릴 들었슴다."

기차는 시국역에 도착하자 속력을 줄이기 시작했다. 상상보다 규모가 작은 북방도시다. 이제 해관검사가 끝나야 국경을 넘어설것이다.

나의 목적지는 이리꾸쯔다. 지도우에서 대충 짐작한 거리를 미루어보면 절반거리를 겨우 온것이다.

변경도시에서 한동안 머물며 가쁜 숨을 가다듬은 국제렬차는 서북쪽을 향해 계속 달리기 시작했다.

이제부터 로씨야 땅이다.

렬차가 출발해서부터 웃층에 있는 로씨야인 남녀는 자기 나라 땅에 들어섰다고 그러는지 활기를 띠기 시작했다. 들리는 말에 의하면 로씨야인들은 소질이 높아 공중장소에서 떠들썩한 법을 모르고 질서를 잘 지킨다다는데 이 치들은 질이 좀 차한것 같았다. 넷이 든 차칸을 자기네 둘의 세상으로 착각하고있으니말이다.

그들은 안하무인으로 떠들썩 부산을 피우더니 식당차칸으로 나갔다.

"우리도 아침 먹으로 가기오."

배가 고픈지라 나도 자리에서 일어섰다. 나의 적삼안에는 3천딸라가 들어있다. 떠나올 때 여기저기에서 꾼 리자돈으로 태환한 딸라다.

"쓸데없는 돈 자꾸 팔게 있슴까. 앉으십쇼. 여기에 라면이 있슴다."

그녀는 요지부동으로 앉아 들가방을 헤쳤다. "캉스푸라면" 세 개가 굴러나왔다. 얼핏 보니 들가방안에는 아직도 많았다.

"여기에 뜨거운 물도 있는데 난 하나면 되고 과장님이 두개 잡수십쇼."

그녀가 너무 진지한지라 나는 못이기는체 눌러앉았다. 그녀는 서둘러서 아구리포장을 헤치고 거기에 뜨거운 물을 불어넣었다.

"나도 한개면 되오."

"남자들에겐 한개면 부족하죠."

그녀는 나의 말을 듣지 않고 세번째것도 헤쳤다.

"허허, 로씨야인들이 보면 우리가 뭐 거지라도 되는줄 알겠소."

철두철미 조선사람의 허영이다.

"우리 식인데 관계할게 있슴까."

그녀는 하얀 이를 반짝이며 살짝 웃었다. 이발이 예뻤지만 웃는 모습도 고와보였다. 그녀는 다시 허리를 굽혀 들가방속에서 자름자름하게 포장한 도라지채를 꺼냈다. 알뜰한 주부솜씨란 이런 경우를 두고 하는 말이다.

과부에게 은이 서말 홀아비에게 이가 서말이라는 말이 그른데가 없다. 나는 홀아비라지만 그녀는 과부가 아니다. 하지만 이 렬차에 오르는 순간 부터 홀어미로 된것이다.

"참, 식당차칸 가서 밥을 잡술걸 그랬슴다."

홀연 그녀가 서운한 기색을 지었다. 왜 불시에 이런 말을 할가.

"이런 음식이 인젠 질리지 않슴까?"

똑똑한 녀자다. 홀아비 생활에 죽어나는것이 라면이다. 라면을 보면 식욕까지 잃는다.

"뭐, 비상시긴데, 음식도 비상이여야 격에 맞지 허허."

"그래도… 자기 생각만 하다보니 그만 깜빡 잊었슴다."

자기가 잘못이라도 저질렀다는 말투다. 괜찮아. 대접을 모르는 내가 오늘 이만한 관심을 받는다는 자체가 행복스럽구만… 나는 점차, 그녀에게 끌려가기 시작했다. 얼굴도 예쁘고 마음씨도 부드러운 녀자다. 녀자에게 만난지 하루도 되지 않는 녀자에게 마음이 끌린다는 일은 어느 소품에서 나오는 말과 같이 "정신병" 에 걸렸다는 말이다. 인생을 실패한후, 락망하고 자학하면서 분발을 위해 이국땅으로 느닷없이 찾아가는 나에게 예고도 없이 "정신병" 이 갈마들었다.

"집에 두고 온 아이가 몇살이라 했지?"

나는 슬금슬금 본문제로 화제를 돌리며 다가들었다. 그녀는 금방 빈 라면그릇을 버리고 왔다. 아직도 하루시간이 남았으니 급히 서두를 필요가 없다.

"예, 열세살임다. 5학년을 다님다."

"조선학교 다니우?"

"예."

그녀는 차탁을 말끔하게 닦았다.

"과장님한테도 아드님이 있다고 하던데?"

"청일이보담 한살 우고 초중생이요. 한족학교 초중 일학년생."

안해가 조선글을 배워서 출로가 없다고 부득부득 우겨서 유치원으로부터 철저한 중국말을 배운 이민 4세다. 그래도 공부만은 잘한다. 나를 철저하게 배반한 안해지만 아들놈에게만은 관심이 대단했다. 친정집을통하여 아들애의 옷가지로부터 자전거, 소형오토바이, 올해에는 컴퓨터까지 보내왔다. 4세에게 어머니라는 3세가 금나무였다. 4세는 모국이라는 땅에서 특혜를 톡톡히 받았다. 아니 안해는 3세가 아니다. 인젠 어엿한 모국 공민으로 주민등록증이 있는것이다.

"청일이는 아버지 일을 알고있소?"

"자세한건 모르지만 눈치를 알고있슴다. 6년이 흘렀으니까 인젠 아버지 얼굴모습도 잘 기억하고있슴다."

6년, 독한 사내다. 이 세상엔 안해와 같이 함독한 녀자만 있는가 했는데 그보다 더 독한 남자도 있다.

"남편은 촌에 잇을 때부터 활력이 좋다고 소문났슴다. 문서(부기원)로부터 촌장, 서기를 거쳐 진정부에 들어가서 기업판공실 주임까지 했슴다. 나도 남편따라 촌에서 진정부 간부주택으로 이사했구. 경로원 가서 월급을 받으며 주방장을 했슴다…"

녀인은 남의 일을 말하듯 담담한 기색이다. 황금시절 6년을 고스란히 잃은 녀인에게는 이제 비애도 없는듯하다. 남편이 교원이였다는 말은 거짓이였다.

"남편은 주임을 해서 3년만에 자리를 떼웠슴다. 돈을 탐오한것이 들통이 났지 뭡니꺄. 남편은 집에서 두달 있은후 인차 로씨야로 건너갔슴다. 처음에 장사가 잘된다고 소식두 보내오구 돈두 계속 인편으로 보냅디다. 그런데 점차 쉬쉬한 소문이 귀에 들어오는게 아님꺄. 녀자와 짝을 무었는데 그것도 한족녀자람다. 처음엔 간대루야 하고 깊은 생각이 없었는데 그 소문이 점점 무섭게 번져왔슴다. 집에 박혀 세상물정 모르는 나한테까지 그런 소문이 올 때면 다른 사람들이야 더 말해 뭘 함까. 정부마을 사람들이 로씨야루 술해 갔는데 모두 남편이 녀자를 끼고 다니는걸 봤담다. 자세한 소식 듣기는 사촌언니한테서임다. 사촌언니는 로씨야 갔는데 면바루 남편이 있는 시가지로 갔담다. 거기서 남편이 그 한족녀자와 살림 차린것까지 보았담다. 그때 남편 말로는 그 녀자는 수분하에 있는 녀잔데 오빠와 동생네 무리가 사람까지 죽이는 검은 무리라서 당분간은 그 녀자한테서 빠져나올것 같지 못하니 나를 기다리라 했슴다. 못된 생각 같아서는 남편을 쥐여뜯고싶었지만 가만히 다시 생각해보니 리해도 됩다. 돈 벌러 외국나갔다가 그런 녀자한테 잘못 걸려들었으니 그저 남편 몸만 무사하기를 바랐슴다. 그래서 기다렸슴다. 그런데 후에 보니 그런 일이 아니였슴다. 나는 눈을 펀히 뜨고 남편한테 속히웠슴다."

그녀가 간단하게 사건경과를 때려치웠지만 나는 그녀 말대로 간단한 일이 아니였을것이라고 생각했다. 안해가 나를 배반하기까지 상당한 시일이 걸리고 그 어떤 특수한 계기가 있은것처럼 그녀 남편에게도 말못할 사정이 첩첩했을것이다.

"지금도 남편은 나와 청일의 생활비를 드문드문 보내줌다. 그돈으로 굶지 않고 그럭저럭 살수 있지만 난 이제 기다림에 지쳤슴다. 남편 정도 점점 멀어져가고…"

그렇다. 죽은 정이 멀어져가듯 산사람도 멀리 떨어져있으면 정이 멀어지는 법이다. 더구나 자신을 몰리고 딴살림을 꾸린 남편에게서 이제 바랄것이 없을것이다. 6년동안 눈이 헐게 기다린 녀인의 한을 무엇으로 풀랴.

녀인에게 이제 다른 선택이 없다. 무작정 이국땅으로 찾아드는 일이 피해의식속에서 해탈하는 길이였을것이다.

"그럼 혹시 지금 가는 곳이 남편 있는데가 아니오."

"아님다. 정 반대지요. 내가 왜서 남편 찾아가겠슴까."

약간 고집스러운것 같았다.

"이상함다. 난 남편으로 해서 가슴에 원이 맺혔지만 남편을 미워안함다. 인젠 미워하기도 싫어졌슴다."

무슨 말인가. 곰곰히 생각해보아서야 무슨 말인지 의미를 알것같았다. 집에 앉아 미워할 때가 아니다. 녀인의 경우는 나의 경우와 마찬가지다.


백년전, 조선땅, 흉년, 두만강, 왕쥐꼬리…

조부님이 이 세상을 떠난지도 20년이 된다. 조부님에게는 이복아들딸들이 많은지라 청명가토와 추석벌초는 나에게 몫이 없었다. 꾸벅꾸벅 절만 하는것이 나의 몫이였다. 그런데 5년전부터 조부님의 봉분에 이상이 생기기 시작했다. 이럴수가… 놀라운 발견이다.

조부님의 무덤이 까닭 모르게 크기 시작한것이다. 자기 눈조차 의심되는 일이였다. 그래 한줌의 흙으로 화해버린 조부님의 시선에 그 어떤 물리적힘이라도 있어 그런가… 납작하게 잦아만들고 청명때마다 자꾸 가토해야 하는 아버지의 무덤에 비하면 조부님의 봉분은 턱없이 커갔다. 귀신도 놀랄 일이다.

－조상님들의 묘자리가 불어나면 좋은 징조야. 후대들이 무성하게 번식하자.

믿기 어려운 말이였지만 듣기 싫은 말이 아니였다. 나도 조부님의 후예가 아닌가. 인류가 부계사회로 들어선후 상당히 오랜 시기를 걸쳐오면서 후대를 자신의 분신으로 여겨왔다. 하기에 종가의 멸망만큼 슬픈 일이 더 없었다. 지금도 그렇다.

조부님의 봉분이 커갔지만 좋은 징조가 도시 일어날줄 몰랐다. 좋은 징조라고 부르는 척도를 어떻게 가늠하는지 몰라도 불길한 징조만이 표연히 나타난다.

아침식사를 마치고 들어왔던 로씨야인 남녀는 문기척소리를 내고 들어선 동족인 남자에게 끌려나갔다. 맑스같은 수염을 가지고있어 무척 무시무시한 로씨야 남자다. 아는 사이인것 같았다. 트럼프를 쥐고 있는걸 보아 아마 트럼프를 놀 짝을 찾는 모양이다.

"로씨야사람들이 모두 저렇게 험상궂게 생기면 무서워서 어떻게 장사함꺄?"

"그들도 사람인데 무섭긴.'

"참. 깜빡 잊을번했네."

녀인은 자기 이마를 살짝 튕기더니 트렁크를 열어젖혔다. 그속에서 비닐봉지에 싼 허연 물건을 끄집어냈다. 녀인의 검은 들가방은 요물단지같았다. 그속에서 별의별 물건들이 자꾸 솟아나왔다.

"설기떡임다. 연변시장에만 이런 떡이 있는가 했는데 할빈에도 이런 떡이 있잖습까. 과장님은 가만 보니 담배도 모르는데 잡숴보십쇼. 라면은 허기가 빨리 드는데."

"허허. 그만두오. 금방 아침 먹구 무슨 떡이유."

내가 굳이 사양하자 이번에는 들가방에서 다른 물건을 꺼냈다. 우유봉지였다.

"시내남자들은 커피를 잘 마신다는데 커피 대신에 이거라도 뜨거운 물에 풀어마십쇼."

이번에도 내가 굳이 사양했지만 녀인은 고집스레 고뿌에 우유를 풀었다.

연분, 하느님이 베풀어준 연분이다. 어제 역전광장에서의 우연한 만남, 같은 연석침대차칸, 부담없이 마주앉아 술을 마셨고 각자의 가정비밀까지 서슴없이 털어놓았다. 나는 그녀가 토해놓은 배설물을 말끔하게 거두어주었고 그녀는 나에게 라면을 대접하고 그것도 모자라서 설기떡과 우유를 받쳐올린다. 연분, 아무래도 연분이 든것만은 틀림없다. 인생을 한번씩 실패한 남녀의 류다른 연분, 이세상은 통털어 남자와 녀자 단둘의 세상이다.

"그래. 떠나면서 청일이를 어디에다 맡겠소?"

뜨거운 우유를 한모금 점잖게 마시고 나는 다시 공격을 시작했다.

"어닌 집에 맡겼슴다. 아저씨가 학교 교장까지 하니까 근심은 약간 덜지만두. 내가 떠나올 때 뻐스역까지 따라왔지만 한마디 말두 안합니다."

녀인은 서글프게 웃었다. 녀인의 표정을 미루어보아 이 시각 청일이를 생각하고있는게 틀림없다. 나 역시 안해의 친정집에 두고온 최문이를 생각하고있었다.

"내가 너무 이르게 서두는것 같지만 청일이 엄만 내가 어떤 사람 같소?"

"무슨 말씀인지?"

그녀는 박씨같은 하얀이를 드러내며 살짝 웃었다. 량볼에 연지빛까지 감돌았다.

"내 말은 내가 믿을만한 사람 같냐 하는 말이요. 사람이란 오래 지내보아야 알지만 때론 직감 하나로 옳게 맞추는 때가 있잖소. 그러니까 내 말은 직감이 어떤가 하는 말이요."

선전과장을 지내던 본때가 다르다.

"그걸 제가 어떻게…"

그녀의 얼굴이 더욱 붉어졌다. 내 말을 너무 깊게 리해하는게 틀림없다.

"우린 모두 한번 실패했던 사람들이 아니요. 그러니까 무엇보다 믿음이 중요한게 아니겠소. 내 말은 내가 믿음직해보이면 로씨야 와서 제발을 맺자는게요. 로씨야에 와선 혼자 장사못한다고 하잖소."

"아, 예, 그 말은 저두 이미 들었구 그럴 준비는 이미 했슴다."

그녀는 또다시 가쯘한 이발을 반짝거렸다.

"잘됐슴다. 제발을 잘못 만나면 어쩔가 근심 많이 했는데. 호호, 과장님을 보고 저도 그런 생각을 해봤슴다."

그러면 됐다. 식은죽먹기라더니 이렇게 수월히 풀릴 변이라고야… 조부님의 무덤이 우연하게 커가는것이 아니다.

나와 그녀는 지금 눈을 감고 아웅하는 격으로 그럴듯한 한토막 촌극을 연출하고있었다. 나도 그녀도 훌륭한 연기자가 틀림없다.

장사배짝이라고 허울 좋은 이름을 가졌지만 로씨야땅에서 "제발" 이란 무엇을 의미하는지 그녀도 이미 들어 똑똑히 알것이다.

국제렬차는 로씨야땅땡이를 서북쪽으로 꿰지르면서 쉼없이 달렸다.

차창밖으로 이국의 풍경이 흘러갔다.

나는 그녀에게 빈 트렁크를 넘겨주었다.

"야, 트렁크가 크고도 좋네. 밑에 이렇게 바퀴도 달리구."

그녀는 당장 목적지에 다달은듯 올망졸망한 짐보따리를 헤치고 나의 트렁크안에 정리해넣었다.

"올 때 나도 이런 트렁크를 살가 하다가 돈이 아까워서 그만 됐슴다."

좋은 징조다. 주부가 돈을 아낀다는 일은 좋은 일이다. 돈을 아낄줄 모르는 녀자는 진정한 녀자가 아니다. 마음이 너그러워진 나의 눈에는 그녀의 모든것이 아름다워보였다.

"궁- 쿵, 궁- 쿵"

턴넬로 들어왔는지 불현듯 동음이 거세찼다. 차창밖을 보니 캄캄하다.

조금뒤 차창에 가득 매달렸던 어둠이 일시에 떨어져나갔다.

"아버지, 지금은 쏘련이라 부르지 않아요. 로씨야라고 불러요. 쏘련은 언녕 해체됐어요."

차창에 어둠대신 해빛이 달려드는 순간 불현듯 아들애가 했던 말이 떠올랐다. 로씨야로 떠나면서 이것저것 준비하는 동안 나의 입에서는 불쑥불쑥 쏘련이란 옛날 국명이 튕겨나왔다. 우리 세대는 로씨야란 옛 이름보다 쏘련이란 국명에 더 익숙해있었다.

아들애는 나에게 자주 시정해주었다. 쏘련이 아니라 로씨야라고.

해체, 쏘련이 해체되여 로씨야란 옛 이름이 환원되였든말든 나에게는 이국땅일뿐이다.

"인젠 됐슴다."

나의 트렁크에 자기의 짐을 말끔하게 정리해넣은 그녀는 나를 보며 정

답게 웃었다. 올망졸망했던 짐꾸레미가 하나의 트렁크로 되였다. 말하자
면 해체가 통일을 가져온것이다. 그것뿐인가. 나와 그녀도 초보적인 "통
일협상"을 거치고 얼마 지나지 않아 "정식통일"을 할것이다.

이 "통일군체"가 헤체된 땅으로 다시 찾아가는것이다. "통일군체"의
안전계수가 낮다면 다시 해체될지 누구도 단언할수 없는 일이다.


벽년전, 조선땅, 큰 흉년, 두만강, 왕쥐꼬리…

긴 겨울밤, 차디찬 달, 조부님… 아니다. 아니다. 인젠 그 이야기가 아니
다. 1세의 이야기가 아니라 3세의 이야기다.

―오십년전 연변이라는 땅에 큰 흉년이 들어, 아니 흉년은 아니지 숱한
왕쥐들이 산해관을 넘어 남방으로 갔고 우쑤리강 넘어 로씨야로 갔네
라… 그리고 치마 두른 숱한 왕쥐들이 바다를 건너 한국이라는 모국나라
로 건네갔네라. 왕쥐 치마꼬리 물고 둘째 왕쥐… 둘째 왕쥐치마꼬리 물고
셋째 왕쥐, 셋째 왕쥐꼬리 물고 넷째 왕쥐…

앙… 무슨 이야긴가. 솔곳이 듣던 5세가 싫다고 발버둥친다.

쳇 모르는 소리.

앙… 소리도 없을것이다. 5세는 3세가 하는 조선말을 외국어라고 "꼬
리"말이라고, 전혀 알아듣지도 못할것이다. 그때면 5세에게는 3세같은
콤플렉스도 없을것이다.

쓸데없는 상상?

제기랄, 가는데까지 가보자. 사는데까지 살아보자. 이 말은 조부님의
말이다. 1세의 말이다.

그래, 가는데까지 가보자, 기차가 가는 곳까지 가보고 볼판이다.

국제렬차는 쉼없이 달린다…

1999. 1

(≪연변문학≫, 1999. 3)

# 조막손로친과 세 다리 개

윤림호

　지천에 널린 게 돌이라 하여 석두골이라 불리긴 하지만 그렇다고 까막
골이란 뜻은 아니였다. 삼면은 산에 빙 둘러쳐져 있었지만 한곳 트인 동
네 앞은 현성 쪽으로 통한 철도와 국도가 자매간처럼 가지런히 뻗어있었
다. 하여 시내 쪽에서 아침결에 무슨 바람이 분다 하면 점심때쯤은 그 풍
향을 맡을 수 있는 지리조건의 덕도 탁탁히 보는 터였다.

　출국나들이를 하거나 치부항목을 골라잡아 때벗이를 한 번신호들이
앞쪽인 새마을단지로 솎여 나가자 뒤에 남은 건 헐망한 초가들이였다.

　동네 제일 뒤줄에 면풍맞은 늙은이마냥 "입코"가 돌아간 해묵은 초옥
한 채가 궁상맞은 꼴로 옹크리고 앉아있었다. 겉 보면 안도 알 수 있다는
말과 같이 낡아빠진 이 초옥의 주인 역시 신통 맞게도 조막손로친과 세
다리 개였다.

　삭은 새끼줄이 새둥지를 노리는 뱀처럼 드리워 내린 초옥의 낮다란 추
녀 아래엔 언제부터인가 조그마한 쪽걸상 하나가 놓여져 자리를 지키고
있었다. 조막손로친이 이른 아침이면 세 다리 개를 데리고 나와 앉군 하
는 자리였는데 지나다니는 사람들의 눈에는 극난하던 50년대의 생활풍
모를 그림으로 반영해놓은 듯이 <2001 연 윤림호 조막손로친과세다, 152>
핍진하게 일별되였다. 이 "그림"이 양아들 영욱이가 한국에 간 다음부터

그려진 것이였으니 이 풍속화가 초옥에 탄생된 지도 꼭 일 년 반이 돼온 다. 전엔 사람이 멀리 떠났으니 기다리는 형식으로 되였지만 지금은 사람 이 돌아왔는데도 그냥 그 한 모양이였다. 기다린다는 의미에서는 같았지 만 내용은 완전히 다르고 있었다.

영욱이가 한국 다녀오고 새마을단지로 새집 사고 이사 나가고 색시를 맞아들이고 하던 지난달의 그 무렵께는 정말이지 온 동네의 선망을 다 지 녀보았다 싶었던 조막손로친이였다. 젖줄을 잃어버린 물아기를 받아 암 죽으로 키우던 신고스러운 어제날들이 금시 전 같더니만 세월은 빠르기 도 했다. 동네사람들의 축복을 한 몸에 받을 때마다 조막손로친은 덕이란 정녕 쌓은 대로 오는구나 하고 감개무량해했다. 여자 구실 못하는 것이 죄가 되여 세 번씩 자리를 옮기며 소박맞다가 50고개 다 돼 영욱이와 기 연처럼 만났던 사연의 갈피들이 죄다 미담처럼 돌이켜졌다. 분명 하늘이 한생을 착하게 살아온 자기에게 내려준 복이였다. 동네사람들은 그들 "모 자"간의 자별한 정분을 보면서 조막손로친이 덕화를 입었다고 저마다 치 하하였다.

그러나 행복의 나날은 가석하게도 좀 짧았다. 모든 게 창졸하였다. 보 그르르 끓던 쟁개비 식듯 어느결엔가 사람들은 화제열점이던 조막손로친 에 대해 흥미를 잃기 시작했다. 영욱인 벽돌집 사고 색시 맞고 오토바이 사고 핸드폰 차고 신형치부농민의 바탕을 다 피우고 다녔지만 조막손로 친의 처지는 전이나 다름이 없었기 때문이였다. 집은 그냥 고총 같은 그 초옥이였고 곁에는 세 다리 병신개가 환난을 같이하고 있었으니…

조막손로친은 보쌈해가도 모르게 초저녁잠이 굉장한 대신 일찍 일어 나는 습관이 있었다. 일생을 근면하게 살아오면서<2001 연 윤림호 조막 손로친과세다, 153> 굳혀온 촌녀의 생활소절이였다. 몸이 늙어 더는 농 사일을 할 수 없게 된 근년에도 이 습관은 그냥 고쳐지지 않고 있었다.

이날…

　아침 해가 검불이 어수선히 널린 초옥 뜨락을 어릿거리고 있었다. 그러나 동녘이 푸름해 일어나 추녀아래의 쪽걸상에 나와 앉은 조막손로친은 일어날 념을 하지 않았다. 조막손켠인 왼쪽 옆에는 여느 때처럼 세 다리 개가 엉뎅이를 불이고 주인을 동무해주고 있었다. 앞쪽으로 한집너머의 하얀 함석을 얹은 벽돌집과 "그들"의 앉음자세가 직선방향이 되여 있었다. 조막손로친은 아침에 일어나면 꼭 먼저 해야 할 무슨 절차인가를 빠뜨린 것 같았으나 잘 떠오르지 않아 더듬고 있는 중이였다.

　습관이 오래 되여도 도가 트이는지 그건 모르지만 조막손로친은 초옥에 앉아서도 벽돌집에서 진행되는 일련의 사실들을 낱낱이 터득해내군 하였다. 영욱이의 친구들이 모여들어 술판을 벌인 것도 알고 있었고 "며느리" 위화가 제 부모도 뺨쳐라 하는 세월에 생모도 아닌 늙은이를 두고 어찌고 어찌고 남편과 쏘알쏘알 귀침질을 하는 것도 알고 있었고 영욱이가 한국 다녀온 후 집 사고 잔치하고 집치레하고 그 나머지 돈으로 위생 저가락인지 뭔지 하는 걸 되넘겨 파는 장사를 하느라 현성을 오르내리는 것도 알고 있었다.

　일어났는지? 왜 상기 아침연기 안 날가? 음기만 잔뜩 들어찬 요귀 같은 위화 년이 또 밤새껏 신랑을 파김치처럼 만들어놓고 늦잠에 곯아떨어진 게 아닐가? 끼닌 제대로 끓여 남정을 공대하는지? 언제면 한 칸 내여 날 벽돌집에 데려다 안돈시켜 줄가? 영욱인 나와 약속했는데…구미호 같으니, 다 그년의 조화야!

　언 생강덩이처럼 보기 흉한 조막손으로 세 다리 개를 어루쓸며<2001연 윤림호 조막손로친과세다, 154> 벽돌집을 바라보느라면 가슴에 질증과 반감만 구기구기 차들었다. "며느리감"이라고 처음 데리고 왔을 때 한족 녀자인 거나 노는 꼴이 썩 미덥지 않아 첫인상부터를 잘못 주었던지 그랬는데 사람은 사람대로 문턱을 넘어서고 말았으니 결국 국을 쏟고 뺨까지 얻어맞은 격이 되고 말았다.

농한계절의 시골동네는 게으름으로 잠누룩한 기분이 흘렀다. 집집의 굴뚝들에서 아침연기가 하품을 켜며 꾸밀꾸밀 기여 나오고 있었다. 헌데도 눈까지 아물아물하게 지켜보고 있는 그 벽돌집에서는 기동하는 기미가 없었다. 엉뎅이를 떼려던 조막손로친은 영욱이도 식전이여서 배가 고프겠는데 하고 도로 단념해버렸다. 몰리고 혼자 먹는 것처럼…

영욱이가 곁에 없고 보니 초옥에서의 끼니 장만은 매양 간단하고도 간단하였다. 영욱이가 한국 나갔을 때는 그게 하나 나가 돈을 버느라 아글타글하겠는데 하고 아끼는 마음에서 쌀알을 세여 먹었다면 지금은 그런 게 아니였다. 바랐던 숙망이 해토머리흙처럼 끈기를 잃고 푸실푸실 흐트러지는 감을 느껴서부터 산다는 일상에 대해 자연 관심이 식어들었다. 죽이든 밥이든 먹다 남은 거라도 있으면 성찬인 셈이였고 없으면 때를 건너는 것이 보통이였다. 그러나 꼭 말해둘 것은 세 다리 짐승만은 여적 한 번도 소홀히 대하지 않았다는 그 점이였다. 만약 새로 지은 밥과 묵은 밥이 있다면 주인 쪽이 묵은 밥을 택할 만치 조막손로친은 짐승에 대해 애대하였다. 사람들은 벽돌집 사고도 묵은 초옥에서 살고 있는 자기를 빼놓은 낫자루처럼 보고 있지만 세 다리 개만은 마음 한번 변치 않고 주인을 지켜주고 있었다. 영욱이가 벽돌집으로 새살림을 꾸리고 나간 뒤 조막손로친은 세 다리 개에 대해 감정이 더구나 긍휼해졌다. 인간이 인간에 대한 감정의 색채와 맞먹고 있었다.<2001 연 윤림호 조막손로친과세다, 155>

조막손로친도 이 근년 세상이 몰라보게 바뀌고 일사천리로 내달리는 형편을 알고 있었다. 혹은 고생을 밥 먹듯 해온 그녀여서 그 누구보다 천륜지락에 대한 갈망이 강했는지 모른다. 자기대신 영욱이를 한국에 내보낸 것도 후날의 행복을 마련하기 위해서였다. 좀씩 좀씩 세상에 어섯눈을 뜨면서부터 30여 년 정들여서 살아온 초옥이 싫어진 그것이였다. 그때로부터 초옥은 먼발치에서 봐도 몸에 으슬으슬 닭살을 돋구는 거부감의 대상물로 되였다. 초옥에 묻혀있는 것들이란 주인이 자리를 옮길 때면 하나가지고갈 것이라곤 없는 잡동사니들이였다. 혹 약재로 수거해가면서 부자 될지 시꺼먼 흙벽에 보이는 건 서물서물 기여다니는 쥐며느리뿐이였다.

영욱이보다 두 살이나 더 먹은 낡은 밥가마는 영욱이의 망치장난에 의해 뚜껑꼭지가 부러진 번대머리 꼴 그대로였고 식장으로 쓰는 그릇시렁은 좀만 무거운 걸 얹어도 허리 상한 시에미마냥 삐걱삐걱 투정을 부렸다. 자그마한 네모밥상은 영욱이의 손칼세례를 받은 그때대로 곰보투성이였고 이 초옥의 제일 값진 귀물이랍시고 하나 있다는 사발시계는 이젠 로망나이가 되여 해수 앓는 늙은이마냥 아무 때든 쏴르르릉 하고 토악질 해댔다. 영욱이는 이런 초옥에서 27년 간 살다가 한국으로 나갔고 그리고 돌아오자 새마을로 집 사고 나간 것이였다.

조막손로친은 조막손으로 세 다리 개의 등을 매만졌다. 짐승은 아프다는 듯 목을 움추리며 허리를 틀었다. 아직 아픔이 가시지 않은 모양이였다. 날 때리지 못해 널 때린 거야. 아무리 밉더라도 말 못하는 짐승하고 왈딱거릴 건 뭐람. 계집이 귀한 세월이기로서니 어디서 저런 독부 같은걸…

기다리고 기다려도 초옥에서 데려 내가려는 기미가 없고 하여 요전번 날 어찌된 영문인가를 알려고 벽돌집으로 찾아갔었다.<2001 연 윤림호 조막손로친과세다, 156> 영욱이가 근 한 달 간 현성으로 오르내리며 집안장식에 쓸 재료를 구입하러 다닌 일도 알고 있었다. 결혼식을 치른지 거의 두 달이 되였으니 그 시간이면 집안수리가 아니라 새집도 덩실하게 지어 올릴 수 있겠다고 인정했다.

관청외곽처럼 으리으리한 담장대문을 열고 들어서니 콩크리트를 쭉 입힌 뜨락 한켠은 온통 울긋불긋한 꽃 숲으로 덮여있었다. 집 정면의 창문들도 통유리들로 바꿔 맞추어 수정궁에 들어선 것처럼 번쩍거렸다. 새하얀 함석지붕 우에는 안테나가 은빛비행기처럼 높직이 날고 있었고 동쪽 벽을 뚫고나온 전기선은 곧추 아담지게 지은 벽돌변소로 직통코스해 이어져 있었다.

많이많이 달라졌군! 벽돌집이라 지어놓긴 했으나 출국나들이 변접 때문에 안팎을 꾸리지 못하고 살다가 팔아버린 원 주인 그때의 어수룩한 인상을 떠올리며 조막손로친은 취한 듯 한참 서있었다. 집안에서 록음기 소리가 귀뿌리를 파갈듯 쾅쾅 울려나오고 있었다. 이제 자기도 이 궁전의 한 주인으로 된다고 생각하니 도화원에 들어선 기분이였다.

어딜 갔나? 영욱인 장사를 다니느라 집에 붙어있지 않는 거고… 이제 들어와 살게 되면 늙은 게 배 놓아라 감 놓아라 하지 말고 마음 맞춰 지내야지. 한족이면 어떻고 아무튼 가문에 들어온 사람 아닌가? 조막손로친은 위화에게 괜히 인상을 잘못 준 것 같은 전일을 후회하며 주발을 드리우고 활짝 열려져있는 문안에 발을 들여놓았다.

한족살림집의 구조인지 복도부터 나타났다. 쭉 입혀 들인 꽃무늬의 타일 우에 올라선 조막손로친은 전족이 강판에 들어선 듯 발가락이 긴장해났다. 볼수록 눈이 휘딱 뒤집혔다. 원래 영욱이는 잔치날을 빠듯이 받은 바람에 원 주인이 쓰고 살던 그대로 펄렁한 통칸에서 결혼식을 올렸던 것이였다. 조막손로친은 구경에만<2001 연 윤림호 조막손로친과세다, 157> 정신이 왕 매달려 세 다리 개가 뒤를 따라 들어온 줄도 모르고 있었다.

조막손로친은 촌닭이 장마당에 들어선 기분이 된 채 침방부터 "방문"하였다. 조합식 이불장과 옷장이 두 면의 벽을 횡단하고 있었는데 현대가정제품들이 없는 것 없이 진렬되여 있었다. 이렇다면 내가 거취할 방도 한 칸 마련되여 있겠는데? 모를결에 조급해지고 흥분된 조막손로친은 그만 "례의"를 잃고 복도에 딸린 이 방 저 방의 문고리를 마구 잡아당기며 골을 기웃거렸다. 객실, 욕조실, 주방…마지막은 쌀창고까지 확인해보고난 조막손로친은 개삼을 씹고 난 듯 애매한 기분이 되여 머쓱해 서있었다.

그렇다면 집안을 세분할 때 내가 들 방은 아예 셈에도 넣지 않았단 말인가? 아니, 림시 저렇게 안동시켰다가 어느 한 방의 물건을 들어내고 나를 안치시킬 심산인가? 생각해봐도 그런 것 같지 않았다. 방금 똑똑히 보왔지만 랭동고, 세탁기 등 어느 방의 "주인"도 선선히 양보할 뜻이라곤 없이 그녀를 경멸하며 위엄스레 정좌해있었다. 조막손로친은 아무리 더듬어보아도 무슨 연극판인지 내용을 알 수 없었다. 좋지 않은 일이 있더라도 참고 화합해 살자던 좀 전의 유정스럽던 명상이 어디론가 쪼각쪼각 날려가고 심통 같은 것이 지렁이처럼 무밀거려 올랐다.

"아야마야(아이구머니)!"

문어귀에서 기절초풍할 듯한 아우성이 터졌다. 뒤울안에 갔던 위화가 나타난 것이었다. 애가 떨어졌나? 살펴보았으나 그게 아니였다. 위화는 문어귀부터 뚝뚝 찍혀져 들어간 "흙도장"을 발견하고 박살을 떤 것이였다.

"언제 들어왔어요? 깜쪽같이…"

된 고뿔을 앓고 난 듯 코맹맹이소리였다. 손으로 코를 싸쥐고 <2001 연윤림호 조막손로친과세다, 158> 말하니 그럴 수밖에 없었다.

조막손로친은 그제야 무슨 일을 저질렀다는 걸 알고 눈길을 아래로 떨구며 주춤거렸다. 사람의 발자국은 길쭉한 것 같았고 세 다리 개의 발자국은 신통히도 매화꽃무늬 같았다. 초옥에서 묻어왔는지 열콩알만 한 쥐며느리 한마리가 반질반질한 타일 우에서 방향을 잃은 채 뱅뱅 돌고 있었다.

조막손로친은 겨우 말을 짜냈다.

"방금…영욱인 또 외출했나?"

"겉뿐이지 어디 집꼴이예요? 거두자니 귀찮아 죽겠어요. 촌사람들은 정말 위생례절을 모르고 있어요. 소똥에, 돼지똥에 처발라가지고…뉘 사람만 나들어도 개판이라니요…"

조막손로친의 말은 꿈에 넉두리처럼 흘려 던지고 옹알옹알 제소리만 늘여놓으며 일변 벽에 세워둔 장대걸레를 잡았다.

벽돌집의 한 칸을 은근히 탐내는 자기를 빗대고 앞침을 찌르고 있는 걸 알고 있는 조막손로친은 마음이 심히 괴롭고 언짢았다. 그제야 집안을 "대수술"할 때 자기 존재를 계획 안에 넣지 않았다는 걸 비로소 깨닫게 되였다. 나는 뭐지? 도대체 뭐가 되지? 동네의 임자 없는 늙은이…손때 묻혀 키운 영욱이는 양모와 절대 박정할 수 없다. 그렇다면 이 악과는 굴러 들어온 지 며칠 안되는 위화 년의 작간일 수밖에 없다. "아들" 하나 제 살점 같이 아끼며 키워놓고 이게 무슨 대접이란 말인가?

위화는 장대걸레를 구석에 놓인 바께쯔에 철렁 잠그며 쥐를 튀해 먹고 온 듯 빨갛게 칠한 주둥아리를 계속 놀려댔다.

"애쓰레 닦으면 뭘해요? 사람만 들어왔다 가면 꽃밭인데…어디서 농약치나? 무슨 냄새가 이리 역하담?"

조막손로친이 자기가 "농약"을 묻히고 왔나 하고 몸을 살피고 있을 때 장대걸레가 쏵쏵 사선을 그으며 작업을 내걸었다.<2001 연 윤림호 조막손로친과세다, 159> 찍힌 발자국을 문어발처럼 감쳐 올리더니 어느새 피해 선 조막손로친의 발 곁으로 충격해왔다. 조막손로친이 한 발 물러서면 걸레도 한 발 삼켜들고 두 발 물러서면 두 발 쫓아왔다. 사람을 쫓아내고 작업을 해도 괜찮을 텐데 닦는 데만 급했는지 아니면 혼쌀을 먹이느라…사람을 안에 가둔 채 문어귀에서부터 진격해 들어오는 걸레질이라 그 바람에 조막손로친과 세 다리 개는 출구 쪽으로 나가는 것이 아니라 자꾸자꾸 안쪽으로 포위돼 들어가기만 했다. 방 한 칸 선심해 주어 들어와 산다 해도 이처럼 결벽증을 부리고서야 같이 지내먹겠는가 그게 걱정되었다. 벽도 흙이고 봉당도 흙인 흙집에서 평생을 살아온 조막손로친과 현대화주택 간에는 일시 융합될 수 없는 공간이 놓여있었다.

안쪽벽 밑까지 소탕하여 물기를 번지르르하게 입히고 난 장대걸레는 다시 방향을 돌려 바깥쪽으로 돌진해나가기 시작하였다. 조막손로친도 걸레의 추격에 쫓겨 황급히 돌아섰다. 헌데 이번엔 더 가관이였다. 물기 한벌 입힌 바닥이라 신바닥의 이물질이 다 게워져 나왔던 것이다. 뚝뚝 찍어놓을 험한 걱정에만 매달려 뛰쳐나갈 용기마저 없었다. 들이몰리고 내몰리고 하는 그 사판에 세 다리 개의 발도 오각꽃을 그려가며 온갖 기예를 다 표현해댔다.

"마야마야! 초니…"

닦고 닦아도 보람 없이 그 꼴인 것에 그만 화통이 터진 모양이었다. 멈춰 서서 혀를 떨던 위화의 손에서 장대걸레가 번쩍 쳐들렸다. 진퇴유곡에 처해 주인의 다리 새를 안고 돌던 세 다리 개가 등을 호되게 얻어맞고 비명을 내지르며 밖으로 내뛰었다.

이런 작살 맞을 년을 봤나? 미우면 사람 칠거지 사람 믿고 사는 짐승을 왜 쳐? 너 먼저 주인인줄 모르고…속이 휘딱해난 조막손로친은 위화의 등을 쏘아보다 말고 개가 걱정되어 밖으로<2001 연 윤림호 조막손로친과 세다, 160> 쫓아나갔다. 타일바닥엔 일순 짐승과 사람의 발자국이 진이 깨진 싸움터처럼 랑자하게 뒤섞여졌다. 한족들의 가장 보급적인 욕설소리가 런발총처럼 등뒤를 사격해왔다.

평생 자식낳이를 못해본 그 보상심리에선지 조막손로친은 무릇 생명을 가진 것에 대해서는 애착심리를 가지고 있었다. 한집에서 7년 동안 함께 지내온 세 다리 개는 조막손로친에게 없어서는 안될 생활의 동반자였다. 사람이 조막손이 된 것으로 하여 조롱을 받는 건 웃어 스칠 수 있어도 짐승이 세 다리 병신으로 인하여 사람에게나 다른 짐승들에게 위축을 받는데 대해서 게거품을 물 지경으로 격분을 느끼는 성벽을 가지고 있었다. 사람을 믿고 사는 짐승이라는 원인에서였다. 조막손로친은 평소 한가할 때면 볼성사나운 조막손을 보면서 세 다리 개와 만난 것도 어떤 운명적인 "연분"이 아닐가고 생각해보군 하였다. 그녀가 세 다리 개와 함께 헌 초옥 앞에 앉아있을 때면 조화감이 그처럼 기묘로울 수가 없었다.

2년 전…

한국나들이를 다녀온 인편을 통해 갈라진 지 50년이 넘은 남동생을 찾고 서신 련계가 오가기 시작한건 그해였다. 부모님은 열두 자식을 우로 아래로 기아에 다 죽이고 그들 오누이만 살려냈다. 고향은 원래 북반부의 회령이였는데 남동생은 "6 · 25전쟁" 당시 월남한 것이였다. 조막손로친이 북만 땅으로 온 것은 그 전이였고 그 후로 소식이 끊어졌었다. 남동생이 만나보고자 한 것도 누님인 조막손로친이였고 초청받아 가야 할 사람도 응당 그녀였다. 게다가 나이 먹으면서 로환이 끼긴 했지만 아직 움직이지 못할 정도로 몸이 불편한 것도 아니였다. 글을 깨친 영욱이가 까막눈인 양모를 대신해 필요된 서류를 변접해주고 비행기편이든 배편이든 거기까지 바래주기만 하면 얼마든지 건너가 만남의<2001 연 윤림호 조막손로친과세다, 161> 회포를 풀 수가 있었다.

헌데 오누이간에 초청 문제가 의사일정에 오르고 기분이 근사해있을 때 영욱이가 절충안을 내놓을 줄이야! 지금 말이 친지방문이지 실은 돈을 벌어보자는 게 배후목적이 아니냐 그거였다. 어머닌 이젠 늙어 간다 해도 친지방문에만 그치고 돌아오겠으니 그럴 바 하곤 자기가 이 기회를 빌어 나가 돈도 벌고 해보겠다는 뜻이였다.

갈라진지 반 세기 되는 남동생을 한번 만나보고 싶다는 그게 원이였지만 조막손로친도 영욱이의 타산이 금후 생활을 보나 실제적이라는 걸 모르는 건 아니였다. 남들이 한국에 사는 친척을 찾지 못해 속을 앓는 것도 실은 돈을 벌기 위해서였다. 둘 다 나갈 수 있다면 이를 데 없이 좋은 일이지만 그쪽에서 그건 안된다 기겁을 떠니… 조막손로친이 나가느냐 영욱이가 대신 나가느냐 그건 한가정의 운명이 어떻게 돌려지는가와 관계되고 있었다. 영욱이의 청구를 차마 물리칠 수 없었다. 석두촌에서 곤난호를 꼽으라면 조막손로친네도 두 번째쯤 세 번째쯤 섭지 않은 자리였다.

그런데 영욱이에겐 출신 그대로는 출국수속을 못할 사정이 있었다. 민족도 다르거니와 조막손로친과 혈육관계도 아니였기 때문이였다. 조막손로친은 영욱이와 기연적으로 만났을 때 강보에 들어있는 생부모 켠의 요구사항쪽지대로 호구를 올리고 이날 이때까지 양육하며 지냈던 것이였다. 한집에 살고 있지만 조막손로친과 영욱이는 이민족관계였다. 남동생은 누님의 살붙이도 아니거니와 민족도 다른 이족인을 결코 초청해주지 않을 건 뻔했다. 안계가 세치보기인 칠순 로친이 이같이 복잡한 관계를 세세찬찬하게 따져볼 수 있었던 것도 실은 이중모순의 민감성 때문이었다. 그때까지 그녀는 만약 영욱이가 이턱저턱에 걸려 제풀에 맥을 놓으면 자기가 출마하려는 일루의 여망을 포기하지 않고 있었다.<2001 연 윤림호 조막손로친과세다, 162>

"헛 참, 어머니도…그때 요구고 뭐고 조선족이라고 왈딱 호구를 올렸더라면 얼마나 좋았습니까. 낳기만 하고 기르지 않는 것도 부모입니까? 어머닌 저의 생모나 마찬가지이고 저도 완전히 조선족이란 말입니다!"

정녕 그것이 외국나들이에 문제시되어 앞을 가로막자 영욱인 풀이 죽어 생부생모를 원망해댔다.

헌데 그걸로 맺고 조막손로친이 나가는가 싶더니 어느 날 영욱이가 젊은 촌장을 데리고 나타나 또 출국 문제를 거론해 내왔다. 그때에야 조막손로친은 세상의 법이란 사람이 만들기에 달렸다는 것을 알게 되었다.

"영욱이를 대신 내보낼 의향이라면 그런 걱정은 하지 마십시오. 지금 돈만 좀 먹이면 생사람의 골도 뗐다 붙였다 할라니… 제가 이집 사정을 돌보아 나서주지요. 일절 변접해드릴 테니 영욱이 어머닌 그저 그쪽에 다병해 못 떠난다 하고 영욱이가 친아들이라고만 알려주십시오. 편지도 제가 대필해드리지요. 이제 이 누이가 죽으면 영욱인 한국 나갈 기회도 없겠으니 내 낯을 봐서 꼭 힘써달라고, 아들을 내보내면 오누이가 상봉하는 것만큼 기쁘다고…"

조막손로친은 연극 아닌 연극을 꾸미는 촌장의 소행이 한없이 고마우면서도 한편 마음 한구석은 그냥 뭔가를 잡고 놓지 않았다. 래일이라도 꿈이 사나와 껌뻑하면 북망산 귀신이 될 수 있는 자기에게 다시 올 수 없는 기회가 무참히 스러진다는 데서 오는 아쉬움이었다. 나보다 여섯 살 아래인 남동생은 얼마나 늙었을가? 그게 하나 가문의 씨종자로 겨우 살아남았는데…

"집부터 개변하고 봐야겠군요. 현 문명촌이라 이름은 걸어놓고 참…"
<2001 연 윤림호 조막손로친과세다, 163>

그러니까 젊은 촌장의 말은 영욱이를 내보내는 것이 촌의 빈곤호 한 세대를 숨아낼 수 있는 기회로 된다는 그 의도였다. 고마움을 표시해도 다 표시 못하겠는데 또 무슨 말을 하랴! 조막손로친의 숙망은 "대방향" 앞에서 이렇게 껍질도 못 깨보고 알속에서 무산되고 말았다.

촌장이 그 자리에서 향 파출소니, 현 공안국이니 핸드폰을 꺼내 대화를 주고받으며 자기 일처럼 발벗고나서주니 일은 얼음에 박 밀듯 진척되었다. 그날로 영욱인 조막손로친의 생자로 되여 명실공히 조선족으로 탈바꿈되였다. 속엔 그냥 뭔가 알찌근히 남아있었지만 서운감만도 아니었다. 조막손로친은 영욱이가 자기 품으로 귀화해온 것이 눈물겹도록 감격스러웠다. 전에도 아들로 삼고 애지중지하긴 했지만 그때처럼 감정의 회열을 맛보지 못했다. 조선족마을에 살았고 조선족학교에 다녔고 조선족양모의 손에 컸으니 족적의 글자 한두 자 바꾸면 그 당장에서 조선족인 것이였다. 한국엔 못가지만 이 기회에 아들 하나를 얻으니 이것 역시 하늘이 내려준 복이였다. 얼마 안되여 초청장이 날아왔고 영욱이는 아무런 저애 없이 한국 땅으로 날아갔다.

꼭 일 년 만에 돌아왔다. 더 있을 건데 법에 연행되여 강제 소환당했다는 것이였다. 그건 누구누구도 당한 일이여서 리해가 가는데 돌아온 첫날 코를 움켜쥐고 나가고는 다시 들어오려 하지 않는 것이 마음에 내키질 않았다. 초옥에 살 때는 면역상태여서 몰랐는데 환경이 깨끗한 한국에 일 년 간 체류하다보니 그럴 거라는 설법으로 놓고 보면 리해가 갈 수 있는 노릇이였다.

"너 삼촌 잘 계시더냐?"

"삼촌은 무슨 말라빠진 삼촌…한국 놈들 다 무서운 깍쟁이들이예요!"

만나 나누었다는 대화가 고작 그거였다. 런 며칠 친구들 집으로<2001

연 윤림호 조막손로친과세다, 164> 돌며 혹간 초옥 뜨락을 기웃거리는 것 같더니 어느 날 영욱이가 작년에 지은 덩실한 벽돌집을 샀다는 소문이 돌았다. 오, 그런 영문이였구나! 초옥에 얼마나 신물이 났으면 그러랴. 조막손로친의 오해는 일순에 봄눈 녹듯 사그라졌다. 영욱이가 한국 나간 뒤 거둬주는 사람이 없다보니 초옥은 더구나 불성모양으로 되였다. 그냥 코를 맞대고 사는 늙은이도 마실 갔다가 들어설 때면 쥐며느리성화에 잔등이 서물거려 오르는데 하물며 "한국아저씨"로 변신한 젊은 놈이 받아내겠는가 그거였다. 집부터 해결한 영욱이의 처사는 천만 적시적인 것이였다. 오매에도 그리던 집 같은 집, 조막손로친은 영욱이를 대신 한국으로 내보낸 것이 얼마나 지당한 량책이였는가를 새삼스레 깨달았다.

영욱이가 난데없는 처녀를 데리고 앞에 나타난 것은 벽돌집을 산지 며칠이 안되여서였다. 집안이 하도 화려하여 조막손로친은 안으로 들어갈 넘을 못하고 뜨락에서 처녀와 만났다. 새집은 안을 수리해야겠기에 영욱이만 먼저 나가고 그녀는 그때까지 그냥 초옥에 눌러살고 있었다.

"어머니, 제 미혼처입니다."

집 사고 색시까지…쌍으로 굴러드는 회사 앞에서 조막손로친은 가슴이 희망으로 나래쳤다. 하기사 뒷 같은 초옥을 쓰고 있으니 엄두를 못 냈을 뿐이지 새사람의 욕심은 언녕 품고 있었었다.

"우리 집에 복이 날아드는구나!"

조막손로친은 기쁜 김에 처녀 앞으로 다가가 한손이 없는 "두 손"을 내밀었다. 헌데 처녀가 조막손을 보더니 덴겁한 듯 물러섰다. 그 바람에 조막손로친은 첫인상에 먹금 같은 것이 가슴벽으로 쭉 건너질렸다. 아래우로 훑어보아도 뾰롱뾰롱해 보이는 것이 자기가 일상 바라던 숙부드럽고 장독도 건뜩건뜩 들어 옮길 농가집 녀자가 아니였다. 그녀가 한족이라는 것까지 알았을 때<2001 연 윤림호 조막손로친과세다, 165> 조막손로친은 여적 영욱이와 함께 지키고 영위했던 소중한 생활의 부분이 손바닥에 움킨 물처럼 어쩔 새 없이 새여 버리는 듯한 감을 느꼈다.

영욱인 조선족마을에서 자랐는데, 조선족양모에게서 컸는데, 그래서 한국 나갈 때 족적을 고치니 그처럼 기뻐했는데, 그리고 꼭 조선족처녀로 배필을 무어주려 했는데…

헌데 조막손로친이 떨어지기를 바랄수록 둘의 관계는 부전조개 이 맞듯 들어붙어만 갔다. 하루건너 붙어 같이 가고 같이 오고 하더니 해괴망측하게도 결혼식도 안 올리고 기와집에서 살아버렸다. 같은 값에 분홍치마라고 위화가 한족인 것이 서운하긴 했지만 그것이 반대하는 주된 원인이 아니였다. 시내변두리에서 살면서 시내물을 듬뿍 먹고 자랐다나? 시골사람은 뺨치라 하는 그런 녀자였다. 하여 조막손로친은 어떻게든 영욱이를 그쪽 진영에서 떼내려 하였고 그럴수록 위화는 영욱이를 한족권으로 "동화"시키려 들었다. "고부"간의 관계는 이래저래 음으로 양으로 불화해져 가기만 했다.

그러던 어느 날 영욱이가 두 눈이 기차굴처럼 우멍해가지고 초옥을 찾아왔다.

조막손로친은 그때처럼 가슴이 쓰리고 아픈 적은 없었다. 쥐면 꺼질가 불면 날가…사람고기를 못 먹여보았을 뿐 영욱이가 먹고 싶다는 건 다 구해들이느라 애면글면하며 키웠는데…

"너 어디 아프냐?"

"안요…"

조막손로친은 머리를 흔들며 괴롭게 한숨을 톺았다.

"늘 볼라니 퍼런 초저녁부터 불을 끄더구나. 남자란 너무 혹하면 몸을 상하니라. 남자의 건강은 녀자가 지켜줘야 하는 건데…"<2001 연 윤림호 조막손로친과세다, 166>

"어머닌 웬 말씀…"

"내 볼 바에…"

조막손로친은 그년이 아마 색골 같애. 하는 말을 입 밖에 꺼내려다 말고 화제를 돌렸다.

"위화 요즘도 집에 가지 않고 있느냐?"

"아마도 결혼식을 곧 올려야겠습니다. 저쪽 컨에서 재촉도 있고…"

그 말을 들은 조막손로친은 머리속이 텅 비여 버렸다. 결국 제 굽이로 돌아오는 걸 가지고 막아 보겠느라 하다가 들어올 사람의 미움만 산 것이였다.

"그런데요…" 하고 영욱이가 주저하다 입을 열었다. "어머닌 아마도 얼마동안쯤 그냥 이 초옥에 계셔야 하겠습니다. 결혼날자가 당금이라서 집수리를 미처 할 시간이 없군요. 결혼식을 치르고 그다음 방을 따로 낸 후 모셔가려고 하는데…"

"괜찮다. 사정이 그렇다면…"

말은 그렇게 했지만 마음은 여간 섭섭하지 않았다. 30여 년을 살았을라니 며칠쯤 못 참을 것도 없었고 원 주인이 쓰고 살던 통칸 그대로여서 신혼부부생활에 불편을 느껴 그런다는 것도 알고 있었다. 그러나 그 순간 가슴을 심하게 격돌해오는 건 그런 정도의 리해범위가 아니였다. 위화가 자기에게서 27년 동안 키운 영욱이를 허물어갔다는, 위화가 자기의 위치를 빼앗았다는…조막손로친은 하나를 얻은 대신 하나를 잃어간다는 참절한 아픔에 눈굽이 축축해 올랐다.

그때 오토바이소리가 들리더니 울바자 밖에서 되알진 호출소리가 들렸다.

거기 서서 뭘해요? 얼른 오지 않고…

위화가 오토바이에 한 다리를 걸치고 앉아 경적을 빵빵 울리고 있었다.<2001 연 윤림호 조막손로친과세다, 167> 쫓기듯 자기 곁에서 떠나는 영욱이를 보면서 조막손로친은 속에서 피가 떨어지는 진아픔을 받았다.

조막손로친이 살아온 일생에서 음덕을 쌓았다면 두 번이였다. 그중 한 가지는 영욱이를 키워낸 그것이였다.

27년 전…

열아홉 살 나이에 첫 남편을 만나 처녀시절을 끝낸 뒤 또 두 번이나 자리를 옮기다가 결국 홀몸으로 폐기된 것이 인생의 앞부분이었다. 조막손이 되기 전의 사연이니 그때 그녀는 회령에서 왔다고 하여 회령댁이라 불리웠다.

하늘이 알아주었을가? 세 번의 소박둥이생활로 15년을 말아먹고 홀과부로 또 15년을 흘러버린 그해 겨울의 어느 날 밤이였다. 몇 시나 되였는지 비몽사몽간에 아이의 울음소리 같은 것이 들렸다.

애낳이를 못하는 돌녀자라 해서 애탐이 없는 건 아니였다. 그 하나가 결여되였을 뿐 다른 생리욕구는 마찬가지로 완정한 녀자를 갖춘 회령댁이였다. 죽으면 흙 한줌 얹어줄 곁이 없는 회령댁은 누구보다 애욕심이 무서웠을 수도 있었다. 그래서인지 잠만 들면 애를 배여 남산만한 배를 안고 자랑스레 뚱기적거리는 그런 허망한 꿈뿐이였다.

"응아…응아…"

회령댁은 자리를 차고 일어나 앉았다. 꿈이라 무심해버리기엔 그 울음소리가 너무 생동하고 가까왔다. 혀도 깨물어 보고 다리도 꼬집어 보았으나 모든 감각이 생시 그대로였다. 울음소리는 집 뒤 가까이에서 들리고 있었다.

회령댁은 얼른 옷을 걸치고 밖으로 나갔다. 겨울밤의 추위는 코를 베여갈 지경으로 혹독했다. 뒤로 막끝인 초옥 뒤엔 산 너머의 동네와 통한 고개길이 산발을 타고 구불구불 뱀을 그리며 <2001 연 윤림호 조막손로친과세다, 168> 뻗어 올라가고 있었다. 그믐께라지만 대지에 적설이 덮여 있어 어디나 훤하게 길눈이 틔여 있었다.

낮다란 초옥 뒤벽 밑에 보짐 같은 것이 꿍겨져 있는 것이 보였다. 응아 응아…생명의 숨결을 읽은 회령댁은 희열에 가슴이 꺽 막혔다. 고생 끝에 락이 온다는 끝없는 숙명의 기대감 속에서 그날을 바라며 살아온 회령댁은 그것이 당연한 응분인 듯 안아들고 벽 모퉁이를 돌아 집으로 들어왔다.

동상을 입을가봐 꽁꽁 간수해 싸 놓았던 터에 애는 얼굴에 서리가 지나 갔을가 할뿐 온기가 따뜻이 감돌고 있었다. 일여덟 달이 되였을가. 고추 달린 머슴애였다. 얼굴이 동실하고 눈이 부리부리하고 코가 오똑한 것이 볼수록 귀엽고 건실했다. 애가 다른 집도 아닌 바로 자기네 집 뒤에 나타 난 것이라든가 울음소리를 먼저 들은 것이라든가 꼭 자기와 맺어진 기연 이라는 데서 회령댁은 일단 만나자 생모의 마음으로 되여 버렸다.

동안이 지나서야 무아경의 심정을 겨우 눅잦힌 회령댁은 조심스레 강보 를 풀었다. 우유가루 세 봉지와 젖병과 그리고 돌돌 말린 손수건 하나가 들 어있었다. 손수건을 풀어보니 안에는 돈 300원과 글을 적은 쪽지 한 장이 나왔다. 조선글이라면 세 마디에 한마디씩 뜯어보며 뜻을 맞췄겠으나 한족 글이여서 내용을 알 수 없었다. 그러나 우유도 넣고 돈도 넣고 한걸 보아 애 부모의 뜻에 대해선 알 수 있을 것 같다. 회령댁이 빨병에 우유를 풀어 넣어 입에 물려주자 애는 홀짝홀짝 빨아먹었다. 회령댁은 자기 가슴에 젖을 물 리고 있는 심정이 되여 애를 안아들고 볼을 부비고 또 부비였다.

남의 집에 얹힌 줄 아는지 애는 크게 보채지도 않았다. 양모와 낯이 익 자 안아주면 고사리손을 내들며 해죽해죽 웃어댔다. 회령댁은 백일치성 끝에 물결을 타고 떠 내려온 박에서 옥동자를<2001 연 윤림호 조막손로 친과세다, 169> 얻었다는 옛말속의 할머니처럼 련 며칠을 두고 구름 탄 듯 둥둥 뜬 기분으로 지냈다.

애 우는 소리가 이웃에 전해가서야 회령댁은 비로소 의심을 사선 안되 겠다는 지각이 들었다. 그녀가 돌녀자인 건 만천하가 다 아는 사실인거고 호젓한 산중이 아닌 이상 그냥 숨겨두고 키울 순 없는 노릇이였다.

지서는 어디로 가고 없고 회계가 있다가 회령댁이 넘겨준 쪽지를 보더 니 회색이 만면해 치하하였다.

"복이 굴러들었군요. 이젠 적적하지 않게 되였습니다. 애 생모는 불치 병을 앓다가 죽었습니다. 그래서 애 생부는 생각 끝에 아주머니더러 아들로 삼고 기르라고 한 것입니다. 아주머니의 사정을 알고 있는 게 분명합니다. 영원히 찾지 않겠으니 시름 놓으라고 썼습니다."

과연 생각했던 바대로였다.

"한 가지만 부탁하였습니다. 호구를 올릴 때 족적만 한족으로 올려줄 수 없겠는가… 애 생모의 유언이 그거랍니다."

열 가지 기쁨에 한 가지 서운함이 꼭 헤살을 놓는다더니 세상일이 다 그런 걸가? 후날의 어떤 징후를 예시하는 듯이 여겨졌다. 애를 가질 바하곤 뿌리까지 송두리채 파가지자는 욕심에서였다.

"아주머니, 념려 마십시오. 애를 그저 준 것만 해도 고마운데 황차 죽은 사람의 그쯤한 부탁이야 못 들어주겠습니까? 부모를 꼭 찾자고 마음먹으면야 족적을 바꾸었다 해서 못 찾을 것도 없는 일이지요. 쪽지의 내용을 보면 실언할 사람 같진 않습니다. 생모는 이미 이 세상 사람도 아닌데 근심할거 무어 있습니까."

그런 것 같았다. 그 부탁은 죽은 생모가 한 것이다. 산 사람이 죽은 사람의 뜻을 지켜주는 건 인간세상의 도리인 것이다. 그러나 회계와 그렇게 해달라고 하고 물러나오긴 했지만 마음 한켠은<2001 연 윤림호 조막손로친과세다, 170> 흐린 물이 개편 듯 석연하지 않았다. 후날 영욱이가 한국 나가게 되여 족적을 바꾼 것도 그렇고 그 뒤 또 한번 그걸로 촌극이 벌어진걸 보면 회령댁의 우려도 결코 공연한 것이 아니였다.

영욱이는 양모의 사랑에 받들려 무럭무럭 자라났다…

아침 해가 기지개를 쭉 켜 올리자 초옥 뜨락은 광명으로 만장해졌다. 그때에야 바라보고 있는 벽돌집은 동정이 알려져 왔다. 뒤창문의 카텐이 열리는듯하더니 시작부터 록음기 소리가 울려나왔다. 미구하여 오토바이의 발동 걸리는 소리도 들렸다. 영욱이가 또 현성으로 출장 가는 모양이였다. 내가 무슨 일을 잊고 있는가? 조막손로친은 조언을 바라듯 곁에 앉은 세 다리 개를 바라보았다. 태여나자 그런 병신이여서 뒤다리 하나는 끊어졌다가 새로 돋아나온 가재의 애발처럼 애동애동했다. 류손가락의 군더더기 가락처럼 달려있을 뿐 아무 쓸모도 없는 부담거리였다. 하여 길을 걸을 때면 앞 두 다리는 정상이여서 제대로 걷고 있었으나 한 짝 된 뒤 다리는 성큼성큼 내밟는 앞다리를 따라가느라 풀꺽풀꺽 건너뜀 하지 않으면 안되였다. 세 다리 개는 언제나 주인의 왼쪽 편에 앉았고 동병상련의 감정에서인지 가끔 혀로 주인의 조막손을 싹싹 핥으며 애무해주군 하였다. 그리고 또 그때면 추억의 쓰라린 극통이 조막손을 통해 가슴벽을 쩡쩡 맞쳐 오군 하였다.

23년 전…

그러니까 그때까지 여전히 회령댁의 그 시절이였다.

영욱이가 다섯 살 나던 해인가 한 늦봄이였다. 그때는 지금처럼 의료조건이 구비되지 않았다. 된감기의 후유증으로 하여 자꾸 경풍을 일군 하는 영욱이를 두고 회령댁은 정신이 황황해 있다가 침구깨나 놓을 줄 아는 동네의 로인에게서 경풍치료엔 절로 벗은 뱀껍질이 좋다는 말을 들었다.

산세가 험한 뱀골에 혼자 몸으로 찾아간 것은 간밤에 폭우가<2001 연윤림호 조막손로친과세다, 171> 한 줄금 내리고 아침에 바람이 세차던 날 오전이였다. 개똥도 약에 쓰자면 귀하다고 산 뱀이 기여 다니는 건 몇 마리 보았지만 허울은 쉬이 눈에 띄이지 않았다. 시간나마 헤매고 다녀서야 절벽에 붙어 자란 반송나무가지에 물 낡은 댕기 같은 것이 걸려 바람에 나붓기는 걸 발견했다. 다가가보니 키 높이로는 자라지 않았고 바위턱을 밟고 조금 올라서면 쥘 수 있을 것 같았다. 바위턱을 찾아 발을 올리고 오른손을 뻗쳐 뱀허울을 잡으려 할 때 절벽 우쪽에서 찌적하고 락반 소리가 들렸다.

머리를 든 회령댁은 "에크!" 하는 소리와 함께 두 눈을 감아버렸다. 그 순간 세상 전체가 복멸되듯 머리속이 온통 창백해지고 만 것이였다.

개대가리 모양의 바위 떼가 머리우로 곧추 춤추며 내려왔다. 왼손이 붙잡고 있는 바위턱에서 텅 하고 들리는 소리와 함께 회령댁은 올라섰던 곳에서 뒤로 넘겨박히고 말았다.

나물 캐는 사람들에게 구원되어 공사병원에 이르렀을 때 회령댁은 옹근 손 하나가 다 짓이겨진 상태였다. 그나마 손가락 두 개는 산에서 잃고 없었다. 의사는 살가죽에 의해 간신히 붙어온 손을 가위로 베여버린 후 약을 바르고 몽치 끝에 천을 감듯 두리뭉실하게 싸매주었다. 그때까지 오른손엔 뱀허울이 틀어쥐여 있었다…

"으응응…기깅…"

세 다리 개가 앞발로 주인의 팔을 툭툭 쳤다. 일어날 때가 되였다는 뜻이였다. 배가 고프다는 의미도 들어있을 것이였다. 초옥과 조막손로친과 세 다리 개, 매일같이 연출되는 련속드라마이다보니 짐승도 주인공에게 폐막시간을 알려줄 줄 알았다. 세 다리 개가 응석인지 불만인지 앞발을 대가리에 올리고 이상한 표현을 해서야 조막손로친은 불현듯 가물가물 잊고 있던 "아침일과"를 <2001 연 윤림호 조막손로친과세다, 172> 회기해 냈다.

장대걸레에 세 다리 개를 얻어 맞히고 돌아온 후 조막손로친이 받은 충격은 자못 컸다. 목격한바와 같이 그건 근본 손발이 꺼먹꺼먹한 할망구가 발을 들여놓을 곳이 못되였다. 위화가 꺼리는 것도 그리고 데려가지 않는 것도 그 때문이라고 인정하였다. 그 후로 조막손로친은 몸을 거두기에 신경을 썼다. 지금부터라도 몸을 깨끗이 다듬는 습관을 양성시켜 신구일대간의 거리를 일축시킴으로써 벽돌집에 들어간 다음의 생활을 보장시키고 싶었다.

쪽걸상에서 일어난 조막손로친은 횡 돌아가는 현기증을 진정시키고 나서 집안으로 들어가 대야에 물을 떴다. 이가 거의 다 빠져버려 치솔질은 형식에 불과했지만 세수는 얼굴로부터 목으로 꼼꼼히 진행하였다. 세수를 마친 김에 세 다리 개의 "얼굴"도 훔쳐 주며 중얼거렸다.

"이제 벽돌집으로 나가 살겠는데 너도 위생을 지켜야지. 그리고 지금처럼 집안에 마음대로 드나들선 안돼! 눈치 역게 놀아야 하니라. 새 주인

성질 너도 아니까 배고파도 낑낑 보채지 말고. 귀안에 때가 새까맣구나. 안되겠어. 해가 쭉 펴지면 나와 같이 물도랑에 미역 감으러 가자꾸나. 알아들었니? 바보야."

몇 시나 되였는지 집안에서 오망꾸러기 사발시계가 쇠 긁히는 소리를 질러댔다. 쏴르르릉…

무덥고 걸음이 늘찬 여름이 지나가고 아침저녁으로 제법 선들선들한 가을바람이 초옥 뜨락을 불어쳤다. 벌은 시누렇게 물들어가고 산야는 여기저기 단풍빛이 찾아들었다.

곧 페기될 줄 알고 이영을 얹지 않은 군새지붕은 여름동안 내린 우량으로 하여 호박이 우묵우묵 패였고 어떤 곳엔 풀이 쑥쑥 자라올라 괴이한 모습을 보여주었다. 수명의 마감해인지 초옥의<2001 연 윤림호 조막손 로친과세다, 173> 천정에서는 가끔가다 찌지직 하고 이상한 소리가 들리군 하였다. 전에도 천식소리를 내긴 했지만 이처럼 불안을 떨게 굴지는 않았다. 허구한 세월을 이악스레 지탱해오다가 사명을 완수한 것으로 알고 맥을 버린 거나 아닌지?

영욱인 장사하느라 매일같이 오토바이를 타고 현성으로 오르내리고 벽돌집에서는 매일처럼 록음기 소리가 쿵쾅쿵쾅 울려나왔다.

간밤엔 천정에서 들리는 "음악소리"에 악몽을 꾸느라 잠까지 설쳤다. 이른 아침에 일어나 세수를 마치고 깨진 거울을 비쳐본 조막손로친은 자기가 며칠사이 몰라보게 폴싹 늙어버린 것을 알았다. 마가을 가지처럼 쭈글쭈글한 얼굴엔 여름에도 본 적 없는 검버섯이 소낙비를 맞기라도 한 듯 그득 돋아 올랐고 반백이던 머리는 완연한 일색으로 이루어가고 있었다.

추녀아래 쪽걸상에 나와 앉자 또 기다림의 하루가 시작된 것이였다. 옆에는 세 다리 개…싸늘한 아침공기에 몸이 오싹해났다. 고기붙이를 본지 오래되여 그런지 입안에 맥맥한 군침만 돌았다. 조막손로친은 자기가 갑자기 늙어버린 원인을 식생활에 대해 너무 홀시한 때문이라고 보고 있었다.

되박을 넣을 때면 독 굽 맞히는 소리가 달그락달그락 들린 지도 며칠 잘되였다. 영욱이가 집에 없는 작년에 늙은 몸을 가지고 농사를 지을 수 없어서 분여지를 양도하여 식량쌀만 받아먹었다. 혼자 입 가지고는 먹고도 남을 수 있었는데 영욱이가 돌아와 결혼식을 올린다고 거지반 실어 내가 버렸다. 옮겨간다 했댔자 이제 벽돌집으로 나가면 한집 식량쌀일 거고 떨궈둔 쌀로 아무럼은 두 "식솔"이 집수리기간까지 잇지 못하랴 싶어 선선히 응낙한 건데…이제 독 굽을 싹싹 긁어도 데려가지 않으니 이걸 어떻게 한다?<2001 연 윤림호 조막손로친과세다, 174>

천정이 찌적찌적 금 가는 소리를 내는데다 식량쌀까지 달랑거려 요즘 조막손로친은 불안과 부정에 휩싸였다. 그렇다고 장사항목을 잡고 매일 얼굴이 꺼칠해 현성으로 오르내리는 영욱이에게 부담을 준다는 것도 말이 아니였다. 그녀는 사람이 굶는 것보다 말 못하는 짐승이 배를 곯고 있는 것이 더구나 보기 안스러웠다.

또 며칠이 지났다.

그러던 어느 날 초옥에 괴상한 일이 발생하였다. 자리에서 일어나기 전인 새벽녘인데 밖에서 세 다리 개가 문을 열고 껑충 뛰여들더니 입에 문 고기덩이를 떨궈 놓았다. 서너 근 잘되는 돼지엉치짝 고기였는데 색갈이나 냄새나 생생했다. 이불속에서 속이 출출해 아침끼니를 태산같이 걱정하고 있던 중인 조막손로친은 이게 웬 떡이냐고 혜성을 본 기분이였다. 푹 삶아 서너 점 먹었으면 정신이 펄 날 것 같았다.

"너 이걸 어디서 가져왔니?"

"으응…왕왕…"

말 못하는 짐승에게서 듣는 "대답"이란 그저 그 유일한 언어일 뿐이였다. 아무튼 삶아 너도 먹고 나도 먹자. 이것도 하늘이 알아주는 거겠지! 조막손로친은 동네 어느 집에서 돼지를 잡으면서 먹으라고 보낸 거라고 생각하였다.

헌데 그 후부터 세 다리 개는 쩍하면 먹을 걸 배달해 왔다. 고기붙이가 있는가 하면 밀가루떡도 있고 쏘세지 따위도 있었다. 물고와선 주인더러 먹으라는 듯 공손히 내놓군 하였다. 말 못하는 짐승의 "효성" 앞에서 조막손로친은 몇 번이나 눈물을 흘렸다.

그 무렵 벽돌집은 긴장상태에 싸여있었다. 둘이 한날한시에 죽을 것처럼 물고 빨고 하던 영욱이와 위화가 쩍하면 다툼질하였다. 아마 나를 모셔 내가니 어쩌니 그 의견상의겠지! 밀월도 지났으니 <2001 연 윤림호 조막손로친과세다, 175> 이제 녀석이 효심이 뭔지 철이 드는 모양이라고 은근히 기다렸는데 알고 보니 그런 게 아니였다. 쩍하면 "챈(돈)챈." 하고 상한 암펌처럼 악살을 떠는 위화의 악다구니가 그걸 실증해주고 있었다. 조막손로친은 영욱이의 신변에 피치 못할 사달이 생겼다는 예감에 속이 웅송망송했다. 분명 잡았다는 그 장사항목이 비뚤어진 모양이였다. 그리고 여적 거기에 혼신이 다 매달려 다니다 보니 다른 여지가 없었을 거라고 생각했다. 국난에 먼저 나라걱정이라고 조막손로친은 자기 처경은 뒤로 미룬 채 영욱이를 놓고 안절부절못했다.

아나나 다를가 어느 날 찓차 한대가 동네에 나타나더니 곧추 영욱이네 벽돌집으로 향하였다. 높직한 두리모자를 쓴 검찰원의 일군 몇이 내려왔다. 영욱이도 집에 있을 텐데 기죽어 들었는지 터져 나오는 건 위화의 악청뿐이였다. 소문을 듣고 마을사람들이 벽돌집으로 몰려가고 있었다. 조막손로친은 다리가 떨려 나가지는 못하고 세 다리 개와 함께 초옥 앞에 서서 숨이 한줌 돼서 바라보기만 했다.

조금 지나 찓차가 떠나는가 싶더니 영욱이가 얼굴에 먹구름이 낀 꼴로 초옥 뜨락에 들어섰다. 며칠 사이 얼마나 속을 얼궜는지 새파래진 그 얼굴을 보면서 조막손로친은 겨우 혀를 놀렸다.

"영욱아, 이게 어찌된 일이냐?"

영욱이는 주먹으로 머리를 치며 어린애처럼 엉엉 울었다.

"어머니, 난 망했습니다. 오토바이도 몰고 가고 랭동고, 텔레비죤도…보름 안에 빚을 못 물면 저 집도 남의…"

장사를 한답시고 같이 합작한 현성의 "친구"가 영욱이가 꿔댄 리자돈까지 다 걷어갖고 해변도시로 도망을 쳤다는 것이었다.

"결국 그렇게 되였구나. 난 들어가 살아도 못보고…난 원래<2001 연 윤림호 조막손로친과세다, 176> 이 초옥을 떠날 분복이 없는 모양이구나."

조막손로친은 저도 모르게 그런 말을 한숨과 같이 푸 하고 토했다. 나이드니 감질내는 애들 마음이 되는지 당금 집기둥이 뽑히는 판인데도 한때의 애석감을 금할 수 없었다. 들어가 단 하루를 살아보았더라도 원이 없겠는데…

그때 벽돌집 쪽에서 위화의 악다구니가 들렸다.

"난 하늘이 무너져도 초옥엔 안 들어갈 줄 알아요! 그땐 리혼…"

벽돌집에 대한 꿈이 무참히 깨져서부터 조막손로친은 산다는 것에 대해 의욕을 잃어버렸다. 이른 아침이면 세 다리 개를 데리고 추녀아래 쪽 걸상에 나와 앉아 명상의 시간을 기다리던 습관도 취소되였다. 세수고 치솔질이고 이제 더 위생을 지켜야 할 부담도 없어졌다. 뒤간출입 시간을 조금 내놓고는 두문불출한 채 집안에 누워 시도 때도 없이 토악질하는 사발시계소리와 천정에서 들리는 "음악"을 감상하는 것이 일상의 전부로 되였다. 살자고 보니 그런지 며칠 전까지만 해도 찌지직 소리가 한 번씩 들릴 때면 등골에 식은땀을 흘렸으나 습관돼 버리자 도리여 자장가처럼 미묘로와졌다.

주인이 칩거하자 급해난 것은 세 다리 개였다. 령물의 령감으로 시한부의 명을 잇고 있는 초옥의 운명을 감지해낸 세 다리 개는 나갔다가도 들어와 주인더러 밖으로 나가자고 팔소매를 물어 당기며 극성을 떨었다. 조막손로친은 어디서 물어왔는지 모를 기름구이떡을 받아놓고 세 다리 개를 쓰다듬어 주었다.

"난 괜찮으니 내 걱정은 말아라. 네나 먹을 거지 왜 자꾸 배를 곯으면서 이 성화냐. 이젠 쌀도 싹 떨어져 널 먹일게 없구나. 헌데 이런 건 자꾸 어디서 가져오느냐?"

세 다리 개는 주인의 말을 못 알아듣고 락반 소리가 나는 천정을 <2001 연 윤림호 조막손로친과세다, 177> 쳐다보며 밖으로 나가자고만 낑낑 울어댔다. 조막손로친의 의심은 눈덩이 굴리듯 커만 갔다.

꼬리 길면 밟힌다더니 말이 맞았다.

그날도 조막손로친이 앞이 삭막해 자리에 누워있는데 삽짝문 밖에서 세 다리 개의 비명소리가 들렸다.

조막손로친은 어디서 난 힘인지 자리에서 일어나 밖으로 뛰쳐나갔다. 세 다리 개가 피를 뚝뚝 떨구며 뛰여 들어오고 채소를 썰던 참이였는지 위화가 한족식칼을 추켜들고 살벌한 기세로 쫓아 들어오고 있었다. 주인을 본 세 다리 개는 급한 김에 얼른 다리 새에 감겨들었다. 성한 쪽 다리 켠은 칼에 찍혀 쭉 찢어져 있었다.

위화는 뜨락에 들어서자 사람은 못보고 개만 본 듯 칼을 휘두르며 사납게 달려들었다. 가뜩이나 요즘 "대외전"에 "대내전"까지 불칼날칼 겪고 있는 그녀는 성냥만 그어대면 불기둥이 될 것처럼 얼굴이 지지벌개 있었다.

"자네 왜 이러나? 갑자기 왜…"

"왜라니요? 내 오늘 초타마 이 병신개를 죽여 버리겠어요. 불난 집에 키질한다더니 초타마 왕바두즈…"

"왜 그러는지 말해야 알지 않나? 자넬 물었나. 애매한 짐승과…"

그제야 위화는 왁살을 멈추더니 손에 든 식칼로 개에겐지 사람에겐지 삿대질하였다.

"로뚱시! 몰라 시치미예요? 왜 자꾸 뭐가 잃어지는가 했더니 개를 시켜 도적질…"

그런 일이였구나! 비밀 밝혀진 것이다. 그런데 정작 알고 나자 의례 있을 수 있는 일처럼 감수되었다. 개가 왜 그러겠느냐? 가문에 너 같은 독부가 들어왔기에 이런 일도 생기는 거야! 코마루가 찡해났다. 조막손로친은 꿇어앉아 세 다리 개를 꼭 끌어안은 채<2001 연 윤림호 조막손로친과세다, 178> 찍겠으면 날 찍으라는 듯 눈을 감아버렸다.

헌데 "정세"는 또 바뀌었다. 갑자기 전환적인 계기가 뛰여든 모양인지 며칠 안되여 벽돌집은 강세를 보이던 풍파가 즘즉해지고 평화와 안정이 깃들었다. 위화의 웃음소리가 다시 들리는가 하면 둘이 함께 현성 나들이를 다니는 눈치이기도 하였다. 필경 벽돌집을 안 들어내고도 사태를 온정시킬 수 있는 폼 같은걸 잡은 게 분명했다. 꺼져 연기만 실실 토하던 장작불이 바람을 만난 듯 조막손로친의 꿈은 다시금 화사하게 움 살아났다.

돈냄새를 풍김 즉한 남방말투의 50대 사나이가 위화를 따라 동네에 나타나 조막손로친에게 야릇한 징험을 던져주고 난 바로 다음날 점심 무렵이였다. 세 다리 개가 이어주던 후원도 발각 맞아 끊기고 말았는지라 아침을 건너고 눈앞이 아물아물해 누워있는데 밖에서 위화의 호함진 웃음소리가 들려왔다.

들이서는 걸 보니 위화의 손에도, 영욱이의 손에도 배가 불룩한 비닐구럭 하나씩 묵직이 들려있었다. 위화는 손으로 코를 막으며 얼굴을 구기는 듯했으나 인차 영욱이를 따라 신을 벗고 올라왔다. "시집"에 처음 들어와 보는지라 마치 기이한 비밀이 감춰져있는 암굴에 들어선 듯 두려우면서도 호기심이 어린 눈길로 세기전의 고물 같은 집안의 이모저모를 둘러보았다.

십상팔구 벽돌집은 살아남은 거다. 조막손로친에게는 그거면 만세였다. 그렇다면 이제 날 모시러 온 것일가? 전번날 개를 죽인다며 식칼을 추켜들고 시퍼래 달려들던 위화의 일이 떠오른 조막손로친은 사유에 혼란이 일면서 갈피를 잡을 수 없었다.

"어머니."

"아마니…"

위화의 다정한 부름소리까지 듣고 보니 더 누워있을 수 없었다. 일어날 기미를 보이자 위화가 얼른 부축해 자리에 앉혔다.<2001 연 윤림호 조막손로친과세다, 179> 호감은 전혀 없지만 영욱이와 살고 있으니 그래도 "고부"간인 셈이였고 그래서 은근히 바랐던 말대접이였다. 위화는 평소에 촌의 촌장에게나 걸맞는 "칭호"를 조막손로친에게 끌어다 이바쒀우(一把手)라고 불렀었다. 남편의 양모라는 데서 전혀 관계없는 동네늙은이처럼 무시해왔다.

위화가 구럭을 풀고 있을 때 사발시계가 쏴르르릉 하고 파렬음을 질러냈다. 오망을 쓰다쓰다 이젠 속창이 죄다 잘못되였는지 오전 중에 대여섯번 부르짖어대는 것이 경종처럼 심상찮았다. 이걸 어쩌나? 이러다가… 조막손로친은 천정에서 들리는 쥐 싸우는 듯한 소리에 어깨를 움찔거리는 젊은 내외간을 보며 송구해 어쩔 바를 몰라했다.

"영욱아, 안댁을 데리고 바깥으로 나가든지… 오늘 아마도…"

"내 있을 때도 들었지 않아요?"

"전에도 들리긴 했지. 헌데…"

"뭐 괜찮아요. 언녕 어머니를 이 집에서 모셔간다는 게 내 일 때문에 이날까지…"

말하면서 태연한 기색으로 담배를 꺼내 물었다. 태연하기는 위화도 마찬가지였다. 조막손로친은 비로소 찾아오지 않으면 안될 원인에 핍박된 걸음이라는 것을 그들의 표정에서 읽어냈다. 내가 이번 위기에 참여해 나서야 할 일이 무얼가고 더듬질 하느라니 마음이 좀씩 좀씩 긴장해졌다. 어제 왔다간 그 남방사람이 커다란 의문부호처럼 불쑥 떠올랐다.

"아마니, 쾌이츠바."

귀신의 촉수처럼 칠한 긴 손톱으로 바나나를 발라 조막손로친에게 쥐여 주고 난 위화는 낮다란 등디목에 앞발을 올리고 눈이 풍년이 되여 있는 세 다리 개의 대가리를 쓰다듬어주기 시작했다.<2001 연 윤림호 조막손로친과세다, 180>

"이봐요. 얼마나 온순하고 잘 생겼어요? 세 다리로 뛸 때면 재미나서 못 보겠더군요. 이 개를 진짜 훈련시켜 곡예를 시켰으면 구경군이 만원일 텐데…짐승도 일가를 안다고 하루에도 몇 번씩 앞집에 오군 하지요."

영욱이는 말을 내기 앞서 혀가 좀 불편한 점이 있는지 꾸무룩한 기색을 지은 채 담배만 피우고 있었다. 서너 걸음 못 걸어 꺼내들고 "웨이웨이" 하던 핸드폰도 어쨌는지 보이지 않았다.

위화가 계속 집안분위기를 눙쳐나갔다.

"전에 우리 집에서도 개를 기르군 했어요. 그러나 전 아직 이 개만큼 총 명령리한 개는 처음 보아요. 영욱인 나가있으니 모르지요. 글쎄 말이예요. 랭동고 문을 사람처럼 연다니요. 련 며칠 뭐가 자꾸 없어진다 했더니 알고 보니…남의 집의 거라면 안 그러겠는데 일가이니 믿고 그러겠지요. 요전번 날 말이예요. 제가 주방에서 기름떡을 구워 금방 뒤에 갖다놓고 다시 떡을 굽다가 돌아섰는데 놓았던 떡이 온데간데 없어진 게 아니겠어요? 어머 귀신이야! 얼마나 놀랐는지 몰라요. 이봐요, 발 달라니 발 주네! 쏘세지 줄가? 과자 줄가?"

본의 아닌 소리를 듣고 있자니 조막손로친은 꽁무니에 불이 달린 듯 앉아있을 수 없었다. 천정에서 또 "공습경보"가 들렸다. 붕락직전의 산굴처럼 흙부스레기 같은 것이 천정도배지로 흘러 떨어지는 소리도 뒤따랐다.

젊은것들은 밖으로 내보내야겠는데…조막손로친의 눈길이 쏠려 옴을 알아서야 영욱이는 피우던 담배를 바나나껍질에 대고 힘껏 부벼 끄며 입 귀를 씰룩거렸다.

"어머니, 용서하십시오. 살자니…한국 나가면서 고쳤던 족적을 원래대로 회복할가고 어머니의 동의를 구하러 온 겁니다."

초옥 뒤에서 얻은 물아기를 안고 생산대 회계와 말을 나누던<2001 연윤림호 조막손로친과세다, 181> 27년 전의 일을 근 한 세기 전의 사연처럼 희미하게 떠올려보는 조막손로친은 영욱이의 말이 환청처럼 들려올뿐이였다. 하늘이 내린 복인 줄로 알았더니 그런 것도 아니였다. 제 피줄이 아닌 걸 거둬온 그 끝머리에 이처럼 곡절이 겹쳐들 줄 몰랐다. 뭔가를 알 것 같은 생각이 들자 조막손로친은 긴장도 심려도 조용히 가슴에서 가라앉는 감을 느꼈다.

"어머니, 그렇다고 어머니와 갈라지자는 건 아닙니다. 절대 오해하지 마십시오. 속담에도 낳은 정보다 키운 정이 더 깊다고 하였습니다. 어머니의 은혜는 영원히…"

"그러지 말고 툭 깨놓으려므나. 일을 보고는 빨리 나가야지."

조막손로친은 차분한 어조로 영욱이의 말을 끊었다. 마음의 평정을 잡자 걱정되는 건 천정에서 들리는 예고소리 하나뿐이였다.

"그럼 말씀드리겠습니다. 제가 원래 한족인건 동네에서도 다 알고 있는 사실입니다. 한국에 내갈 땐 어쩔 수 없어서 그렇게 했지만…그렇다고 꼭 제 족적을 회복하고 싶은 건 아닙니다. 족적이 무슨 상관입니까. 어머니가 절 조선족이라 보면 저도 조선족인거 아닙니까? 그저 문자적으로 원족적을 회복할 필요에 의해서인데 절대 제 본심은 아닙니다. 그저께 현성에 갔다가 뜻밖에도 저의 생부를 만나게 되였던 것입니다."

"어제 왔던 그분이겠구나."

"옳습니다."

위화는 "모자"지간의 일이라는 듯 이쪽에 눈길을 돌리지 않은 채 쏘세지를 끊어 개를 먹이는데 흥미를 팔고 있었다.

"생부는 저의 생모가 병으로 죽자 남방에 나가 장사하면서 후실을 맞아 살았답니다. 딸 둘을 두었다고 하였습니다. 생부는 <2001 연 윤림호 조막손로친과세다, 182> 어머니께서 아들을 키워 장성시킨데 대해 무척 감격해하고 있습니다. 다만 한 가지 원인은 제가 생모의 유언을 지키지 않고 족적을 바꾼…이제 제가 족적만 회복하면 와서 어머니를 찾아뵙고 은혜를 사례하겠다고 하였습니다. 어머닌 저를 키우느라 온갖 고생을 다 하셨으니 마땅히 양육비를 받아야 합니다. 27년 동안이니 한해 적어 수자 하나씩 잡는다 해도…"

"됐다. 알만하다."

"오해하지 마십시오. 어머닌 영원히 저의 어머니라고 전 이미 말했습니다. 위화 알아듣지 못하니 털어놓아도 무방하겠군요. 저도 생부를 모실 생각이 아닙니다. 고비를 넘긴 후 어머니를 모시고…"

조막손로친은 지각없이 쥐여있던 바나나를 내려놓았다. 바나나는 그 사이 공기오염을 받아 꺼멓게 색 죽어있었다. 위화의 얼굴과 영욱이의 얼굴이 흐려오는 눈앞에서 파문이 인 물속의 물건처럼 흔들리다가 하나의 모양으로 맞붙어버렸다. 실은 민족적 거리에서 온 오늘의 결과도 아니였다. 그 순간 갈라진지 50여 년이 되는 남동생에 대한 그리움이 확 북받쳐 오르며 가슴이 저며 들었다.

위화가 과자를 끊어 세 다리 개를 먹이고 있다가 어색한 분위기를 휘저었다.

"아마니, 이 개는 이 집에 온지 몇 년이 되였어요?"

조막손로친은 장중한 외식에 참가하러 가는 사람처럼 몸을 바로잡고 앉아 비녀를 풀고 흐트러진 머리를 정리했다.

"오, 이 개 말인가? 7년에 나네. 그해 초봄이였지. 감자씨를 바꾸느라고 쌀짐을 이고 장가촌에 들렸다가 나오는데 동네 밖 두엄무지에서 강아지 우는 소리가 들렸네. 그래 가보니 오금도 못 뜬 강아지 한 마리가 발발 떨며 웅뎅이 안에서 울고 있더군. 너무 <2001 연 윤림호 조막손로친과세다, 183> 여위여 털이 까시시한데다 몸에 비루까지 먹어 보기에 눈이 아슬 아슬해날 지경이였네. 그때 보니 뒤다리 하나가 이런 병신이더군. 낳자 그런 병신이였던가봐. 주인집에서 싫다고 내다버린 게 분명했네. 그래서 난 불쌍히 여겨 감자씨 광주리에 넣어 머리에 이고 왔네. 집에 들어서자 우리 영욱이가 보더니 내다버리라고 하더군. 내가 숨 가진 걸 그러면 못

쓴다고 나무람하자 영욱인 개도 크면 사람처럼 은혜를 알줄 아는가고 날 비난하더군. 난 그때 그거야 키워봐야 안다고 대답했네. 내가 평생에 음덕 두 가지를 쌓았다면 하나는 영욱이를 키운 거구 하나는 놔두면 죽었을 이 세 다리 개를 집에 가져다 키운 거라네. 정말 옛말 같은 지난 일이지."

찌적…찌적…천정에서 또 예고소리가 들렸다. 세 다리 개가 주인을 보며 불안한 "어조"로 낑낑거렸다. 조막손로친은 반반히 다듬어 넘긴 흰머리에 다시 비녀를 꽂았다.

"영욱아, 이 일은 내가 잘 처리할 테니 이젠 지체 말고 나가 보아라."

젊은 내외를 보내고 난 조막손로친은 시름이 놓인 듯 갇혔던 숨을 내몰았다. 그녀도 떠날 때가 되었다. 칠이 헐벗긴 농짝에서 새 옷을 꺼내 갈아입고 바깥으로 나갔다. 풍진속세의 온갖 지긋지긋한 번뇌와 욕망에서 해탈되어 산중 어디선가에서 들리는 절간의 종소리를 찾아 끌려가는 그런 무욕무변의 심정이였다.

영욱이의 생부를 찾아보려고 그런는 걸가? "아들"을 준 고마운 그분을 만나 꼭 알려줄 말이 있을 것 같았다. 세 다리 개가 뒤다리를 풀껑거리며 주인의 뒤를 따르고 있었다.

대기엔 가을빛이 완연했다. 하늘은 높고 맑았다. 기러기 떼가 줄지어 남으로 날아가고 있었다. 문명촌을 건설하면서 길 량켠에<2001 연 윤림호 조막손로친과세다, 184> 심은 코스모스가 동네변까지 잇대여 꽃떨기를 하느작거리고 있었는데 철의 애환인 듯 담장 밑에서 귀뚜라미 우는 소리가 구슬프게 들렸다.

동네를 거의 벗어났을 때 뒤에서 "쿠웅…" 하고 장송곡의 악장 같은 소리가 들렸다. 희뿌연 먼지사태 속에 난딱 무너져가는 초옥의 륜곽이 어렴풋이 보이고 있었다.

곡식을 묵직히 담았던 전야가 휑해지고 마가을 추위가 닥치고 있을 때 석두촌 뒤산 공묘엔 무덤 하나가 새로 생겼다. 마른 쑥대풀이 추풍에 설렁이는 무덤 곁에는 바싹 여윈 개 한 마리가 외롭게 엎디여 파수를 보고 있었다…

(≪장백산≫ 2000. 4호/『조막손로친과 세다리 개』, 료녕민족출판사, 2001)

# 하수구에 돌을 던져라

허 련 순

## 1

그때 어렴풋이 노크소리가 들렸다.

똑, 똑, 똑.

세번을 울리고 조금 쉬였다가 다시 세번씩 꾸준하게 울리고있었다. 누구지? 무심히 몸을 일으키다가 나는 얼굴을 찡그리며 도로 누워버렸다. 어제밤에 밤늦도록 장사를 하고 새벽녘에 돌아와 겨우 눈을 붙인지 얼마 안되였다는 생각이 들었기때문이였다. 낮장사를 할려면 만사 젖혀놓고 잠을 자두어야 했다. 열어주지 않으면 물러가겠지… 제가 바쁘면 다른 시간에 다시 찾아오지 않을라구… 나는 다시 잠을 청하려고 이불을 머리 끝까지 뒤집어썼다. 하지만 주저하듯 주춤주춤 움추린 소리가 끊어지는 듯하다가는 다시 이어지면서 지루하게 울렸다. 마치 쇠붙이로 유리를 긁는 소리처럼 신경을 자극하여 짜증이 나기 시작하였다. 쉽게 포기할것 같지 않았다. 열어주지 않으면 그냥 돌아갈줄 알았는데 그렇지도 않은 모양이다. 열어주어야 하나, 말아야 하나? 어차피 다시 잠들기는 틀렸다. 나는 침대아래에 여기저기 널린 옷가지들과 헝클어진 잠자리, 그리고 자다 깬 푸수수한 나의 모습에 망설여졌다. 여직 단 한번도 가족 아닌 다른 사람한테 화장을 하지 않은 모습을 보여준적은 없다. 물을 팔아먹고 사는 녀자는 절반은 얼굴을 팔고 산다는것을 나는 잘 알고있다.

망설이고있는 사이, 문뜩 노크소리가 들리지 않았다. 소리쳐 부르거나 아니면 주먹으로 문을 세게 때리거나 발로 차지도 않고 비소리가 멎듯 슬그머니 끊겨버린것이다. 상대가 미처 알아차릴 새도 없이 말이다.

한참 고요한 정적이 흘렀다. 혹시나 하고 귀를 기울려도 다시는 아무 소리도 들려오지 않는다. 그때 오히려 이른새벽에 남의 집을 찾지 않으면 안되였던 그 방문객에 대한 호기심이 발동해 나는 쫓기듯 자리를 차고 일어났다. 마치 오래동안 기다리고있었던 사람이 가버렸을 때처럼 마음이 다급해졌다. 나는 문을 따고 아직 빛이 들어오지 않아 어둑스레한 복도를 내다보았다. 거기에는 아무도 있질 않았다. 좀 더 빨리 열었을걸. 하고 후회하며 문을 도로 닫으려던 참에 층계아래 맨끝자락에서 인기척이 났다. 거기에 까만색 바바리를 입은 녀자가 우두커니 서있었다. 올케였다. 그녀는 원래도 크지 않은 체구였지만 오늘따라 몸집이 더 왜소해보였다. 아마 까만색 바바리때문일거라고 나는 단정했다.

―우머, 난 또 누구라구. 이렇게 일찍한 시간에 올케가 웬 일이야? 련락도 없이. 하마트면 문을 열지 않을번했잖아. 새벽에 장사를 하고 늦게 와서 어찌나 피곤한지 밖에 누가 온줄을 알면서도 그냥 자려구 하다가 느낌이 좀 이상하더라니깐. 그래서 문을 열었지 뭐야.

그녀를 밖에 오래 세워둔것이 미안하였던지 내 마음 같지 않게 말이 수다스러웠다. 내가 듣기에도 지나치게 수선을 떠는것 같아 민망하고 어색했다.

그녀는 그러는 나의 말과는 상관없는 사람인듯 묵묵히 다른 곳에 시선을 주고있었다. 집안에 사람이 있으면서 열어주지 않은줄을 이미 알고있은 사람처럼 담담했다.

―뭘 해? 얼른 들어오지 않고?

그제야 그녀는 뚜벅뚜벅 문께로 다가섰다. 바닥 전체에 밑창을 잔뜩 높인 구식구두가 불편한듯 걸음이 위태롭게 흔들렸다. 저 구두를 아직도 신었나? 몇해전에 내가 그녀한테 줄 때에 벌써 한물갔던 구두였는데 지금도 버리지 않고있다니. 알뜰한건지 아니면 시체를 모르는건지. 나는 속으로 칭찬도 비평도 아닌 경탄을 했다.

거실에 들어서는 그녀의 두발은 맨발이였다. 여위고 작은 두발이 맨발인것이 부끄러운듯 빨갛게 상기된채 발가락이 안으로 잔뜩 꼬불어져있었다. 무슨 조짐처럼 다가서는 그 벗은 발을 보면서 나는 올케가 집에서 오는것이 아닐거라는 생각이 들었다. 맨발때문만은 아니였다. 어딘가에서 아무렇게나 밤을 지내고 온것 같은 비일상적인 흔적이, 아니 타인의 체취 같은것이 그녀의 몸 여기저기에 배여있는것 같은 느낌이 들었다.

례사롭지 않은 그녀의 방문으로 나는 숨을 죽인채 조심스럽게 방바닥에 방석을 깔아주면서 앉기를 기다렸다. 허탈한 모습으로 잠자코 서있던 그녀가 방석을 한쪽에 밀어놓으며 앉았다. 그리고 방석으로 벗은 발을 가렸다.

집에서 오는것 같지 않구만. 그런 말을 하려다가 나는 그만 두었다. 그리고 무슨 일이냐고 묻고싶었지만 그것도 묻지 않았다. 잘못된 의문이 되려 상대를 괴롭게 되므로 그냥 내버려두는것이 좋을 때가 있다.

언제부터인지는 잘 모르겠지만 나는 그녀를 별로 좋아하지 않았다. 특별한 리유같은것은 없었다. 웬지 세상에서 슬쩍 비켜서있는듯한 그녀가 늘 조심스러웠고 부담스러웠다. 그녀가 나를 피한건지 아니면 내가 그녀를 피해온건지 모르게 우리는 서로 어렵게 지내오는 사이였다. 그랬으므로 우리들 사이에는 어려운 시누이와 올케의 관계외에 끈끈한 정 같은건 별로 형성되여있지 않았다.

한참 지나서 그녀가 고개를 들고 나를 쳐다보았다. 시선이 텅비여있었다. 주위를 보는것 같으면서도 아무것도 보지 않는듯 그녀의 시선은 늘 이렇게 비여있었다.

—저, 집에서 나왔어요.

놀라우리만침 목소리가 차분했다.

너무 갑작스러운 말이라 나는 놀라지도 않았다. 나왔다는 말, 가출이라는건지 아니면 리혼을 뜻하는것인지, 그것도 아니라면 그냥 나왔다는 말인지, 아무튼 그 세가지중 어느 한가지도 그녀에게는 어울리지 않아서 쇼를 하는것처럼 여겨졌다. 자라지 않는 식물처럼 언제나 한곳에만 똑같은 자세로 앉아있었던 녀자였다. 시집와서 밖에 나가 돈을 버는 일을 해본적은 단 한번도 없다. 마치 아이를 낳고 집안 살림을 하기 위해 태여난 사람처럼 시집와서 아들 둘을 낳고 묵묵히 집안에만 박혀있었다. 할 일이 없으면 집에서 하루종일 낮잠을 자면 잤지 옆집 출입도 하지 않는다. 가정에 큰일을 결책할 때 끼이는 일도 없었고 자기 주장을 세워 빡빡 우기는 일도 없었다. 가끔씩 불만스러운 일이 있으면 한번쯤 빤히 처다보다가 하루나 이틀씩 말을 하지 않고 입을 꾹 닫고있는것이 고작이다. 그래서였던지 누구든 그녀에게 의견을 묻거나 동의를 얻는 사람이 없었고 다만 결정을 통보만하면 되였다. 그만큼 그녀는 우리 가정에서 쉽고 편안한 존재였던것 같다. 가끔 명절이나 어머니생신때에 만나긴 해도 그녀는 조용조용 주방에서 음식을 장만하고 식사가 끝나면 설겆이를 하고 설겆이를 끝난 다음에도 가족끼리 하는 마작이나 트럼프패에도 끼이지 않는다. 명절이면 놀음에서 소외되는 아이들과 시어머니와 함께 화투장을 번지면서 10전내기를 하는것이 고작이였다. 체질적으로 놀음을 좋아하지 않는것인지 아니면 의도적으로 소외되는 아이들과 어머님을 배려하기 위한 노력인지 굳이 테스트해본적은 없지만 그녀가 놀음에서 설치는 일은 여직 단 한번도 보지 못했다. 마을에서 자기 또래들이 즐기는 놀음에도 잘 나가지 않아 친구도 없다. 어찌 보면 어머니의 말대로 융통성이 없는 사람이였는지 모른다.

－집에서 나오다니? 왜?

－싸웠어요.

나는 어처구니없어 픽 웃어버렸다.

－싸웠다구 집 나와? 배짱두 좋구만.

너무 황당하여 웃었는데 그 웃음이 그녀의 비위를 거슬렸던 모양이다.

—왜요. 난 집 나오면 안돼요?

그녀가 발끈했다. 그리고 두눈을 똥그랗게 뜨고 노려보고있었다. 눈빛이 심드렁했다. 두려움이나 불안도 분노도 아닌 심드렁이라니. 그것은 거만이였고 상대에 대한 철저한 거부 내지 무시였다. 순간에 나는 서늘한 단절의 기운과 함께 차거운 생소함을 물씬 느꼈다. 그리고 평소의 그녀답지 않은 반응에 다소 당황한 표정으로 나는 얼버무렸다.

—안된다는건 아니지만 부부싸움이라는건 집에서 해야 되는게 아니야? 싸우구 집 나오면 다시 들어갈 땐 괜히 쑥스럽구. 부부지간의 사이만 더 멀어지더라구. 그래서 나는 아무리 크게 싸워도 집은 안나갔어. 그러니깐 이튿날이면 모순이 풀어지더라구.

그녀가 아니라 나 자신을 리해시키려는듯 나는 이렇게 입을 열지 않으면 안되였다. 그러는 사이 그녀는 격한 자신의 마음을 감추려는듯 두무릎 사이에 얼굴을 묻고 오래동안 말이 없었다. 나의 말을 듣고있는것 같기도 하고 아예 듣지 않고있는것 같기도 하였다. 그녀는 깊이 갈등하고있었다. 무얼가? 그새 집에 무슨 일이라도 생긴걸가. 요즘엔 내 장사가 바쁘다보니깐 동생네 소식은 전혀 모르고 살았다.

어머니때문일가?

어머니는 당신 며느리를 마음에 안들어하는 눈치다. 전화할 때 올케는 뭐 하는가 물으면 뭐 할게 있냐? 매일 노는게 업이지 한다. 그리고는 어김없이 외국 가서 돈을 벌고있는 다른 집 며느리들의 칭찬을 늘여놓는다.

—그 알지, 그 귀머거리네 며느리 말이다. 외국갔다가 7년만에 왔는데 그 집식구들 며느리덕에 호강을 누린다니깐. 호강두 그런 호강이 어딨겠어. 그 로친은 손가락에 금반지 은반지 줄줄이 차구 다니는데 빈손가락이 없어.

그 말이 귀에 익어서 그 알지? 귀머거리네 며느리, 하는 말만 나오면 나는 지레 엄마, 일절만 하세요. 하고 일침을 놓기도 하였다. 자꾸 그러지 마세요. 노는 사람마음 더 답답할거예요. 편만 들지 말구 어디 알아봐. 헐 일 없는지… 나와 어머니는 이런 대화를 수도 없이 하였다. 내가 그녀를 두둔하는 것은 어머니와의 대화를 빨리 끝내기 위해서일뿐이지 그녀의 편이여서가 아니다. 실은 나도 그녀의 대책 없는 생활태도에는 고운 시선일수 없었다.

어머니의 부탁도 있고 하여 한달가량 내가 그녀를 데리고 일해본적이 있었다. 솔직히 물장사는 웃음장사다. 그런데 그녀는 웃는것에 린색했다. 웃으라 그러면 처음 보는 사람을 보구 어떻게 웃느냐구 발끈한다. 아무리 알아듣게 설명을 해주어도 오히려 제쪽에서 천성이 그렇지 못한것을 어쩌냐고 화를 내여 말하는 사람의 립장만 곤난해지게 했다. 매일매일 답답함만 더해가고있을 때 그녀 스스로 일을 그만두겠다고 했다. 차라리 잘된 일이라 생각되면서도 한달도 못참고 나앉는 그녀가 한심스러워 한소리했다.

─이런 일도 못하면 어떤 일을 할건데?

─전 매일 낯선 사람이랑 만나는게 싫어요.

그때처럼 그녀가 가증스러웠던적은 없었다. 털면 먼지밖에 나올것이 없는 주제에 고상한척. 나는 욕이 터지는것을 겨우 참으면서 말을 꼬았다.

─물장사를 우습게 보는것 같은데 그러는게 아니야. 두손 두발 치켜들고 앉아 놀면서 남의 손이나 바라며 사는것보다는 훨씬 좋은 직업이야.

그녀가 한마디 할줄 알았는데 눈빛도 마주치지 않고 그냥 나가버렸다… 그녀가 간 뒤에 가만히 생각해보니 내가 좀 심했다는 생각이 들었다. 사람을 싫어하는 그녀에게는 사람 만나는 일이 죽기보다 싫을수 있다. 하긴 물장사를 아무나 하는건가. 오히려 그녀의 순수성과 솔직함에 감사했고 그런 녀자와 사는 동생이 안심되기도 했다…

그녀가 무릎사이에 묻고있던 얼굴을 들고 나를 이윽히 바라보았다. 눈시울이 벌겋게 상기되여있었다.

─제가 무슨 일로 집을 나왔는지 알고싶지 않아요?

그녀가 먼저 입을 열었다.

─글쎄 무슨 일인지… 알구싶었지만 내가 묻는다고 말할것 같지도 않고… 그냥 올케가 말을 할 때까지 기다리고있었소.

—내가 말할 때까지 기다리는 그 거리만큼 우리사이는 멀다는 소리로 들리네요.

그녀는 그간에 자기에 대한 나의 감정의 거리를 보아버린것이다.

그녀의 눈빛이 잠간 흔들리더니 고개를 흔들었다.

—여기를 올 때는 다 말하려구 했는데 생각을 바꾸었어요. 저의 말은 누구도 믿지 않을거니깐요… 듣고싶으셨다면 직접 동생한테가 들으세요. 아님 어머님한테가 들으시든지. 저두 이젠 모르겠어요.

말을 마친 그녀는 자리에서 일어섰다. 모르겠다는 말 무얼 뜻하는지 확실치는 않지만 무슨 결별처럼 들렸던것은 그녀의 단호하고 완강한 어감 때문이였던것 같다. 순간 그녀가 가족이 아니라 전혀 낯선 사람처럼 느껴졌다. 들어온 식구는 아무리 오래 함께 살아도 어느 한 순간에 남이 되여버리는 아마 그런 존재인 모양이다. 그것이 어처구니가 없어 허, 하고 입을 벌린채 나는 한참이나 허무하게 서있었다. 이렇게 변할수가 있다니. 나는 그녀의 그같은 변화를 인정하기 싫었다. 그녀의 그같은 변화는 우리 식구들한테 대한 배신이라고 생각됐기때문이다. 그녀는 아예 처음부터 우리 가까이에 와있지 않았고 마음의 빗장을 꽁꽁지른채 멀리서 우리를 비켜서있었던것이라고 나는 우기고싶었다.

그때 그녀는 간다는 말도 없이 문께로 걸어갔다. 밖으로 뛰쳐나가고싶은 욕구를 간신히 참고있은 사람처럼 걸음이 가벼웠다.

—아직 하던 말 채 끝나지 않았는데 그렇게 가문 어쩌자는거요? 날 무시하는거요?

그녀의 뒤에서 하는 나의 말은 무기력했다.

—무시하긴요. 여태 무시당하고 산 사람은 저잖아요. 이 집 식구들이 언제 한번 저를 사람으로 대우한적이 있어요?

그녀는 내쪽으로 천천히 돌아서며 싸늘하게 웃었다. 이런 교활함이라니, 짐짓 몸서리쳐졌다. 혼돈, 실망, 원망의 상태를 차례로 겪으며 결국 나는 그녀에 대한 분노를 삭일수 없었다.

나는 나름대로 올케를 위해 많은 희생을 해온 사람이라고 자부하고있었다. 해마다 올케네 집으로 들어가는 나의 돈은 공식적인 기준이 없다. 엄마의 생활비외에도 조카들의 학잡비를 대주기도 했다. 어머니의 생활비 역시 마찬가지다. 드릴 때만 어머니 손으로 받을뿐이지 고스란히 조카들의 교육비나 집안 생활비로 써지고 어머니의 몫은 없다. 그게 안쓰러워서 엄마의 용돈은 따로 동생들 몰래 어머니의 호주머니에 가만히 넣어준다. 그렇지만 어머니는 그 돈도 결국 아들이나 손자들의 호주머니에 찔러주었다. 이랬으면 시누이로서 할만큼 한건데 적반하장도 유분수지. 참기가 막혀서. 내가 어이없어하는 리유를 아는듯 그녀가 입을 열었다.

─형님이 도와준건 알아요. 하지만 그건 나땜이 아니구 어머니땜이 아니예요? 사실 전 그렇게 돕는건 단 한번도 바라지 않았어요. 어머니께서는 당신 따님이 드리는 돈의 높이만큼 저를 무시해왔으니깐요.

나는 일종 멀미같은 어지름증을 느꼈다. 종래로 그녀가 그렇게 긴 말을 한적도 없었고 또 그렇게 어려운 표현을 정확하게 구사해낸적도 없었다. 진짜로 다른 사람과 마주선 기분이 들었다. 억울한 느낌이 들긴 했지만 내가 할수 있는 말은 없었다. 내가 그녀를 도와준것은 그녀를 위해서가 아니라 어머니를 위해서라는 말은 사실이다. 어머니가 동생네 집에서 눈치보지 않고 편하게 있도록 하기 위함이였다. 어머니께서 그것을 한 밑천으로 며느리한테 눈치를 주었다면 그녀의 말을 반박할만한 다른 리유는 없는것 아닌가.

처음으로 그녀한테 두려움을 느꼈다. 주위의 모든것에 대한 깊은 무관심, 그것은 그녀의 주위에 대한 깊은 반발이였음을 모르고 언제든지 흔들지만 않으면 마냥 한곳에만 머물러 있을것이라고 생각했던것은 나의 착각에 불과했다. 손에 쥐이는대로 그녀한테 던지고싶은 심정이였다. 그런데 그녀는 뒤돌아보지도 않고 문을 나섰다. 탕 하는 문소리를 단절음처럼 들으며 나는 맥없이 주저앉고말았다. 술래잡기를 하다가 전혀 예상치 않은 곳에서 튀여나온 아이한테서 뒤통수를 얻어맞은 기분이였다.

내가 동생네 집에 전화를 넣은것은 그녀가 나가서 반시간 쯤 지난후였다. 도대체 그녀가 무슨 일로 새벽에 와서 남의 속을 뒤짚어놓고 간건지 동생한테 알아보기 위해서였다. 그런데 뚜— 뚜— 하는 전화소리만 거칠게 들릴뿐 받는 사람이 없었다. 슬슬 걱정이 다가온다. 이 시간에 다들 어디로 간것일가? 어머니는 웬만하여 집을 비우지 않는다. 무슨 일이 있긴 있는 모양이였다. 거실에 있는 벽시계를 쳐다보니 오전 아홉시, 벌써 가게문을 열어야 할 시간이 다되여가고있었다. 일하는 아가씨가 있을 때는 전화 한통화만하고 나는 나대로 돌아다녔지만 장사가 안되여 아가씨를 내보낸 다음부터는 꼼짝 못하고 가게에 묶인 몸이 되였다. 장사라는건 하루가 아니라 몇시간이래도 문을 닫아버리면 손님을 잃게 된다. 나는 심란한 마음으로 가게로 나갈 차비를 서둘렀다.

## 2

가게문앞에는 하얀색과 회색빛의 얼룩 고양이가 기다리고있었다. 웅크리고있던 놈이 나를 보자 기다렸다는듯 등을 말아 올리며 길게 일어서고있었다. 얼마전에 집을 나갔던 놈이 꼭 밥은 주인한테 와서 얻어먹는다. 배부르면 어디론가 돌아다니다가는 배고프면 이렇게 어김없이 찾아오군 한다. 그런데 죽어도 집안으로는 들어오지 않았다. 할수없이 문밖에 먹이를 놓아주는데 그것을 먹고는 또 떠난다. 어떤 때는 며칠씩 보이지 않다가도 잊을가 하면 또 나타난다. 내 집은 아마 고양이에게 떠나기 위하여 돌아오는 곳이 아니면 돌아다니는 어딘가에서 떠나기 위하여 다시 돌아오는 곳이였는지 모른다.

억지로 잡아볼려고 손을 내밀면 미처 손대기전에 도망가버린다. 그런 날에는 아무리 좋은 먹이로 꼬셔도 보는척도 안하고 가버린다. 늘 사람의 손안에서 재롱을 부리며 살았던 고양이였는데 한번 집을 나간 뒤로는 랭정하게 사람의 손을 거부하였다.

나는 가게문을 일부러 활짝 열어놓았다. 그러고나서 알은체도 않고 가스레인지에 뜨거운 물을 올려놓았다. 고양이를 가게안으로 끌어들이기 위해서였다. 하지만 고양이는 문턱밑에서 고개만 갸웃거리며 그녀의 손놀림만 지켜보고있었다. 먹이를 기다리고있는것이 분명하다. 나는 커피잔에 뜨거운 물을 부은 다음 숟가락으로 천천히 저었다. 그러고나서 고양이와 눈을 맞추면서 조금씩 홀짝홀짝 마셨다. 고양이의 식욕을 유발하고 갈증을 자극하기 위함이였다. 하지만 고양이는 조금도 움직이지 않고 한자리에만 완고하게 버티고있었다. 나는 빵 한쪼각을 일부러 땅에 부스러기를 흘리면서 먹었다. 고양이는 두귀를 쫑긋 세우면서 땅에 떨어진 빵부스러기를 노려본다. 그리고는 재롱스럽게 한쪽 앞발을 들었다놓으면서 먹이를 유혹해본다. 그저 그럴뿐 아무 일도 일어나지 않았다. 오늘도 집에 끌어들이는 일은 희망이 없었다. 매번 시도하는 일이지만 단 한번도 성공하지 못했다. 뭐가 고양이한테 저처럼 집을 경원하게 만들었는지 알 수 없는 일이지만 나는 한번 집을 나간 고양이는 다시 집에 들어오기를 원하지 않는다는것을 알게 되였다. 할수없이 나는 밥과 물을 문밖에 놓아주고 문을 닫아버렸다. 그리고나서 유리창너머로 슬그머니 창밖을 내다보았다. 먹이를 먹으면서도 고양이는 시름이 안놓이는듯 귀를 날카롭게 세우고 예민하게 문쪽을 할끔거리고있었다. 나는 잠간 잊고있던 그녀를 떠올렸다. 어딘가를 떠나고싶어하는 그녀의 벗은 발이 머리속에서 바람처럼 맴돌았다.

그때 껑충하게 키가 큰 한 남자가 이쪽으로 걸어오고있었다. 나는 활짝 웃으며 문을 열었다. 그 서슬에 고양이가 담을 뛰여넘는다.

─어서 오세요. 그새 통 보이지 않더니 어디 외출이라도 하셨던거예요?

허허, 하면서 남자는 내가 열어주는 문안으로 성큼 들어선다.

─외출은 아니고 좀 바빠서…

한때는 나를 애인한다고 치근거리기도 했던 남자다. 나는 그것을 그 남자의 진실이라고 믿은적은 단 한번도 없다. 장사하다보면 어디 그런 남자가 한둘이라고. 녀자만 보면 애인하자 그러고 올 때마다 파트너를 바꾸는 남자가 요즘은 끼도 아니라 하지 않는가. 후에 일하는 아가씨, 미스리가 오자 그 남자는 걔를 자기 애인이라고 가끔씩 옆에 앉이고 커피를 사주기도 했다. 그럴 땐 본의 아니게 작은 질투같은것을 느끼군 했던것을 보면 그 남자를 별로 싫어하지는 않았던것 같다. 어디서 무얼하는지는 잘 모르지만 얼굴 잘 생기고 돈을 잘 쓰는 남자라는것 정도쯤은 알고있었다. 그의 마누라가 외국에서 돈을 벌고있고 그가 혼자 생활하고있다는 사실을 알게 된것은 미스리를 통하여 썩 후에 알게 된 일이다.

－혼자 오셨어요?

－그럴리야 있겠소?

－설마했어요. 자꾸 그러시다가 집에서 아심 어쩔라구요.

－그쪽두 가만있을라구요. 5년이나 됐는데.

－그래두 괜찮은거예요?

－돈만 보내준다면.

그 말을 하면서 남자는 의미있게 웃었다. 돈만 보내준다면 자기 녀자의 외도도 용서할수 있다는 말이다. 나는 잠간 충격을 받긴 했지만 어쩌면 그 말이 옳은지도 모른다. 돈만 준다면 이 세상에 안되는것이 무얼가. 이곳에서만도 그렇다. 20평도 안되는 작은 공간에서 사람들은 수없이 안되는 말을 하고 수없이 안되는 짓들을 하고 간다. 나는 돈만 받으면 그만이다. 오히려 안될 짓을 하고 가는 그 사람들의 돈을 받으면서 늘 감사하군 했다.

그때 문쪽에서 한 녀자가 발작소리도 없이 바람처럼 살풋이 남자의 곁에 와앉았다. 결코 행복하지만은 않았을것 같은 인상의 녀인이였다.

－많이 기다렸죠?

－아니.

－지루하셨죠?

―미인 기다리는데 지루하긴. 즐거웠지.

그러면서 남자는 익숙한 솜씨로 녀자의 흰색 외투에 흘러내린 머리카락을 뒤로 넘겨준다. 많이 듣던 소리고 많이 보던 손짓이다. 이런 곳에서는 그것이 류행어처럼 듣는 말인데 많은 녀자들은 저런 말과 손짓에 약하다. 녀자는 벌써 꽈배기처럼 몸을 꼬며 남자의 품을 파고들고있었다.

카운터의 전화벨이 울렸던것은 바로 그 순간이였다. 그녀는 커피를 타다말고 전화기를 들었다. 송수화기에선 이윽히 격한 숨소리가 잡음처럼 들려올뿐이다. 바빠 죽겠는데 웬 장난질이야. 툴툴거리며 전화를 놓으려는데 누나, 하고 갈린 남자의 목소리가 손목을 잡았다. 동생이였다.

―너 웬 일이야? 안그래도 전화를 할려구 했는데.

―집사람이 없어졌소.

―아침에 우리 집에 왔댔어.

―누나네 집에 들렸다가 집에 왔었소. 집에 왔다가 가방이랑 옷이랑 다 벗어놓고 화장실을 간다고 나갔는데 지금… 없소.

―설마 나쁜 일이야 있을라구. 주위를 잘 찾아봐.

―동네를 발칵 뒤집었는데도 없어. 아무래도 심상치 않아…

동생의 목소리가 울고있었다.

―도대체 니들 사이 무슨 일이 있었는데 그래?

―누나 그건 만나서 얘기하구, 지금 빨리 오면 안돼?

그의 목소리는 다급했다. 그리고 절실했다.

또다시 그녀의 벗은 발이 떠오른다. 그리고 아침에 있었던 그녀의 행동이 조금 반상적이였다는 생각이 들었다. 혹시 그게 무슨 징조는 아니였을가. 갑자기 나의 마음은 불안하게 움직였다.

나는 손님에게 량해를 얻어내고나서 가게문을 닫았다.

## 3

그뒤, 세시간후 작은올케가 맨처음 발견된 곳은 비워두었던 낡은 초가집에서였다. 어렸을적에 내가 아버지랑 함께 살았던 집이다. 여름이면 봉선화 피는 울타리밑에 쪼크리고앉아서 빨갛게 손톱눈을 물들이며 동년을 키웠던 곳이다. 그곳에서 달빛과 이슬에 젖는 밤에 모기불을 피워놓고 풀벌레우는 소리와 개구리우는 소리를 들으며 내 감성을 키웠다. 아직도 추억과 동년이 머물고있는 정든 초가집이다. 다만 새집으로 이사가면서 오래 비워두었던 탓에 문짝이 다 뜯겨나갔고 앞마당에는 잡초만 무성하게 자라있어 그동안 흘러간 세월의 깊이를 아프게 느끼게 했다.

내가 그곳에서 잠간 집안을 들여다본것은 순전히 우연이였다. 그녀를 찾다가 옛날 생각이 나서 들린것이지 그녀가 그곳에 있으리라고는 전혀 생각지 못한 일이다. 구들장을 들어내느라고 바닥을 마구 헤집어놓아 구들고래가 까만 속을 밖으로 드러내고있는 집안은 마치 고기내장이 시시각각 썩고있는것 같았다. 그 한가운데에 그녀가 누워있었다. 몸은 이미 싸늘하게 식어있었다. 아침에 보았던 하얀 그녀의 발이 여전히 맨발인채로 항거를 하듯 우로 향해 놓여있었다. 그곁에 그녀가 이곳에 올 때 신었을 하얀 고무신이 아무렇게나 버려져있었다. 발은 아침에 보았을 때보다 더 작아진듯싶었다. 그 작은 발이 너무 애처로워 나는 울면서 그녀의 발을 끌어안았다. 그리고 가슴을 치며 후회를 하였다. 아침에 내 집에 찾아왔을 때 그 발을 그렇게 끌어안아주었더라면 이런 일은 일어나지 않았을 것이다. 나는 그 순간처럼 내가 미웠던적은 없었다. 그러는 사이 사람들이 달려와서 그녀를 차에 실었다. 병원으로 가는 차안에서 동생은 지독한 것, 지독한것, 하는 말만 되뇌일뿐이였다. 나는 아직도 더 자라야 될것만 같은 올케의 작은 발을 품에 꼭 끌어안은채 연신 중얼거렸다.

―살아야 해. 죽으면 안돼…

무엇이 그녀를 이렇게 외롭게 했을가. 아침에 했던 그녀의 말이 머리에서 맴돌았다.

－무시하긴요. 여태 무시당한건 제쪽이죠. 그집 식구들이 절 사람취급이나 했어요?

그것이 그녀의 유언처럼 나의 마음을 무겁게 했다. 그녀가 그런 생각을 하면서 살았다는것은 꿈에도 생각하지 못했다.

논농사로 살아가다가 비행장을 건설하는데 땅을 떼운 이 동네 사람들은 모두 도시호구로 옮겨졌다. 땅대신 돈을 얼마씩 받긴 했지만 대신 직업을 잃게 되였다. 농사를 지으려고 해도 밭뙈기가 없고 그렇다고 도시에 들어가 직업을 얻는다는것은 그야말로 하늘에 별따기였다. 하루사이에 이 마을 남자들은 백수가 되여버렸다. 땅판 돈을 쥐 소금녹이듯 녹이면서 겨울이면 마작이나 화투을 치고 여름이면 베짱이처럼 나무그늘밑에서 신세타령이나 하는것이 고작 이 마을 남자들이 할수 있는 일이였다. 그중에도 딸이나 안해가 외국에 가 돈을 버는 집 남자들은 어깨에 힘을 주고 다니지만 그렇지 못한 남자들은 작은 놀음에도 자주 끼우지 못해 그야말로 사람축에도 못들어간다고 했다. 동생도 사람축에 못들어가는 부류의 한사람이였다.

작년인가. 그해 여름이 끝나갈 무렵 나는 어머니가 아프시다는 전화를 받고 고향으로 내려간적이 있다. 사실은 어머니가 아프신것이 아니고 동생 내외가 싸운 일로 어머니가 그 뒤풀이를 하라고 부르신것이였다. 여름이 다 끝나가는데 동생은 웃통을 벗고 반바지만 걸치고있었다. 부은듯 살이 찐 얼굴에 삶에 대한 권태로움이 메주에 핀 곰팡이균처럼 확 피여있었다. 채색인지 흑백인지 화면이 제대로 나오지도 않는 텔레비가 찍찍거리고 그 한쪽에 어머니가 쉬여버린 밥덩어리처럼 댕그랗게 앉아있을뿐 그녀는 보이지 않았다.

－망했소.

동생은 나를 보자마자 그 말부터 했다.

－왜?

우리 집의 저 왕재수가 땅 판돈을 다 날려버렸소. 우린 이제 하늬바람이나 마시고 살게 됐소.

알고보니 올케가 외국가는 수속을 하다가 돈만 날린것이였다. 그때 어머니가 길게 탄식을 하면서 입을 열었다.

─차라리 가만히 있기보담 못했잖여. 얌전하게 가만히 있었더라면 그 돈이래두 살아있었을텐데 괜하게스리 설쳤어.

그때 중간 미닫이 문이 벌컥 소리를 내며 그녀가 나왔다.

─가만히 앉아있는다고 능력이 없고 융통성이 없다고 몰아붙인건 누구신데 지금 와서 이런 얘기하세요.

─그렇다고 내가 돈을 날리라고 했나?

─제가 일부러 돈을 날렸나요?

─다 자네가 복이 없어 그런거지. 남들은 사고없이 잘되기만하더만, 왜 자네는 하는 일마다 그렇게 씨원찮은겨.

그녀는 이쯤해서 입을 다물고 밖으로 나갔다. 어머니가 무슨 말을 하려고 하시는것을 알고있었다. 틀림없이 자기의 친정사까지 끄집어내여 비위를 긁을것이기때문이다. 그녀는 시어머니의 입으로 친정집 말을 듣는것이 죽는것보다 싫었다.

친정집 오빠가 어릴 때 다락에서 떨어져 머리를 다친후 실성한 상태로 살다가 집을 나간후 종무소식이고 그 자식땜에 속을 썩이며 사시던 어머니도 정신이 오락가락하시다가 돌아가셨다.

확실히 이 세상에는 노력해도 안되는 사람이 있다. 노력하면 안되는 일이 없다는 말이 다 통하는것은 아니다. 분명히 삶에는 운명이라는 말로밖에는 다르게 해석할수 없는 일들이 있다. 그것을 어머니는 팔자가 사납다는 말로 표현을 하군 하셨다. 결혼전에 동생이 그 녀자를 집에 데리고 왔을 때 어머니는 그런 사실은 모르고 다만 그녀의 작고 여윈 몸매를 꺼렸다. 하여 애들이 아파도 에미가 시원치 못해 애들이 모두 비실비실하다고

나무렸는데 나중에 그녀의 친정사를 알게 된 뒤로는 집안에 안좋은 일이
일어나면 의례 그녀와 련계짓기가 일쑤였다.

4

병원에서 위세척을 하고 다시 응급실로 옮겨진 그녀는 튜브를 코에 꽂
은채 조용히 누워있었다. 의사의 말에 의하면 조금만 늦게 발견했더라면
위험할번했다고 했다. 그것은 이미 위험은 없다는 말로 들렸다. 아무 일
도 일어나지 않았다는 안도감에 나와 동생은 서로 바라보면서 깊은 숨을
몰아쉬었다.

응급실밖에서 나는 동생에게 물었다.

─왜니?

담배에 불을 붙이려고 라이타를 켜는 그의 손이 보기에 민망할 정도로
심하게 떨고있었다. 벌써 세번째로 시도하는데도 켜면 꺼진다.

─줘봐.

내가 한번에 라이타를 켰다. 동생은 입에 담배를 문채 불을 붙이고나서
긴 호흡을 하듯 길게 빨아들이였다. 그리고나서 토하듯 연기를 뱉으면서
허전하게 말했다.

─별거 아닌데 그렇게 됐어…

삼일전이였다. 오후 네시쯤되자 그녀가 공항으로 간다고 했다. 그녀의
남편될 사람이 오는것이다. 위장결혼이라고 하지만 법적인 보호를 받는
남편이니깐 진짜부인인 셈이다. 위장이라는 말은 그녀와 동생, 그리고 결
혼하게 될 낯선 남자, 세사람지간의 약속뿐일뿐, 어디에 가서도 법적인
근거는 남아있지 않았다. 속된 말로 눈을 편히 뜨고 자기 녀자를 다른 남
자한테 내여준것이다. 여태 단 한번도 느껴보지 못했던 처절함과 배신
감, 그리고 질투와 분노까지 겹쳐서 동생은 미칠것만 같았다.

─가만.

그녀가 문을 나서려는데 동생이 불러세웠다.

－남의 남자를 만나는데 멋은 왜 이렇게 부렸어?

－뭔 멋을 부렸다구 그래요? .

하면서 그녀가 살짝 문옆에 걸려있는 거울을 들여다본다.

－입술 좀 지워. 쥐 잡아먹은것 같애.

그는 커다란 손으로 안해의 입술을 쑥－ 문질러갔다.

－왜 안하던 짓하구 그래요.

－너야말로 왜 안하던 짓을 하구 그래. 그깐 거지 같은 놈한테 잘 보일 필요가 뭐가 있어? 그놈들 다 거지야 거지. 돈이 없어 위장결혼으로 돈이나 받아 처먹고 사는 거지중의 상거지라구. 들을라니깐 집도 없는 놈들이라더라. 난 그래도 집이 있잖어. 그러니깐 그깐 놈들앞에서 쩔쩔 멜 필요가 하나두 없어.

동생은 먼 곳에서 오는 낯선 남자를 비하시키려고 악을 썼다. 그렇게라도 그녀앞에서 자신의 존재를 확인하고싶었을것이다.

그녀는 아무 대꾸도 하지 않고 핸드빽에서 립스틱을 꺼내서 지워진 입술에 다시 칠했다. 남자는 안해의 손에서 립스틱을 뺏더니 쓰레기통에 확 던져버렸다.

－거지같은 놈한테 잘 보일 필요가 없다니깐.

그러는 남편을 이윽히 바라보고만 있던 그녀가 실소를 하듯 픽 하고 허구프게 웃었다.

－당신은 그런 말을 할 자격이 없는 사람이예요. 돈때문에 호적 팔아먹는 놈이나 돈때문에 마누라를 남한테 팔아먹는… 남－자－나 다를게 뭐겠어요. 그 사람이 알면 아마 마누라 파는 놈이 호적 파는 놈을 웃는다구 당신을 욕할걸요.

순간 동생은 비칠했다. 안해를 다른 남자한테로 보내면서 그 남자를 폄하했던것은 같은 남자에 대한 질투보다 안해를 지키기 위한 노력이였을지 모른다. 한때 안해의 파트너로 적극적으로 수속에 협조해주기를 바랬던 동생이였다. 그 남자를 죽이고싶도록 미웠던것은 오로지 그 남자의 가까이로 다가가는 자기 녀자에 대한 위태로움과 두려움때문에서였다.

그녀의 말은 동생의 불안을 증폭시켰을뿐이다. 당신은 할 말이 없다는 그녀의 말이 가슴에 비수처럼 꽂혔다. 동생은 위장결혼을 해서라도 가서 돈을 벌어보겠다는 그녀의 말을 믿고 그녀와의 가짜리혼에 수락했다. 했는데 리혼은 도장이 찍힌 날부터 3개월 지나야 재결혼이 가능하다는 말에 안해의 위장결혼수속을 다그치기 위하여 살아있는 자신의 사망자신고를 냈다. 동생의 호적에는 그의 이름우에 사망이란 도장이 찍혀있다. 그는 이 세상에 존재하지 않는 걸어다니는 유령일뿐이다. 이제 올케가 정말로 그 낯선 남자를 따라가서 부부로 살더라도 죽은 자가 무슨 할 말이 있겠는가. 그는 이미 죽은 사람일뿐이다.

─안돼.

그는 죽어라고 소리쳤다.

─이 결혼은 무효야.

하지만 그녀는 악을 쓰는 동생을 뒤에 남겨두고 그예 공항으로 빠져갔다.

아마 그럴수밖에 없었을것이다. 이미 수속비 절반은 내여준 상태여서 지금 그만둔다는것은 경제적손실외에도 다시 령으로 돌아오고마는 자신들의 처지가 너무 비참해진다는것을 알고있기때문이였다. 이제 와서 그만두는것은 결코 동생의 바램이 아니였다. 올케 못지 않게 이번 수속의 성공을 위하여 고심했던 동생은 자신의 운명과 전 가정의 운명이 그녀의 성공에 달려있다고 믿고있었다. 그런데 그 자신이 지금 그것을 부정하고있다. 지금에 와서야 동생은 자신이 애써 추진해온 일이 저 자신도 미처 몰랐던 자기 함정이 도사리고있었음을 깨달았다. 이루어지기를 바라면서도 그것을 원하지 않는 그 모순된 심리야말로 동생을 끝없는 정신적인 공황에 빠뜨렸다. 그녀가 돌아올 때까지 집안에 앉아 편안히 기다릴 자신이 없은 동생은 그녀를 쫓아 공항을 따라나섰다. 미행을 한 셈이다.

마침 비행기가 도착했는지 공항입구로 손님들이 쏟아져나오고있었다. 그속에 그녀도 있었다. 그가 지켜보는 앞에서 그녀는 그런줄도 모르고 남자와 손을 잡고 나란히 걷고있었다. 남자가 그녀를 보면서 무슨 얘긴가 하자 그녀는 허리를 꼬며 깔깔 웃었다. 마치 오래동안 함께 살았던 부부처럼 다정해보였다. 녀자란 저런것인가. 그는 자기 눈을 의심했다. 남자가 아니라 녀자일지라도 처음 보는 사람하고는 말도 안하는 그녀였다. 숫기가 없어서가 아니라 사람을 싫어했다. 웬지 여러사람이 함께 있는 시간이 더 외롭고 견디기 힘들고 혼자 있으면 편안하다고 했던 녀자였다. 녀자는 남자에 따라 다를수 있음을 동생은 처음 알고 당혹함을 금치 못했다. 그러면 나에 대한 감정이 진실한것일가 아니면 그 남자에 대한 감정이 진실한것일가. 깊은 잠에서 깨여난듯한 그녀의 활짝 열린 얼굴이 그녀의 진실이라면 이제까지는 철저히 자신을 은폐하고 살았다는 말이 된다. 그녀가 철저히 가면을 쓰고 살았을거라는 생각을 하자 새로운 분노가 가슴을 쓸어내렸다. 빈껍데기만 끌어안고 살았다는 상실감은 동생더러 리지를 잃도록 부추겼다…

그날 밤 늦은 귀가를 한 그녀를 동생은 집에서 쫓아냈다. 그리고 그녀가 시집올 때 가지고 왔던 이불과 옷견지들도 비오는 진탕길에 내동댕이치고 다시는 집에 돌아오지 말라고 했다…

—꿈을 꾸고있는것 같애.

동생의 푸석푸석한 얼굴에는 절망의 빛이 굳은 살처럼 박혀있었다.

—어쩔수 없는 현실이라면 감수해야 되는게 아닐가?

—마음이 너무 아퍼. 이렇게 아플줄 정말 몰랐어.

—홍역을 치른다고 생각하고 참어라.

—누나가 겪어보지 못해서 그래. 난 정말 용서할수 없을것 같애.

—그럼 어쩌겠다는거니? 설마 헤여지려고 하는건 아니겠지?

—그럴지도 모르겠어.

동생은 이미 마음을 정한것 같았다.

# 5

그뒤 얼마 안있어 나는 헤여졌다는 소식대신에 그녀가 낯선 남자를 따라 출국을 하였다는 소식을 어머니로부터 전해들었다. 그리고 인편으로 그녀가 그 남자와 한방을 쓰고 산다는 소식도 전해들었다. 그것은 국적을 얻기 위한 필요한 절차라고 했다. 하도 위장결혼이 많아서 관계부문에서 불의습격으로 조사를 내려오기때문에 국적을 얻어내기까지는 한집에서 낯선 남자와  진짜부부처럼 살아야 한다고 했다. 나는 이런 사실을 알고 있었지만 동생한테 말해줄수 없었다.

가랑비가 내리던 어느날 오후, 동생이 갑자기 가게를 찾아왔다. 혼자가 아니고 뒤에 따라 들어오는 사람이 셋이 더 있었다. 하나는 남자고 두사람은 녀자였다. 동생까지 합치면 남자 둘 녀자 둘인 셈이다. 동생은 넥타이까지 매고 정장을 하긴 했지만 잘 잠궈지지 않은 바지 벨트와 조금 열려진 지퍼땜에 금방 화장실에서 나온 사람처럼 흐트러져있었다. 나는 깜짝 놀라서 손에 들었던 커피잔을 엎질렀다. 언제나 동생을 만나면 반가움보다 놀라움이 앞서는것은 나 자신도 모를 일이다. 아마 동생에 대한 불안감때문이였을것이다. 그것이 동생한테 미안해서 그러지 않으려고 노력하는데 안된다. 다행히 동생은 내 놀람을 눈치채지 못한듯했다. 여기저기 고개를 기웃거리며 실내를 살피고나서 나를 보며 심드렁하게 웃었다. 차집이란것두 별거 아니구만 하고 말하는것 같았다.

─갑자기 웬 일이야?

─누나네 매상고 올려줄려구.

동생은 두팔을 카운터에 올려놓으면서 나의 얼굴 가까이에 입을 대고 말했다. 풍겨오는 술냄새에 뜨겁고 끈적한 기운이 날아왔다.

─대낮부터 웬 술이니?

─동창들끼리 오래간만에 만나서 한잔 했소.

─돈은 어디서 났니?

−아무리 돈이 없다구 술마실 돈두 없겠소? 누나 이제 우리 걱정을 하지 않아도 되우. 나두 이제 큰 소리치면서 살게 됐소.

그러고보니 동생은 예전보다 달라보였다. 축 처졌던 어깨에 빳빳하게 힘이 들어가있는듯했다.

−어디 복권이래두 당첨됐니?

갑자기 고개를 뒤로 젖히고 하하하 크게 웃고나서 동생은 무슨 큰 비밀이나 있듯이 나직히 말했다.

−누나, 나 끝내 성공했소. 축하해주우.

짐짐하게 풀어진 동생의 눈꼬리에 물기가 어려있었다. 개신개신 울음을 터뜨릴것 같은 그의 얼굴을 나는 미타하게 바라보기만했다. 성공이라니, 성공이라고 이름 붙일만큼 하는 일도 없는 동생이 눈물을 지어가며 성공을 례찬하는것이 그저 일 같지 않아 마음이 심란하였다. 내 마음을 알아차리기라도 한듯 동생은 카운터너머로 손을 뻗어 나의 손을 잡아다가 자기의 양복 안쪽호주머니를 만져보게 하였다. 뭔가 두툼한것이 손에 묵직하게 와닿는다. 돈인것 같았다.

−이게 뭐야?

−돈두 몰라?

−무슨 돈인데? 이렇게 많아?

−집사람이 부쳐왔소. 그래서 한턱 쏘는거야. 우리 동창생들은 다 나보다 형편이 못해. 아까 봤지. 사는게 어려워뵈지 않았어? 그중 내가 제일이야. 난 이제 성공했거든. 성공한건 동창들중에 나밖에 없어…

하마트면 나는 푸, 하고 경멸의 미소를 지을번하였다. 이런 성공이라니, 호적에 이름도 없는 죽은 자의 성공이라니, 입안이 허전해지면서 바짝 말라들었다. 그녀의 낯선 남자에 대한 친절을 용서 못해 절규하고 절망하고 헤여지려 했던 동생이였다. 어떻게 변한것일가. 어떤 식으로든 나는 리해가 되지 않았다. 사랑의 이름으로도 증오의 이름으로도 설명과 납득이 되지 않았다. 자신이 자처해서 기생충이 될려고 작정을 하는것외에는 다른 설명이란 불가능했다. 아마 동생은 그러기를 원한 모양이다. 그렇다면 할수 없는 일이지만 그녀가 그 남자와 한방을 쓰고있다는 사실을 모르고있는것이 분명했다. 알면서도 감히 성공했다고 말하지는 않을것이다. 아니 안다고 하더라도 뭐가 달라지겠는가. 아무것도 달라질것이 없다. 동생이 할수 있는 일은 오직 자기 체념일뿐이였을것이다. 그럴수밖에 없는 동생을 나는 리해하려고 애썼다. 그러는데도 불구하고 자꾸 분노가 치민다. 그리고 이토록 대책없이 무기력해진 인간의 존재에 대하여 불쌍하고 속상하여 울것 같았다. 동생이 나의 얼굴을 들여다보면서 물었다.

─왜? 누나 울어?

─아니야.

─울고있잖어?

─미안해서 그래.

그런 말을 할려고 했던건 아닌데, 나는 미안하다고 말하고말았다. 그런데 예기치도 못했던 눈물이 걷잡을수 없이 쏟아지고말았다. 여태까지 나를 괴롭혔던 불편함이나 정체 모를 분노, 지어 동생에 대한 경멸까지 모두 그에 대한 나의 미안함이였던것 같다.

─누나가 뭐가 미안해, 미안한건 나지. 이제부턴 내가 누날 호강시켜줄게. 알았지?

나는 소리를 놓아 통곡을 할것 같아 동생한테 잠간 카운터를 보아달라하고 위생실로 갔다. 위생실문을 안으로 잠그고 수도꼭지를 크게 틀어놓았다. 그리고 소리를 작게 쪼개며 울음을 토해냈다. 세면대를 넘치는 물이 도랑물소리를 내며 하수구로 빠져나가고있었다. 며칠전에 친구들이랑 함께 갔던 하수구식당 이름을 떠올린것은 바로 그때였다. 식당 이름이 하도 괴의하여 찾아들어갔었는데 그 음식점의 메뉴는 딱 한가지였다. 여러가지 료리를 한번에 쏟아넣고 여러가지 맛을 동시에 먹을수 있는것이 특징이라고 했다. 뭐든 한꺼번에 쏟아부을수 있다는 하수구의 특징을 살린 메뉴라고 사장이 설명을 하면서 여러가지 료리를 놓고 어느것을 집을가 고민하는 노력도 없이 편안하게 여러가지 칼로리를 섭취할수 있다는 편안함 또한 하수구식당의 특징이라고 덧붙였다. 어쩌면 신통히도 우리의 삶을 닮은것 같아 마음이 씁쓸했다.

동생은 카운터를 비워둔채 친구들속에 어울려 떠들고있었다. 성공자의 소임을 다할려는듯 동생의 목소리에 힘이 들어가있었다. 이제부터 자기가 알아서 살아가는것이 아니라 다른 사람에 의하여 살아지는 인생, 아니 살아지는것이 아니라 사라지는 인생인것을 동생은 느끼지 못한채 성공한 자신의 인생으로 하여 오기를 부리고있었다. 동생이 성공이라고 이름지은 그것이 언제까지 이어질것인지 모두가 그녀한테 달려있다. 지금 낯선 남자이지만 법적으로 자기 남편인 사람과 한방을 쓰고 사는 그녀의 장래는 어디로 튈지 그녀 자신도 아마 모르고있을것이다. 나는 그녀의 작은 발을 떠올렸다. 마치 열살에 성장을 멈춘듯한 그 작은 발, 그것은 아마 바로 지금부터 커질려고 작았던것인지도 모른다. 이제야 나는 그녀의 그 작은 발에 대한 징크스의 정체를 알것 같았다.

밖에서 고양이가 서성이는 소리가 들린다. 누군가가 고양이 밥그릇을 건드리는 자취가 들리고 이어 고양이가 담장을 뛰여넘는 소리가 들린다. 고양이는 다시 돌아올것이다. 하지만 집을 나간 고양이가 언제든지 다시 돌아오리라는 보장은 없다. 그것은 고양이 자신도 알수 없는 일이다.

멀리에서 고양이 우는 소리가 들려온다. 동생도 그 소리를 듣고있을것이라고 나는 믿고싶었다.

(《연변문학》, 2004. 5)

# 마이허

박 옥 남

## 1

멀리서 보면 상수리나무숲을 등에 업고 높은 언덕받이에 올라앉은 마을과 그에 비해 한키 낮은 지대에 내려앉은 그 남쪽마을사이로 제법 넓은 강 하나가 바람에 나붓기는 비단띠 같이 자유로운 자태로 흘러지나고있는것이 한눈에 안겨온다. 사시장철 마르지 않고 흐르는 이 강을 두 마을 사람들은 하나 같이 ≪마이허≫라고 불렀다. ≪마이≫란 중국어로 개미라는 뜻이고 ≪허≫는 강이라는 뜻이다. 강줄기의 모양새가 개미 허리 같이 짤룩짤룩한 곳이 여러곳 있다고 해서 그렇게 부른것인데 기실 제일 짤룩한 곳이라고 해도 그 폭이 20메터는 실히 된다. 강 북쪽 마을은 상수리나무숲이 있다고 해서 상수리촌이요, 강 남쪽 마을은 강의 남쪽에 위치해 있다고 해서 물남마을로 이름이 통해있는데 강 하나를 사이두고 마을이름이 다를뿐만아니라 생활풍속도 판판 다르고 그들의 혈맥을 이어준 선조도 각이한즉, 상수리는 한족마을이고 물남은 현내에서도 유일한 조선족동네라는것을 원근에서 알 사람은 다 알고있다.

민족이 다르면 언어도 다른 법이다. 그러나 말을 시켜보지 않고도 마이허가에 나와 빨래질을 하는 모습 하나만 보고도 어느 녀인이 상수리의 녀인이고 어느 녀인이 물남마을녀인인줄 대뜸 알아맞힐수 있다. 먼저 빨래하러 나서는 모습부터가 다르다. 상수리의 녀인들은 큰 대야에 빨래감을 넘치게 담아 옆구리에 끼고 나오지만 물남의 녀인들은 빨래감을 담은 대야를 따리까지 받쳐서 머리우에 이고 나온다. 상수리녀인들은 임을 이는 습관이 없다. 물남녀인들의 키가 작달막하고 다리가 안으로 휜것이 다 그 임을 이는 버릇때문에 비롯된것이라고 굳게 믿는 상수리녀인들이였다. 상수리녀인들은 강가에서 썩 떨어진 곳에 멀찍이 물러앉아 대야에 물을 떠놓고 대야안에서 빨래를 꿀쩍꿀쩍 문질러 씻지만 물남녀인들은 돌쪽이나 널쪽을 개울가에 물려놓고 흐르는 물에서 빨래를 방치로 두드려 씻는다. 얼마나 힘있게 두드려대는지 멀리까지 방치질소리가 메아리친다. 상수리녀인들은 그러는 물남의 녀인들을 보고 옷을 두드려 못쓰게 만든다고 웃었고 물남의 녀인들은 빨래를 그따위로 할거면 집안에서 씻을것이지 힘들게 강가까진 왜 나왔느냐고 상수리녀인들을 빈정거렸다. 물남녀인들은 한겨울에도 강가에 나와 얼음을 까고 강물에 옷을 뽀득뽀득 씻어가지만 상수리녀인들은 그런 물남의 녀인들을 반정신이 나간 사람으로 치부하기가 일쑤다. 청명전엔 핫바지를 벗는 법이 없는 상수리녀인들은 겨울에 찬물에 손을 담그면 세상이 뒤집히는줄로 알고있다. 그래서 물남의 녀인들은 산후 몸조리도 일주일에서 열흘이면 끝나지만 상수리녀인들은 한달동안 변소출입도 아니하고 100일을 집안에 들어앉아 밥을 받아먹는다. 물남녀인들은 미역국으로 산모를 대접하지만 상수리녀인들은 좁쌀죽과 닭알로 100일을 채운다. 그만큼 상수리녀인들은 자기 몸을 아낀다는 말이다. 상수리녀인들은 바람과 추위를 무서워한다. 그러나 그들이 덮고 자는 이부자리는 물남녀인들이 만든 이부자리와 비교도 안될만큼 엷고 작다. 물남녀인들이 만든 열두근 솜을 둔 이부자리를 보고 그거 무거워서 어떻게 덮고 자느냐고 근심을 한다. 물남사람들은 크고 두꺼운 이불 하나를 구들우에 펴놓고 둘이고 셋이고 식구대로 같이 덮는 습관이 있으나 상수리사람들은 아무리 정이 좋은 부부래도 한이불을 덮는 법이 없이 한구들에서도 이부자리가 각자 따로따로다.

상수리녀인들은 남편을 개떡 같이 여기는 습관이 있으나 물남의 녀인들에겐 남편의 말은 성지로 받아들이는 미풍이 있다. 상수리녀인들은 비자루꽁지를 추켜들고 남편의 뒤통수를 두드리는것은 례사중의 례사이다. 그러나 안해를 패서 문밖으로 쫓아내는 남자는 물남마을남성들뿐이다. 그래서 누군가 상수리남자와 물남마을녀인이 부부가 되면 천하 1등 짝꿍이 될것이고 상수리녀인과 물남마을남성이 부부가 되면 사흘을 못넘겨 리혼을 하게 될것이라고 예언까지 했다. 물남마을남자들은 종래로 부엌간에 들어가는 법이 없이 안해가 다 챙긴 밥상을 받쳐들고 들어와 앞에 놓아주길 기다리나 상수리남자들은 열에 아홉은 부엌일에 능숙하다. 손님을 초대하거나 명절음식을 만들 땐 안해는 아기를 안고 어르고 남편이 앞치마를 두르고 부엌에서 돌아친다. 가마에서 나오는 즉시 먹어야 제맛인 중국음식은 손님을 앉혀놓고 하나씩 만들어내야 하기에 부부중 한사람은 식사가 거의 끝날 때까지 료리사역을 감당해야 하는데 아이를 달래는데는 녀인이 방법이 있으니까 남편이 가마목을 잡는다는것이었다.

그렇게 마음씀씀이가 후덕한만큼 상수리남자들은 집을 지어도 크고 높게 지었다. 두키가 훨씬 넘게 룡마루를 건뜩 올리진 그들의 천정은 아무리 키 큰 남자가 팔을 올리뻗어도 닿을수 없을만큼 높고 시원하다. 그러나 물남마을의 집들은 거개가 지붕이 낮아 키 큰 남자들이 집안으로 들어갈 땐 언제나 고개를 수긋하고 문을 열어야 한다. 물남사람들은 뜨락 주위를 막는 법이 없이 이웃과 통마당을 쓰는데 습관되여있지만 상수리사람들은 집짓기전에 토담부터 쌓아올린다. 상수리에서 뜨락이 없는 집은 마을의 공소합작사와 생산대 외양간과 정미소 같은 공용장소뿐이다. 남을 경계하고 자기것은 자기 구역안에 한사코 몰아넣어야 시름을 놓는 심리가 상수리사람들의 뜨락문화에서 그대로 나타난다. 물남사람들은 도적질을 수치중의 수치로 생각하지만 상수리사람들은 임자가 눈앞에 보이지 않으면 남의 집 인분이래도 자기집 뜨락으로 끌어들이려는 욕심이 있다. 그래서 ≪도적질을 하지 않으면 상수리사람이 아니다≫라는 속담 같은 말도 항간엔 떠돌고있을 정도다. 그래서인지 뜨락안은 매우 지저분하다. 거위와 오리가 롱성을 피우듯이 뜨락안에서 꿰닥거리며 소요를 하고 새끼돼지를 거느린 굴암돼지가 뜨락 구석구석을 파헤쳐 가뜩이나 정돈이 아니된 뜨락안이 살벌하기까지 하다. 낮다란 버들울타리로 들러쳐진 깨끗하고 소담한 물남마을의 뜨락과는 완연 다른 풍경이다.

물남마을 가옥들은 집안 전체가 부뚜막과 함실을 제외하고는 모두 온돌로 되여있으나 상수리의 가옥들은 집안의 4분의 1이 구들이고 나머지는 모두 봉당이다. 구들 높이도 얼마나 높은지 다리 짧은 사람이나 아이들은 혼자서 구들우로 오르지 못한다. 구들이 적고 봉당이 넓어서 집안이라고 해도 신을 신은채 활동한다. 그래서 상수리사람들은 좀해서 신을 벗지 않는다. 옆집에 잠간 물건따위를 꾸러 가서도 밖에서부터 신을 벗는 물남사람들과 달리 상수리사람들은 아침에 신을 신으면 밤이 되여 이불속에 들어갈 때가 되여야 비로소 신을 벗는다. 밥을 먹을 때도 그들은 신을 신은채 높은 구들우에 올방자를 틀고 앉아 밥상을 받는다. 그래서 물남사람들이 즐겨 신는 끌신이나 고무신과 달리 상수리사람들은 고리까지 달린 형겊신을 즐겨 신고 밭으로 나갈 때는 검정색갈의 천으로 감발까지 한다.

물남과 상수리는 정주칸의 구조도 다르다. 물남사람들은 한 부엌에 뚜껑 달린 쇠솥을, 그것도 세짝이나 네짝을 같이 걸고 밥과 국을 한꺼번에 끓이나 상수리마을의 부엌엔 달랑 뚜껑 없는 대야식 쇠솥 하나뿐이다. 그래서 상수리사람들은 ≪솥을 깨뜨린다≫는 말을 제일 꺼린다. 하나밖에 없는 솥을 깨뜨린다는 말은 그것으로 그 집의 운명이 끝이 나는것을 뜻하기때문이다. 솥이 하나이기에 그들이 때시걱을 끓이는 장면도 기이하다. 국이나 죽을 끓이는 한편 솥둘레에 옥수수가루반죽을 둥글둥글 빚어 붙여서 구어내는데 떡이 굽혀지자 죽도 맞춤하게 끓어서 일거에 량득을 한다. 굽어낸 떡을 수수대 버치에 담아 밥상 중앙에 올려놓고 큼직한 사발에 죽을 담아 식구대로 한그릇씩 안겨주면 주부는 더 할 일이 없다. 물남 사람들이 즐겨 먹는 김치와 국을 떠먹는데 쓰는 숟가락은 상수리마을 밥상에서는 찾아볼수 없다. 떡 한입을 베여먹고 저가락 끝으로 죽을 휘저어서 식힌다음 죽사발전에 입을 가져다 대고 사발을 이리저리 돌리며 후르륵후르륵하고 죽물을 감아먹는데 그래서 상수리사람들은 ≪죽을 먹으세요≫하지 않고 ≪죽을 마시세요≫라고 권한다.

　물남녀인들이 여러가지 김치를 담그느라 바쁠 때 상수리녀인들은 쏸채(신 배추 절임) 한대독만 담그면 겨울준비는 거기서 그만이다. 여름엔 파와 된장이 주요메뉴고 겨울엔 쏸채 한대독이면 일년 반찬준비가 끝나는 상수리녀인들은 그래서 편안하다. 편안해서인지 상수리녀인들은 담배를 지골로 피운다. 녀인들만 피우는것이 아니라 어른도 피우고 아이도 피운다. 물남마을에서는 늙은이앞에서 담배질을 했다간 후레자식으로 평판이 나기 십상이여서 젊은이들의 담배질은 때와 장소를 가려야 했으나 상수리사람들은 담배문화에서는 로소가 동락이다. 할아버지와 손주 사이에도 맞불질이 례사이고 부부사이에도 호상 담배를 말아서 권장하며 피운다. 그러는 상수리사람들을 물남사람들은 ≪되놈≫이라고 욕을 했다.

　그러나 상수리사람들의 두부 앗는 재간 하나는 알아주어야 했다. 물남녀인들이 앗은 두부는 선떡처럼 부슬부슬하고 뜬뜬했으나 상수리사람들이 앗은 두부는 희고 하들하들해서 양념간장에 찍어 입안에 넣으면 씹을 사이도 없이 목구멍으로 살살 녹아넘어갔다. 그래서 물남사람들은 다른 것은 몰라도 두부만은 상수리 두부를 사다먹었다. 물남의 입쌀 한근으로 상수리 두부 두모를 바꿀수 있었다. 상수리사람들은 쌀밥이 맛이 있다 하면서도 입쌀농사를 짓지 않았다. 수전농사를 할줄 몰랐던것이다. 그래서 명절을 계기로 쌀밥을 한두끼 먹을 일이 있으면 좁쌀이나 옥수수쌀 따위로 물남에 와서 조금씩 바꾸어다 먹었다. 입쌀 한근으로 좁쌀은 두근, 옥수수쌀은 두근반을 바꿀수 있었기에 물남사람들중 식구는 많고 먹을 량식이 빠듯한 집들에서는 그렇게나마 변색을 해서 량식을 불려먹으며 보리고개를 넘겼다. 개고기를 먹지 않는 상수리사람들은 개를 큼직하게 키워서는 물남으로 끌고왔다. 개 한마리에 입쌀을 70근좌우 바꿀수 있었기에 상수리사람들은 집집이 다 개를 키웠다. 개고기보다 돼지고기를 선호하는 상수리사람들은 설명절이 되여야 돼지를 잡거나 장마당에 가서 돼지고기를 사다 먹는다. 당면에 돼지고기를 넣고 끓인 료리는 상수리사람들이 가장 즐기는 상등료리였다.

## 2

≪시노가, 시노가이.≫

도술의 안해 안동댁은 딸 신옥이에게 상수리에 두부 바꾸러 가기를 아까부터 재촉하고있었다. 무신놈의 지집아가 어미가 한번 말하면 궁뎅이가 갑싹하니 들어먹혀야 할텐데 아까부터 몇번을 불러도 대답이 없다며 정주칸에서 구시렁구시렁 바가지를 련속 긁고있는 안동댁. 그러거나말거나 그 딸 신옥은 안방에 들어앉아 한창 코바늘뜨개질에 여념이 없다. 코바느질은 시집갈 나이가 된 물남마을처녀들의 필수과업이였다. 이불보, 회대보, 탁상보, 방석, 심지어 화장품을 넣어두는 주머니 모두 코바늘로 떠서 마련하는게 그 무렵 물남마을처녀들 사이에 류행이였다. 신옥은 그런것을 다 떠서 장만했고 지금은 남자웃옷 깃안에 다는 덧단을 뜨고있는중이였다. 학생용 줄자처럼 좁고 길게 떠서 깃안에 붙이면 목깃이 어지러워지는것도 방지할수 있었고 그것을 부착한 옷 목깃을 슬쩍 젖혀놓으면 자기에게 그런것을 떠주는 녀자친구가 있다는것을 은근히 내비치는 표적이 되여서

총각들마다 가지고싶어하는 장식품이기도 했다. 처녀들이 그것을 장만할 때는 약혼자가 있거나 한창 련애중에 있는 남자친구에게 주려고 뜨는것이다. 그래서 그걸 뜨는 동네처녀들을 보면 마을 어른들은 ≪와? 니

그새 중신들어왔더나?≫가 아니면 ≪니 누구하고 련애생활하는겨?≫하고 물어서 부끄럼을 타는 처녀들은 그걸 내여놓고 뜨길 꺼려했다. 지금 신옥이도 그걸 남들이 보는 앞에서 뜨지 못하고 골방에 들어앉아 뜨고있는중이였다. 약혼자도 없고 내여놓고 사귀는 남자친구도 없으면서 그걸 내여놓고 만지기가 못내 멋적고 낯간지러웠던것이다. 그러나 신옥의 마음속엔 은근히 그걸 떠주고싶은 사람이 따로 정해져있었다. 자기에게 말 한마디 먼저 걸어주지 않는 사람, 그래서 더 듬직해보이고 마음이 더 끌려가는 그 사람은 작년 가을에 마을로 돌아와 마을의 청년회장을 맡고있는 퇴역군인이였다. 검정색이 아니면 회색따위의 따분한 색갈의 옷밖에 입을줄 몰랐던 마을사람들속에 들어온, 쑥색 군복을 입은 그 사람의 의젓한 풍채는 온 마을처녀들의 마음을 사로잡기에 처음부터 충분했다. 비록 영화속에서 보던 빨간 령장과 모자의 별을 떼버린 퇴역군인의 차림새였으나 작디작은 물남마을을 떠나 유일하게 바깥세계를 접하고 돌아온 사람이였다. 그래서 전에 비겨 아는것도 많아 짜장 물남마을처녀들의 눈엔 백마를 탄 왕자일수밖에 없었다. 이 장식품을 그 사람의 군복깃에 달면 쑥색과 어울려 색다른 운치가 돌아날것이다. 신옥은 그 모습을 상상하며 부지런히 손을 놀리고있었다. 안동댁이 골방문을 드르르 열어젖히며 또 소리소리를 질러서야 신옥은 뜨개감을 부랴부랴 함농안에 쓸어넣고 일어서서 헛간으로 내려가 쌀을 퍼담아 이고 상수리로 향했다.

상수리와 물남사이를 오고가는데는 줄배 하나가 유일한 교통도구였다. 겨울 한철을 빼고 나머지 계절엔 모두 이 배를 타야 상수리는 물론 공사마을과 현성으로도 나갈수 있어서 물남사람들은 하나같이 줄배 타는데 능숙했다. 녹이 쓴 철주엔 노도 없고 삿대도 없다. 강 량안으로 드리워진 와이야줄을 잡고 끌어당기는 식으로 발밑의 배를 앞으로 이끌어 나아가면 되기에 어른아이 할것 없이 저마다 사공이고 저마다 선장이다.

쑨령감네 두부방은 아직도 두부를 앗아내느라 처맨 장작불 열기에 후

덥지근했다. 안동댁이 근심했던것처럼 두부는 다 팔리고 두부찌꺼기만 한초롱 댕그라니 남아있었다. 동네안에 결혼잔치집이 있어서 두부는 아침절에 앗아내자마자 다 팔려나갔노라고, 자기는 언제 가야 막내아들 잔치를 치러줄수 있겠는지, 로파가 죽고 같이 살던 막내아들이 군에 가서 적적하기 그지 없다, 요즘 퇴대하여온다고 편지는 왔는데 그게 어느날이 되겠는지 하며 묻지도 않는 사설을 장황하게 깔고있는 쏜령감에게 쌀바가지를 맡기며 신옥은 래일 나올 두부를 약속하고 두부방을 나와버렸다. 돌아오는 길에 신옥은 상수리마을 복판에 위치한 공소합작사에 들렀다. 물남사람들은 소금 간장 따위의 잔잔한 생활필수품을 다 여기서 구매했다. 신옥은 20전을 주고 시계꽃무늬가 아롱아롱 돋힌 손수건을 하나 샀다. 뜨개질이 끝나는길로 이 꽃손수건에 포장을 곱게 해놨다가 어느날 기회를 봐서 그 군복을 입은 사람에게 전해야겠다고 신옥은 속으로 스케줄을 잡고있었다.

집으로 되돌아오는 철주우에서 신옥은 맞은컨 강가에 어깨를 나란히 하고 앉은 일남일녀를 보게 되였다. 남자가 입고있는 쑥색 군복과 전두리 높은 군모를 신옥은 멀리서도 알아볼수 있었다. 남자는 녀자의 머리태를 만지작거리고있었고 녀자는 그러는 남자의 어깨에 머리를 기대고 앉아있었다. 긴 머리태의 녀자는 옆집의 순희였다. 오래전부터 분세수를 곱게 하고 다닌다 했더니 끝내 자기 먼저 화려한 고지를 점령할줄은 꿈에도 생각지 못한 신옥이였다. 신옥은 허수아비처럼 철주우에 우두커니 서있었다. 손맥이 없어 와이야줄을 당길수가 없었다. 절인 파잎이 되여 집으로 돌아온 신옥을 보며 여느때없이 늑장을 부리더니 두부를 사오지 못했다며 랠 아침은 일찌감치 다녀와야지 아버지 술안주가 없어 야단이 났다고 안동댁이 구시렁거렸지만 신옥의 귀엔 한마디도 들어오지 않았다.

신옥은 며칠을 그렇게 두문불출을 했다. 도술령감의 귀 따가운 두부타령도 뒤전으로 한채 자기방에서 나오질 않았다. 썩어질놈의 지집애 뭘 잘

못 처묵었나, 염병 맞은년처럼 축 늘어져갖고 소 죽은 귀신이래도 들어붙
었나? 와 맨날 고양이 락태한 상통이꼬? 그러면서 안동댁은 딸방의 창문
커텐을 와락와락 잡아젖히고 창문을 활활 열어놓았다. 남 다 오는 만주땅
으로 자리를 잡는다고 먼저 들어온 남편을 찾아 수중에 땡전 한푼 없이
젖먹이 딸 신옥이만 달랑 업고 뒤쫓아 들어왔는데 처음부터 행선지가 똑
똑하지 않았던 남편을 찾기란 바다에서 바늘 찾는 격이여서 결국 오도가
도 못하고있을 때 누군가의 소개로 나이가 훨씬 많은 도술령감을 만나 물
남에 둥지를 틀어버린 안동댁이였다. 그후로 도술령감과 살면서 주렁주
렁 아이들을 셋이나 더 낳아주었으면 할 도리는 다한것 같은데 마냥 이붓
딸을 별 차별없이 키워준 도술령감에게 감격하고 미안한 생각이 들어 남
편의 분부라면 성지처럼 받들었고 매사에서 남편의 눈치대로 행하는것이
이젠 굳어진 습관이 되였으며 신옥이 일로 해서 남편의 심기가 언짢아지
는 일이 생길가보아 속을 달달 끓이는 안동댁이였다. 술을 무척 좋아할뿐
만아니라 산판을 돌며 벌목일도 했고 송화강에서 벌부노릇도 해봤으며
포연이 자욱한 전쟁터에서 담가대원으로도 있었댔다는 도술령감은 성격
이 불같아서 신옥이는 물론 자기의 친자식들한테도 자상한 아버지는 아
니였다. 반주술 안주로 모두부를 찾으며 끼니때마다 인상을 쓰고있는 남
편이 끔찍이도 마음에 쓰이는데 심부름을 다녀와야 할 신옥은 그 마음을
아는지 모르는지 갈비뼈를 내대고 방구석에 틀어박혀만 있으니 자연히
뚱집이 다는것은 안동댁 혼자일수밖에 없다. 더 누워있을 계제가 못되는
걸 눈치챘는지 부시럭부시럭 자리를 걷고 일어나 대충 머리카락을 손빗
질하고 맡겨둔 두부를 가지러 상수리로 떠나는 신옥의 뒤모습을 바라보
는 안동댁의 속도 속이 아니다.

쏜령감네집은 여느때없이 웬 사람들로 북적이고있었다. 쏜령감의 군
대 갔던 막내아들이 퇴대를 하여 마을로 돌아와서 동네 인사잔치를 벌리
고있었다. 쏜가 성 가진 그 떨레들만 모여왔다는데도 너른 봉당이 미여질

듯 사람의 수가 많았다. 상수리엔 쑨가 성을 가진 사람이 대부분이다 . 그래서 린근에서는 상수리를 쑨가툰이라고도 불렀다. 자복에 대해 집착하는 상수리사람들은 물남사람들과 달리 자식욕심이 많았다. 정부에서 산아제한국책을 그토록 강조해도 피란을 다니면서라도 낳고싶은 자식은 다 낳고야마는 상수리사람들이었다. 셋을 키우나 넷을 키우나 그게 그것이란다. 옥수수죽가마에 물 한바가지만 더 퍼붓고 저가락 한모만 더 갖추면 되는 일이라고 상수리사람들은 자식 키우는 일을 쉽게 생각했다. 뜨락이 그렇게 지저분하고 찬이라곤 된장에 파밖에 없어도 상수리마을의 애들은 큰 병 한번 앓지 않고 물오이 같이 쑥쑥 잘 자라주었다. 쑨령감은 두부를 가지러 온 신옥을 보며 가는 날이 장날이라더니 왜 하필이면 오늘이냐, 오늘은 자기 집에서 두고 쓸것밖에 남지 않아서 안됐다며 난감한 표정을 지었다. 그때 쑥색 군복을 입은 쑨령감의 막내아들이 두 사람사이에 끼여들었다. 우리야 다른 반찬도 있는데 고객을 빈손으로 되돌려 보내서는 안되지요, 그러면서 날랜 솜씨로 박바가지에 두부 네모를 담아 신옥이에게 건네주며 눈을 찡긋해보였다. 며칠을 두문불출하고 마음속 병을 앓고있던 신옥이의 여리고 텅 빈 가슴에 쑥색 군복은 감로수가 되어 흘러들었다.

## 3

신옥은 전에없이 상수리의 공소합작사를 자주 드나들었다. 중국말을 일언반구도 모르는 안동댁이 상수리 공소합작사에 갈 일은 모두 신옥이를 시키는 원인도 있겠지만 신옥은 공소합작사로 갈 일을 알게모르게 만들어내여 자진해서 다니기도 했다. 신옥이가 상수리 쑨령감의 막내아들과 련애를 한다는 소문이 마을안에 쫙 퍼졌다. 금시초문이라는 식으로 눈이 동그래지는 부류도 있고 내 진작 그럴줄 알았다며 입을 비쭉이는 부류도 있었으나 그거 참 잘되였네 하고 기뻐해주는 사람은 한사람도 없었다. 마을안은 금시 큰 사변이라도 난것처럼 뒤숭숭해졌다. 뒤늦게야 소문을 들은 도술령감이 구들 복판에 올방자를 틀고앉아 불호령을 내렸다.

≪시노가! 시노가이!≫

범 같이 험상궂은 도술령감의 얼굴빛에 신옥은 벌써 사색이 되여있었다. 도술령감은 그렇게 나와 앉는 신옥의 얼굴을 너가래 같은 손바닥으로 보기 좋게 갈겼다. 신옥은 걸레짝처럼 방구석에 구겨박혔다. 다리몽시를 탁 분질러버릴끼다, 그러면서 다시 저만치 구겨박혀 꼼짝 않는 신옥의 머리채를 잡아일으켜 세우더니 구들우의 비자루를 거꾸로 움켜쥐고 인정사정없이 후려갈겼다.

≪어메어메, 이놈 두상 사람 죽일락카나. 이쯤 했으마 말로 하이소 말로. 좋은 말 놔두고 와 이카능교?≫

안동댁이 몸으로 남편의 비자루매를 대신 감당하며 맞고만 있는 신옥을 향해 욕설을 퍼붓는다.

≪빌어묵을 지집아가 죽을락꼬 환장이 났나? 무신놈의 망신살이 뻗쳐 해괴하게 되놈이 뭐꼬, 되놈이. 눈깔이 뒤집힛나? 오늘 니 죽고 내 죽고 그라고 마자고마. 이놈의 지집아야.≫

그러면서 아래턱을 달달달 떤다. 신옥은 그러는 두 사람의 발밑에 쭈그리고 앉은채 미동도 않는다. 죽일려면 죽여자시소 하는 그런 배짱인지 빨리 피하라는 뜻에서 발끝으로 직신직신 걷어차는 안동댁의 충고도 아는지마는지 쇠고집을 피우고있다. 그것이 더 화가 난다는듯 도술령감은 길길이 날뛰며 이리저리 중간에서 방패노릇만 하는 안동댁의 몸을 홀쩍 들어 멀리 뿌려던졌다.

≪이이쿠, 사람 죽는다! 사람 살리소! 이보소들, 사람 좀 살리소!≫

그러면서 창문을 열고 이웃의 방조를 구하니 가뜩이나 구경거리가 생겼다싶어 모여온 이웃들이 딴은 말리는 모양이나 거개가 구경쪽이 진짜다.

이튿날 신옥은 마을풍기를 문란하게 했다는 리유로 마을 부녀자들에게 끌려갔다. 조무래기들이 구경거리라고 신옥의 뒤를 쫓아 마을 회관쪽으로 밀려갔다. 부녀회 회장의 주최하에 마을부녀들은 신옥의 비행에 대해 침을 튕기며 공노했다. 동네안에 총각이 없어 하필이면 상수리의 되놈이였더냐, 시집을 못가 바람이 났더냐, 쑨령감네 두부방에서 같이 자기까지 했다던데 그게 정말이냐, 처녀자로서 얼굴 깎이는줄도 모르는 년, 머리도 숙이지 않고 뭘 하나, 동네안에 나쁜 물을 들이기전에 마을밖으로 쫓아내야 한다느니뭐니, 좌우지간 입 가진 아낙마다 한마디씩 질매를 하는데 악마구리가 따로 없다. 한나절이 지나서야 신옥은 두눈이 퉁퉁 부어서 집으로 돌아왔다. 그런데 붙는 불에 키질이랄가 두부쟁이 쑨령감이 웬 빨래뭉치를 들고와 도술령감앞에 펼쳐놓고 야료 같은 협상을 벌리고있었다. 피자국이 묻은 요자리거죽이였다. 보다싶이 자기 아들과 신옥이는 갈데까지 갔으니 싫어도 깨진 사발 버리는셈치고 신옥이를 며느리로 달라는것이였다. 도술령감의 두눈에서 불똥이 툭툭 튀고 한뼘 자란 채수염이 턱아래서 사시나무처럼 떨고있었다.

다음날 아침 미닫이문을 드르륵 열고 신옥의 방을 들여다보던 안동댁은 이부자리속에 신옥이가 없는것을 발견하고 사색이 되여 동네안을 훑기 시작했다. 그러나 신옥이는 아무데도 없었다. 오후해가 썩 기울어서야 동네와 동떨어진 ≪마이허≫강 물굽이쪽에서 신옥은 시신으로 되여 발견되였다. 땋았던 긴 머리태가 풀려져 온 얼굴을 뒤덮고있어서 물귀신이 따로 없었다고 동네장정들이 게두덜거렸다. 안동댁은 강가의 범소에 퍼더버리고 앉아 두손으로 땅을 허벼파며 꺼이꺼이 울어댔다. 반구는 절대 아니된다는 마을 좌상들의 집요한 반대에 신옥의 시체는 강가에서 하루밤을 묵고 상수리의 말마차를 빌려 현성 화장터로 옮겨졌다. 그러나 안동댁의 애걸로 신옥의 골회는 마이허 하류쪽에 뿌려도 된다는 허락이 떨어졌다.

동네사람들은 딸아이 건사를 잘못한 안동댁을 나무랄뿐 재무지에 떨어뜨린 두부처럼 닦아먹지도 불귀먹지도 못하게 된바하고는 그편이 외려 합당하다는듯 신옥이가 죽은 뒤에도 별로 애석해하는 표정은 누구도 짓지 않았다. 그후에도 상수리사람들은 예나 다름없이 쏜령감네 두부를 사다 먹었다. 덕분에 쏜령감은 상수리에서도 맨처음 벽돌집을 지었다. 지붕도 자기네 식대로 예전처럼 들썽하니 높이 엊고 흙토담 대신 빨간 벽돌담을 한키 넘게 쌓아올린 쏜령감은 막내아들내외에게 두부 앗는 비법을 물려준후 뜨락에 앉아 소일하는 늙은이가 되여버렸다. 그는 두부 사러 간 물남사람들앞에 적하면 아들이 입었던 쑥색 군복을 꺼내여놓고 아까운 며느리감이 죽었다고 넉두리를 하기도 했다. 옷깃안엔 신옥이가 손수 뜬 실뜨개 덧깃이 그때까지 붙어있었다. 물남사람들은 그러는 쏜령감을 로망이 들어도 단단히 든 뒤여질 령감이라고 욕을 했다. 욕을 하면서도 쏜가네 두부는 그냥 사다먹었다. 쏜령감의 아들 쑈쑨은 쏜령감처럼 앉아서 두부를 팔지 않고 아침저녁으로 두부를 앗아 멜대로 지고 강을 건너와서 팔았다. 물남사람들은 그러는 쑈쑨을 돈버는데는 애비 찜쩌먹을 놈이라고 또 욕을 했다. 욕을 하면서도 전보다 편리해서 좋다고 칭찬도 아끼지 않았다.

입쌀 한근에 두부 두모를 바꾸던 세월이 지나고 이젠 입쌀 한근에 두부를 한모밖에 바꿀수 없었으나 물남사람들의 아침밥상엔 변함없이 두부찌개가 올랐다. 쑈쑨이 부르는 사구려소리는 원근치고도 특이했다.

≪떠우 퍼- 떠우 퍼-≫(두부요, 두부.)

≪마이허≫를 건너면서부터 부르는 억양이 센 사구려소리는 동네안 어디서나 들을수 있을만큼 청청했다.


4

남의 말은 덕대우에 올려놓고 하지 않는다고 신옥이가 죽어간 이야기는 이제 물남사람들에게 까마득한 옛이야기가 되였다. 도술령감과 안동댁을 비롯한 늙은이들이 거의 다 죽었고 그 당시 신옥이의 뒤를 따라 구경거리라고 쫓아다니던 또래들은 열에 아홉은 외국으로 돈벌이를 나가버렸으며 그아래 아래되는 젊은이들은 일자리를 찾아 하나 둘 마이허를 건

너 물남마을을 빠져나가다니 마을안은 다 파먹은 김치독처럼 횅뎅그렁
하다. 쭈그렁 밤송이가 된 파파늙은 로파 몇과 별로 칠칠치 못한 로총각
들이 남아 예전처럼 마이허물을 퍼서 논농사를 하며 살아가고있을뿐이여
서 새삼스레 그 일을 끄집어내여 말밥에 올리는 사람은 이제 없다. 논농
사를 포기하고 마을을 떠나며 방치된, 주인 없는 가옥들이 하나 둘 비바
람에 풍화가 되여 그 자리에 주저앉기 시작했다. 원래부터 키낮은 가옥들
이여서인지 쓰러지는데도 빨랐다. 뜨락둘레에 둘러쳤던 개암버들울타리
들이 삭아서 문드러졌고 깨진 유리창틀만이 쓰러져가는 초가속에 포혈처
럼 남아 주인 돌아오길 기다리며 지쳐가고있다.

언제부턴가 상수리사람들은 물남마을로 들어와 방치된 물남의 빈 집
들을 헐값으로 사들이고 쑥대가 우거진 뜨락터전에 찰옥수수와 두부콩을
잔뜩 심어놓았다. 그리고 벽돌을 실어다 터밭 둘레에 담을 쌓기 시작했
다. 그때문에 개암나무울타리를 세운 물남의 본토박이집들이 더 초라해
보였다. 가을이 되자 마른 옥수수잎 부딪치는 소리와 콩꼬투리 튀는 소리
가 벽돌담안에서 듣그럽게 들려나왔다.

어느날 개암나무울타리로 둘러싸인 뜨락안에서 오래간만에 결혼식이
벌어지고있었다. 요즘 뭐나 흔해서 좋은데 처녀 구하기가 고양이뿔 구하
기보다 어렵다며 우는 소리를 하던 와중에 물남의 로총각 하나가 장가를
가는것이다. 한국 가 돈을 벌어 부쳐주는 누나덕분에 용케도 떠꺼머리신
세를 면하게 된 귀식이라는 총각이 파파늙은 홀어머니앞에서 자랑스레
결혼식을 올리고있었다. 신부는 ≪마이허≫북쪽의 상수리마을처녀라고
한다. 상수리사람들이 좋아하는 붉은 색갈로 머리부터 발끝까지 단장한
신부는 식장이라고 만든 뜨락안 돛자리우에 서서 아미를 다소곳이 숙이
고 새각시답게 서있을 대신 빨리 담배불을 붙여달라고 법석을 떠는 친정
쪽 하객들을 향해 히쭉벌쭉 웃음을 날리고있었다.

≪다음은 신랑과 신부님의 맞절이 있겠습니다.≫

≪씬랑씬냥 뛰이 빠이!≫

주례는 조선말로 한번, 중국말로 다시 한번 같은 내용의 주례사를 곱씹느라 진땀을 빼고있었다. 왜 아니 그렇겠는가? 하객의 절반이상이 상수리마을사람들인데… 딸자식을 시집보낼 때 하객으로 따라가는 친정식구들의 수에 의해 그 가문의 문풍과 위력이 과시된다고 여기는 상수리사람들이 남녀로소 떼를 지어 허장성세하며 ≪마이허≫를 건너 물남마을로 밀려온 것이다.

(≪도라지≫ 2006. 6호)

# 다층적 복수정체성으로의 전화*

### 동시대 중국 조선족 소설에 나타난 민족공동체 의식

차 성 연
(경희대 강사)

## 1. 중국조선족 문학의 형성과 전개과정

'중국 조선족 문학'이라는 용어에서도 알 수 있듯이 조선족 문학은 우선 중국을 국가적 정체성으로 한다. 동시에 역사적 체험 및 민족문화를 공유하고 있는 한민족으로서의 이중적 정체성을 보여 준다. 중국 조선족 문학이라는 용어가 사용되기 시작한 것은 1947년 중화인민공화국이 수립되고 동북3성의 조선족이 하나의 소수민족으로 인정되면서부터이다. 그러나 중국조선족 1세대의 이주는 대부분 일제강점기에 이루어졌고 1910년대 즈음 만주로 이주한 문인들을 중심으로 문학 활동의 기반이 형성되기 시작했으며 1930년대에 이르러 만주에 거주하면서 작품을 쓰는 만주 이주민 문학이 생산되기 시작했다고 볼 수 있다. 이러한 한민족 이주민들은 해방이 되고도 한반도로 돌아가지 않고 만주 지역에 남아 중국

---

* 이 글은 계간지 『시작』(2012. 겨울호)에 실렸던 글을 부분 수정한 것임을 밝힘.

조선족 1세대를 형성하게 되는데, 이들이 만주 지역에 남아있었던 가장 큰 이유는 개간한 농토를 떠날 수 없었기 때문이었다. 개간지를 중심으로 공동체 생활을 영위하던 중국조선족은 중국의 50여개 소수민족 중 하나로 인정되었고, 당국의 소수민족 정책에 따라 조선족 자치주의 특수한 정체성을 찾아가는 방향으로 민족 정체성을 유지·강화해 왔다.

해방 이후 1949년 중화인민공화국이 창건되고 문화대혁명이 있기 전까지는 새생활에 대한 희열과 감격을 표현하거나 중국 공산당 사회주의 건설 사업에 복무하는 내용의 작품들이 주로 창작되었다. 이는 중국이라는 새로운 국가의 일원으로 자리매김하기 위한 과정으로 볼 수 있으며, 김창걸의 「새로운 마을」(1950), 이근전의 「과일꽃 필 무렵」(1954), 「범바위」(1962), 김학철의 「새집 드는 날」(1950), 「해란강아 말하라」(1954) 등의 작품이 있다.

중국 문학의 암흑기라 불리는 문화대혁명 시기에는 조선족 작가들 또한 박해를 받고 붓을 꺾거나 작품이 금서가 되는 등 활발한 문학활동이 이루어지지 못했다. 1976년 문화대혁명이 종결되자 역사를 되돌아보는 상처문학, 반성문학이 등장하고 개혁소설이 발흥한다. 특히 중국의 소수민족 정책으로 조선족 자치주가 인정됨에 따라 조선족의 특수한 정체성을 찾기 위한 노력이 문학에 형상화되기 시작한다. 이는 중국의 정책을 받아들이면서 그 안에서의 '차이'를 만들어내기 위한 전략으로 볼 수 있으며, 이로써 공동의 역사적 체험과 문화적 동질성을 갖고 있는 한민족 정체성을 강조하게 된다. 이주 초기부터 각 역사적 시기의 투쟁생활을 형상화한 '역사소설'이 본격적으로 창작되기 시작한 점은 이러한 맥락에서 살펴볼 수 있다.

민족정체성의 문학적 표상이라 할 수 있는 '고향'에 대한 재현 양상 또한 1949년 이후 문화대혁명까지는 연변지역을 포함한 중국을 현재의 고향으로 대체하는 동화와 적응의 표상으로 나타나다가 문화대혁명 이후

개혁 개방기에는 집단적 동질감과 정체성을 확인하고자 한반도의 '고향'을 재현하는 양상을 보인다.[1] 이는 이주와 정착의 과정을 그려낸 장편서사시나 항일무장투쟁을 형상화한 장편 역사소설의 창작에서 더욱 두드러진다. 이러한 맥락에서 재현되는 '민족'은 혈연적 기원을 강조하는 것이라기보다는 집단적 동일성을 유지하기 위한 하나의 '문화적 구성물'의 의미를 가지는 것으로 볼 수 있다.

## 2. 개혁개방기의 중국조선족 소설

현재의 상황과는 달리 해방 이후부터 문화대혁명 시기까지는 연변을 중심으로 문학권이 형성되어 있었다. 다른 지구에도 작가들이 있었으나 극소수였으며, 한때 연변이 다른 자치구 작가들의 작품을 채용하지 않는 정책을 실시하였으므로, 이 시기 중국 조선족 문학은 연변 자치구 내의 작가들에 의해서만 이루어졌다고 볼 수 있다.

그러나 문화대혁명이 끝나면서 연변이 다른 자치구 작가들을 포용하기 시작하고, 산재지구에도 잡지사와 신문사, 출판사들이 생겨나면서 1984년 이후부터 중국 조선족 문학은 연변을 포함한 몇 개 문학권－연변, 흑룡강성, 료녕성, 길림지구, 통화지구, 장춘지구, 북경시 등－의 총칭이 되었다. 현재 작가 수는 연변지구가 가장 많지만, 출판사와 문학지, 신문사는 산재지구가 우세한 상황이다.

작가 협회 소속 상황을 살펴보면, 중국 내의 조선족 작가들 대부분이 연변작가협회에 가입되어 있으며 연변을 제외한 기타 지역의 작가들은 또 해당 지역의 작가협회－길림성 · 흑룡강성 · 료녕성작가협회－에 가

---

1) 김은영, 「중국 조선족 시에 나타난 '고향'의 의미」, ≪한중인문학연구≫제18집, 한중인문학회, 2006. 8.

입, 이중 회원이 되어 있다. 그런데 산재지구 작가들의 수가 늘어나고 그 역량이 커지면서 현재는 산재지구 작가들이 연변작가협회를 벗어나 독립적인 협회, 즉 각 성 작가협회 조선족분회 등을 설립하여 활동하고 있다.

민족 정체성을 중심으로 한 공동체로서의 집단적 성격이 강했던 중국 조선족은 1980년대 후반부터 개혁의 물결을 타고 큰 변화를 겪게 된다. 이에 따라 개별적이고 다양화된 정체성 찾기가 작품 속에 형상화되기 시작했으며 특히 남한 지역과의 왕래가 잦아지면서 그 경험을 작품화한 사례가 많아졌다. 1992년 한중수교 이후 한국과의 왕래가 활발해지면서 여성들의 한국 이주로 인한 이혼, 이산 가족의 양산, 가치관의 혼란이 나타나 조선족 사회의 변화가 급격해지고 있기 때문이다.

1980년대 말부터 한국 방문이 가능해진 중국 조선족 작가들은 그 경험담을 소설이나 수필의 형식으로 발표하기 시작했다. 그 시발점에 놓여있는 작품으로 류원무의 「눈물의 편지」[2]를 들 수 있다. 이후 1992년 서울 <박물서관>에서 간행된 수필집 『서울바람』에는 고국을 방문한 조선족 문인 허련순을 비롯한 36인의 심경이 솔직하게 표현되어 있다. ≪청년생활≫ 1993년 5호에서 12호에 연재되고 1996년 연변인민출판사에서 간행된 유연산의 수필집 『서울바람』도 2007년 <한국학술정보>에서 출판되었다. 1997년 국내의 <말과 창조사>에서 나온 수필집 『서울에서 못다 한 이야기』를 비롯하여 국내에서 접할 수 있는 수필집도 상당하다. 여행 형식의 단기 체류 경험이 담긴 소설 및 수필 작품에는 그리던 고국을 방문한 감격, 자본주의적 가치관에 물든 고국에 대한 실망과 비난이 담겨 있다.

리여천의 「비온 뒤 무지개」는 중국의 조선족으로 살아가던 조카가 '이북 삼촌'과 '한국 삼촌'이 중국 땅에서 재회할 수 있도록 주선하면서 느끼게 되는 감회와 회한을 서술한 작품이다. "독립군이었던 맏이인 아버지가 중국 만주 땅으로 피신 온 것이 바로 그들 형제가 갈라진 주요 원인"이 되

---

2) 유원무, 「눈물의 편지」, ≪아리랑≫25호, 1986. 7.

어 중국, 북한, 남한에 뿔뿔히 흩어져 살아가게 된 그들의 재회에는 감격
과 기쁨만 가득한 것이 아니었다. 다른 국가 다른 체제에서 살아온 만큼
큰절을 하는 격식이라든지 종교에 대한 인식의 문제 등에서 이런 저런 차
이가 느껴졌기 때문이다. 화자인 조카는 '이북 삼촌'과 '한국 삼촌'을 동등
하게 대하려 하지만 '이북 삼촌'에 대해서는 동정심을, '한국 삼촌'에 대해
서는 실망감을 더 많이 표현하는 편이다. 또 마을 사람들이 '한국 삼촌'에
게 한국에 대한 불만을 퍼붓는 장면에서는, 같은 동족을 불법체류자로 박
해하는 한국에 대한 불만과 민족의 전통을 간직하며 살아가고 있는 조선
족에 대한 자부심을 엿볼 수 있다. '이북 삼촌'과 '한국 삼촌'의 만남을 축
하하기 위한 마을 잔치는 결국 서로에 대한 비난으로 얼룩지고 둘은 남은
일정조차 함께 하지 않는다. 화해할 수 있는 여지는 어디에서도 찾아볼
수 없지만 헤어지는 순간에는 '핏줄'이라는 이유로 서로 부둥켜안고 울 수
밖에 없는 것이 인지상정일 것이다. 작품에서도 "명년에 서울에서 만나자
요!", "명년에 평양에서 만나자요!"라고 서로를 향해 외치며 헤어지는 장
면으로 마무리되고 있다. "비온 뒤의 무지개는 더욱 아름다웠다."는 구절
로 끝맺고 있듯이 리여천의 「비온 뒤 무지개」는 서로 다른 처지와 입장에
있는 현실을 구체적인 장면으로써 잘 포착하면서 조심스레 미래에서 희
망을 발견하고자 한다.

1992년 한중수교 이후로 중국에서 국내로의 역이주가 본격화되었다.
이는 단기체류보다는 돈을 벌기 위한 장기간의 합법, 혹은 불법 체류가
주를 이루며, 한국 농촌 총각과의 결혼을 통한 이주여성의 비중도 크게
높아졌다. 이러한 경험이 형상화된 작품으로는 허련순의 『바람꽃』,3) 장
혜영의 『희망탑』4)이 대표적이다. 이보다 더 최근의 작품으로 국내에서
접할 수 있는 허련순의 「하수구에 돌을 던져라」5)를 보면 한국에 대한 비

---

3) 허련순, 『바람꽃』, 흑룡강성 조선민족출판사, 1996(서울 범우사, 1996).
4) 장혜영, 『희망탑』, 흑룡강성 조선민족출판사, 1998.
5) 허련순, 「하수구에 돌을 던져라」, ≪연변문학≫ 2004년 제5호.

난과 실망감보다는 한국을 통해 접하게 된 자본주의적 가치관에 물들어 타락해가는 조선족 사회에 대한 비판에 더 무게를 두고 있음을 볼 수 있다. ≪연변문학≫ 2004년 제5호에 게재되어서 2005년도 윤동주 상 소설 부문을 수상한 이 작품에는 위장사망신고까지 내면서 아내를 서울로 출국시키고 그녀가 부쳐온 돈으로 친구들과 축하연을 여는 남편이 등장한다. 이 남편의 누나인 화자는 그러한 동생의 모습을 보고 하수구에서 구토를 한다. 여기서 '하수구'는 타락한 인간, 부패한 사회상을 상징하는 기표가 된다.

최국철의 「당신과 당신의 후예들」을 보면 이제 조선족의 이주는 한국뿐만 아니라 '로서아'(러시아) 지역 등지로 광범위하게 확산되어 있음을 알 수 있다. 이러한 현실의 기원을 소설에서는 조선족의 역사에서 찾고 있다. 일제 말기 유포된 '만주낙토설'의 영향으로 만주 땅에 들어선 조부(이주 1세대)는 끝없는 방랑 생활을 했고 2세대인 아버지는 한국전쟁에 참전해 다리를 잃었으며 3세대인 자신은 변심한 아내(한국으로 이주)를 잊고 살 길을 찾아 '로서아'로 향하는 중이다. 여로에서 만난 여인 또한 로서아로 떠난 남편과 소식이 끊긴 지 오래이다. 조부님이 반복해서 들려주었다는, 꼬리에 꼬리를 물고 두만강을 건너왔다는 쥐떼 이야기는, 작품에서도 반복해서 등장하면서 조선족 이주의 역사가 끊임없이 반복되고 있음을 환기하고 있다.

이러한 가운데 본격적인 산업화와 도시화가 시작되면서 농촌의 해체와 농민의 몰락이 작품에서 빈번하게 재현되기에 이른다. 리원길의 「리향」에는 그나마 남아 있던 젊은 세대는 농업을 외면하고 기성세대마저 떠나야하는 상황이 그려지고 있다. 농사지을 땅을 찾아 만주로 이주해왔고 농업을 기반으로 정주에 성공하였으나 산업화·도시화에 의해 농촌이 해체되면서 또다시 도시로, 혹은 한국으로 이주의 역사를 반복할 수밖에 없는 중국조선족의 운명을 보여주고 있는 것이다. 윤림호의 「조막손 로친과 세 다리 개」는, 한 쪽 다리를 잃은 세 다리 개와 동일시되고 있는 조막손 로친이 자식에게도 버림받고 이용당하다 죽음을 맞게 되는 내용을 담고 있다. 여기서 신식 개량집과 대비되는 조막손 로친의 '초가삼간'은 결국 허물어지며 노인의 목숨도 함께 앗아가는데 이러한 붕괴가 바로 조선족 농촌 사회의 몰락을 상징하고 있다 하겠다.

이와 같은 경향을 이어받아 1990~2000년대의 중국조선족 문학은 조선족 공동체의 해체 현상을 다루는 한편 아직까지 한민족의 풍습과 생활 방식을 유지하고 있는 농촌의 조선족 공동체에 대한 짙은 향수와 그리움을 작품에 담아내게 된다. 리혜선의 「어랑할미백세일화」와 권운의 「황소」와 같은 작품에서 농촌의 조선족 공동체는 전통과 순수의 공간으로서 서정적으로 묘사되고 있으며 어려운 현실 속에서도 조선족 공동체는 명맥을 이어갈 것이라는 믿음을 보여주고 있다.


## 3. 중국조선족 정체성의 특수성

중국조선족 소설은 1990년대 이후 작품의 주제가 다양해지고 공간적 배경 또한 도시나 한국 등으로 확대되고 있다. 가부장적 가치관이 해체되면서 페미니즘 소설이 다수 생산되고 있으며, 농촌의 전통적 가치관이 흔들리고 황금만능주의가 팽배해지면서 그러한 현실을 비판적으로 다룬 작품들이 발표되는 한편, 통속소설 또한 급증하는 양상을 보이고 있다.

이러한 가운데에도 조선족의 정체성을 탐구하는 소설들은 꾸준히 창작되고 있다. 림원춘의 「몽당치마」는 조선족의 세태풍속을 세밀하게 묘사함으로써 중국 문학계에서 높은 평가를 받은 작품이며, 조성희의 「동년」은 조선족의 정체성을 다룬 효시와 같은 작품으로서 조선족 문단에서 높이 평가되고 있다. 「동년」은 유년시절을 회고한 작품으로 한족보다 열악한 위치에 있으면서도 그들과 어울려 살아가야 하는 상황을 왕씨네 검둥이와의 사이에서 난 얼룩강아지로 상징화하고 있다. 비교적 최근의 작품인 박옥남의 「마이허」 또한 한족과의 갈등과 화해를 다루면서 조선족만이 지닌 문화에 대한 애착을 보여준다.

조선족의 정체성을 다룬 최근의 작품들에서 눈에 띄는 점 중 하나는 조선족의 역사를 동물로 상징화한 작품들이 많다는 점이다. 「황소」에서 '황소'가 과경소수민족이 겪어온 역사를 상징하고 있듯이, 「어랑할미백세 일화」(1992년)에서의 '고양이', 「조막손로인과 세 다리 개」(2000년)와 「동년」의 '개'는 모두 조선족의 역사를 상징하고 있다. 이러한 황소와 고양이, 개는 농경민족이 늘 가까이 두었던 동물들이다. 따라서 과경소수민족의 역사를 상징화하기에 익숙하고도 적합한 동물들일 수 있다. 특히 리혜선의 <어랑할미백세 일화>는 '이영구'씨와 결혼하게 된 화자가 전주리씨 집안의 내력있는 고양이 '어랑할미'와 얽혀 일어나는 일들을 서술한 작품으로 '어랑할미'라는 고양이를 통해 조선족의 역사를 함축적으로 보여주고 있다.

중국조선족은 일본, 중앙아시아, 미국 등 다른 지역의 재외 한인에 비해 비교적 안정적으로 민족 공동체를 유지해왔으며 이에 따라 한민족의 언어와 습속을 잘 간직하고 있는 편이다. 그러나 지금까지 작품을 통해 살펴본 바와 같이 최근의 상황은 그리 녹록하지 않다. 주로 농촌을 중심으로 집단 생활을 해왔던 조선족 공동체는 산업화와 도시화에 떠밀려 해체의 위기를 맞고 있으며 도시와 한국 등으로 이주하는 인구가 늘어나면서 조선족 사회의 존속마저 위협받고 있다. 이러한 상황에서 조선족 문학은 조선족의 역사와 정체성 문제를 꾸준히 작품화하면서, 중국과 다르고 남한이나 북한과도 다른, 또 다른 지역의 재외 한인들과도 차별화된 자신들만의 특수한 정체성을 모색하고 있다. 중국조선족의 정체성은 한민족의 민족 정체성과 이주의 역사로 인한 '디아스포라' 정체성, 과경소수민족으로서의 정체성 등 여러 성격이 혼융되어 있어 어느 한 가지만으로 규정지을 수 없다. 국내에서 중국조선족 문학을 바라보는 시선은 '민족'이라는 동일적 정체성 내에 타자를 포함시키고자 하는 경향이 중심이 되어왔다. 그러나 타자적 소수문학으로서의 중국조선족 문학은 어느 하나의 동일적 정체성으로 설명되지 않는다. 이러한 특수성을 있는 그대로 인정하는 시선이 필요한 때이다.

# 중국 조선족 디아스포라 문학

| | |
|---|---|
| 초판 1쇄 인쇄일 | 2016년 6월 9일 |
| 초판 1쇄 발행일 | 2016년 6월 10일 |

| | |
|---|---|
| 엮은이 | 김종회 |
| 펴낸이 | 정진이 |
| 편집장 | 김효은 |
| 편집/디자인 | 김진솔 우정민 박재원 |
| 마케팅 | 정찬용 정구형 |
| 영업관리 | 한선희 이선건 |
| 책임편집 | 우정민 |
| 인쇄처 | 국학인쇄사 |
| 펴낸곳 | 국학자료원 새미(주) |
| | 등록일 2005 03 15 제25100-2005-000008호 |
| | 서울특별시 강동구 성안로 13 (성내동, 현영빌딩 2층) |
| | Tel 442-4623 Fax 6499-3082 |
| | www.kookhak.co.kr |
| | kookhak2001@hanmail.net |

| | |
|---|---|
| ISBN | 979-11-86478-93-6 *93800 |
| 가격 | 49,000원 |